我們只有1

One Mississippi

Mark Childress

馬克・柴德里斯——著　陳宗琛——譯

媒體名人盛讚

描寫青春期的優秀小說應該讓讀者看到令人捧腹大笑的橋段，也看到悲慘與不幸的情節。這個故事……兩者兼具。同時，這部作品相當難能可貴地呈現出七〇年代的眞實景象，也讓讀者明白爲什麼『我們絕對不該重蹈覆轍』。

——史蒂芬・金，《娛樂週刊》

馬克・柴德里斯描寫出一個北方男孩在南方社會步入成年的故事，相當溫暖而精采。

——《歐普拉雜誌》

就像遊樂場裡的『咖啡杯』一樣，將讀者從喜劇的一端甩向惡夢的那頭……柴德里斯的風格就像約翰・厄文那類的寓言作家。

——查爾斯・馬修，《亞特蘭大新聞憲政報》

嬉鬧與煩惱交替出現，不時讓人感覺又好氣又好笑。閱讀《我們只有1》就像是站在驚濤駭浪之中——這則書評則是要建議讀者：就順著那股強大的洪濤奔流而下吧！

——瑪麗安・金吉兒，《羅利新聞觀察報》

《我們只有1》是馬克・柴德里斯登峰造極之作。這是一部令人驚豔的小說，故事設定在種族差別待遇剛取消的年代，主角是一名年輕男孩，身處於南方的一所高中。這個故事呈現出家庭及種族隔離政策的瘋狂，身爲『青少年』的本質爲何，身爲『人』又代表著什麼意義。故事也提到：爲了自由、爲了眞理、爲了友情，一個人所必須付出的昂貴代價。佈局巧妙、饒富興味、熱鬧滑稽、痛苦難過、溫柔和善、強悍果決——《我們只有1》是一本很棒的書。

——安・拉莫特，《恩典（終於）》作者

一本非常吸引人的非主流小說……書中討論到種族、認同與忠誠的嚴肅議題，也發生了悲慘與暴力的事件。然而，作者仍能保持極爲輕巧的筆觸，完成這個極富魅力的故事。

——吉姆・寇恩，《圖書館雜誌》

《我們只有1》是一本很棒的書，深刻、動人、有趣、充滿驚奇。未來只要提到南方、七〇年代或是美國青少年，我就很難不聯想到丹尼爾・馬斯葛羅夫和提姆・柯森斯。一部小說豐富如斯，幾乎滿足了讀者所有需求。

——琳恩・弗立，《閱讀・寫作・離家》作者

柴德里斯喚醒了人們對於『深南方』那種潮濕、落後、黑暗面的記憶，同時也呈現出典型南方小說中較爲讀者熟悉的一面：孤僻的怪人、同性戀笑話，以及善良單純的人們內心之脆弱與眞誠……在這個充滿複雜背叛情節的故事中，丹尼爾的純眞贏得了讀者的心……他的每個『初體驗』——初次參加舞會、初吻、初探成年世界的黑暗面——經由柴德里斯的巧手安排，變得相當

吸引人，就像是賽車一樣驚險刺激！

——凱莉・布朗，《華盛頓郵報》

告訴讀書會：《我們只有1》的故事就像是一場跳脫傳統、充滿南方風味的『成年禮』。

——《人物》雜誌

在這部極具吸引力的小說裡，一個少年長大成人；作者柴德里斯觸及了做人的所有根本概念：信仰、種族、地位，以及家庭。一九七三年的密西西比州麥諾鎮，是縮小版的美國社會——然而，馬克・柴德里斯這本優異的作品可一點都不『小』。從各個重要層面來看，這本書都很『大』——有大大的膽識、大大的洞察力，以及大大的寬容仁慈。非常、非常大的仁慈心。

——蘇珊・拉森，《紐奧良平民時報》

在一本書裡同時呈現極度爆笑與極致驚恐，沒有人做得比馬克・柴德里斯更好……柴德里斯用柔軟的筆觸描繪出南方獨有的風情與原始的特質；而且，他筆下那種青春期的快樂與痛苦，真的只有具備相同慘痛經歷的人才寫得出來。

——莎拉・懷特，《阿肯色民主公報》

柴德里斯運用絕佳的幽默感以及對人性缺點的包容，使得讀者在看到書中角色做出錯誤決策時不至於那麼扼腕……《我們只有1》是一部啓蒙式小說，對於種族歧視有所省思，也對於人性的脆弱下了一道『深刻有趣，但終究也令人深感不安』的註解。所有這些脈絡可以平順地交織在一本書裡，再次證明了馬克・柴德里斯實屬我們南方不可多得的人才。

——史蒂芬・惠頓，《安尼斯頓明星報》

再一次，柴德里斯並不僅只滿足於惡作劇和搞笑。他筆下的七〇年代高中地獄讓你大笑不止之後，接下來，他將種族歧視徹底顛覆的高超技巧又會令你佩服得五體投地——就像用平底鍋給你來個當頭棒喝！（而且，沒錯，這是件好事。）

——葛蘭・大衛・戈德，《卡特打敗惡魔》作者

一趟充滿黑色幽默的閱讀之旅，出自於內戰後新南方最迷人、也最具敏銳洞察力的作者。

——麗莎・席爾，《Elle》雜誌

柴德里斯這個幽默的『成年禮』小故事，剝開促狹的面具之後，呈現出實際上較爲黑暗、更超現實的一面……感覺有點毛骨悚然，因爲發現柴德里斯其實是個——該怎麼說呢？——有能力完成任何事的人。

——雀兒喜・肯恩，《紐約時報》書評

柴德里斯既能從容取笑南方的傳統習俗，同時又能呈現出南方生活的莊嚴內涵。《我們只有1》是一部令人捧腹大笑、張力十足的小說，看一個年輕男孩如何在一九七〇年代的南方社會中步入成年人的世界……有趣、眞摯、深刻剖析，讓我們想起年少時期的歡樂與痛苦，其實就在每一個世代之間重複輪迴。

——柯利・雍吉，《莫比爾紀事報》

無厘頭的搞笑旋風……如果《末路狂花》的兩位女主角是在七〇年代相遇、都只是高二學生、而且又剛好都是男生的話，她們的命運很可能就會像本書的主角丹尼爾・馬斯葛羅夫和提姆・柯森斯一樣。

——蕊芭・麥克米隆，《密西西比報》

柴德里斯是位仁慈寬厚的作者，將筆下的每個角色都灌注滿各自專屬的複雜性與人性……柴德里斯就像是個消息四通八達的好鄰居—就在你以爲自己已經聽過某個故事的時候……他就會說出其他更有趣的細節，完全超乎你的預期，然後讓你捨不得離開。

——珊曼莎・登恩，《洛杉磯時報》書評

1

「有感覺了嗎？」

「還沒。」

「那你最好再多吸一點。」

印地安納州的夏天。再過一個禮拜，我就要滿十六歲了。整個下午，我都和那夥哥兒們在一起，騎著腳踏車跟在噴灑殺蟲劑的卡車後面，猛吸DDT的霧氣。那種味道聞起來香香甜甜的，聽說吸多了會長高。

經過我家門口的時候，忽然瞥見老爸的車停在車道上。那是一輛藍色的Oldsmobile Delta 88型全家福大房車。禮拜四下午，家門口竟然會看到老爸的車，那種玩樂的好心情剎那間就無影無蹤了。於是，我跟那些哥兒們揮揮手，讓他們自己去玩了。

老爸是個好人——經過這麼多年的風風雨雨之後，我可以給他這麼一個整體評價——不過，如果你每天跟他生活在一起，你可能會覺得他的幽默感跟希特勒不相上下。我模模糊糊還記得，小時候，他也曾經像別人的爸爸一樣，把我們高高舉起來，抱在懷裡，逗我們玩，不過，那是多久以前的事，我已經快想不起來了。我只記得，當我們漸漸長大以後，他總是對我們板著一張臉。他說，要是不對我們嚴厲一點，我們長大以後恐怕會變成軟腳蝦。

他的名字叫做李．雷．莫斯葛羅夫，出身於阿拉巴馬州一個窮苦人家。一九三〇年代的「大蕭條」時期，他家裡徹底破產了。後來，對於自己的窮苦出身，老爸始終耿耿於懷。「大蕭條」彷彿一朵暴風雨的烏雲，始終籠罩在我們家上空，彷彿某種註定的厄運正從遙遠的地平線外席捲而來。

每個星期一，老爸都是一大早四點就起床，一個人默默吃早餐片，邊吃邊看潛在客戶名單。又一個星期開始了，他又要繼續拜訪客戶，繼續搏鬥，以免全家被「大蕭條」的烏雲吞沒。從禮拜一到禮拜五，他到處奔波，馬不停蹄的拜訪客戶。他連續三年榮獲「鐵力士公司」年度模範地區業務經理，是全公司最拚命的業務員，態度也最和善。他永遠面帶微笑，說起話來禮貌周到。只不過，一整個禮拜下來，他心裡壓抑了太多的憤怒、挫折、失望和沮喪，一等到禮拜五晚上，他回到家，那些情緒就會全部發洩在我們身上。

可是，今天才禮拜四，他竟然回家了。這實在很異乎尋常。在我們這個家庭裡，異乎尋常的事鐵定不是好事。

我偷偷摸摸把腳踏車放進車庫裡，儘量不弄出聲音，但沒想到打開後門的時候，門忽然嘎吱一聲，壞了我的大事。這時候，我聽到客廳裡傳來他的怒吼聲：「你跑到哪裡去鬼混了？給我進來！」

每次爸用那種口氣講話的時候，你是不需要回答的。我囁囁嚅嚅的走進客廳，看到全家人都圍在電視機前面，只不過，電視並沒有開。恐怕真的大事不妙了。

我走到沙發前面，輕輕坐下來，坐在巴德和珍妮中間。他們個個臉色凝重。看他們那副模樣，我心裡想，會不會是有誰死了。

「嗯，全家人都到齊了。」老爸說。「那好，我有一件很重要的事要宣布。我要調職了，我們又要搬家了。」

那一剎那，我立刻全身發麻，彷彿身體突然失去了知覺。調職。「鐵力士公司」每隔一兩年就會把業務員調到別的地區，以免他們鬆懈。這十年來，老爸已經調職了六次，而最後一次，我們來到了目前居住的印地安那州。在所有住過的地方當中，這裡是我最喜歡的，只可惜，鐵力士才不會管我喜不喜歡。不久之前，我心裡還暗暗希望，但願我們能夠在這裡安家落戶。我愛印地安那州。我在這裡交到很多好朋友，而且這裡地勢很平坦，可以隨心所欲的騎腳踏車到處跑，想去哪裡就去哪裡。而且，一到冬天，這裡就大雪紛飛，天寒地凍，你可以整天窩在家裡看電視。

好一會兒，大家都沒說話，客廳裡陷入一片沉寂。接著，我突然開口問：「我們要搬去哪裡？」

「密西西比州。」老爸說。「噢，對了，你最好閉嘴，我不想聽你發表意見。」

「喂，李，你怎麼這樣講話呢？」媽媽突然插嘴了。老爸站在那扇橫推式的玻璃門旁邊，我們坐在沙發上，而老媽則站在老爸和我們中間。「好了，你們幾個，對爸爸來說，這可是一件大事——事實上，不光是對爸爸，對我們全家人也一樣。你們都知道，我一直都很希望能夠住在外婆和傑克家附近……而且，你們也知道，我很受不了這裡的冬天。」

那倒是眞的。老媽是南方姑娘一朵花，當年第一次搬家，老爸要帶她離開阿拉巴馬州的時候，她就已經嚇得六神無主了。

「妳瘋了嗎？」巴德說。「媽，我們現在怎麼可以搬家呢？我最近好不容易才被大學代表隊相中。」巴德是摔角選手。他摔角簡直像在拚命，每次比賽結束，他都會吐得七葷八素。這一點，老爸倒是感到十分光榮。

「好了，巴德，別這樣。搬到那邊去，爸爸會比較好開發業務。」媽說。「更何況，我們已經別無選擇了，既然如此，我們何不坦然接受，高高興興的去面對呢？」

「要搬就搬，你們全都搬走沒關係。我自己留在這裡。」巴德說。「媽，秋天一開學，我就升高三了，我們怎麼可以搬去——妳剛剛說哪裡？密西西比嗎？這輩子我還沒碰過這麼荒唐的事！」

聽巴德這樣說話，我嚇了一大跳。要是我說出這種話，恐怕會被老爸甩一巴掌，然後關在房間裡不准出來。這時候，老爸臉色一沉，好像快要發作了，不過，他還是按捺住了，沒有出聲。巴德的模樣看起來很像老爸，所以，老爸總是對他另眼相看。

「好，巴德，你說你要留下來。」媽忽然露出一種陰森詭異的笑容。「那我問你，誰煮飯給你吃？衣服髒了誰幫你洗？」

「如果巴德要留下來，那我也要留下來。」珍妮說。

「誰都不准留下來。」媽媽說。「搬家沒什麼大不了的，我們不是已經搬過很多次了嗎？搬家公司的人禮拜一一大早就會過來裝貨了。」

這時候，巴德忽然站起來，劈哩啪啦的跺著腳跑向走廊，跑回房間去，然後砰的一聲把門用力一甩！

「老天。」爸大叫起來。「我的老天，看看妳兒子……」

「好了，李。」媽說。「你別給我找麻煩。」

「找麻煩？妳才別給我找麻煩。」

「親愛的，我不是告訴過你嗎？他們需要多一點時間適應的。想也知道，一開始他們當然會不高興——在這裡，他們已經有一群朋友了，而現在卻不得不和朋友分開。」說著，她轉頭看看珍妮和我，眼神有點不安。「我跟你們保證，你們一定會喜歡密西西比的。你們一定會交上新的朋友。老爸已經找到一棟鄉下的房子，很漂亮，而且，那裡的學校一定很棒。」

我不由自主的冷笑了一聲。「密西西比？嘿嘿，想也知道，一定棒得不得了。」我從來沒去過密西西比，不過，我在電視新聞裡已經看得夠多了。無論從哪一方面來看，密西西比都是全美國最爛的。那裡別的沒有，就是凶神惡煞的警長特別多，遊行抗爭的黑鬼特別多，死於非命的人權鬥士特別多。

「密西西比有什麼不好？」媽說。「那裡很漂亮，天氣很暖和，而且，最重要的一點是，我講話有人聽得懂。」

「要是我們不想去呢？」我問。「為什麼我們非去不可？」

「因為爸爸要調職了。就這樣。」她伸出一根指頭，把垂在眼睛前面那根金黃色的頭髮撥開。「而且，這次的業務轄區比較小，所以，他就不用整天在外面跑了。」說到這裡，她臉上露出笑容，可是爸卻開始皺起眉頭死盯著我，那副模樣彷彿認定我會說出什麼大逆不道的話，所以，他已經準備要撲上來掐死我了。

「密西西比州又稱木蘭之州。」珍妮翻開《世界百科全書》，邊看邊唸。「首府是傑克森市。物產是棉花、木材、家禽，和牛隻。」

「太棒了，珍妮。」老媽說。「我早說過，有了這些書，秀才不出門，能知天下事。」

老媽拚命想讓我們以為，老爸這次調職是升官了，不過我心裡有數，根本不是這麼回事。我已經快十六歲了，什麼都瞞不了我的。我看過他們的信，翻過他們的檔案櫃。我看到他們買的保單，嚇了一大跳，因為，要是他們死了，我們這幾個孩子可就要發財了。有好幾天晚上，我聽到老爸在咒罵賴瑞·森普。他是區經理，老爸的頂頭上司。我心裡明白，目前印地安那州總部的業務轄區橫跨三個州，而調到密西西比之後，業務轄區只剩下一個州，說穿了，這根本就是降職。而我就是不知好歹，偏偏要在傷口上撒鹽。「為什麼爸爸的業務轄區變小了呢？」

這時候，空氣中彷彿起了一陣隱隱的顫動。那是從爸爸站的地方發出來的。

珍妮這個人對表演時機的拿捏已經到了爐火純青的地步，彷彿有一具無形的攝影機隨時跟著她。這時候，她忽然開口了。「哇，終於要搬家了，我好開心哦。」她大聲說。「媽，我也好討厭這個地方耶。而且，我也好希望可以和外婆住近一點。」

「乖孩子。」老媽說。「凡事往好的方面想，人生才會美好。」

這時候，我用手掩住嘴巴，假裝咳了一下，嘴裡罵了一聲「馬屁精」。

「媽！他罵我馬屁精！」

「才沒呢。我是咳嗽。難不成連咳嗽都要妳批准嗎？」

於是，到了禮拜一，搬家公司來了，把我們家的東西裝上車。那是一節橘紅色的巨無霸拖掛貨廂，外殼有「聯合貨運公司」的字樣。

禮拜二，我們出發上路，沿著那條嶄新的州際公路向前奔馳，迎向未來。我們開了一整天的車，一直開到太陽都快下山了。抵達孟斐斯市南區的時候，車子壓到路面上的一塊凸起，我震了一下，臉頰撞到車窗玻璃。這時候，四線道的公路突然縮小成兩線道，路邊有一面標示牌，上面寫著：

歡迎蒞臨密西西比

這時候，眼前忽然豁然開朗，出現一片平野。乍看第一眼，那種感覺彷彿我們又回到了印地安那州：一望無際的平疇綠野一路連綿到地平線，遠處蔚藍的天際有一道道綿延不盡的圍欄，矗立著一座座的穀物升降機。不過，這裡的房子看起來可就有點不太一樣了。中西部到處都是整齊美觀的農舍，可是這裡的房子卻是那種貼著防水紙的小木屋，而坐在門廊上的都是黑人：小孩子個個骨瘦嶙峋，衣服破破爛爛，而老人則是彎腰駝背，頭上戴著草帽。不過，偶爾車子從高大的橡樹林旁邊經過時，我們會瞥見一兩棟莊園大宅在樹林後若隱若現——巨大的白色柱子看起來很像希臘神殿，感覺很隱密。

老媽說：「你能想像住在那種房子裡是什麼感覺嗎？要是我，我一定會覺得自己就像『亂世佳人』裡的郝思嘉。」

「媽，妳看，」珍妮說。「那個女孩子沒穿襯衫。」

「珍妮，不要盯著人家看。不是每個人日子都能過得像我們這麼好。」

「哎呀。」老爸搔搔脖子。「這年頭只要肯拚，日子都還過得去。想當年大蕭條的時候，那種日子才眞叫苦咧。」

「她家的人怎麼會讓她這樣，沒穿襯衫光溜溜的在外面跑呢？」珍妮往後一仰，靠到椅背上。車窗外那個女孩越來越遠了。「她看起來好像和我差不多大。」

「呃，親愛的，我相信她平常穿的襯衫一定是很不錯的。」老媽說。「不過，大概是因爲這裡天氣比較熱吧，所以今天沒穿。」

車子裡冷氣很強，吹得我們涼颼颼的，可是，你依然感覺得到車窗外的熱浪。你可以看得到，路面上，田野上，一波波的熱氣蒸騰而上。雖然車子以將近一百公里的時速向前飛馳，但你依然看得到外面的人臉上的汗水。

「噢，今天眞是太美好了。」老媽說。「回到家鄉的感覺眞是太棒了。我們把車窗打開吧，好好感覺一下。」說著，她把車窗搖下來，那一剎那，涼爽的空氣彷彿瞬間被吸乾了，車子裡忽然灌滿了夏日滾燙的熱氣——我忽然感覺一陣燠熱潮濕迎面撲來。我們全都哀聲慘叫起來，後來，老媽終於又把車窗搖了上來。

她咧開嘴笑得好開心。「熱！我就是喜歡這種熱天。」我們又回到南方了，這時候，老媽那種南方腔又開始蠢蠢欲動了——你一定聽過那種濃濃的、甜甜的阿拉巴馬南方腔。我就是喜歡這種熱天！

「這種天氣，我絕對不到外面去——絕不。」巴德說。「老天保佑，屋子裡的冷氣最好夠冷。」

「噢，我保證你們一定會成天在外面的。」老爸很堅定地告訴他。「屋子外面有一大片草坪，除草的工作，你們這幾個男生很有得忙的。」

「孩子們，這裡是鄉下地方。」老媽說。「這裡遠離了城市的喧囂，那種寧靜安詳是你們難以想像的，而且，房子後面有一大片庭院。我已經有點迫不及待了，好想趕快把整片庭院都種滿杜鵑花。印地安那州還在冰天雪地的時候，我們這裡的花已經開了滿庭院了。」

「天曉得，那間爛學校不知道有沒有摔角隊。」巴德嘀咕著。

「就算他們沒有摔角隊，我相信學校裡一定有跟摔角一樣好玩的運動。」老媽說。「事實上，這裡就是美式足球的發源地。」

「我恨死了美式足球。」巴德說。

「千萬別讓這裡的人聽到這種話，那是很傷感情的。」老爸說。「巴德，我是說正經的，你嘴巴小心點。」

「媽，我肚子餓了。」珍妮說。

「呃，二十分鐘之前我們吃午飯的時候，妳不是說妳還不餓嗎？」老媽把那個Kroger便利商店的袋子拿起來晃了兩下。「親愛的，妳想吃哪一個？花生醬口味的好不好？噢，有了，這裡還剩一個火腿乳酪口味的。」

「我要花生醬的，不過，麵包皮拿掉，我不要吃。」

「麵包皮才是最好吃的地方。」老爸說。

老爸並不是因爲想哄珍妮吃掉麵包皮才這樣說的。老爸眞的就是這調調：對老爸來說，麵包皮不光是好吃而已，而是最好吃的。此外，他還喜歡在禮拜天啃雞脖子。他喜歡把吃剩的玉米餅和脆豬皮混在一起，再配上蕪菁甘藍，冷冷的吃，當早餐吃。他喜歡吃這種東西，因爲這種東西會讓他回想起當年窮苦的滋味。

他瞇起眼睛，看著前面的車道上那長長的一排車陣——前面好像有什麼地方堵住了，整條車陣從前面那個彎道一路延伸過來。「老天，你們看看這個。」他嘆了一口氣，彷彿那些車停住不動，只是爲了要跟他過不去。他兩隻手按在脖子後面，扭動肩膀關節，喀嚓作響。「幫幫忙，老兄。」他的手指頭輪流在方向盤上敲打著。「我們還有好幾英里的路要開呢。」

我們前面是一輛旅行車，肯塔基州的車牌，裡頭擠滿了小孩子，有的吐舌頭跟我們做鬼臉，有的把髒兮兮的腳踩在窗玻璃上。你彷彿聞得到孩子們那種不耐煩的氣息從那輛車子裡飄出來。想像得到，坐在前座那兩個爸媽一定是拚命裝聾作啞，裝作沒聽到。

「謝天謝地，還好我們只生了三個。」老爸說。

老媽微微一笑。「老天保佑。」

「嘿，你們兩位。」巴德叫了一聲。「這是什麼話。」

「你們幾個小鬼，看到前面那輛車沒有？」老爸說。「爲什麼要節育，前面那輛車就是活生生的理由。」

「李。」

珍妮問：「什麼叫節育？」

「都是你，哪壺不開提哪壺。」

「所謂節育，就是要掂掂自己有幾兩重，不要不自量力。」說著，老爸伸手去按喇叭。整條路上喇叭聲此起彼落，好像在大合唱。

放眼望去，我看到前面的田野上有一排松樹，樹後面升起一股濃濃的黑煙。「嘿，爸，那邊好像在燒東西。」

這時候，爸爸看向我手指的方向。「嗯，你好像沒看走眼，那裡有一棟鬼房子燒起來了。難怪路上車子都不動了，大家都在看熱鬧。」說著，他又拚命按喇叭。「趕快開車吧！沒看過火燒房子嗎？」這時候，前面那輛擠滿了小孩的車也在按喇叭，開車的人把手伸出窗外，猛揮拳頭。

那東西很大，而且正在起火燃燒，濃濃的黑煙衝上雲霄，彷彿一團烏雲，而且濃煙裡不時竄出火舌。這時候，前面有些車子忽然開始進一下退一下，設法在車陣裡掉頭，然後從我們旁邊往反方向開過去。

老媽說：「大家都想繞路了。」

老爸往前慢慢開了一個車身長的距離。「繞路得繞一大圈，搞不好得花上兩倍時間。」說著，他開始去調收音機的頻率，沒多久，收音機接收到一個播放農業新聞的頻道。播報員的聲音聽起來平平板板的。

「大豆又漲啦，棉花的行情還是老樣子。」那個人說。「今天要灑農藥，各位鄉親別忘了哦。以上的報導是由熱心公益的『鐵力士化學』所提供。害蟲在哪裡，我們都知道。」

這時候，老爸忽然叫了一聲：「嘿嘿！」然後他把音量調大。「你們聽到他說什麼嗎？才剛到密西西比，沒想到收音機裡就已經聽得到我們公司的新聞了。」

「這是個好兆頭。」老媽說。「就像他們用這種方式在歡迎你。告訴你，李，未來一定是一片大好。」

這時候，前面又有更多人投降了。又有好幾部車掉頭開走了。

我們的車慢慢繞過那個彎道之後，赫然發現原來那不是房子失火，而是路上有東西著火了。正前方是上坡道，擋住了我們的視線，看不到是什麼東西。州警的巡邏車閃著藍燈。戴著寬邊牛仔帽的警察比著手勢，指揮車子開下高速公路。

「看起來像是大車禍。」老爸說。「看那種火勢，鐵定是油罐車燒起來了。」

「太酷了。」巴德說。

「酷？巴德，你怎麼這樣說話呢？」老媽說。「說不定有人受傷了。」

「我不是那個意思。我是說，那麼大的火，看起來很酷。」巴德說。

「爸，車子不要開太近好不好？我不想看到有人被火燒的樣子。」

「不用怕，珍妮。我也不想看。」

後來，車子慢慢靠近，我們終於看到了。原來是一輛拖掛式的貨車翻倒了，橫躺在路面上，車頭和後面的車廂彎成了V字形。一群消防隊員和州警站得遠遠的看火燒——看起來很像一輛巨大的橘色玩具車，支離破碎，火舌從車頭裡竄出來，從貨廂敞開的門口竄出來。

兩個穿著灰色制服的人遠遠站在旁邊，其中一個彎著腰，手撐在膝蓋上，看起來好像快要吐了。

好一會兒，我才猛然想到，嘿，我認得那傢伙，而且，我也想到自己在哪裡看過他了。那一剎那，我腦海中忽然浮現出一幕畫面：就在昨天，在印地安那州，在我們家門口，那傢伙站在「聯合貨運公司」的車廂後面，把門關起來。

「嘿，爸。」我說。「你看那個人。昨天幫我們把東西裝上貨車的，不就是他嗎？」

「你說什麼？」

「那個人。在那邊！他不就是『聯合貨運公司』的人嗎？」

爲什麼幫我們搬家的司機會和那些州警站在一起？爲什麼他們會站在那輛燒得一塌糊塗的貨車旁邊？接著，我猛然想通了。因爲燒毀的就是他的貨車，也就是，我們的貨車。

這時候，老爸猛轉方向盤，把車子開到路肩的草坪上，關掉引擎，把車窗搖下來，兩手搭在方向盤上。車窗一開，熾熱的空氣立刻灌進車子裡。我們聽到陣陣劈哩啪啦的爆裂聲。那是噴霧罐爆炸的聲音，一種低沉的、悶悶的巨響，彷彿一頭龐然巨獸在吸氣。

珍妮說：「幹嘛要停車？」

「妳這個白痴！」我大叫了一聲。「還搞不清楚嗎？那是我們的東西！」

「我們的東西？什麼意思？」

「你們兩個。」老媽忽然開口了。她的聲音聽起來異乎尋常的冷。後來，每當我回想起她當時說話的腔調，還是會不由自主的打個哆嗦。「不要再讓我聽到你們兩個講話。」

這時候，有個O型腿的警察從坡道上面走下來，朝我們的方向走過來。「老兄，」他說，「你們不可以在這裡逗留，趕快走吧。」

老爸的脖子忽然變得好紅好紅，彷彿瞬間被太陽曬傷了。我雖然看不到他的臉，不過，我相信，要是那個警察看到他的表情，一定會嚇得倒退好幾步。

「好了，可以了。」他說。「熱鬧也看夠了吧。趕快把車子開走吧。」

老爸悶不吭聲，眼睛死盯著那個警察。

「這位先生，你沒聽到我講話嗎？」

這時候，老媽忽然伸長了身體，湊近駕駛座的車窗。「警官，那輛貨車是不是『聯合貨運公司』的貨廂？」

「是的，女士，沒有錯。可是，妳爲什麼問這個？」

「呃，我叫珮姬，這位是我先生，李．莫斯葛羅夫。事情是這樣的，那節貨廂裡的東西是我們的。」

「嗯。」那位警察臉上的表情看不出有什麼反應。「你們是要搬家到這裡來嗎？」

「是的，警官，沒錯。」老媽說。也許那個警察會覺得老媽說話的口氣聽起來很有活力，不過我心裡有數，那種口氣和哀聲慘叫只有一線之隔了。

「呃，我實在很不想當烏鴉，不過，女士，貨廂裡的東西已經差不多燒光，剩沒什麼了。」說著，他朝那堆火焰揮揮手，那副模樣彷彿我們全家都是瞎子。

「能不能麻煩妳先生上來一下？我們要跟他說幾句話。」

「呃，我想現在他恐怕沒辦法。」老媽說。「我可以代替他嗎？」

這時候，巴德忽然打開車門。「媽，我跟妳一起去。」

「我也去。」我說。

「巴德，你跟我來。丹尼爾，你和珍妮留在車子裡陪爸爸。」說著，她瞄了後照鏡一眼，看看自己的頭髮，然後就開門下車，伸手拉拉裙子，把裙子撫平。

從前，我看過好幾次老媽那種臨機應變面不改色的本事，不過，這天下午，她那種從容不迫的模樣，是我這輩子從來沒見過的。她邁開大步，和巴德走上坡道，走到那群警察前面。警察問了她一些問題，她一一回答了，那種從容老練的神態，彷彿她事先排練過好幾次。

我們楞楞地看著那輛被火焰吞沒的貨車。老爸兩手緊緊抓住方向盤。

那個貨運公司的司機坐在一棵樹下，頭靠在膝蓋上。另外那個傢伙蹲在他旁邊，嘴巴湊在他耳朵旁邊，好像在嘀咕些什麼。

貨廂的門敞開著，裡頭竄出熊熊火舌。火光中，我隱隱約約看到老媽那座古董衣帽架著火了。此外，衣櫃、抽屜，還有那一堆凌亂的廚房餐桌椅，也被火焰吞噬了。鉻鋼桌腳被火燒得整個垂彎下來，彷彿一朵朵枯萎的花。我們所有的家當全部付之一炬。那幾個消防隊員站在那裡看火燒，眼神中露出一種興奮。我心裡想，他們一定是打算等東西全部燒光之後，再打開水管噴水。這時候，我忽然聽到一陣劈帕聲，還有轟隆一聲巨響，接著，我看到我們家的電視機忽然從那團地獄之火中飛出來，在半空中劃出一道弧線，然後螢幕朝下，正好砸在我面前的地上。

電視一落地，立刻竄出一團火球。這時候，旁邊有幾輛看熱鬧的車子開始猛按喇叭，彷彿在爲這場精采的煙火秀大聲喝采。

過了好久，巴德和老媽終於回到車上了。老爸發動引擎，車子迅如閃電地從路邊飛竄到車道上，地面上的細砂礫被輪胎甩起來，四散飛濺。

一路上沒人吭聲，車子裡一片死寂。後來，足足開了一公里之後，車子裡好不容易有聲音了——喀嚓一聲。那是老媽的Zippo打火機。「李。」她吸了滿滿一口煙，說話的口氣小心翼翼。「我知道你心情一定很惡劣，可能不想說話。沒關係，不說也好。不過，親愛的，也許你可以換個角度想，好歹我們全家人都在一起，大家都平安。所以，不管那些東西有沒有燒掉，對我們都不會有影響。李，那只不過是一些身外之物。更何況，我們有買保險。那不是我們的錯——不是你的錯，也不是我的錯。錯的是那個司機。那個王八蛋喝醉了。」

「媽，妳怎麼可以說髒話！」珍妮大叫了一聲。

「珍妮，妳給我閉嘴。李，我告訴你，他喝醉了，我隔著好幾公尺都還聞得到他身上那股威士忌的味道。而且，那些警察也聞到了。」

「我沒有買保險。」老爸說。

老媽立刻轉頭看著他。「你說什麼？」

「家裡的東西一上了車，就不在保險的理賠範圍內了。搬家公司要收額外的保險費，可是我們公司卻不肯補貼。所以，我拒絕加保。搬家公司要我簽署一份具結書，聲明是我拒絕加保。」

「你眞的簽了？」老媽問。

「妳知道光是那三天要追加多少保費嗎？」他說。

「呃……」她終於把那口悶了很久的氣吐出來了。「這下子好玩了。」在我們家裡，唯一一種比「異乎尋常」更糟糕的情況，就是「好玩」。

想像一下，五個人擠在一輛車子裡，卻沒有人說話，這種狀況能撐多久？告訴你，久到超乎你的想像。我們就這樣默默坐在車子裡，而車子就這樣一直開，一直開，一直開到天黑。我敢打賭，就算車子繼續再開三個鐘頭，還是不會有人說話。

後來，老媽終於試探性地咳了一聲。「李，傑克森市不是應該快到了嗎？」

老爸根本連看都不看她一眼。他眼睛死盯著前面的車道。

老媽說：「親愛的，我剛剛看到路邊的標誌，上面寫說，再過十九公里就到哈帝斯堡了。可是，哈帝斯堡不是在傑克森市南邊嗎？如果我沒記錯的話，應該是在南邊沒錯。我想，我們車子可能開過頭了，傑克森市已經過了。巴德，麻煩你把地圖拿給我好嗎？」

老爸還是一樣悶不吭聲，一直往前開。老媽打開車頂上的小燈，核對地圖，發現我們眞的開過頭了。我們已經跑到傑克森市東南方一百一十公里的地方了。如果我們繼續往前開，就會距離傑克森市更遠。這時候，老爸還是不吭聲。

後來，車子開到哈帝斯堡的外圍了。這時候，老媽說：「李，看你這樣，我開始覺得害怕了。把車子停下來好不好？我們先找一家汽車旅館將就一晚。我相信只要我們好好睡一覺，明天心情就會好多了。」

老爸還是不吭聲。過了一會兒，車子經過「雷貝葉爾汽車旅館」門口，這時候，老爸忽然猛一轉彎，開進汽車旅館的停車場，然後一個緊急煞車，停在辦公室門口。接著，他走進辦公室，出來的時候，手上多了一支鑰匙。

這時候，我忽然不知道哪來的一股衝動很想開口說話。那種感覺很像小時候玩躲迷藏——我明明發現一個很棒的地方可以躲，絕對沒人找得到，可是我偏偏就是沒辦法乖乖躲好，搞到後來總是會暴露行蹤。

我跪到椅墊上，探頭到車窗外。「爸。」我說。「你瘋了嗎？這裡的游泳池連滑水道都沒有。」

還好法律有明文規定，殺自己的孩子是犯法的。我們下車走向房間的時候，他竟然有辦法悶不吭聲的揍了我一拳。眞不知道他是怎麼辦到的，我想，我是永遠猜不透了。

2

那輛老爺校車千辛萬苦的爬上坡道，朝我們開過來。車子的引擎聲驚天動地，排氣管轟隆作響，車頭的大燈只剩下一盞還會亮。車子閃了幾下大燈，彷彿在警告我們，車子到了，閃開一點。那輛校車簡直破爛到最高點，看了就忍不住想笑——那副模樣實在太可笑了，匪夷所思，簡直就像《瘋狂》雜誌的漫畫裡那種搞笑的老爺校車。我們搬到密西西比來，才不過兩個禮拜。到目前爲止，我所看到的密西西比，不管什麼東西，都會笑死人。

「這是去胡特維爾的最後一班車了。」我大聲說。

巴德根本不笑。他睡眼惺忪，還沒睡飽。珍妮一隻腳撐在地上跳來跳去，根本不理睬我。

校車的輪胎發出尖銳的吱的一聲，猛然停住，然後車門啪的一聲打開了。「快點！快點！」那個滿臉通紅的司機嚷著。

珍妮和巴德先上了車，我跟在他們後面。接著，校車猛然往前一竄，我們搖晃了一下，三個人一起朝走道上倒下去，摔了個狗吃屎。

車上的學生立刻哄堂大笑起來。很明顯看得出來，這是司機玩的把戲，故意要整整我們這種新來的學生。新來的學生通常都沒什麼警覺性，不知道車子開動的時候要抓緊。

我從巴德身上爬起來，然後和巴德一起把珍妮扶起來。接著，我們趕快走到距離最近的空位坐下。從司機頭上的後視鏡裡，我看到他露出一種狡黠的笑容。車子裡瀰漫著一股牛奶酸掉的餿味。綠色的塑膠椅套已經破爛到幾乎是體無完膚，裂縫裡甚至看得到坐墊裡面的紗布。

這時候，珍妮忽然說：「我的手臂好像受傷了。」

「我一定是在做惡夢。」巴德喃喃嘀咕著。「趕快醒過來吧。」

「太遲了。」我說。「先前還沒搬家的時候，我們就應該堅持到底，說什麼都不要來。」

「我正在想辦法。」巴德說。「我今年才十七歲半，我可不想下半輩子淪落在這個鬼地方。」

這時候，有一個紅頭髮的男生轉過來瞪大眼睛看著我們：「喂！」他忽然大嚷起來。「你們有沒有聽到他們在說什麼？繼續說啊，再多說一點！」

「不好意思。」珍妮說。「你在跟我們說話嗎？」

她那種北方佬的口音引起全車一陣竊笑。那些黑人小孩甚至還伸長了脖子湊向前，想聽清楚一點。

老爸早就已經再三交代，叫我們要低調一點，別惹麻煩。不過，我們轉學的第一天，正好也是密西西比州執行「種族融合政策」的第一天。大家都預期很可能會發生械鬥或暴亂。

那個紅頭髮的男生還是不肯放過我們。「你們是哪裡人？」

「印地安那州。」我說。「不過，我爸媽本來是阿拉巴馬州人。對了，各位同學，你們都是密西西比州人嗎？」

全車哄堂大笑。後來我才知道，密西西比州的人提到「密西西比」這個字眼的時候，根本沒有人會從頭到尾唸清楚。他們會省略中間，唸成「密─西比」，彷彿這個地方實在太熱了，從頭唸到尾實在太累。這時候，另一個男生故意裝出一種尖尖的、鼻音很重的聲音，模仿我說話。他正經八百的重唸了一次我剛剛說的幾個字眼，「密─西─西比」，「本來」，「各位同學」，模仿得維妙維肖。他一說完，他那幾個朋友又爆起一陣哄堂大笑。

我感覺得到自己滿臉通紅。我比較習慣嘲笑別人，而不是被別人嘲笑。

「喂，想辦法讓那個女生再多說幾句。」前面的座位那邊有人叫了一聲。

我把臉貼在窗玻璃上，看著車外，引開自己的心思。校車沿路不斷在某戶人家門口停下來接學生。那一戶戶的人家，什麼樣的房子都有，最寒酸的就是那種外面貼著防水紙的小木屋。有些人家眞是窮得可怕，你簡直分不清那些搖搖欲墜的破房子，哪一間是人住的，哪一間是用來養畜生的。而且，從那種最破爛的房子裡走出來的，都是白人小孩──骨瘦嶙峋，面有菜色，個個看起來都像是那種無家可歸的野孩子。他們成群擠在校車前頭，三個人四個人擠在一條長椅上。

黑人小孩則是從我們座位旁邊經過，走到車子後頭，和其他的黑人小孩坐在一起。其實，每個人都心知肚明，自從那一年在蒙哥馬利郡，民權運動之母羅莎．帕克斯在公車上拒絕讓座之後，黑人小孩再也不需要坐到後面去了。可是，他們似乎寧願像從前一樣坐到後面，感覺自在一點。

在印地安那州，你絕對看不到人跟人之間有這種問題。在印地安那州，不管黑人白人，地位是平等的。大家住的都是那種整齊劃一、附帶車庫的平房，衣服都是到席爾斯羅巴克百貨買的。結果，在這輛校車上，我們莫斯葛羅夫家三兄妹忽然顯得很另類，彷彿變成了席爾斯百貨的人體模特兒。我們看起來完全不像那些不苟言笑的黑人小孩，不像那些剽悍的鄉下白人小孩，也不像那個校車司機。那個司機，每次一有學生上車，他就大吼大叫，叫他們快點，儘管他們動作明明已經夠快了。

珍妮已經快十三歲了。她是那種所謂的數學神童，搞得我壓力很大。可是現在，她忽然又變得像小孩子一樣，一副快要哭出來的樣子。「他們爲什麼要這樣笑我們？」

「哎，沒什麼啦。」我說。「來，我教妳。妳就想像自己還在印地安那州吧，只不過大家講話忽然變得比較莫名其妙罷了。我自己就打算用這種辦法。」

「喂，你們怎麼沒去上『議會中學』呢？」我們那位紅頭髮的老兄問。「你們三個的模樣看起來就像是該去念那所學校的。」

「我們的老爸沒那有錢，我們念不起。」巴德說。

整個密西西比州到處都有「議會中學」。所謂上有政策下有對策，自從州政府廢除「種族隔離政策」之後，該州的白人公民議會採取的對策就是到處設立「議會中學」。老爸說，不管公立學校有多爛，他打死也不肯花半毛錢讓他的孩子去念三K黨經營的私立學校。

他有他的做法。整個傑克森市到處都有所謂的「融合」學區——「融合」得恰到好處，剛好不至於違反法律規定，而黑人的數量也恰到好處，不至於多到會令人感到不自在。而老爸買的房子所在的學區恰好就是其中之一。我們的新家位於米諾市郊區，距離市中心大約十七公里。而米諾市距離傑克森市十六公里。米諾市邊界的路邊有一面標誌牌，上面說米諾市是「密西西比州最美麗的小鎮之一」。可是有人用噴漆把上面的幾個字塗掉了，變成：

密西西比州　的小鎮之一

從外觀看起來，米諾高中和一般學校沒什麼兩樣：校舍建築是紅磚砌成的，低矮綿長，屋頂是平的，帶有一點現代風味，前面的廣場上有一座圓形的玻璃帷幕圖書館，乍看之下彷彿一面飛盤。走廊裡飄散著一股混雜的怪味道，有粉筆灰、消毒劑、餐廳的義大利麵、古龍水、刮鬍泡沫，還有芳香劑。我聽到置物櫃的門砰的一聲用力關上，聽到運動鞋踩在地板上嘎吱作響，聽到軍樂隊在練習進行曲。

接著，我看到幾個學生身上穿的衣服好像也是在席爾斯百貨買的，那一剎那，我鬆了一口氣。今天早上在校車上看到的那些學生，個個骨瘦嶙峋，衣衫襤褸，不過，到了學校，我發現這裡的學生並不是每個都像他們一樣。或許是因為我們家離市區比較遠吧。或許我們住的那條胡特維爾路上，鄉下學生比較多。

我腳上穿著新買的Florsheim休閒鞋，踩在地板上啪答啪答響。我一路走向教室。那堂課的老師是安德森小姐。黑人學生集中坐在教室後面，而我跟其他的白人學生一起坐在前面。安德森小姐是一個和藹可親的黑人女老師，她點完名之後，就悶不吭聲地坐在椅子上塗指甲油，一直塗到半個鐘頭之後下課鈴響。

那一整天，每堂課的情況都差不多。「黑白融合」曾經在媒體上鑼鼓喧天鬧了一陣子之後，根本就沒有人再提這回事了。那些黑人學生人數只佔全班的四分之一，而且都坐在教室後面，所以，我們這些白人學生根本就沒有受威脅的感覺。

而且，根本沒半個老師認真在上課。老師點完名之後，把教科書丟給我們，然後就跑到教室門口和別的老師聊天，一聊就是一整堂課，根本不管學生。而底下的學生則是丟紙球鬧成一團，大聊暑假的豐功偉業。

第四堂是英文課，任課老師是湯瑪斯太太。她是一個身材高大的黑人女老師。她用手猛拍黑板，叫我們安靜。「不要講話！注意聽我說！上我的課，你們要學的就只有一樣東西，那就是，威廉·殺豬比亞先生的作品。他很可能是全世界最偉大的作家。」說著，她在黑板上寫下莎士比亞這個名字。她說，這個學期，我們要讀「一隊」他的劇本，包括《該殺大帝》、《阿母雷射》、《亨利武術》。

我轉頭看看四周，看看有沒有別的同學和我一樣覺得好笑。接著，我看到有個學生臉上有一種似笑非笑的古怪表情。那傢伙瘦巴巴的，臉色蒼白，一撮黑頭髮遮住了眼睛。他拚命憋住，以免自己大笑出來。

湯瑪斯太太跑到外面走廊上去聊天，那個學生立刻跑過來坐到我旁邊那個位子，壓低聲音悄悄說了一句：「亨利武術。」

一聽到這句話，我忍不住爆笑起來。

他說他叫提姆。我說我叫丹尼爾。然後，我們握了握手。我發現他們這裡和我們印地安那州那邊一樣，握手的方式都是一樣的「酷哥式」——豎起大拇指，然後另外四根手指頭和對方的鉤在一起，握成一個拳頭。

「假如我告訴你，湯瑪斯太太是最棒的老師，你相信嗎？」他說。「有時候上課上到一半，她會扮演劇中的角色。你等著瞧吧，她演羅密歐演得亂棒的。」

「去年這裡不是還沒有黑人老師嗎？」我問。

「嘿，你在說什麼？」提姆好像嚇了一跳。「難道——難道湯瑪斯太太是黑人？」

我愣了一下，不知道他是不是在跟我開玩笑。

後來，他眨了一下眼睛，證明他是在開玩笑。「米諾高中一直都有幾個黑人老師啊。」他說。「這是為了表示我們學校沒有種族歧視。」

「不過，學校裡沒有黑人學生，對吧？」

「一直到今天才開始有。」

後來，我跟在他後面，走向大廳那邊。「這麼說來，所謂的種族融合根本就是雷聲大雨點小，對吧？」

「噢，在我們密西西比這裡，那確實是驚天動地的大事。雖然每個人都拚命表現出一副無所謂的樣子，不過，那確實是一件大事。用不著擔心，你很快就會適應這裡的狀況。不過，有一點你千萬要記住，那就是，千萬別跟人談這件事。」

「噢，不好意思。」

提姆笑了一下。「我說的是別人，不是我。什麼事你都可以跟我談。你可以把我當成是你的翻譯機。我可是受過訓練的，你們北方佬講的話我多半都聽得懂，而且我自己也可以說得很像。」

最棒的朋友就是這樣，可以逗你笑，而且，你覺得好笑的，他也覺得好笑。那一剎那，我立刻就有一種直覺，這位提姆·考辛斯一定能夠跟我成為好哥兒們。我們有三堂課是一起上的，而且，他跟我一樣，逮到機會就要開玩笑。就在開學的第一天，我們已經變成死黨了。就我們兩個。

提姆告訴我，在整個米諾市的大城區裡，米諾高中可能已經是最好的學校了。我告訴他，或許是因爲我是從北方搬來的臭屁北方佬，所以我對這個地方的第一眼印象很差。這裡的老師看起來似乎都是那種剛從專科學校畢業出來的菜鳥，要不然就是那種兇巴巴的老太婆，上課只是爲了打發時間等退休。回想起來，印地安那州那些老師感覺上似乎比較聰明伶俐，精力充沛。

「你實在應該留在那邊。」提姆說。「要是我早知道你要搬過來，我一定會警告你。」

「不是我自己想搬來。」我告訴他。「我是被我爸媽綁架的，不得不搬來這邊。」

我還告訴他，就在開車南下的路上，我們全部的家當都被一把火燒光了。所以，我們只好挨家挨戶的找，看看有沒有哪戶人家在車庫拍賣家具，然後一樣一樣的慢慢買，用來佈置我們的新家。

「聽起來，你家的人跟我家的人一樣怪。」提姆說。「你們家要在這裡住多久？」

「一輩子吧。」

他咧開嘴笑起來，拍拍我的背。「我也一樣！那可好，我們可以作伴，一起在這個鳥地方窩一輩子。」

吃過午飯之後，忽然覺得時間過得好慢好慢，簡直就像度日如年。我拿那支新買的簽字筆，很認眞的在筆記本裡鬼畫符。好不容易熬到下午三點，下課鈴終於響了。那幾個鐘頭感覺上似乎就像一輩子那麼漫長。

上了校車，巴德不知道從哪裡冒出來，忽然站到我旁邊。「喂，今天混得怎麼樣？」

「還好吧。今天認識了一個同學，那傢伙還滿酷的。」

「那你比我好一點。」他說。「你那些老師也都是大白痴嗎？」

「好像是。」

「我那些老師也一樣，百分之百的白痴。」這時候，有幾個學生正要爬上車。他瞄了他們一眼。「我們非告訴老爸不可。我們不能念這種鳥學校。要不了一個月，我們就變得和他們一樣白痴。」

「你瘋了嗎，巴德？我警告你，什麼都不准說。想想看——從現在開始，成績單上鐵定每一科都是A，大滿貫。我的意思是，我現在已經是高一了，而他們現在才剛開始要讀《該殺大帝》。我們初三的時候就已經讀過了。」

「我對天發誓，我們那個歷史老師喝醉了。」巴德說。

提姆．考辛斯告訴我很多學校的事。我把這些事一五一十全部告訴巴德。帕斯華茲太太是代數老師，有流言說她一直在接受精神治療。薇莉芙德小姐是法文一級班和二級班的老師。她就更神了。每次上課，大概有三分之二的時間她都在放她三次到巴黎去旅行所拍攝的幻燈片。教社會科的是梅普斯先生。每次要考試的前一天，他都會把答案寫在黑板上，而且，他給學生的分數從來不會低於C。另外，每天的第五堂課是化學課，任課的狄佛絲太太上課的時候都是趴在桌上打瞌睡。高興的話，你也可以陪她一起睡，或者，只要你別去吵到她睡覺，你想幹什麼隨便你。

這時候，珍妮也上車了，笑得很得意。

「還好嗎，妳這個小白痴？今天混得怎麼樣？」

「丹尼爾，這間學校實在太好混了！」

「噓……別大聲嚷嚷行不行？妳怕別人不知道啊？」

老媽老爸一直都沒問我們，爲什麼我們忽然脫胎換骨，成績單上所有的科目全都變成A。

在學校裡，不管是說話還是某些動作，我很快就把那種北方佬的習性改掉了。我把袖子捲起來，然後把襯衫後面的下襬從褲帶裡拉出來露在外面，這樣才跟得上這邊的流行。還有，我那種北方口語一直被人嘲笑，實在受不了，於是，我再也不說什麼「嗨，你們幾個」，改成說「y'all」。不再說什麼「可口可樂」，改成說「Co-cola」。6後面那個數字不再說是「7」，而是唸成「Seb'en」。另外，我也學會了跟他們一樣，把「不是」說成「ain't」，把「不行」說成「cain't」。對了，當然「密西西比」也改成「密─西比」。

不過，巴德就不一樣了。他根本就不想改變自己。白天的時間，我們幾乎都是在外面的草坪除草，除草以外的時間，他幾乎整天關在自己房間裡，抱著那台手提電視。我們的新家是一棟莊園式的磚砌平房，前門廊有四根白色的小柱子，座落在一片綿延起伏的庭院草坪上。房子不大，草坪卻大得嚇人。老媽說，住在這棟房子裡，她忽然覺得自己好像「亂世佳人」裡的郝思嘉。我提醒她說，郝思嘉家裡有黑奴可以幫她整理庭院，她自己用不著除草。老媽賊兮兮的笑著說：「郝思嘉有黑奴，我有兩個兒子。」

在密西西比州，一片佔地三英畝的草坪，草是永遠除不完的。這裡的草，草莖是開叉的V字形。當你推著刈草機砍掉了那一整片之後，你會發現，你最初動手的地方已經又冒出了一大片。而且，要是你不去除草，隔了幾天，你會發現草坪已經變成一片高大的綠色叢林，而且，草莖會硬得像鋼琴弦一樣，刈草機的刀刃根本砍都砍不動，而且裡頭會躲滿了叮人的蚊蟲，例如擬蚊蠓、胡蜂，還有火蟻。

老爸幫我們買了一具Yazoo牌的大型刈草機，刀刃足足有三十英寸長，用來保持平衡的後輪大得像腳踏車輪──如果用狗來做比方，那麼，這台刈草機簡直就像巨大的挪威納，相形之下，我們從印第安州帶過來的那具「兄弟牌」刈草機大概只能算是小獅子狗了。光是在平坦的草地上往前推那具Yazoo刈草機，就要用掉吃奶的力氣。漫天漫地的草屑從導槽裡噴出來，我整個人彷彿被一團綠色的龍捲風籠罩住。

巴德和我輪流推那台怪物。密西西比州彷彿是用一種奇特的方式在歡迎我們：每天一大早，天氣就開始熱，而且一熱就是一整天，熱得會死人，就算太陽下山了，那種悶熱還是久久不散。這種熱天從八月開始，然後九月，一路熱到十月，威力絲毫不減。悶死人的熱天，咬死人的蚊蟲，驚天動地的Yazoo刈草機，味道古怪的草屑，還有老爸三不五時跑出來，告訴我們哪裡的草沒有除乾淨。我開始痛恨這片庭院的每一平方英寸，痛恨火蟻丘，痛恨地面上凸出來的石塊，痛恨那些從刈草機裡噴出來，像砲彈碎片一樣打在我身上的石頭碎屑。我默默祈禱，但願突然有一道強烈的寒流從北方襲捲而來。

十一月二日是巴德的生日，那天吃晚飯的時候，巴德忽然站起來跟大家宣布，他要去當兵了。海軍陸戰隊。

老媽和老爸嚇呆了——當時，華特．克朗凱主播的新聞每天都在報導越戰——可是，他們已經阻止不了他了。巴德已經十八歲了。他已經簽了徵召令。

當天晚上巴德告訴我：「當兵基本上是很苦的，不過，往後會慢慢越來越好過。」已經很晚了，我們都還沒睡，各自捧著一大碗澆了糖漿的香草牛奶冰，邊吃邊看強尼．卡森主持的電視新聞雜誌。「當兵可以學一些專業技能，比如說，我可以學開直升機，或是學電子。什麼都可以學。」

「老哥，你怎麼可以把我一個人丟在這裡？那一大片草坪我一個人怎麼搞得動！」

「抱歉了，老弟。你應該明白，這地方我再也待不下去了。」

「我可以跟你一起去。」我說。「我可以告訴他們，我已經十八歲了。」

「第一，鬼才相信你已經十八歲。第二，老爸一定會把你抓回家，而且會宰了你。不行，丹尼爾，你要學學我，你要熬下去。」

「你才在這裡待了幾個月，可是我還要等整整兩年才能畢業。」

「別忘了可憐的珍妮，也許你應該跟她比。她還得在這個鬼地方繼續熬……多久……五年嗎？而且，萬一老爸沒有再調職……」巴德舔舔湯匙。「你們兩個就會跟那些人一樣，變成鄉巴佬。等著瞧吧。你講話的樣子已經開始越來越像他們了。」

「才沒有。」我咧開嘴笑了一下。「眞他媽的。」

三天後，巴德要走了。他要到南卡羅萊納州的帕瑞斯島去受訓。老爸不想到巴士站去送他。他受不了那種場面。於是，我們全家站在門口的車道上送他出門。老媽哭了，而珍妮則是哭著衝回家裡去。我強忍著悲傷，把眼淚往肚子裡呑，眼睛盯著那片昨天剛除過的草坪。草坪上已經又冒出新的草苗了。「老哥，早點回家。」我說。

我們擁抱了一下，然後，他跟我握握手，最後在我背上拍了一下。「你自己也要保重，老弟。還有，不准進我房間。媽，妳要盯著他，不准讓他進去。」

他實在有點杞人憂天，因爲，他的房間會成爲聖堂。「離鄉背井的巴德」，他的聖堂誰也不准進去，只有老媽可以進去打掃，把他摔角贏來的獎盃擦乾淨。那台好好的電視會紋風不動地擺在裡面，久了，說不定會壞掉。不過，有一天，也許巴德會再回來看那台電視。

巴德一直是我最好的朋友。我們從小一起長大，不管什麼東西，他總是先學會了，然後再教我。我會很想念他的，可是，眼看著他要走了，我還是不能哭，因爲那太娘娘腔了。

不管怎麼樣，好歹我還有另一個朋友。提姆．考辛斯。眞正的好朋友，一個就夠了。

3

每個星期三晚上，我都會和提姆通電話，邊講邊看電視上的「桑尼和雪兒歡樂秀」節目。提姆住市區，我住在郊區的布埃納維斯塔街上。我癱坐在小客廳的沙發上和他講電話。

「我覺得桑尼．波諾亂詭異的。」提姆說。「我實在搞不懂，雪兒幹嘛要嫁給他？他長得又不帥，又缺乏幽默感，甚至連唱歌都會走音。他裝出一副傻頭傻腦的樣子，不過，骨子裡他一定覺得自己很聰明，娶了雪兒這種長期飯票。你看，他笑那個樣子眞的好賊。」

「說不定他那根特別大。」我說。

「噢，老天，你不覺得他很娘嗎？看看他那滿臉絡腮鬍，多噁心哪……看起來就像吸塵器用來清椅套的那個附件刷頭，你不覺得嗎？跟你打賭，他吃東西的時候，那些東西鐵定都黏在他鬍子上。而且，跟你打賭，他在舔雪兒那裡的時候，鬍子上一定沾滿了她的春水。」

「老天，提姆，你少噁了。」

「等一下等一下。」他叫了一聲。我聽到電話裡一陣窸窸窣窣的聲音，好像他電話沒抓好。

「輪到她獨唱了。」

每次節目進行到某個時間點，雪兒就會穿著一套驚世駭俗的禮服出現在舞台上。設計那些禮服的人，就是設計芭比娃娃的時尙大師巴伯．麥基。雪兒骨瘦如柴，根本就是個太平公主，不過，巴伯．麥基偏偏就有那種本事，把她的禮服剪裁出一種神奇角度，創造出一種胸前偉大的幻覺。每個禮拜，我們都等著看巴伯超越自我，創造出比上個禮拜更令人嘆爲觀止的奇蹟——上個禮拜是紅光閃閃令人目眩的布簾，鑲滿珠子的檸檬綠緊身袍，頭上戴著一頂無緣帽，帽子上插滿了彈力鐵絲，鐵絲尾端有一個小球。而這個禮拜，雪兒全身佈滿了炸彈開花般的白羽毛，坐在一個巨大的鳥籠裡盪鞦韆，頭上頂著一隻和平鴿布偶。她坐在那個鳥籠鞦韆上，用嘶啞的嗓音唱著那首著名的情歌〈愛的囚禁〉（Your Love Is Like a Golden Cage），感覺棒透了，可是又有點滑稽。

提姆笑得驚天動地，那種尖銳的笑聲聽起來像小狗在慘叫。「哈哈！你看看她！太勁爆了！」

「我已經說不出話來了。」

「那隻鴿子一副要在她頭上大便的樣子。」

「我就是這種感覺！」

提姆說：「對了，我問你，你有想過舞會要找誰當舞伴嗎？」

那一剎那，我忽然胸口一緊，彷彿心臟陡然往下沉。提姆常常會突然丟給你一個爆炸性的問題，感覺就像朝你丟一顆手榴彈，可是他的口氣卻是那麼漫不經心，彷彿只是丟了一朵花給你。他就有這種本事。「沒有。」我騙他說。「我根本就沒想過。」中高年級歡送舞會今年舉辦的時間提早了——四月的第一個禮拜，距離今天只剩下不到四個禮拜了。

「你該開始想一想了。禮拜一就要買票了。當然，如果你根本不想去，那就不是問題了。」

「這是什麼話？我們可以不去嗎？我的意思是，這場舞會不是大家都一定要參加的嗎？如果我們不去，那不是太奇怪了？」

這時候，提姆又繼續追問：「那麼，你想找誰當舞伴？」

我心頭小鹿一陣亂撞。「我還沒想到。你呢？」

「你先回答我。」

「好吧，你說得沒錯，這可不是小事情。嗯，我想想看，對了，我找泰莉．凱桑，你找瑪麗喬．帕克絲，你覺得怎樣？」

「瑪麗喬臭屁得要命，眼睛長在頭頂上。」

「是沒錯，不過，她不是喜歡你嗎？我跟你打賭，只要你找她，她一定會答應的。」

「你想得美。她一定會跟比爾．孟格一起去的。」提姆說。「還有，你眞的認爲泰莉．凱桑會跟你去嗎？」

「我不知道。可能不會。你覺得不好嗎？」

「我們還有誰可以找？」他問。

「呃……你覺得麗莎和茉莉怎麼樣？」

「你在發神經啊？麗莎已經被藍迪．菲爾茲泡上了，他一定會找她去的。至於茉莉，她應該會跟蓋瑞．布蘭特利一起去吧？當然，我只是猜的。」

「你說得大概沒錯。」麗莎和茉莉都是啦啦隊，換句話說，長得很漂亮，充滿魅力，人見人愛。我和提姆就像她們的哥兒們一樣。中午排隊等吃飯的時候，她們會跟我們嬉笑打鬧，只不過，一談到約會，她們都另有眞正的男朋友——高大英俊的足球隊員。在米諾高中的人氣排行榜上，他們是金字塔的頂端。麗莎和茉莉絕對不會有時間窩在家裡看「桑尼和雪兒」。

「你覺得麥勒摩兒那對姊妹怎麼樣？她們兩個很好玩。」

「她們不是要和姓寇比的一起去嗎？我忘了那傢伙叫什麼名字。」提姆說。「不過，我倒是有個點子。就當是個點子就好了，你聽聽看，參考參考……你應該懂我的意思。」

「你到底想說誰？」

「黛比和黛安。」

「老天，饒了我吧！你在開玩笑嗎？」

「你仔細想想。那兩個女孩子人很不錯。我們應該會玩得很開心，更何況，你應該明白，她們絕對不會拒絕的。」

「可是提姆，她們實在太──」

「不准說。」他說。「不准說那個字。呆尼爾，她們人很好。她們個性很好。」

這倒不假，大家都喜歡芙琳格家的兩姊妹。她們倆是雙胞胎。只可惜，從外貌協會的標準來看，她們實在不怎麼吃得開。她們戴著厚厚的近視眼鏡，牙齒上戴著鋼絲牙套，身上穿的衣服是她們的媽媽自己做的，感覺有夠土。她們家是虔誠的「純福音聖靈降臨節教派」信徒，所以，衣著簡樸也是她們信仰的一部分。她們參加唱詩班，參加樂團、基督教青年會、四健會、校園團契、數學研究社、科學研究社、美國主婦聯盟。她們是好女孩，只不過，大概只有要借代數筆記的時候，你才會想到她們，至於參加舞會，她們不會是你想邀請的對象。

不過話說回來，談到舞會這碼子事，我和提姆自己也不是什麼炙手可熱的人物。我們長得並不難看，只不過，我們卻屬於那種「書蟲怪胎」。在學校裡，學音樂的、會讀書的、會演講的、不會打球的，都被列爲怪胎。在學校裡，我最喜歡的科目是音樂課，而且還參加樂團。至於提姆，他喜歡美術課。我們唯一擅長的「運動」，就是嘴巴上消遣那些「萬人迷」。

提姆的個子瘦瘦高高的，一頭又密又長的黑髮把額頭都遮住了。長相還滿帥的，只可惜模樣看起來像「弱雞」，彷彿這輩子從來沒有好好吃過一頓飯。我比他矮了五英寸，不過長得比他「強壯」，每次吃飯，盤子裡的東西一定吃得半點不剩。除了「強壯」之外，我好像就沒什麼過人之處了。不過，我的眼神倒是像老鷹一樣銳利（老媽說那叫做「目露兇光」）。此外，我那頭淡褐色的頭髮剃成了小平頭，硬得像鬃毛一樣。老爸說，娘娘腔的男人才會留長頭髮。在他的監督下，一直到了升上高二，我都還剃著一個小平頭。全班男生只剩下我一個。他好像忘了，在南方搖滾大師強尼．溫特的年代，在「齊柏林飛船」合唱團的年代，頭髮的長度是不能低於肩膀的。

我剃著平頭，而提姆是個多方面的怪胎，儘管如此，我們還是相信自己比較酷，比較聰明，比較有幽默感，遠超過米諾高中的任何一個學生。我們實在是太酷了，酷到沒有人知道我們很酷。我們熱愛「桑尼和雪兒」，因爲他們落伍得像是「石器時代」的產物，但卻又是那麼的渴望跟上流行。就像我們一樣！此刻，桑尼戴著一頂超大型牛仔帽，一條有邊鬚的牛仔皮褲，而雪兒則打扮得像個西部酒吧女郎，一頭卷曲的金髮，胸前墊得無比雄偉。雪兒一邊拋著媚眼，一邊講笑話，只可惜笑話一點都不好笑。不過，她戴著假髮，墊高胸部，看起來倒是性感得不得了。

「芙琳格家兩姊妹有什麼不好？」提姆說。「別這麼自以爲了不起行不行？」

「幫幫忙好不好，老天，黛比和黛安？好歹也找兩個看起來比較像樣的，比如說泰莉和瑪麗喬。至於黛比和黛安，就留著當備胎吧。」

「萬一話傳到她們耳朵裡，那是很傷感情的。」他說。「反過來說，要是我們一開始就找她們，大家就會以爲我們兩個是大好人，找她們是爲了日行一善，讓她們有機會參加舞會。不會有人把她們當成是我們約會的對象，或是眞正的女朋友，你懂嗎？」

我懂。要是我們去找泰莉和瑪麗喬，那會有點像是癩蛤蟆想吃天鵝肉，很可能會慘遭拒絕。這樣一來，我們就成爲全校茶餘飯後的笑柄。反過來，要是我們去找芙琳格家姊妹，她們百分之百一定肯，這樣一來，我們就會變成大善人，變成兩個好女孩的大恩人。這樣，我們就像是居高臨下，穩操勝算，而不至於陷入谷底，任人宰割。當我們抵達舞會現場的時候，頭上就會頂著大善人的光環，這樣一來，我們反而有機會釣到我們眞正想釣的大魚。於是我說：「也許你說得對。」

「不是也許。是一定對。這件事我已經考慮很久了。」

「可是，我只是期望我們能夠有更好的待遇。你的計畫感覺上比較像是B計畫。」這時候，電視裡的雪兒手往吧檯上一掃，把一堆杯子掃到地上。「這種節目像喜劇嗎？」

「那是超現實主義，就像達利的畫。」

「就像你、我，還有芙琳格家姊妹。」

「你有更好的點子嗎？面對現實吧。」

我咬著嘴裡的牙籤。「我知道這樣做有什麼好處。我眞的知道。只不過，我很想知道，帶她們去參加舞會，實際上會是什麼樣的場面。」

「你是擔心我們到時候是不是要吻她們之類的？不會的啦。」

「你說什麼？我們當然要吻她們。老天，那是舞會耶！你到底在打什麼算盤？帶人家去參加舞會，結果又不跟人家接吻。那不是太殘忍了嗎？」

「好啦好啦，那你到底想邀誰去參加舞會？」提姆問。「當然，我說的是純理論。」

「理論上，我想找雪兒去。」我說。「你看看她。我們爲什麼不能找像她那樣的女孩子？就算沒那麼漂亮，至少也要過得去。提姆，幫幫忙好不好？認眞想一下好不好？」

這時候，電視上的雪兒穿著一件亮晶晶的白色禮服，眼影塗得好濃。節目快結束了，她手上抱著小女兒雀絲蒂，準備要唱最後那首晚安曲〈I Got You, Babe〉。

「你聽我說，呆尼爾。」他說。「我們根本就不認識什麼漂亮女生。有誰肯跟我們去參加舞會呢？」

「確實沒有，不過，並不一定眞的要多漂亮，至少不要——」

「不准說——」

「至少不要是那種哭哭啼啼獃裡獃氣的醜八怪。」

「別再說了!」他爆笑起來。「你給我閉嘴!」

「丹尼爾，你知道現在幾點了嗎?」老媽的聲音從走廊那邊傳過來。在我們家，晚上十點已經可以算是三更半夜了。

「好了，提姆，我要掛電話了。我睡覺的時候再好好想一想。」

「可憐的小雀絲蒂，你看看她，她好憂愁。」他在消遣我。電視裡，桑尼·波諾抓起孩子的小手揮一揮，向大家道晚安。「你看現場的燈光，那麼刺眼，她的眼睛受得了嗎?她不是早該回家舒舒服服地躺在搖籃裡了嗎?」

「她是全美國最有名的小嬰兒。」我說。「那也算是她的工作。」

「我跟你打賭，桑尼一定常常用他的大鬍子在她臉上搓。」

「少噁心了!我要掛電話了。下次再聊——」

「再聊。」說著，他搶先掛斷了電話。我們每次都在比賽看誰電話掛得比較快。

隔天晚上，我們開始討論一些策略的細節，該怎麼邀芙琳格家姊妹去參加舞會。提姆堅持說，她們兩姊妹，我們必須各自先挑一個，然後分別去邀請。他說，女孩子對這種事是很龜毛的，特別是雙胞胎。雙胞胎的行爲模式幾乎一模一樣，簡直就像同一個人。

於是，我們拋銅板決定。結果是人頭面——我贏了。我挑黛安。

「這樣不公平，你那個比較漂亮。」提姆邊說邊笑，笑得好邪惡。其實，雙胞胎怎麼可能會有哪一個比較漂亮?

老天，我們兩個眞的好惡毒。我們自以爲這樣很好玩，可是實際上，這樣是很殘忍的。

這時候，老媽那種快要睡著的聲音又從走廊那邊傳過來了。「丹尼爾，該掛電話了吧。你已經講了好幾個鐘頭了。」

「媽，這是市內電話，不用錢的。」

她說：「說不定會有人打電話進來，你沒有想過嗎？」

「老天，她講話跟我媽一模一樣。」我聽到電話裡提姆在說。「你媽和我媽會不會是同一個人啊？你看過她們在同一個地方出現過嗎？」

「提姆，差不多了，下次再聊——」

「再聊。」他又搶先一步掛了電話。

後來，我們終於想好要怎麼處理芙琳格家兩姊妹了。我們決定，等到「密西西比州歷史」那堂課一下課，我們就同時行動，分別在學校的走廊上邀請她們。密西西比州規定，全體高一學生都一定要上這堂課，上一整年，以了解本州輝煌的過去。目前，我們的作業就是把整個州所有小鎮的名字全部背下來。每堂課的最後十分鐘，艾特金教練都會用他那種令人昏昏欲睡的單調口音，逐一朗誦小鎮的名字：「納索巴、紐頓、諾斯比、奧克帝貝赫……」

下課鐘一響，提姆立刻走到黛比．芙琳格前面。這下子，我別無選擇，只好悄悄走到黛安面前，悄悄對她說：「嗨，我可以私下跟妳說幾句話嗎？我們到走廊那邊去好不好？」

她一定以爲我是要講別人的八卦給她聽，於是就靠在置物櫃上，豎起耳朵準備聽我要說些什麼。這時候，我開門見山劈頭就問——「我想問妳，妳想不想跟我去參加中高年級歡送舞會？」

那一剎那，她下巴忽然掉下來，好一會兒嘴巴都闔不攏，厚厚的鏡片後面眼睛忽然亮起來——但轉眼間，她眼中忽然又閃過一絲陰鬱的神色。她說，我一定是在捉弄她。從她的眼神中，我彷彿看到潛藏在她內心深處那顆受傷的心靈。那一剎那，我忽然感到很慶幸，還好有邀請這個女孩子去參加舞會。這件事我一直沒有告訴提姆，也沒有告訴任何人。

「不不，我是說正經的。」我笑著說。「不知道妳願不願意？」

這時候，她眼神忽然又柔和起來。「噢，丹尼爾，眞的嗎？你眞是太好了，可惜我不能去。」

這時候，我腦海中忽然警鈴大作——噢，老天，慘了！已經有人約她了。我竟然會被黛安·芙琳格拒絕！太丟臉了！不，這幾乎是身敗名裂！我暗暗踢了一下地板。「怎麼了，已經有人約妳了嗎？」

「沒有，沒有。怎麼可能呢？就算有人約我，我也寧願陪你去。不是，那是因爲黛比。沒有人約她。要是她不能去，我怎麼可以丟下她，自己一個人去呢？」

我忽然鬆了一口氣。「剛剛我們在說話的時候，提姆已經去約她了。」

「眞的！老天！難道你——丹尼爾，你們眞是太好了！」說著，她忽然用手圈住我的脖子，在我臉上親了一下。感覺有點濕濕的。

我立刻轉頭看看四周的走廊，看看有沒有被人看到。自從小學六年級開始，我就一直覺得女生像一團謎，令我感覺很不自在。當年，大部分同年齡的男生都已經交過眞正的女朋友了，而我雖然懵懵懂懂，卻也很認分的去交了一個女朋友。她叫做露西·米德，一個身材修長的金髮少女。她有辦法用心算做很複雜的除法計算。

我還記得有一天，下著雨，很多學生身上都被雨水淋濕了，那股味道從走廊那邊飄進來。當時，我正忙著寫一封情書，反覆重抄了兩次，把字寫得漂亮一點。我把那封信對摺了四次，然後叫後面的同學沿著那排課桌椅往後傳，一路傳到後面交給露西。她看過之後，用鉛筆在上面寫了幾句話，然後也一樣摺起來，傳回來給我。

站在講台黑板前面的凱門小姐瞄到我們鬼鬼祟祟的舉動，忽然猛一轉身，那雙貓一般的眼睛陡然亮起來。她踩著高跟鞋，喀噠喀噠的走過來，一把抓住那封情書，舉在半空中揚一揚，秀給全班的同學看。

「請注意，各位同學。有一位同學沒辦法忍到下課了，他現在就要和我們一起分享他的祕密。我想，也許我們該看看這封信有多重要，對吧？」這時候，全班同學開始喃喃嘀咕起來，有人贊成，有人反對。凱門小姐笑了一下，然後攤開那封信。「好，我們來看看……『親愛的露西，我喜歡妳妳喜歡我嗎』嗯，這裡少了一個逗號，後面少了一個問號。『喜歡，不喜歡。請選一個答案，在上面做記號，然後傳回來給我。愛妳的丹尼爾。』」唸到這裡，她抬起頭來看著全班。「是丹尼爾．莫斯葛羅夫嗎？」

全班只有我一個丹尼爾。那一剎那，我覺得自己彷彿死了好幾次。

「你寫字變漂亮了，丹尼爾。」她說。「只可惜，露西勾選的答案是『不喜歡』。」

凱門小姐把那封信撕成兩半，丟進垃圾桶裡，然後又走回黑板前面。

後來，我再也沒有看露西一眼，沒有再寫情書給她，也沒有再對任何女孩子表露出絲毫愛意。一直到了許多年以後，在「密西西比歷史」這堂課下課之後，我才終於邀請黛安．芙琳格跟我一起去參加舞會。

她答應了！她在我臉上親了一下！那一剎那，我覺得自己好像突然長大了，變成一個眞正的男人了。所以，女人一點也不神祕。你只要找對人，走到她面前，開口邀請她。

「太好了，我們就這麼說定了。」我說。「我會打電話給妳，到時候我們再來討論細節。」

「老天，時間已經不多了！我們得趕快準備禮服，跟美容院約時間，噢，還有一堆有的沒的！」

「沒錯，我們男生還得去租晚禮服西裝。」

「噢，到時候你看起來一定很帥。」她好興奮，我眞怕她可能又會再親我一次。於是，我用一種很哥兒們的方式拍了一下她的肩膀，刻意躲開她，然後邁開大步走到另一間教室去上化學課。

提姆告訴我，黛比也是一樣興奮得要命。這個消息很快就傳開了，大家的反應正如我們所預期的，一致認爲我們是大好人，令人敬佩。大家都明白，其實我們可以找到更好的對象。最重要的是，所有的女生都因此更喜歡我們，因爲我們讓兩個好女孩有機會去參加舞會。

我們走進「黑燕禮服公司」大門的時候，忽然聽到一陣刺耳的嗚聲。那種蜂鳴器的聲音聽起來很像我們走進了監獄的牢房區。提姆飛也似地跑回去把門關上。一個矮矮壯壯的男人忽然從整排西裝外套中間冒出來。「兩位先生，你們要找正式的晚禮服嗎？」我注意到他衣服腋下的部位已經被汗水浸濕了。「那麼，請問你們要去什麼樣的場合——等一下，我猜猜看。嗯，是學校的舞會吧？」

「不是普通舞會。」提姆說。「是中高年級歡送舞會。」

「那就對了。那麼，你們想怎麼打扮自己呢？」

店裡到處都是青銅製的人體模特兒，頭上套著假髮，手腕翹起來，身上穿著各種不同顏色的晚禮服。「晚禮服西裝不都是黑色的嗎？」我問。提姆也在旁邊嘀咕著附和我。

「噢，沒這回事，兩位先生，現在已經是一九七三年了。」那個人說。「這年頭大概只有我這種老頭子才會穿黑色的晚禮服了。現在的年輕人喜歡讓自己穿得有活力一點。比如說，看看這套酒紅色的『殖民地將軍』禮服。你們看，是不是很棒？」看到那套禮服，我忽然想到餐廳的服務生。「或者，看看這套天藍色的『首席大律師』，另外，翠綠色的這套也不錯。這兩套都是今年最流行的。」

「你這邊都沒有黑色的晚禮服嗎？」我問。

那個人笑了一下。「能不能再請教一下怎麼稱呼？」

「他叫丹伍奎。」提姆搶著回答。

「好吧，丹伍奎，我們從另外一個角度來思考好了。你的舞伴穿什麼顏色的衣服？」

我聳聳肩。「我怎麼知道？」

「粉紅色。」提姆斬釘截鐵地說。「黛安穿粉紅色的禮服，黛比穿乳白色的。」

我目瞪口呆的看著他。「你怎麼會知道？」

「我問過。」

誰會想到要去問她們穿什麼顏色的衣服？難不成除了我之外，每個人手上都有一本「舞會教戰手冊」？

「不管是粉紅色還是乳白色，都一定要用藍色來配。」那個店員說。「藍色就對了，天藍色或深藍色都可以。要是我的話，我會挑天藍色。比較有朝氣。」

「我喜歡深藍色。」提姆說。「天藍色太刺眼了。」

「可是，在展示間的燈光下看衣服，顏色看不準。到了舞會現場，顏色會暗很多。天藍色看起來會很高雅。相信我。我已經在這行幹三十二年了。」

接著，他幫我們量了尺寸。我們挑了光面皮鞋、胸前有褶邊的襯衫、蝙蝠形的領結、吊帶、袖口鏈扣、老式的護踝鞋罩、女用的胸前花飾。這些東西，價錢貴得嚇人，不但爸媽給我們的錢花光了，我們自己還要再貼錢。不過，我們終究還是付了錢，然後飛也似地離開那家店。

到了舞會那一天，我們到店裡去拿禮服，沒想到衣服的顏色比我們想像中更淡。我們記得很清楚，當初我們要租的是深藍色，可是眼前禮服卻是……天藍色的。不但是天藍色的，而且翻領上還有旋渦狀的花邊。另外，褲子旁邊還有黑色緞帶。那天那個店員根本不見蹤影，而坐櫃檯那個女人態度很惡劣。她竟然對我們說，要不要隨便。如果我們不要，訂金也不會退還給我們。所以，小鬼，算了吧，趕快拿走吧，我沒時間跟你們攪和。

那兩套天藍色的晚禮服用塑膠袋裝著。我們把那兩袋衣服拿上車。提姆費盡唇舌，終於說服他爸爸今天晚上把那輛Buick Riviera借我們用一下。不過，他爸爸鄭重警告他，要是看到車上多了一道刮痕，他就會活活掐死他。我們小心翼翼的把衣服吊在後座的掛鉤上。

提姆慢慢坐進駕駛座。「看到那種顏色，我就渾身不舒服。」

「噢，算了吧，倒也沒那麼難看。那傢伙不是說，天藍色是今年最流行的？」

「那傢伙是個白痴。」提姆嘀咕著。「穿上這種衣服，看起來一定很像——像兩個六〇年代的滑稽明星！」

「說不定大家會以為我們是故意要搞笑的。」

「那還用說。哈哈。太好笑了。」說著，提姆忽然皺起眉頭。「今天晚上一定會出糗，我不想去了。」

「不去？你敢不去？」我說。「是你把我拖下水的。你已經害我花了四十八塊美金了！好了，振作一點，我們趕快把車子清乾淨吧。」

整整一個鐘頭，我們拚命刷洗車身，用吸塵器把車裡清乾淨，上蠟拋光，然後在車子裡噴滿了青草風味的芳香劑。那種味道實在太像我除草時的草屑味，害得我噴嚏打不完。

提姆開車出城，送我到美景路我家門口，然後把車子停在車道上。我跑進去洗澡穿禮服的時候，他坐在車上等我。老媽問我為什麼提姆不進去，我心裡想，他看到傑克，嚇得腿都軟了，哪敢進來？不過我並沒有這樣說，我只是告訴她，他太緊張了，根本不敢離開他爸的新車半步。

「嗯，奇怪。這孩子有點怪怪的。車子停在我們家的車道上，誰會去動呢？」說著，老媽伸長了脖子，探頭看看窗外。「你們兩個要先帶女孩子去吃晚飯嗎？」

「我們大概會帶她們去『北條餐廳』吧。那裡距離『假日酒店』不遠，而且不會太貴。」高三和高二的學生已經忙了好幾個禮拜，在假日酒店醫學中心的大舞廳裡掛滿了彩帶，把那裡佈置成「一千零一星辰之夜」的會場。我們班上有幾個同學已經在某些高級餐廳訂了位，比如Primo義大利餐廳或La Parisienne法國餐廳。不過，提姆和我都覺得，既然舞會才是重頭戲，那又何必把錢花在吃上面呢？

「到那種大衆餐廳去，你不覺得你們這身打扮太花枝招展了點？」老媽說。「這就是你租的晚禮服嗎？我看看！噢，親愛的，你看！怎麼那麼藍。」

「妳覺得太藍了嗎？」

「噢，不會啦。你也知道我喜歡藍色。只不過，這輩子我好像沒看過這種藍色。」

「這種藍叫做『首席大律師』，聽說是今年最流行的。」

「應該是吧。」她說。「好了，提姆在等你，趕快穿起來吧，我去把底片裝到照相機裡。」

於是，我飛快地套上晚禮服，掛上吊帶，然後慢慢走回小客廳，我忽然覺得自己看起來好像一根有褶邊的天藍色冰棒。「哇，你整個人看起來都不一樣了！」老媽飛快拍了六張照片，啪啪啪，小客廳裡立刻閃起陣陣白光。「我的孩子長大了，要去參加大舞會了！來，去給傑克舅公看看，他一定愛死了你這身打扮。」

這時候，珍妮正好經過客廳，瞄了我一眼，然後忽然一陣狂笑。

「媽，我要走了啦。」我說。

「一下下就好。傑克舅公一定很想看看你。」

說著，她飛快地跑進廚房裡面。過了一會兒，我聽到一陣嘎吱嘎吱的輪子聲，看到她推著傑克的肩膀從廚房那邊過來。

傑克是我舅公，老媽的舅舅，也就是她媽媽的哥哥。他今年已經七十歲了，大光頭，一副凶神惡煞的模樣，鼻子長得很像卡通片裡那個大鼻子牛仔，鼻子底下還有一撮亂七八糟的白毛。他沒辦法走路。他小時候得過小兒麻痺症，兩條萎縮交纏的腿看起來很像嬰兒的腿。他這輩子從來沒有走過半步路，從來沒上過學。從前在阿拉巴馬州的老家，他的朋友都是鄉下的黑人，因此他講起話來跟他們一模一樣。他穿著襯衫式的丁尼布連身袍，因爲他那兩條腿根本找不到尺寸適合的褲子。他坐在一台特製的「滑板車」上，用手撐住地面往前推，在屋子裡繞來繞去。所謂的「學步車」就是一塊板子，上面包著塑膠坐墊，底下裝了四個溜冰鞋輪。

小時候，老媽偶爾會把我放在傑克旁邊的地上，傑克就會伸手故意捏我的腿，津津有味地看我哭。

老媽一直想搬到密西西比來，因爲外婆和傑克住在阿拉巴馬州，這樣一來，她就可以和他們住近一點。我們搬過來那一年的十二月，外婆過世了，於是，傑克就搬過來和我們一起住。

「看看我們的丹尼爾！」他興高采烈的大叫起來。「小子，你要去哪裡？」

「嗨，傑克。今天晚上我們學校有大舞會。」

他咯咯笑起來。「你看起來好像一隻藍色的大肥鳥。」

老媽一副眉開眼笑的樣子。「傑克，丹尼爾要和女生約會耶！你看他帥不帥？」

「這是我這輩子看過最肥的老藍鳥。」傑克說。

「媽，我要走了啦。」

「好吧，你走吧。小心點。不要太晚回來。噢，對了，丹尼爾——」她忽然過來抱了我一下，我也只好乖乖讓她抱。「對人家女生要溫柔一點，要有紳士風度，知道嗎？」

「千萬不要想去親人家。」傑克說。「小心她甩你一巴掌，打得你滿地找牙。」

我飛也似地衝出門，看到提姆正在車道上踱來踱去。「老天，我還以爲你被馬桶沖——」說到一半，他忽然沒聲音了，瞪大眼睛看著我。

「怎麼樣？」我暗暗咬緊牙根。

「你要聽眞話嗎？」他打量了我一下。「老實說，我覺得還不錯。我是說眞的，還不錯呢。」

「傑克說我看起來像一隻藍色的大肥鳥。」

「那你媽怎麼說？」

「她說我看起來滿帥的。」

「你知道嗎？」提姆拉開車門。「我覺得她說對了，你這個傢伙。」

我笑了一下，然後坐進車子裡。我們把車窗搖下來，一路風馳電掣開向市區。收音機裡播放著「卡本特兄妹」的歌，〈Calling Occupants of Interplanetary Craft〉。十六歲，生龍活虎的年紀，要去參加大舞會。這種感覺滿棒的。至於晚禮服是天藍色還是什麼色，管他去的。提姆老爸那輛Buick引擎蓋好長，而長長的引擎蓋前面，世界無限寬廣。在這個四月的黃昏，眼前密西西比的山丘連綿起伏，籠罩在一片柔柔的光暈中。

也許，「書蟲怪胎」的日子快要結束了，我即將展開新的人生。我今年才高二，還來得及把自己改造成吃得開的大衆情人，跟眞正漂亮的女生約會，擺脫「書蟲怪胎」的標籤，開始享受那種高中生該有的樂趣。

跟提姆在一起，我老是會想到他們家比我們家有錢。他家座落在鬱林湖區最高檔的那條街上，而且，他家的房子看起來比同條街上的房子更漂亮，更乾淨。他老媽簡直就像鬼魂一樣神祕——因爲，你從來沒看過她打掃，可是她家裡卻乾淨得一塵不染。而且，珮西．考辛斯整個人看起來就像她的廚房一樣，朝氣蓬勃，光鮮亮麗。提姆去洗澡的時候，他媽媽請我坐在吧檯前面，拿了一罐可口可樂請我喝。坐在吧檯前面，呈現在眼前的就是那完美無瑕的廚房。

「你們一定會玩得很開心的。我還記得我們當年那場歡送舞會。就在那天晚上，我愛上了提姆他爸爸，簡直就像電影演的那樣。」

「考辛斯先生就是妳當年的舞伴嗎？」

「噢，不是。我是和另外一個男生一起去的——我連他叫什麼名字都忘了。」考辛斯太太眨了一下眼睛。「反正有人約我，我就去了。可是後來，我看到提姆他爸爸和另外一個女生在跳舞。舞池裡人山人海，可是，他忽然看到我了，我也看到他了。我們隔著擁擠的人群互相對望……那種感覺眞是太浪漫了。當時放的音樂是桃樂絲黛那首很有名的〈Que Sera Sera〉。一直到現在，每次想到那首歌，我都還會有一種如夢似幻的感覺。」

我心裡暗暗嘀咕，提姆怎麼不快點。

這時候，考辛斯太太忽然從吧檯對面朝我衝過來，那副模樣彷彿想跟我說什麼悄悄話。「丹尼爾，你老實說，黛安是不是你的女朋友？」

「噢，不是，考辛斯太太，絕對不是。」

「但願提姆能夠遇到他的眞命天女。」她說。「他實在太害羞了，看到女生就臉紅！你竟然有辦法說服他今天晚上跟你一起去參加舞會，我實在太高興了。我想盡辦法告訴他，歡送舞會有多好玩，可是他根本聽不下去。」

「可是，是他拉我跟他一起去的。」我說。

她忽然皺起眉頭。「眞的？」

這時候，他出來了，身上穿著那套天藍色的「首席大律師」，翻領上有花邊，看起來驢驢的，就像我一樣。我告訴他，看起來還滿帥的。他也乖乖讓他媽抱了一下，幫他拍照片。她跟著我們走到門外，送我們上車。我們倒車退出車道的時候，她還興高采烈的嘮叨著，拚命拍照片。

「她到底跟你說了什麼？」車子一退到馬路上，提姆立刻追問我。

「怎麼了？」

「她有沒有提到我？」

「她說你很害羞，看到女生就臉紅，還有，她說她很高興我有辦法把你拖去參加大舞會。」

「操他媽的，她不說話，沒人當她是啞巴。」提姆說。

我從來沒有聽他罵過「操他媽的」這種髒話，更何況，他罵的是他媽媽。「提姆，她並沒有別的意思，只是隨便跟我聊聊。」

「她是什麼意思，用不著你來告訴我吧？」他口氣很不好。「她是我媽，不是你媽。」

「好吧好吧。」我說。「老天。」

「我恨死她了。」他說。「我初三會被留級，全是她害的。我成績很好的，可是她竟然打電話到學校去，叫他們讓我留級多讀一年！老天，你相信天底下有這種鳥事嗎？她說我『社會成熟度不夠』。鬼才曉得她是什麼意思。」

「沒關係啦。」我說。「我倒是很高興你留級了。這樣我才有機會高二和你同班。」

「是喔，你當然高興。」這時候，那輛Buick一甩頭，轉到老維克斯堡路。「你知道嗎？我現在眞的沒什麼心情去參加他媽的鳥舞會。」

「好啊，那就別去啊。」我說。「不過我覺得，你會不高興，其實是因爲我們兩個看起來像驢蛋，而且，我們還要帶兩個全校最醜的女生去參加舞會。下半輩子我們會被全校的人笑死。對吧？」

「她們還不能算是最醜的。」提姆說。「還有，說正經的，你應該有聽到我跟那個傢伙說我們要『深藍』的吧？」

「那我們乾脆在脖子上掛個牌子，上面寫『我們告訴過那傢伙我們要深藍色的』，這樣好不好？喂，好了啦，火氣不要那麼大行不行？今天晚上是歡送舞會耶，別煞風景好不好？怨這些有什麼鳥用？」

「他媽的，她們家的鳥房子到底在哪裡啊？」提姆咒罵著。「我好像一直在兜圈子。」

「到桃樂絲街就右轉吧，應該就是第三棟。」

整個米諾市的各個區域都有一些彎彎曲曲的街道，而這些街道是以當年拓荒者子女的名字爲名，例如巴瑟尼路、羅尼街、瑪莉艾倫路。芙琳格家在桃樂絲街，房子的外觀看起來和提姆家還有我家都很像——右邊是車庫，可以停得進兩部車，左邊是臥室、主客廳和小客廳，中間是廚房。我們看到她們家車庫門口掛了一條床單當作橫幅標語布條，上面寫著：

黛比和黛安的歡樂舞會之夜！！！

歡迎提姆和丹尼爾！！！！

布條上畫滿了各式各樣的圖案，除了笑臉圖案之外，還有小小的耶穌魚圖案，ＩＸＯＹＥ字樣（意爲：神之子耶穌基督是救主），花朵圖案，心形圖案。大概只有瘋子才會幹這種事。

提姆把車子停下來，車頭的大燈正好照著那幅布條。「你看！你看到上面畫的那些東西沒有？」

「看到了。」

「呆尼爾，這些人好像神經不太正常。怎麼辦？要不要趕快溜？」

「不行啦。」

「可是你看，呆尼爾，他們竟然把我們的名字寫在車庫門口。」

「喂，好了啦，我看到了啦。」

他關掉引擎，接著，我們拿著裝胸花的盒子從橫幅布條底下鑽過去。這時候，門忽然嘩啦一聲打開了，芙琳格先生站在門口請我們進去。他滿頭白髮，笑得好燦爛，感覺很像一個過度熱心的傳教士。「看看今天晚上我們這兩位男士，多帥呀！」他叫得好大聲，彷彿故意想讓隔壁鄰居聽到。「看他們打扮得多體面啊！今天晚上他們就要到城裡去好好玩一玩了。」接著，他帶我們往屋子裡面走，到他的書房去。空氣中瀰漫著一股煙味，還有松木精油清潔劑的味道。經過走廊的時候，我們聽到一陣女孩子嘰嘰喳喳的聲音，好像正忙著梳妝打扮。

芙琳格先生的書房裡掛滿了密西西比大學的獎牌、獎旗和獎品。他招招手，叫我們去坐在沙發那邊。沙發上覆蓋著密西西比大學「叛徒足球隊」的旗幟。他問我們姓什麼，叫什麼，今年幾歲，父親做什麼職業，而且還問我們喜不喜歡密西西比大學美式足球隊。

噢，芙琳格先生，我們說，喜歡，喜歡，當然喜歡。

他那雙令人望而生畏的綠眼睛死盯著我。「呃，還有，年輕人，我要問你一個問題。你是否相信主耶穌基督是你的救主？」

一開始我愣了一下，然後趕緊說：「是的，芙琳格先生，我當然相信。」

「很好。」接著他轉頭看看提姆。「那你呢？」

「噢，我也相信，芙琳格先生，讚美主。」

「嗯，既然你們兩個都信仰上帝，那麼，接下來我要跟你們說幾句話，你們應該懂，男人對男人，而且是在上帝的見證之下。」

「我懂，芙琳格先生。」

「我女兒蒙受上帝的恩寵，是完美貞潔的見證。我要她們絕對嚴守貞節，直到結婚那一天。還有，不要以爲我不懂年輕人會搞出什麼把戲——告訴你，我完全懂！耳鬢廝磨，肌膚相觸，然後，明白嗎，魔鬼就出現了，他會一把抓住你的手，把你一路拖到地獄去！」說著，他拳頭在茶几上用力一捶，茶几上那個象徵密西西比大學的「南方上校」瓷玩偶立刻彈起來，彈了足足有一英寸高。那一剎那，他趕緊用另一隻手扶住那個玩偶，以免它掉下去。「好了，年輕人，我不是在威脅你們，不過，你們兩個千萬給我記住，今天晚上，我女兒回家的時候，要是身上少了一根寒毛——那麼……」說到這裡，他忽然慘笑了一聲，搖搖頭。「……如果我是你，我根本不敢想像，到時候會有什麼下場……所以，丹尼爾．莫斯葛羅夫，你懂我的意思嗎？」

我的喉嚨忽然哽住了，聲音變得又尖又細。「芙琳格先生，請你放心。」

「很好。」他接著又問。「那你呢，提姆．考辛斯？」

「我發誓，令嬡和我們在一起，保證不會有半點損傷。」提姆一邊說，嘴角一邊抽搐著，看得出來極力在壓抑，免得自己爆笑出來。

謝天謝地，這時候黛比黛安和媽媽過來了。她們三個嘰嘰喳喳講個不停，有如一陣龍捲風從走廊那邊橫掃而來。這一來，芙琳格先生只好放過我們兩個了。那兩個女生一看到我們，立刻興奮得尖叫起來。她們說，我們的禮服太酷了，而且我們兩個看起來帥呆了。天底下，除了我和提姆兩個，還有誰會這麼前衛，這麼時髦，穿這種天藍色的禮服！這時候，我們立刻就明白，她們是在暗示我們，應該要讚美一下她們的打扮。她們已經想盡辦法把自己打扮得和對方不一樣。黛比穿了一套象牙白禮服，蕾絲花邊，高高的蕾絲領，式樣看起來很古板。而黛安則是穿了一套閃閃發亮的粉紅禮服，整個人看起來活像一根蠟燭。她們兩個都沒化妝，不過因爲太興奮了，看起來比化妝還要容光煥發。她們甚至把牙套上的橡皮帶也拿掉了。

我無法確定那兩套衣服是不是媽媽幫她們做的。也許，還是不要問比較好。

她們的媽媽長相實在不怎麼樣，頭髮後面紮著一根馬尾，看起來有點神經質。她像老鷹一樣撲過來，撲在提姆和我身上，把我們兩個緊緊抱住。她拚命向我們道謝，謝謝我們帶她女兒去參加舞會。她實在熱情得讓我們有點吃不消，那種感覺彷彿她自己也想跟我們去——彷彿她隨時有可能跪下來求我們帶她去。這時候，芙琳格先生站在門口，那對綠眼睛虎視眈眈。看他那副模樣，我忽然覺得，就算她跪下來求我們，我也不會覺得奇怪。

「我們在車庫門口掛了橫幅布條歡迎你們，你們看到了嗎？」她嚷得好大聲，而且說得太快，差一點就喘不過氣來。「那是我和黛安黛比她們一起做的！」

「媽咪好興奮。」黛安說。「但願你們不會覺得很尷尬。」

不會不會，我們說，實在太酷了，我們好喜歡。「只不過，好好一條床單就這樣糟蹋了，我們會不好意思的。」提姆說。

提姆話中的弦外之音，大家都假裝聽不懂。

接著，芙琳格太太匆匆忙忙地跑來跑去，東翻西找，尋找拍立得相機的閃光燈。「奇怪，跑到哪裡去了？跑到哪裡去了？」她嘴裡喃喃嘀咕著。「剛剛不是還擺在這裡嗎？我到底在幹什麼？你們已經打扮得漂漂亮亮在等了，可是我居然找不到該死的閃光燈！要是你們等得不耐煩，跑掉了，沒拍到照片，那該怎麼辦？」她似乎已經快要哭出來了。我已經迫不及待想趕快溜了。

後來，她終於找到了閃光燈──「找了半天，原來在抽屜裡！我怎麼會這麼笨呢？怎麼會有這麼笨的人呢？」接著，她叫我們站成一排，然後拚命猛按快門。閃光燈閃個不停，很刺眼，害得我們眼睛都看不見了。接著，我們一邊猛眨眼睛，一邊跟在她後面，從屋子裡走到車庫。到了車庫門口的橫幅布條前面，我們被迫又表演了一次爲兩個女生獻上花束的動作，讓那位媽媽拍照。

「好，現在眼睛看對方，要有含情脈脈的樣子。」她說。「就這樣，再靠近一點。」

「媽，拜託妳好不好？」黛比哀求她。「趕快拍嘛。」

「黛比。」芙琳格先生開口了。「乖乖聽話。」

「爸──求求你好不好？我們快遲到了！」

「啊，乖孩子，妳們不能這樣丢下我！」芙琳格太太忽然哀嚎起來，一把抓住黛比，把她拖進懷裡，緊緊抱住她。「不要這樣丢下我──妳們想幹什麼都沒關係，可是求求妳們，不要把我一個人丢在家裡！求求妳們！求求妳們！」

「老天！蒂爾翠，別在這邊丢人現眼！妳不知道鄰居都在看嗎？」芙琳格先生一把抓住她的手臂，拉著她朝屋子走回去。「小伙子，開車小心點，半夜十二點之前一定要送她們回來。」

爸爸在人行道上拖著媽媽，使勁要把她拖回家，這種難堪的畫面，黛比和黛安兩個故意裝作沒看到。她們刻意表現得很平靜，面不改色，乍看之下，那種酷酷的表情像極了科幻電影「二〇〇一太空漫遊」裡的女太空人。

「哇，她不會有事吧？」我問。

「噢，沒事啦。」黛安說。「她只是看到人就會有點緊張。好了，我們可以走了嗎？」

有那麼一會兒，我忽然有點同情她。老天，眞是太丟臉了。但接著，我忽然想到我們家裡也有個「怪胎」。我想，大概家家都會出個怪胎吧。我家就有一個雙腿殘廢、只有半個人高的老先生，整天坐在那台「學步車」上，在屋子裡到處溜來溜去。雖然在我看來，那沒什麼大不了，可是，要是這兩個女生看到傑克，她們一定也會像我現在一樣，用同樣憐憫的眼神看我。

提姆和黛比坐到前座，我和黛安坐後座。

這輛車的後座非常寬敞，可是，不知道爲什麼，我突然想扣上安全帶——是因爲我覺得後座的空間根本沒必要那麼大嗎？還是因爲我擔心車子搖搖晃晃，會去撞到黛安？天曉得我是什麼鬼迷心竅，反正，我眞的就扣上了安全帶，而且還叫黛安也要扣上。「提姆開起車來跟瘋子一樣。」我說。「我們最好小心點，千萬不能受傷。」

「丹尼爾，你眞的好細心喔。」黛安忽然咯咯笑起來，伸手扯了扯身上的洋裝。「提姆，開車小心點好嗎？我實在不想扣安全帶，因爲今天晚上我要好好野一下，不想再當乖乖牌了。」

這時候，前座的黛比忽然轉頭過來。「你們兩個傢伙有聽說嗎？不好意思，我是說你們有聽說嗎？」

「聽說什麼？」

「打死你們都想不到。」她說。「有人宣稱自己一定會當選今天晚上的舞會皇后，你們知道是誰嗎？」

「是茉莉．曼寧嗎？」提姆問。

「不是茉莉。當然，茉莉是有機會的，而且，當選的機率很高。」

「那麼，是麗莎．西蒙斯嗎？」我說。

「哎呀，別開玩笑了，丹尼爾！麗莎確實是擺出一副想當皇后的架勢。她是長得很可愛，而且今年也是卯足了勁討大家歡心。你們也看到了，那場烘焙義賣大會，不就是她一個人單槍匹馬撐起來的嗎？只可惜根本沒人買她的帳，沒有人肯幫她。」

黛比說：「算了，我還是給你們一點暗示吧。我問你們，全體高二的女生當中，哪一個是你們認為最不可能當選舞會皇后的？」

快到傑克森市邊界的時候，提姆忽然把車子停到7-Eleven門口。

「難道是瑞雪兒．波斯蒂？」我忽然靈感來了。那個可憐的瑞雪兒體重將近一百二十五公斤，兩條手臂上還長滿了毛。

一聽到她的名字，兩個女生微微驚叫了一聲，聲音聽起來充滿了憐憫。「好了，別鬧了。」黛比說。「說正經的，那個女孩子逢人就說，等大家看到她的舞會禮服，一定會投票給她的。大家絕對不會想要投給別人。」

「你們想像得到嗎？」黛安說。「她眞是臭屁得可以。」

這時候，黛比忽然從座位上跪起來。「猜不出來吧？好吧，乾脆告訴你們，不過，你們可得要有心理準備喔。是艾妮妲．貝奇曼。」

「艾妮妲？」提姆說。「對喔，確實有可能。」說完他就下車了。

看到提姆那種若無其事的反應，黛比似乎有點不高興。她飛快地轉過來盯著我。「丹尼爾，你覺得呢？」

「呃，妳不能否認，艾妮妲確實長得很漂亮。」

「哎喲，丹尼爾，你是在跟我開玩笑嗎？」

「怎麼說？」

「哎喲，她是黑人耶。」

「呃，這個我知道。」不過，像艾妮妲這樣的黑人女孩是很罕見的。她爸爸林肯．貝奇曼在米諾高中幹了一輩子的工友。艾妮妲人長得很漂亮，不過看起來卻是一副書蟲模樣，戴著絲框眼鏡，髮型燙得老裡老氣。她是樂團的首席長笛手，而且全校大大小小的社團她都參加了。她是全校老師心目中的寵兒。她和學校裡其他黑人女孩不太一樣。她不像她們那樣逆來順受，也不會把自己侷限在黑人女學生的圈子裡，講一些只有黑人聽得懂的話。艾妮妲總是坐在教室最前排，舉手舉得比誰都快，而且還公然和老師激烈爭辯。去年秋天，她在坎若奈利老師的政治學課堂上發表了一場演講，題目是「爲何卡斯楚有理？」，掀起了軒然大波。她的平均成績高達4.0，高二那一年就拿到了密西西比州立大學的全額獎學金。我一直都不覺得她是選美皇后那一型的女孩子，不過，要是她願意的話，她也夠資格。

「我們學校裡的黑人學生只佔百分之二十。」黛比說。「你該不會眞的認爲她選得上舞會皇后吧？」

「有什麼不可能？她是個很棒的女孩子。」其實我心裡明白爲什麼不可能，不過我就是要逼黛比自己說出口。

「她確實很棒。」黛比的聲音越來越尖銳了。「沒有人說她不好，只不過——哎呀，算了。」

這時候，黛安開口了。「算了吧，丹尼爾，要是你以爲艾妮妲眞的選得上，那你眞是在異想天開。」

「爲什麼？」

「你怎麼這麼笨呢？她想選上，光是靠黑人學生投票給她是不夠的，還要有很多白人學生投票給她。」

「我就會投給她。」我說。

「丹尼爾是北方來的，他不了解我們南方人。」黛比說。「告訴你，黑人到我們學校裡來上課，我們沒有意見。只不過，今年才第一年，他們不能爲所欲爲，想要什麼就要什麼。他們必須和所有的人一樣，必須先付出，才有資格享受成果。」

老天，眞是哪壺不開提哪壺，我幹嘛去扯這種禁忌的話題呢？三不五時都會有人戳我一下，提醒我，我是個外地來的。

「沒關係。」我又說。「你們隨時都可以向上帝禱告，詛咒她輸掉。」

還好，這個節骨眼提姆正好回到車上了，手上提著一個土黃色的紙袋子。

「提姆，你買了什麼？」黛安嚷嚷著問。

提姆一隻手伸進袋子裡，猛然抽出一盒六罐裝的啤酒。

兩個女生倒抽了一口氣。「老天！」黛比尖叫了一聲。「那是——那是酒嗎？」

「他們這邊沒有賣香檳。」提姆說。「那傢伙說，這是他們店裡最接近香檳的東西了。」

黛安目瞪口呆的問：「他怎麼會賣酒給你？」

「我有假證件。怎麼樣，想不想狂歡一下？」

「噢，不行，老爸會宰了我們。」黛安說。

「黛安，老爸又不在這裡。」妹妹黛比說。「喝一小口有什麼關係？」

此時此刻，我們即將突破疆界，跨進一個新領域。我們的父母親都是嚴禁我們喝酒的，事實上，我們認識的學生當中，也沒聽過誰的爸媽允許他們喝酒的。7-Eleven裡透出燈光，把啤酒罐照耀得閃閃發亮，看起來活像兩排子彈。「來，我們乾杯。」提姆喊了一聲。「祝我們今天有一個美好的夜晚。」於是，我們高舉啤酒罐，在空中輕輕交撞了一下。

我鼓起勇氣灌了一大口，差一點就嗆到，但還是硬吞進肚子裡，然後齜牙咧嘴地笑了一下，說啤酒眞好喝。我嘴裡說「好喝」，其實那味道眞臭。大家都灌了一口，然後也都裝模作樣的說好喝。其實，每個人心裡都在想，怎麼會有人喜歡喝這種鬼玩意兒？

「好了，提姆，夠了，小心別喝醉了。」黛比說。

提姆說：「我眞懷疑，這玩意兒眞的像香檳嗎？」

「啤酒我喝過一次。」黛安說。

「少鬼扯了！」她妹妹毫不留情的扯她後腿。

「有，我眞的喝過，是那次去參加西布利叔叔葬禮的時候喝的。電力公司那個人在喝啤酒，我趁大家都沒注意的時候，偷偷喝了一口。我還記得，當時那種味道，和現在喝的不太一樣。」

「哇，我的天，沒想到酒精威力這麼大，才沾了一小口，她就開始眞情告白了！」提姆說。

「不錯啊，現在正是坦白招供的最好時機，小姐們，我們乾杯！」兩個女生咯咯笑起來，然後啜了一小口。此時此刻，我們忽然有一種狂放不羈的感覺，覺得自己長大了——盛裝打扮，而且還喝酒，開著一輛大車橫衝直撞。此刻，夜幕已經籠罩了整個傑克森市。

從州際公路上放眼望去，市中心區高樓林立，十分壯觀。要是再多個幾棟大樓，整個市區的大樓就會連成一氣，形成一個嚴密無縫的整體輪廓，而大樓頂端就會連成一條綿延起伏的地平線。最高的那棟老舊大樓，頂端有幾個巨大的紅色霓虹燈字，寫著「標準人壽」。（「那是冠冕堂皇的門面，裡頭有什麼藏污納垢，誰知道。」提姆總是這麼說。）有四、五棟辦公大樓看起來特別高聳，另外還有兩棟市政廳的圓頂建築，一棟新的，一棟舊的。市中心外圍是一片廣闊的平地，矗立著那棟新落成的密西西比州立體育館。體育館外圍漆成黃色，皺褶型的白色屋頂，看起來很像遊樂場的旋轉木馬，風格新潮前衛。州際公路從體育館旁邊經過，繞了一個大彎，轉向北方。

我們開下州際公路的匝道，轉到碉堡大道上。我爲了搞笑，故意把碉堡大道唸成「保屌大道」。啤酒剛喝第一口，苦苦澀澀的，但多喝幾口之後，就會越喝越順口，而且開始會覺得有點飄飄然。我發覺這種感覺還滿好的。沒多久，車子已經開到霍氏汽車旅館前面。提姆把車子開進旅館的停車場。

我下了車，繞過車子幫黛安開門。她對我說了聲：「謝謝你，先生。」她說話的時候，刻意裝出一種英國腔，提姆聽到了，瞥了我一眼，我故意裝作沒看到。

然後，我們走進「北條餐廳」，看到門廳有一面指示牌，上面寫著「請在此稍候」。這時候，我才開始意識到我們這身裝扮是多麼的「引人側目」——兩個男生穿著天藍色的西裝，兩個女生穿著華麗的晚禮服。北條餐廳裡擠滿了卡車司機、業務員，還有爸爸媽媽帶著吵翻天的小孩。除了我們之外，整間餐廳裡穿著打扮最搶眼的，就是那些穿著青綠色或橘色制服的女服務生。有一位女服務生朝我們走過來，眼中露出一種憐憫的神色。

「晚安。」她說。「兩位小姐今晚打扮得眞漂亮呢，還有，兩位先生也好帥。四位要用餐嗎？今天晚上有這個榮幸爲四位服務嗎？」

我們點點頭。

「四位先生小姐，請這邊走。」她說。她帶著我們穿越整間餐廳，走到裡頭的角落，請我們坐進雅座。她的動作輕盈優雅，神情是那麼的自然。我會感激這位梅娜小姐一輩子（她胸口別著名牌）。我們在餐桌之間穿梭的時候，每桌的客人都會用一種欣羨的眼神看看我們。我們坐的這個位置是全餐廳最豪華的桌子，眞的很有面子。我們點了乳酪漢堡、薯條、還有巧克力奶昔。

梅娜用迎接貴賓的規格款待我們，甚至還免費招待我們兩盤草莓派。我發覺黛安好像已經感動得哭出來了。「噢，丹尼爾，提姆，謝謝你們帶我們來這麼棒的地方。」她說。「我這輩子永遠不會忘記今天晚上。」

「我看黛安是喝醉了。」提姆說。

「我才沒有！」她大喊了一聲，眼淚又快掉出來了。

吃過晚餐之後，我們又回到車上。我還是一樣，又扣上了安全帶，而黛安又一次嚷嚷著說，她要讓自己好好野一下。提姆發動車子，開始朝假日酒店的方向開過去。我們把收音機開得很大聲，然後跟著艾爾頓．強一起唱那首〈火箭人〉（Rocket Man）。

也許是因爲唱歌的關係。

或者更有可能是因爲那股味道。密閉的車廂裡瀰漫著女孩子的香水味，還混雜著芳香劑的味道，害我猛打噴嚏，一次又一次打個不停。大家都笑起來。我伸手到座位底下摸了半天，終於摸到那盒面紙，於是就抽了一張出來。我抹了一下鼻子，但很快又打了一個噴嚏。每次我一打噴嚏，提姆就會怪叫一聲，聽起來很滑稽。例如「哇！」，或是「喔！」。他每叫一聲，兩個女生就是一陣狂笑。偏偏我還是一直打噴嚏，根本停不下來。我把車窗搖下來，並且叫他們把每扇車窗都搖下來。可是不行，風一吹，兩個女生的髮型就毀了。於是乎，車子沿著碉堡大道往前開，我也就一路噴嚏打個不停。大家都笑翻了。

只不過，我自己可不覺得好笑。我忽然想到天藍色的禮服，想到我們馬上就要抵達舞會現場了，想到芙琳格先生的警告，想到芙琳格太太那副歇斯底里的模樣，想到北條餐廳那些客人盯著我們看的模樣。而此刻，我噴嚏打個不停。我又抽了一張面紙，抹了一下鼻子。

接著，我的鼻子又開始癢起來，然後又打了個大噴嚏，然後又一個，一個接一個——

「丹尼爾！」提姆大嚷了一聲。「控制一下好不好？」

「閉嘴，閉你的——哈啾！」我眼前已經開始冒金星了。

黛安似乎開始有點緊張了。「你還好吧？」她按下電動按鈕，把車窗降下來。「你該不會是感冒了吧？」

「那叫做身心失調，心理因素引起的生理異狀。」提姆說。「他對舞會過敏。」

「去你的啦。」我叫了一聲。「我根本控制不了，因爲——哈啾！」這時候，我鼻子裡忽然一陣刺痛——我的耳朵塞住了——接著，鼻子裡好像有什麼東西開始流出來。我趕緊用面紙摀住鼻子。

「丹尼爾——你——糟糕！」黛安尖叫了一聲。「喂，你們看，他流鼻血了！」

我眞的流鼻血了。血已經流到我嘴唇上，流進我嘴裡了。我斜眼瞄了一下，看到血已經流到我手背上，心裡忽然有點害怕。我頭往後仰，伸手去摸面紙。這時候，我感覺到一股溫溫熱熱的味道滑進我的喉嚨裡。

黛比說：「老天，你沒事吧？」

「還好，還好——我只是——我只是偶爾會流鼻血。」我說話的時候，面紙摀著鼻子，鼻音很重。

這時候，黛安忽然整個人往後一縮。說不定我的血沾到她的衣服了。「哎呀，你們看，他流了好多血！」

「妳們兩位小姐，趕快在他脖子上綁一條止血帶。」提姆嚷嚷著。

我打最後那個噴嚏的時候，彷彿繃斷了什麼東西。一定是頭部有一條主要的血管破裂了。我最後用的那幾張面紙都沾滿了血。黛比從座位上跪起來，想看清楚我究竟怎麼回事。

「不用緊張。」我說。「過一下就好了。」

「至少你沒有再打噴嚏了。」提姆說。「我寧願你流鼻血，也不想再聽到你打噴嚏。這樣安靜多了。」

這時候，車子正好從大學附屬醫院前面經過。黛安說：「喂，你們看，他還在流鼻血，而且流很多。我們是不是應該送他到急診室去？」

「不要！」我大叫了一聲。「我們還是去舞會！我沒事的！我只是——拜託你們談點別的行不行？你們沒有別的可以聊嗎？」我的鼻孔彷彿是一個破洞，鮮血像河水一樣滾滾而出，感覺溫溫的。萬一鼻血流不停怎麼辦？我的命會不會這樣一點一滴流乾了？老天，我可不想死在提姆他爸爸這輛Buick轎車的後座上。

「拜託，千萬別讓血流到座椅上。」提姆嚷嚷著。

黛安罵了他一聲。「提姆！你這是什麼話！」

我相信鼻血很快就不會再流了，而這件事以後頂多就是我們拿來開玩笑的笑料。沒多久，車子轉進了假日酒店停車場。停車場上已經擠滿了成群的學生，都是來參加舞會的。車子在人群中緩緩穿梭，過了一會兒，提姆看到樹下有一個停車位。這時候，我還是仰著頭，靠在車窗下面的扶手台上。這種姿勢，可以看到窗外那些穿著禮服的女生來來去去，只不過看到的景象是上下顛倒的。

這時候，我又把手伸進面紙盒裡，沒想到盒子已經空了。「提姆，你車上還有面紙嗎？」

「等一下。」我聽到黛安在掏皮包。過了一會兒，她把一團軟軟白白的東西塞在我手裡，感覺起來像是小棉布包之類的。我拿來壓在臉上，聞到一股淡淡的香味。那味道很像是衛生紙。

這時候，我忽然明白那是什麼了。那一剎那，我眞想死掉算了。

不過，我終究還是拿它來止住鼻血。過了一會兒，血越流越少了，變成一滴一滴的，最後終於不流了。

這時候，我立刻生龍活虎地坐起來。「應該沒問題了。」我感覺鼻子裡彷彿已經築起了一道水壩，攔住了洪流。「沒錯，應該好了。我們進去吧。」

「你確定嗎？」提姆說。「我可不想待會兒進到裡面的時候，你又開始噴血。」

就在這時候，我伸手想去解開安全帶，卻發現扣環打不開。我用大拇指猛壓那個Buick的標誌，可是那片該死的金屬扣環卻紋風不動，彷彿被焊死了。

提姆從車窗外探頭進來。「你又流血了嗎？」

「不是。」我拚命壓抑情緒，讓口氣保持冷靜。「提姆。」

「怎麼了？」

「安全帶。提姆，安全帶卡住了。」

「什麼？」他立刻神采飛揚起來。那是一種得意的神采——我怎麼會笨到這種地步！實在太丟臉了。我會變成一個永遠的大笑柄，他下半輩子可以永遠拿這件事來取笑我。提姆大笑起來，老天，看他笑成那副死樣子。他笑得前仰後合，而且還趕快倒退了半步，以免撞到車子。憑良心說，要是被卡住的人不是我，而是別人，我一定也會跟他一樣笑死。

黛比和黛安圍在車子旁邊，兩個人嘰嘰喳喳，大驚小怪。看她們那副模樣，搞不好別人還以為這一切都是我自己故意設計的——流鼻血，安全帶解不開。後來，我叫他們每個都來試試看，看誰解得開安全帶，結果沒人打得開。

這時候，提姆笑不出來了。「搞什麼鬼，當初你把安全帶扣起來幹嘛？」

「我也不知道。就當我是白痴吧，我還能說什麼？」

「很好，我要聽你親口再說一次。」提姆說。「說啊，說『我是白痴』。」

「提姆，別這樣。」黛安說。「他又不是故意的。」

後來，提姆在後行李廂裡找到一把螺絲起子。我們拚命撬，拚命刮，想把扣環扳開。這時候，提姆開始緊張起來，很怕弄壞了他爸爸寶貝車的安全帶。

「好了，小姐們，上車吧。」他叫了一聲。兩個女生都乖乖聽他的話，坐上車子。車子在人群中穿梭，然後開上馬路，沿著碉堡大道經過兩個紅綠燈，開到加油站。加油站的霓虹燈招牌看起來陰陰慘慘的。我們一進車道口，感應線圈的電鈴忽然叮噹一聲！一個渾身油污的男人立刻跑出來。他穿著一件灰色襯衫，胸口掛著一張名牌，上面寫著道格。

「我們不是要加油。」提姆說。「我的朋友被安全帶困在後座，你們有辦法幫忙把安全帶弄開嗎？」

道格轉頭看看我，看到我身上那件天藍色的褶邊西裝，眼睛忽然亮起來。他拉開嗓門大喊了一聲，連加油站遠遠另一頭的修車棚裡都聽得到。「喂，雷蒙！趕快過來，你看看這個！」

雷蒙挺著個大肚子跑過來，然後也開始跟其他人一起湊熱鬧，捧腹大笑，評頭論足。接著，他把修車棚裡那幾個傢伙都叫出來看熱鬧。

我呻吟了一聲，往後靠到椅背上。可是不知怎麼搞的，這個動作似乎扯到鼻子裡的什麼東西。那一剎那，彷彿鼻子裡的水壩又潰堤了，一股鮮血立刻沿著我的嘴唇往下流。那幾個看熱鬧的傢伙都倒抽了一口氣。我立刻把頭往後仰，伸手去摸衛生紙。

芙琳格家姊妹坐著一動也不動，而且立刻撇開視線，彷彿眼前是什麼慘不忍睹的意外現場。我心裡暗暗咒罵。*眞他媽的，你這個白痴，幹嘛去扣什麼鬼安全帶。彷彿我腦袋裡每一個愚蠢的*細胞都傾巢而出，在我眼前飛舞。你幹嘛要扣上安全帶？當然不是因爲怕受傷。那你到底在怕什麼？難不成你是怕黛安會突然撲過來抱住你？是這樣嗎？

天底下還有比你更白痴的人嗎？

一看到我流鼻血了，那些看熱鬧的傢伙立刻作鳥獸散，只剩下雷蒙和道格還留在原地。他們兩個蹲下來檢查那個扣環。「嗯，沒錯。」雷蒙大聲說。「確實卡住了，你覺得呢，道格？」

道格點點頭。「只能把安全帶割斷了。」

「你們說什麼？」提姆說。

「割斷安全帶。」

「不行！割斷了，安全帶不就報銷了嗎？」提姆邊說邊繞過車子。「你們沒辦法把它撬開嗎？你們一定碰到過這種狀況，難道你們沒有專用的工具嗎？」

「沒有。」雷蒙說。「它卡死了。」

「我剛剛就是一直告訴他，安全帶卡死了。」我說。「不是我搞壞的，提姆，安全帶卡住了。」

「不行！我不准你們割斷安全帶！我爸會氣炸的。這輛車才剛買沒多久！這是他的心肝寶貝！」

「呃，兄弟。」我說。「我可不是故意的。」

道格說：「我去拿剪刀來。」

「不行！」提姆用力拍了一下車頂。「不准割安全帶！」

我把血淋淋的衛生紙高高舉起來。「老天爺，提姆，那你要我怎麼辦？整晚綁在車上嗎？」

「那有什麼關係？」他說。

「我可以留下來陪你。」黛安說。

「不用不用。」我說。「我們應該把這條鬼安全帶割斷，然後一起進去參加舞會。提姆，我買一條新的安全帶賠你爸爸，可以嗎？所以，閉上你的鳥嘴，可以嗎？」這時候，我開始覺得有點頭昏眼花了。說不定我會像小說裡那個女生一樣臉色慘白——流血流到死。

「我爸永遠不會再讓我開這輛車了。」提姆咕噥著說。

「你聽著——安全帶不是我弄壞的，是它自己卡住的！」

「你當初沒事幹嘛扣什麼安全帶？」

我們兩個已經瀕臨戰爭邊緣了。「提姆，你要是敢再說半句廢話，再跟我扯什麼安全帶，我保證流血的人不會只有我一個。」

這時候，道格回來了，手上拿著一把剪刀。他看了提姆一眼。「你是要我動手呢，還是你要自己剪？」

提姆往後退了一步，抬起雙手，一副投降的姿態。「你來吧。」

道格蹲到我旁邊，拿起剪刀喀嚓喀嚓，沒兩秒鐘，我又重獲自由了。他說不用錢，但我還是塞了五塊錢給他。（要是我口袋裡有一百塊，我都願意給他。）道格把鈔票塞進口袋裡，然後說：「好啦，你們可以走了，祝你們舞會玩得痛快。」

「你們看，一切都沒事了。」黛安說。「你還在流血嗎？」

我摸摸鼻子。「還好，只有一點點。」

提姆又坐進駕駛座。「好了，誰都不准給我扣安全帶，懂嗎？」後來，車子開往假日酒店的路上，車子裡靜悄悄的，沒人開口說話。靠近酒店的時候，我們已經聽得到裡頭傳來轟隆隆的音樂聲。提姆緩緩吁了一口氣——每次爸爸想揍我們，可是卻又不得不按捺住衝動的時候，就是那副模樣。「你好了嗎，呆尼爾？」

「你們先進去吧。我先在這裡坐一下，等到血真的完全不流了，我再進去。」

黛安說她可以在這裡陪我一起等。我說有時候可能要等很久，血才會完全不流。「你們先進去吧，我很快就進去的。」

「你是不是覺得，如果我們讓你一個人留在這裡，你會比較快好？」

「大概吧。」

於是，他推開車門。「那好，兩位小姐，我們走吧。」

「好吧，呃……丹尼爾，你要快點哦。」黛安說。

他們一進去，我心跳立刻就恢復正常，血立刻就不流了。我抬起頭，楞楞地看著車窗外的夜空。整個傑克森市籠罩在迷濛的夜霧中，但滿天繁星依稀可見。我一次又一次地安慰自己，其實運氣還不錯，事情並沒有那麼嚴重。今天在場的人，只有提姆、兩個女孩子，還有加油站那幾個傢伙，所以還算好。要是換了個場合，我可能會在眾目睽睽之下出洋相，那會更糗。

說不定過一陣子再回想這件事，會覺得好玩，只不過，現在我可一點都不覺得好玩。此外，今天我看到了提姆的另一面。那是我很不願意看到的一面。沒錯，我們以後仍然是好哥兒們，最要好的朋友，可是，一想到自己被困在他爸爸車子的後座，而他居然毫不在乎，我心裡真的很不是滋味。

我一走進酒店的大廳，立刻就聽到空氣中迴盪著一首音樂的節奏。那首歌叫做〈背叛〉。我走進男化妝室，擦掉鼻孔裡凝固的血塊。雖然流了那麼多血，但那套天藍色的西裝竟然沒有沾到半滴血，簡直是奇蹟。

這時候，化妝室的門忽然砰的一聲被撞開了，衝進來的是賴瑞．麥華特和雷德．馬丁，兩個都是美式足球隊一軍的明星後衛。他們領口上的蝴蝶結已經扯掉了，滿臉通紅，可能是跳舞跳得太興奮，要不然就是多喝了幾杯。雷德一看到我，立刻怪裡怪氣的鬼叫起來。「眞他媽的，你看，是丹尼爾·墨西哥老虎（莫斯葛羅夫）！」他嚷嚷著。「哈囉，墨西哥老虎！你這場戲服是哪裡搞來的？黑鬼市場嗎？」

我把沾滿血的紙巾丟進垃圾桶裡。「黑燕禮服公司。」

「黑鬼市場！」賴瑞咯咯笑起來。「哈，說得眞妙，雷德！喂，莫斯葛羅夫，今天晚上你找誰當舞伴呢——艾妮妲·貝奇曼嗎？」

「想得美。」雷德說。「你錯了，他已經有個相好的了。就是那個提姆·考辛斯。」

我梳梳頭上的短髮，假裝沒聽到他們在說什麼。這時候，他們兩個站到小便池前面，雄赳赳氣昂昂地張開雙腿。

「喂，兄弟。」雷德說。「看到她今天晚上那套禮服了嗎？看到她那對奶子沒有？」

「噢，有啊有啊。」賴瑞說。「好大的兩坨巧克力。」

本來我大可推開門閃人，可是，面對這種惡霸，你絕對不能示弱。「要不是因爲她今天晚上穿了那套禮服，我還眞不知道艾妮妲奶子這麼大。」我說話的時候，刻意表現出男人之間開黃腔那種口吻。

「臭小子，你連母牛的奶子長什麼樣都搞不清楚。」雷德說。「因爲你的腦袋一直塞在屁眼裡，只看得見自己的鳥。」

賴瑞呵呵乾笑了兩聲。我咧開嘴笑了笑，故意裝出一副和藹可親的模樣。「老天，雷德，你反應這麼快，不去參加強尼卡森的脫口秀實在太可惜了。」不等他答腔，我就推開門走出去了。

會場入口是一道雙扇門，門邊有一張折疊桌，後面坐了兩個人。一個是雷尼教練，另一個是我的代數老師帕斯華茲太太。雷尼教練穿著運動外套，裡面卻打著領帶，這種裝扮眞是夠勁爆的。不過，更勁爆的是帕斯華茲太太。她穿著一套紫色綢緞晚禮服，衣服上有褶邊，還有蝴蝶結，領口開得很低，露出一對大奶子，奶子上還長滿了雀斑。「嗨，丹尼爾，今天晚上很帥喔！」她嚷嚷著說。「你的票呢？」

「我的票在提姆．考辛斯那邊。他們已經先進去了。」

「噢，對了。他說你剛剛流了很多鼻血。可憐的孩子，你還好嗎？」說著，她慈祥地拍拍我的手臂。

「我沒事。我可以進去了嗎？」

「你一定是太緊張了。」她說。「趕快進去吧，好好玩一玩！」

這時候，一群嘰嘰喳喳的女生推門出來，我感覺到一陣熱氣夾雜著震耳欲聾的音樂聲迎面撲來。我打直腰桿，挺起胸膛，走進舞會現場。

那一剎那，我的第一個感覺是，我走錯地方了。班上的同學個個都變了一個人——女生一穿上晚禮服，個個都變得花枝招展，豔光照人。有人把髮型燙得像一座高山，有人頭髮卷得像是天邊的亂雲。而男生一穿上西裝，忽然都帥起來了。會場懸掛著巨大的迪斯可燈球，在絢爛光芒的照耀下，每個人都顯得比平常更亮麗。我看到幾個男生也穿著淺色的西裝，登時鬆了一口氣——麥克．派特森穿的是淺黃色，而葛瑞格．泰西克穿的則是和我一樣的「首席大律師」，只不過顏色是淺綠色。

蜿蜒扭曲的綵帶上纏著星形裝飾，在七彩燈光的照耀下閃閃發亮。會場裡人山人海，熱氣騰騰，空氣中瀰漫著一種興奮。在我想像中，夜總會大概就像這樣。舞池旁邊那位DJ正在播放唱片，播放的曲目是「西爾斯與克羅夫二重唱」的〈We May Never Pass This Way Again〉，而舞池裡有幾對男生女生正隨著音樂盡情熱舞。幾個老師站在旁邊虎視眈眈，要是看到有學生跳舞的姿勢太過猥褻，他們就會立刻出手制止。

「嗨，你終於來了！」黛安忽然抓住我的手臂。「你鼻子好了嗎？」

「還好。欸，這裡裝飾得好酷喔。」

「噢，對了，告訴你喔，要是你有需要的話，我皮包裡還有另外一片——東西。以防萬一。」

還好現場黑漆漆的，她沒看到我滿臉通紅。「謝謝妳。我已經好了。對了，黛比和提姆呢？」

「他們去跳舞了！你想跳舞嗎？」

過去這兩個禮拜來，我一直在看那個電視歌唱節目「美國露天音樂台」（American Bandstand），模仿電視上那些年輕人手舞足蹈，感覺酷斃了。後來珍妮突然跑進我房間，當場逮到我那副蠢模樣，笑翻了天，我只好不跳了。現在，黛安一把抓住我的手，把我拉到舞池那邊去。

舞池裡人山人海，大家都只能在有限空間裡扭來扭去。人群擠得跟沙丁魚一樣，跳舞的姿勢只會顯得彆扭，誰也沒有比誰好看。我告訴自己，沒問題的，你一定辦得到。我開始輕叩著腳步，手指在空中打拍子，朝黛安笑笑。音樂的節拍很容易跟，沒多久，我發覺自己已經開始喜歡這種感覺。*你一定能跳的，就算跳舞的姿勢看起來像抽筋也沒關係，不要去想就好了。*

在燈光的照耀下，黛安忽然顯得很亮麗起來。她拿掉眼鏡之後，眼睛看起來有點腫腫的，不過，說真的，她眼睛還滿漂亮的。這是她第一次跟男生約會，跟我約會，所以，她眼中流露出一種異樣的神采。她的笑容看起來很燦爛，而我也對著她笑。這種感覺其實還不賴。

我們接連跳了三支快舞。後來，DJ開始放那首〈So Very Hard To Go〉的時候，我趕快把她拉出舞池。這首音樂，不管你怎麼跳，都是慢舞。

「太棒了！」她大喊著。「我們去弄點飲料來喝！」。她實在太興奮了，幾乎每句話都像是用喊的。她抱住我的手臂，抱得好緊，好像很怕她只是在做夢。我們一路擠過人群，走到一張桌子旁邊。桌上擺滿了飲料盆、餅乾、燻肉香腸、洋芋片和沾醬。一看到班上的同學，黛安突然尖叫了一聲，輪番把每個人都抱了一下。噢，老天，布蘭達，妳的衣服好炫喔！眞是全世界最漂亮的禮服！好吧，舞會嘛，大家都已經High到最高點。反正舞會就是這麼回事，大家都是這副德性。這時候，黛安忽然看到黛比站在桌子的另一頭。兩個女生一打了照面，立刻朝對方跑過去，邊跑邊尖叫，一副她們好像已經好幾個月沒見面了，恍如隔世。

提姆丟了一塊麵包夾熱狗給我。「你的鼻子還好吧？」

「好得不得了。」

「我看到你在跳舞。你一定有在電視上偷學。別想騙我。」

「原來跳舞沒有我想像中那麼恐怖。」我說。「噢，對了，我要感謝你把我流鼻血的事告訴帕斯華茲太太。結果呢，她一邊收票，一邊告訴每個進場的學生說我流鼻血了。這下子，全世界都知道了。想不知道都難。」

「可是，呆尼爾，我非告訴她不可。我得把票拿給她，把事情交代清楚，這樣她才會讓你進來。」

「改天有機會，我一定也會用同樣的方式報答你。」

我話中的諷刺，他假裝聽不懂。「你看到那個了嗎？」

我順著他手指的方向看過去，眼前的景象眞是令人目瞪口呆：艾妮妲‧貝奇曼穿著一套閃閃發亮的白色晚禮服，布料很薄，很有彈性，而且幾乎是半透明的，曲線玲瓏。燈光從艾妮妲身後照過來，形成一種很特殊的視覺效果，她那誘人的膧體曲線展露無遺。所有男生都擠到會場的同一邊，搶佔這個角度想大飽眼福。

艾妮妲穿上那套禮服，整個人看起來就像一個白色的高腳杯，修長的雙腿和水蛇般的柳腰就像細細的杯腳，而腰部以上伸展開來，就是堅挺高聳的胸部，還有裸露的香肩。平常她總是穿著及膝長裙，古板的白襯衫，一副書呆子模樣。可是今天晚上，那個艾妮妲不見了，沒有戴眼鏡，不再咬文嚼字，也不再滔滔雄辯發表意見。今天晚上的艾妮妲，穿著低胸晚禮服，美得令人驚嘆──就像是個熠熠巨星，比如說黛安娜．羅絲，或是主演電視影集「根」的賴絲莉．烏甘思。在燈光的照耀下，她那頭卷髮的輪廓邊緣煥發出淡淡光暈。她戴著翹翹的假睫毛，嘴唇塗成了金色，笑得好燦爛。

「老天。」我驚呼了一聲。「她美呆了。」

「要不是親眼看到，我真不敢相信。」提姆說。

「她真是漂亮得嚇死人。看她那件禮服，簡直是引誘人犯罪。」

「她一定是有個什麼阿姨嬸嬸的在紐奧良開服裝店。」

這時候，我忽然轉身打了他一拳。「剛剛你怎麼可以那樣對待我？你真是個王八蛋，你知道嗎？」

他聳聳肩。「那你要我說什麼？」

「說對不起。」

「對不起。這樣可以了嗎？」他說得言不由衷。「老天，呆尼爾，你今天晚上到底怎麼回事？先是噴嚏打個沒完，然後又流鼻血，然後又是安全帶打不開，然後現在──你到底吃錯了什麼藥？難道才喝了一罐啤酒，你就醉了嗎？」

「哎呀，算了算了。」我用力推開他的手。

帕斯華茲太太在學生群中穿梭，分發選票和小鉛筆。那種鉛筆小得可愛，簡直就像是小人國的玩具。最佳人緣獎（男生），我投給自己，這樣就可以確保自己至少會有一票。最佳人緣獎（女生），我寫下黛安的名字，這樣我就可以心安理得地告訴她，我投票給她。金童玉女獎，這還不簡單——提姆和黛比。那麼，舞會國王呢？我轉頭看看四周，忽然看到葛瑞格．泰西克。他真是帶種，竟然敢穿黃綠色的西裝來參加舞會，不投他投誰？

今天晚上，就連平日的醜小鴨也都變成了天鵝，而本來就漂亮的女生更是顯得豔光四射。不過，談到「舞會皇后」，絕對不做第二人想，當然是艾妮妲．貝奇曼，而且她絕對是所向無敵。提姆探頭過來，想看看我選誰，可是我告訴他：「不准看，祕密投票。」他問我，舞會國王選誰，我說葛瑞格．泰西克。他翻了翻白眼。葛瑞格和我們一樣，也是「書蟲怪胎」一族，想選上舞會國王，除非太陽打西邊出來。

這時候，帕斯華茲太太又開始在人群中穿梭，把鉛筆和選票收回去。

「嘿，你們兩個，舞會皇后有沒有選給麗莎．西蒙斯？」黛比問。

「抱歉，祕密投票。」我說。

「喂，你們，麗莎需要我們的支持。」

這時候，妹妹黛安說：「黛比，他們高興投誰就投誰。」

「哼，說不定丹尼爾就投給艾妮妲，故意要氣我！你們看！你們看她那個樣子，簡直……簡直就像妓女！」

「哎呀，好了啦。」黛安說。「她很漂亮啊。」

黛比一臉驚訝。「漂亮？我跟妳打賭，她一定沒穿內衣！」

「嘿嘿，這還用妳說嗎？」提姆說。「妳應該看看今天晚上在場每一個人。妳告訴我，哪個人的樣子看起來跟平常一樣？」

「老天，提姆，該不會連你也投給她吧？你們這些傢伙！難道你們不知道麗莎費了多少苦心嗎？你們會害她輸掉的！」

這時候，我瞥了麗莎．西蒙斯一眼。她靠在藍迪．菲爾茲懷裡。她是那種精力充沛的啦啦隊，活潑的小女生，可是，談到「舞會皇后」，她就是少了那麼點味道。舞會皇后必須達到那種會讓你看得下巴合不攏的水準，比如說艾妮妲．貝奇曼。全場的目光彷彿都黏在她身上，根本移不開。有幾個黑人女生竟然穿著媽媽做的禮服來參加舞會。我有點好奇，不知道艾妮妲今晚把自己打扮得風情萬種，是不是爲了要幫那幾個黑人女生出一口氣。她們都有男朋友陪著，躲在會場最裡面的角落。那幾個男生都燙著爆炸頭，而且身上穿的是深色的休閒西裝，不是正式西裝。艾妮妲滿場穿梭遊走，輪流和黑人男生跳舞，此外，也有幾個白人男生找她跳。她這身打扮驚動全場，而她正在享受這種感覺。我從來沒見過黑人女生展露出這樣的性感，而且表現出如此睥睨一切的姿態。她抬頭挺胸，而且沒有把自己侷限在黑人女生的小圈圈裡。那種感覺眞是令人震驚，甚至堪稱是革命性的創舉。我發覺，我心裡暗暗希望她會贏。

接著，黛安又把我拖回舞池裡。我們隨著幾首輕快的音樂，跳了幾支快舞，像是〈叢林搖擺〉（Jungle Boogie）、〈鱷魚岩〉（Crocodile Rock）、〈午夜快車喬治亞〉（Midnight Train to Georgia）（哇哈！眞過癮！）我發覺自己居然還滿喜歡跳舞。沒什麼好怕的，就是放空自己的腦袋，傻呼呼的一直轉圈圈。一想到自己剛剛終於從那輛別克轎車後座脫困了，心裡就好樂。

接著，DJ忽然開始播放瑪琳．麥高文演唱的那首〈清晨將至〉❶。老天，要不是因爲音樂忽然變

❶ The Morning After，一九七二年版的《海神號》電影主題曲。

成這首浪漫得要命的抒情曲，搞不好我會一直跳下去，跳一整晚。

我趕緊問黛安：「嘿，想不想再去喝兩杯？」

這時候，舞池裡的學生開始擁抱在一起。黛安用一種羨慕眼神看著他們，但還是乖乖跟在我後面走出舞池。

「聽到這首歌，我馬上想到《海神號》裡的莎莉．溫特斯，想到她拚命想從舷窗口游出去的樣子。」他說。

「游啊！莎莉，趕快游！」我學著戲裡的台詞說。「從旁邊游出去！加油，妳一定辦得到！」

提姆忽然尖著嗓門笑了一聲。「喂，她是在教鯨魚唱歌吧！」

「你們這些臭男生眞差勁！」黛安說。過了一會兒，那首音樂結束了，雷尼教練扶著帕斯華茲太太走上舞台。

「大家注意！」教練朝著麥克風嘶吼。「各位同學，通通給我安靜！注意聽我說！」

一聽到他口出惡言，帕斯華茲太太立刻瞪了他一眼。「晚安，各位同學。」她說——口氣雖然溫柔，但音量一樣驚天動地。「或者，我應該稱呼，各位先生，各位女士！我謹代表米諾高中全體教職員，歡迎大家蒞臨『一千零一星辰之夜』！各位同學，大家有沒有覺得，今夜是美妙的一夜？」

換成是禮拜四開週會的時間，上面那樣的開場白，鐵定會被學生開汽水，噓聲四起。然而，今天晚上，大會堂裡張燈結彩，光芒閃爍，男生個個西裝筆挺，女生個個盛裝打扮，在這樣的氣氛下，雖然感覺上還是有點土裡土氣，但依然散發出一股無形的魔力。於是，大家都情不自禁地喝起采來。

「耽誤大家幾分鐘，等一下就可以繼續跳舞了。在這裡，我要先感謝二年級的女同學，把會場布置得這麼漂亮！她們的表現是不是很精采啊？來，我們大家來給她們喝采！」

二年級的女生拚命拍手，高聲喝采，聲勢最驚人。爲自己喝采當然要全力以赴。這時候，雷尼教練忽然彎下腰，在底下的箱子裡東翻西找。箱子裡裝滿了花束和頭冠。

「爲了節省時間。」帕斯華茲太太說。「現在，我們來宣布今天晚上的風雲人物。」說著，她晃晃手上那張長長的紙條。「不過，請大家忍耐一下，我還是要再補充一句——各位同學，數學是隨時隨地都可以學以致用的——」這時候，全場忽然揚起零零落落的噓聲。「好吧，好吧。首先揭曉的是，最佳人緣獎，男生。等一下如果唸到你的名字，就請到台上來。得獎的是……傑夫．威爾考克斯！恭喜傑夫！」

傑夫是足球隊，個性溫柔得像甜心麵包。帕斯華茲太太把一面獎牌掛到他脖子上。傑夫握住雙拳，兩手高高舉在半空中，那種姿態活像個剛剛擊倒對手的拳擊手。

「接下來，最佳人緣獎，女生。請大家熱烈鼓掌——麗莎．西蒙斯！」

現場立刻揚起一陣驚天動地的尖叫聲。麗莎興奮得跳上跳下，尖叫哭泣，彷彿她剛剛當選的是美國小姐。她哭得唏哩嘩啦，最後還得靠那幾個朋友攙扶才有辦法走上舞台。

「哎呀，糟了！」黛比叫了一聲。「這代表她沒有選上舞會皇后。」

「一定是艾妮妲．貝奇曼。」我得意洋洋地說。

「你閉嘴！」

「接下來，金童玉女獎——我要特別強調，這個獎幾乎是全票通過——得獎的是，茉莉．曼寧和蓋瑞．布蘭特利！」

全場又是一陣尖叫。茉莉一路擠過人群，跳上舞台，然後緊緊抱住麗莎，兩人相擁而泣。蓋瑞顯得坐立不安，手足無措，似乎覺得這整件事實在蠢得可以。不過，好歹傑夫．威爾考克斯也在台上。他們互相捶了一下，互看了一眼，咧開嘴傻笑著。

「大家是不是感到很興奮呢？」帕斯華茲太太大聲說。「現在，關鍵時刻來臨了——各位先生，各位女士，今晚的舞會國王是——雷德．馬丁！」

哇，老天！怎麼會有人投給那個又笨又蠢的惡霸呢？可是，從現場的歡呼聲看來，顯然有很多人投給他。對了，上次和華倫中央高中比賽的時候，我方出現三次失誤，眼看對方幾乎就要「達陣」了，卻硬是被他給攔了下來。可是，老天，就算他是足球隊的MVP，難道就代表他夠資格當選舞會國王嗎？他才不過是個小高二生！舞會國王不是應該選高三學生嗎？爲什麼享盡各種好處的，老是那兩三個人呢？

雷德彎下他那顆大頭，讓人幫他掛上肩帶和頭冠。接著，他雙拳高舉到半空中，彷彿在告訴大家，封王的感覺就像是在球場上達陣得分一樣。

「現在——好了，雷德，別太激動——我很榮幸能夠揭曉今晚的舞會皇后。各位先生，各位女士，今晚的舞會皇后是——」

我根本就還沒聽清楚那個名字，現場就已經揚起滿堂采。我看到艾妮姮．貝奇曼高舉著雙手，邁開大步穿越會場，臉上掛著勝利的燦爛笑容。她沒戴眼鏡，但眼睛似乎還看得很清楚，因爲，她走向舞台的時候，行進路線筆直，完全沒有偏移。

一開始的歡呼聲很快就平息了，接著，現場揚起一陣輕輕的驚嘆聲。老天爺，她竟然贏了！當選了舞會皇后的竟然是一個黑人女生！

黛安和黛比似乎愣住了。當然，黑人學生一定全都投給了艾妮姮——那群黑人學生已經興奮得發狂了，歡呼聲驚天動地。很明顯，很多白人男生也把票投給她了。就是因爲那些白人男生，她贏得了最高票。所有的白人男生一看到艾妮妲那身打扮，就都失魂落魄的在選票上寫下她的名字。其實，我們並不是投票給她，而是投給她身上那件禮服，還有包裹在禮服底下那曲線畢露的膧體。

可是，除了艾妮妲自己，沒有人想過她眞的會贏。

她蹦蹦跳跳跑上舞台，讓人幫她披上肩帶，戴上后冠，而且還接受了一束紅玫瑰。茉莉和麗莎尖叫著，輪流過來擁抱她，會場後方那群黑人女生高聲喝采。然後，她從帕斯華茲太太手上接過麥克風。「噢！老天！謝謝你們！這眞是太不可思議了！你們爲我所做的一切，意義有多重大，你們知道嗎？這簡直是奇蹟。只要我還活著一天，這輩子永遠不會忘記。謝謝你們大家，太感激了！」她膝蓋微彎，伸手扶著頭頂上的后冠，行了個禮。

黛比．芙林格翻了一下白眼。「也許大家只是想表現自己思想觀念很開放吧。哼，丹尼爾，你一定覺得很棒，對吧？」

「哎，別這樣好不好？她不是很漂亮嗎？」

「拜託，這又不是選美大會！」黛比咒罵了一聲。

「誰說不是！不是選美，要不然是選什麼？」

「你不覺得大家應該把用不用心也列入考量嗎？」黛安說。「或者，立校精神？麗莎．西蒙斯全心全意爲大家奉獻，她比誰都用心！」

「算了吧，小姐。」提姆說。「妳不高興，只不過是因爲艾妮妲贏了，而且，她是黑人。」

「我才沒有不高興！」黛比氣呼呼的反駁。「我只是搞不懂，爲什麼那麼多白人學生投票給她。如此而已。」

「我才不相信有那麼多白人學生投票給她！」黛安說。「很可能是帕斯華茲太太搞鬼，給她的選票灌水，這樣她就可以創造出一位黑人舞會皇后。」

「可憐的雷德。」黛比說。「這下子，他不和她一起拍照也不行了。那些照片會永遠流傳下去。眞難以想像。」

這時候，台上的雷德．馬丁看起來確實有點不自在。他頭上戴著那頂傻呼呼的皇冠，手攬著艾妮妲，而布魯斯．戴文波站在他們前面猛拍照，準備用來刊登在畢業紀念冊上。

這時候，我突然好渴望這場要命的舞會趕快結束。我好想趕快回家，窩在小客廳的沙發上，一邊看電視上的「桑尼和雪兒」，一邊和提姆講電話聊天。

接著，DJ開始播放「赫里斯合唱團（The Hollies）」的〈Long Cool Woman〉。於是，我開口問：「嘿，你們想回家了嗎？」

提姆和黛比瞪大眼睛看著我，彷彿我中邪了在唸咒語。

「回家？」提姆說。「你開什麼玩笑？」

黛安說：「老天，丹尼爾，跟我在一起有那麼痛苦嗎？」

「不是不是，我只是想──我只是不希望我們變成最晚走的。算了。嘿，黛安，想跳舞嗎？」

接著，我們又走回舞池。DJ似乎播放四首快歌之後，就會放一首慢歌。

我忽然有一點替艾妮妲感到難過。全場的人都在交頭接耳，議論紛紛。她似乎沒有察覺到，並非所有的人都樂於見到這樣的票選結果。她捧著玫瑰花在人群中穿梭，不時停下腳步和人擁抱。

後來，雷尼教練又走回舞台上，向大家宣布，該說晚安了，大家可以滾了，開車小心點。這時候，會場的燈光忽然大放光明，我們這些盛裝打扮的學生都被刺得猛眨眼睛。

成群的學生推開那道雙扇門，像潮水一樣湧進大廳，湧進停車場。有幾個男生喝醉了——比如說，藍迪．西佛斯、道格．派恩。雷德．馬丁也摟著女朋友瑪格麗特．李普賽走出來了，頭上的皇冠還是歪的。他摟著個子嬌小的女朋友，感覺上彷彿抱著一顆足球。

芙琳格家兩姊妹和提姆輪番警告我，千萬別再扣上安全帶。哈哈，我乾笑了兩聲。我們上了車，跟著車流開向高速公路。這群年輕人開來參加舞會的車子，不是Buick，就是Oldsmobile，都是跟爸媽借的。放眼望去活像一支艦隊，朝西方航行，奔向米諾市。

「噢，提姆，先別送我們回家。」黛比忽然湊近提姆，偎在他身上說。「我不希望今天晚上就這麼結束。」

黛安說：「黛比，已經快半夜十二點了。」

「唉，我知道。」黛比伸了一下懶腰。「我只是不想跟灰姑娘一樣，馬車這麼快就變回南瓜。」

我們早就盤算好了，提姆會把車子停到超級市場的停車場，然後，我們會親吻那兩個女生，然後馬上送她們回家。我們只打算親一下，千萬不能親太久。還有，我們擔心的是她們嘴裡的牙齒矯正器。提姆說，可能會像是跟摩托車接吻。我說，應該會比較像是吻到樂高玩具。提姆以爲我在開黃腔。後來，到了米諾市，我們把車子開下匝道。這時候，我忽然想到，如果對方是一個漂亮女生，吻起來該有多麼的輕鬆愉快——比如說雪兒，比如說艾妮妲．貝奇曼。但我立刻警告自己，別再想這些了，要不然等一下真的會吻不下去。

這時候，我忽然回想起自己的初吻。到目前爲止也只有那麼一次。那是當年還住在阿拉巴馬州的時候，在和平溪醫院急診室被那個怪人偷襲。我拚命想揮開那昔日的記憶，因爲那次不愉快的經驗，導致我對於和女生接吻這檔事倒足胃口。今天晚上，我就要親吻黛安了，而這，大概可以算是一種心理治療吧。黛安．芙琳格是個好女孩，溫和善良。我們跳舞跳得很開心，而且整個晚上，她都對我非常好。好人應該有好報，所以，如果說我可以做些什麼來報答她，那麼，大概就是在這舞會之夜給她一個吻吧。這是我最起碼做得到的。我知道我一定行。

我心裡想，管他的！於是，我握住她的手。她的手摸起來濕濕的。她微微一笑，在街燈的照耀下，嘴裡的牙齒矯正器閃閃發亮。

這時候，提姆開車轉了個彎，轉進超級市場的停車場，而且邊開車邊鬼扯，說什麼安瑪麗．戴維斯沒有和羅素．布瑞斯跳舞之類的無聊事。

「提姆，你幹嘛把車子開到這裡來呢？」黛比問。「超市不是已經關門了嗎？」

這時候，提姆把排檔桿推到停車檔，但引擎沒有熄火。「等一下妳就知道爲什麼了。」說著，他忽然伸手捧住她的臉。

黛安看到前座兩個人的舉動，忽然眼睛一亮，然後轉頭看看我，那種眼神彷彿在對我說，對了，就是這樣，趕快吻我。我閉上眼睛，臉慢慢湊過去，過了一會兒，我感覺碰到她的臉了，然後就開始吻她。接著，我睜開眼睛，發現自己吻的不是她的嘴唇，而是鼻子。她的頭往後仰，閉著眼睛，一臉期待。我又吻了一次她的鼻子，假裝剛剛是故意的，然後慢慢朝她的嘴唇移動。她的嘴唇好乾，而且異乎尋常地冰冷。我們兩唇相接，這樣的姿勢持續了好一會兒。

但我隱隱覺得一定有什麼地方沒做對。接吻好像不應該是這樣。我知道接吻應該要張開嘴巴，可是我很怕舌頭會碰到她的牙齒矯正器。我就這樣吻著她，閉住氣，動都不敢動。我想盡辦法撐久一點，到後來實在撐不住了，才放開她。

黛安睜大眼睛。「唉，丹尼爾，感覺好好喔。你從前吻過別的女孩子嗎？」

我乾咳了一聲。「有啊，好多次了。」

「我想也是。不過，這是我第一次跟男生接吻。我想，我這輩子永遠不會忘記的。」

至於黛比和提姆，他們倆可是玩眞的。兩個人嘴張得好大，咬在一起，一副想把對方吞下肚似的。黛安有點不好意思地看看我，那種眼神彷彿在問：我們要不要再試試看，像他們那樣？我遲疑了一下。她拍拍我的手安慰我，那一剎那，我忽然覺得她好像我媽。

接著，我清了清喉嚨。「喂，你們兩個，夠了吧！老天！」

黛比連忙放開提姆，笑了一下。提姆說：「不好意思。我們太投入了。」說著，他把排檔桿推到前進檔。收音機裡播放著「憂鬱藍調合唱團（The Moody Blues）」的招牌抒情單曲〈白紗之夜〉（Nights in White Satin），車內的氣氛似乎忽然浪漫起來，今晚種種的不愉快在這一刻忽然變得美好起來。我緊緊握了一下黛安的手，她把頭靠在我肩上。

車子轉上桃樂絲街的時候，她忽然放開手，整個人靠到車門旁邊。

「怎麼了？」我問——這時候，我看到路燈下有個身影輪廓。是芙琳格先生。他手上抓著車庫門口那面橫幅布條，扭成一長條，像繩子一樣，彷彿準備用來勒住什麼人的脖子。

「噢，老天。」黛比輕輕驚叫了一聲。「他好像瘋了。」

那一剎那，我忽然驚慌起來，但接著轉念一想，我應該沒有做錯什麼吧？

「現在幾點了？」黛安抬起手腕，藉著窗外的街燈看手錶。「還不到十二點啊！還差十五分！」

芙琳格先生跨著大步朝車子走過來，嘴裡一邊咆哮著：「滾出來！給我下車！」

「爸，怎麼了？」

「滾下車！給我進屋子去！」

「爸？」

「黛比！叫妳進去妳就進去！」

「妳還是趕快進去吧。」我說。「明天學校見。」

於是，兩個女生匆匆忙忙的鑽出車子。

這時候，芙琳格先生的身軀堵住了駕駛座的車窗。「你們這兩個小子，知道現在幾點了嗎？」

「知道啊，芙琳格先生。」提姆說。「十一點四十五分。」

「你們十一點就應該送她們回來了。他……的，你們跑到哪裡去鬼混了？」

提姆在應付他的時候，我鑽出後座，坐到前座去，加入戰線。

「很抱歉，芙琳格先生，可是你先前說過，半夜之前送她們回來就可以了。」提姆說。「舞會剛剛才結束。我馬上就送她們回來了。」

我彎身湊近駕駛座車窗。「他說得沒錯，芙琳格先生。我也聽到你說半夜之前。」

「你們兩個，以後休想再帶我女兒出去了。你們兩個都一樣。」他說。「我一定要打電話給你們的爸爸。」

「請便。」說著，提姆發動車子。「說不定是你自己搞糊塗了，根本就忘了自己說過半夜十二點。」

「什麼叫做搞糊塗了？」那個人整張臉湊近車窗。「你們有沒有吻她們？你們有沒有碰她們？」

「沒有，芙琳格先生，絕對沒有。」提姆說。「芙琳格先生，我把話說清楚，你的兩位千金跟瘟神差不多，意思是，人見人怕。就算你給我錢，我也不願意碰她們一根汗毛。我們請她們去參加舞會，是基於同情心，就像是童子軍日行一善，懂了嗎？不會有人想吻她們的。你可以放一百二十萬個心。」

芙琳格下巴掉下來，嘴巴張得好大，乍看之下活像英文字母O。這時候，提姆猛然倒車，退到馬路上，然後打上前進檔。接著，輪胎發出一陣刺耳的吱吱聲，車子沿著馬路呼嘯而去。

「老天，提姆，你怎麼——我真不敢相信你會說這種話！」

「你沒看見他那副德性嗎？你沒看見嗎？」他咆哮著。「那個老王八蛋。『你們有沒有吻她們？你們有沒有碰她們？』老天，操他媽的老天！」

「我知道，不過，我的意思是，剛剛你還跟她在一起玩得很開心，隔沒兩下子，你就當著她爸爸的面說她是——」

「呆尼爾，別這麼緊張好不好？都過去了。從今以後，我們再也不用邀她們出去了，甚至不用再跟她們講話了。再也不需要了。還說什麼要打電話給我們的爸爸！真不知道哪個比較神經病？是他？還是她們那個媽？」

「對啦，我知道，可是……哎喲，他媽的，算了算了。」這時候，一想到芙琳格先生剛剛那種張大了嘴的表情，我忽然忍不住——咯咯笑起來。大概有五秒鐘的時間，我們兩個都忍不住笑起來。我們開著車子到處繞，一路又笑又鬧，猛按喇叭，從黑漆漆的校園旁邊經過，然後轉到巴尼特街。

這時候，我們看到前面有車尾燈的亮光。提姆立刻踩下煞車。「是警察嗎？」雖然我們並沒有喝醉，但如果警察看到我們這副狂笑的模樣，一定會認定我們喝醉了。

「不是啦，你沒長眼嗎？那只是一輛車，還有……」說著，我瞇起眼睛看著擋風玻璃外面的馬路。巴尼特街的路面比旁邊的人行道高，兩邊的房子前面都有很深很長的草坪和車道。我仔細一看，發現前面遠遠的地方是——是一個人在騎腳踏車，不過，又好像是兩個人一起騎。另外，有一輛車慢慢跟在腳踏車旁邊，在車道上左右迂迴。那是一輛底盤架高的跑車——是Pontiac的GTO嗎？還是福特野馬？車身是櫻桃紅，黃色的火焰圖案環繞著車身兩邊和保險桿。車子那種怪異的行進方式，害得那輛腳踏車搖搖晃晃。沒多久，腳踏車終於翻倒了，騎車的人摔倒在人行道上。

那輛車遲疑了一下，然後引擎發出一聲隆隆巨響，冒出一陣煙，呼嘯而去。

後來，我們車子開到那輛腳踏車旁邊的時候，看到那個黑人女生正要站起來。她身上穿著一件綠色的長袖運動衫，一條卡奇短褲。她正彎著腰穿鞋子。老天，她竟然穿著高跟鞋在騎腳踏車！我再仔細一看，這才發現剛剛看到的另一個人影，其實是那套令她聲名大噪的禮服。禮服用乾洗店的塑膠套包著，掉在她旁邊的地上，皺成一團。那頂后冠和十幾朵玫瑰花散落在草地上。

我從車裡探出頭。「艾妮妲？妳沒事吧？」

她轉頭過來看著我們車子的大燈。「你是……？」

「丹尼爾．莫斯葛羅夫。」我說。「還有提姆．考辛斯。需要幫忙嗎？」

「不用不用，我沒事。」艾妮妲邊說邊把地上的禮服撿起來。

提姆彎身湊近右邊的車窗。「艾妮妲，有人欺負妳嗎？」

「那個該死的雷德。」她說。「他醉得一塌糊塗。」

「妳是說雷德．馬丁？」

「是啊，就是今天晚上的舞會國王，也許應該說，那個惡棍王。他認定舞會皇后今天晚上應該是屬於他的。」

提姆問：「妳怎麼會跑到這裡來呢？」

「我才從夏琳家裡出來，正要騎車回家。她家開了一場很大很大的舞會！」說到這裡，她深吸了一口氣。「我本來是和湯米．強森一起去的，可是後來，他和雷德鬧得很不愉快，人就跑掉了。老天保佑，但願這套禮服沒有被我弄壞。那不是我的。我還得拿去還給我姑媽。」

「艾妮妲，妳的眼鏡呢？」

「我……我也不知道。大概掉了吧。沒關係，我還看得見。」

「要不要我們開車送妳回去？」

「不用了，謝謝你們，我沒問題的。」

「我很高興今天晚上妳贏了。」我說。「我投了妳一票。」

「噢，你真是個好人。」她說這話的時候，根本就不知道我是誰。接著，她又坐上腳踏車，然後把那套禮服纏在自己身上，以免被捲進車輪裡。「謝謝你們了，我要回家了。」

「哎呀，別這樣嘛，艾妮妲。」提姆說。「我看妳已經有點醉了。來吧，我們幫妳把腳踏車丟到後行李廂，然後載妳回家。已經很晚了，我怕妳一個人會出什麼事。」

「過了這座橋就到我家了。」說著，她開始用力踩腳踏車。「我不會有事的。」

提姆慢慢開動車子，跟在她旁邊。「那我們陪妳開回家好了，以防萬一。」

「不用了，我沒問題的。」她的口氣已經開始不耐煩了。「真的很謝謝你們。晚安囉！」

「好了啦，提姆。她不是已經說她沒問題了嗎？」

於是，他把車子往前開了幾公尺。「這樣不太好。」他眼睛一直盯著後照鏡。「雷德是個渾球，他喝醉了，搞不好他會跑回來。天曉得他會幹出什麼事來。」

就在他說到「什麼事來」的時候，他忽然轉頭去看她，手忽然從方向盤上滑掉了，這輛Buick猛然往左一偏。那一剎那，正好有一輛車迎面開過來——

我立刻抓住方向盤，用力打向右邊，而提姆也立刻踩下煞車。那一剎那，我們隱約聽到車子後面傳來「砰」的一聲！——彷彿是艾妮妲用手去拍車子的後行李廂蓋。

「該死！」提姆大叫了一聲。

我轉頭一看，發現艾妮妲不見了。

「她在哪裡？」

我往下一看，看到艾妮妲仰面朝天，手腳攤開，倒在馬路旁邊的草坪斜坡上，那套禮服蓋在她身上，好像一面旗子。

「艾妮妲？」我大喊了一聲，但聲音卻變得很微弱。「妳還好嗎？」

她的頭靠在人行道邊緣。她的眼睛張開著，彷彿在看上面黝黑的天空。

「噢，老天。」提姆叫了一聲。「噢，老天！」接著，他忽然猛踩油門，我整個人撞到椅背上。車子幾乎是以光速在往前衝。

4

「你在幹什麼？她受傷了耶！趕快掉頭回去！」

提姆反而猛踩油門。「眞他媽的該死！該死！」

「提姆！我們一定要回去救她！」

「不行！」他的口氣很詭異。

「你瘋了嗎？你怎麼可以把她丟在那裡？她受傷了耶！」這時候，Buick正好越過平交道，整輛車飛起來——我對天發誓，真的四個輪子都離開了地面。「提姆，我跟你說真的，我們一定要回去！」

他忽然轉過頭來盯著我，眼神冷冰冰的，閃爍著一絲異樣的光芒——那種眼神不是我認識的提姆。「你能不能他媽的閉嘴？」

「好——那你停車，讓我下去！」

「我現在正要去找人幫忙，可以嗎？」他大喊著。「我們現在要去找人救她。我正在想辦法！你能不能他媽的閉嘴，讓我好想一想？」

「那只是意外，意外！那不是我們的錯，拜託你，趕快掉頭回去！」

「都是你去扯方向盤！」他大吼。「你他媽的幹嘛去扯方向盤？」

「你停車。馬上給我停車！」

儘管現在一團亂，收音機還在播放那首〈白紗之夜〉（Nights in White Satin）——奇怪，難道他們又重播了一次嗎？那首曲子裡有一段沒有旋律的獨白，那傢伙正好唸到一句「被無邊的夜色吞沒」什麼的，很不吉利。我腦海中一直浮現出艾妮妲的模樣，看到她整個人蓋在那套禮服底下，腦袋靠在水泥人行道邊緣，腳踏車的後輪轉個不停。

提姆說：「好吧好吧。我們去找電話，找人幫忙。」

「不錯，這是個辦法。有看到電話嗎？」車子飛快經過釣具店，廉價賣場。後來，車子開到那條路的轉角，我看到家具行旁邊有一座電話亭，立刻伸手指給提姆看。「我該打電話給誰？報警？還是叫救護車？」

車子的輪胎輾過碎石路面，嘎吱作響。收音機裡還在播放那首〈白紗之夜〉（Nights in White Satin），已經來到結尾的快節奏。這時候，他關掉引擎。

「電話我來打。」他說。「你太歇斯底里了。你在車上等我。」

「那你就快點去！」我大叫一聲。

可是，他卻走到他爸爸的車子後面，蹲下來檢查保險桿，看看有沒有哪裡撞到。

我立刻衝下車，衝到電話亭，拿起話筒撥了一個0。電話響了兩聲之後，我聽到背後有腳步聲。提姆衝過來，撲到我身上，搶走話筒。「喂，總機嗎？」他說。「我，呃，是這樣子，我們在米諾市，這裡發生意外，我們要報案。有一個黑人女孩子受傷了。她從腳踏車上摔下來。對，是意外，呃，你們能不能派救護車——什麼？呃，當然——巴尼特街，在米諾高中西邊大概……大概隔三個路口。什麼？」這時候，他遲疑了一下。「呃，我不知道。」然後他就掛了電話。

接著，他轉頭過來看我。「他們有沒有可能追蹤到這支電話？」

「我怎麼知道？」

「趕快上車。」

「要去哪裡？」

「我先載你回家，然後我也回家。就當作今天晚上沒有發生這件事。」

「提姆，我們非回去不可。否則的話，我們反而會被人誤會，以爲是我們闖的禍。」

「就當作我們當時不在現場。」他眼睛看著後照鏡，嘴裡說。

「你聽著，我們現在馬上回去。」我勸他。「我們實話實說。是她自己撞上我們，然後從腳踏車上摔下去的。你受到驚嚇，開車跑了，後來，我們打電話叫救護車，然後就回來了。我們並沒有做錯什麼。」

「你說我受到驚嚇，那是什麼意思？他媽的，剛剛伸手去扯方向盤的人不是你嗎？」

太可怕了，你看看，恐懼對一個十幾歲的男生造成影響有多大。提姆．考辛斯，我最要好的朋友，多乖的一個孩子，然而，在恐懼的威脅下，他渾身發抖，臉色蒼白，煩躁不安，然而卻又冷靜得異乎尋常，眼珠子骨碌碌地轉。

我心裡也很怕。沒錯，我明知道我應該衝到那座電話亭去，打電話報警，把眞相和盤托出。我確實有那樣的衝動，但我卻還是乖乖上了車。

提姆發動引擎。「後保險桿沒有刮痕。」他說。「好，你聽我說，我現在沒辦法解釋，不過，我不能讓警察找上我，懂嗎？不要問爲什麼。相信我就對了。」說著，他又發動了一次引擎。「我們已經打電話叫救護車了。他們知道該怎麼做。我們已經盡力了。」

「可是提姆，你忘了嗎，她有看到我們。」

「誰？」

「艾妮妲啊！我們剛剛不是跟她說過話嗎？她認識我們。」

「哎呀，該死，你說對了。」

「所以，我們非回去不可。」我說。

「你剛剛不是有回頭看她嗎？你覺得她死了嗎？」

「剛剛你開車跑掉的時候，開得太快了，我沒看——老天，提姆，萬一她眞的死了，萬一我們……」

「那又不是我們的錯。是她自己撞上我們的，你忘了嗎？我們把車子停下來，問她需不需要幫……」說到這裡，他的聲音忽然越來越小。

「什麼？」

他忽然坐挺起來。「你說對了，我們確實非回去不可，不過，我們根本不必停車。我們可以把車子開回去，經過剛剛的地方，看看情況。如果她是清醒的，而且能夠說話，那我們就停車。」他車子開得很慢。「事情的經過就是這樣，她跌倒了，我們停下來幫她，然後就去打電話叫救護車。這樣有什麼不對嗎？我們又沒喝醉。我們根本就沒有做錯什麼。」

超級市場的停車場已經看不到半輛車了。之前，我才在昏黃的路燈下吻了黛安．芙琳格，但此刻，我忽然覺得那彷彿已經是一年前的事了。

車子開到乳品店那個十字路口時，紅燈亮了。我們停車，打開左轉燈。過了一會兒，就在綠燈亮起的那一剎那，有一輛車忽然狂閃大燈，猛按喇叭，從我們面前呼嘯而過。

提姆叫了一聲。「老天！」

「是警察。」我說。「米諾市的警車。」

接著，我們車子慢慢開過平交道，轉到巴尼特街。我看到警車就在前面，車頂的警燈一閃一閃。那兩輛警車斜斜的停靠在路邊，大燈都對準同一個地方。

提姆說：「好，冷靜一點。我們從旁邊開過去，不會有人注意到我們的。」

兩輛巡邏車車頭對著車頭，中間是救護車。我們車子從他們旁邊開過去的時候，我看到兩個人用擔架把艾妮妲抬進救護車裡。

她的腳踏車還倒在路邊。

警車後面，我看到那輛底盤架高、櫻桃紅車身、火焰圖案的福特野馬。後行李廂蓋和車門都敞開著，好幾個警察鑽進後座，東翻西找。另一個警察把雷德．馬丁壓在引擎蓋上。

我們車子從旁邊慢慢開過去，仔細看。那個警察把雷德的臉頰壓在引擎蓋上。

我緊張得不敢喘氣，一直等到車子開到街尾，我才猛吸了一口氣。我不敢轉頭去看提姆。我知道他心裡在想什麼，因爲我心裡也有同樣的念頭。

後來，提姆終於開口了。「他有看到我們嗎？」

「應該沒有。當時事情發生得太快，太混亂了。」

「雷德．馬丁。」他說。

「對。」

「艾妮妲說他喝醉了。」

「沒錯，她是說過。」

「你剛剛有看到她嗎？」

「呃，她躺在擔架上，我……沒有，我沒看到。」

「他們看起來似乎沒有很匆忙的樣子，對吧？」他說。「這可不是什麼好事。」

「是啊，我知道。老天，提姆，我們非回去不可。」

「是雷德撞到她的腳踏車，害她摔倒的，呆尼爾。始作俑者是他，不是我們。你親眼看到的，事實就是如此。後來，他開車跑了，把她丟在那裡，對吧？你親眼看到的。很可能當時她就已經受傷了。」他的口氣越來越平靜了。「我的重點是，雷德是騷擾她的人，而我們是想辦法要救她的人。」

「我不太懂你的意思。」

他斜斜地瞄了我一眼。「這件事是雷德的錯，不是我們。沒錯，事情的經過並非眞的是這樣，不過，從某個角度來看，這樣說也沒錯。懂嗎？喝醉酒的是雷德，不是我們。我們想辦法要救她。你懂我意思了嗎？」

「那麼，你認爲我們該怎麼做？」

「什麼都不做。我們回家，靜觀其變，看看接下來事情的發展。說不定她不會有事，說不定他們會釋放雷德。我不知道。到時候就知道了。」

到了賴瑞街，車子轉了彎。提姆開車繞遠路，避開大馬路，專挑偏僻小路走。

「要是艾妮妲告訴他們，她撞到的是我們的車，會怎麼樣？」

他聳聳肩。「她撞到了頭，對吧？說不定她根本就搞不清楚了。當時我們把車子停下來，問她需不需要幫忙。她是在那個時候看到我們的。後來，我們去打電話求救。他們會不知道是誰打電話叫救護車的嗎？我們甚至還繞回頭，看看救護車有沒有來。結果，救護車真的來了。」

我盯著他。「嘿，應付這種事，你可真有一套。」

「我是第一次碰到這種事。」他說。

「送我回家吧，提姆。」我說。

「我正要送你回家。馬上。」說著，他打開收音機。收音機正在播放中古車廣告，聲音很大。這時候，他又把收音機關掉了。車子開向郊區，路上沒什麼車，很好開。車子的引擎高速運轉，夜色向後飛逝。「呆尼爾，放心吧，不會有事的。」

「很難說。我有不祥的預感。」

這時候，他又打開了收音機。「歡樂99」節目的DJ正在播放午夜點播歌曲。有一位匿名的愛慕者點了一首曲子獻給亞祖市的班尼。蒂娜點歌獻給蘭迪，表達她愛他的心永遠不變。卡蘿點歌獻給維克斯堡的狄傑。「此外，在這個特別的舞會之夜，有一對雙胞胎姊妹點了這首曲子獻給丹尼爾和提姆。」DJ說。「哇，舞會之夜的雙胞胎！妳們玩得開心嗎？」

「老天爺。」提姆說。「我簡直不敢相信，她們居然打電話到廣播電台點歌。先前她們已經把我們的名字掛在她們家車庫門口了，難道那樣還不夠？」

我把臉貼在冷冰冰的窗玻璃上。「但願我們沒有害艾妮妲送命。」

「嗯，我也這麼希望。」

「眞的嗎？你眞的希望嗎？」

「那還用說！要不然你以爲我希望怎樣？」

「今天晚上，我已經快要不認識你了。」我說。「我完全猜不透你在想什麼。」

「這話怎麼說？」

我轉頭盯著他。「到底怎麼回事，提姆？爲什麼你這麼怕警察？你之前一定闖過什麼禍，對吧？」

「一次。」他說話的時候，眼睛還是盯著前面的路。

「怎麼回事？」

他吁了一大口氣。「那是上次感恩節的事。危險駕駛。我沒有告訴過你，沒告訴任何人。我在牢房裡待了一晚。他們只允許我打一次電話，於是，我就打電話告訴我爸媽，說那天晚上我住在你家。謝天謝地，還好那天晚上你沒打電話給我。」

「危險駕駛，那是什麼意思？應該沒那麼嚴重吧。」雖然危險駕駛確實是重罪，但我儘量讓我的口氣聽起來很平常。

「夠嚴重了。他們吊扣了我的駕照，吊扣六個月。這件事也沒人知道。」

「他媽的，提姆，那你爲什麼還在開車？」

「從今晚開始，我就不再開了。相信我吧。等一下我把車子開回家之後，這輩子就再也不開車了。老天保佑，只要今天晚上能夠順利到家就好。我對天發誓，從今以後我只騎腳踏車。」說著，他扯掉領帶，丟出車窗外。

「你終究要付出代價的。」

「我根本不擔心那個。」他說。

我們沿著布埃納維斯塔街往前開，開到一座小山丘上。前面有一排木頭柵欄，裡面就是我們家的庭院。平常我很痛恨那片庭院，痛恨庭院裡的每一根草，可是今晚，我忽然很高興看到那片庭院，因爲那裡有一種家的感覺。老媽沒有關掉門廊上的燈，以免我回到家的時候一片漆黑。

「提姆，我們不能就這樣置身事外。那是不對的。」

「明天再打電話給我吧。」他說。「目前，不要告訴任何人。特別是，千萬不要告訴你爸媽。」

「我沒有神經到那種地步。」

他把車子開進我們家的車道，結果惹來對街葛里森太太的狗一陣咆哮。

「明天一早就打電話給我。」提姆說。「不，不，我會打電話給你。你會在家吧？」

「會啦。他們去上教堂的時候，我都會留下來陪傑克。」

「你還好吧，呆尼爾？」

「會好才怪。」

他在我手臂上捏了一下——意思是叫我要挺自己的哥兒們，要講義氣，不要拆穿他編出來的天大謊言。

我用力摔上車門。他揮揮手，然後就開車走了。布埃納維斯塔街飄散著陣陣松香，我站在原地，聽著葛里森太太的狗朝著我狂吠。

我忽然想到，不久之前，我們開車到超級市場的停車場，吻那兩個女生。假如當時我們沒去，此刻艾妮妲一定已經好端端的回到了家，舒舒服服躺在床上，床頭櫃上擺著那幾朵玫瑰花，還有她的后冠。

假如當時我沒去抓方向盤……

我們開車撞到了舞會皇后。我們不是故意的。可是，後來我們卻逃離現場——把她一個人丟在那裡，任由她倒在地上——那就是故意的了。

整個事件發展的過程中，提姆表現出來的那種臨危不亂的冷靜，那種盤算對策的能力，令我十分驚訝。當時我看到艾妮妲躺在地上，嚇得六神無主，而他卻已經開始在盤算怎麼編造出我們的不在場證明。

「死狗，閉嘴好不好？」我咆哮了一聲。笨狗，擺明了就是欠罵。

屋子裡靜悄悄的。我扯掉領帶，悄悄進門，儘量不弄出任何聲音。後來，我走到冰箱那邊，想倒一杯柳橙汁來喝，沒想到老媽卻出現了。她身上穿著法蘭絨睡袍，睡眼惺忪。「嗨，親愛的，舞會好不好玩？」

「還不錯。媽，妳趕快回去睡吧。」

「現在幾點了？」她伸手撥開垂在眼睛前面的頭髮。

「快一點了。」我輕聲嘀咕著。「妳回去睡覺嘛。」

「不要，我要聽你講一些舞會的事。來，幫我倒一杯牛奶。」

「媽，很晚了，我們明天再聊好不好？我可不想吵到他睡覺。」說著，我朝他們房間的方向點點頭。

「怎麼樣，黛安還不錯吧？你們玩得開心嗎？她穿上晚禮服，看起來漂亮嗎？」

「是啊，還不錯。」我說。「不過，我們正要去舞會的半路上，我流鼻血了。」

「啊，孩子，很嚴重嗎？」她拍拍我的手臂。小時候，我老是流鼻血，而老媽總是整晚熬夜陪我。她會一直等到我鼻血不流了，才肯去睡覺。

「還好啦，只流了一點點。」

「那有沒有干擾到你今天晚上的舞會？」

「沒有。我們玩得很開心。我們跳了一整晚的舞，該玩的都玩了。」

她一直眨眼睛。她眼皮已經快要張不開了。「噢，孩子，我整晚都在祈禱，希望你今晚能夠玩得很開心。」

「媽，妳想太多了。我們眞的玩得很開心。舞會很棒。」這時候，我忽然覺得自己彷彿變成了大人，而媽媽變成了小孩子。我一直哄她，以免她擔心。老媽長得比電影明星桃樂絲黛還漂亮，一頭長髮，淡淡的金色髮絲捲曲如波浪起伏，色澤看起來就像冰淇淋甜筒的外殼。此刻，她看起來就像一個睡眼惺忪的小女孩。我拿起果汁盒灌了一大口。「媽，去睡嘛。明天早上我會一五一十地全部告訴妳。」

「果汁盒沾到你的口水了，等一下不可以放回冰箱。」說著，她湊過來親了我一下。「你看，我的小寶貝已經長大了。」

「好像是。」

「好吧，那晚安囉，親愛的，別忘了關燈知道嗎？」

「晚安，媽。」

半盒柳橙汁根本不夠我塞牙縫。我還是渴得要命。於是我又拿出薑汁汽水來喝。我咕嚕一口就喝乾了，然後打了個嗝，一股薑味從鼻孔裡竄出來。

然後，我走出廚房，回到房間，赫然發現傑克躺在我床邊的地上。「哎呀，傑克！差點被你嚇死！」

他眼睛閃閃發亮。「有人死掉了。」他對我說。

「已經很晚了，你怎麼還沒睡？」

「有人死掉了。」他說。「你知道嗎?」

「老先生,你到底在說什麼?你又在做惡夢了嗎?」

「誰說我在做夢?」他說。

「那你就是在發神經。」我說。「而且,對你來說,發神經好像根本就是家常便飯。」我只有在老媽面前才會給傑克好臉色看。他住在我隔壁的房間裡。那個房間是車庫改裝的,我稱之爲「怪胎違建」。要是我不頂他兩句,光是聽他嘀嘀咕咕,咯咯傻笑,那種毛骨悚然的聲音就足以把我搞到發瘋。上次聽他講瘋話的時候,他說他在院子裡埋了好幾袋黃金,而且,晚上我們睡覺的時候,對街的鄰居華格納太太都趁我們晚上睡覺的時候,偷偷摸摸溜到我們院子裡,拿鏟子挖黃金。

我把他推回他自己的房間。「傑克,去睡吧。今天晚上我懶得再聽你說瘋話了。」說完,我砰的一聲用力拉上滑門。

回到房間之後,我整個人癱倒在床上,盯著牆上的「披頭四」海報,雪兒主演的電影《毛髮》的海報,還有電影《衝破黑暗谷(Tommy)》主題曲的專輯封面。那張封面上,羅傑·道崔(Roger Daltrey)看起來好像瞎子。他是那張專輯的主唱,而電影也是他主演的。

我聽到傑克在隔壁房間笑。

我忽然感覺好失落,好孤單。彷彿天地間只剩下我孤零零的一個人,還有那可怕的記憶。我腦海中浮現出艾妮妲的影像。她仰面朝天躺在地上,頭靠在堅硬的人行道上。

5

我起床的時候，傑克已經坐在他那輛「學步車」上，在屋子裡晃來晃去。老媽和珍妮已經上教堂去了。廚房那邊飄來一股土司烤焦的味道，害得我心情忽然變得很沉重。我慢慢晃到小客廳，一腳踢開他媽的墊腳凳，跌坐在他媽的沙發上。這棟房子感覺空蕩蕩的，家具都是些便宜貨，多半是我們家這條路上有哪戶人家車庫拍賣的時候買的，要不然就是在二手商店買的。我痛恨這棟房子。打從我們來到密西西比州的第一天開始，我們什麼好事都碰不上，只有厄運連連。

當初我們實在應該留在印地安那州。巴德和我一直勸他們不要搬，可是，他們什麼時候採納過我們的意見？有幾個做父母的肯聽聽孩子的意見？

這時候，電話鈴聲忽然響了，我嚇了一跳，整個人從椅子上彈起來。

「艾妮妲還活著。」提姆劈頭就說。

噢，老天，謝天謝地。我抓著電話聽筒，緊緊貼在嘴邊。整個早上我都楞楞盯著電話，等電話鈴響。我一而再再而三地自我催眠，舞會之夜只是一場惡夢。

「她在浸信會醫院。」提姆說。「加護病房。可是，他們不肯告訴我她的狀況，除非我是家屬……呆尼爾？你在聽嗎？」

我沙啞著聲音問：「你是怎麼找到她的？」

「我打電話到城裡所有的醫院去問。」

「你應該沒有告訴他們我們叫什麼名字吧？我的意思是──這些事情方便在電話裡討論嗎？你應該知道水門案件吧？天曉得有沒有人在監聽電話。」

「別急，先聽我說，還有別的消息。雷德．馬丁被警察逮捕了，罪名是酒後駕車。他在牢裡待了一晚。今天早上他爸爸把他保出去了。」

這時候，我轉頭一看，看到傑克在門口，那雙炯炯有神的藍眼睛死盯著我。我提著電話機走到客廳，電話線被我一路拉過去。然後我關上客廳的門，門板壓住了電話線。我壓低聲音說：「聽我說，我們不能就這樣置身事外，讓雷德去替我們頂罪。」

「怎麼，啥時候你也開始關心起雷德來了？難道你忘了，他是地球表面的頭號渾球？」

「那又怎麼樣？不管他再怎麼渾球，我們也不能冤枉他，害他揹黑鍋啊！」

「是喔，那你有更好的點子嗎？」提姆口氣很堅定。「告訴你，呆尼爾，反正不管怎樣，我絕不能讓這件意外扯上我。我麻煩已經夠多了。」

「你聽著，說不定我們可以打電話給警察。」我提議說。「打匿名電話。我們不要洩露自己的姓名。我們只需要告訴他們，我們確定雷德是冤枉的。告訴他們，我們不能被牽扯進去，可是，雷德確實是無辜的。」話還沒說出口之前，我自己就知道這點子聽起來太扯了。

提姆說：「是喔，虧你想得出來。」

「嗯。無論如何，我們總得做點什麼。」

他有點不屑地咕噥了一聲。「我們可以抬頭挺胸，走到監獄去自首。你覺得怎麼樣？」

「說不定我們就是應該這樣。」

「哦，那就去啊！你去啊！你的人生就此完蛋——我也跟你一起陪葬。」

我說：「她的人生已經被我們毀了，不是嗎？」

「媽的，你要我告訴你幾萬次？那是意外！」

「我們開車跑掉了，丟下她不管，這個部分可不是意外。」我忿忿不平地嘀咕著。「都是你。那是你決定的。開車的人是你，不是我。」我終於說出這句話了。我已經不再說「我們」了。攤牌了，親兄弟明算帳，什麼事誰該負責任，大家講清楚。

「喂，你要我怎麼說？我嚇呆了，你也一樣。」

「我沒嚇呆。一路上，我一直嚷著叫你回去。至於你，提姆，你也沒嚇呆。這就是最詭異的地方，你太冷靜了，冷靜得嚇人。」

「在當時的狀況下，反應不快點不行。」他說。「否則的話，我們就完了。」

我心裡想，是喔？你所謂的快速反應，害我們落到什麼樣的下場，看到了嗎？

「聽著，呆尼爾，假如你有聽到什麼消息，就趕快打電話給我。如果沒有別的突發狀況，那我們就明天學校見了，好嗎？」

「好啦。」

「明天——」

沒等他說完，我就掛了電話。現在沒心情陪他玩遊戲。

然後，我走回小客廳，發現傑克正在看電視。這是每個禮拜天早上他最喜歡的節目，第四頻道，維克斯堡「神聖信仰猶太會堂」佈道大會的現場直播，主講人是亞佛列德．普爾牧師。普爾牧師長得肥嘟嘟的，油光滿面，皮膚紅通通的，一頭黑髮燙成了又高又捲的龐帕多髮型。「主啊，耶穌基督，此刻正俯視著我們。」他用一種吟詠的腔調呢喃著。「受傷不良於行的弟兄們，把你們的手放在電視機上，讓神到家裡撫慰你們的心靈，展現祂的神力治療你們的創傷。」

傑克喜歡他那種結實的音調，喜歡他為殘障的人治療的方式。他的治療方式就是猛打他們的額頭。傑克說，也許哪天我可以載他到維克斯堡去，讓普爾牧師治好他的腿。

這時候，珍妮突然衝進門，鞋子砰砰踩在地板上，驚天動地。那雙鞋是她上教堂穿的。接著，老媽也進來了，邊走邊說個不停，說艾妮妲．貝奇曼如何如何。全城的人都在談論那個可憐的女孩子，頭骨破裂，腦部受傷陷入昏迷。有人開車撞到她，肇事逃逸，後來，警察在現場逮到了那個叫馬丁的男孩。

我儘量表現得不動聲色。「我知道，提姆有打電話來。好可怕。你們知道嗎，她昨天晚上當選了舞會皇后，當時她好興奮。」

「好可憐，她媽媽和爸爸。」老媽說。「丹尼爾，你認識她嗎？」

「當然認識。我甚至還投票給她。她也在我們樂團，另外，她有兩堂課是跟我在同一間教室上的。她聰明絕頂，而且又很漂亮。」

而且我還告訴她，艾妮妲的爸爸是學校的工友，這時候，我還以爲老媽可能會哭出來。「這眞是我聽過最悲慘的事。我們一定要想辦法幫他們一點忙。」

「可是，媽，我跟她並沒有那麼熟。我們只是偶爾會在學校裡打個照面。」

「這個節骨眼她正需要朋友，不管熟不熟。下禮拜，我每天都會烘一個蛋糕，你幫我送到她們家去。而且，你也可以幫她們家做點事，比如說除草之類的。」

我瞥見傑克閉上一隻眼睛，用另一隻藍眼睛斜眼瞄著我。我朝他吐了一下舌頭。

這時候，傑克突然一陣猛咳，老媽立刻蹲下去幫他拍背。「好了，孩子，把昨天晚上的事一五一十都說給我聽。那兩個女生穿什麼衣服？你們有跳舞嗎？」

「有啊，我們有跳舞。她們穿的是那種長長的禮服。」說著，我在沙發上坐挺起來。「媽，我還得除草，我最好現在就去。」我已經沮喪到這種程度了——我寧可去除草，也不想坐在這裡被人盤問。連一秒鐘我都熬不下去。她問的問題都是那麼眞摯，隨時都會令我招架不住，說出眞相。另一方面，我已經受不了傑克老是用一隻眼睛瞄我。

第二天早上去學校的路上，我在校車上聽到各式各樣的流言。有人說艾妮姐傷勢嚴重，可能會死。有人說雷德．馬丁是故意把她撞倒的，不過，也有人說可能是意外，因爲他喝醉了。或者，也有可能根本就不是他撞的，他只是正好開車路過，而車上正好有一罐開著的啤酒，於是警察就把他攔下來了。

黑人學生成群擠在校車後邊，顯得比平常更沉默。

車子轉到巴尼特街的時候，所有的人都爭先恐後靠到校車左側，搶著想瞧瞧意外發生的地點。沒人猜得出來車禍現場是在哪家門口的車道前面。而我卻坐在位子上紋風不動，眼睛盯著代數課本上那些亂七八糟的等號。

我下車的時候，黛安．芙琳格站在那裡等我。她身上穿著那件不怎麼合身的格子圖案連身裙，在白天的光線下，整個人看起來又恢復到平常的模樣。一想到昨晚在超市停車場上那一幕，我忽然覺得有點反胃。

「噢，老天。」她說。「好可怕。艾妮姐出事了，你聽說了嗎？」

我點點頭。「不過，她應該不會有事吧？」

「好像很嚴重。噢，丹尼爾，你知道嗎？我覺得好愧疚。我覺得好像這一切都是我的錯！」

「妳的錯？」

「呃——昨天晚上她當選舞會皇后的時候，我們好惡劣，把她說成那樣！一想到我當時說的那些話……當然，當時我沒想到會發生這種事。跟你說喔，我忽然好渴望自己是一個……」——她忽然壓低聲音——「一個天主教徒，這樣一來，就可以去找神父告解了。你說對了，丹尼爾，我眞的好差勁。」

「好了，黛安——」

「還有，黛比也覺得很難過。求求你，求求你不要認爲我們對艾妮妲有什麼惡意。昨天晚上的舞會，是我這輩子最開心的一天，眞的，我好開心，所以我眞的很不希望你會認爲我有種族偏見什麼的。尤其是，現在出事了，我就更不希望你對我有那種感覺。」

「不會啦。」我想趕快開溜了，可是她的手卻彷彿老虎鉗一樣，緊緊夾住我的手臂。

「昨天晚上我眞的玩得好開心。」她說。

「是啊，不過，被安全帶卡住可一點都不好玩。」我說。

她咧開嘴笑起來，牙套閃閃發亮。「這樣你才會永遠記得。媽媽說，從此刻算起，未來三十年裡所發生的一切，將會在我們記憶中留下最深刻的印象。」

「太妙了，妳竟然把這種糗事都告訴她了。」我趁她沒有留意，悄悄把手臂從她手裡抽走。「妳覺得雷德撞到艾妮妲，是故意的嗎？」

「聽說是意外，可是，天曉得。昨天晚上我們都親眼看到，他離開假日酒店的時候，人已經醉得一塌糊塗了，還記得吧？」

「警察已經讓他保釋了，所以說，他們應該不覺得是他幹的，對吧？」

「他是足球隊的明星，應該不會有什麼麻煩。」她扮了個鬼臉。「反正，有一票女生打算今晚到醫院去探望艾妮妲。她們準備唱一首歌獻給她。」

我忽然想到，也許可以透過她們打聽艾妮妲的狀況。「那妳要去嗎？」

「呃，不太好吧……你不覺得這樣會有點假惺惺嗎？昨晚才說人家壞話，今天就去看人家？」

「說不定這樣妳心裡會比較好過。」我說。

「昨天，我們教會的牧師還特地爲她禱告。他從來沒有爲黑人禱告過。我們教會從來不爲黑人祈禱。噢，丹尼爾，我簡直不敢相信。」

這時候，鈴聲響了。謝天謝地。

「如果妳還有再聽到什麼消息的話，就打個電話給我吧。」說完，我立刻一溜煙閃進早點名教室了。

提姆的座位就在我旁邊。安德森小姐點名的時候，他還沒進來。

「考辛斯。」她喊他的名字，可是卻沒人應聲。「提姆．考辛斯？」她又喊了一聲之後，在點名簿上做了個記號，然後又繼續點名。

膽小鬼！臨陣脫逃！為了怕露臉，故意不來學校。我在筆記本背面亂七八糟塗了一大團。禮拜天晚上出了那種事，而禮拜一早上他就不來學校了。這反而更顯得作賊心虛，這一點，提姆難道不明白嗎？

這時候，擴音器忽然響了。打從恐龍還在地球上橫行的年代開始，漢姆先生就已經在米諾高中幹校長了，可是直到今天，他還是搞不懂播音系統該怎麼用。他呼了幾口氣，測試了一下音量，接著，擴音器就傳來他那響亮如洪鐘般的聲音。「早安，各位同學，簡單宣布幾件事情。首先，週末晚上發生了一場意外，我們感到非常遺憾。我相信全體同學都會為艾琳．貝奇曼祈禱，祝她早日康復。」

艾琳？

接著，擴音器裡傳來一陣靜電的雜訊，還有麥克風按鍵喀嗟喀嗟的聲音。「不好意思。」漢姆先生說。我們可以聽到，他辦公室的祕書畢慈小姐在旁邊跟他說悄悄話。「我好像說錯了。她的名字叫艾妮妲。大家都認識她，他是貝奇曼先生的女兒。貝奇曼先生是本校的——校園維護技師。她是非常傑出的女同學。所以，希望全體同學都能夠祝福他們一家人。警察局的馬吉爾警官正在調查這件案子，我相信他們一定很快就會查出是誰撞傷了艾妮妲。另外，有很多同學在更衣室裡亂丟衣服，把汗水濕透的運動服丟得到處都是。從現在開始，我們有新規定……」

就這樣嗎？艾妮妲的事，他就這麼簡單一筆帶過嗎？要是我被車子撞了，命在旦夕，那麼，我一定會希望漢姆先生把情況說得更詳細一點，而不是急著岔開話題，扯什麼運動服。

這時候，鈴聲響了。我拖著沉重的腳步晃到走廊。走廊上，置物櫃的門開開關關的嘈雜聲此起彼落。在高中的走廊上，你可以看遍學生百態——有人悠哉悠哉的在人群中慢慢晃，有人沿著牆邊橫衝直撞，有人一隻手抓著書包貼在屁股上（男生），有人兩隻手把書包抱在胸口（娘娘腔和女生）。沿著走廊，你可以看到紙條傳來傳去，謠言四處流竄。今天早上，大家掛在嘴巴上的，是艾妮妲三個字。

我一路低著頭，書包頂在屁股上，沿著走廊正中央一路擠開人群。

鈴聲又響了，鬧哄哄的學生全都擠進了教室，然後逐漸安靜下來。早上八點三十分，每天的第一堂課，代數課。那天晚上幫舞會皇后戴上后冠的人，是帕斯華茲太太，不過，也只有那天晚上。在平常的日子裡，她多半都把黑板前面的銀幕拉下來，然後坐在那台透明片投影機前面，將一道四四方方的光投射在銀幕上。她拿著蠟筆在透明片上畫，畫出密密麻麻如蜘蛛網般的方程式。投影機的光線從底下照到她臉上，那種詭異的光影，看起來很像科學怪人的新娘。手的影子投射在銀幕上，看起來很像蝙蝠在振翅飛撲。

「今天我要教你們一些新東西。」她說。「這裡有一些數字，哪個是自然數，哪個是整數，哪個是有理數，哪個是無理數，哪個是實數。有沒有人知道，請站起來跟全班同學講解一下？」

沒人舉手。大家都黏在椅子上紋風不動。我乖乖把那些凌亂潦草的線條數字抄在筆記本上，可是滿腦子想的都是艾妮妲——要是她醒過來了，她會記得什麼？昏迷是什麼樣的感覺？——是不是一波波的茫然困惑，就像代數一樣？或是像迷失在另一個世界裡？她的家人是否圍繞在她床邊？螢幕上是否有一個綠色的光點隨著她的心跳在起伏？

「這兩個因數的相對位置爲何要互換？有誰能說明嗎？」帕斯華茲太太問。大家連氣都不敢喘，因爲怕她會點到自己的名字。本來她教我們代數。代數似乎只是一種複雜計算形式，雖然傷腦筋，但終究還是可以理解的。可是，自從聖誕節過後，帕斯華茲太太似乎帶著我們進到另一個奇幻世界裡了。那是一個由線性關係、函數、多項式和根號所構成的世界。到現在已經好幾個禮拜了，班上的學生沒人聽得懂她在講些什麼。

平常上這堂課的時候，我和提姆總是把笑話寫在紙條上傳來傳去。每個教我們的老師或多或少都會有幽默風趣的一面，可是帕斯華茲太太這個人根本就是一絲不苟。她站在投影機前面的姿勢一本正經，她那種蜂窩髮型簡直就像是炸彈開花。每天，面對這樣的一個老師，那整整五十五分鐘的時間可眞是「有趣」到極點。她穿著素白色的上衣，灰撲撲的裙子，睫毛膏塗得好厚，厚到你忍不住會懷疑，她眼睛怎麼還張得開。

「各位同學。」她說。「各位同學。要專心。大家一定要專心，否則進度會跟不上！這些觀念很重要！」

「帕斯華茲太太。」珊蒂．威廉斯說。「我眞的搞不懂。爲什麼要把那個東西擺在另一個東西下面呢？」

「什麼東西，珊蒂？」

「那個有V的東西。妳知道的嘛，就是另一邊那個看起來很像小小的打勾符號的東西。妳爲什麼把它移到下面去了？」

這時候，帕斯華茲太太忽然關掉投影機，整間教室立刻陷入一片漆黑，鴉雀無聲。「老天爺，你們眞是無可救藥。」她的聲音聽起來很平靜，可是卻暗藏凶險。「你們到底有沒有搞清楚，我可是有碩士學位的。有人在乎嗎？知道嗎，我應該去教大學生，而不是你們這群——」說到這裡，她忽然停住了。接著，她猛然站起來，走到教室前面。「我眞搞不懂，我幹嘛那麼費功夫。我已經費盡唇舌，跟你們解釋得清清楚楚，可是你們根本就沒在聽！」

我挪挪屁股，調整一下坐姿。珊蒂．威廉斯已經快哭出來了。可是，帕斯華茲太太才剛開始在熱身。她來回踱來踱去，邊踱步邊喋喋不休，說什麼如果我們連堆磚頭都不懂，將來怎麼可能蓋得起這個那個有的沒的。年復一年，窩在這個鳥不生蛋的小鎮上，窩在這些教室裡，教一大群毫無想像力的笨蛋。她就這麼唸個不停，一唸就是大半天，到後來，我開始覺得怪怪的，感覺自己彷彿陷入教室裡那片無邊的黑暗中，感覺她說的話彷彿在我腦海中纏繞著。「你們有哪個肯用心的嗎？我已經忍無可忍了。聽清楚了嗎。我已經受不了了！」

在我看來，今天我們似乎跟平常一樣，並沒有變得比較笨。然而，帕斯華茲太太似乎突然覺得我們很笨，再也無法忍受。我們根本就無可救藥，根本聽不懂她努力想教我們的東西，而這眞的把她惹毛了。

吉米．耶佛登忽然開口問：「帕斯華茲太太？」

「幹嘛？！」

「我可以去上廁所嗎？」

帕斯華茲太太氣得把識別證朝他丟過去。吉米把識別證從地上撿起來，然後就慢慢走出教室了。

這時候，帕斯華茲太太突然哭起來。

大家面面相覷。很難想像，竟然會看到一個資深的老師在課堂上崩潰，號啕大哭。

她走到辦公桌前面，把椅子轉向牆壁，然後低聲啜泣著。後來，她終於轉過來看著我們，眼睛腫腫的。「各位同學，很抱歉。」她抽抽噎噎地說。「這陣子很多事都不太對勁。」

「帕斯華茲太太，以後我們會用功一點。」明蒂·梅普斯不愧是啦啦隊，天生就很會幫人打氣。

「不，不是你們的問題。你們只是孩子，怎麼會明白呢？如果你什麼都不懂，又能夠做什麼呢？——另外，也不光是因為那件可怕的意外，不光是因為那個叫貝奇曼的女孩子。事實上，是我個人的問題。」

「老師？」明蒂歪著頭。

「知道嗎，一到晚上，我都會看到光。在我家四周，很亮很亮的光。」帕斯華茲太太說。

「妳是不是覺得自己快要精神崩潰了？」明蒂問。有幾個男生嗤嗤笑起來，不過其他同學都在座位上一動也不動。這可不是開玩笑的。據說很多年以前，帕斯華茲太太真的待過精神病院。

「沒有，明蒂，我應該不會。」她說。「不過，謝謝妳的關心。最近壓力很大，不過，那又怎麼樣？誰沒有壓力呢？」她兩手疊在辦公桌上。「上個週末是勞動節，我打算烤點肉來吃。你們也知道的，放假嘛。接著我忽然想到，唉，好悲哀，勞動節的假日卻只能自己一個人過，孤零零的在後院烤漢堡肉。沒想到當時，突然間——這裡先暫停一下，我要先問問各位同學，有沒有人被藍松鴉攻擊過？」

整個教室鴉雀無聲。由此看來，沒有人有過這樣的經驗。

「呃，是這樣的，那真的很不尋常。當時，一隻藍松鴉忽然從樹上飛下來啄我的頭，那一剎那，我嚇了一大跳。被啄的地方就是這裡。」說著，她摸摸頭上那深褐色的髮髻。「接著，第二隻也飛下來攻擊我，然後是第三隻。就這樣，三隻藍松鴉不知道從哪裡突然冒出來攻擊我。」

「就像那部電影一樣。」凱文．唐納修說。

「希區考克的《鳥》。」我又補了一句。

「沒錯，就是那樣。」帕斯華茲太太說。「我只好丟下架子上的烤肉，找地方躲起來！奇怪的是，我搞不懂自己有哪裡干擾到牠們——我烤我的肉，也沒有礙到誰呀！爲什麼會莫名其妙被三隻藍松鴉攻擊呢？有誰猜得出原因嗎？」

「說不定牠們想搶妳的漢堡肉。」凱文．麥胡說。

全班爆出一陣哄堂大笑，連走廊都聽得到。大家的眼睛都看向時鐘：距離下課還有十八分鐘，可是秒針卻走得好慢好慢，慢得令人受不了。

「帕斯華茲太太？」開口的人是比佛莉．達西爾。她長得圓嘟嘟的，是個虔誠的基督徒，同時也是「書蟲怪胎」一族。「妳剛剛講的內容，會不會拿來考試？」

「不會，比佛莉。絕對不會。」

「還有，昨天晚上的家庭作業，我有疑問。是二項式的問題。」

「改天再問吧，比佛莉。」她突然打斷她的話。「今天不上課了。大家下課吧。」

大家立刻從課桌椅上跳起來。到了中午吃飯時間，全校都已經知道，今天第一堂課的時候，帕斯華茲太太情緒失控，後來就回家去了。後來，她的課由漢姆先生代課。他乾脆播放國家公園的幻燈片混過去。我已經忍不住想快點對提姆說——你眞是個混蛋孬種，竟然躲在家裡。

我跑到天井那邊去打公共電話。電話鈴聲整整響了十二次，提姆才接起電話。「喂。」

「你窩在家裡幹什麼？」我問。

「我不太舒服。」

「是喔，不難想像。你有沒有想過，今天蹺了一整天的課，難道別人不會覺得怪怪的嗎？」

「沒錯，我媽就覺得怪怪的。她很擔心。不過，沒事。怎麼樣，有沒有什麼新消息？」

「她顯然還在加護病房。」這時候，一大群學生從餐廳裡擠出來，經過我旁邊。「喂，我沒辦法在這裡跟你講話。等樂團練習完之後，我去你家。你要等我，別跑出去了。」

「不會啦。老天，呆尼爾，別那麼激動好不好？不會有事的，懂嗎？」

我吁了一口氣。「好啦。」

「別再操心了，再這樣搞下去你會心臟麻痺。」

「今天早上代數課的時候，我真的差一點就心臟麻痺。」我說。「你絕對想像不到，她今天做了什麼事。」

「怎麼樣？」

「別做夢了，我才不告訴你。你這個躲在家裡的叛徒，沒必要告訴你。」

「那就算了。對了，待會兒放學後見。再聊——」

「再聊！」我搶先掛了電話。

接著，我又投進一枚硬幣，打電話給媽，跟她說我會晚點回家。

「親愛的，別忘了爸爸明天就回來了，庭院的草都還沒除乾淨呢。」

「我明天一大早就起來除草。」

「這話我已經聽你說過一萬次了。對了，到人家考辛斯太太家裡，要乖一點知道嗎？」

乖一點？要是老媽知道我們幹了什麼好事，她會說什麼？她一定會揪著我的耳朵，把我拉到警察局去坦白招供。萬一提姆不肯跟我去，那我還得自己把眞相一五一十說清楚，包括他的部分。爸媽一定會叫我這樣做的。

沒錯，那麻煩就大了。那將會是我人生最黑暗的時刻，不過，再怎麼樣，時間久了，事情總會過去的，再大的麻煩也會過去的。相對的，要是我打算隱瞞這件事，那麼，我下半輩子很有可能就此完蛋。

提姆不是老大，我不必聽他指揮。我會直截了當告訴他——如果他不肯跟我去自首，我就自己去。他可能無法接受，不過，也由不得他了。去不去隨便他。

下定決心之後，我忽然覺得心裡舒坦多了。很不安，可是也輕鬆多了。黑暗中，我看到了一絲希望，一種可能。

「去不去隨便你。」我說。「我可不想升上高三的時候，這件事還陰魂不散的糾纏著我。」

「我知道你的感覺。」他說。他房間裡鋪著紫紅色的絨毛毯，床的另一邊擺著一盞熔岩燈，迴旋扭轉的燈管散發出銀白光芒，整個房間感覺就像一個神祕洞穴。我們盤腿坐在裡面。牆壁上掛滿了提姆美術課的作品。他特別擅長畫那種神話世界的城堡、碉堡、廢墟，城牆上偶爾會點綴著幾個小小的人物。

「我們一起到警察局去自首。」我說。「趁現在還有點膽量的時候，馬上就去。」

「呆尼爾，你眞的很高尙，可是，你有沒有想過，假如情況顚倒過來，雷德．馬丁會像你這麼高尙，爲你洗刷冤屈嗎？」

「我才不管雷德怎麼樣，重點是，該怎麼做，我們就怎麼做。」

「我只是希望你好好思考一下，你的想法究竟合不合邏輯。」

「太簡單了，提姆。我們實話實說就對了，什麼都不要隱瞞。而不是像現在這樣，不敢去上學，整天提心吊膽，不知道自己什麼時候會被警察逮到。」

這時候，他揚起眉毛打量著我。「他們以酒醉駕車的罪名控告雷德，對吧？罪名並不是傷害艾妮妲，或者說，跟她沒有任何關係。你想想看，他喝醉了，他開車。他被警察逮著了，結案了。這跟我們有關係嗎？」

「全校的人都認定是他撞到艾妮妲。」

「那又怎麼樣？警察並不這麼認爲。他們並沒有控告他傷害艾妮妲。所以說，就算你去自首，也救不了雷德——或是艾妮妲。」

「可是提姆，不管怎麼樣，這樣就是不對。」

這時候，他跳起來，在房間裡踱來踱去。「聽我說，要是警察會相信我們，也許我就會跟你一起去了。可是呆尼爾，要是我們說出來了，我們兩個可能都會被送進少年感化院。一旦到了那種地方，我們會被雞姦，你知道嗎？因爲他們都是這樣款待菜鳥的。就算我們出得來，我爸一定會把我逐出家門。這樣一來，我就上不了大學了。最後，我會淪落到汽車百貨行去當店員。就爲了你一肚子的正義感，急著想去解救雷德．馬丁，結果我們就會落到這種下場。」說到這裡，他低下頭，但嘴裡還是繼續說。「而且，就算我們去自首了，情況也不會有任何改變。艾妮妲還是一樣受重傷，雷德還是一樣酒後駕車，而我們下半輩子都會揹著有前科的不良紀錄。」

「結果不一定會這樣。」我說。

「最樂觀的結果就是這樣了，而且這也是最有可能的結果。你以爲警察會因爲你正直誠實而表揚你嗎？相信我吧，不可能的。」

「要是你不肯跟我去。」我說。「我就自己去。」

「聽我說，呆尼爾——你是希望我敬佩你做人有原則嗎？好吧，我佩服你。不過，別指望我承認自己沒有做過的事。我並沒有傷害艾妮妲。是她自己撞上我們車子的。我根本就沒有傷害到她。而且，要是眞的只有我們兩個知道雷德是冤枉的，告訴你，我也不會去替他喊冤。我跟你說眞的。」

我搖搖頭。「我會良心不安。」

「好吧，那就先等一陣子，好不好？現在先別衝動。我們先靜觀其變，看看事情的發展。說不定她會好起來。」

提姆太了解我了。我並不是眞的想去找警察自首。我並不想坦白招供。我跑來找他，心裡其實是希望他會勸阻我。他不需要費什麼唇舌就可以說服我了。我可不想從監獄的電話裡聽到老媽的聲音。

「艾妮妲可能會指認我們。」我說。

「要是這樣的話，我們再來想辦法。」提姆說。「好了，今天帕斯華茲究竟怎麼回事，說來聽聽吧。從頭到尾講清楚，什麼都不可以漏掉。」

這本來是我最後的機會，把整件事扭轉到對的方向。然而，我卻放過了這個機會。

6

每隔幾天，漢姆校長就會向全校同學宣布醫院那邊的好消息：艾妮妲的腳趾頭已經會動了。艾妮妲已經可以用吸管喝東西了。艾妮妲已經認得出自己的名字了。

芙琳格家姊妹帶著一群女生到醫院去探望過她。她們帶了鮮花、泰迪熊寶寶，還有氣球。艾妮妲的媽媽在等候室把她們給攔了下來。「她的態度有點冷漠。」黛安告訴我。「我們練那首歌練了好久，準備唱給艾妮妲聽，可是她媽媽卻不讓我們靠近她。」

「哪一首歌？」

「We've Only Just Begun。」黛安說。

「老天，妳們想害死她嗎？難道妳們不知道木匠兄妹的歌會要人命？」

「別開玩笑了，丹尼爾。那種感覺眞的很難過。他們說，她腦部受的傷可能永遠不會好了。」

「她一定會好起來的。」我說。「不要問我爲什麼，反正我就是有這種感覺，她一定會好起來的。」當然，那純粹只是我內心的期望。要是我繼續保持這種樂觀的期望，說不定會心想事成。

禮拜四那天，雷德．馬丁又神氣活現跑來學校上課了。他剛剃了一個小平頭，身上穿了一件緊身黃色T恤，賣弄他的胸肌。自從舞會之夜那天以來，這是他第一次在學校現身。他笑得齜牙咧嘴，嚼著口香糖，一副得意洋洋的樣子，因爲他發現，好像他一出現，班上立刻就起了一陣騷動。「讓路讓路，小姐們，有人剛從牢裡出來了！」他嘶吼著。他那幾個死黨立刻一陣狂笑。雷德舉起手上的化學課本，假裝要往前走，然後做了一個足球後衛的單腳迴旋動作，閃進他的座位裡。

教室後面的黑人學生靜悄悄的。你可以感覺得到他們那種冷冰冰的沉默。沒多久，整間教室也都安靜下來了。漢姆校長才剛宣布艾妮妲的消息，雷德就一陣風似地衝進來，嘻皮笑臉，還嚼口香糖。這笨蛋眞的搞不清楚狀況。

「什麼事？」他問。「我怎麼了？」

「能不能麻煩你閉嘴，雷德。」艾蜜莉．畢金斯罵了他一句。她是個正義之士，身上總是穿著粉紅色的毛衣，頭上戴著髮夾。「你造的孽還不夠多嗎？」

後來，雷德終於明白，她剛剛說的那些話，就是班上同學的心聲。這時候，他立刻就笑不出來了。大家應該還記得這位雷德·馬丁是什麼人物吧？他是高二生，米諾高中的足球明星，在最受歡迎人物排行榜上位於金字塔的頂端。而此刻，他突然成了人人喊打的過街老鼠，因爲他開車撞到了舞會皇后。

接著，他的臉慢慢漲成了豬肝色。「呃……各位，你們搞錯了，她不是我撞的。」

我忽然替他感到難過。

接著，他忽然猛一轉身，狠狠地盯著我，彷彿他察覺到我的心思。「喂，『五點』，他媽的你在看什麼？」

我轉頭看看左右。「你在叫我嗎？」

「這裡除了你，還有誰是『五點』？喂，你覺得我的髮型怎麼樣？我故意把頭髮剪成這樣，就是爲了讓自己看起來會更像你。」

他那幾個死黨立刻嗤嗤笑起來。「五點」是什麼意思？我一時愣住了。過了一會兒，我終於想通了，覺得很丟臉。「五點」是指我後腦勺那五小塊光禿禿的頭皮。那五個點硬是長不出頭髮。老媽說，反正我頭髮是金黃色的，沒人會注意，不過我還是特別交代理髮師，後面頭髮留長一點。

我說：「喂，雷德，你非要剃成平頭不可嗎？眞正的原因到底是什麼？是不是因爲那些討人厭的頭蝨怎麼趕都趕不走？」這記回馬槍雖然不怎麼精采，不過還是有幾個同學笑了起來。

結果這一整天，不管我走到什麼地方，都會碰到雷德。「喂，五點，你好嗎？」

「嗨，五點，你看起來好帥。」他和他那幾個同黨一直叫我「五點」，聲音大到每個人都聽得到。沒多久，就連那些平常不認識的學生也開始叫我：「嗨，五點！」

舞會之夜那天晚上，我在假日酒店大廳旁邊的男廁所裡碰到雷德和賴瑞。我拚命回想當時的情景，究竟是哪裡招惹到他，導致他現在突然來找我碴，炮火全開。可是想了半天，還是想不出半點原因。

「雷德從前根本就當我是個隱形人，可是現在，他卻突然把我當成是死對頭。」我問提姆。

「我實在搞不懂。搞不好那天晚上他有看到我們，搞不好他知道我們才是罪魁禍首。」

「聽我說，他現在惹上了大麻煩。」提姆說。「他現在是天怒人怨，人人喊打，所以，他必須趕快找個洩憤的對象。今天你正好被他逮到，到明天，等著瞧吧——換另一人要遭殃了。」

果然沒錯，第二天，他找上的就是提姆。提姆喜歡用「英國皇革」牌的古龍水，所以，雷德決定幫他取個綽號，叫做「臭蟲」。整個早上，雷德一直在挑「臭蟲」的毛病，一下子說他的髮型很難看，一下子說他那雙黑色運動鞋看起來土得要命，一下子說他怎麼敢穿這種粗條紋的燈芯絨喇叭褲出來嚇人。上化學課的時候，提姆被叫到黑板前面去，他就「啾」的一聲送了提姆一個飛吻。到了中午午餐時間，雷德那些死黨一看到提姆，就開始用那種很娘的怪腔調哼著：「嗨，臭——蟲——」

「搞不好他真的知道內幕。」提姆說。「要不然，他幹嘛這樣死盯著我們？」

「我們兩個本來是無名小卒，現在已經轟動全校，變成『五點』和『臭蟲』了。」

「嗯，我還是搞不太懂他爲什麼要那樣叫你——五點？」

「因爲我頭上有幾個小缺陷。」我說。

「什麼？在哪裡——」

我把後腦勺轉過去讓他看。

「哇，老天。」他用手指頭去按其中一個小點。「怎麼會這樣？」

「沒什麼啦。那五個小點頭髮都長不出來，不知道爲什麼。」

其實是有原因的。

去年十二月，我們全家到阿拉巴馬州去了一趟。那是我們搬到密西西比州之後，第一次去探望外婆和傑克。有一天，外婆要開她那輛Rambler古董車去買一些蟲子，準備下午釣魚用，叫我陪她一起去。

我們開車進城，邊開邊聊天。半路上，忽然有一輛巨大的卡車不知道從哪裡冒出來，轟隆隆衝到我們後面。那輛卡車狂按喇叭，然後一陣風似的超到我們前面，輪胎甩出細小的碎石子四散飛濺。外婆大叫了一聲：「哇，孩子！他是從哪裡冒出來的？」從擋風玻璃看出去，那輛貨車速度飛快，很快就越變越小了。輪胎甩出一顆顆的石頭，打在我們的擋風玻璃上。

外婆那雙握在方向盤上的手突然顫抖起來。「丹尼爾，我要停到路邊去一下，沒關係吧？」

「外婆，妳還好嗎？」

「噢，我沒事，只是……剛剛嚇了一跳，有點緊張。那輛卡車實在衝得太快了！」接著，她把那輛Rambler慢慢停到路肩，然後關掉引擎。

她臉色變得好蒼白，幾乎沒有血色，伸手掩住嘴巴。

「外婆？妳怎麼了？」

這時候，她突然露出一絲古怪的表情——有點像是在皺眉頭，又有點像是在微笑。「噢，老天！」她輕輕叫了一聲，然後就倒在車門上，死了。

她就這麼死了，轉眼之間就死在我旁邊的座位上。車子一輛輛從旁邊一閃而過。儀表板上的時鐘裡，靜音式秒針掠過一格又一格的刻度。車子一輛輛從旁邊呼嘯而過，彷彿北美最大規模的INDY 500公里大賽車。噢，老天，外婆，求求妳不要死！

我打開車門。一群黑鳥從公路旁邊的空地上振翅飛起。「救命」這兩個字已經湧上我的喉嚨。救命啊！

我朝迎面開來的車子拚命揮手。很多車子呼嘯而過，後來，終於有一輛白色的敞篷吉普車慢慢減速，停到碎石子路肩上。那個人一下車，我立刻衝上前。他長得瘦瘦高高的，戴著一頂牛仔帽，嘴角泛起一抹暖暖的微笑。「怎麼了？有什麼問題嗎？」

「我——我外婆，她——不知道她是生病了，還是怎麼樣了！」我就是提不起勇氣說她死掉了。「拜託你幫幫忙。拜託！快點！」

那人探頭盯著古董車裡面。我往後退，兩條手臂猛搓身體旁邊。我忽然有一股衝動，想朝那片野草地衝過去，拚命跑，拚命跑。我拚命壓抑那股衝動。

他把外婆的身體從駕駛座上推開，然後發動引擎，朝我大喊了一聲，叫我趕快上車。然後，他開動那輛古董車。我從來不知道那輛古董車竟然有辦法開那麼快。過沒幾分鐘，車子已經開到和平溪醫院的急診室門口，有人把外婆抬到擔架上，醫生猛拍她的胸口。

我在走廊上等候，一次又一次目睹她瀕臨死亡的模樣。那個高個子男人在旁邊陪著我。

「都是我的錯。」我說。

「這怎麼能怪你呢？要不是有你，當時她可能就這樣一個人孤零零的死去，沒有人救她。還好有你陪她，她算是運氣很好了。」說著，他摸摸我的頭髮。「可憐的孩子。」

接著，他忽然做了一件事。到現在我還是不敢相信他做了那件事。他動作好快，快到我反應不過來，直到他放開了我，我才意識到是怎麼回事。當時，他用手捧住我的後腦勺，然後臉湊過來，吻住我的嘴唇。他的手緊緊抓住我的頭，吻得好用力。

我兩手用力推開他。「滾開！別碰我！」

他整個人立刻往後一縮，彷彿被我咬到。「對不起。」說著，他臉上透出一種詭異痛苦的微笑。接著，他飛快衝向門口，差點就撞倒了兩個護士。

他做的那件事，我從來沒有告訴過任何人。那件事留下來的唯一的痕跡，就是我腦袋後面那五個小點。那裡就是他的手指頭按過的地方。從那以後，頭髮就長不出來了。

而此刻，雷德·馬丁卻彷彿在告訴全世界，我頭上有五個小點。

提姆說：「聽著，呆尼爾，我已經沒辦法再忍受被他這樣惡搞。我們必須想辦法反擊。」他伸出食指和拇指，比出手槍的姿勢瞄準他，然後扣下扳機。「嘿，那不是你媽的車嗎？」

眞的是老媽的車。「奇怪了。」我說。「我再打電話給你——再聊。」接著，我邁開大步跑向老媽那輛福特Country Squire旅行車。「嗨，媽，怎麼了？」

「嗨，孩子，上車吧，不過小心點，不要踩到蛋糕。」

我聞到一股奶油的香甜味。「要給誰的？」

「我要帶你到貝奇曼家去，你忘了嗎？」

「什麼？媽，不行！」

「我自己一個人費了好大的勁才把那台刈草機放進後行李廂。等一下你可以幫我搬下車。貝奇曼太太說她很高興你能夠幫忙她們家除草。」

「妳打過電話給她？」

「她眞是個大好人。她和她老公不分晝夜一直守在醫院，已經沒力氣去管草坪了。於是我就告訴她，你很想去幫忙。」

「媽，這話可不是我說的。」

「呃，就算是我代替你說的吧。」車子到了布利吉街，她向右轉。「既然如此，我相信你一定會表現得很有風度，發揮日行一善的精神。」

「媽——」

「不必再說了。等一下我先讓你下車，然後帶珍妮去看醫生，大概下午五點左右，我再回來接你。」

車子經過亞契河上的鐵橋，輪胎嘎吱作響。亞契河是一條水流緩慢的小河，陡峭的河岸長滿野草。這裡已經是米諾市東區了，我們看到一大群小孩攀在河岸邊的欄杆上，朝河裡丟石頭。我說：「妳怎麼會認爲我跟艾妮妲是好朋友？其實我跟她根本就不熟。」

「熟不熟無所謂。你還是可以幫她媽媽一個忙。」媽說。「丹尼爾，眞沒想到你會這樣。我還以爲你會很熱心要幫忙。」

「好啦好啦！別說了行不行！」米諾市東區高處都是那種搖搖欲墜的房子，拖車屋，烤肉棚，癩痢狗，小孩子赤裸著上半身，在灑水器噴出的水霧裡奔跑嬉鬧。我楞楞地盯著眼前的一切。

「今天早上，你哥哥終於打電話回來了。他腳又斷了。不過這樣也好，至少他們就不會把他送上……送到國外去了。我罵他說，怎麼那麼笨，幹嘛老是去騎那種鬼摩托車。偏偏他就是不肯聽他老媽的話。」說著，她瞄了一眼手上那張紙。「嘿，幫我找一下吧。佛瑞斯街三百二十二號。眞搞不懂，政府怎麼不在這一帶設立一些街道指示牌呢？」

這時候，我瞥見一棟老舊的木造房子。房子的油漆已經剝落殆盡，那一大片庭院長滿了野草，外面圍著鐵絲網籬笆。「三百二十二號就在那裡。」我說。「沒人在家。我們可以走了嗎？」

「她跟我說過，要是他們不在，我們就自己開籬笆門進去。」

「媽，要是他們不在家，我才不要——」

「丹尼爾？」她狠狠瞪了我一眼，瞪得我心裡發毛。「等一下你到後車廂去把刈草機拿出來，不過，我怕你會被油污搞得滿手髒兮兮的，所以，你還是先把蛋糕拿到門廊那邊放著。你按電鈴，她在家。我知道他們家沒車，所以，沒看到車並不代表沒人在家。」

我提著那個塑膠袋包著的蛋糕走過庭院，爬兩道階梯走上門廊。蛋糕才剛從烤箱裡拿出來沒多久，還溫溫的。我把蛋糕放在前門旁邊的小茶几上。門邊看不到電鈴，於是我抬起手敲門。我聽到門後面有腳步聲逐漸靠近，整個門廊的地板都晃動了起來。接著，門開了，一個塊頭很大的黑人婦女從門縫裡盯著我。

「是貝奇曼太太嗎？」

「嗯。」

「我叫丹尼爾．莫斯葛羅夫。妳應該有接到我媽的電話吧？我是來幫妳除草的。」

「嗨，莫斯葛羅夫。我正在等你。」貝奇曼太太臉型輪廓就和艾妮妲一樣優雅，年輕的時候想必也跟她女兒一樣漂亮。只可惜，歲月不饒人，再加上吃東西大概沒什麼節制，所以她的體型橫向發展。她身上穿著筆挺的白色制服，高大粗壯的身形幾乎快把整扇門都塞滿了。

「我媽烘了一個蛋糕要送妳。」我說。

「嗯，拿來。」她用手肘頂開門板，斜眼瞄了一下我旁邊的小茶几，然後伸手去拿那個放蛋糕的盤子。「她想進來一下嗎？」

「她現在要送我妹妹去看醫生。」我說。不過，貝奇曼太太已經朝我媽比了個手勢，叫她把車窗搖下去。

「要不要進來坐坐？」她大喊。「我來煮點咖啡。」

「噢，眞謝謝妳，不用客氣了。還有太多事情要辦。」老媽說。「丹尼爾，過來搬刈草機。」眞有意思，她滿腔熱忱的把我送來，而她自己卻迫不及待想趕快開溜。

她走了之後，貝奇曼太太站在門廊上看我把汽油倒進刈草機裡。「這麼說來，你就是大名鼎鼎的莫斯葛羅夫。」她說。「你跟我們家艾妮妲是怎麼認識的？」

「我們都是樂團的團員。另外，我們有好幾堂課是在同一間教室上的。」

「你媽打電話給我之後，我問過艾妮妲，問她認不認識你。」她說。「可是她卻說她根本不知道你是誰。」

「她醒了嗎？那眞是太好了！呃，我是說，我上次聽到的消息是，是她還在昏迷。」

「已經沒有了。」她眼睛死盯著我的臉。「你既然不認識她，那麼，你幹嘛這麼熱心跑來我家要幫我除草？」

「是我媽要我來的。她一聽到艾妮妲發生意外的消息，立刻就想烘個蛋糕送給妳。她覺得我應該來幫幫忙，幫妳清理庭院。」

「莫斯葛羅夫，我覺得你好像知道什麼內情。說不定你知道那天晚上她是怎麼出事的。事實上，那天晚上的狀況，她幾乎都回想不起來了。」

「喔，貝奇曼太太，我不知道。」我說。「我什麼都不知道。」

「說不定你和這件事有什麼牽連。」她又繼續說，口氣中帶著一點嘲弄的意味。「你一定是感到內疚，所以才會跑來這裡要幫我做點什麼，這樣你就比較不會良心不安。」

我本來就有點擔心艾妮妲會指認出我們，但我萬萬沒想到，盯上我的竟然是她媽媽。「很抱歉，事情絕對不是妳想像的這樣。我純粹只是來幫忙，要是妳並不想要我來，我現在就走。」

「噢，莫斯葛羅夫，一個人被冤枉的時候，正常的反應該會火冒三丈，不是嗎？你應該裝得像一點。難道你要讓全世界的人都知道，你才是罪魁禍首嗎？」

「我才不是！」

「這樣吧。」她伸手一揮，指向那片亂七八糟的庭院。「你把草給我除乾淨。然後用耙子把草屑堆積起來，裝到那邊的袋子裡——我手指的那邊，看到了嗎？不要把除掉的草屑弄得我滿院子都是。」

「知道了，貝奇曼太太。」

「等草除完了，我再告訴你接下來要幹什麼。」說完，她就開門進屋裡去了。

「好的，貝奇曼太太。」我一直保持著畢恭畢敬的姿態，直到她關上門。

接著，我打開刈草機的引擎。那台巨大的刈草機發出隆隆怒吼，別的什麼聲音都聽不到了。

接著，我埋頭工作，推著刈草機走過整片庭院，所到之處揚起一片綠油油的霧狀草屑。我心臟怦怦狂跳，不過，那不只是因為推刈草機很費力。我都還沒踏上她家的門廊，貝奇曼太太就已經摸透了我的底細。她比傑克更瘋狂！而且，她立刻就一口咬定是我幹的，下結論的速度比狂奔的野兔還快！

不過，剛剛得知的消息實在太棒了：艾妮妲已經清醒過來了，不再昏迷了。她不會死了。她竟然不知道我是誰，根本不認識我。所以說，她不可能會對我或提姆提出告訴，而我們的謊話也就不會被拆穿了。我鬆了一口氣，心中那塊大石頭剎那間落了地。我彷彿已經聽到提姆得意洋洋的對我說：*看吧，早告訴過你了。*

後來，等到我把整片庭院的草都修剪乾淨之後，貝奇曼太太又走到門廊上來了。她原先穿的那件服務生制服已經脫掉了，現在換上了一件花卉圖案的藍色居家便服，腳上穿的是人字拖鞋。

她手上端著一大杯檸檬汁，玻璃杯四周閃爍著晶瑩的水滴，看起來眞令人垂涎三尺。我不知道這是不是意味著她的態度軟化了，對我不再有敵意。我關掉刈草機的引擎。

「天氣可眞熱。」說著，她把玻璃杯湊到嘴上，灌了一大口。

「是啊，貝奇曼太太，好熱。」

「要是你會口渴的話，棚子那邊有個水龍頭。本來我想請你喝杯檸檬汁，可惜只剩下這杯了。」說著，她慢慢坐到門廊的鞦韆上。

「謝謝妳，我不渴。」說完，我開始耙草。午後熾熱的陽光下，被砍斷的草屑顏色很快就變得蒼白。我心裡想，看著貝奇曼太太手上拿著那個高大冰涼的杯子，一口一口啜飲，搞不好我會活活渴死。不過，不管再怎麼渴，眼睜睜地看著她喝檸檬汁，而我卻去喝花園水龍頭的自來水，打死我都不幹。

我把割斷的草屑裝進垃圾袋裡，裝了好久，足足用了十幾個垃圾袋才裝完。然後，我把那些垃圾袋拿到路邊堆起來。

接著，一輛破破爛爛的橘色計程車停到路邊。貝奇曼太太走進屋子裡拿皮包和鑰匙。「我要去醫院接替貝奇曼了。」她一邊鎖門一邊說。「他已經在醫院裡待了一整晚了。你媽媽等一下會來接你嗎？」

「應該會吧。」

「那就好。那我們就明天下午四點半再見囉。」

「貝奇曼太太，我不太懂？」

「你們樂團練習到下午四點，對吧？那麼，四點半趕到這裡應該沒問題吧？可別遲到囉。對了，你們家裡有梯子嗎？」

「有是有，不過——」

「那就帶過來。我們還有別的工作要做。」說完，她立刻鑽進計程車，然後車子就一溜煙跑掉了。

我心裡想，好歹總該跟我說聲謝謝吧。謝謝你囉，丹尼爾，修得眞乾淨，眞謝謝你這麼好心，幫我們的庭院除草——不，她沒有！相反的，她竟然告訴我，明天再來！而且還要帶梯子來！

我拿著耙子走到後門旁邊的垃圾桶前面，準備把耙子上殘留的草屑甩進去。一掀開垃圾桶的蓋子，赫然看到我媽烘的檸檬蛋糕在垃圾桶裡。蛋糕還好端端的包在塑膠袋裡，擺在一堆臭氣熏天的垃圾上面。

我把蓋子蓋回去，然後把草屑甩在垃圾桶旁邊的地上。

沒多久，媽開車載著珍妮來了。「哇，草坪修得眞漂亮！」媽說。「孩子，你做得眞好。我猜貝奇曼太太一定很感動。」

「好像沒有。她說我明天還要再來。」

「快點上車，丹尼爾。」珍妮說。「我們還要趕去買一些勞作材料，我要做一座火山。」

我把刈草機舉起來，丟進後行李廂。「媽，我把整片庭院的草都除乾淨了，半毛錢也沒拿。難道明天我眞的一定還要再來幫她做別的事嗎？」

「她想必眞的很需要你幫忙。」她說。「要是你能夠繼續來幫她，那你就眞的是個好孩子。」

「不收錢嗎？」

「當然不能收錢。」媽說。「看看他們家的房子，你認爲他們付得起錢嗎？你該想想，他們還要應付醫院的帳單，那可憐的孩子已經在醫院裡待了好久了。」

「可是媽——」

「她有沒有說蛋糕怎麼樣？她有告訴你嗎？」

我撇過頭看著窗外。「她說她好喜歡。」

「我就知道她會喜歡。大家都喜歡我的蛋糕。」

第二天，樂團練習結束之後，我拖著沉重的腳步走過亞契橋，看到同樣的那群孩子朝河裡丟石頭。然後，我沿著那長長的坡道走上那座小山丘，走到貝奇曼太太家的門廊前面。她已經在那裡等我了。「嗨，莫斯葛羅夫。」

「艾妮妲今天好嗎？」

「好多了。他們已經開始讓她用學步車了。我先生說，今天早上她已經能夠自己在走廊上來回走一趟。」

「貝奇曼太太，她到底傷得多重？我的意思是，她會好起來嗎？」

「她當然會好起來。雖然她已經和從前不一樣了，不過她每天都在進步。嘿，我不是叫你帶梯子來嗎？」

「我知道，可是我怎麼帶來呢？我上學都是搭公車，然後再走大老遠的路到這裡來。」

「哦，那我們只好去借一座囉。」她說。「沒有梯子，你要怎麼粉刷房子呢？」

「我沒有要粉刷房子。」我說。

「你當然要！你沒看到房子變成什麼樣子嗎？你不覺得房子很需要粉刷嗎？你不粉刷，要叫誰來刷？」

「妳該不會要我自己一個人粉刷整棟房子吧？我從來沒有粉刷過，我根本就不會。」

「你給我聽著，就算是第一流的油漆匠，剛開始也是什麼都不會，凡事總有第一次。你看，我給你準備的油漆是很高級的。這種油漆不會下一次雨就泡湯。另外我還幫你準備了一把大油漆刷，還有一大罐高樂士清潔劑，你可以用這個先把黴菌清乾淨，然後再上油漆。」

「貝奇曼太太，妳聽我說。」

她雙手交叉在胸前。「什麼事？」

「妳應該了解，我有功課要做，而且，我們樂團還要練習……另外，我們自己家也有一大片庭院，我自己一個人要負責除草，因為我哥哥去——去越南了。」我現在霉運當頭，搞不好因為我烏鴉嘴，巴德眞的已經被送到越南去了。「我眞的沒時間幫妳們家粉刷。」

「我並沒有要你這個禮拜就粉刷好。」她說。「你只要好好刷，用心刷，每天固定幾個鐘頭，持之以恆，我相信不知不覺你就會發現，不知道什麼時候你已經粉刷完了。」

「貝奇曼太太。我們家住在十八公里外的郊區，而且我都是坐校車上學的。到這裡來粉刷幾個鐘頭之後，已經是晚上了，我要怎麼回家呢？」

「你有腳踏車嗎？」她問。

我點點頭。

「那就騎腳踏車啊。看你的身體還滿壯的，很有本錢，瘦個幾公斤沒關係。我們家艾妮妲就是這樣，身材才會那麼苗條。不管去哪裡，她都是騎腳踏車。或者應該說，出事之前，她都是騎腳踏車。」

我知道她話中有話：艾妮妲現在已經沒辦法騎腳踏車了。

我覺得我已經明白她的用意了：她是要給我一個不必認罪就可以將功贖罪的機會。我不必承認，不需要多說什麼，只需要每天下午到這裡來，就可以彌補自己的罪過。

我打電話告訴提姆。他氣瘋了。「你怎麼會跑去招惹他們呢？你想害我們兩個吃上官司嗎？」

我說那都是我媽的鬼主意。我是被她害的。「那位貝奇曼太太知道我們的底細。我都還沒見到她，她就已經猜出是我們兩個闖的禍。」

「不可能的。」提姆說。「我覺得你天生就是一副作賊心虛的樣子。不管走到哪裡，你總是一副額頭上寫了『是我闖的禍』的模樣。在我看來，最可疑的地方就是，艾妮妲人還躺在醫院，你就自告奮勇跑到人家家裡去幫忙。」

「提姆，她真的知道。」

「哎呀，得了吧。」提姆說。「你根本就是庸人自擾，小心別害我們兩個被逮到。呆尼爾，清醒一點，別再胡思亂想了。」

「提姆，我沒辦法不去想。我跟你不一樣。我就是沒辦法忘掉我們做過的事。」

「好歹你也該試一下，想辦法忘掉。」他說。

每天早上我都會提早一個鐘頭起床，騎腳踏車去城裡上學，這樣一來，下午我就能夠去貝奇曼太太的家粉刷。我把她們家漆成淡淡的薄荷綠，邊緣漆成白色。每天早上起床之後，我會一個人孤零零的吃碗家樂氏早餐片，然後騎上我的腳踏車，沿著那條路一路騎到城裡。剛開始覺得很不是滋味，可是後來，我慢慢開始喜歡這種生活了。那陣子，由於業務轄區縮小，老爸比較經常在家。所以，能夠趁他起床之前就先出門，感覺倒挺不錯的。一大早在那條空曠的路上騎車，路邊的野草叢裡傳來陣陣蟲鳴，車輪輾過路面，發出窸窸窣窣的聲響——那種感覺比搭那輛瀰漫著一股怪味道的老舊校車要好多了。到後來，從城裡到家裡的這段路，路面上的每個坑坑洞洞，每一個小起伏，我都瞭如指掌。後來，我越騎越快，路邊草叢裡的鵪鶉常常被我嚇得飛起來。

然而，一到學校，我自己就變成獵物了。一進到早點名教室，雷德和他那幾個黨羽就會開始折磨我。每天的生活都是這樣揭開序幕。不知道什麼時候，提姆和我忽然莫名其妙成了那個「霸凌」的祭品。他整人的手法都是經歷過時間考驗的絕招——例如，我一坐到座位上，他就會用嘴巴模擬出放屁的聲音。或者，用手肘把我的書頂到地上。或者，他和他那群黨羽一起用那種卡通影片裡的男生假音，怪聲怪調的嚷嚷著：「五點！五點！」雷德整人的手法層出不窮，而且非常有耐性，他會慢慢炮製你。這方面他是個天才。一旦你被他盯上，你就得開始提心吊膽了。有時候，他可能會連續兩天三天，甚至一整個禮拜沒有任何動靜。在這種情況下，你會開始有點放鬆——而就在這時候，他會突如其來的踹你一腳，或是在更衣室裡猛拍一下你隔間的牆壁，或是在餐廳裡猛然用手肘一頂，把你手上的餐盤撞飛掉。

這種狀況會持續不斷，一個禮拜接一個禮拜。我暗暗祈禱，希望自己能夠再像從前一樣當個無名小卒，當個「書蟲怪胎」。從前，我一直不曾體會到，能夠當個無名小卒是多麼的幸福。現在，全校學生分爲兩種，一種是折磨我的，剩下的就是可憐我的，沒有第三種了——可憐的五點，被那個雷德盯上了，這下子沒完沒了了。偶爾會有一些學生偷偷瞄我一眼，眼神中充滿了憐憫，可是，一旦那幾個惡霸又開始整我，他們就會開始龜縮，沒人敢挺身出來救我。

從前看到那些飽受訕笑欺凌的學生，我一方面可憐他們，但另一方面卻也是敬而遠之。比如，瑞雪兒．波斯蒂，那個手臂長毛的胖女生，還有那個可憐的西西．夏普，不管她走到哪裡，你都會聽到她的鼻子發出一種奇怪的嘶嘶聲，而且她的下巴往後縮到幾乎看不見。過去，我從來不曾想像自己會跟她們一樣，成爲學校裡最卑賤的怪胎，成爲飽受歧視的可憐蟲。

然而，面對這樣的騷擾，提姆顯然比我更受不了。隨著日子一天天過去，他變得越來越沉默寡言，越來越憤怒。似乎有某種東西開始在他內心發酵了。彷彿那是某種具有腐蝕性的液體。

每天早上，那幾個惡霸都會想到新的手法，在衆目睽睽之下整我們。其他同學卻都只是眼睜睜地看著我們被修理，然後把頭撇開，裝作沒看到。其實在學校裡，這種「霸凌」事件每天層出不窮，並非只有我們兩個遭殃。米諾高中有很多「光榮傳統」，例如八卦流言，打情罵俏，立校精神，還有，每年春天，高三學生每個禮拜五下午都會蹺課。當然，「霸凌」也是「光榮傳統」之一。

雷德．馬丁是一個頂尖的足球後衛，意思是，他想幹什麼就幹什麼，沒人擋得住他。除非他自己厭倦了，懶得再修理我們了，否則的話，他是不會停手的。

既然如此，我還是不能讓他就這樣毀了我的人生。我想盡辦法不要讓他的作爲影響到我。

這一點，提姆就辦不到了。就連雷德斜眼瞄他一眼，他都會當成是天大的侮辱。我一直勸他，你的反應越激烈，那個惡霸就越囂張，可是他根本聽不下去。他懊惱鬱悶，怒火中燒。只要雷德走進距離他十五公尺的範圍內，他就會開始漲紅了臉。

晚上我們會打電話聊天，聊聊白天那些事。提姆滿腦子想的只有一件事：報仇。他想對雷德做一件很可怕的事。比如說，炸掉他的車，或是放火燒掉他家，或是把一些死貓死狗塞進他的置物櫃裡，或是把他綁起來，拿槍打爛他的眼睛，然後把他的屍體綁在車子後面沿著泥巴路拖行。

「四十三號縣道，那條路很長，而且坑坑洞洞。」他說。「感覺一定很棒。」

我們兩個像幽靈似的偷偷摸摸在校園裡穿梭，想盡辦法不讓人看見。禮拜四是最慘的，因爲那天全體學生都要在大禮堂集合。由於沒有指定座位，雷德和他的黨羽高興坐哪裡就坐哪裡。也就是說，他們一屁股就坐到我們後面。

於是，我們決定換位置，坐到最前排，這樣一來，舞台上的漢姆校長就可以居高臨下就近監視。

提姆抓著一本速寫簿，埋頭畫個不停。他畫了一座有角塔的城堡，現在正在給城堡上的磚頭加上陰影。舞台上，有一位紅十字會的小姐站在黑板前面。她手上拿著一根溫度計造型的道具，上面那條紅線正好到達一半的位置，顯示到目前為止他們紅十字會獲得的捐血量有多少。我楞楞地盯著她那雙美腿，突然間，我感覺到有個濕濕的東西碰到我的耳朵——

我轉頭一看，看到雷德舉著手指頭，上面沾滿了口水。他那群死黨開始咯咯笑起來，好像豬在叫。

「別鬧了，雷德。」我說。我說得滿大聲的，漢姆校長正好聽得到。他立刻朝我們這邊瞥了一眼。

過了一分鐘，我感覺到雷德的手指頭按在我後腦勺那幾個小點上。

「你們看，尺寸剛剛好。」他嘀咕著。「哎呀，親愛的，等一下放學要跟我回家喔！」

他那夥死黨又是一陣嗤笑。

我撞開他的手。「夠了，雷德！」

「那幾位同學！」漢姆校長說。「我知道你們還年輕，不過，你們可不可以不要那麼幼稚？不好意思，普蘭提斯小姐，吵到妳了，請繼續說。」

接著，我忽然感覺有個東西一直在戳我屁股。

我把手伸到後面，把那東西扯開。那是一捆捲起來的報紙。雷德那夥狗腿黨羽又是一陣嗤笑。

提姆眼睛直視著前方，緊抿著嘴唇，那種冷酷的表情令人望而生畏。

雷德搞這種幼稚的小孩子把戲，拿報紙戳人家的屁股，我畢竟還能忍受。我只要把他的手擋開，然後就可以繼續照樣過日子。但提姆就沒辦法了。

「四十三號縣道。」他嘴裡輕聲嘀咕著。

這時候，漢姆校長忽然用一種狐疑的眼神看著我後面。我轉頭一看，看到兩個人沿著禮堂中央走道朝我們這邊走過來。一個穿著警察制服，頭上戴著一頂牛仔帽，另一個穿著普通襯衫。

那一剎那，我感覺背脊竄起一股寒意，全身都起了雞皮疙瘩。

雷德說：「怎麼了，五點，見鬼了嗎？」接著，他自己也轉頭一看，看到的卻是比鬼更恐怖的東西：翰德郡的副警長。

「漢姆先生，很抱歉打擾了。」那個穿襯衫的人說。「這裡有一張逮捕令，我們奉命來將杜德利·朗諾·馬丁拘提到案。他人在這裡嗎？杜德利·馬丁？」

噢，老天，原來杜德利就是雷德真正的名字。雷德就是杜德利。杜德利！這一來，我這個「五點」可以拿他的名字來大做文章了。哈囉，杜德利，這下子你可出名了，杜德利……

此刻，杜德利一副嚇呆了的樣子。他想從椅子上站起來，可是卻又沒站直，整個人變成半蹲的姿勢，屁股懸在半空中。有那麼一剎那，我覺得他好像打算衝出去，可是，過了一會兒，他整個人洩了氣，頹然坐回椅子上。

「走吧，年輕人。」那個高個子警察說。

「我犯了什麼罪？」雷德問。

「持致命武器意圖傷害。」那個警察說。「意外傷人，肇事逃逸……你還想再聽其他罪名嗎？」

「我沒有攻擊任何人。」雷德說。「你們他媽的搞錯了。」

「在我面前嘴巴放乾淨一點！」那個警察把雷德手臂扭到後面去。

「雷德。」漢姆先生說。「你跟他們走。我會打電話給你爸爸。去吧，孩子。把事情弄清楚。」

雷德那幾個死黨立刻在座位上往後一縮，讓路給他們過去。這時候，警察拿出手銬，雷德拚命揮手要把手銬推開。「喂，老兄，手銬就不必了吧！我不是說我會跟你們走嗎？」

「這是標準程序。」警察說。「好了，向後轉，兩手放在後面。」他把雷德兩隻手腕扣在一起，然後押著他沿著走道走出去。

「我沒有撞她。」雷德喊得很大聲，整個禮堂的學生都聽得到。「我沒有犯罪。」

提姆是第一個帶頭拍手的人。他開始慢慢拍起手，故意的。其他學生也開始陸陸續續拍起手來。警察押著雷德走出大禮堂的時候，全場已經揚起一陣轟轟的掌聲。

漢姆先生說：「好了！各位同學，大家安靜！」掌聲漸漸停息了，全場開始冒出此起彼落的訕笑聲。「我想告訴大家的是，雷德是一位好青年，也是一位優秀的足球選手，我相信這一切都是一場誤會。他沒有傷害任何人。」

「狗屁！」禮堂後面有人大叫了一聲。是一個黑人學生。

這下子，白人學生忽然都安靜下來。

「漢姆先生，你爲什麼還在替他說話？」是傑狄．路易斯。他是一個瘦瘦高高的黑人學生，籃球隊的。「艾妮妲．貝奇曼被他撞到的時候，我沒聽到你幫她說過什麼話！」

「是啊！」

「艾妮妲人還躺在醫院，可是雷德竟然還悠哉悠哉的在學校裡晃來晃去。」李昂．巴伯說。

「假如艾妮妲是白人，你認爲他還有辦法這麼悠哉嗎？」

「等一下等一下！」漢姆先生說。「這個場合不太適合討論這樣的問題。」

傑狄．路易斯大喊著說：「你說雷德沒有傷害到任何人。你怎麼知道？當時你在現場嗎？」

「你坐下，不要講話，傑狄。」漢姆說。「普蘭提斯小姐大老遠從維克斯堡趕來，是因爲她有很重要的訊息要告訴我們。」

那位紅十字會的小姐看起來有點害怕。一下警察，一下手銬，一下又有人大吼大叫。不過，她還是勉強打起精神，繼續說下去。可是講沒幾句，她就講不下去了，因爲底下的學生開始集體低聲呼喊著：艾妮妲，艾妮妲，而且每喊一聲，鞋子就在地板上踩一下。那種嘈雜的嗡嗡聲越來越大聲了。

「好玩吧？」提姆湊在我耳邊說。「你看到雷德那張臉了嗎？」

「你說的是杜德利那張臉吧？」

他大笑起來。「老天，太棒了，你覺得呢？」

「我覺得不太對勁。」我說。

「嘿，咿喔咿喔，什麼叫做覺得不太對勁？振作一點好不好！」

普蘭提斯小姐飛也似地溜下舞台。漢姆大嚷著叫大家安靜，但已經太遲了。黑人學生已經都站起來了，大嚷大叫。驚慌失措的白人學生擠成一團爭先恐後衝出大禮堂。剛剛眼看著足球隊的明星後衛被戴上手銬帶走，那種場面令人震驚，而現在，看著眼前黑人學生那種群情激憤，那又是另一種令人震驚的場面。黑人學生人數約佔全體學生的百分之二十，平常都很守規矩，無論是在大禮堂，在教室，或是在校車上，他們都乖乖坐在後面，而此刻，他們已經不再沉默了。他們群情激憤，大聲鼓噪。這種場面前所未見。

下午，我騎車過橋到貝奇曼家，看到貝奇曼太太站在院子裡，拿著一根掃帚柄在拍打地毯。她頭上包著一條圓點圖案的頭巾，整個人看起來彷彿電影《亂世佳人》裡那個老奶媽。「莫斯葛羅夫！你遲到了！」

「今天在大禮堂開學生大會，結果警察跑來把雷德．馬丁帶走了，所以拖得比較晚。」

「眞的？」她的掃帚柄「砰」的一聲打在地毯上。

「是啊。他們還給他戴上手銬。」我從階梯底下拖出一罐新油漆。

貝奇曼太太問：「他們有沒有提到什麼罪名？」

「持有致命武器意圖傷害。我聽不太懂。那是不是說，他持有槍枝？」

「不，那是指他的車。要是你開車撞到人，你的車子就會被視爲致命武器。」

我把那罐淡綠色的油漆倒進托盤裡。「他還被控告肇事逃逸，另外有別的什麼，我忘了。」

「他們本來想把這個案子當成意外事故處理。」她說。「他們想掩護他。他們本來不想拘捕他，可是偏偏有個漏洞。艾妮妲還記得當時的情況。」

那一剎那，我心臟開始怦怦狂跳。「什麼？她還記得？」

「那就是爲什麼他們今天會去抓他。」她說。「警方說，沒有證人，他們不能採取任何行動——呃，這下子，他們有證人了。她還記得。所以說，你們這些警察，別跟我說你們沒辦法起訴他！眞該死！出事那天晚上，你們本來已經把他逮進監獄了——可是後來卻又把他放出來了！那小子是足球校隊，他老子大概跑到什麼浸信會大學關說。等著瞧吧——現在他們逮捕他，只是爲了作秀，等過了一兩個月之後，他們就會悄悄撤銷告訴。」

「艾妮妲有說是他撞到她的嗎？」

「噢，莫斯葛羅夫。」她咧開嘴笑了起來。「你刷那面牆，怎麼會從那一頭刷過來呢？第一層油漆已經塗好了嗎？」

「第一層已經塗好了，而且只塗了一層。」我說。「我現在只是在數饅頭算日子，期待完工那天趕快來臨。我週末放假的時候還要除我家庭院的草，然後平常日才有辦法過來幫妳們家粉刷。妳知道嗎？」

「這樣對你不是很好嗎？」她說。「這樣你就沒心思去想那些女生了。」

嘿，現在我滿腦子想的女生只有艾妮妲。其實，自從知道她隨時會出院回家之後，我就故意慢慢磨，拖延時間慢慢粉刷。粉刷屋簷和鑲邊飾條，根本不需要花那麼多時間。我端著那個裝滿油漆的托盤，努力保持平衡，一步一步踏上梯子。

貝奇曼太太說：「夏琳家的宴會結束之後，雷德．馬丁就一路跟蹤她。他喝醉了，他想叫她上車跟他走，可是她不肯，於是他故意把她的腳踏車撞倒，然後就開車跑掉了。」

「她是那樣說的嗎？」

「怎麼了，莫斯葛羅夫？你有看到什麼不一樣的嗎？我一直有一種感覺，那天晚上你很可能就在現場。你知道很多，可是卻不肯說出來。」

我把油漆刷用力往地上一摔。「我告訴過妳多少次了？我沒在那裡！我都已經幫妳們粉刷這棟該死的房子，半毛錢也沒拿——妳還想怎麼樣？」

「哎喲，好嚇人！」她哼了一聲說。「我們莫斯葛羅夫生氣囉！好可怕！」

「怎麼樣？別再亂扣我帽子了行不行？」我一邊說，一邊把油漆刷上沾到的細樹枝挑出來。

「莫斯葛羅夫，我的直覺是很厲害的。」她說。「有些人天生就不是說謊的料。你眞該照照鏡子，看看你自己。眞可憐，你耳朵紅得跟什麼一樣……感覺上，好像眞相是一種很沉重的負擔，把你壓得喘不過氣來。」

「妳爲什麼這麼恨我？」我問她。「我到底有什麼地方對不起妳？」

「你說我恨你，怎麼會呢？」

「妳連我媽都恨——她辛辛苦苦烘了那個蛋糕送妳，結果妳卻把它丟進垃圾桶！」

她若有所思的盯著我。「哎呀，原來你誤會了這麼久？你問問我不就好了嗎？莫斯葛羅夫，那是檸檬蛋糕，我有很嚴重的檸檬過敏症。只要一碰到檸檬，我整個人就腫得跟饅頭一樣。所以，我不能把檸檬蛋糕擺在屋子裡。」

我認爲她根本就是在鬼扯，因爲我親眼看過她喝了一堆檸檬汁。我用力蓋上油漆罐的蓋子。懶得再幫她們家粉刷了。我打算跳上我的腳踏車，用最快的速度離開這個鬼地方。

「你知道嗎，莫斯葛羅夫，我覺得你是個好孩子。我是說眞的。而且，你工作很認眞，尤其是在你心裡很害怕的時候。我感覺得到，你很害怕，從早到晚提心吊膽。」

「才沒有。」

「我覺得你好像心裡有鬼。」她說。「你甚至會怕我。」

「我才不怕妳。妳搞錯了，我是被妳惹毛了。」

她裝了個鬼臉，學我生氣的樣子。「你看像不像？」

「妳幹嘛一直試探我，到底有完沒完？」

「嘿，你覺不覺得我們應該把土挖鬆，弄個花圃？」她說。「想像一下，假如房子四周圍繞著整片的百日菊，看起來一定很棒，對吧？這裡陽光很充足，百日菊很喜歡陽光的。」

「貝奇曼太太，我過來這裡，是爲了想幫妳一個忙，結果妳卻開始在佔我便宜。」

「開始？」她笑了起來。「你不是已經被我佔便宜很久了嗎？你明知道自己被佔便宜，卻還是一直到這裡來，不是嗎？我看你倒還滿心甘情願的。奇怪了，我有這麼大的權力可以管你嗎？我只不過是個黑人老太婆，對吧？而且專門幫像你爸媽這樣的好心白人大爺掃地，而我先生是在你們那種白人小孩學校當工友。既然如此，像你這樣的白人小孩怎麼會自己跑來我們家幫忙呢？」

我想了一下。「大概是因爲我喜歡油漆粉刷房子吧。從來沒人叫我自己一個人做這種工程這麼浩大的工作。」

「我就說嘛，只要常常到我這裡來，你會慢慢開竅的。對了，想不想喝點檸檬汁啊？」

「謝了，不用了，我也有檸檬過敏症。」

她咧開嘴笑笑，一臉狡猾。「那眞是太可惜了。」

老媽說我實在很怪，在家裡，她得跟我嘮叨一整個鐘頭，我才肯把盤子放到水槽裡，可是一到了貝奇曼太太家，我居然有辦法粉刷整棟房子。我提醒她，整件事都是她搞出來的。要是她不希望我和貝奇曼家糾纏不清，那一開始又何必把我丟到那裡去。「我不知道她是怎麼辦到的。」我說。「不過，打從她一開始交代我做這個做那個，我就已經不知道該怎麼拒絕她了。」

「可是我看你在家裡，說『不要』還說得挺順口的。」老媽說。「你就跟她說清楚，你還有別的事要做，這樣不就結了嗎？爸爸已經特別交代你兩次了，叫你要除草，可是他回到家的時候，草坪還是一樣亂七八糟。我不想再當夾心麵包在你們兩個中間傳話了。我已經受不了了。沒錯，是我叫你去人家家裡幫忙的，可是老天，那也該有個限度。要是你需要我打個電話給她，那我就打。」

「不。不要。我自己告訴她。」

第二天上完英文課，走出教室，忽然看到林肯．貝奇曼在外面等我。每次看到他，他永遠穿著那套藍色的連身工作服，沿著走廊推著一根拖把，要不然就是坐在清潔儲藏室裡，開著門聽他的收音機。等到八百多個小鬼放學之後，就輪到貝奇曼先生工作了。他要負責把全校打掃乾淨。操勞多年之後，他已經滿頭花白，而且總是面無表情。每天下午我到他家油漆粉刷的時候，從來沒有看到過他。每天工作結束之後，他總是直接到醫院去。「嗨，莫斯葛羅夫同學。」

「你好，貝奇曼先生。」

「聽說這陣子你一直都在我們家幫忙。」他說。「想跟你說聲謝謝。」一口氣說這麼多話，他好像有點不太習慣。

「沒什麼啦，貝奇曼先生。」

「明天我們就要帶她回家了。要是你下午四點還要過來，也許可以幫我們把她扶下車。現在她還不太能走路。」

「沒問題。我可以幫忙。」

「我太太說你應該會幫忙的。」他點點頭，然後就放我走了。

7

樂團演奏廳裡一陣鬧哄哄的，外面都聽得到。鼓聲劈哩啪啦有如機關槍掃射，喇叭和薩克斯風吼聲震天，長笛有如淒厲的哀嚎，吉米．布瑞夏吹起低音巴松管好像汽車在按喇叭。

樂團演奏廳看起來並不神奇，但卻是整個校園裡唯一能夠創造奇蹟的地方。當初，我第一次來到演奏廳外面，聽到這種鬧哄哄的驚天動地的聲音，那一剎那，我就已經明白，我一定要加入樂團。我在「海神軍樂隊」負責敲鐵琴。當年還住在印地安那州的時候，我就已經會敲鐵琴了。在交響樂團裡，我負責演奏高音木琴、顫音鐵琴、鐵琴、管鐘。足球比賽中場樂旗隊表演的時候，我負責敲鐘琴。那是一種模仿七弦豎琴排列的鐵片樂器，是整個樂隊裡最簡單的樂器，除了鐃鈸之外。

其實，我並不是喜歡演奏樂器。我只是希望能夠待在樂團裡。在高中，如果你不是那種萬人迷的運動明星——我從來就不是——那麼，參加樂團就是天底下最酷的玩意兒了。當其他學生都得窩在教室裡飽受折磨，你卻可以到外面去邁開大步到處晃，鑼鼓喧天驚天動地。只要一有足球比賽，不管是在主場還是客場，你就得上場表演。尤其是每年秋天，每逢足球隊要到外地去比賽，那麼，禮拜五晚上，樂隊的人就要跟著搭巴士到外地去。搭巴士兜風是很好玩的。

在演奏廳那個水泥牆圍成的小天地裡，大家通常都是每人一把號，各吹各的調，亂成一團，不過，有時候也會奇蹟出現，交織出優美的旋律。那種感覺是最棒的了。

伯尼．霍克斯曼可能是全米諾市唯一的猶太人。當然，他太太也是。在我們看來，猶太人身分反而讓他這個人增添了一種異國情調。全校的老師當中，只有他允許我們直呼他的姓，不用再加上「先生」。（我發現，米諾高中的老師，只有少數幾個眞正懂得他教的那門課，然而，沒有任何一位老師能夠像霍克斯曼先生那麼投入。）他對樂團非常癡迷。對他來說，樂團幾乎就像吃喝拉撒睡一樣，是他生活的全部。他腦袋很大，一頭鬈曲的黑髮，黑眼珠，一對斗大的招風耳，任何細微的聲音都逃不過他的耳朵。有時候，如果第三豎笛手漏掉一個音符，鐵定會被他逮到。這時候，他會揮揮手叫大家停下來，然後用嘴巴咬著指揮棒頂端，邊咬邊想，看看究竟是哪裡出錯。今年的演奏季，截至目前爲止，那根指揮棒已經被咬到外皮都快剝落光了。

長笛區的首席座位到目前爲止都還空著。那是爲了向艾妮姐致敬。

霍克斯曼從辦公室衝出來，雙手緊張兮兮的猛打拍子，一個箭步跳上那座鋪著毯子的指揮台。「來吧，各位先生各位女士，開始吧！全體就位。『棉花王』。」說著，他拿起指揮棒

「砰」的一聲打在樂譜架上。

今年的演奏季已經快要達到高峰了——五月，我們就要到維克斯堡去參加全密西西比州的樂團競賽。我們都說那叫做「大賽」。對霍克斯曼來說，「大賽」可是天下第一大事。他持續不斷的甜言蜜語，催眠哄騙，帶著我們一次又一次的排練，到後來，我們也都把「大賽」當成是天下第一大事了。大賽前夕，排練越來越密集。我們一次又一次的練習行進演奏，到最後，我們幾乎已經能夠倒過來演奏那些曲子了。那幾首演奏曲，我們排練了不下十幾次，一個樂段一個樂段的練。其中一首是輕快的蘇沙進行曲，另一首是有點陰鬱的〈魔咒與舞〉，作者是約翰·巴恩斯·錢思。還有一首則是向民謠大師致敬的〈史蒂芬·福斯特組曲〉——練到後來，我們連睡覺的時候都在練，做夢的時候都聽得到那些旋律。

那首蘇沙進行曲一開頭演奏得有點凌亂，霍克斯曼似乎有點失望。「不對不對，銅管樂器，輕柔一點，輕柔一點——喂，你們後面那幾個，睡著了嗎?醒醒好不好?再練一次。鼓手，一開始就加入，節拍抓準，要有精神。準備好了嗎？」他數了一、二、三之後，我們又開始了，可是過沒兩下子，他又不高興了，因爲單簧管有人吹錯了。「各位，一旦到了維克斯堡，我們可是沒機會重來的。要是我們沒辦法一鼓作氣完美演出，我們就沒機會了。難道你們還想再拿個第二獎回來嗎？」

大賽的時候，爛樂隊會得第四獎，一流的樂隊會得第一獎。年復一年，我們的「海神大軍樂隊」在四個評審項目都是拿第二獎：演奏水準、音樂感、表現力、軍樂行進演出。有史以來，米諾高中只有在音樂感項目拿過一次第一獎。那是一九六八年的事。那張獎狀到現在還掛在霍克斯曼背後的牆上。掛在那裡是爲了要激勵我們繼續努力，挑戰一項不可能的任務：再拿一個第一獎。

距離大賽的日子越近，霍克斯曼罵人就罵得越兇。他耳朵聽得到的，幾乎全是我們演奏錯誤的部分。每一種樂器單獨演奏的時候，大家蒙著眼睛都可以演奏得很好。可是一旦所有的樂器同時演奏，想達到旋律的和諧比想像中要困難得多。就拿我演奏的高音木琴來說吧，在樂曲的某個段落，你會聽到只有我一個人在演奏——那是我最光榮的時刻，全場只聽得到高音木琴敲出史蒂芬·福斯特的優美旋律。爲了那段演奏，我練得手腕都痛了。

今天，進入我獨奏那一段的時候，我慢了一拍，而且整段演奏有一大半都走了音。

霍克斯曼翻了翻白眼，揮手叫大家停下來。「丹尼爾·莫斯葛羅夫，你睡著了嗎？」

我拿木槌敲了一下自己的腦袋。「很抱歉，霍克斯曼先生。」

「這段演奏全看你了，要是你搞砸了，那就會像首席小號吉姆從頭到尾走音一樣，慘不忍睹。所以，麻煩你專心一點好嗎？」

那眞是奇恥大辱！從前，霍克斯曼從來不曾爲了糾正我而叫整個樂團停下來。就全曲看來，高音木琴演奏的部分實在太無足輕重了，所以他一直都不太管我，任由我在後面愛怎麼敲就怎麼敲。

有一次，我一個人坐在演奏廳的鋼琴前面，試著想彈出芝加哥合唱團〈彩色人生（Color My World）〉那首歌的旋律。那時候，霍克斯曼忽然從辦公室裡走出來。「莫斯葛羅夫，你彈得不錯嘛。我一直以爲你這傢伙沒什麼音樂細胞。」

「我只是彈著玩的。」我說。

「說眞的，這麼久以來，我一直以爲你根本不是玩音樂的料。早知道你有天分，我會教你玩眞正的樂器。要不要說來聽聽，你會玩什麼樂器？」

我微微一笑。「我可不希望好好的樂器毀在我手裡。」

「好吧。」他說。「這件事我不會告訴任何人。」

他叫整個樂團的人回到128小節，回到我那四秒鐘的獨奏樂段。於是，我眼睛連看都沒看就舉起木槌敲下去，敲出一連串疾風驟雨般的音符。剎那間，整間演奏廳迴盪起悠揚美妙的旋律——清脆嘹亮，朝氣蓬勃，完全沒走音。

霍克斯曼微微點了一下頭，那種動作細微到幾乎無法察覺。接著，組曲的下一個樂段就是那首有名的〈噢，蘇珊娜〉。

過了一會兒，他又叫樂團停下來，糾正小喇叭演奏，這時候，坐在長笛區座位的黛比．芙琳格忽然湊過來，悄悄跟我說：「他們要把雷德．馬丁放出來了。他們打算讓他回學校一個禮拜，這樣他才能取得資格，明年可以繼續打球。」

「他已經出來了嗎？」我努力裝出一種事不關己的平淡口吻。「嘿，現在不能跟妳聊。」

「他爸媽花了一萬塊把他保釋出來。」她說。

「這錢花得很值得。」

「我覺得他眞的應該考慮轉學了。」黛比說。「他們一定不會讓他有好日子過的。」

「他們？他們是誰？」

「黑人學生。他們現在已經開始要對付他了——呃，那天集會時候你也在，不是嗎？你親眼看到的。他們會把他整得很慘。」

「那最好。」我說。「看看他怎麼整我和提姆，這叫現世報。」

「丹尼爾．莫斯葛羅夫！」慘了，霍克斯曼又在瞪我了！「你就是因爲忙著跟吹豎笛的女生打情罵俏，所以才會敲錯嗎？」

我無話可說，只好聳聳肩，覺得很不好意思。

「你們都已經高二了，而且，身為樂團的成員，你們應該已經堪稱是高二學生榮譽的象徵了，可是你們在搞什麼？三姑六婆嗎？這是在幹什麼，各位同學？我感覺得到——你們根本就心不在焉！有一大半的人魂都已經不知道飛到哪裡去了。到時候，到了維克斯堡，我絕對不會容忍這種事。我甚至無法容忍我的演奏廳裡出現這種狀況。你們聽到了嗎？」

「對不起，霍克斯曼先生。」

「說對不起沒有用。好了，回到148小節，重來一次。長笛，音給我抓準——給我吹得像樣一點，這一段旋律要靠你們。雙簧管，等一下到了合奏樂段，我要你們用吃奶的力氣給我吹出來。還有，丹尼爾，管鐘的聲音給我敲出來。」

後來，組曲進行到「家鄉的老友」樂段，已經快到旋律哀傷陰鬱的那一段了，於是，我舉起手上的木槌，發揮生平最高技藝，以無比的感情敲擊那一根根黃澄澄的金屬管。

這時候，情況有點不太對勁——不，不是我出了什麼差錯！我好像聽到有人在講話？銅管樂器那一區，有人講話講得很大聲。霍克斯曼立刻放下手上的指揮棒。「喂，那邊怎麼回事？」

「我剛剛是說，你究竟知不知道，這首歌的歌詞在寫什麼？」珊妮絲．詹姆斯大聲說。她是法國號組的成員之一。「霍克斯曼先生，我查過那首歌的資料，研究過歌詞。我覺得你根本就不應該要我們演奏這首曲子。那是一種侮辱。」

霍克斯曼愣住了，目瞪口呆。「珊妮絲，我聽不懂妳究竟在說什麼？」

珊妮絲．詹姆斯整個人長得圓滾滾的，乍看之下就像她手上那把法國號的喇叭口，或是像她頭上的爆炸頭髮型，或是像她臉上戴的角質框眼鏡。銅管樂器組的成員全是黑人，包括那三個吹低音號的——只要是大型的銅管樂器，都得靠他們那些米諾市東區來的孩子。珊妮絲把樂譜舉到半空中揮舞了一下。「歌詞是這樣寫的——『浪跡天涯，無論走到何處，這世界都是如此悲傷，如此陰沉。噢，黑佬，我心如此疲憊……』」

「珊妮絲，我們是用樂器演奏的。」霍克斯曼說。「我們並沒有要把歌詞唱出來。更何況，這首歌是一百年前寫的，有什麼問題嗎？」

「我只是覺得，我們不應該演奏出現『黑佬』這種字眼的歌。」珊妮絲說。「我是非裔美國人，不是黑佬。就這樣。」

「我也不是黑佬。」吹低音號的布萊恩．法奇德說。全樂團所有的黑人學生都開始竊竊私語附和。

霍克斯曼有點發火了。「因爲你們不喜歡歌詞，所以你們就不想演奏這首音樂的旋律，是不是這個意思？」

「呃，是啊。」珊妮絲說。「沒錯，我確實不想。」

「老天。」霍克斯曼說。「這首曲子是我選的。我是猶太人。」

她雙臂交叉在胸前。「那又怎麼樣？」

「妳的意思是不是，因爲我是猶太人，所以我故意選一首曲子來羞辱黑人？妳聽著，史蒂芬．福斯特是古時候的作曲家，他的作品風格繼承了吟遊詩人的傳統。他的作品旋律那麼優美，所以，妳怎麼可以因爲不喜歡他那個時代的社會矛盾，就不肯演奏他的作品呢？」

「他寫過的歌當中，有沒有哪一首歌詞裡出現『猶太人』這個字眼？如果有的話，我們願意演奏那一首。」

珊妮絲的朋友們都笑起來，但她卻是一臉嚴肅。

霍克斯曼說：「妳聽著，珊妮絲，有機會我會很樂於和妳辯論這個問題，妳可以暢所欲言，不過，從明天開始算，距離大賽只剩下兩個禮拜了。我們已經來不及取消史蒂芬．福斯特的曲目，來不及重新練習一首新曲子了。妳應該明白吧？」

她仰起頭，下巴抬得高高的。「我還是認爲那是一種羞辱。」

霍克斯曼抬起手搔搔他那頭亂髮。「嗯，妳肯費這麼大的工夫去查那首歌詞的資料，可見妳是一個很積極主動的人。這樣吧，我代替史蒂芬．佛斯特向妳道歉，因爲他實在太跟不上時代了，竟然在歌詞裡描寫種族問題。不過，那並不代表我們不能演奏他的音樂。妳了解那種差異嗎？那個人已經死了，很久以前就死了。不過，他的音樂還活著。」

「假如希特勒寫過歌。」珊妮絲說。「你肯演奏他的曲子嗎？」

沒想到霍克斯曼竟然微微一笑。「那要看他寫得好不好。」

他的笑話使現場的氣氛立刻緩和下來。珊妮絲也就不好意思太咄咄逼人了。這時候，我再度見識到，那些黑人學生確實變得不一樣了。他們從來不曾這樣在上課的時候打斷老師，反抗老師。他們越來越敢跟老師爭辯，跟老師頂嘴。

他們似乎替自己創造了新的遊戲規則。

「好吧。」霍克斯曼說。「我們都同意，那些歌詞有種族歧視的意味，應該予以譴責。不過，現在能不能麻煩各位？我們從148小節開始練習。珊妮絲，要是妳不想演奏，那就跟著哼吧。」

那輛眼熟的橘色計程車慢慢開過來，最後停在信箱旁邊。說起來，那並不能算是眞正的計程車，而只是一輛破破爛爛的Plymouth老爺車。開車的是一個叫吉米的人。每當米諾市東區這邊的人需要出門去看醫生，他就會過來接送，每趟收費一塊美金。通常搭他車的人都是些老人家。今天的乘客是貝奇曼一家人。林肯．貝奇曼先下了車，然後連忙繞到車子另一邊。

「嗨，莫斯葛羅夫。」貝奇曼太太說。「妳看，親愛的，有人來看妳了，他是第一個！」

艾妮妲在後座對我微微一笑。她的模樣比我記憶中更漂亮。棕色的眼睛炯炯有神，燦爛的笑容，看起來神采飛揚。她的頭髮剪短了，看起來薄薄的，緊貼著頭皮，像男孩子的髮型。她戴著一副絲框眼鏡，身上穿著一套法蘭絨睡衣，外面披著一件格子厚襯衫。「嗨。」她問我。「你是誰？」

「我是丹尼爾。我們都參加樂團，還記得嗎？」

這時候，她眼睛看向我身後。「這是你家嗎？」

「不，是妳家。」

「莫斯葛羅夫先生。」林肯．貝奇曼說。「能不能麻煩你抓住她那隻手？我們扶她站起來，看看她有沒有辦法自己走進屋子裡。艾妮妲，妳自己應該可以走得到那邊吧？」接著，我們扶她站起來。「小心，小心別讓她跌倒了。」

艾妮妲搖搖晃晃的站起來，面帶微笑，表情看起來有點迷惘。「我們到這裡來做什麼？我比較喜歡開車兜風呢。」

「好，我們放手。」她爸爸對我說。

「艾妮妲？站好，往前走。」貝奇曼太太說。「就像在醫院裡那樣。加油，小寶貝。」她在前面帶路，往大門走過去，手上提著一個行李箱和三個紙袋子。

「能不能告訴我這裡是什麼地方？」艾妮妲問。

「我們家。」貝奇曼太太說。「這裡是我們家。」

「眞的嗎？我眞的想不起來了。」

「說不定是因爲我重新粉刷過。」我告訴她。「妳看，現在變成綠色的了，漂不漂亮？從前是黃色的，還記得嗎？還有，看到那些花圃了嗎？那是我們剛做的。」

她搖搖頭。「這不是我家。我根本沒來過這裡。」

「來，扶她走上階梯。」貝奇曼太太打開門。「小寶貝，妳一定要相信我。這裡眞的是妳家。我們家。」

我們扶她跨過門檻。前陣子在她們家幫忙的那段期間，貝奇曼太太從來沒有請我進屋子裡。現在，我終於看到，牆壁是白色的，家具都是松木製的，屋子裡瀰漫著食物的香味和舊地毯的氣味，牆上掛滿了照片，有祖先的照片、小嬰兒的照片、耶穌基督的畫像，還有馬丁．路德．金恩的照片。

「再告訴我一次好不好，你叫什麼名字？」艾妮妲吐氣如蘭，聞起來很像草莓糖的味道。

「丹尼爾。我叫丹尼爾．莫斯葛羅夫。」

「我記得你告訴過我，可是我忘了。」

「沒關係。」

「親愛的，妳想坐哪裡？」林肯．貝奇曼問。「坐電視機旁邊好不好？」

「這裡眞的是我們家嗎？」艾妮妲問。「怎麼這裡的東西我好像都沒看過呢？」

「來，莫斯葛羅夫，把她扶過來，讓她坐這張椅子。」貝奇曼先生用他那雙大手牽著她。

「終於可以離開醫院了，感覺眞好。」艾妮妲抬起腳開始走，然後對我微微一笑。她的笑容十足舞會皇后的架勢。「我眞的不太懂，這些人爲什麼要帶我到這裡來。丹尼爾，你懂嗎？能不能告訴我爲什麼？」

貝奇曼太太把手伸進其中一個紙袋子裡摸索半天。「艾妮妲，我們全家終於團圓了，我是妳媽媽，那是妳爸爸，這裡是我們家。」

「那是什麼聲音?」林肯・貝奇曼忽然轉身，手掌豎在耳朵後面。

「我在跟艾妮妲說話。」她太太大聲回答他。

「嗯。」艾妮妲說。「你們對我這麼好，眞的應該好謝謝你們。」

「妳現在只是有點迷糊。」貝奇曼太太說。「因爲妳受傷了。醫生說妳會慢慢好起來的。」

這時候，艾妮妲忽然緊緊抓住我的手臂。「你認識這兩個人嗎?我一直告訴他們，我根本沒見過他們，可是他們根本不相信我說的話。他們一口咬定說他們是我的父母。你不覺得有點荒謬嗎?」

「不會啦。」我說。「我是說——我也不知道——」

看我也一副糊裡糊塗的樣子，她笑了起來。「哎呀，不是啦。不要誤會，他們人眞的很好，可是我絕對不可能是他們的女兒。我是說，你看看我!我不是黑人!」

我瞄了貝奇曼太太一眼，看看她是不是認爲這只是一句玩笑話。可是，她打量著自己的女兒，眼神好冷。這幾個禮拜來，她就是用那種眼神看我。

「我眞的很不想說這些。」艾妮妲說。「我絕對不是說黑人有什麼不好，可是，很抱歉，你們眞的不可能是我父母。」

「艾妮妲。」她媽媽說。「小寶貝，妳大概忘了，妳出了車禍，頭受傷了。醫生說，腦部受傷的症狀因人而異，什麼奇怪的狀況都有。我是妳媽媽，這是妳爸爸。妳住院的時候，他一直守在妳旁邊，妳忘了嗎?」

艾妮妲問我：「丹尼爾，眞的是這樣嗎?」

我嚥了一口唾液。「眞的。」

「大概每個人看法都不一樣。」她說。不過，我看得出來她有點不太高興。「現在幾點了？」

我瞄了一眼手錶。「五點半。」

「『天才大兵』影集開始演了。」說著，她整個人窩進沙發裡。

貝奇曼先生打開電視，然後叫我跟他走到外面的門廊上。「莫斯葛羅夫先生，有件很重要的事要跟你談談。」

「她以為——她剛剛說——」

貝奇曼說：「她有時候認得我們，有時候又不認得。她以為自己是個白人女孩，名字叫做琳達。」

「琳達？」

他點點頭。「自從她醒過來之後，她就說她是琳達。」

貝奇曼太太也走出來了。「莫斯葛羅夫，醫生跟我說了一些事，我簡直不敢相信。他們說，人的腦子裡有一個區域，裡頭儲存的記憶只有自己的名字，還有自己鏡中的影像。這個你知道嗎？要是那個區域受傷了，你就會忘記自己叫什麼名字，你會認不出自己的長相。艾妮妲現在就是這種狀況。每次她照鏡子，她認不出鏡子裡那個人就是她自己。她說那是另外一個女孩子。」

「好怪。」我說。我心裡想，眞的很怪。

「她認為艾妮妲是別人，是學校裡的同學。她還記得艾妮妲出了什麼事。她說艾妮妲出了車禍，可是她卻認為自己是琳達。」

貝奇曼先生碰了一下我的手肘。「我們希望你能夠常常過來，幫她趕上學校功課的進度。要是她能夠保持原來的成績，應該可以拿得到獎學金。」

他太太凝視著我的眼睛。「莫斯葛羅夫，你不一定要幫我們。你已經幫了我們不少忙了。這次我不敢再要求你做什麼了。」

這時候，有一隻藍松鴉在半空中盤旋，啼叫聲很刺耳。

我轉頭看看屋子裡。隔著紗門，我看到艾妮妲靜靜地坐在那裡看電視，看「天才大兵」。

「醫生是不是認為她會永遠都會像這樣？」

「噢，沒有。她已經好多了。要是她的病情能夠持續改善，我相信到了秋天，她就能夠回學校了。」

「她喜歡你。」貝奇曼先生說。「她肯跟你說話。她幾乎不跟任何人說話的。至少，她不跟我們兩個說話。」

這時候，我挺起胸膛。「我可以去跟她的老師討論一下。」

「我已經去找老師談過了。」說著，貝奇曼先生從口袋裡掏出一張摺了好幾層的紙。「禮拜一，如果你見到漢姆校長，他會把她的功課準備好交給你。」

原來林肯．貝奇曼早就事先安排好了。他太太一定告訴過他，無論交代我什麼，我都會去做。

「你是個好孩子。」他說。

「別再跟他說這種話，這孩子已經夠驕傲了。」他太太說。「現在你明白了嗎，莫斯葛羅夫？為什麼雷德必須為他的所作所為付出代價，你明白了嗎？他奪走了我的孩子。我美麗的心肝寶貝現在連自己是誰都搞不清楚了。我怎麼能夠讓他就這樣逍遙法外，對不對？」

貝奇曼先生說：「好了，艾拉，算了啦。」這是我第一次聽到有人叫她的名字。艾拉．貝奇曼。她已經淚流滿面了。

我本來有一股衝動想告訴他們，事情不是這樣的，你們搞錯了，那不是雷德的錯，那純粹是意外，還有，沒錯，我們丟下她不管開車跑掉了。還有，沒錯，我們讓雷德替我們揹黑鍋。那些話幾乎已經湧到我的喉嚨了，那種滋味並不好受。

我騎上腳踏車，一溜煙跑掉了。

8

提姆點了一客香蕉聖代，我點了一杯特大號的櫻桃冰沙。吸到第三口，我就覺得自己的腦袋彷彿已經結冰了。我搖搖晃晃走到雅座，一屁股坐下來，兩手抱住腦袋。

「噢，老天，呆尼爾，不要抬頭，不要看——千萬不要！」

但我還是抬起頭來，結果就看到帕斯華茲太太。她那副大大的太陽眼鏡推到額頭上，眼睛打量著冰店的目錄。過了一會兒，她發現我在看她。「嗨，你們好。」

提姆揮揮手跟她打招呼，但我知道他一定在暗暗祈禱：千萬別過來千萬別過來。只可惜沒多久，她眞的過來了。她手上拿著一個巧克力甜筒，朝我們這邊走過來。「可以跟你們一起坐嗎？店裡眞的是人擠人！」她慢慢坐到長凳上，坐在我旁邊。「等一下就要上車了，不先吃點冰的不行。我車裡的冷氣壞了，老天，熱死人了！」

「當然熱啦！」我說。「在密西西比，哪天不熱呢？」

「丹尼爾，我要謝謝你幫艾妮姐溫習功課。」她說話的時候，嘴裡塞滿了冰淇淋。「你的行爲眞是令人敬佩。可憐的孩子，她最近還好嗎？」

「滿不錯的。」我說。「不過，我倒眞希望她的代數不需要人幫忙，因爲我的代數很爛。」

「噢，你很不錯啊。」她說。「至少你上課很專心，不像其他人那樣嘻笑吵鬧。」她顯然搞錯了，以爲我是別人。

在公共場所和老師坐在一起，那種感覺實在很怪異。我觸犯了一個不成文的規定。帕斯華茲太太渾身散發出一種寂寞感，就連在人多的地方也一樣。從來沒有人聽過帕斯華茲太太有什麼蜚短流長。她舔著手上的甜筒，邊舔邊問我們暑假有什麼計畫。我們說，沒什麼計畫。一聽到這個，她忽然興奮起來。

「眞的？哇，那太棒了！簡直是奇蹟！我們教會有一個計畫，非常適合你們兩個。」她說。

「你們兩個都會玩音樂，沒錯吧？」

我們異口同聲的說，不算眞的會玩——我會敲高音木琴、鐘琴，會一點鋼琴，不過彈得不怎麼樣。至於提姆呢，他會彈吉他，不過彈得也不怎麼樣。「那太好了！」她大喊了一聲。「我們需要的正好就是會彈吉他和鋼琴的人。我們教會裡的年輕人團體最近要表演一種很棒的新基督教搖滾樂，這項工作是由我負責的。昨天，有兩個玩小樂團的男生忽然臨陣退縮，說他們不玩了。眞是孬種。現在碰到你們兩個，這一定是上天的恩賜！」

「可是，妳根本就還不知道我們到底彈得好不好。」提姆說。

「我有信心，我相信你們一定彈得很好。下一次排練就在禮拜天，你們兩個眞是我的救命恩人。對了，還有，你們可以賺不少錢。噢，老天，沒想到會碰到你們兩個，眞是太開心了。」

她剛剛提到「小樂團」這三個字，我忽然很心動。我腦海中開始浮現出一幅畫面，看到提姆和我打扮得就像「庭園之鳥」重金屬合唱團，又彷彿是「猴子」合唱團。

「多少錢？」我問。

「排練一次二十塊美金。」她說。「正式表演一場三十塊。」

哇，這豈只是不少錢，簡直是天文數字，我除草從來沒賺過這麼多錢。「三十塊我們兩個人分嗎？」

「每個人三十塊，親愛的。我們是浸信會哦——不是什麼不三不四的教會。這樣吧，你們來排練試試看，看看感覺怎麼樣，好不好？那是很時髦的表演，就像『Godspell搖滾福音』那樣，唯一的差別是，不會有人在現場罵髒話。大家都玩得很開心。」說著，她揚起眉毛。「對了，女生都很漂亮喔。」

「就這麼說定了，我參加。」說著，我用手肘頂了提姆一下。「好了，提姆，你覺得怎麼樣？」

「不知道玩小樂團是什麼感覺，我還滿好奇的。」他笑著說，笑得好詭異。

「太好了！就這麼說定了。我們教會叫做『花團錦簇浸信會』，就在傑克森市西區范文克路那邊。禮拜天下午五點。」

「萬一我們不喜歡，應該可以退出吧？」提姆說。「妳該不會把我們的二級代數當掉吧？」

她微微一笑。「那還用問，我當然會把你們當掉。」

後來，她又跟我們聊了一下，然後就走了。噢，老天，我們究竟在搞什麼？「基督教青年搖滾樂」，這種名稱光聽就夠驢的了，不過，我們兩個本來就喜歡搞笑，特別是還有帕斯華茲太太一起攪和。但願這玩意兒是百分之百的爆笑，如果不是，我們就不玩了。

「我得先搞清楚。」老媽說。「你剛剛說，你每天晚上都要去教會，是不是？你到底去那裡做什麼？」

「他們的小樂團在招募會玩音樂的人。而且，每排練一次，我就可以賺到二十塊！」

「嗯，既然是教會的活動，我沒道理不准你去。」她說。「不過，你是什麼時候學會彈鋼琴的？」

「我在樂團演奏廳裡亂彈學會的。」我說。「我實在彈得不怎麼樣，不過帕斯華茲太太認爲我已經彈得夠好了。媽，妳幹嘛？」

她脫掉腰上的圍裙。「丹尼爾，說眞的，我比較希望你留在家裡幫我照顧傑克，不要什麼事都丟給我做。不行，很抱歉，等你爸爸回家，這件事我要先問問他。」

「媽，幫個忙好不好？妳明知道他一定不會答應的。妳心裡明白。別這樣嘛，這種事根本不需要問他。」

「嗯，提姆他媽媽怎麼說？」

珮西．考辛斯說我們根本就是白痴，跑去和傑克森市浸信會那群人攪和，她說我們會被他們搞到筋疲力盡，結果半毛錢也拿不到。不過我嘴裡卻說：「她說那很不錯。」

傑克問：「小子，那你究竟要幹什麼？」

「我要到他們教會去彈鋼琴。」

他嘶啞著嗓子嚷嚷說：「我看不是吧，你是要去找那個黑鬼女生，對吧？」

「傑克，你怎麼可以說她是黑鬼？」

「你對她有意思哦，你媽知道嗎？」

「別亂講！」

「你這傢伙很壞。」他說。「這小子想咬她一口，看看黑肉是什麼滋味！嗯——」

老媽嚇了一跳。「傑克，別亂講！」

「沒錯，老先生，我們還打算結婚呢。等我們第一個孩子生下來，我們會幫他取名傑克，和你一樣！」

這時候，他大笑起來，然後是一陣猛咳。

老媽瞪了我一眼，然後趕緊幫他拍背。「對人家好一點。女生是很難捉摸的。我知道你不相信我的話，不過別忘了，我也年輕過。」

「媽，拜託妳好不好？」

我騎車越過亞契橋到貝奇曼家，看到貝奇曼太太正在花圃裡澆水。「嗨，莫斯葛羅夫，下次來要準時一點喔，不然我們就要找別人了。」她一副要朝我身上噴水的模樣。「你口渴了嗎？」我閃過那道噴過來的水柱。「那就麻煩妳了，我要喝檸檬汁。」

「是喔，檸檬汁馬上就來。你盒子裡裝什麼東西？」

「艾妮妲的作業。他們說從放在最上面的開始，按照順序把整疊作業都寫完。」

「千萬別讓她看到盒子。你會把她嚇死。」

「他們叫我禮拜五就把她的功課交回去。等到學期結束，暑期輔導班的老師會幫她打分數。」

「可是她還沒有康復啊。」貝奇曼太太說。「怎麼可以逼她逼那麼緊呢？」

我把那個盒子擺在門廊上。「呃，這些都是妳自己要求的，妳還能說什麼？在我看來，妳也可以叫她不要寫啊。」

「我看你們今天先去散散步好了。她眞的很需要到外面去走一走了——我眞想把那台電視丟到窗戶外面去。她整天坐在那裡一動也不動，看電視裡那些垃圾。你去哄哄她吧，看她願不願意跟你出去外面走走。」

我敲敲門，然後輕輕把門推開。「艾妮妲？」

「艾妮妲不在家。」她整個人窩在沙發裡，聲音聽起來有如銀鈴。我聽到電視裡傳來電視影集「綠色田野」（Green Acres）的主題曲。艾妮妲隔著椅背探頭出來。「噢，嗨！」

「嗨，我是丹尼爾，妳還記得我嗎？」

「當然記得！我已經等你一整天了！你準備要去了嗎？」

「去哪裡？」

「她要你帶我去散散步。」她穿著一件白T恤，一條工作褲，渾身上下凹凸有致，腳上穿著人字拖鞋，露出腳踝，唉，真是美呆了。「我們趕快走，好不好？走嘛！」她抓住我的手，把我拉到門口。碰觸到她，我渾身忽然一陣戰慄，彷彿電流流遍全身。我彷彿又聞到那股野草莓糖的芳香。

一出門口，她突然放開我，從門廊上往下跳，然後仰起臉感受溫暖的陽光。她眼鏡的鏡片忽然變成兩團刺眼的白色圓圈。「天哪，外面好熱！」

貝奇曼太太拿著水管朝花圃左右搖晃。「你們看，我們家小寶貝可以走路了！」

「太棒了。」我說。「比上次進步多了。」不過，說歸說，我還是緊跟在她旁邊，萬一她一個沒站穩還可以抓住我。有生以來，這是第一次有一個這麼漂亮的女生接觸我的身體。那一剎那，我感覺整個米諾市東區的空氣彷佛突然籠罩在一片金黃色的光暈中。

「好好玩，你們一定會很開心的，不過，別走太遠喔。」貝奇曼太太說。

「待會兒見囉，謝謝妳幫我這麼多忙。」艾妮妲一邊大喊，一邊拉著我沿著走道往前走。

「走吧，丹尼爾，我們趕快走，走得越遠越好。」

我想帶她去河邊那個小公園走走，過橋就到了。亞契河簡直算不上是一條河，不過風景倒還滿漂亮的。

「只要能夠離開那間房子，去哪裡都沒關係。」她說。「我快被那些人逼瘋了。他們一直說我的『傷』怎樣怎樣。我眞的受不了了。」

「那種感覺一定很怪。」我說。

「你知道嗎，我只不過是到醫院去做鼻子整形手術——結果呢，整個亂成一團。不知道爲什麼，顯然他們認爲我是他們的女兒。對了，你覺得我的鼻子好不好看？」她伸出一跟手指沿著鼻梁中央往下劃。

「很漂亮。」我說。「呃，我的意思是，跟從前一樣漂亮。妳的鼻子一直都很漂亮。」

「那是因爲整形手術太高超了。你甚至看不出來有動過手術。」

「艾妮妲，我眞不知道自己現在在幹什麼了。」

「什麼意思？我們不是要去散步嗎？」

「我是說，妳剛剛說的那些話——根本就沒有妳說的那些事。唉，艾妮妲，要是我告訴妳眞話，妳可能會生氣，所以，我應該說嗎？還是我應該裝作……」

「老天，你這個人怎麼這麼溫吞？」她一把扯掉眼鏡。「你老是這麼溫吞嗎？要是我說錯了什麼，你儘管糾正我，不用客氣。」

「好吧，就好比說——妳眞的受過傷。腦部受傷。妳並沒有動過鼻子整形手術。還有，我對天發誓，貝奇曼夫婦眞是妳爸媽。」

「才不是。我爸爸叫做史蒂夫，我媽叫做艾蒂。」她說。「我們住在一棟樓中樓式的農場大宅裡，院子裡有一棵很大的橡樹。」

我聳聳肩。「妳看吧，那些都是妳憑空想像出來的。史蒂夫和艾蒂都是電視歌星。」

這時候，我們停下腳步，靠在橋的欄杆邊，望著底下緩緩流動的河面。我發現底下的一座橋墩上有一個不顯眼的凹槽，裡頭有一小堆石頭。我忽然想到，那群孩子老是窩在那裡朝河裡丟石頭。「艾妮妲，妳想丟石頭嗎？」

「拜託你不要叫我那個名字。我明白他們爲什麼會叫那個名字，可是拜託你，叫我琳達好不好？」

「當然好……琳達。」

「我不叫艾妮妲。我不是那個人。」她拿起一顆石頭往下丟，等著聽「撲通」一聲。我也拿了一顆，用力朝河的上游丟過去。

我們兩個輪流丟石頭，沒多久，那些孩子藏起來的石頭都快被我們丟光了。

我們過了橋，走了一小段下坡路，走到一座生鏽的鞦韆旁邊。幾隻藍松鴉停在樹上啼叫，空氣中飄散著一股燒樹葉的煙燻味。

艾妮妲坐到鞦韆上。「他們認爲我就是意外發生之前那個艾妮妲。你認識那個艾妮妲。那你告訴我，她看起來和我很不一樣嗎？」

「沒有差很多。而且，妳已經慢慢好起來了，已經比先前好很多了。我相信妳很快就會完全復原了。」

「要是全世界的人都認定你是某個人，你該怎麼辦？」她說。「不可能全世界的人都瘋了，所以，我想，也許眞的是我腦子有問題吧。」

「受傷不是妳的錯。」我差一點就脫口而出說都是我的錯，但我畢竟還是忍住了。

「有別人在的時候，我會儘量假裝自己是艾妮妲。」她說。「可是，我不知道自己眞正的家人在哪裡。」

「妳是說史蒂夫和艾蒂嗎？」

「我想他們已經把我忘掉了。」她抬頭看了我一眼。看到她那種楚楚可憐的眼神，我的心都融化了。我伸手搭在她肩膀上，輕輕搖著鞦韆。

「妳還記得舞會之夜嗎？」我問。

「艾妮妲當選了舞會皇后。」她說。

「我說的是舞會結束之後。她記不記得意外是怎麼發生的？」

「喔，我想不起來了。我不想談那件事。」

「雷德・馬丁。」我說。「我不是他的好朋友，跟他沒什麼瓜葛，不過，妳眞的確定是他撞傷妳的嗎？」

「他撞倒了她的腳踏車。她摔到地上，撞到了頭。」

「不過，那是意外，不是嗎？我想，他應該不是故意要把妳撞倒的。」

「他是故意的。」她說。「雷德不是個好東西，因爲在夏琳家的宴會上，艾妮妲不肯跟他接吻，所以他很火大。」

這時候，我開始冒險試探了。「我知道。不過我說的是後來，妳騎車回家的時候，半路上究竟發生了什麼事？」

「雷德喝醉了。」她說。

我進一步試探她。「妳沒有碰到其他人嗎？」

她搖搖頭。「你覺得她舞會穿的那套禮服好看嗎？」

「妳太漂亮了，美得令人難以置信。我根本克制不了自己，我一直盯著妳看。全場每個人都一樣。那套禮服眞是……我的意思是……那才叫禮服。」

她把腳趾頭插進沙子裡，停住鞦韆。我的手搭在她肩膀上，感覺好溫暖。我拚命想把那種感覺永遠儲存在腦海裡。

「那不是艾妮妲的衣服。」她說。「她阿姨莎拉在卡納爾街一家很高級的服飾店上班，那天晚上艾妮妲必須把那套禮服送回去還她。可是，聽說後來那套禮服上沾到她的血。」

「我們該回去了吧？妳想不想回去？」我問。「要是我把妳帶出來太久，妳媽媽會活活把我掐死。」其實，我們根本沒出來多久。我只是開始有點怕這個女孩子了。她的心智是似乎漫無目的地到處漂蕩，彷彿她腦袋裡有某種靜電正在劈啪作響。

「她不是我媽。」艾妮妲說。「這一點拜託你一定要記住。」

「不管她是不是妳媽，反正，她在家裡等我們。」

後來，我們又走回橋上。我們停下來，把最後一顆石頭丟進河裡——我讓她丟。然後，我們沿著那條上坡道走到佛瑞斯街。

艾妮妲猶豫了一下。「知道嗎？我們可以做好朋友。我說的那些蠢事，你可以繼續追查。那件事就交給你了。」

「我會盡我的能力。」我說。

「丹尼爾，我不太想回那間房子去。跟那些人在一起，感覺很不好。」

「那妳還有別的地方可以去嗎？」

「你家裡有多出來的房間嗎？我可以去住你家。」

「最好不要。」我說。

「爲什麼，你家有那麼可怕嗎？」

「不是可怕，只是……我爸很兇。而且，還有一個舅公跟我們住在一起。我們家感覺已經夠奇怪了。」

「你不是說你有一個哥哥嗎？」

「巴德。他在當兵，海軍陸戰隊。還有珍妮，我妹妹，她今年十二歲。我在中間當夾心餅乾。」

「既然你哥哥在當兵，那我能不能去住他的房間？」她問。「你家裡離這裡很遠嗎？」

「大概十七公里，在奧瑞蒙路那邊。我每天早上騎腳踏車到城裡來，就是爲了要來找妳。」

「也許哪天我可以到你家裡去看看。」她摸摸我的肩膀，那種感覺彷彿我的肩膀被她吻了一下。然後，她就跑到門廊上去了。

我踩著腳踏車離開她家，陽光迎面照在我的眼睛上。要是我想像自己和艾妮妲之間可能會發生什麼，那好像滿蠢的——可是，當她觸碰到我的身體時，那種感覺好痛快，彷彿觸電一般，令人心蕩神馳。我喜歡她走在我旁邊，我喜歡聞著她身上那股淡淡的幽香，那種感覺好棒。有時候，她會低下頭，從眼鏡上緣盯著我，那種眼神彷彿在嘲笑我。我喜歡那種感覺。

我腦海中彷彿浮現出史蒂夫和艾蒂的模樣，我彷彿看得到那棟樓中樓格局的農場大宅，庭院裡有一棵巨大的橡樹。我想像他們站在窗口，看著窗外，等待他們的琳達回家。

9

老媽車子的汽缸床墊片燒掉了，所以老爸只好開公司那輛Oldsmobile載我去「花團錦簇浸信會」教堂。他說，他難得有一天休假，每個禮拜就這麼一天可以讓自己悠閒一下，上上教堂，看看電視。結果呢，他卻得耗掉大半個下午，開車載我到地球的另一端。「呃，你到底去那裡幹什麼？」

「教會的音樂劇。」

「哦，有意思。不過，你有沒有想過該找一份正經一點的工作？我同事的兒子跟你差不多大，今年夏天他就要進鐵管工廠當軋管工人了。」

「哇，他運氣眞好。」

「少跟我耍嘴皮子。那孩子已經開始眞的要賺錢了，而你卻還在鬼混，搞那些娘娘腔的玩意兒。」

「我是要去彈鋼琴，而且排練一次就可以賺二十塊錢。」我說。「要是你肯借我車，我就可以自己開車去，不必麻煩你載了。」

「想借車？這輛免談。想開車？那就存錢自己去買一輛。」

要是我去買一隻鸚鵡，然後教牠說老爸那些老掉牙的全套台詞，我想，我的人生會愉快得多。

「我們住在荒郊野外，而且你又不讓我開車，我到哪裡去找工作？」

「自己想辦法。」他說。

其實，老爸並不怎麼喜歡我。反正他一看到我就不舒服，就這麼回事。他幾乎已經不再扮演父親的角色了，唯一的例外，是禮拜天早上他會跟珍妮共享天倫之樂。那已經是一種例行公事了，他們倆每個禮拜天早上都會湊在一起，研究報上的漫畫專欄「披頭貝利」（Beetle Bailey）和「我家就像馬戲團」（The Family Circus）。

至於我和老爸之間，我們也有另一種例行公事：他早就認定，不管我說什麼，做什麼，都是爲了要惹他生氣，而我呢，好像眞的拚命在惹他生氣。每次我一開口說話，他就開始挑毛病，一下子說我笨，一下子說我太荒唐，一下子說我胡說八道。有時候我忍不住會好奇，不知道別人的爸爸都跟自己的兒子說些什麼——假如雙方不是在互相咆哮的時候，他們到底會聊些什麼？這個，恐怕得問問提姆。不過，我記得他說過，他和他爸爸也不怎麼講話。

「其實，我交代過你做一件事。」老爸說。「我讓你有吃有喝，還有個家可以遮風避雨，看在我養你的分上，我只要求你做這麼一件簡單的事，可是你甚至不把我當一回事。」

「哪件事？」

「院子。在後面，昨天我指給你看過了。你有去清理嗎？沒有。你根本就忘了這回事，故意的。整個週末，你賴在椅子上一動也不動，現在呢，你要出去了，你要去跟你那夥娘娘腔的朋友鬼混。」

「我的工作就是除草，可以嗎？」我氣得聲音開始發抖了。「我分內的工作就是那個。回到家之後，我就除草。我每天一大早就起床，利用上學前的時間除草。我整個週末都在除草，全年無休。知道嗎，院子足足有三英畝大，草會一直長一直長，沒完沒了，永遠除不完，你明白嗎？那種工作是永遠做不完的。」

這時候，他猛然出手甩了我一巴掌。「少跟我耍嘴皮子！」我眼前金星直冒，車子裡彷彿還迴盪著剛剛他打我耳光那「啪」的一聲。「等哪天你開始到外面工作。」他說。「你就會開始渴望你的工作能夠像推刈草機這麼簡單了。」

「爸，我已經迫不及待想去工作了。」我摸摸臉頰說。「我說眞的。要是我有錢，我一定會馬上把整片院子都鋪上柏油，今天就鋪，從此以後，下半輩子你就再也看不到半根草了。」

「范文克路到了。」爸說。「我忘了，你說那個地方叫什麼？」

「花團錦簇浸信會教堂。」他已經好幾個月沒有打我了。從前還小的時候，他就常常打我和巴德。其實我們只不過是犯了點雞毛蒜皮的小錯，可是在他看來卻是罪大惡極。而過去這幾年來，他常常像現在這樣突如其來就出手打人，令人措手不及。而且打人打得莫名其妙，彷彿那只是一種本能衝動，完全無法克制。

「花團錦簇？」他嘴裡嘀咕著。「聽起來像是什麼中國玩意兒。」

「那是浸信會。」我說。

爸說：「浸信會是道道地地的杜鵑窩。你媽他們那一家子就是最典型的例子。一群瘋子、白痴、酒鬼、跛子，一家子全是死忠的浸信會教徒。」

「到了，到了，就在那裡——爸，開慢一點！哎呀，你開過頭了啦。」

他嘆了一口氣，好像覺得還要把車子掉頭眞是天大的麻煩。

在我看來，「花團錦簇」這個名字很容易讓我聯想到那種古色古香的小教堂，不過這間教堂卻大得嚇人，乍看之下簡直就像大型購物中心，而且還有一座尖塔。看起來，教堂主體建築的規模至少可以塞進兩三所米諾高中，更別說還有其他的附屬建築。此外，那些建築環繞著一大片天花板高聳入雲的中庭。

「啊，你看。」老爸說。「老天爺——你看看——四、五，光是那排車子裡就有八輛是凱迪拉克。你剛剛說他們要付你多少錢？」

「二十塊。」

「跟他們多要一點。這些傢伙很有錢。」

我鑽出車子。「爸，多謝你賞我一個耳光，等一下我會搭提姆的便車回家。」

他把車子開走的時候，邊開邊搖頭，大概覺得很奇怪，我臉上被打耳光的地方還熱辣辣的，我怎麼還敢跟他耍嘴皮子。我相信，他一定認為我這個人已經冥頑不化到不可思議的地步。

一股熱氣從柏油路面上蒸騰而上，瀰漫在空氣中。提姆邁著大步跑過來，膝蓋一直撞到他手上那個吉他盒。「嗨，呆尼爾！」

「看起來，耶穌一定是開凱迪拉克來的。」我一邊說，心裡一邊想著，不知道我臉上是不是有一邊還紅紅的。還好，提姆顯然沒注意到。

我們沿著那條有頂棚的通道走進那座莊嚴森冷的殿堂。一進門，面對那幽暗的巨大空間，我們不由得停住腳步。「哇……」

這鐵定是全密西西比州最富麗堂皇的教堂了。陽光穿透彩繪玻璃，幻化為濃稠的七彩光暈，使得教堂裡的擺設都蒙上了一層昏黃色調。隔著一排排的長椅，最裡頭是一座火箭造型的講壇，一座光滑明亮的花崗岩聖餐台，聖餐台上方有一座銀十字架從天花板懸垂下來，彷彿一把劍懸在半空中，底下的台上有一群年輕人在喋喋不休。

我看到帕斯華茲太太站在那套爵士鼓旁邊。她看到我們真的來了，顯得很高興，立刻把我們叫過去介紹給樂團的成員：班恩，一個骨瘦嶙峋的貝斯手；拜倫，留著非洲爆炸頭的鼓手；米奇，長髮披肩的吉他手。他們告訴提姆插座在什麼地方，而我走到鋼琴前面坐下來。他們給我一本活頁裝訂的樂譜。樂譜封面用很漂亮的手寫字體印著：

耶穌基督！

呈獻給主的音樂劇

詞曲作者／艾德溫．史莫克

提姆用大拇指快速翻過樂譜，表情越來越興奮。帕斯華茲太太朝青年合唱團的指揮搖搖手。「兩位那傢伙瘦巴巴的，戴著一副很驢的眼鏡，領口的蝴蝶結鬆軟下垂，而且還留著山羊鬍子。「兩位同學，這位是艾迪，我們的音樂牧師。從現在開始，由他來指揮你們。艾迪，這兩位是我們學校裡很優秀的學生——這位是提姆，這位是丹尼爾。」

「兩位同學，歡迎你們！」光是聽到他那種濃濃的鼻音，我就知道跑這趟值回票價了。如果有一群鵝聽到他的聲音，可能會以為他是在召喚牠們。他跟我們握手的時候，態度很真摯，不過他的手摸起來濕濕的。「歡迎加入我們，真高興有你們來共襄盛舉。你們已經見過我們『小樂團』的成員了嗎？」哦，原來如此：「小樂團」這個字眼是他發明的。「樂曲的結構很簡單，從頭到尾只用了三、四個和弦。」他站在我身後，手從我肩膀上面伸過去翻樂譜。「我沒有寫鋼琴分譜，所以你只要抓幾個和弦，彈琶音就可以了。基本上整首音樂都是針對合唱團編曲的，所以，你們只需要跟上節拍，不要干擾到聲樂的部分就可以了，懂嗎？」

好哇，那有什麼問題。

這時候，我忽然想到，「艾迪」一定是艾德溫·史莫克的小名，而這首「耶穌基督」的詞曲都是他寫的。「哇，艾迪，這整首曲子都是你寫的嗎？」

「當然是我寫的。」他咧開嘴笑著說。「好了，客套話就免了，用不著跟我來那一套。」說完他就轉身去叫合唱團的人排好隊。

提姆露出一臉白痴似的微笑。「太爽了。」他說。「呆尼爾，你看過樂譜了嗎？」

「還沒。」我說。「不過我有一種預感，這裡一定很好混。」

這個教會裡的基督徒有不少俊男美女，他們臉上連個雀斑都找不到——為什麼基督徒的皮膚都這麼好？而且，傑克森市女孩子那種穿著打扮，你在米諾市絕對看不到。女生穿的不是很暴露的襯衫，就是無袖罩衫，不是熱褲就是迷你裙，一大截被太陽曬成古銅色的健美皮膚露在外面。而男生看起來也都很陽光健美——今年流行的格子長褲，名牌天鵝絨套衫，顏色是所謂的「芥末黃」和「鐵鏽紅」。

我認出合唱團裡有幾個是米諾市來的學生：西莉亞·卡倫和她弟弟喬治。約翰·亨利·華德和他妹妹瑪麗·維吉尼亞、柯比·庫克、貝絲·麥唐納、凱西·賽森思、塔米·萊爾、艾琳·歐布萊恩。

我把樂譜翻到第一頁。

第一幕

「耶穌基督！」（耶穌，合唱）

「嗨，瑪麗，妳聽說了嗎？」（上帝）

「約瑟夫，你一定要相信我。」（瑪麗）

提姆漫不經心的撥了一下開頭的和弦。「哇，呆尼爾，做夢都想不到這麼棒。你有沒有發現，我們這位音樂牧師有多神奇？」

我微微一笑。「我當然知道。」

這時候，那位鼓手拜倫突然轉頭過來看我們。「艾迪很酷。」他說。「他今年才二十三歲，竟然有辦法自己一個人寫出整齣音樂劇，實在太厲害了。你們拭目以待吧。」

米奇撥了一下手上的電子吉他。「怎麼，你們兩個不喜歡艾迪嗎？」

「我相信他一定很厲害。」提姆說。「只是我們才剛見面。」

「他是一流高手。」米奇說。「人家可是去過紐約，親眼看過百老匯的表演。你們看過音樂劇嗎？」

「這是我第一次看。」我說。「我還期待你們能夠指點一下，教教我們竅門在哪裡。」

「神愛世人。」貝斯手班尼說。「這就是竅門。」

「說得好。」拜倫喊了一聲。「你們兩個相信上帝嗎？你們到底來這裡幹什麼？」

我忽然想到，黛安．芙琳格那個恐怖的爸爸問過我同樣的問題。我以為他們是在開玩笑，不過提姆知道他們不是鬧著玩的。「那當然。」他說。「大概一年前，我們就已經蒙主解救了。」

米奇皺起眉頭瞪著我。「我覺得你看起來不太像基督徒。」

「噢，是眞的。」我說得很熱切。「我眞的是百分之百的基督徒。」

提姆說：「耶穌基督是我的救主。」

「好了，各位，聽到我這邊！」艾迪忽然拍拍手。「大家有沒有感到很興奮啊？」

女孩子們立刻拍手喝采。「嗚哇——！」

「我自己就很興奮。」艾迪說。「這整個春季，你們合唱團已經賣力練習很久了。現在，我們準備好了，我要把這首美妙的音樂整合起來，呈現在世人面前。現在，我們要勇往直前，我們即將創造出音樂劇歷史性的一刻，大家都準備好了嗎？」

所有的人齊聲高呼準備好了！，彷彿即將上場殺敵的軍隊。

「現在，我要向大家介紹我們小樂團的新成員。」艾迪說。「這位是提姆，吉他手，這位是丹尼爾，鋼琴手。來，讓我們用『花團錦簇』最熱烈的掌聲，歡迎他們兩位！」全體合唱團鼓掌歡迎我們，我們揮揮手向大家致意。

「好，大家注意聽我這邊。」艾迪說。「很多人一口咬定，說我們不可能辦得到。而現在呢——看看我們。對我個人來說，我完成了一個夢想。我相信，在夢想實現的過程中，我們每個人都體會到一種前所未有的感動。」

「讚美主。」那個一頭漂亮紅髮的女生說。

「讚美主。」艾迪說。「現在，我們終於快要抵達終點了。光是好還不夠——我們要達到偉大的境界。現在，我們就要進行第一次完整的排練。你們都知道，我要求是很嚴苛的，不過別忘了，無論我再怎麼嚴苛，都是為你們好。我愛你們，全心全意。所以，無論我罵人罵得有多兇，這一點你們一定要記在心裡。不過話說回來，我是真的開始要緊迫盯人了，你們大家要提高警覺，我會盯得很緊。」

大家都咯咯笑起來。

「我們都挺你，艾迪！」米奇撥了一下吉他，彈了一個滑稽的聲音。

「加油！加油！太棒了！」艾迪嘶吼著。「來吧，各位，一開場我們就要讓全場的觀眾震撼！我要的是熱情洋溢，自由奔放，朝氣蓬勃……我要你們徹底放開自己。小樂團，準備好了嗎？開動。」

舞台上的合唱團左右散開，排成三列。拜倫舉起鼓棒敲敲鼓緣，那是快板的二四拍。接著，合唱團開始唱了。

耶穌基督！

啦啦啦啦，啦啦啦

耶穌基督！

啦啦啦啦，啦啦啦
在你悲傷憂鬱的時刻
是誰爲你帶來希望的福音？
是誰爲你在十字架上就義？
耶穌基督！
啦啦啦啦啦啦啦！

「好，很好。」艾迪說。「可是，我要的是震撼，我要你們唱出——耶穌基督！就像這樣，懂嗎？還有，男中音部，我聽不到你們的聲音。男生們，唱大聲一點。」

就像歌頌世界和平的「我心飛揚合唱團」（Up With People），就像民謠合唱團「新克利斯提詩人」（New Christy Minstrels），就像黑人五重唱「五度空間合唱團」（Fifth Dimension），就像「百事可樂新世代」（Pepsi Generation）創意廣告——就是這些團體啓發了艾迪．史莫克的靈感。提姆和我一直低著頭，全神貫注輕輕彈奏。我們甚至沒有轉頭去看對方。

他在伯利恆降臨人世
旅店卻沒有房間可住
彼拉多千里迢迢追殺
耶穌基督！
啦啦啦啦啦啦啦！

「停一下，呃，和音還是很不協調。」艾迪說。「不過，我們新的小樂團進步很多，演奏得不錯吧？太棒了！有兩位加入，整個音樂聽起來更有立體感了！好，接下來，前奏的音量壓低。」

第二首歌是男聲獨唱，主唱是泰德．赫林，一個高高的小伙子，長得很帥。他扮演上帝的角色，對著處女瑪麗唱歌。扮演瑪麗的是一個金髮美女，叫做艾莉西亞．迪坎普。

嗨，瑪麗，妳知道嗎？
也許妳還沒有心理準備——
但妳就快生下一個孩子了！
我知道妳一定不肯相信！
儘管加利利有無數女孩
但妳卻是我唯一的人選
嗨，瑪麗，妳知道嗎？
妳的孩子將會是救主！

這首曲子雖然不是搖滾樂，但曲風輕快活潑，一聽就知道是音樂劇。艾迪是個滿懷夢想的年輕小伙子，也是全場最活潑、最興奮的人。他笑得很開懷，指出我們錯誤的時候，口吻也像在開玩笑，完全不傷感情。他比我們大不了幾歲，可是卻偏偏留個山羊鬍子，故意想讓自己顯得老氣一點。我從來沒見過有人能夠像他這樣，指揮現場所有的人，卻顯得那麼自在。

合唱團那些年輕人，個個表情都像陽光一樣燦爛，由此看來，他們一定都是虔誠的基督徒，而艾迪則是他們的英雄偶像。

我很懷疑自己是否眞的能夠融入這群人。每個人似乎都很快樂。太快樂了點。

接著，艾迪停下來休息十分鐘，讓我們準備第二幕的舞曲。「『右邊第三個馬槽』。」拜倫和米奇嚷嚷著。「嘿，你們兩個，跟我們來。」我們走到聖堂外面，走上那條彎彎曲曲迷宮般的走廊。

提姆問：「嘿，你們要帶我們去哪裡？」

「一直走就會通到地獄！」拜倫咧開嘴笑得有點猙獰。

我們走到一座小電梯前面，米奇忽然停下腳步，用手肘去壓按鍵。「這座電梯純粹是爲那些有錢的老太婆設置的，她們樓梯爬不動。」他們告訴我們。「有了這玩意兒，她們才會源源不斷地捐獻。」

我們四個全部擠進電梯裡。我眞的很不喜歡跟別的男生擠在這麼狹小的空間裡。接著，電梯的小鐵門關上了，電梯開始慢慢往上升。

到了二樓和三樓中間，拜倫忽然按下停止鍵，電梯立刻停住了。

我問他：「喂，你在幹什麼？」

「別緊張。」說著，拜倫從他的皮夾裡掏出一根手工捲的香菸，還有一盒火柴，然後凝視著我的眼睛。「你夠酷嗎？」

「才不！」我大喊了一聲。「呃，我是說，我當然酷！」老天，我跑到這裡來幹什麼？但我立刻又告訴自己，冷靜點，丹尼爾，至少裝也要裝出酷樣。「我是說，我當然夠酷，好吧，你們想幹嘛就幹嘛，不過不要把我算進去。那是什麼？是『草』嗎？」

「提姆，你夠酷嗎？」

提姆說：「點火吧。」

我說：「你們這些傢伙簡直是……簡直就像基督怪胎。」

「我們確實是。」米奇說。

「讚美主，好草要跟好朋友分享。」說著，拜倫劃亮了一根火柴，移到菸頭點燃，深深吸了一口，然後遞給米奇。米奇吸了一口，臉上抽搐了一下，然後吐出了一口煙，邊吐邊笑。電梯裡立刻瀰漫了一股又辣又嗆的氣味。

「班恩怎麼沒來？」我問。

「班恩不需要這個。」米奇說。「他天生就恍恍惚惚。」

「只要有耶穌，他就飄飄然了。」拜倫說。

接著，提姆竟然也吸了一口，我差點被他嚇死。從前我們也聊過大麻，不過，我們一致認為笨蛋才會去吸那玩意兒。為了哈草吃上官司坐牢？不必了！更何況，大麻的味道真的很嗆。我忽然想到「三狗夜合唱團」（Three Dog Night）那首歌，〈媽媽叫我不要來〉（Mama Told Me Not to Come），覺得自己很像歌曲中那個傢伙，拚命想開溜，想離開那個恐怖的派對。萬一被人逮到我們在這裡……

「我跟你打賭，耶穌一定很high。」米奇說。「在聖經描寫的那個年代裡，鐵定到處都有種『草』，而且當時哈草根本不犯法。」

「我很難想像耶穌會哈那玩意兒。」我說。

「你不覺得耶穌很酷嗎？」拜倫狠狠吸了一大口。

「我相信他當然很酷。」我說。

「可是他們吸的不可能是大麻，米奇，因為他們住在沙漠裡！他們吸的可能是某種樹脂之類的。」

「老兄，你有注意到艾莉西亞．迪坎普嗎？」米奇說。「你有沒有看到她身上裏的那一條一條的東西？你一定很想用嘴巴把那一條一條的東西咬下來，對吧？」

「這還用你說嗎，老大？」拜倫要把那根點燃的玩意兒遞給我，我揮揮手推掉了。這時候，我看到提姆又吸了一口菸。他竟然有辦法裝出一副那麼世故的樣子，眞是令我大開眼界，暗暗吃驚。

拜倫說：「好了，我夠了，提姆，你呢？」

「我也夠了！」提姆咧開嘴笑著，那模樣好蠢。「你們這個小樂『團』眞是夠嗆的。」

拜倫把口水沾到指尖上，捻熄香菸，然後拿出一個小噴霧罐，朝我們頭頂上方噴了一團薄荷味的除臭劑。米奇又按了一下停止鍵，讓按鍵跳上來，那一剎那，電梯又開始動了。

我們沿著走廊往回走，一路上他們三個嗤嗤笑個不停。我們走進聖堂那道雙扇門的時候，看到一男一女躲在門板後面擁吻愛撫，無限激情。

我長眼睛沒見過這種教會。

「耶穌基督！」這齣歌舞劇當中，我最喜歡的就是第二幕裡那首哀傷柔美的歌。演唱的人是一個一臉眞摯的紅髮年輕人，麥特．史密斯，他扮演的是小時候的耶穌。

我只是一個平凡的小男孩
但我有兩個父親
一個是木匠，他如此悲傷
另一個是我從未見過的父

在高高的天上他等待著我

我看著艾迪・史莫克和卡蘿・奈森依偎在一起。她扮演的是抹大拉的瑪利亞。艾迪唱了短短幾句，然後卡蘿唱了一段回答他。「把感情全部釋放出來。」他說。「想像妳就是百老匯的天后伊索・摩曼，想像妳正好演唱到最精采的地方，全場觀衆站起來爲妳鼓掌喝采。」

我只是衆人眼中的街頭流鶯
怎麼夠資格事奉他與他同行
難道你們不明白我無能爲力？
他爲這個世界帶來美妙旋律
哺餵飢饉撥亂反正彰顯公義
我很想幫助他但我無能爲力

我只是一個平凡的女孩，我無能爲力！
我只是奴僕任吾主差遣
我只是一個平凡的女孩，我無能爲力！
唯有雙手合十默默祈禱

這次，她終於唱出了感情，完全釋放了自己。我們在底下猛吹口哨，拚命拍手。「卡蘿！」艾迪嘶吼著。「太震撼了！噢，各位兄弟姊妹，我不想烏鴉嘴，可是——有沒有人開始覺得，我們已經創造出某種眞正偉大的成就了？」合唱團的全體成員彷彿也都感染了他的熱情，於是，接下來的歌曲也都唱得熱情洋溢。不過，歌曲的數量可眞的不少。艾德溫．史莫克的產量眞是驚人。當我們唱到〈尋找信仰之路〉那首合唱曲的時候，時間已經是三更半夜了。那是一首激勵人心的讚美詩，足以讓全場觀衆熱血沸騰，感受到耶穌基督是每個人的救主。

我們彈完最後一個小節之後，已經累翻了，癱在長椅上。

「整首歌的演唱是還有一些小毛病。」艾迪說。「不過，大家唱得眞的很棒呢，對不對？」第一次親耳聽到自己嘔心瀝血的作品演唱出來，他已經興奮到最高點，咬緊牙根，渾身散發出一股熱力。

大家都已經累到想打哈欠，可是卻又拚命忍住。帕斯華茲太太本來一直坐在長椅上打盹，這時候，她突然站起來。「孩子們，你們實在太棒了！艾迪，該休息了。」

「我知道，艾琳，我剛剛就是在叫他們休息了！」他的口氣不太好。「妳還在睡覺的時候，我就說過了！噢，對了，剛剛妳好像偶爾會醒過來一下，那麼，妳醒來的時候應該有聽到一些段落吧？怎麼樣，妳覺得好不好？」

「太棒了。」她說。「眞的很棒。不過，老天，你眞該注意一下時間了！已經十一點半了！」

艾迪臉上的笑容立刻僵住了。「好吧！好吧！歌是我寫的，詞是我寫的，整齣戲也是我導演的，大概是因爲這樣，所以第一次完整排練，我特別有感覺。」

「眞的很棒，艾迪，只不過，大家都累壞了。」她說。「我們明天再談好不好？」

艾迪二話不說，沿著走道往門口快步走過去，頭也不回地揮揮手。

後來，我和提姆走到他爸爸那輛Buick旁邊，坐上車。（前陣子車子換新的安全帶時，我堅持要付錢，但珮西說什麼都不肯收。）這時候，他忽然說：「太美妙了。從頭到尾，每一分每一秒都將是我畢生難忘的記憶。你覺得呢，呆尼爾？」

「是啊。」

「艾德溫．史莫克鐵定會在音樂史上留名。」他繼續說。「一百年後，一定會有人幫艾德溫．史莫克樹立雕像。」

「而且，你知道嗎，很奇怪的是，我竟然喜歡這個人。」我說。「我意思是，沒錯，他是有點瘋瘋癲癲的，不過話說回來——他眞的相信，他眞的相信這些玩意兒。他是玩眞的，你感覺得出來。」

「是啊，我一直拚命憋住笑，憋到全身痠痛。」提姆說。「他是個如假包換的瘋子！」

「噢，對了，提姆——high的感覺怎麼樣？我眞不敢相信你竟然會碰那玩意兒。」

「我並不是眞的有什麼感覺，不過，我不想發表意見。顯然這個教會裡什麼怪咖都有，夠瘋的了。拜倫說，去年有幾個傢伙喝醉了，偷了牧師的車開到比洛克西，結果根本沒有人找他們麻煩。」

「你覺得整個教會的人都那麼瘋呢，還是只有拜倫和米奇？」

「我不知道，不過我們可以想辦法搞清楚，那一定很好玩。」他說。「而且，最棒的是——這裡是教會！教會耶！誰敢懷疑你，找你麻煩？那些女生都偷偷蹺出來抽菸，你有沒有發現？而且好幾個都有在搞。」

「搞？女生跟女生搞？老天！」

「不是啦，呆尼爾，跟男生搞啦。米奇說，這些基督徒女生都是超級豪放女。」

我伸手去摸安全帶，開始考慮是不是該扣上。「他眞的這麼說？」

「那些女生的老頭都是基督徒，所以她們根本沒機會出去約會放風什麼的。她們信基督教信得越入迷，人就變得越來越騷包，等到她們長得夠大，可以加入年輕團體的時候，她們已經慾火焚身了。」

「難道——哇塞。」

「而且根本沒人管。告訴你，小子，男人是越壞越有福氣。好可惜我們沒有早點發現，原來天底下最瘋的地方就是教會。」

「哇，你不覺得那眞的瘋到最高點了嗎？就在電梯裡哈草！眞不敢相信。」

「我跟你說眞的。別忘了你有前科。」

「你最好小心點。」我說。「我是覺得你最好別碰哈草那玩意兒。」

這時候，車子已經開到米諾市邊界，我們碰上第一個紅燈。他踩下煞車。「你是不是打算從現在起開始要掀我瘡疤，在我傷口上撒鹽？他媽的，眞後悔告訴你。」

「你並沒有告訴我，那是被我逼問出來的。」

「夠了，別再扯了。」他說。

「你說你是危險駕駛，對吧？他們把你關進牢裡，對吧？」

「呆尼爾，我看我還是趕快送你回家好了。」

「提姆，到底怎麼搞的，什麼事那麼嚴重，搞到你現在連提都不想提？」

他把車子轉向東邊。「老天，我看你眞的很愛揭人家瘡疤！沒什麼大不了的，可以嗎？我只不過是超速，他們就把我關進牢裡，關了一晚，嚇嚇我。」

「可是他們吊扣了你的駕照，而你現在卻無照駕駛，還在開車到處晃。」

他搖搖頭說：「我眞搞不懂，小子，跟你在一起好像沒從前那麼有意思了。」

我沒什麼話好說。於是我們沿著奧瑞蒙路往前開，一路上兩個人都沒再說話。

後來提姆又開口了：「喂，停戰吧，可以嗎？」

「可以呀，我無所謂。」

「你要我說什麼？」他咧開嘴笑起來，開始唱剛剛那首歌。「我只是一個平凡的小男孩，但我有兩個父——親……」

我忍不住跟他一起唱起來。「一個是木匠，他如此悲傷！」

10

已經三更半夜了，我還沒睡，翻著狄更斯那本《遠大前程》，準備期末考。再考三科，接下來就是要到維克斯堡去參加音樂大賽，然後就放暑假了。突然間，我聽到屋外有車子在按喇叭——叭，叭叭，叭，叭。叭，叭——那是一種暗號。接著，對面葛里森太太家的狗開始狂吠起來。

我聽到「怪胎違建」另一頭的隔間裡傳來傑克打鼾的聲音。我立刻穿上拖鞋，飛快衝到車道上。

外面一片昏暗，我聽到提姆的聲音說：「來吧，欣賞一下。」

「搞什麼？你想把附近的鄰居都吵起來嗎？」我噓了他一聲。

「好了，別訓話了，想看看我的車嗎？」說著，他拍了一下車頂。那是一部深藍色的福特

Pinto，車身看不到半點刮痕，光滑油亮，還有白色的細條紋，擋風玻璃上有車廠的標籤。

「哇塞，提姆——是你的車嗎？」

「廢話！呆尼爾，我的車，我自己的車！怎麼樣，你不祝我生日快樂嗎……」

「老天，他們送你一部車？我根本不知道今天是你生日。」

「嚴格說起來，明天才是，所以你還有時間想想看要送我什麼。」說著，他拍拍引擎蓋。

「怎麼樣？他媽的帥呆了吧？」

算一算，全米諾高中的學生當中，大概只有二十個有自己的小車。「他們買了一輛新車給你，這也就算了，可是他們怎麼會讓你半夜一點開車到外面鬼混？」

「我偷溜出來的。已經太晚了，我不敢打電話到你家，不過，沒先讓你看看，我眞的睡不著覺。老媽老爸根本就還沒告訴我——我發覺他們兩個有點鬼鬼祟祟的，不知道在幹什麼，所以我就跑到車庫去——中獎了！就停在那裡，甚至連鑰匙都插在上面！」

「要是哪天你想交換爸媽，通知一下。」我說。「老天！全新的！我好像沒見過我們學校的學生有哪個是開新車的。」

「雷德開的是福特野馬。珊蒂．巴克斯特開的是福特小牛跑車，不過那輛車實在太難看了，所以不算。」他說。「怎麼樣，想試試我的新寶貝嗎？」

「我得進去了。晚上這個時間，傑克都會變得很詭異。前幾天，他忽然半夜把我叫醒，跟我說我爸爸用一個長柄煎鍋打我媽的頭。」

「哦，眞的嗎？」

「沒有啦。不過，我心裡還是毛毛的，所以眞的跑去看看。」

「哎呀，好了啦，呆尼爾，不要那麼窮緊張好不好！我們去兜兜風，五分鐘就好，我很快就會送你回來。」

「眞的不行。老天保佑，希望你剛剛按喇叭沒吵到我那個希特勒老子。」

他哼了一聲。「好吧，算了，等明年我十八歲生日的時候，再開另一台新車載你去兜風。」

「好啦好啦，我進去坐一下好了。」說著，我打開右邊的車門，坐進去。「哇塞，老兄，你聞聞那個味道。那眞是全世界最棒的味道。」

「這是GT跑車型。看看那個條紋，還有AM-FM收音機，八音軌卡式錄音機，跑車懸吊系統，訂製腳踏墊……怎麼樣，喜歡嗎？車身顏色叫做星光藍。」

「星光藍絕對比天藍色好看多了。」我摸摸木紋儀表板。「他們都沒有暗示你嗎？」

「沒有。他們完全不動聲色。一直到昨天早上，我才起了疑心，因爲我聽到他們在裡面竊竊私語，聽到鑰匙串叮噹叮噹的聲音。」

我開始異想天開，想像我爸媽也像他爸媽一樣，暗中計畫要給我一個驚喜。「你知道這代表什麼嗎？」我說。「下半輩子你非得對他們好一點不可了。從今以後，你再也沒資格抱怨他們什麼了。」

他笑起來。「是啊，下半輩子恐怕要做牛做馬來報答他們了。」

「不過，你畢竟還是無照駕駛，最好還是小心一點。駕照什麼時候可以拿回來？」

「已經拿回來了，沒問題了。」他說。

「這麼快啊。我記得你好像說過——」

「好了，呆尼爾，把腿縮進來，車門關上。我開車沿這條馬路兜一下風，馬上回來。」

這時候，我立刻跳出車外。「抱歉，今天晚上不行。」看到他開新車，爲什麼我會有點生氣呢？其實，不管我想去哪裡，提姆一定會載我去，這樣我也等於和他一樣自由自在。然而，我並不是嫉妒他有車，而是嫉妒爲什麼他爸媽會送他這麼貴重的禮物。我爸媽絕對不會這麼愛我。說不定他們對我的愛，只值一輛腳踏車。他們絕對不會愛我愛到買車給我。不過，要是巴德沒去海軍陸戰隊，說不定他們就會買車給他。

「恭喜了。」我拍拍車門邊。「很棒的車，提姆。而且，我很喜歡星光藍。這樣吧，明天樂團排練完之後再載我一程好了，可以嗎？——哎呀，等一下等一下，我忘了我跟艾妮妲約好了。」

提姆歪嘴笑了一下。「目前你每天都跑到她家去，是不是？」

「沒有每天。」

「有，你就有。你們在一起的時候都在幹什麼？」

「幫她溫習功課。有時候我們會去散個步之類的，到河邊去走走，就這樣，沒什麼大不了的。」

「呆尼爾，你喜歡她對不對？」

「她人很不錯啊。」

「不，我意思是，你喜歡她。」他揚了一下眉毛。

我哼哼地笑了一聲。「你少驢了。」

「有什麼不行？因爲她是黑人嗎？」

我做了個鬼臉。「你認爲我是想上她嗎？」

「呃，難道你不想嗎？她那麼漂亮，任何一個生理正常的美國男生都會想跟她來一腿。」

「別再扯了，提姆。她受傷了，你忘了嗎？她還沒有復原，更何況，我們兩個都和這件事脫不了干係。」

他笑得有點僵了。「可是，你講到她的時候，臉上的表情有點曖昧。」

「我只是想幫幫她。信不信由你，我無所謂。」

「呃，小子，要是時機來臨，天雷勾動地火的時候。」他搖搖手指頭。「千萬記得要做點防護措施。我猜你一定不想抱著一個咖啡色的小孩到處跑吧？」

「你說夠了沒有？」

他故意裝出一種嘶啞的聲音說：「我聽說——，那叫做混—血—兒！」他模仿雪兒講話越來越維妙維肖了。「來嘛，呆尼爾，上車嘛，我們到傑克森市去。」他用力踩了一下油門，引擎發出一陣怒吼。

我往後退了一步。「不行。」

「哎喲，呆尼爾，別這麼孬行不行？」他用一種憐憫的眼神看了我一眼，然後推了一下排檔桿，車子立刻沿著布埃納維斯塔街呼嘯而去。

他說得沒錯——坐他的車去兜兜風難道會怎麼樣嗎？不會怎麼樣吧。但我就是怕。艾拉·貝奇曼早就看穿我了。每天，不管幹什麼，我都像個龜孫子一樣畏首畏尾，已經變習慣了。罪魁禍首就是老爸。就是因爲活在他的陰影下我才會變成這樣。從小到大，我一直都很怕他，拚命想躲開他。想改掉這種習慣，比登天還難。

我走回屋子裡，經過「怪胎違建」房間門口的時候，正好撞見傑克。「老先生，你幹嘛還不睡？」

他抬起頭來盯著我。「跑哪兒去了，小子？」

「你不是會心電感應嗎？你告訴我啊。」

「你剛剛和提姆聊天。」他說。「有人給了他一部新車，對不對？」

我忽然感到頸後一陣寒毛直豎。「老天，你是怎麼知道的？」

他笑了笑。

我騎車到艾妮妲家，一到她家門口，她立刻從門廊上跳下來。「你今天遲到囉！」她帶著一點消遣揶揄的口氣。

我把腳踏車靠在灌木叢上。「妳比妳媽還壞。」我口氣不太好。「搞清楚，我可不是妳們家的傭人。有時候我也會有別的事要忙。」

我的口氣火藥味很重，她好像嚇到了，整個人往後一縮，彷彿被我甩了一巴掌似的。這陣子，我們兩個在一起的時候，我對艾妮妲一直是百般溫柔，沒說過半句重話。「哇，你心情不好嗎？怎麼了？」

「沒什麼。」提姆說我愛上她了，他的話一直在我腦海裡迴盪著，搞得我很煩。我必須證明給自己看，這個女孩並沒有令我神魂顛倒。

「別這樣嘛，丹尼爾，你不是一直都很愉快嗎？你從來沒有這樣過。到底怎麼了嘛？」

我撇開臉。「好了，現在要怎麼樣？散步？還是先做功課？妳自己決定吧。老是要我做決定，我已經煩了。」

「嘿。」她說。「不管我做了什麼惹你不高興，你也用不著對我這麼兇嘛，好不好？我不是故意的。」

「很抱歉。」我氣呼呼地說。「妳應該明白，我並不介意到這裡來陪妳。事實上，我很樂意來幫妳。不過，要是因爲不小心遲到五分鐘，就要被人這樣大吼大叫，我可受不了。」

「我有對你大吼大叫嗎？」她打量著我的眼睛。「對不起，我大概太緊張了，我好怕你不來。」

我的策略顯然不管用。本來我以爲她現在應該會很生氣，可是她卻對我更溫柔。

「我老是跑到外面來等你，你沒有注意到嗎？」她說。「我每天都跑出來等你，而且沒等到兩點四十五分，我是不會出來的。因爲除了有一次學校提早放學，不然你平常一定是三點之後才會到。對不起，丹尼爾，我實在忍不住。跟你在一起，是我每天最開心的時刻。」

她身上穿著一套白色的棉質夏季洋裝，看起來好漂亮。此刻，她抬著腳，用一根腳趾頭搔著腿後面。

我皺起眉頭說：「不必對我這麼好。我現在沒心情。」

「我們去河邊好不好？」她伸手去拿鞋子。「我們去丟石頭，那你心情一定很快就會好起來了。」

我們一路走到橋墩那個藏石頭的地方。我一顆接一顆，把藏在那裡的石頭丟進河裡，丟得一乾二淨。一顆顆的石頭濺起一波波的水花。

艾妮妲站在旁邊默默看著我。她知道，此刻無聲勝有聲。

提姆說的那些話讓我產生了警覺。我眞的愛上她了嗎？我從來沒有愛過女孩子，所以，我從來不知道愛上女孩子的時候會變成什麼樣。一開始我一直以爲，到她家來幫忙，只是爲了想彌補自己在舞會之夜闖的禍。可是現在，我的目的已經不再那麼單純了。我變得很想跟她在一起。要是有一天沒來找她，我會很不自在。只要她一靠近我，我就會開始手足無措，喘不過氣來。

理論上，愛上像艾妮妲這麼聰明漂亮的女孩，感覺應該是很美妙的。只可惜那純屬理論。她是黑人，我是白人，在密西西比州，在這個年代，我們是不可能有結果的。假如是在印地安那州，或是在紐約，或是在歐洲，說不定還有可能。然而，在這裡，在這個年代，我們是不可能的。連想都不必想。

此外：艾妮妲實在太漂亮了，我高攀不上。她是舞會皇后，而我是書蟲怪胎，一個綽號「五點」的無名小卒。想跟她在一起？光是這個念頭就夠可笑了。對她來說，我是個理想的哥兒們，像個保姆，每天幫她送功課來，帶她去散步。另一方面，對她媽媽來說，有個白人小孩可以使喚，相當程度滿足了她心理上的某種渴望。所以說，整件事就是這麼回事，要是有任何東西超出這個範圍，就純粹只是我自己一廂情願的遐想，要不然就是提姆故意要嚇唬我。

我一屁股坐在草地上，隨手抓了一朵蒲公英，然後開始用大拇指撥弄黃色的花蕊。

艾妮妲跪下來，跪到我旁邊。「剛剛你在丟石頭的時候，腦袋裡一定是在想像你是拿那些石頭在丟我，對不對？」

我搖搖頭。

「可是我眞的有這種感覺。別這樣好不好，丹尼爾？每個人都會有心情不好的時候，可是只有你不可以心情不好，因爲在這個世界上，只有你才能夠給我快樂。」

「那只是因爲沒有別人來找妳。」我拚命壓抑自己，讓自己的口氣聽起來不像在生氣。「在妳還沒出事之前，妳有很多朋友，很多很多。現在呢，妳是怎麼回事？我覺得妳太依賴我了。」

「他們都沒有來看我。」她說。

「妳有打電話給他們嗎？妳沒有。妳也不出去，妳只是一天到晚窩在屋子裡，不跟任何人見面。」

她嫣然一笑。「我每天都跟你見面啊。」

「要是有人覺得妳哪裡不太對勁，妳也不能怪他們。妳一直都沒有回學校去，一次都沒有。他們都認爲妳已經變成殘障了。」她一聽到「殘障」這兩個字，立刻皺起眉頭。「下禮拜想不想到學校去一趟？」我慫恿她。「期末考已經考完了，來嘛，一天就好，讓大家看看妳已經好了。」

「他們會希望我像艾妮妲一樣。」她說。「可是，我並不是艾妮妲。」

那朵花被我搓爛了，只剩一根殘枝。我把殘枝放進口袋裡。「妳可以假裝自己是艾妮妲，不是嗎？我覺得，妳非得讓自己變成艾妮妲不可。說眞的，妳有選擇的餘地嗎？妳不能到處告訴人家說妳叫琳達，說妳是白人。他們認識的妳，是那個叫做艾妮妲的妳。他們會以爲妳瘋了。」

「你可以幫我。」她說。「你可以告訴我一些艾妮妲的事。她到底是一個什麼樣的人呢？」

「就像妳一樣。」我說。「從前的她就像妳一樣。妳自己心裡明白。在學校裡，妳是大衆情人，全校最聰明最漂亮的女生。要不然妳以爲我幹嘛要投票給妳？」

「因爲你喜歡我，不是嗎？」

我皺起眉頭。「沒錯。」

「你看著我的時候，心裡是不是在想，噢，她好可憐，她已經變成殘障了？你會不會這樣？」

「我不會。」可是，她確實已經變成某種殘障了，而且，有時我心裡想的確實就是：「她好可憐。」

「我覺得我好像愛上你了。」她說。「我自己也搞不清楚，我是眞的愛上你，還是因爲我的頭受傷了，產生了什麼幻覺。」

當然是因爲她受傷的緣故。我眞的認爲她一定是腦子受損了，所以才會愛上我。

然而，問爲什麼，有那麼重要嗎？重要的是，她愛我。我一樣可以讓她牽著我的手，跟著她沿著這條小路慢慢走。我可以輕撫她的肩頭，感覺她那柔美細致的肌膚，然後讓自己的手慢慢往下滑……

「妳要我說眞話嗎？」我說。「我認爲那是因爲妳頭部受傷的緣故。妳很寂寞，而我是妳唯一接觸到的人。我的意思是，我們從前曾經一起上過課，可是妳根本沒有注意到我這個人的存在。」

她往後靠在樹幹上。「眞不敢相信，我竟然沒有注意到你這麼可愛的男孩子？」

「眞的沒有。」

這時候，我聽到頭頂上傳來一陣嘰嘰呱呱的聲音。幾個小男生攀在橋邊往下看，用一種責怪的眼神瞪著我。他們藏起來的石頭都被我丟光了，這已經是第二次了。我揮揮手，裝出一副無辜的樣子，儘量不要讓他們察覺是我幹的。他們雖然嘴裡喃喃嘀咕著，但還是慢慢走遠了。

他們一走開，艾妮妲忽然抓住我一隻手，像夾三明治一樣把我的手夾在她雙掌之間。我的手很溫暖，很笨拙，而她那深棕色皮膚的手卻是冷冰冰的。這時候，我突然感覺腳底下彷彿裂開了一道巨大的深淵，而我已經快要陷入那無邊的黑暗了。

我猛然站起來，兩手插進口袋裡。「這樣不太好。」

但她還是伸出手來，想握我的手。

我不讓她碰我的手。「別這樣好不好？我們回妳家去吧。妳媽在等了。」

「她不是我媽。」她緊緊抓住我的手腕，拉住我的身體湊近她。「丹尼爾，吻我。」

「我不要。」

「我知道你想吻我。一點都不難，就像這樣。」

噢，好柔軟，彷彿有一股暖暖的蜂蜜從她雙唇之間流進我嘴裡。她閉上眼睛，雙唇緊緊貼著我的嘴唇。我，我不想吻她，可是，我卻又渴望她的雙唇不要放開我。

老天，這和當初吻黛安的感覺完全不一樣。那種衝動，那種熱情，那種舌頭交纏的感覺。我們緊緊相擁，彷彿融合為一體，沉浸其中，渾然忘我，彷彿感覺不到時間，彷彿和外面的整個世界徹底隔絕了——比起當初在阿拉巴馬州急診室被人強吻的感覺，此刻的感覺甚至更強烈，更震撼。

「你喜歡嗎？」她問。

我咧嘴一笑。「妳會害我惹上麻煩。」

她嫣然一笑，笑得好燦爛。「對，我是故意的。」

「妳聽我說——妳是天底下最漂亮的女孩。我相信，再過不久，總有一天妳會恢復記憶的，到時候妳一定會把我忘掉。」

「那你就把我當成好朋友，好不好，丹尼爾？偶爾吻我一下。」說著，她又把手搭在我肩上，把我拉進她懷裡。

我閉上眼睛。此刻，除了她那溫暖柔軟的嘴唇，世上的一切我都感覺不到了。她那輕聲的嘆息有如音樂般美妙悅耳。

這一次，我也跟她一樣深深陶醉其中。我們就像童話故事裡的情人一樣，深情擁吻。

我感覺自己腦袋裡彷彿在天旋地轉。年少的愛，情竇初開……就是這樣的感覺嗎？有一點頭暈目眩的感覺，彷彿喘不過氣來，是這樣嗎？感覺胃裡彷彿有一點翻攪，是這樣嗎？

我彷彿聽到腦海裡有個聲音在說：不要緊張！好好去感受！讓自己快樂！再吻她一次！好好去愛！但又有另一個聲音說：喂，丹尼爾，冷靜一下。

不過，我眞的好喜歡那種吻的感覺。

11

五月的第一個禮拜，密西西比州早已進入酷熱的夏季。現在是早上，空氣中卻已經開始瀰漫著一股蠢蠢欲動的熱。樂團搭乘的巴士在清晨的燠熱中隆隆前進。呼嘯的風從車窗猛灌進來，幾個長頭髮的女生被風吹得頭髮漫天飛舞。伯尼．霍克斯曼必須喊破了嗓子，大家才聽得到他講話。

「各位樂團的同學，我要向大家介紹一下維克斯堡。」他說。「很久以前，這個小鎮曾經是全世界最慘烈的戰爭地點。南軍只要拿下這個小鎮，他們就等於控制了整個密西西比州。而且他們知道，任何人只要控制了這條河，戰爭就贏定了。」

這已經不是什麼新聞了。我們都上過爲期三個禮拜的「密西西比史」這門課，老師也曾經帶我們去戶外教學，參觀戰場，所以我們都知道維克斯堡戰役是怎麼回事。維克斯堡國家公園的遊客中心，我們都去過好幾次，裡頭有維克斯堡圍城之戰的模型——洞穴裡有幾個模型士兵，而那些士兵準備從洞穴裡的地道偷偷溜到山腳下，躲開猛烈的炮火。

公園巡警跟我們解說過，當時鎮上的居民沒有糧食，餓到必須去捉老鼠來吃，但儘管如此，他們還是規規矩矩的用祖傳的瓷器，用上好的銀餐具來享用那些煮熟的老鼠。這個故事似乎是想告訴我們，就算吃的食物再怎麼古怪，一個眞正的南方人依然會努力維持他們高尙的用餐風範。

「各位樂團的同學，這就是我們目前的處境。」霍克斯曼說。「我們被包圍了，敵人大軍壓境。這可不是什麼地區性的小比賽，隨便就可以混得過去，懂嗎？這是全州的大競賽。大陣仗。全密西西比州最頂尖的的高中樂團都上陣了，來勢洶洶……哥倫布高中，史塔克維爾高中，華倫中央高中……那都是有錢人家的孩子，很有錢的學校。我們只是一群窮鄉僻壤來的鄉巴佬，不過，我們人窮志不窮。我們的資源不多，可是我們萬眾一心，同仇敵愾。最厲害的武器，就是我們手上的樂器。最寶貴的資產，就是我們的榮譽。孩子們，把第一獎搶下來，衣錦還鄉！大家有信心嗎？」

我們大喊，耶！耶！第一獎，我們的！第一獎，我們的！

「最寶貴的資產是什麼？」

「榮譽！」

「再說一次！」

「榮譽榮譽榮譽！」

後來，巴士終於抵達了橡樹林立、綠蔭蔽天的維克斯堡聖經學院。我們下車的時候，心中洋溢著榮譽、夢想、野心、激情。

黛比．芙琳格猛然衝過來，淚眼盈眶，長笛緊抱在胸前。「噢，丹尼爾，妳眞的認爲我們有可能拿到第一獎嗎？」

「有可能。」我說。「不過，要是我們眞想拿第一，那我們就得火力全開！」

「是啊！燃燒吧！」是布萊恩．法奇德在鬼叫，手裡拖著他的低音號箱子。

「還好我們先表演軍樂隊行進。」我說。「因爲我們都累歪了，哪有力氣去演奏交響樂？」

布萊恩笑起來。「嘿嘿，猛虎出柙也要先熱身！」

剛剛我們進入維克斯堡的時候，不知怎麼並沒有看到密西西比河。不過，你還是聞得到那股氣味，潮濕，泥濘，飄散在空氣中。我們排成三列，穿越樹林朝運動場前進。遠遠就聽得到如雷的鼓聲。

霍克斯曼和他的家人站在旁邊，用一種檢查的眼光看著我們隊伍經過。他的家人開車跟在我們巴士後面一起來了——那個嬌小玲瓏的太太凱蒂，矮矮胖胖的小兒子，還有他的小女兒。他當然要帶他們一起來，因爲這是他一年一度的大日子。

霍克斯曼把自己完全奉獻給樂團。除了樂團的演奏廳，我從來沒有在學校裡其他地方看到過他。我忽然想到那根被他咬得破破爛爛的指揮棒，想到他那二十四小時燈火通明的辦公室，想到他臉上那些紅斑。記得有一次，我們演奏一首樂曲的時候，有一個音一直彈錯，後來，到了第二十三次，他臉上突然出現很多紅斑。我敢打賭，他老婆鐵定一聽到他提到樂團就想吐。

接著，樂團的隊伍繞過那個轉角，進入巴比倫王運動場。那一剎那，忽然揚起一陣嘹亮的銅管樂聲迎接我們。

比賽分爲兩個部分：早上在運動場比賽軍樂隊行進，下午則是管弦樂演奏比賽。運動場上，有一群穿著藍白制服的大樂隊排成整齊劃一的斜角隊形，一大群旗隊的女生正在揮舞旗幟，而儀隊的女生正在表演拋槍，而三個樂隊指揮快速轉動手上的指揮杖，形成三輪銀光閃閃的光圈。

「哥倫布高中。」霍克斯曼從我們上面的看台那邊朝我們大喊。「他們很厲害，可是我們比他們更強。」

老天，你聽聽他們的演奏！我們怎麼可能吹得出這麼飽滿的銅管音樂聲呢？他們演奏的是小約翰史特勞斯的〈查拉圖斯特拉如是說〉，光是他們小喇叭吹出來的氣就能夠把我們帽子上的羽毛吹得往後倒。

「繼續前進，繼續前進。」霍克斯曼大喊。

等一下——難道我們要緊接在哥倫布高中後面表演嗎？全世界都知道，哥倫布高中的樂團是全密西西比州最強的，連續好幾年四個項目都拿到第一獎。他們是全州的紀錄保持人，很難超越。

霍克斯曼不會笨到預先告訴我們這件事。他一直不動聲色，一直到我們抵達現場，親眼看著哥倫布高中表演結束，我們才恍然大悟。他好像一點都不擔心。他把小兒子舉起來坐在他肩膀上，然後揮揮手叫我們走到行進的起點，也就是足球場達陣區線後面。

李奧納．伍頓沿著那條線邁開大步前進，把哨子吹得震天響。李奧納是黑人，長得瘦瘦高高的，有點神經質，有一顆金牙，一雙飛毛腿。他頭上戴著一頂高聳的熊皮帽，整個人看起來簡直像巨人。他手臂轉了一大圈，將手上那根流蘇裝飾的金頭指揮杖拋到半空中，接住之後，再將指揮杖的尖頭對準地面，用力一甩，像閃電一樣射進泥土裡。指揮棒的金頭顫動著，發出一陣嗡嗡聲。

「樂隊！」李奧納大喊了一聲。「全體注意！」

我們立刻擺好姿勢。鼓手用鼓棒敲敲鼓邊，全隊開始向前行進。整個運動場上除了我們樂隊之外，只有記者席上寥寥幾個家長會的父母和大賽的裁判。他們俯視著底下的我們。「各位女士，各位先生……請鼓掌歡迎米諾高中海神大軍樂隊，樂隊指揮李奧納．伍頓，以及指導老師伯尼．霍克斯曼！」

換成是足球比賽，聽到這樣的介紹，觀眾席上鐵定會爆出一陣驚天動地的吶喊。

「全體注意！」李奧納的聲音猛然揚起，拉長了一下，然後突然一收。「起——奏！」

這時候，小喇叭手開始吹出嘹亮的樂聲。當高音C大調和弦揚起的那一刻，我們開始邁步前進。

當我們吹奏出〈越洋情誼進行曲〉，後面的動作很快就開始複雜起來了。我們的隊形逐漸散開，排成一個梯形和一個三角形，象徵一艘三桅縱帆船越過運動場，接下來是一隻老鷹展翅飛翔。我們的老鷹隊形行進到前場的時候，鼓手開始敲出另一種節奏，讓樂隊指揮做例行表演。有那麼一剎那，我心裡想，嘿，我們表演得還不錯嘛。

接著，演奏的進行曲開始轉換成〈壞蛋羅伊布朗〉（Bad, Bad Leroy Brown）。接下來，我們迅速變換隊形，從一具蒸汽引擎變成一顆〈大衛之星〉，接著是兩個骰子，接著是電影裡那隻金剛，接著是足球傳奇人物〈垃圾場的狗〉（Junkyard Dog）。爲了迅速變換隊形，我們幾乎是接連不斷的原地打轉，繞圈圈，我們隊形的弧線必須不斷的變換軸心點。

接著，我們開始演奏雄壯的〈海神進行曲〉，那是我們的最後一擊。我們的隊伍快步行進到邊線，然後以李奧納·伍頓爲中心，排成一個太陽散發光芒的隊形。

最後，我們將樂器對準裁判，用最大的音量吹出最後一聲，然後放下手上的樂器，用一種有節奏的速度大喊：「我們是米諾高中——海神大軍樂隊！」然後，鼓手開始敲擊鼓邊，我們就退場了。

我忽然覺得越來越激動。原來，超越自我，完成一項前所未有的成就，就是這種感覺！當隊伍走到附近的空地，我們開始放聲大喊，互相擁抱，大家打來打去。瓊安·克瑞斯勒說：「要是這樣拿不到第一獎，那他媽的那些裁判鐵定是瞎了眼！」

「瓊安！」詹妮絲·李普斯康大喊。「不要說髒話，小心烏鴉嘴！」然後，她緊緊抱住我。「丹尼爾，你實在太棒了！剛剛在原地打轉的時候，我一直很怕你會摔倒，沒想到你這麼穩，簡直是穩如泰山。」

霍克斯曼笑得好開懷。「樂隊行進表演得太棒了。好了，趕快去找個陰涼的地方吃午餐，準備應付下午的管弦樂比賽。那是勝負的關鍵。」

於是，我們把午餐袋拿出來。我的午餐是一份燻香腸三明治，還有一顆蘋果，蘋果莖上用透明膠帶黏了一張紙條，上面寫著：丹尼爾，祝你今天行大運，爸爸和我都以你爲榮！愛你的老媽。

我把敲鐵琴用的木槌舉到半空中，隨著腦海中記憶的音符敲擊。我內心最深的恐懼，就是演奏到史蒂芬·福斯特組曲的時候，我的手會突然不聽使喚。我可能會搞砸，害我們樂團拿不到第一獎。

而此刻，我看看四周的全體樂團成員，發現每個人擔心的似乎都跟我一樣——每個人都閉著眼睛，有人噘起嘴唇彷彿含著喇叭嘴，有人手指頭在半空中擺動，彷彿在按樂器上的按鍵。

霍克斯曼在樹蔭下鋪了一張毯子，把嬰兒放在毯子上逗著她玩。

黛安·芙琳格忽然走到我旁邊。「你還好嗎，呆尼爾？看你好像很緊張。」

「我沒事。我只是在想我演奏的那個段落。」自從舞會那天晚上以後，我就一直想盡辦法躲開她。

「眞是令人寢食難安，對不對？」她說。「大賽實在太重要了。」

「是啊，眞的太重要了。」

她隔著厚厚的鏡片凝視著我。「丹尼爾，我能不能問你一個問題？你還在生我的氣嗎？」

噢——噢，麻煩來了。「我沒有生妳的氣呀。」

「呃——不知道怎麼搞的，自從舞會那天晚上之後，你好像就不再跟我講話了。」

「沒這回事。」我低頭盯著鞋子。「我只是太忙了而已，沒別的。」

「我只是在想，那天晚上你吻了我，那應該有某種——意義！可是現在看來，我們之間的朋友交情反而沒有從前那麼好了。」

這就是爲什麼我一直在逃避，儘量躲開女生。「哎呀，別這樣嘛，黛安——」

「我是說真的。」她眼睛已經開始泛出淚光了。「你一直都沒有打電話給我。」

「可是我以前就從來沒有打過電話給妳呀。」

「我知道，可是你也從來沒有吻過我。而且，自從你吻過我之後，你也從來沒有打電話給我——噢，問這種問題真的很蠢，真的很蠢！你會不會想叫我閉嘴？」

「妳聽我說。」我說。「我只是太忙了。放學後我得去幫艾妮姐，然後我還得大老遠騎車回家，然後我還得除草……」

這時候，她突然皺起眉頭。「幫她，那是什麼意思？」

「幫她溫習功課。這樣她才跟得上學校的進度。」

「你真偉大，偉大到令我有點想吐。」黛安說。「這件事跟我們之間有什麼關係嗎？」

「我們？」

「我只是很想聽你親口告訴我，你喜歡我，就算只有一點點喜歡也沒關係，好不好？」她哀求著說。「或者，你也可以告訴我，你不喜歡我。總之，不管喜歡不喜歡，求求你告訴我一個答案，讓事情有個了結。」

「聽我說，黛安，妳沒有聽到霍克斯曼剛剛說什麼嗎？今天的比賽實在太重要了，我們實在不應該分心。」

她眨眨眼，往後退了一步。「你說得對，我實在太自私，太笨了。我跟你道歉。」

「我不是這個意思。」

接著，她往後退了幾步，那一剎那，我看到她淚眼盈眶。然而，我並沒有伸手去拉她。

我們排成一列，向前行進，穿越那片雪白耀眼的水泥廣場，然後走上階梯，走進一間有拱形頂的列柱式大廳。柯林頓高中的樂團從另一邊的幾扇門蜂擁而出，飛也似地衝下階梯。他們剛剛已經演奏完畢了，命運已經決定了。現在，他們可以自由自在的起鬨了。眞羨慕他們。

我已經迫不及待想告訴提姆，我們演奏的地方就是有名的「威納大會堂」。不過，儘管「威納」這個名字來頭不小，但大會堂的建築本身卻不怎麼起眼，就像《聖經》裡描寫的一樣簡陋。陽光從那幾扇高高的窗口射進來，照在幾排簡陋的長椅上，照在那座古羅馬式的舞台上，整個大會堂裡顯得很昏暗。我們安安靜靜的走進大會堂，準備完成一個莊嚴神聖的任務。

我穿過木管樂器座席區，走到我那張擺滿了樂器的檯子前面——有鐘琴、高音木琴、顫音鐵琴、管鐘、古鈸、三角鐵、波浪鼓、西洋木魚、棘齒、響板。我在樂團裡負責鍵盤打擊樂器，我的工作就是在每一段旋律接近尾聲的地方點燃一絲火花。

在微弱的燈光下，我斜眼瞄了一下中央看台上的評審。我覺得他們好像皺著眉頭在瞪我們。

霍克斯曼把樂譜擺到架上。「好，全團注意，開始調音。」

西西莉亞．凱倫站起來吹了一段很平穩的E調音，沒有顫音。西西莉亞是首席長笛手，她這個人嚴肅到一絲不苟，而且很有音樂家的架勢，說不定哪天會當上聯合國祕書長。她用一種別人無法察覺的方式深深吸了一口氣，吹出一段長長的E音，吹到後來，她的臉漲成了粉紅色，看起來就像她身上那件制服外套一樣。

霍克斯曼戴著一副半圓形的眼鏡。他略略低著頭，眼睛從鏡框上方打量了我們一下，然後舉起指揮棒。

〈棉花王〉開頭的旋律聽起來很像馬戲團的進行曲，輕快活潑，後來，一段哀傷的小調旋律出現之後，曲調開始轉爲陰鬱。接下來有一段描寫戰爭的旋律，樂器模擬出部隊行軍和開槍射擊的聲音，音量越來越大，節奏越來越激昂。全樂團的鐃鈸齊響，鏗鏘鏗鏘！〈棉花王〉曲子不長，但是非常繁複精巧，需要高超的演奏技術。我們顯然演奏得不錯，因爲我看到霍克斯曼揚起左邊的眉毛，露出一種愉悅的神情。我甚至看到他露出微笑。

接著，樂曲轉換成〈魔咒與舞〉。那是一首陰鬱的現代派作品，節奏一直在變，並且運用到大量的鍵盤打擊樂器。開頭的旋律非常陰鬱，聽起來很像《賓漢》電影配樂裡描寫痲瘋病人那一段。接下來是一陣嘈雜繁雜的旋律，跳來跳去，害我手忙腳亂，一下是廷巴鼓，一下是西洋木魚，一下是管鐘，碰碰！咚咚咚！叮噹！還好，這首曲子節奏實在太雜亂了，就算我敲錯了也不會被人發現。

〈魔咒與舞〉整首曲子最關鍵的部分，是一段雙簧管和低音巴松管二重奏。這段優美的旋律是由迪爾瑞．亞當斯和吉米耶．布瑞夏擔綱表演，他們彷彿對唱般交替吹奏出旋律。樂團裡開始有人露出讚嘆的表情，接著，那種表情彷彿漣漪般擴散到全樂團每個人臉上——我們眞的表演得那麼棒嗎？

我們彷彿看到一面第一獎的金牌在我們頭頂上飄浮，閃閃發亮。我們只要伸出手就可以抓到了。

接著，霍克斯曼又舉起指揮棒，西西莉亞開始吹奏〈史蒂芬．福斯特組曲〉開頭「康城賽馬歌」的旋律，一段長笛獨奏，哀傷的A小調，而湯米．威爾森則是用加了消音器的小號吹出對位旋律。

接下來，全團的樂器加入協奏。這是樂器編制規模最大的樂段——

可是，不太對勁！好像少了什麼。音樂聲很薄弱，有一種踩不到底的感覺。少了低音銅管樂器。

我瞄了一眼舞台的另一邊，看到布萊恩．法奇德和另外幾個吹奏大號的男生把樂器輕輕放在座位旁邊的地上，喇叭口朝下。

珊妮絲．詹姆斯也把手上的法國號放下了。接著，所有的法國號手也跟著放下了。全團所有的黑人學生忽然都停止演奏，把樂器放在旁邊的地上，然後雙手交疊靜靜坐在椅子上。

我們樂團裡有三分之一是黑人學生，而且，吹奏銅管樂器的幾乎全是黑人。一旦他們停止演奏，整首樂曲彷彿出現了一個大破洞。

音樂大賽是不能重來的。我們束手無策，只能硬著頭皮演奏下去，忍耐樂曲旋律一次又一次中斷的尷尬，忍受那種不協調，忍受那種錯誤。

霍克斯曼的眼睛彷彿快要噴出火來。他的手在半空中揮舞拍子，但越來越沒勁，彷彿只是一種無意識的舉動。此刻，他整個人只剩下眼中射出的怒火。

還有人在乎我木琴有沒有敲錯嗎？我們拚命忍受那種煎熬，暗暗祈求，天哪，求求祢，趕快結束吧。

後來，演奏終於停下來了。我們並沒有馬上停下來，而是慢慢的，慢慢的，整個樂團漸漸沒聲音了。那是一種令人痛苦的靜默。

霍克斯曼嘴角抽搐了一下。他表情很平靜，唯一察覺得到異樣的地方，只有那抽搐的嘴角。我不忍心看他。「樂團退場。」他說。

我們列隊走下舞台，每個人都戰戰兢兢，不敢弄出半點聲響。那些黑人學生聚集在一起，走在最後面。他們講話的口氣很平靜，但聽起來卻是驚心動魄。「我們早就暗示過你們。」珊妮絲說。「可是你們根本不當一回事。」

「我們不演奏奴隸的音樂。」布萊恩．法奇德說。「他明知道天底下可以演奏的音樂多到數不清，為什麼偏偏要挑那種奴隸音樂？」

「法奇德，你他媽的給我閉嘴。」一頭紅髮的傑夫．勒宏斥喝說。他吹的是上低音薩克斯風。「你是不是想要我過去踢爛你的黑屁股？」

有幾個白人學生開始鼓噪起來，眞的想跟勒宏一起衝上去。他們忽然散開了，每個人都摸摸褲子上的口袋。我側身閃開，心裡想，不妙，有人要動刀了，沒想到居然快搞成械鬥了！

霍克斯曼立刻衝過去擋在中間。「喂，給我住手！繼續走。走啊！」說著，他眞的用力拍了傑夫．勒宏一下，催他往前走。

傑夫把他的薩克斯風吹嘴往地上用力一摔，吹嘴噹的一聲撞到地上，彈開，然後滾到水溝裡去了。

黑白學生立刻分成兩群，隔著天井對峙。我們互相低聲咒罵，蠢蠢欲動，一下前進一下後退，等候牆上的擴音器宣布評審結果。

芙琳格家兩姊妹開始啜泣起來，彷彿有人死掉了似的。廣場一邊那群白人女生多半都在哭，而白人男生則是咒罵不已。而另一邊的黑人男生則是和幾個女生在大聲討論什麼。其實，他們都心裡有數，知道要不是因為他們放下手上的樂器，這次第一獎幾乎是唾手可得，說不定是米諾高中有史以來第一次大滿貫，四個評審項目全部拿下第一。

我和怒氣沖沖的白人學生站在同一邊——唉，事實上，我自己也是白人學生當中的一個，不是嗎？承認吧，我自己也是氣得發抖。他們憑什麼幹這種事——就為了證明他們的豬頭理論？他們認為史蒂芬．福斯特和他寫的民謠有種族歧視之嫌，好吧，假如你剛好是個黑人，也許我不能說你這種看法是豬頭。或許霍克斯曼反駁他們的時候，態度不夠認眞。而我們白人學生確實也沒有很認眞看待這件事。可是，就因為這樣，他們就有資格陰謀對付我們？按兵不動，然後趁大賽的時候偷襲我們？眞正令我感到震驚的，是他們居然這麼陰險——我們毫無心理準備，措手不及。我們這麼努力，就爲了抓住這個畢生難逢的機會，揚名立萬，而他們竟然背叛了我們。難道他們不能在最後一次排練的時候，就先用這種方式來表明他們的立場嗎？

不能，因爲那樣根本傷害不了我們。他們要的，是讓我們眞正受傷害。

我們狠狠地瞪著他們，彷彿他們是叛徒。而他們也狠狠地瞪著我們，彷彿我們是壓迫者。

那一剎那，我恨他們，不過，並不是因爲他們是黑人，不，絕對不是——別忘了，我是北方佬，我不可能會有種族偏見。我恨他們，是因爲他們把這個千載難逢的機會搞砸了，另外，也是因爲他們毀了一個好好的樂團。此刻，一個原本和樂融洽的樂團被撕裂成兩個陣營，隔著廣場對峙，互相痛恨。

我看到布萊恩．法奇德和樂團另一半的人站在一起。今天早上從巴士上走下來的時候，他還消遣了我一句。

此刻，我看著他，他也看著我。他略微聳聳肩。這是什麼意思？道歉嗎？好像不是。他的意思可能是：我在這邊，你在那邊，一切只是因爲我們是不同國的，並非私人恩怨。其實，在密西西比州，事情一直都是這樣，不是嗎？

這時候，擴音器的喇叭有聲音了。我們聽到一個女人的聲音說：「米諾高中競賽成績如下。評審最後的裁決是：表現力，第四；音樂感，第四；演奏水準，第四；軍樂隊行進表演，第一。謝謝大家，祝你們旅途愉快，平安回家。」

黑人學生那邊忽然大喊了一聲。他們互相擁抱，互相拍打，很高興地手舞足蹈了一下。

評審結果百分之百證明了他們的觀點是對的。沒有他們的參與，我們根本成不了事。全部第四獎。可是只要他們加入了，比如說軍樂隊行進，我們拿到了幾乎不可能拿得到的第一獎。

突然間，我不恨他們了。他們只是不再像從前那麼逆來順受，自動自發乖乖坐到校車最後面。他們把我們的大日子搞砸了——這一切只是爲了證明他們的立場是對的——無論這種行徑看起來有多麼殘酷，他們確實給了我很大的啓示。換成別種方式，我可能就體會不到了。

霍克斯曼走到兩群學生中間那片水泥地上。

珊妮絲．詹姆斯說：「霍克斯曼先生，請問你是要……？」

他猛一轉身。「怎麼樣？」

「你是不是要告訴我們，我們應該要像美利堅聯邦軍一樣？其實不用了，因爲我們在來的路上已經聽你說得夠多了。」

「珊妮絲，妳給我閉嘴。」霍克斯曼的口氣很平靜，可是卻冷得像冰。「從現在開始，妳不必再到樂團來了，懂嗎？我們不需要妳，也不接受妳這種態度。妳根本不懂什麼叫榮譽。好了，妳走吧，上車！」

「可是，霍克斯曼先生——」

「我不是叫妳閉嘴嗎？妳已經沒有資格再發表意見了，懂嗎？這個樂團是我的，我叫誰留就留，叫誰滾就滾。好，現在我要請妳離開樂團！」

她眼裡閃過一絲怒火，但還是乖乖上車了。

霍克斯曼吁了一大口氣。「好了，你們這邊的人給我聽著，聽仔細，因爲我只打算說一次。今天你們對我所做的一切——呃，你們大概認爲那是我自找的，對吧？你們表達了那麼重要的立場，提出那麼強烈的反對，而我卻沒有認眞聽你們說，是不是這樣？我承認這是我的錯。」

「霍克斯曼先生……」李奧納．伍頓想插嘴。

「你給我閉嘴。」霍克斯曼說。「所以說，是啊，說不定眞的是我自找的。可是，你們看看，站在另一邊的不是你們的朋友嗎？他們有哪裡對不起你們嗎？有什麼深仇大恨，你們非得這樣，把他們一整年的心血就這麼糟蹋掉？就因爲我沒有多說幾句好聽話？你們認爲什麼音樂可以演奏，什麼音樂不可以演奏，而我卻沒有認眞當一回事，是因爲這樣嗎？你們爲什麼不先來找我，跟我好好談一談，而不需要像這樣——」

李奧納想開口回答。

「輪不到你說話！」霍克斯曼大吼。「現在給我乖乖聽著。你們都認爲我大概也有種族歧視，是不是？你們大錯特錯。老天，我是猶太人，我很可能是你們在米諾市裡唯一的朋友。而你們卻設計我。不過，我年紀比你們大，而且我剛好又是掌握生殺大權的人。所以，我保證我不會因爲我是白人就不敢拿你們開刀！」

接著，他宣布說，黑人團員都去上同一輛巴士，白人團員上另一輛。「我一直都認爲，扮演色盲是最好的辦法。但顯然我錯了，原來你們要的不是平等，而是要壁壘分明？很好，我會讓你們如願以償。好了，通通給我上車！」

我們心不甘情不願地上了車，但雙方還是劍拔弩張，蠢蠢欲動。我們之所以沒有衝上去動手，純粹是因爲被霍克斯曼那種極度的憤怒震懾住了。我忽然有一股衝動，覺得自己應該站出來，阻止雙方打起來。——不過，面對現實吧，我根本不是那塊料。

我們魚貫走上巴士。霍克斯曼和太太孩子坐上他自己的車。巴士上鴉雀無聲，大家都有一種鬆了一口氣的感覺。此刻，說什麼都無濟於事，都無法讓這趟旅程愉快一點。

12

後來，我告訴艾妮妲，那天在維克斯堡發生了什麼事。她聽我說完之後，忽然笑起來。

「哇，革命耶！好像很好玩。」

「好玩？妳沒搞懂嗎？那實在太恐怖了。我們拿到第四獎。本來我們可以拿到第一獎的。結果，兩邊人馬互相痛恨。」夜幕已經漸漸籠罩了河邊，螢火蟲在樹上閃爍著微光。我們坐在老地方，靠在那截彎彎的長木頭上。那是我們最喜歡的地方。

「只不過是比賽嘛。」她說。「又不是世界末日。」

「霍克斯曼可不這麼認爲。妳眞該瞧瞧他臉上那種表情。那些黑人學生說：『如果你不讓珊妮絲回樂團，我們就集體退出。』結果他說：『好啊，隨你們便。』」

「全部都退出了嗎？」

「是啊。一夕之間，我們樂隊突然變成了『白人海神大軍樂隊』。」

「他可以做這種事嗎？」

「他並沒有做什麼。」我說。「是他們自己要退出的。」

「可是他不是說『好啊，隨你們便』？」

「他們踩到他的痛腳。他一直認爲，他不可能會有種族歧視，因爲他是猶太人。」

「任何人都或多或少會歧視別人。」艾妮妲說。「任何人偶爾都會瞧不起人。」

「妳會瞧不起誰呢？」

「所有的人。」她說。「那就是爲什麼身爲白人的感覺那麼好。有那麼多不同種族的人可以讓我們瞧不起。」

「哎呀，好了啦，別鬧了。妳自己心裡有數，妳根本就不是白人。」我雙手摟住她，輕輕推她，讓她彎腰湊近水面。「妳自己看看。妳看到什麼？」

她瞇起眼睛看著水中的倒影。「琳達和丹尼爾。」

「不，我說的是妳的臉。」我用頭輕輕頂了一下她的臉頰。「告訴我，妳看到什麼？」

她身體扭了一下，想掙脫我的手。「我討厭玩這種遊戲。我們走！」

「沒聽妳親口說出來，我不讓妳走。而且，妳應該要誠實面對自己。」我把臉埋在她肩頭上，輕輕搓揉，聞著她身上那件粉紅色毛衣的芳香。

「我看到一個金髮碧眼的白人女生。」她輕聲嘀咕著說。「你沒看到嗎？我是一個漂亮的金髮寶貝。我兩隻眼睛好像離得有點遠，不過我皮膚滿好的，而且我喜歡鼻子整形後的樣子。你覺得呢？有點翹翹的，像芭比娃娃那樣……」

當然，她的鼻子還是跟原來一樣，沒有變小，也沒有變翹。她的膚色看起來就像巧克力牛奶一樣，而她的笑容是那麼的燦爛。而且，自從出院之後，她就一直留著短髮。

「我想吻妳，好不好？」我問。

「好啊。」

「妳喜歡我那樣吻妳嗎？」

她點點頭。

我們每天都是這樣，一吻就是好幾個鐘頭。現在放暑假了，我們有更多時間可以接吻。平常我都是把她帶到橋下陰暗的地方去，但現在天色越來越暗了，而且四下無人，於是我們就這麼堂而皇之的吻了起來。我們在樹林前面吻，在河邊吻，還有，老天，甚至有人過來我們都照吻不誤。接吻這種東西，你只要多吻個幾次自然就爐火純青了。兩個人盡可能張開嘴，緊緊黏在一起，這時候，你再也感覺不到外面的世界，只剩下那四片交融在一起的溫熱嘴唇有感覺，只剩下兩人交纏的舌頭有感覺。你用舌頭探觸她的舌頭，那一瞬間，整個宇宙就只剩下那種濕濕滑滑的極度強烈的感官刺激了。

我心裡想，要是做愛的感覺比接吻還要來得更強烈，那我可能會死掉。

只要艾妮妲一碰到我，我那裡就會硬得像童話故事裡那個「大石頭糖果山」——有時候，她會摸摸我的大腿，那一瞬間，我會感覺整個腦袋彷彿快要炸開了。每當我們抱在一起熱吻，她的大腿就會貼在我那硬邦邦的傢伙上，而她會假裝沒察覺到，可是，我發誓，我發覺有好幾次她的大腿故意用力壓我那裡。

而現在，好幾個禮拜過去了，我還是一樣老老實實站在河邊吻她，瘋狂激情的吻她。她喜歡我這樣吻她。雖然截至目前爲止，我已經打了上千次手槍，但我卻還是個處男，地球上最慾火焚身的處男，最升火待發的處男，活像一根到處遊蕩的擎天巨柱，隨時準備肉搏戰。然而，當我眞的抱住一個有血有肉的女生——那是一個如草莓般清新甜美的女孩，和我腦海中想像的那種無限火辣的性感尤物截然不同——一想到眞的要跟她做那件事，我卻害怕了。雖然那種渴望如此強烈，但那股畏懼卻也是同樣的強烈。我必須小心了，如果我們再吻一次，很可能會失控一發不可收拾，因爲我們會越來越火熱，越來越激情瘋狂，甚至，開始呻吟——

我猛然放開她。「老天！我們不能這樣！」

她咯咯笑起來。「你今天好熱哦，我可以叫你『熱狗』嗎？」

她眞的好瘋狂，不光是腦子受傷的瘋狂，而且是那種無限性感的狂野。跟她在一起，我對普通女孩子已經完全失去胃口了。那天吻黛安．芙琳格，感覺就像吻電冰箱。每天和熱情狂野的艾妮妲在一起，我的嘴唇已經意亂情迷，我的手指已經快要失控了。

我們幾乎都沒有做功課。

「哇，冷靜一點。」她忽然放開我的嘴唇，停下來喘口氣。

「嗯，感覺好棒。」

「嘿，先生，麻煩你把手拿開好嗎？不可以摸那裡。」

我被她逗笑了。「先生？」

「沒錯，壞蛋先生，就是你。」她想把手臂從我懷裡抽開。

我立刻放開她，走到前面去，讓自己冷卻一下。

這時候，忽然有一道汽車大燈的光束照到我們身上。我忽然感到頸後寒毛直豎——太陽已經下山了，公園裡一片漆黑，而那種斜背式的野馬跑車全米諾市沒有第二輛。

雷德．馬丁把車子停在鞦韆旁邊，鑽出車子，然後直直朝我們走過來。

他身上穿著那件「海神隊」42號套衫，剃了個大平頭，近乎光禿禿的頭皮在夕陽餘暉照耀下顯得更紅。「喂，五點，最近還好嗎？」

他猛然伸出手來，想摸我的臉，我立刻低頭閃開。「呃，只要看不到你杜德利．朗諾．馬丁，我就會很好。」

看到我毫不客氣地跟他對嗆，他乾笑了一聲。「艾妮妲，妳看起來很不錯嘛。我喜歡妳的短頭髮。」

「我叫琳達。」她說。

「是嗎？妳什麼時候改了名字？」

她發現我在對她使眼色。「沒有啊。沒錯，我就是艾妮妲。」她說。「只不過有時候我會想不起來。我們認識嗎？」

「當然認識。到目前爲止，妳害我被警察逮捕兩次。」雷德說。「聽說妳可能有點——」他舉起一根手指頭在耳朵旁邊繞了一圈。「現在看起來，好像還不只一點。我已經迫不及待想告訴我的律師，妳甚至連我都不認得。五點，這是你親眼看到的，你要作證。」

「我知道你是雷德．馬丁。」她說。「我知道你是誰，只不過，你頭髮剃那麼短，我一時認不太出來。」

這時候，我刻意挺起胸膛。「你跑到這裡來幹什麼，雷德？」

「嘿，這裡是公園，公共場所，要是你們兩個打算在這裡搞三貼，搞種族融合，到時候傳揚出去，你們可不要裝無辜。你們兩個是不是忘了，這裡是密西西比州？」

「哦，你什麼時候加入三K黨了？」

「哼哼，少跟我耍嘴皮子。我是來找她的，我有話要跟她說。」

「說什麼？」艾妮妲問。

他轉頭看了一下後面，然後又回頭看著艾妮妲。「妳聽著，這件事很嚴重，而且整件事都是妳引起的。檢察官想撤銷告訴，可是妳媽不肯。她一直打電話給他，一個禮拜打兩三次。這整件事都是狗屁，艾妮妲，妳應該心裡有數。我沒有撞傷妳。根本就不是我。不管妳自以爲記得什麼，那都是狗屁。」

「當然是你。」她瞪著他。「你撞倒了我的腳踏車，害我摔下來，然後你就開車跑掉了。」

「我開車走的時候，妳人還好好的。」雷德說。「妳忘了嗎？當時妳很生氣，一直咒罵我。後來我車子繞了一圈，回到原來的地方，想看看妳有沒有怎麼樣——那時候，我看到妳躺在地上，然後警察就把我攔下來了。」

「事情的經過不是那樣。」她說。

「可是妳自己也並不是記得那麼清楚，不是嗎？妳自己也不確定。」他的口氣很平靜。「妳看看我。妳覺得我像是那種會傷害妳的人嗎？」

艾妮妲打量了他一下。「現在不會。」

我慢慢走到他們兩人中間。我倒還不至於像弱雞，但雷德塊頭實在太大了，他不費吹灰之力就可以把我抓起來丟進河裡，假如他想的話。

「妳聽著，艾妮妲。妳會毀了我的人生，還有妳自己的。」他說。「那晚上妳自己也有點醉了，很可能是自己從腳踏車上摔下來的。要是妳堅持提出告訴，那我就不得不把眞相說出來，妳懂嗎？妳喝了酒，妳交了白人男朋友，而且那天晚上在夏琳家的宴會上，妳還吸大麻——一旦上了法庭，這些事我就必須一五一十的全部招出來。妳想要這樣嗎？」

我看到艾妮妲眼中閃過一絲恐懼。

雷德又繼續說：「看起來，妳的腦袋想必傷得不輕，比我聽說的要更嚴重，因爲妳竟然跑到這裡來和我們五點搞三貼。我的意思是，算了吧，要是妳眞想跟白人男生混，我可以奉陪。知道有多少女生想找我嗎？夠聰明的話，妳應該知道這是天大的好機會。」

「別聽他鬼扯。」我告訴她。「他根本就不可以來找妳，不可以跟妳講話，而他竟然還敢跑來威脅妳。光是這種行爲，警察就可以把他關進牢裡了。」

「喂，臭五點，你少廢話。」他叫了一聲。「我沒有威脅她。」

艾妮妲朝我眨了眨那雙深棕色的眼睛。「他剛剛說的那些，你應該不相信吧？」

「不相信，而且妳也不必相信。」

她瞄瞄雷德，再瞄瞄我。「你會不會覺得——說不定那天晚上是我搞混了？」

雷德的眼睛立刻亮起來。「妳說得他媽的一點都沒錯，確實有可能。」

「妳說什麼？」我大叫。「絕對不是！」

「雷德把我撞倒之後，開車跑掉了，可是我確實記得，他走了以後，我還在咒罵他。那是不是代表他走了之後又發生了別的事？」

「不是！」我用力抓住她的手。「不要這樣。他故意要把妳搞糊塗。」

「不要被他說的話影響。」我用力抓住她肩頭。「別這樣，我們走。我帶妳回家。」她眨眨眼。「你也知道的，這整件事，我的記憶一直都很模糊。」

「喂，這樣公平嗎？」雷德說。「她已經決定要開始說眞話了，你就要帶她走？」

「公平？」我大吼了一聲。「雷德，你夠資格說『公平』這兩個字嗎？」

「哎呀，好了啦，五點，你也知道先前我只是在跟你鬧著玩的。可以嗎？純粹只是爲了好玩。艾妮妲說得對，這整件事只是一個天大的誤會。」

「我可沒這麼說。」艾妮妲雙手交叉在胸前。「你不要扭曲我的話。」

他慢慢逼近她。「艾妮妲，撤銷告訴吧。只要告訴妳媽，妳並不確定，這樣一來，整件事就結束了。就這樣。一切都可以回復到從前了。」

「我沒辦法。」她笑得有點陰沉。「我沒辦法再像從前一樣了。」

「大概吧。」雷德聳聳肩。「妳聽我說，不論發生過什麼事，那純粹是意外。我並不是故意要撞傷妳的，不要因爲這樣害我去坐牢。」

「艾妮妲，用不著聽他說這些。」我輕聲細語地對她說。「他只不過是拚命想脫罪。」

這時候，她忽然轉過來打量我。「你爲什麼對他疑心這麼重？」

「妳覺得呢？他想盡辦法把我和提姆搞到生不如死。」

「哎呀，沒有啦，我只是在跟你們開玩笑。只要你肯乖乖跟我合作，我保證以後絕對不會再去煩你們。」

「我覺得他很勇敢，敢跑來這裡找我談。」艾妮妲說。

一聽到她說出「勇敢」這兩個字，雷德露出一副得意洋洋的樣子。我很不想看到事情朝這個方向發展。「他根本不是勇敢，他嚇得要死。」我說。「而且他已經走投無路了。他會鬼話連篇說得天花亂墜，勸妳撤銷告訴。」其實，嚇得要死，走投無路，這兩句話拿來形容我似乎更貼切。只要能夠不讓艾妮妲知道，那天晚上是我伸手去抓車子的方向盤，什麼鬼話我都說得出來。

我必須保護她，不能讓她受影響，甚至我的影響。「別聽他胡說八道。」我說。「而且，妳甚至也不需要聽我的話。妳自己心裡很清楚，該怎麼做就怎麼做。」

「我只是拜託妳把事情好好想清楚。」雷德說。「我有妳的電話號碼，我會打給妳。」

「噢，不行。」我忽然感覺全身的血液彷彿快要沸騰了。「要是你敢打電話給她，或是敢再靠近她，我發誓我一定會打電話報警。」

「喔喔，五點，你幹嘛這麼激動？這裡沒你的事。」

艾妮妲看看他，然後再看看我。「你爲什麼會這樣叫他？」

「妳一直都沒有注意到嗎？」雷德本來是嘻嘻笑，後來咧開嘴越笑越猙獰。「妳的注意力大概一直集中在他腦袋的前半部，也許妳偶爾也該注意一下後半部。」說著，他把牛仔褲的褲頭往上一提，然後邁開大步朝他的野馬跑車走過去。

那部車的排氣管沒有裝消音器，引擎發出隆隆巨響的時候，連地面都會震動。車子衝出公園那一剎那，車尾猛然一甩，輪胎摩擦地面發出刺耳的吱的一聲。

在我眼裡，雷德這個人實在很可笑，甚至有點可悲，不過，看得出來他在艾妮妲心裡留下了很深刻的印象。

「沒想到我一直沒有發現你腦袋後面有五個點。」她張開手，五根指頭正好擺在那五個小點上。「他爲什麼要那樣作弄你？」

「妳怎麼不去問他呢？我實在想不透，他把妳撞倒了，然後不顧妳的死活開車跑掉了，沒想到妳跟他兩個好像還滿合得來的。」我刻意表現出一副漫不經心的模樣，一副調侃的口吻，但沒想到這些話聽起來卻顯得很幼稚，而且我那種不高興的表情實在遮掩不住。

「丹尼爾，你在吃他的醋嗎？」

「才沒有。我是擔心妳。要是妳媽知道妳跟雷德．馬丁眉來眼去，她大概不會太高興。」

「你是！你眞的是在吃醋！」

「雷德這個人很危險。我希望妳不要跟他講話。」

「噓。」她用手指頭抵住我的嘴唇。「不必告訴我可以跟誰講話，不可以跟誰講話，好嗎？」

「哦，好啦。對不起。」我說。

我們默默朝她家的方向走回去。我努力想讓氣氛緩和一點，可是她忽然變得怪怪的，心情不太好。或許是因爲我剛剛講話口氣很酸，也或許是因爲她剛剛聽雷德講到舞會那天晚上的事，反正，此刻的氣氛有點僵，感覺有點像是我們第一次吵架。

貝奇曼太太站在門廊上朝我們大喊：「莫斯葛羅夫，你們怎麼這麼晚才回來？你們跑到哪裡去了？」

艾妮妲走上階梯，一屁股坐在鞦韆上。我跟在她後面走到門廊上，雙手交叉在胸前，站在那裡低頭看著她。

「嗯哼。」貝奇曼太太嘀咕了一聲。「我懂了。」她眨了幾下眼睛，然後盯著我。

我咳了一聲，心裡想，是不是應該說幾句話呢？

「莫斯葛羅夫？」她叫我。

「嗯？」

「你們兩個怎麼回事？」

「沒什麼！」

「有，一定有什麼。」她的眼神越來越兇狠，彷彿快要射穿我的身體了。

「好吧。」我說。「是有點問題。」

這時候，艾妮妲忽然站起來跑進屋子裡，砰的一聲用力關上門。

她媽媽忽然壓低聲音說：「你到底在搞什麼？你明知道她狀況不太好。看看她那個樣子，難道你以爲她已經好了嗎？難道你覺得她的心智已經恢復正常了嗎？還早呢。可是你竟然開始在佔她便宜了。我還以爲你是個好人。」

「貝奇曼太太，我愛她。」我故意說得很大聲，讓艾妮妲也聽得到。

艾拉．貝奇曼皺起眉頭。「噢，眞要命。不行，我不准。你這小子眞的瘋了！也許你自以爲愛她，可是那不是愛。」

「她也愛我。我很確定。」

「你瘋了嗎？你以爲你可以跟黑人女孩子談戀愛嗎？哼，算了吧。我不准，尤其不准跟我女兒！」

「我也沒想到會這樣，可是現在我已經……我已經忘不了她了。」

「不行，夠了，現在我可不想把事情搞得亂七八糟，尤其是你，不准給我亂來。」艾拉噓了幾聲，揮揮手把我從門廊上趕下去。「要是你真的已經這樣了，那從現在開始，你就不准再來了。不行，小子，不准你再到我家來了。」

我嚇壞了，忽然感到頸後寒毛直豎。不准再來她家？她是在開玩笑嗎？我怎麼離得開艾妮妲？我絕對不離開她，誰也擋不住我。要是艾拉．貝奇曼把門鎖起來，我就從窗戶爬進去。要是她把窗戶也鎖起來，我就把窗戶砸破。要是她用木板把窗戶釘死，我就去搞一把斧頭。

每當我和艾妮妲在一起，我就會感覺自己整個人彷彿都震動起來，彷彿全身的每一粒原子都在飛舞交撞，爆出火花。每次騎車到她家去，一路上我滿腦子想的都是：很快又可以嚐到她嘴唇的甜美滋味……這時候，腳踏車的踏板就會不自覺的越踩越快。

「回家去吧。」她媽媽說。

於是，我坐上腳踏車。「麻煩妳告訴她，我晚上會打電話給她。」

「你不要打來。」她說。「我不會再讓她跟你講話了。」

「我一定會打。」我說。「而且明天我還會再來，就像平常一樣。」

她皺起眉頭。「莫斯葛羅夫，要是你還有點自尊心的話，那就應該自愛一點，懂不懂？我不希望你再到我們家來。這裡已經沒有事情需要你幫忙了。去吧，回家去吧。」

我假裝乖乖聽話，騎車走了。不過，我已經下定決心，明天一定還要再來試試看。

13

提姆開車載我去參加「耶穌基督！」音樂劇的排演。他好像在車裡點了什麼水果味的薰香，那味道聞起來像葡萄，又有點像黑莓。錄音卡座裡播放的是艾爾頓．強的專輯，而且他還特別爲我選了那首七二年的單曲〈丹尼爾〉。他拍拍我的膝蓋。「嘿，最近和你那個小女朋友怎麼樣了？」

「你沒聽說過嗎？愛情是一種奇妙的東西。」我一隻手垂掛在車窗外，一邊告訴他那天雷德去找她的事。我告訴他，艾妮妲已經開始在回想舞會那天晚上的事了。而且，那件事只是意外，我們並沒有做錯什麼，但我們卻編了一個漫天大謊，結果只會越描越黑。「總有一天她會想起來的。到時候，她會恨死我。」

提姆說：「嘿，呆尼爾，你該不會還在想要坦白招供吧？我還以爲你已經打消那個念頭了。」

我聳聳肩。「有時候，和她在一起的時候，我會想，幹嘛不乾脆把眞相告訴她算了？那根本就只是意外，她會原諒你的。可是，一開始我就欺騙她，現在說實話已經太遲了。」

提姆說：「別忘了，呆尼爾，那是爲她好。反正現在木已成舟，該怎麼做就怎麼做。儘量黏著她就對了。到目前爲止，你表現得很好，所以，別搞砸了。」

「可是現在我有一種感覺，覺得她好像想跟我分手了。」我說。「說不定我應該等一下，等到她開始討厭我的時候，我再告訴她。」

提姆說：「你該不會覺得自己眞的愛上她了吧？」

我聳聳肩。這件事我沒辦法說假話。「是啊，我覺得我眞的愛上她了。至少我自己這麼認爲。我不知道那種感覺是不是愛。對了，你自己從來都沒有那種感覺嗎？」

「只有你才會這麼多愁善感。」他說。「我腦子裡想的只有一件事：要怎麼擺脫雷德。」

「不是已經放暑假了嗎？」我說。「他還在騷擾你嗎？」

「他根本就沒停過！他每天都開著他那輛王八坦克車經過我家門口，吵死人了，連窗戶都會震動。前幾天，有一天晚上，他把一袋垃圾丟到我家院子裡，結果袋子破掉了，垃圾撒得院子裡到處都是！我媽氣瘋了，你應該不難想像吧？你也知道她潔癖到什麼程度！」

「你有親眼看到他丟嗎？」

「沒有，不過我知道一定是他幹的。」

「我覺得你已經有點偏執了。」我說。「說不定是哪裡的野狗把你家的垃圾袋咬破了，會不會？還有，雷德他們家不是住在布洛夫公園路那邊嗎？所以他每天上學一定會從你家門口經過的，不是嗎？」

「我早該知道你跟他同一個鼻孔出氣。」提姆說。「算了。」接著，他把車子開上二十號州際公路，往東走。

「你怎麼會讓他把你搞成這樣子？」我說。「他根本就沒辦法把我們怎麼樣。現在有麻煩的人是他。前幾天，我當著他的面叫他杜德利，他也不敢把我怎麼樣。」

「他根本就不是人。」提姆說。「他根本就不夠資格當人。要是能夠宰了他，那等於是爲全人類除害，就像打死一隻蚊子，或是打死一條毒蛇。」

「可是他也有媽媽，而且他媽媽愛他。」我說。「而且，他心地不錯，滿愛護森林裡那些小動物。」

「我不是在開玩笑。」提姆說。「只要提到雷德這傢伙，我就絕對不會開玩笑。他是我的死對頭，撒旦的爪牙。」

「噢，我也不會把那種人當朋友。」我說。「不過，我倒還沒像你那麼痛恨他。他越來越少來煩我了，因爲我根本懶得理他。」

提姆皺起眉頭，一臉憎惡的表情。「你跟我媽一樣，你們都認爲裝作沒看到，問題就解決了。」

「謝了。我確實希望自己能夠更像你媽。」

「看看你，跟那個女孩子搞三貼打得火熱，搞到嘴唇都裂開了。」他說。「你怎麼不去買條護唇膏呢？一條才五毛錢。」

我搓搓嘴唇，心裡想，說這話眞怪。

「等一下！不要講話！他在說什麼？」他立刻伸手去轉音量鈕。「……即將到首府來參加一場很特別的演唱會。」收音機裡的DJ說。「八月十八號星期六——洛菲諾佛翰廣告公司特別企劃——今天開始售票——這是我們WDSU電台聽衆的一大福音。今天最熱門的大人物——」

「快點說，王八蛋！」提姆猛拍了一下儀表板。「是誰要來？」

「——現場演出，只演出一晚，在密西西比州大體育館……桑尼和雪兒！」

那一剎那，車子猛然一偏，衝出車道外，提姆趕緊抓住方向盤，把車子轉回車道上。

「噢，老天！噢，老天！」

「喂，小心點，你不怕送命嗎？」

他猛踩油門。「我們馬上去大體育館。」

「現在？」

「當然是現在！你身上有錢嗎？」

「大概只有四塊錢吧。」

「我身上的錢應該夠我們兩個買票，一個人好像只要二十塊。」

「那耶穌基督音樂劇怎麼辦？」

「呆尼爾，你還搞不清楚嗎？要是票賣光了，我們怎麼進去？有沒有想過，要是沒看到他們現場表演，我們怎麼活得下去？搞不好最後我們會像電影裡那種儀式一樣，我刺你一刀，你刺我一刀，幫對方了斷。」

我們一路唱著雪兒的歌，她的最新單曲〈I Saw a Man（And He Danced with His Wife）〉。那首歌都還沒唱完，車子已經開下了高速公路的匝道，到了密西西比大體育館前面。偌大的停車場只有我們一輛車。「在這個全是笨蛋的米諾市裡，顯然只有我們兩個是真正的歌迷。」我說。

「真可悲。」提姆說。「面對現實吧，我們被困在一個不屬於我們的時空裡。」

確實如此。

有一座售票亭的窗口是開著的，裡面有一個小姐在修指甲。她的髮型像蜂窩。

提姆說：「你們有賣桑尼和雪兒的票嗎？」

「有啊，你要幾張？」

「大概兩張吧。喂，呆尼爾，兩張可以嗎？或者我們應該買四張，帶人進去看？」

「帶誰？芙琳格家那兩姊妹嗎？」

提姆大笑起來。「神聖貞節的完美見證？謝了謝了，應該不難找到更討人喜歡的人。想一下，我們可以帶誰去看？」

「你有喜歡過誰嗎？」我說。「哦，我懂了，你是想帶女生進去嗎？」

「白痴，當然是女生。喂，你看到鬼啦？別這麼大驚小怪好不好？」說著，他彎腰湊近售票窗口。「一張票多少？」

那個蜂窩髮型的小姐瞄了一眼手上的指甲挫刀。「一般入場劵每張八塊半。」

「要是你打算帶女生進去，那我想找艾妮妲。」我說。「不過，我實在沒把握這樣好不好。」

提姆揚起一邊的眉毛。「噢，對了，我忘了你每天下午都跟她玩三貼。可是，一旦到了公開場合你就不能公然跟她在一起了。我早就知道，她的黑人身分早晚會給你惹上麻煩的。」

「這跟她是不是黑人沒有關係。」

「那是爲什麼？因爲她的腦袋有點毛病？」

「你是怎樣？想把我惹毛嗎？」我大吼了一聲。「恭喜你，我已經開始火大了。」

「嗯，我有點搞糊塗了。」他說。「你跟艾妮妲在一起，這件事是自從原子彈發明以來最大的祕密，不過，這跟艾妮妲是不是黑人沒有關係，你是這個意思嗎？」

被他逮到小辮子了。我一直公然宣揚種族平等，老是擺出一副印地安那州北方佬那種高姿態，瞧不起觀念落伍的密西西比州——可是，我有光明正大的昭告天下，說艾妮妲是我的女朋友嗎？沒有。我把她藏起來。我每次吻她的時候，都是把她帶到橋底下去。我叫她發誓不要告訴任何人。每次吻她的時候，我發覺自己老是會想到——她也是黑人，不能讓別人看到！她很漂亮，很聰明，而且心智有點不太正常，而且煥發出一種異國情調。跟她在一起，感覺上就像觸犯了某種禁忌，那種刺激只會令我更想吻她。

在我們這個米諾市，要是有哪個白人跟黑人談戀愛，我很懷疑他們敢公然走在街上。所以我認了，我是孬種，我不想打前鋒當炮灰。

「這有什麼好考慮的？你一定要帶她來。」那位蜂窩頭小姐戴著一副角質框眼鏡，眼睛隔著厚厚的鏡片凝視著我。

「不好意思，妳剛剛說什麼？」

「我說你應該帶那個女孩子來看表演。那是你家的事，誰管得著？」

提姆揚起一邊的眉毛。「喂，妳以爲自己是誰，愛情專家『艾比信箱』嗎？」

「不是，不過我跟『艾比信箱』一樣，我也是芝加哥人。」她說。「所以說，聽我的話準沒錯。我完全相信『爲所應爲』的原則。這裡的人都以爲我是共產黨派來的顚覆分子。管他的。反正，聽我的話，帶那個女孩來看表演就對了。」

「芝——加哥？」我笑著裝出一種北方腔跟她說：「走吧，我們去喝杯『百戲可樂』。」

她眼睛忽然亮起來。「噢，老——天！你是哪裡人？」

「印地安那州。」

她笑得好開心。「自從搬到這裡之後，我就沒有再聽過有人說『百戲可樂』了！」

於是我們買了四張票，然後走回車上。「那麼，你想帶誰來？」提姆問。

「大概是艾妮姐吧。」

「呃……呆尼爾，你眞的要這樣嗎？我是說，你可別聽那個賣票的北方佬小姐胡說八道。」

「她說的沒錯，誰管得著？」

「有人會看不順眼。」提姆說。「聽我的話，我們這邊還是很多人很在乎這種事。」

「根本不會有人注意到我們。」我說。「別人看到的，就是一群男生女生進去看表演，這有什麼稀罕嗎？不過，如果只有我和她，情況或許就不一樣了。」

「你應該明白這樣做會有什麼後果吧？」提姆說。「現在，我們有兩對男女要一起約會，那麼，我要找的女生必須願意接受你約會的對象是一個黑人女生。你應該不難想像，她的反應很可能會像瘋狗一樣。」

「耶穌基督！」音樂劇的長度終於比較沒那麼可怕了。這要感謝帕斯華茲太太。在她的堅持下，艾迪只好忍痛割愛，刪掉了好幾首歌。每次她要求他刪掉一首歌，他都免不了一陣咆哮。在他的咆哮聲中，音樂劇的長度漸漸縮短為三小時以內，然後兩小時以內。每次刪掉歌曲的時候，艾迪都堅持說，為了表現「完整的風貌」，每首曲子都很重要。

有一首搖滾福音風格的歌叫做〈祝福魔鬼〉。他一次又一次想把那首歌加進去（當然也一次又一次被迫拿掉）。那首歌的歌詞說，魔鬼就在我們身邊，他會一直誘惑我們，不過，這是好事，因為那會讓我們更明白，我們是多麼的愛耶穌。對教會來說，這種歌詞是有風險的——萬一有人來晚了，結果只聽到那首合唱曲，那怎麼辦？——儘管艾迪一再為那首歌請命，但最後情況已經很明顯了，那首歌是註定要刪掉了。

「冷靜一點，艾迪。」帕斯華茲太太說。「整齣音樂劇感覺越來越好了。所以，我們應該把後面那幾首歌也刪掉——反正聽起來也不舒服。這樣一來，我們就可以專心聆聽音樂劇的主要曲目了。」

「哦，又來了。」他翻了翻白眼。「現在妳又想刪掉哪幾首歌了？」

帕斯華茲太太瞄了一眼手上的寫字板。「〈魚和麵包〉。很抱歉，不過，跳舞的部分好像沒完沒了。如果拿掉那首歌和〈雨中的花〉，這樣就可以了。」

「〈雨中的花〉？」艾迪幾乎是在慘叫，彷彿他的腳趾頭被她踩到了。「難道妳想刪掉耶穌被釘死在十字架上的場景？」

「呃，那種場面實在太慘了。」帕斯華茲太太說。「真的有必要嗎？音樂劇從〈我不夠資格〉一路唱到〈祂醒來的時候〉，整個風格感覺就很樂觀向上。我的意思是，把場景直接跳到耶穌復活，那是整齣音樂劇最快樂的部分。相信我吧，整齣戲聽到這裡，每個人都會希望感覺快樂一點。」

「妳瘋了嗎？」艾迪說。「難道妳不懂整齣音樂劇的精神嗎？每首歌都是代表他旅程中的每一站——我真不敢相信，這還需要我來解釋！妳怎麼可以東刪一首西刪一首？這樣觀眾怎麼看得懂整個故事？」

「艾迪，這個故事有人沒聽過嗎？你不是第一個說這故事的人，懂嗎？」聽得出來，帕斯華茲太太已經快按捺不住了。從前，每當聖誕節過後她上代數課，教室外遠遠就聽得到她的咆哮。

艾迪堅持不讓步。「妳怎麼可以跳過釘十字架的場景？那不就像童話故事一樣，耶穌基督從此過著幸福快樂的日子？接下來呢？妳是不是打算讓他在黃磚路上跳舞？」

「不必這麼誇張吧。」她說。「你還是可以保留他從墳墓裡甦醒過來的場景。你只要把那首歌刪掉就好了。」

「那首歌絕對不能拿掉。」他說。「另一首也不行。要是妳再逼我把歌刪掉，我就不幹了。只要我幹這齣音樂劇的導演一天，這兩首歌絕對不刪，就這樣，沒得商量。」

「真的嗎？」帕斯華茲太太說。「艾迪，我不是故意要讓你難堪——那些歌寫得很棒，只是太多了點。這樣吧，全體團員一起來投票表決好不好？看看有多少人覺得歌曲太多了，好不好？」

全合唱團的人都舉了手，有人甚至還舉雙手。甚至連麥特．史密斯都舉了手。她想刪掉的那首歌正是他主唱的。

「艾迪，我們都愛你。」說話的是扮演抹大拉的瑪利亞的卡蘿·奈森。她想打圓場。

「好的，卡蘿，我已經看到妳舉手了。手可以放下來了。」他冷冰冰的說。「三十五票對零票，原來這就是你們愛我的方式。你們的愛會把我淹死。我意思是，這齣音樂劇，我喜歡的是完整的風貌——可是看起來，你們好像都認為我是神經病，是不是？」接著，他猛一轉身，面向帕斯華茲太太。「妳想刪掉那些歌，是不是？隨妳的便。不過，我要走了，我已經沒辦法再忍受了。」說完，他做了一個動作，彷彿披上一件隱形的斗篷，然後就邁開大步走到聖堂外面去了。

大家都哀嚎起來。艾迪，等一下！

那一剎那，我們都瞪著帕斯華茲太太，彷彿忘了自己也投票打了艾迪一巴掌。雖然他有點瘋狂，雖然他常常排練到一半就發脾氣走人，但大家還是喜歡他。其實，大家都已經知道該怎麼做了。每次碰到這種情況，我們就會派幾個團員去追他，求他回來，然後，等到他一回來，大家就拚命拍手歡迎他——他會假裝矜持一下，不過，眞的只是一下子，他就回來了。每次都是這樣。每次他一回來，大家拍手喝采的時候，他也總是表現出一副很意外的樣子。

接著，他會像一個剛剛擊倒對手的拳擊手那樣，雙手緊扣，露出一種詭異的笑容。「好了，大家繼續排練吧。艾琳，這樣吧，我把舞蹈的部分刪掉一點，不過，釘十字架的場景要保留，怎麼樣？」

「就這麼說定了。」帕斯華茲太太說。「孩子們，這就是成熟的人處理事情的方式，看到了嗎？艾迪和我有爭執，不過，他退了一步，然後，我們就協調出一個解決方案。」

「既然整齣戲刪掉了一部分。」他說。「那麼，多出來的時間，我們是不是可以把〈祝福魔鬼〉加進去呢？」

「喂，兄弟，不要得寸進尺。」帕斯華茲冷冷地說。

艾迪似乎故意想讓她看看整齣戲的節奏會有點問題。他只花了八十二分鐘，把整齣「耶穌基督！」排練了一遍，比先前最快的一次足足短了十二分鐘。「怎麼樣，艾琳，夠短了吧？」排練結束之後，他大喊了一聲。

「差不多可以了！」她吆喝了一聲，伸出手，手上拿著一疊家長同意書，意思是，她終於同意我們可以正式演出了。接下來，我們就要連夜坐巴士到名聞遐邇的密西西比三角洲，到伊塔班納的哈洛韋恩聖經學院。我們要在那裡首演。「把這份同意書拿回去請你們的家長簽名，週末之前交回來。要是有人沒交給我，那他就不用上車了，懂嗎？」

14

禮拜六下午五點半，我在房裡小睡，臉上蓋著《天地一沙鷗》那本書。珍妮突然跑來敲我的門，說有人打電話找我。我剛剛在睡覺，沒有聽到電話鈴響。於是，我搖搖晃晃走到客廳去，身上穿著汗衫和牛仔褲，頭髮亂成一團，看起來一副獃樣。我腦袋迷迷糊糊的，拿起電話那一剎那才清醒過來。我說：「喂，提姆嗎？」結果電話裡只聽到嘟嘟聲。「珍妮，是提姆嗎？他掛斷了。」

「不是電話啦，白痴！」她在廚房裡大嚷。「在門口啦！有人來找你！」

「我在這裡。」我聽到一個細細的聲音在說話。老天！——是那個我朝思暮想的女生，我親愛的艾妮妲。她站在我家的車棚裡，笑得好燦爛，手上提著一個藍色的行李箱。

我躡手躡腳地溜出門，噓了一聲叫她小聲一點，然後把她帶到大門口。我把她的行李箱放在門廊上，然後深深吻了她。那一剎那，我彷佛感覺一股電流流遍全身——噢，老天，跟女孩子接吻的感覺實在太震撼了！

過了一會兒，我趕緊放開她。「妳怎麼會跑到我家來？」

「我實在應該先打電話給你的，可是我怕你會生我的氣。」她嬌滴滴的噘著嘴說。「我怕你會叫我不要來。」

「我還以爲是妳在生我的氣。這一整個禮拜，我一直打電話找妳。」

她雙手環抱著我。「你打電話來的時候，她都不告訴我。丹尼爾，我受不了了——我沒辦法再跟那些人一起住了。我來住你家好不好？你先前說過我可以來住你家的。」

「妳開什麼玩笑？不行！」我忍不住笑起來。「我是說——我當然很希望妳來住我家，可是我的家人會答應嗎？恐怕不太可能。」

她緊緊抓住我的手臂。「我相信，時間久了，他們就會慢慢喜歡我的。在你們家，我一定會過得比較自在。讓我跟你媽談談好不好？我會幫你們做家事，而且，我絕對不會吵到你們。」

我摸摸她的手臂。「妳是什麼時候決定要來的？」

「前幾天晚上，艾拉掛斷你電話之後，我就決定了。你不知道她有多可怕。她恨你。她說我再也不要想見到你了。」

「可是她是妳媽媽呀。」我說。「她眞的很關心妳，妳爸爸也是。」

「才不是。只有你關心我，他們只關心艾妮妲。」

「妳不就是艾妮妲嗎？」我說。

她在食指指甲邊緣咬了一下。「理論上是，可是我心裡卻感覺不到。你知道嗎？我眼裡所看到的世界和她完全不一樣。」

我盡可能輕聲細語地告訴她：「那是因爲妳腦部受傷了，所以才會有這種感覺。妳的傷導致妳的認知產生混淆。這件事我至少已經跟妳解釋過五十次了，但妳始終記不住，就好像錄音帶一直被洗掉似的。」

「難道你不想吻我嗎？」她問。

她怎麼知道我心裡在想什麼？我已經快憋不住了。我立刻一把抓住她，熱烈地吻她。此刻，我開始熱血沸騰，心跳加速，一股強烈的犯罪衝動開始蠢蠢欲動。我清了清喉嚨，往後退了一步。這時候，只要老媽和珍妮跑出來看到我和艾妮妲在一起，轟隆！苦難就開始了。

我說：「妳是怎麼來的？」

「是吉米開計程車載我來的。對了，你爲什麼要告訴艾拉，你愛上我了？」

我想了一下。我想坦白告訴她，不要有半點隱瞞。「她用那種奇怪的眼神看我，於是我就忍不住說出來了。我覺得她已經知道了。她的直覺是很靈敏的。」

「是啊。」艾妮妲說。「所以，你眞的愛我嗎？」

「應該是吧。」我嘆了口氣。「不過，那種感覺並不是很快樂，知道嗎？」

她笑得更燦爛了，彷彿一條波光粼粼的河流，那種感覺就像你會沉入她燦爛笑容裡，然後永遠不再浮上來。「丹尼爾，我們逃走好不好？我身上有一百塊，從艾拉的錢包裡拿的。」

「妳這個小賊！不過，說正經的，我們要去哪裡？」

「隨便去哪裡都行。等到有人發現的時候，我們已經逃得遠遠的了。就等你收拾行李了。我的行李已經收拾好了，看到了嗎？」

「可是我不能這樣一走了之，丟下老媽和珍妮。」我不自覺地脫口而出。

「因爲，要是我不在，他找不到人出氣，就會去對付老媽和珍妮。她們日子會很難過。」從前我一直沒有這樣想過，但此刻話說出口，我才發覺，好像眞的是這樣。

艾妮姐摸摸我的臉。「要是我們現在不走，你應該明白會有什麼結果。他們會把我們兩個拆散。」

「爲什麼不行？」

「聽我說，我們不能這樣一走了之。」我說。「我們很快就要升高三了，我們一定要把高中念完。而且，妳可以拿到很高額的獎學金——」

她用手指頭抵住我的嘴唇。「只要到了傑克森市，就有很多巴士可以坐到全國各地。只要三十四塊就可以去紐約。」我彷彿在她眼裡看到摩天大廈，看到跳踢踏舞的「火箭女郎」。我彷彿可以看到艾妮姐穿著高跟鞋，穿著半透明的禮服，背後閃光燈此起彼落，然後沿著擁擠的人行道漸漸遠去。那幕景象如此強烈，我不由自主的湊近她，又開始吻她。

這時候，我忽然看到樹上有閃光。那是車子的擋風玻璃反射的陽光。那輛車從那排樹後面開出來，停在我們家的車道上。是爸爸那輛灰藍色的Oldsmobile Delta 88。

我一把拉住艾妮姐，把她拉到門廊的陰影中。

老爸的車子有大半截開進了車棚裡，接著，他關掉引擎，鑽出車子，連車門都沒關就直接朝我們走過來。

我往前跨了一步，站到陽光照得到的地方。「嗨，爸，這位是艾妮姐。」

「你進屋子裡去。」他說。

我站著沒動。

這時候，他的視線落在艾妮姐的行李箱上。「這是怎麼回事？」

「莫斯葛羅夫先生，我能不能到府上來打擾一陣子？」她說。「希望你不介意。」

爸爸氣得臉都扭曲了。「在外面忙了一整個禮拜，開車回到家，結果卻看到你服裝不整，在大庭廣眾之下和她摟摟抱抱。幹什麼？給我滾進屋裡去！」

我們接吻被他看到了。都是我不好。

這時候，艾妮妲又露出她那種無與倫比的燦爛笑容。不愧是舞會皇后。「莫斯葛羅夫先生，請原諒我剛剛失禮。我可以再重新自我介紹嗎？我是琳達，很榮幸認識你。」

「妳給我閉嘴！」他大吼了一聲。

我內心最深的恐懼變成眞的了：我們家有一條不成文的規定，那就是，他絕對不可以在外人面前表現出自己醜陋的一面。但此刻，他違反了這條規定。

「噢。」艾妮妲說。「請不要對我大吼大叫。」

我聳聳肩。「這就是我一直想警告妳的。」

「給我滾進屋裡去！」他又大吼了一聲。

「我不要，爸！」我也大叫了一聲。「你自己進去。你實在太沒有禮貌了！」

他想揍我——他猛然舉起手——但他又不想在她面前打我。他轉身走開，但忽然又按捺不住——他猛一揮手！——我臉上結結實實挨了一記。他打得很用力，已經足以讓我在她面前顏面盡失。「看你還敢不敢這樣跟我說話。」說完，他快步走回車子那邊去。

每次被他打，我非得頂撞他一句不可，這樣才能表示他沒有傷害到我。我臉上有點熱辣辣的，有一邊的耳朵嗡嗡作響，不過還好。「爸，這一記打得好。」我說。

他從車子裡拿出行李箱和公事包，然後提著走進屋子裡，砰的一聲用力關上門。

「都是我不好。」我說。「把他惹毛了，眞不應該讓妳看到這一幕。」

「不用跟我道歉。」艾妮姐說。「你並沒有做錯什麼。」

「他心情不太好。我看，我還是叫計程車送妳回家好了。」

「丹尼爾，我不要回去那裡。」

我扶著她的肩膀。「這樣是沒有用的。對不起，不過，我恐怕沒辦法讓妳住我家了。他那種樣子妳也看到了。我一直想告訴妳，我家的人怪到沒辦法形容。」

「我並不擔心他。」她說。「我要去跟你媽談談。」

「妳要自己去找她？」

「我自己去比較好。你留在這裡。我不會有事的。」接著，她穿越車棚，臉上露出一種詭異的笑容，然後打開紗門走進去。

我楞楞地站在那裡發呆，等著看她被我媽轟出家門，就像卡通片裡那隻土狼一樣落荒而逃。後來，不知道過了多久，居然沒有半點動靜。屋子裡靜得有點異乎尋常。我好害怕，根本不敢進去看看裡面究竟出了什麼事。

後來，我實在忍不住了，於是就從防風門上的玻璃窗口往裡面看。奇怪的是，屋子裡完全看不出有什麼異樣。我只是一個平凡的小男孩，但我有兩個父親……老爸窩在躺椅上，蹺著腳，旁邊的茶几上擺了一杯冰紅茶。電視裡正在播報新聞。沒想到，艾妮姐竟然斜躺在他對面的沙發上，腳縮到椅墊上，那副模樣彷彿這裡是她家。

老媽顯然在廚房裡，因爲我聽到廚房那邊傳來一陣劈哩啪啦的聲音，好像是一堆盤子摔到地上，摔得粉碎。我聞到一股淡淡的、有點刺鼻的味道，不知道她在煮什麼東西。可能是電線走火，電線皮燒焦了。

我忽然好怕自己會無意間做錯什麼，破壞了眼前這種和樂安詳的氣氛。我繞到前門，走進門，一路沿著走廊走到「怪胎違建」那個房間。我沖了個澡，換上乾淨的襯衫和牛仔褲，然後又走回小客廳。「嘿，你們在幹嘛？」

「你看我們在幹嘛？」老爸說。「我們不是在看新聞嗎？」

我一屁股坐在艾妮妲旁邊的沙發扶手上。「有什麼新聞嗎？」

「桑尼和雪兒要來我們大體育館表演。」她說。

「對呀，這個我知道！我和提姆已經買了票，我正想問妳想不想跟我們一起去。」

「喲呵，慢著慢著，怎麼都沒有聽你說呢？」說著，老爸忽然朝艾妮妲眨眨眼。他這個人是出了名的凶神惡煞，這種舉動實在不太像他。他好像拚命想裝出那種好好爸爸的樣子，不知道是不是希望我們忘了幾分鐘之前他才打過我？

老媽穿著圍裙從廚房走出來，頭髮上沾滿了白白的麵粉。我心裡很納悶，奇怪，她平常做菜的時候並不是穿這樣啊。她說：「琳達，我剛剛和妳媽談過了，她說妳可以在我們家住一晚沒關係。」

艾妮妲用一種祈求的眼神看了我一眼，彷彿在拜託我配合演這齣戲，假裝她眞的是琳達！

老媽說：「珍妮房間裡還有多一張床，妳可以睡那裡。今天晚上有妳陪她，她一定會很興奮。不過，別忘了我剛剛說的。」

「我知道，莫斯葛羅夫太太，我只能在這裡住一晚。」

老媽朝我笑了笑。「琳達眞的好可愛，眞有禮貌。怎麼從前都沒有聽你提到過她？」

我一直都沒有想到過，老媽眞的會喜歡琳達——不過，這沒什麼好奇怪的，誰會不喜歡艾妮妲？艾妮妲實在太可愛了，而且散發出一種異乎尋常的自信。而且，她是如此的變化莫測，難以捉摸，就像她的笑容一樣。此刻，她正在施展她的魔力，降伏這兩個地球上最冥頑不化的人。

我從來沒看過我的家人對我的朋友表現得如此殷勤，所以，看到老媽急急忙忙跑進飯廳，鋪上桌巾，而且還把禮拜天才用的瓷盤拿出來用，我眞是嚇了一跳。還有，窩在躺椅上的老爸跟艾妮妲聊天的時候，不但一直說俏皮話，而且還刻意講得字正腔圓，眞是令人跌破眼鏡。

「傑克森市的密西西比博覽會還有更多大人物會光臨。」電視上的新聞主播說。「另外，傑克森市有一場人權抗議活動，目前已經進入第二週，氣氛已經漸漸和緩了。」

「噢，太好了。」老爸說。「又有人權抗議活動了，來得正是時候。」說著，他瞄了艾妮妲一眼，想看看她有什麼反應。

她微微一笑。「莫斯葛羅夫先生，你一定以爲我是黑人，對吧？」

他立刻警覺起來，瞪大眼睛看著她。「難道不是嗎？」

「你一定沒想過，說不定我跟你一樣都是白人。」她又露出她那招牌的燦爛微笑。「不要相信你眼睛看到的東西。這麼說吧，大家都以爲我是黑人，這實在是天大的誤會。」

老爸雙臂交叉在胸前。「嗯哼。」

「別誤會，我絕對不是瞧不起黑人。」她說。「甚至，從許多方面看來，我認爲黑人比白人更優秀。」

「我倒還沒有妳這麼進步。」老爸說。

「只不過，我就是跟他們處不來。」她說。「我試過了，但我就是沒辦法。好像只有我知道自己是白人，其他人都看不出來。」

爸爸說：「我聽不懂妳在說什麼。而且，不管妳的膚色看起來有多淡，在我看來，妳是百分之百的黑人。」

「李。」老媽喊了他一聲。

「怎麼了？她故意說一些沒人聽得懂的話，我只不過回她兩句。」

老媽清了清喉嚨。「琳達，妳媽告訴我，妳可能會說一些奇怪的話，所以她要我們配合一下，假裝聽懂就好了。所以，我們現在就只能這樣，希望妳不要介意。好了，大家去洗手吧，準備吃晚飯了。」

我帶艾妮妲到浴室去——沒想到她忽然拉住我雙手，面對面把我拖進去，用她那濕潤柔軟的嘴唇用力吻了我一下，然後立刻又把我推出去。接著，她關上門竊笑不已。

我整個人貼在門上，拚命抓門板，呻吟了幾聲。

「你們兩個別鬧了，趕快出來。」老爸刻意裝出一種愉快的口氣。「珍妮，親愛的！準備吃晚飯囉！」

「馬上來，我先看完這一頁。」珍妮在房裡大嚷。

「馬上給我出來！妳媽已經累壞了，還不趕快出來幫忙。」

除了感恩節或聖誕節，我們家平常是不在飯廳吃晚飯的。今天忽然一反常態，那種感覺實在很怪異，又很新鮮。老媽竟然擺了蠟燭，而且還端出她的招牌菜：芹菜夾紅椒乳酪、酥皮炸豬排、洋芋球、家常烤菜豆、迷你青豆。

「哇，今天的菜眞是不得了！」老爸眉開眼笑地看著艾妮妲說。「大家一定要把菜吃乾淨，否則會被天打雷劈的！」

我已經開始按捺不住想朝他大叫：夠了，別再裝可愛了，他媽的你根本就不是那塊料！但我還是乖乖低頭猛吃，邊吃邊偷瞄艾妮妲的胸部。她身上那件毛衣緊貼著胸部，乳頭的位置凸出一個小顆粒。

「太好吃了！」她說。「莫斯葛羅夫太太，從來沒聽丹尼爾說過妳的手藝這麼棒。」

老媽雙手舉到半空中，興奮得發抖。「噢，老天，李，聽到了嗎？人家說我的手藝可以跟大師媲美！哎，沒什麼啦，這只不過是些家常菜，不過，還是很謝謝妳囉。」接著，她嘴裡還喃喃嘀咕著。「大廚師耶！」

「除了把罐頭倒出來炒一炒，她還會煮什麼？」老爸說。「這樣就算大廚師了嗎？」

老媽狠狠瞪了他一眼，然後猛然挪了一下椅子，轉個方向背對他。「琳達，要是妳喜歡的話，我可以把菜單抄給妳。聽丹尼爾說，妳很喜歡我送妳的檸檬蛋糕，是嗎？」

艾妮妲顯得有點困惑。這時候我趕緊換個話題。看得出來，珍妮認爲艾妮妲是所有來過我們家的人當中最漂亮、最活潑的一個。她確實是。有她在場，飯廳裡的氣氛忽然變得朝氣蓬勃起來。平常吃飯的時候，我們都是大眼瞪小眼，各吃各的。珍妮一直問她，當選舞會皇后是什麼樣的感覺？那頂后冠有多重？別的女生會不會恨妳？艾妮妲表現出一副很驚訝的樣子，彷彿沒想到她怎麼懂得問這麼聰明的問題。「珍妮，只要妳現在就開始準備，總有一天妳一定也會有機會當選舞會皇后。妳以後一定會變得很漂亮。」

那一剎那，喜歡已經不足以形容珍妮對艾妮妲的感覺了。她對她已經到了瘋狂迷戀的地步。就連老媽和老爸也對艾妮妲很友善，表現出很喜歡她的樣子。這已經遠超乎我的預期。要是以後我常常邀她來我們家，說不定他們就會越來越能夠接受她。說不定，有一天，他們會完全忘了她是黑人。那麼，接下來呢……誰知道？

算了吧。你在異想天開嗎？老媽和老爸？在密西西比州？別做夢了。

這時候，艾妮妲忽然尖叫了一聲，猛然往後靠到椅背上。

她膝蓋旁邊有人在咯咯笑，那聲音聽起來很詭異。「妳好嗎，小黑鬼？」

我立刻跳起來。「傑克，別這樣偷偷摸摸好不好，你會把人嚇死！她叫琳達。」

「她根本不是琳達。我知道她是誰。」他說。「她是那個黑鬼小女生！妳也差不多該來了！我和丹尼爾早就在等妳來了！我們知道有一天妳一定會來的。」

艾妮妲的笑容立刻僵住了。「他爲什麼這樣叫我？」

「對不起，不要理傑克。」我說。「他小時候得過小兒痲痺，現在住在我們家裡。他有點——」我轉了轉眼珠子，表示他腦筋有問題。

「呃，看起來他好像沒有腿，對吧？」艾妮妲說。「不過，要是他再叫我小黑鬼。那他恐怕就不會只是缺腿了。」

我大笑起來。連老爸也忍不住笑起來。老媽好像嚇呆了。「琳達，妳怎麼可以這樣？傑克年紀大了。」她的口氣很嚴厲。「他是鄉下來的，那邊講話本來就跟我們不太一樣。難道妳沒看到，他老了，而且又是殘障？那麼，爲什麼不能多包容他一點呢？」

「嗯，你叫傑克是嗎？」艾妮妲說。「那麼，傑克，你怎麼知道我會來？」

「我和丹尼爾，我們一直在等妳。」他說。

艾妮妲打量著傑克身上那件粗棉布連身工作服，他那扭曲萎縮的雙腿，他那台鋪著牛皮的學步車。「你是不是懂什麼巫術之類的？你是不是有什麼法力？」

他笑起來。「大概吧。」

「我想也是。」她說。「我從前也懂一點，現在看到你，我又回想起來了。」

「丹尼爾一直都很想上黑鬼女生。」

「老天！傑克，別胡說八道！」

艾妮妲說：「他說這些，只是故意要惹我生氣。他明知道我是白人，跟他一樣。」

「是喔，她眞的是。」傑克說。「就像白雪公主。」

「而且你是黑人，對不對，傑克？」

他大笑起來。「沒錯，我是黑人。」

老媽說：「夠了你們！琳達，麻煩妳幫我收一下碗盤刀叉！」說著，她把桌上的盤子收起來，走進廚房，接著，廚房的門砰的一聲關上了。

老媽叫我和艾妮姐洗盤子。老爸去睡覺了。今天晚上他卯足了勁扮演好爸爸，演了這麼久，累壞他了。然後，珍妮帶艾妮姐回她的房間，沒多久，兩人嘰嘰咯咯的笑得好樂，簡直就像一對姊妹花。老媽伺候傑克上床，在他額頭上親了一下，跟他道晚安。

「她是一個很棒的女孩子——眞的很棒。」老媽說。「只可惜，丹尼爾，她不太適合你。」

「媽，我知道。」我言不由衷，不過，我實在懶得跟她辯。

「慢慢跟她疏遠，委婉一點，這樣對大家都好。」

「知道了，媽，晚安。」

然後她就回房去了。

我窩在客廳看了一下電視，看強尼．卡森主持的「今夜」（The Tonight Show），心裡盼望著艾妮姐能夠想辦法溜出珍妮的房間。電視看沒兩下，我忽然覺得強尼．卡森好像沒有從前那麼好玩了。於是，我關掉電視，一邊打哈欠一邊走向「怪胎違建」。

我脫掉內褲。整個晚上，眼看著艾妮姐就在身邊，可是卻沒辦法碰她，搞得我血脈賁張，蛋蛋裡的豆漿已經快要滿出來了，得想辦法解放一下。於是我關掉床頭燈，鑽進被窩裡，準備做點手工藝，讓水庫洩洩洪。

這時候，我忽然聽到廚房那邊傳來嘎吱一聲。那是鞋子踩在油布毯上的聲音。

我聽到隔板另一邊的房間裡，傑克已經在打呼了。所以，廚房那邊是另一個人，他正躡手躡腳朝我房間門口走過來。

她穿著一件超短睡衣，在朦朧的月光下，隱約看得到底下露出的小褲褲。我心臟已經快爆炸了。我的小老弟已經硬得像鐵棍，而她就在我眼前了，而且，老天，我看得到她的小褲褲。難道我們眞的要「做」了嗎？我們要玩眞的了嗎？

一定是老天爺可憐我，因爲到目前爲止，我連三壘都還沒上過。

我就跟同年紀的任何一個男生一樣，滿腦子想的都是那個。活到現在，等的就是這一刻。我暗暗祈禱，希望自己福至心靈，知道該怎麼做，希望我的身體自己知道該怎麼做，不至於丟人現眼。我知道，我們應該把珍貴的第一次留到結婚那一天，可是到現在我還想不出來誰肯嫁給我，所以如果眞想做，還不如現在就做！趁現在，躺在自己的破床上，懷裡抱著那個我吻過的女生，全世界最漂亮的女生——不用管傑克就在隔板的另一邊，不用管老爸老媽就在十公尺外，不管了，天塌下來都不管了——噢，老天保佑，希望他們都睡著了——

「丹尼爾？」她的低聲呢喃比月光更輕柔。「你睡了嗎？」

「噓——妳怎麼跑來了？」

「珍妮睡著了，我好寂寞。」

我忽然想到，沒錯，基本理論我都懂，什麼東西該進什麼地方，進去之後該怎麼樣，這我都懂，可是，一旦眞刀眞槍開始肉搏戰，實際的狀況眞的會和我想像中一模一樣嗎？

她輕輕坐到我床邊，暖烘烘的屁股貼到我大腿上，那一剎那，我忽然感覺背脊竄起一陣寒意，一陣恐懼。她彎下腰吻了我一下。那一剎那，轟隆，升空了，直上雲霄，還有點濕濕的，像一條衝浪板。

「噓——傑克在這裡。隔板牆很薄，他會聽到。」

她開始吻我耳朵後面。「那我們就不要出聲啊。」

「妳想做什麼？」我問。

我感覺得到她一邊親我臉頰一邊笑。「我想跟你睡覺嘛。」

「妳是說眞的——眞的睡覺嗎？」

「不是。」

我搔搔她的手臂。「現在就要？妳確定嗎？」

「確定。」她又開始吻我的耳朵。

「妳不覺得我們應該等一等？」

「等什麼？」

「呃……等到我們結婚那一天？」

「萬一我沒嫁給你呢？」她說。「或者你一直都不跟我求婚呢？萬一哪天我們年紀輕輕就死了，那這會不會就是我們唯一可以『做』的機會呢？」

噢老天噢老天她竟然說了！她說「做」！這是她親口說的，不是我在做白日夢。噢老天，她也想做！

我又打了個寒顫。做這個字眼實在太強烈了，說不定會穿透那面薄薄的隔板牆。我可不希望看到有人忽然從那面牆後面冒出來。

「或許我還是回珍妮房間去好了。」她說。

「等一下等一下。上來吧。」我掀開被子，她立刻鑽進來，鑽進溫暖的被窩裡。我立刻緊緊摟住她。

我的傢伙摩擦到她大腿後面。那傢伙大概已經硬得跟什麼一樣，她很明顯感覺得到。她咯咯笑起來，挪挪身體躲開。我慢慢爬上去壓在她身上，把那根硬梆梆的傢伙緊緊壓住她，讓她感覺一下，這就是她渴望的東西。她膽大包天的跑到我床上來，那麼，她就應該明白自己會面對什麼。

我開始吻她，一次又一次地吻她。我們吻個不停，到後來，兩根翻攪的舌頭彷彿已經融合為一體，變成一頭瘋狂的野獸。

她身上有一股淡淡的草莓味。我的意思是，當你吻她脖子的時候，可以感覺得到這女孩子渾身散發出一股清新的氣息，充滿活力，就像一顆熟透的葡萄。她的身體好熱。她用腳跟纏住我的腳踝，這個動作使得她的大腿緊緊貼住我那腫脹的褲襠。轟隆，接觸了！休士頓，呼叫休士頓，我們接觸了！我的棉質內褲緊貼著她的棉質白色小褲褲，薄得吹彈可破。我今年才十七歲。萬種情緒同時在我體內翻湧，恐懼，興奮，羞怯，百分之百的色慾，飢渴，還有一種突如其來的激烈的溫柔——這種熾熱的渴望會令她付出代價，因為她這麼大膽，那我只好像對待壞女孩那樣對待她。

十七歲是不是還太嫩了，不應該接觸性？艾妮妲究竟有沒有看過硬邦邦的傢伙？

她看到了，但她似乎一點也不怕。

有那麼一剎那，你會覺得自己的靈魂彷彿脫離了軀殼，飄到床上方的半空中看著自己。我看到兩個人擠在那張窄窄的床上，看到自己壓在那女孩身上，伸手去扯她的小褲褲，撤除我們之間最後一道障礙。我看到自己迫不及待想進入她體內，可是又小心翼翼，動作盡可能溫柔，因為我知道第一次她一定會痛。我從前在書上讀到過，想突破那道關卡，男人動作一定要快，而且要用力……沒想到，沒想到，怎麼這麼容易就進去了！太容易了——噢老天！我進去了！好像已經在裡面了，一桿進洞沒半點障礙——彷彿有一隻光滑細嫩的神奇的手用力搓我那裡噢老天噢噢噢老天——砰！結束了。

怎麼這麼快！彷彿一門老舊熾熱的大砲震動了一下，砰，發射。嘿，我今年才十七歲，沒想到才搞了五秒鐘，然後，砰砰砰！沒了！完了！

我開始吻她的脖子。我們渾身濕熱，身體黏在一起，接吻的時候還一直喘氣。

「不好意思。」我說。「好像快了點喔。」

「不行——放在裡面，等一下！」

「噓……妳說什麼？」

她說：「還沒完呢。才剛要開始。」

「可是我已經——妳應該知道嘛——」

「不行。你現在不能停。還沒完啦。」

「妳怎麼知道？」

「這你就相信我吧。」她說。

噢，老天，她以前做過。我從來沒想到她從前可能做過。

接著，她眼睛突然睜得好大。「你該不會——你以前都沒有？噢，丹尼爾，我還以爲，我是說，你們男生不是都——」

我從她裡面抽出來，發覺那裡濕答答的，嚇了一大跳。我突然覺得很羞愧。

「對不起。」我說。「我們不應該做這件事。」

「什麼意思？我們已經在做了啊。」

「我是說正經的，艾妮妲，這樣不對。我們都太年輕了，萬一妳——萬一妳——」

「不會啦。」她眼裡已經開始泛出淚光了。「他媽的。」

我本來以爲，失去童貞這光輝燦爛的一刻，應該會像電影裡那樣，雷聲隆隆，電光閃閃，鐘聲響徹雲霄。本來，那種感覺應該是，在你還沒有察覺到自己正在經歷什麼的時候，一切就結束了——現在，一切眞的結束了。而艾妮妲根本沒有什麼可以失去。那麼，失去童貞到底有什麼了不起？

她伸手到床腳那邊摸了半天，找她的小褲褲。我忽然爲她感到難過，但我躺著沒動。

我不知道該怎麼辦。我已經不再是從前那個小孩了。他已經有如過眼雲煙了，如今，他已經是一個成熟的年輕人了。就在片刻之前，他已經體會到，打手槍和眞正的性行爲之間有什麼差別。那種差別就像，打手槍有如抬頭看月亮，而眞正的性行爲就像眞的坐火箭上月球。

「你們兩個在做什麼？」

老天，珍妮在門口站了多久了？——她身上穿著睡衣，廚房的燈光照在她身上，映照出她的身形輪廓。接著，順著視線的方向，我赫然發現艾妮妲赤裸的雙腿和自己光溜溜的下半身毫無遮掩，於是，我趕快拉上被子，但這個動作反而更欲蓋彌彰。「珍妮，妳這個呆子！趕快回去睡覺！」

這時候，她看到我們兩個的模樣，登時目瞪口呆。「你們兩個在幹什麼？」

艾妮妲立刻把身上的睡衣往下拉，跳下床朝門口跑過去，一把抱住珍妮。「親愛的，我睡不著，丹尼爾在幫我揉背。」

「老天，妳怎麼會讓他碰妳呢？」珍妮眼睛打量著我。「難道妳不知道他身上虱子很多嗎？」

「放心，我吃過藥，虱子不會咬我。」艾妮妲說。「還有，你眞的很無趣。今天晚上我們本來應該是不會睡覺的，我們可以說故事說到天亮，可是你就像燈泡一樣，忽然不亮了。走吧，珍妮，我們回房間去。」

她就這麼一陣風似的走出去了，甚至沒有回頭再看我一眼。

我好想趕快有機會再跟她單獨相處，然後我們就可以再做一次。

下次我一定會做得更好。現在我已經有概念了，很簡單，眞的很簡單，易如反掌。如今，我已經做過了，如今，我已經是個男人了。

我慢慢睡著了，指尖有一種觸電般的針刺感。傑克在隔板後面竊笑，我故意裝作沒聽到。好像過了很久我才睡著。漸漸沉入夢鄉的過程感覺很舒服，而那段短暫的時間也成了我童年時代的尾聲。隔天早上，當我醒來的時候，我會感覺自己又長大了一點，慢慢要變成大人了。而且，此後的每天早上都會是這樣。

15

我坐在提姆那輛星光藍福特Pinto的前座。不過，戴上那副鏡面太陽眼鏡，我忽然覺得自己變成了電影明星畢雷諾斯，而車子也彷彿變成一輛加大馬力的雪佛蘭Camaro跑車。我伸手去轉音量鈕，收音機裡的黑人歌星比利．保羅唱歌忽然變大聲了。他正如泣如訴的唱著靈魂樂名曲〈我和瓊斯太太〉（Me and Mrs. Jones）。

那首歌聽起來感覺很不一樣。事實上，今天不管什麼東西感覺都很不一樣——溫熱的風吹起來卻有點涼颼颼的，而提姆擺在儀表板上的芳香劑，那種淡淡的香草味聞起來也不太一樣。而且，今天路邊的草木是如此青翠，如此生氣盎然，因此，我必須很痛苦的承認，密西西比州也可以是很美麗的。沿著奧瑞蒙路，兩側路邊的樹上垂掛著西班牙水草，景色如詩如畫。那種感覺，彷彿我和外面世界中間隔著一片玻璃，而有人把那片玻璃擦亮了。

「你他媽的到底在高興什麼啊？」提姆問。

「什麼？我哪有高興什麼？」

「是喔，難不成你現在很悲慘嗎？」

「我只是喜歡這首歌。」我說。

「呆尼爾，不是因爲歌的關係。我們那位舞會皇后今天早上人在哪裡？她眞的在你家過夜嗎？」

「是啊。一大早我還沒起床，她和我媽就進城去了。」到我家來蜻蜓點水了一晚，和我的家人打了個照面，然後她就又飛也似的回貝奇曼家去了。她甚至沒留張字條給我。

「所以，昨天晚上你們兩個嘿咻嘿咻了嗎？」

老天，他在我身上聞到她的味道嗎？我根本來不及洗澡。「噢，是啊，我們眞的做了。」我用一種嘲弄的口吻說。「就在我們家，當著我老爸的面！我們就像班尼兔一樣，搞了一整晚。」

「眞的？」他說。「你和她眞的幹了那檔齷齪事？眞的嗎，呆尼爾？」

「關你屁事。」我說。「不過，老實告訴你，沒有。」

「你騙人。少來這套，呆尼爾，你的表情騙不了人。」

「得了吧，你會看相啊？」

「別這樣嘛，告訴我沒關係啦。她有吸你的老二嗎？」

「提姆！」

「你手指頭有伸進去嗎？你有把你又髒又臭的手指頭伸進她的小BB嗎？」

「老天！你能不能閉嘴？你今天實在很怪！」

他臉上的表情很詭異——奸笑的表情變成嘻皮笑臉，眼神中卻流露出一絲驚恐。「換成是我幹了那檔事。」他說。「你一定會求爺爺告奶奶叫我把每個動作都告訴你。而且，我會很樂於告訴你。」

「太可惜了！我不想談這個。」

「別這樣嘛，呆尼爾，我們兩個不是無話不談的嗎？好朋友是幹什麼的？」

「老天！你有完沒完！你有時候眞的很變態！」

他忽然不說話了。我們默默開著車，開了一會兒。

「我——和——瓊斯——瓊斯太太！」後來，他開始唱起來，似乎有點想緩和一下氣氛。

我可沒這麼容易就算了。後來，車子都已經開到花團錦簇教會的停車場了，我還是臭著一張臉，悶不吭聲。

停車場停了一輛銀色的灰狗巴士，「耶穌基督！」音樂劇的團員都已經在巴士前面集合了。因爲合唱團必須在外地過夜，所以有幾個父母也要一起去，充當監護人。我們即將出發前往密西西比三角洲，到伊塔班納的一所學院去，進行艾迪音樂劇作品的全球首演。我一向很喜歡坐這種長途旅行巴士。那種柴油引擎的低沉吼聲聽起來很悅耳，空調系統強而有力，而且車內的坐墊裝潢散發出一種灰狗巴士特有的鋼鐵氣息，跟我們校車裡的氣味截然不同。不管老爸怎麼數落浸信會，至少人家出門旅行是頭等艙的享受。

巴士上路之後，還不到半個鐘頭，大家就開始大鬧了——有人把一個冰塊塞進艾迪．史莫克的襯衫裡。他全身扭動抽搐，簡直像痙攣發作，那副模樣搞得全巴士的人笑翻了天。而且，當他沿著中間的走道跳來跳去，全身扭來扭去，大家更是笑得車頂都快掀開了。

在全車的哄笑聲中，聽到卡蘿．奈森在大喊：「跳啊，艾迪，跳啊！」

「給我閉嘴，卡蘿！是妳幹的嗎？哎喲！嗚哇！」艾迪又扭又跳。「喂——你們這些傢伙！誰呀，幫我把那玩意兒拿出來！」

「哎呀，艾迪，只不過是冰塊嘛。」麥特．史密斯大喊。「艾迪終於拿到他的第一個冰塊了！」這句話一說完，他立刻就想到這句話是什麼意思了，眼睛忽然瞪得好大。

這句歌詞忽然變成了天底下最好笑的笑話，全車又是一陣哄堂大笑。你可以聽到那種歇斯底里的狂笑，從車頭一路笑到車尾。帕斯華茲太太忽然從座位上站起來，狠狠瞪了麥特．史密斯一眼。

「喔—喂—你們——！」提姆模仿艾迪那種拉長聲音的尖銳叫聲，維妙維肖。「別再鬧了！」

「嘿，各位同學，今天是我們『新天堂合唱團』首度到外地去表演。」艾迪說。「而我們要去的地方，正好就是伊塔班納的哈洛韋恩神學院。他們做了大規模的宣傳，所以，想必會有不少大人物光臨。假如看到我們的領袖大駕光臨，大家也不用覺得太意外。」

「你是說尼克森總統嗎？」雷吉娜．辛格頓尖叫起來，一副快要興奮得無法控制似的。

「不是，是斐德瑞克校長——哈洛韋恩神學院的校長。」艾迪說。「我相信，我們一定是學院今晚的重頭戲。我們一定要讓他們看得目瞪口呆。」

一開始我和提姆加入的時候，根本就是抱著看笑話的心情，沒想到現在，「耶穌基督！」音樂劇劇團已經開始像一回事了——至少在我看來。我已經不再認爲這會變成一場慘不忍睹的鬧劇，相反的，我開始在想，嘿，也許我們眞的表演得還不賴。我希望艾迪能夠一鳴驚人，因爲他是那麼的渴望。我祈禱我們的小樂團不會搞砸。最重要的是，我希望我們不會害帕斯華茲太太沒面子——最起碼這是她應得的回饋，畢竟她花了那麼大的工夫和艾迪討價還價，砍掉了很多首歌。

「你認爲卡蘿·奈森今晚會脫光嗎？」提姆問。

「能這樣當然最好。看她那副騷樣，我早就受不了了。」

這時候，前面那兩張椅背中間的空隙忽然冒出安卓莉亞·歐文斯的臉。「喂，你們兩個，能不能麻煩兩位不要講那些？我現在在讀聖經！」

這可妙了。全世界都知道，安卓莉亞·歐文斯和「耶穌基督！」合唱團裡的好幾個男生都有很微妙的「個人關係」——在花團錦簇浸信會的教堂裡，大家最喜歡的地方是走廊和某些僻靜的角落。這都要歸功於那幾個女生。她們是教會裡最虔誠也最慾火焚身的女生，而安卓莉亞正好也是其中之一。

這下子提姆可憋不住了。每當他摩拳擦掌準備開砲的時候，眼睛就會閃閃發亮。他說：「眞不好意思吵到妳了，『狠抓鳥兒』（Handrea，安卓莉亞的諧音，意爲導致傷害的猛烈手淫），我們會儘量小聲一點。」

她猛眨了好幾下眼睛。「你剛剛叫我什麼？」

「狠抓鳥兒。那不是妳的名字嗎？這名字可是有典故的，因爲聽說妳的手很巧，對吧？而且特別擅長——抓鳥，對吧？」說著，他抓住自己的手腕，上上下下搓了幾下，模仿那種動作。

安卓莉亞忽然從座位上跳起來，拚命揮手。「帕斯華茲太太！」

「我叫提姆。」他慢條斯理地說。「不過，高興的話，妳也可以叫我帕斯華茲太太。」

「你閉嘴！」她大叫。

「眞不好意思，狠抓鳥兒，被妳這樣一叫，我覺得我好像快要『噴水』了。」女生開始尖叫起來，而旁邊的幾個男生則是爆出一陣哄堂大笑，包括我在內。

安卓莉亞沿著走道衝到前面去，沒多久，帕斯華茲太太直直朝提姆走過來了。她半句話也沒說——她就這麼突然伸長了手，橫過提姆面前，一把抓住我的手臂，把我拖到巴士前面的座位。我一直掙扎，嘴裡嚷嚷著叫她放手。

她一把將我推到靠窗的座位上。這顯然是她剛剛坐的位置，因爲坐墊還熱呼呼的。接著，她自己一屁股坐到靠走道的座位上，堵住我的去路，以免我溜掉。

安卓莉亞・歐文斯一臉兇巴巴的朝我點了一下頭，意思是，活該！然後就悠哉悠哉晃回她自己的座位。

我無可奈何地在那裡坐了好一會兒，心裡很納悶，帕斯華茲幹嘛找上我。接著，我拚命解釋，告訴她根本就不是我。

「可是我看你一直在旁邊搧風點火。」她說。「你們男生怎麼可以跟女生開那種玩笑？男性基督徒應該都是彬彬有禮的君子，不可以有這種行爲。」

「又不是我！是提姆。」

「噢，算了吧，你們兩個就像勞萊與哈台。」

「什麼？」

「你沒看過勞萊與哈台嗎？兩個喜劇演員，只要看到勞萊，就一定會看到哈台。兩個砣不離秤秤不離砣，就像你和提姆一樣。」

我倒是從來沒想過別人是怎麼看我和提姆的。事實上，我十分詫異，竟然會有人注意到我們兩個。自從我來到米諾高中之後，除了偶爾被人欺負的時候會有人注意到之外，我覺得自己簡直就像個隱形人。

她拍拍我的胳膊。「難道你不知道，提姆裝小丑只是為了討好你？他只是拚命想引起你的注意。」

「他才不是。」我說。

「要是你夠聰明的話，就不應該跟他走這麼近。」她說。「提姆自以為很聰明——就像你一樣，你也自認為很聰明——但實際上他並沒有那麼聰明。如果他還小，那別人只會覺得他那些惡作劇很有趣，可是，他已經長大了，那種玩笑已經不好玩了。」

光是坐在這裡聽她說那些，我都覺得自己已經背叛朋友了。「妳幹嘛跟我說這些？」

「因為你是個好孩子，丹尼爾。我很替提姆擔心。」她的口氣忽然變柔和了。「有幾個老師認為他是個問題學生。他陰晴不定——看他咒罵別人的時候那種樣子，實在太情緒化了。」

「提姆本來就是那樣。他很痛恨別人老是找他麻煩！妳看那個雷德．馬丁——快一年了，妳都沒看到他怎麼在整我們嗎？」

「你能夠這麼挺自己的朋友，我很欣賞。」她說。「可是你和提姆．考辛斯不一樣，你比他好多了。對了，你有女朋友嗎？」

聽到這種問題，我有點火了，因為這已經侵犯到我的隱私了（而且問這種問題的人竟然還是老師！）。我已經忍不住想衝到走道上去告訴提姆。不過，此刻我卻有一股強烈的衝動想把一切的真相告訴帕斯華茲太太——想給她當頭棒喝。

「對，沒錯。」我說。「艾妮妲．貝奇曼。」

她噘起嘴唇，變成一個O字形。

我點點頭。

她往後縮了一步。「可是丹尼爾，她是……」她嘴唇的形狀好像想說「黑……」，可是卻沒有說出口。

我替她把話說出來了。「妳是想說黑人嗎？」

她點點頭。

「嗯，其實目前她認定自己是白人，只不過——是啊，沒錯，她是黑人。」

帕斯華茲太太立刻皺起眉頭。「我聽說發生意外之後，那個可憐的孩子變得有點怪怪的。顯然她已經沒辦法控制自己的行爲了。可是你呢？你在想什麼？我還以爲你很聰明，不會那麼糊塗！」

「我喜歡她。她也喜歡我。所以，就算她是黑人，那又怎麼樣？黑人白人已經種族融合了，妳忘了嗎？」

「那又怎麼樣？」她大叫起來。「那違反自然！就是這樣！我跟所有的人都一樣，我也主張種族平等，可是，黑白混血違反上帝的旨意！難道你不知道？」

「不知道。」我說。

「異族通婚是一種罪惡！那也就是爲什麼上帝要摧毀巴別塔，因爲黑人想和白人混血通婚！」

我注意到巴士司機正從後視鏡瞪著我們。他是黑人，年紀已經不小了，臉上有黑斑。他一直盯著我看，他冷冷的眼神中彷彿閃爍著一絲怒火——我無從判斷，他顯露出來的憤恨，究竟是針對我，還是針對帕斯華茲太太。也說不定他對我們兩個都很不滿。

我想，她應該沒有注意到。「沒錯，艾妮妲很漂亮，可是正因爲這樣，問題反而更嚴重。你眞的應該要好好禱告了，丹尼爾，你必須非常虔誠的向上帝禱告懺悔。」

「我會的。」我說。我想趁機會趕快換個話題，引開她的注意力。

「你父母親知道這件事嗎？」她問。

這時候，我忽然想到那天的情景，艾妮姐整個人窩在我們家的沙發上。「知道。」

「那她的父母呢？」

「也知道。」

她搖搖頭。「眞的太不可思議了。究竟是我一個人瘋了呢，還是全世界的人都瘋了？」

這時候，我突然為艾妮姐感到不平。「我把話說清楚，我們並沒有打算要結婚什麼的。」我說。「不過，如果我們願意，我們還是會結婚。我們這裡是一個自由的國家，不是嗎？」

「噢，那可不一定，小朋友。我們密西西比州恐怕不太一樣！說話小心點！我老是忘了，你不是這裡出生長大的。我們這裡的法律明文規定禁止黑白通婚。而且，就算法律不禁止——呃，錯就是錯！你能夠想像嗎，要是黑人男性可以隨心所欲和白種女人結婚，愛娶誰就娶誰，那還得了？」

這時候，那個司機突然說話了。「用不著妳操心，小姐，反正也不會有人想要妳。」

我幾乎沒看到他嘴巴在動。他講得很小聲，而且很快，一開始我還以為自己聽錯了。

帕斯華茲太太立刻瞥了我一眼，似乎是想看看我有沒有聽到。我假裝沒聽到。

「抱歉，司機先生。」她說。「你剛剛是在跟我說話嗎？」

那個人板著一張臉，眼睛死盯著前面的馬路，彷彿他這輩子時時刻刻都緊盯著馬路，視線從來沒有離開過。

帕斯華茲太太從她的小皮包裡拿出刺繡用品。在接下來將近一百公里的路程中，她一直在做她的刺繡活，而且眼睛不時瞄瞄那個駕駛。而後來他就再也沒看我們一眼了。

雖然被迫坐在她旁邊，但我還是可以神遊天外。我一直在想艾妮妲。如果全世界的人想法都和帕斯華茲太太一樣，那麼，我們要如何相愛？爲什麼大家都只在意膚色，卻對其他的一切視而不見？

這時候，我們後面隔幾排座位的地方忽然起了一陣騷動，艾迪又整個人從座位上跳起來，猛抓身上的襯衫。

帕斯華茲太太幾乎頭也不回就說：「艾迪，把冰塊拿出來吧，乖乖坐好。同樣的把戲玩第二次就沒意思了。」

放眼伊塔班納市，大型的廣告招牌到處林立：「牛奶大王」、「福特汽車伊塔班納分公司」、「州立農場」、「家具大王」。他們用這種方式來強調這個城市已經夠大了，夠進步了。我指著一面「來富汽車旅館」的大型廣告招牌說：「今天晚上我們就是要去住那裡。」招牌上畫了一個人形輪廓，那是一個戴著浴帽的女人在游泳池裡潛水，感覺很超現實。來富汽車旅館宣稱他們有五星級的設備，例如，每個房間都有電話、電視、獨立浴室，還有電暖氣。

「噢，老天，電暖氣。」提姆說。「搞不好他們還有那種老式的設備，可以停那種沒有馬的馬車。」

根據我的推測，「電暖氣」意味著他們這裡沒有冷氣空調。「也就是說，我們可能會熱死。」

「呆尼爾，我們會睡同一間嗎？」

「爲什麼不會？我們應該可以自由選擇室友吧。」我很少離家到外地過夜，所以，汽車旅館裡的一切都令我感到十分好奇，比如說，睡在一張陌生的床上，還有那種粉紅色包裝的小肥皀。

「其實跟誰睡都沒關係。」提姆說。「只要不是跟艾迪一起睡就好了。」說著，他揚起一邊的眉毛。

我瞥了窗外一眼。「你看，我們到了。」

提姆說：「伊塔班納小小天堂。」每個初次來到這座城市的人，都會不由自主的唸出這句歌詞。車子開到一條街上，路旁只有一邊有商店，而且路很短，只有兩排建築，中間隔著一個小十字路口。伊塔班納給人一種很簡陋的感覺，東西的造型幾乎都是直線，建築四四方方，完全沒有任何裝飾。

來富汽車旅館就只是一排一層樓的房間，建築的一頭是一間四面都是玻璃的小辦公室。房間的門板漆上了鮮豔的青綠色，顏色跟游泳池裡的水藻一模一樣。「好了，孩子們，大家安靜聽我說。」艾迪站在巴士前頭對大家宣布。「等一下我會站在車門口的階梯下面，每個人一走下車，我就會發一副房間的鑰匙給你。每個房間有兩張床。除了帕斯華茲太太、家長監護人和我之外，團員都是兩個人睡一間。」

「艾迪，你是說你要和帕斯華茲太太他們一起睡嗎？」泰德．赫林大喊。

「很好笑。」艾迪說。「好了，要是你不喜歡我分配給你的室友，那你可以自己去找別人交換。還有，到時候不要，我再重複一次，到時候不要來找我哭訴說你不喜歡你的室友。嘿，幹什麼？等一下——等一下——」他本來還有話要說，但已經沒機會再說了，因爲一大群女生已經蜂擁而上，搶走他手上的鑰匙，然後飛也似的跑掉了。最後那幾公里的路途中，她們一直在哀嚎，說她們尿快憋不住了。

提姆和我是最後下車的，所以我們分配到離辦公室最遠的那個房間，130號房。或許可以稱之爲「勞萊與哈台房」。一大群年輕人大呼小叫，飛也似地衝向那排房間，然後用力關上門。那個體格魁梧的旅館經理怒氣沖沖的瞪著門外，偶爾會站起來咆哮兩句——「慢點慢點！」「不要跑！」「誰打破了誰就要賠！」

一進到我們房間，提姆立刻去試電燈開關，先打開，然後又關上，接著，他又跑去按馬桶，把裡頭那些黃濁濁的水沖掉。房間裡瀰漫著一股松木家具和破毯子的味道，有兩張鬆垮垮的床，小小的，不到雙人床的尺寸。電視是一台老舊的「西屋」黑白電視，而且好像只有一個頻道能看。而電話是那種我已經很多年沒看過的祖母級的老式電話，又黑又重，電話線很粗，外面還包著布，看起來很像電熨斗的電線。

提姆蹦蹦跳跳的從浴室裡跑出來，嘴裡唱著：「她穿著一件伊塔班納小小的黃色的比基尼……」

就算在這種節骨眼，他都還有辦法逗我笑。他不光是唱，而且還跳舞。最後那個動作很像跳大腿舞那樣，把腿抬到半天高，然後往後倒在床上，手腳舉在半空中抖個不停。

「很好。」我說。「既然那張床已經被你搞亂了，那就給你睡。」

他忽然又從床上彈起來站好。「喂，呆尼爾，怎麼沒人拍手？怎麼沒人大聲叫好，給我一個愛的鼓勵？」

「你以爲你是誰？唐尼·哈薩威？還是蘿貝塔·弗萊克？」

這時候，他忽然盯著門外。「喂，過來過來，你看帕斯華茲！老天，我眞不敢相信，她好像在跟誰發飆！」

我朝那間玻璃牆辦公室看過去，看到帕斯華茲太太手上抓著電話，朝電話裡比手畫腳，大吼大叫。距離太遠了，我們聽不到，不知道電話裡那個人是誰。

「快點快點，我們走。」提姆說。

我們沿著那排房間前面跑過去，跑到其中一間的門口時，發現門開著，我看到泰德．赫林正和艾莉西亞．迪坎普在裡面，兩人抱在一起打得火熱。我看到泰德的手在艾莉西亞圓滾滾的屁股上摸來摸去。他發現我在看他們，就咧開嘴笑了一下。我朝他豎起大拇指，然後就快步走開了。

艾迪．史莫克站在辦公室門口聽帕斯華茲朝電話裡大吼大叫。「艾琳，怎麼回事？」他一直問。

「可是他怎麼可以這樣？」她大吼。「他怎麼可以就這樣把我們丟在這裡？」

「到底怎麼回事？拜託妳告訴我好不好？」艾迪也開始大叫。

「你還沒搞懂嗎？我帶了四十二個孩子！我要負責照顧他們！現在呢，你們公司的人就這樣把我們丟在這裡不管，那我就要問問你了，你究竟打算怎麼處理？你不是經理嗎，不是嗎？」

艾迪拚命想打斷她。

帕斯華茲太太揮揮手叫他走開。「可是我剛剛不是已經說過了嗎——那傢伙胡說八道！他那種批評實在很沒禮貌，不過我不想計較。他眞是膽大包天，竟敢指控我……呃，我簡直不敢相信！」

這時候，我伸手指向停車場的另一頭，那裡有一堆像山一樣的東西——拜倫的爵士鼓，我們小樂團的樂器，合唱團的鈴鼓、戲服、道具。本來裝在巴士上的東西，現在全都被堆在人行道上了。

「那輛巴士跑掉了。」我說。

「跑掉了？」艾迪問。「跑掉了是什麼意思？」

「你看那邊。你有看到巴士嗎？我想，那個司機把我們的東西都丟下車，然後把車子開走了。」

艾迪說：「他爲什麼要這樣？」

「我也不知道。」其實我心裡有數，不過我不想當烏鴉告訴艾迪。我回想起當時司機眼裡那種隱隱閃爍的怒火。我想，當時他一定就已經覺得沒辦法再忍受帕斯華茲太太了。一分鐘都無法再忍受。

「可是那怎麼可能呢？他怎麼可能就這樣跑掉呢？」艾迪說。「說不定他是去加油。」

我搖搖頭。「如果只是去加油，用不著把我們的行李都丟下車吧。」

看到艾迪臉上閃過一絲恐懼的神色，我知道我可能說對了，這很可能意味著「耶穌基督！碰上大問題了。「噢，主啊。」他說。「眞是要命！我們該怎麼辦？」

「我要你馬上再派一輛巴士過來。」帕斯華茲用命令的口氣說。「而且，你給我聽仔細，我說的是現在，馬上——否則的話，我很快就會到你辦公室去，當面找你算帳——聽清楚了嗎？——我會用最快的速度去找你，到時候，你會巴不得你媽沒把你生出來！」

講到這裡，她停了一下，讓對方消化一下。

「還有，我不知道你老闆是誰，不過你可以告訴他，以後永遠別指望——一輩子休想——花團錦簇浸信會還會再給你們生意做！嗯，你說什麼？多久？好，你最好叫他再快一點。再見！」說完，她把話筒摔回話機上，摔得好用力，話機被撞得「噹」的一聲。

然後，她一轉頭看到我們，立刻硬擠出一絲微笑。「嗨，你們好！」

艾迪問：「艾琳，怎麼回事？」

「噢，艾迪，實在太荒唐了，簡直亂來。我們的巴士司機忽然跑掉了！把我們丟在這裡！顯然他認爲——噢，老天，我實在懶得去猜他心裡在想什麼。傑克森市公司那邊說他們很抱歉，說他們會再派另一輛巴士過來，可是要再過好幾個鐘頭才會到。所以，眼前的問題是，我們要怎麼到學院去——唉，有得傷腦筋了。」

後來，過了一個鐘頭又二十分鐘之後，我們依然拖著一箱箱的樂器、音響主機、戲服，沿著這條偏僻的小路艱苦跋涉——大家都熱昏頭了，汗流浹背，又被蟲咬，還要拚命拍打草叢裡飛上來的蒼蠅。

我一直在想，那個司機如果不是膽大包天，就是奇蠢無比，就因爲帕斯華茲太太惹毛了他，他就開車跑了。這下子他的飯碗鐵定砸了。

「這裡應該會有路標之類的東西吧？」泰德．赫林說。「我是說，學校附近應該都會有一些指示牌吧？」

「艾迪。」帕斯華茲太太說。「等一下有車子經過的時候，我們把它攔下來問一下，看看我們走的方向對不對。」

「各位同學，大家知道我們現在需要什麼嗎？」艾迪大喊了一聲。

「巴士！」麥特．史密斯大嚷。

很多人都跟著麥特大聲說對。

「錯了！我們需要唱歌！」

沒人吭聲，只聽到運動鞋踩在滾燙的柏油路面上，嘎吱嘎吱。

「不要抱怨。」艾迪說。「我們可以趁一邊走路的時候，先熱身一下！大家覺得怎麼樣？」

現在是密西西比的八月，嘿嘿，還嫌不夠熱嗎？

「好吧，我來起個音。」艾迪拿出口琴，起了個音，然後開始唱出一首歌的第一段。那是音樂劇第二幕結尾的曲子，麥特．史密斯主唱的：

雖然有人說有一天我會成爲猶太人之王
但我現在只是個木匠，而且運氣很不好
我的櫃子打不開，我的抽屜卡住了
但願我成爲救主的時候，運氣會好一點

沒有人跟著唱。後來，艾迪也越唱越小聲了。

天色還沒有全暗，在微弱的天光下，我們隱約看到前面有一團藤蔓纏著一面手寫的指示牌，上面寫著：

哈洛韋恩聖經學院

「我們到了！」艾迪歡呼起來。「感謝主耶穌基督！」

看到那條雙線車道的泥巴路一路延伸到松樹林裡，大家都一臉狐疑。

「哈利路亞。」帕斯華茲太太說。「各位同學，你們那是什麼表情？」她不說還好，一說反而大家更狐疑了。

我們沿那條路走下去，很快就來到一片空地，空地中央有一座紅磚建築——看起來很像教堂，很堅固，兩層樓高，兩邊有成排的白色柱子，前面有一座寬闊的磚頭台階。庭院裡停著幾輛破破爛爛的車，草坪上有一小塊一小塊的紅土。

台階上站著幾個黑人，年紀看起來跟我們差不多。我猜他們應該是學院的學生。他們穿著短袖白襯衫，黑褲子，打著細細的黑領帶。遠遠看過去，他們的皮膚黑得像木炭，而且黑得發亮。

他們本來在聊天，一看到我們從前面的路上走過來，忽然不說話了。

帕斯華茲太太說：「老天，這是什麼地方？他們是工人嗎？可是，他們的樣子看起來又不像工人。」

艾迪說：「說不定還要再走遠一點才會看到學院。我去問問看。」

「好辦法。」說著，帕斯華茲伸出手，要我們往後退。我們一大群人擠在她後面，看艾迪走上前去跟他們說話。

提姆湊到我耳朵旁邊說：「萬一等一下艾迪和那個巨無霸打起來，我們躲在她這艘航空母艦後面比較安全。」他說。「艾迪，願神祝福你！」

這時候，我才赫然意識到我們這群人全是白人。長久以來，花團錦簇浸信會一直都是一個純白人教會——我竟然到現在才注意到。仔細一想，在密西西比州，教會好像都是這樣，若非全是黑人，就都全是白人。就算後來種族融合政策實施以後，黑人白人可以搭乘同一輛公車，可以上同一所學校，可以到同一家商店買東西，但教會卻還是依然故我。我想，政府也沒辦法強迫你和不喜歡的人一起上教堂吧。

沒多久，艾迪走回來了。他告訴我們，這裡就是哈洛韋恩聖經學院。這所學院是五十年前創立的，只收男學生，目的是為了訓練黑人牧師在密西西比三角洲地帶擔起巡迴佈道的使命。眼前這棟建築物就是學校。他們正等著要迎接我們。

我覺得帕斯華茲太太好像快昏倒了。「你是說，我們就是要表演給這些——噢，艾迪，你事先到底有沒有先打聽清楚這裡是一所黑人學院？」

「沒有。」他說。「老實說，我沒有先問清楚。對不起，我根本沒想到這個問題。和我通電話那個人聲音聽起來很像白人。」

這時候，前面那道雙扇門嘩啦一聲打開了——更多年輕黑人學生一窩蜂衝下台階來迎接我們。他們也都穿著白襯衫，打著細細的領帶。他們張開雙臂熱情地擁抱我們，一種福音教派式的擁抱。看到我們全是白人，他們似乎一點都不覺得意外。「各位弟兄，各位姊妹，歡迎你們！」他們緊緊握住我們的手，猛拍我們的肩膀。

某個地點同時聚集了這麼一大群虎背熊腰的黑人，這種景象我還是第一次見到。要是這群人出現在傑克森市的市中心，我敢打賭州長一定會立刻出動國民警衛隊。

艾迪拚命裝出一副不慌不忙的樣子，彷彿這一切都是早就事先安排好的。他和那些黑人牧師擁抱寒暄的時候，眼睛一直瞄向帕斯華茲太太這邊。

好幾個黑人輪番去擁抱她，每上來一個，她就往後退一步。後來，她好像連站都站不穩了，整個人彎下去，很像卡通影片裡的巫婆忽然縮小變形。

那群黑人如潮水般蜂擁而來，她已經擋不住了。結果，我們被他們團團圍住。在他們的簇擁下，我們走上台階，走進那棟建築裡。空氣中瀰漫著一股老舊聖經的氣味，還有地板蠟的氣味。裡頭沒有冷氣空調，儘管天花板上有吊扇，但屋子裡卻沒有半點風，空氣彷彿凝滯住了，氣味永遠不散。黑人的汗臭味確實比白人刺鼻。裡頭很寬敞，但卻熱得像是那種「帳篷復興聚會」的現場。五十年來，黑人就是在這裡訓練他們的牧師。

我想，我們這群白人小孩看起來一定很像是一群驚弓之鳥。

這些聖堂足足有兩層樓高，裡頭是一排排的長椅，一頭有一座講壇。那群黑人帶著我們朝講壇走過去。有人把我帶到一座有腳踏板的老式管風琴前面。原來他們這裡沒有鋼琴。

電線吊著燈泡，從天花板上垂掛下來。可是，米奇和班恩想把音響擴大器接上電源，卻找不到插座。「我們本來想過要裝一些插座。」有個胖胖的黑人說。他是第一個衝上來擁抱我的人。

「可是我又很擔心，這種老建築一旦電線走火，恐怕一下就燒光了。來，插頭給我，我幫你接到延長線上去。電源在外面。」

艾迪走上講台。「好了，各位。」他大聲說。「麻煩現場觀衆移到後面去，我們前面需要一點空間。等一下表演結束之後，還會有很多時間可以讓大家認識認識，好嗎？現在馬上就要演出了，我們要先討論一下。麻煩各位。謝謝大家！」

「艾迪弟兄，我們可以幫忙。」其中一位牧師大聲說。「你可以交代我們，看看有哪裡需要幫忙的。」

「呃，這裡有點悶，我們需要喘口氣，麻煩各位騰出一點空間，這樣就可以了。」這次他說得更大聲了。「路上發生了一點小意外，我們沒料到來這邊要走這麼遠的路。老實說，我們的計畫有點亂了。」

「艾迪弟兄，不要太激動。」那個人臉上還掛著微笑，但眼神已經開始變得有點嚴厲。「我們一定會儘量騰出空間給你們，今天晚上你們能夠到這裡來爲我們表演，我們都很興奮。」

「我知道你們一定很興奮！」艾迪大聲說。「那是一定的！我也要告訴各位，我也很榮幸能夠來到這裡，我相信你們一定會喜歡我們的表演！呃，對了，這位先生——不好意思，忘了請教您大名？」

「我是戴鐸．斐德瑞克。」那人唸出戴鐸這兩個字時，發音有點像「呆頭」。「艾迪弟兄，我們先前電話聯絡過。」

「噢，老天——校長先生！」艾迪大叫起來。「你好你好！眞不好意思，我不知道你就是校長！我們眞的很高興到這裡來，再過幾分鐘，我們就要開始表演了。對了，我來介紹一下，這位是艾琳．帕斯華茲，這位是斐德瑞克校長！」

「我想艾迪的意思是。」帕斯華茲說。「我們越快開始表演，越快表演完，我們就可以越早離開這個地方。」

「我明白了。」那位牧師說。於是，他帶著那些學生朝雙扇門走出去，然後在外面的木板門廊上晃來晃去。我們開始圍成一圈討論表演的事，他們在外面盯著我們看。

帕斯華茲太太說：「各位女同學，妳們到那個房間去換裝，動作快，不要講話。然後，你們男生到長椅那邊去換。動作快！馬上去！」

「艾琳，我不知道妳在趕什麼。」艾迪說。「就算要走，也得等到巴士來接我們，我們才走得了。難不成妳要我們摸黑走回旅館去嗎？」

她的音調忽然高了五度。「艾迪，我發誓，要是你敢惹我……！」

我們小樂團的幾個人換上鮮豔的格子長褲和黃綠色的高領套衫，螢光色的花邊背心，頭上綁著紅白藍三色的頭巾。幫我們設計服裝的是艾莉西亞．迪坎普的媽媽，她說這叫做「嬉皮樂團」風格。

這是我們第一次看到樂團的其他人穿上戲服，看了實在很刺眼。有些女生穿上黑色高領衫、白色迷你裙、白褲襪、黑馬靴，看起來很像「垮掉的一代」那種復古風格，不過也有點像OREO巧克力夾心餅乾。另外有一些女生穿上那種鼓鼓的禮服，戴著長串的珍珠項鍊，打扮得像是「喧囂的二〇年代」那種前衛女郎。有些男生打扮成牛仔，佩著槍，穿著馬靴，靴上還有馬刺。有幾個男生打扮得像是聖經裡的人物，穿著長度到膝蓋的粗麻布短袖袍，腰上繫著一根繩子。另外有四、五個男生則是穿上黑西裝，戴著傻兮兮的墨鏡，一副FBI特務的模樣，只不過他們背上多了一對翅膀。麥特．史密斯特別穿上飄逸的白袍，以凸顯耶穌基督的角色。不過他一定沒發現，那件白袍看起來更像是婚紗禮服。要是他知道的話，打死他都不會穿的。

真搞不懂艾莉西亞的媽媽腦袋瓜裡在想什麼，也許她是想表現什麼現代文化吧，不過，我完全看不出來這種風格和耶穌的故事扯得上什麼關係。

噢，對了——別忘了我們的卡蘿．奈森！一定要記住，我們抹大拉的瑪利亞是個如假包換的蕩婦，別搞錯了，我說的不是妓女，而是蕩婦。她那件短得不能再短的袍子開衩得好高，幾乎快到肚臍了，而且還穿著高級長筒襪、高跟鞋。她的頭髮捲捲毛毛的，東翹西翹，乍看之下彷彿頭上纏著一團亂雲。而且，她妝化得好濃，整張臉跟塑膠一樣，簡直就像「妓女芭比娃娃」。你根本不可能忍得住不看她。我不由自主地打了個寒顫。我知道妓女是什麼，但從來沒有親眼看過。這是第一次。那種感覺就像第一次看到響尾蛇，或是鯨魚：看一眼就知道是什麼東西，絕對不會搞錯。

「卡蘿．奈森。」帕斯華茲太太忽然大喊了一聲。「妳的戲服就是這樣嗎？」

卡蘿囁囁嚅嚅地說：「是的，帕斯華茲太太。」

「妳確定戲服就只有妳身上穿的這些嗎？沒有別的了嗎？」

「是的，帕斯華茲太太，我很確定。迪坎普太太叫我穿的就是這些。」卡蘿那副模樣彷彿快要哭出來了，不過，像她這樣的人，也很可能會收你五塊錢，然後坐上你車子的後座，速戰速決做個生意。

「既然如此，那妳去換一件別的衣服吧。」帕斯華茲說。「我相信迪坎普太太應該不會叫妳穿這種東西，不過，就算真的是她叫妳穿的，妳也要多加幾件別的衣服。」

「我知道。」卡蘿說。「我也覺得我不可以……我也覺得我不應該……」

「沒錯，妳不可以，妳不應該。妳還有什麼別的衣服可以穿？」

「目前只有車上穿的那件T恤。其他的衣服放在汽車旅館裡。」

「那妳去穿上那件T恤。看起來應該會好一點。」帕斯華茲瞥了門口一眼，發現那些黑人小伙子互相推來推去，爭先恐後搶著想看看卡蘿。「泰德，你去把門關起來！」

泰德．赫林立刻乖乖跑過去。

「哇，大家打扮起來真漂亮！」艾迪大嚷著說。「我從來沒看過比你們更老練的演員。大家看起來都非常專業！」

「尤其是卡蘿。」布雷德．赫金森一說，男生全都哄堂大笑起來。

「我不知道該怎麼形容。」艾迪說。「不過，你們看起來真的好棒！艾莉西亞，妳媽媽真是個天才！」

那群女生當中，只有幾個是貨真價實的美女，而艾莉西亞就是其中之一。她就像一顆熟透的梨子，飽滿多汁。她媽媽得知她扮演的角色是瑪麗之後，就用時尚雜誌的風格來打扮這位聖靈懷孕的處女。一襲絲綢長禮服，珠光閃閃的項鍊，看起來簡直就像三〇年代電影畫面裡那種朦朧夢幻的少女明星。

這時候，卡蘿走進來了。她已經穿上那件「海神足球隊」的T恤，不過底下還是露出那件迷你裙的波浪褶邊，而且臉上化的妝還是一樣，散亂的髮型也沒變，長筒襪和高跟鞋也還穿著。這下子，她看起來很像是「妓女芭比娃娃」被人強姦了，有人借她一件T恤，讓她穿回家。我湊近提姆耳朵旁邊，把我剛剛想到的告訴他。

他已經很久沒被我逗笑了。聽到他的笑聲，我忽然有點飄飄然，彷彿今夜突然又燃起無限希望。

「好了，各位。」艾迪大聲說。「你們是一群很傑出的年輕人，我要向在場的每一位表達最深的謝意，謝謝你們到這裡來幫我打造一個夢想。我相信你們今晚的表現一定會很精采，這齣音樂劇一定會很轟動！」

大家拚命拍手，嘴裡叫喊著：艾迪，嗚——喔——！艾迪毫無保留地展現出他的慾望，表現得這麼自豪，那麼，我們怎能不爲他歡呼喝采呢？

米奇和班恩刷了一下吉他弦。我坐在一張三腳凳上，腳放在風琴踏板上，用力踩了幾下……然後，風琴開始發出一聲微弱顫抖的高音G。

米奇扮了個鬼臉。「聽起來好恐怖。」

「好像老奶奶得了肺氣腫。」班恩說。

「還好，很帶勁。」米奇說。「喂，繼續彈，彈幾個和弦。拜倫，你聽一下這個。」

於是，我繼續踩踏板，讓風琴繼續充氣，然後彈了幾個「耶穌基督！」主題曲開頭的切分音和弦。

拜倫笑起來。「聽起來很詭異，很像不久之前六六年那首排行榜冠軍〈九十六滴眼淚〉（96 Tears）。」

然後我又停下來。「怎麼樣？」

「好了，小樂團各位弟兄，我們可以開始了嗎？」

「好了，艾迪！就等你了。」

「好！大家可以就位了！」

這時候，雙扇門嘎吱一聲往裡面打開，嘻嘻哈哈的人潮一窩蜂湧進來。有些人衝到樓上去，把二樓的座位擠得水泄不通。人一多，裡頭的空氣就越來越凝滯悶熱

「各位先生各位女士。」艾迪聲嘶力竭地喊著。「花園錦簇浸信會教堂很榮幸來到這裡，將一齣音樂劇呈獻給各位。這是根據救主的生平全新創作的一齣音樂劇，而且是全球首演。各位先

生各位女士，請慢慢欣賞我們的……耶穌基督！」

接著，他舉手朝我們樂團這邊比了一個開槍的手勢。於是，我們開始演奏了！

主題曲是一首輕快活潑的舞曲。坐在風琴前面的位置，我只能看到一小部分的觀眾，不過看得出來，那些人好像被吸引住了。

在你悲傷憂鬱的時刻
是誰為你帶來希望的福音？
是誰為你在十字架上就義？
耶穌基督！
啦啦啦啦啦啦！

這首歌結束的時候，男生都單膝跪在地上，展開雙臂，那種姿勢很像節奏藍調巨星艾爾·喬森。而女生則面帶微笑，快速轉動手上的彩帶棒。最後，拜倫敲了一下鐃鈸。

現場鴉雀無聲，但那種靜默並沒有持續很久——根據提姆事後的說法，頂多三秒鐘吧——接著，全場觀眾開始鼓噪起來，有人憤怒，有人震驚，也有人大聲喝采。

有些人立刻就衝出大門，但也有一部分人喜歡我們的表演，他們拚命拍手，嘴裡大喊著「Bravo！」。不過，他們似乎是覺得我們很好笑。有的仰天狂笑，有的笑彎了腰，他們互相拍背，舉手擦眼淚，然後又繼續狂笑。他們顯然在我們身上找到不少樂子。

艾迪眼中露出一種幻滅的神色。你可以感覺得到，他拚命想把觀眾這種熱烈的反應往好的方面想，可是，為什麼又有些人朝他揮舞拳頭？有些傢伙笑到快撐不住了，不得不抓住旁邊的人才坐得穩，爲什麼會這樣呢？什麼地方這麼好笑？

我瞄了曲目表一眼，還有十六首歌！我感覺腳底下的踏板似乎越來越沉重了。當初我們怎麼會覺得這齣音樂劇很好看呢？

提姆喃喃嘀咕著。「我們趕快出去吧。」

我眨了好幾下眼睛。「你說什麼？」

「呆尼爾，我不敢看了。我已經快吐出來了。」

「我們不能這樣臨陣脫逃。」

「怎麼不能？」

我揮揮手，指向舞台上其他人。「我們是整個團隊的一員。我們是小樂團。小樂團就是我們。」

「不行不行不行。」他說。「這實在太悲慘了。」

「而且很爆笑。」我問。「你不覺得嗎？當初我們不就是抱著看笑話的心態加入的嗎？」

這時候，艾迪朝我們揮揮手，叫我們開始演奏下一首。

「嗨，瑪麗，妳知道嗎？」泰德．赫林開始唱。

也許妳還沒有心理準備——

但妳就快生下一個孩子了！

我知道妳一定不肯相信！

底下遠遠的某個角落忽然起了一陣騷動——有人挪動椅子，氣呼呼的咆哮著。泰德越唱越小聲，後來就停了。

斐德瑞克牧師跑過來拍拍艾迪的肩膀說：「想跟你說一聲。」他說。「我們有些弟兄對你們這些孩子很不留情面，連最起碼的禮貌都不懂。我很不好意思。奇怪的是，他們平常對自己弟兄都懂得要客氣。」

「沒關係！眞的沒關係！」艾迪說。「只要不影響到我們演出就好了。」

這時候，忽然有人大喊：「可是這些孩子在褻瀆上帝！你不能讓他們表演這種東西！」

斐德瑞克牧師又拍拍艾迪的肩膀說：「我們沒想到你們的表演會是這樣。」他說。「我們比較習慣傳統的演出。」

「等一下等一下，下一首歌你們一定會喜歡。」說著，艾迪歇斯底里地猛揮手，叫我們開始演奏。

拜倫用低音吉他撥了一個音。接著，艾莉西亞．迪坎普身上穿著那套「時尚處女」晚禮服慢慢走出場，開始演唱〈約瑟夫，你一定要相信我〉那首歌。

艾莉西亞嘶啞的嗓音和她那圓滾滾的屁股還滿搭配的。她穿著高跟鞋在舞台上昂首闊步，偶爾很俏皮地提起腳，立刻就把那些聖經學院的學生吸引住了。

笑聲漸漸消失了。我看到有些人臉上開始出現讚賞的表情，不過，也許那種表情有別的意思。艾莉西亞穿上那套晚禮服，看起來豔光四射。唱完最後一個高音，那首歌結束了，聚光燈照在艾莉西亞身上。她整個頭往後仰，那種姿態有點放蕩——現場揚起一陣喝采。

這齣音樂劇還有救嗎？

接著，我們開始演唱快節奏的〈右邊第三座馬槽〉，全體團員都上場了，又唱又跳，風格有點滑稽。約瑟夫和瑪麗在伯利恆城裡奔走的場景不斷重複。他們到每一家旅館去問問看有沒有房間。這首歌風格很像鬧劇，再加上有些團員穿著動物的戲服上場，有些觀眾笑得很開心。我注意到斐德瑞克牧師的表情似乎開始輕鬆起來了。

最討厭我們的那些觀眾先前都已經跑光了，至於留下來的人，有些是在嘲笑我們的演出，有一些是真的被我們逗笑了。管他的，有什麼差別嗎？好歹他們還笑得出來。演完第一幕的時候，現場就已經是暖烘烘的，演到第二幕，溫度越來越高。後來，等到麥特．史密斯開始演唱那首〈我真的能夠成為神之子嗎？〉的時候，裡頭已經熱得像烤爐，而現場的觀眾都覺得自己就像歌名所形容的那樣，熱到快要蒙主寵召了。

接著，舞台上擠滿了裝扮成痲瘋病患的團員，他們低聲吟唱〈痲瘋病患之歌〉。這首歌的曲調就像歌名一樣，陰鬱黯淡。我看到卡蘿．奈森站在舞台的一頭，手裡擺弄著海神足球隊T恤的衣襟，轉頭看看四周，看看有沒有人在看她，然後忽然脫掉T恤，把那套妓女戲服的裙角拉平。後來，那群痲瘋病患蹦蹦跳跳的走出舞台時，觀眾禮貌性地拍了幾下手。接著，卡蘿上場了。聚光燈一照在她身上，全場觀眾都倒抽了一口氣。

小樂團開始彈出前奏，答答─答咚答─咚！

「嗨，大家好！」卡蘿大聲唱著。

答答─答咚答─咚！

「我是抹大拉的瑪利亞──我是一個壞女人！」

艾迪猛然張大嘴巴。劇本裡根本沒有這句台詞。

答答─答咚答─咚！

卡蘿沿著舞台邊緣漫步，底下的觀眾失魂落魄地仰頭看著她。她含羞帶怯的蹲下來，對底下的觀眾拋媚眼。「嘿，各位先生，今晚想到哪裡快樂一下嗎？很高興認識你！嘿，帥哥！」

提姆說：「她在幹什麼？」

「我想她正在跳脫衣舞。」

「我眞不敢相信。你看看她！」

「她衣服一件都沒脫，不過，她穿這樣，有穿也等於沒穿，還需要脫嗎？」

斐德瑞克神父連忙跑到艾迪後面，湊在他耳朵旁邊說話，可是艾迪根本沒在聽他說。他被卡蘿的表演迷住了。他看著她，眼睛閃閃發亮，露出一種讚嘆的眼神。打從第一次排練的時候開始，他就拚命想教她把歌大聲唱出來——誰想得到，此刻她居然能夠把這首歌唱得如此深情款款。此刻，她在舞台上漫步，千嬌百媚。她沒有脫半件衣服，玲瓏的曲線就已若隱若現。

我只是一個平凡的女孩，我無能爲力！
我只是奴僕任吾主差遣
我只是一個平凡的女孩，我無能爲力！
唯有雙手合十默默祈禱

舞台上的她令人驚駭，而且無限性感——她簡直就是一個活生生的例子，說明了聖經裡爲什麼寫滿了「不可」這兩個字。底下的觀衆歡聲雷動，有人還模仿狼嚎。

這時候，斐德瑞克牧師突然跑上舞台，跑到她後面，手上那件聖詩班的長袍迎風飛舞。他把袍子披到她身上，然後帶著她走下舞台。底下的學生噓聲四起，大喊安可。

「放開她！她還沒表演完呢！」前排有個學生大叫起來。

「噢，她已經表演完了。各位同學，表演已經結束了！」他咆哮著。

後來，我們一路擠過人群，走到會場旁邊，這時候，帕斯華茲已經朝著斐德瑞克牧師大吼大叫。「你們這些人實在非常野蠻，不過，我懶得理你們。反正我們現在哪裡也不去。沒等到巴士來載我們，我們是不會走的！你們邀請我們到這裡來表演，結果呢？看看你們幹了什麼好事！」

「妳不覺得妳應該解釋一下，把話講清楚嗎？」他也不甘示弱。「妳自稱是虔誠的基督徒，可是奇怪了，基督徒怎麼會這樣公然褻瀆上帝？」

帕斯華茲太太指著他的鼻子。「你給我聽著，渾球，我是不是基督徒，輪不到你廢話。這些孩子千里迢迢跑到這裡來，是爲了用他們自己的觀點訴說一個最偉大的故事。他們發自內心爲你們唱出那些歌曲，沒想到你們思想這麼褊狹！呃，既然如此，那是你們自己的損失！」

「這位女士。」他氣沖沖地說。「什麼是聖潔的少女，什麼是妓女，我分得很清楚！」

「你這個白痴！抹大拉的瑪利亞不就是妓女嗎？」她大吼。「你到底有沒有讀過聖經？聖經裡不是寫得很清楚嗎？你們這是哪門子聖經學院？」

斐德瑞克牧師把所有的人都轟到教堂外面，把門鎖起來，然後坐上他的車，悶不吭聲開車走了。

有幾個學生還留在現場。他們手上拿著手電筒，說他們可以帶我們走到城裡去。

「那就謝謝你們了。」帕斯華茲說。「還好，你們這邊還是有人懂禮貌的。」

「我覺得你們表演得很棒。」有個人稱讚說。

「是啊，你們眞的很棒，很可惜有些人不懂得欣賞。」

另外那幾個人也附和著說是啊是啊。他們也喜歡我們的演出。

「特別是她。小姐，請問妳叫什麼名字？」

「她叫卡蘿。」泰德．赫林說。「她眞的很棒，對吧？卡蘿——妳眞的太棒了。」

卡蘿身上披著那件聖詩班的紫色絲袍，看起來顯得更性感。「謝謝你，泰德。我想有些人就是沒辦法面對現實。」

帕斯華茲說：「卡蘿，我不是告訴過妳，戲服外面要多穿一件嗎？」

「我知道，帕斯華茲太太，可是妳知道嗎，那件T恤看起來實在很蠢。」

那一剎那，我忽然覺得帕斯華茲太太很令人敬佩，因爲她挺身爲我們辯護。此刻，四下一片漆黑，我們又開始在公路上跋涉，走回伊塔班納。儘管如此，想到帕斯華茲太太爲我們挺身而出，心裡安慰不少，忽然覺得比較沒那麼累了。

艾迪垂頭喪氣，一個人孤零零地走在最後面，彷彿他全身的精力都已經耗盡了。他說，他覺得這齣戲正演到最精采的時候，卻被人打斷了。雖然還是有點小瑕疵，不過，誰知道呢……他越說越小聲，到最後沒聲音了。

現在走回去，感覺上已經不像剛剛走過來的時候那麼遙遠了，因爲我們已經知道路程多遠了。合唱團的團員都在竊竊私語。手電筒的光束掠過路面，我緊跟後面。

翻過一個小坡頂之後，遠遠就看到來富汽車旅館昏黃的燈火。那一剎那，我心裡很興奮，忽然有種回到家的感覺。停車場上，有一輛亮晶晶的灰狗巴士已經在那邊等我們了，引擎沒有熄火，車窗裡透出冷冷的藍光。

帕斯華茲太太說：「我眞想現在就叫大家上車，一路開回家。」

大家一陣哀嚎。對我們來說，這趟旅行眞正的重頭戲，就是在外過夜。

「唉，我想你們這些可憐的孩子大概都累壞了。好吧，現在通通回房間去吧。還有，馬上給我關燈，別再給我找麻煩，聽到了嗎？對了，我還想告訴你們——今天晚上你們表現得很棒。別理那個老傢伙。我以你們爲榮。來，大家拍拍手，給你們自己一點掌聲鼓勵。」

我們很含蓄的拍了幾下，不過，那種感覺跟聽別人鼓掌喝采截然不同。

「好了，晚安了各位。艾迪，好好睡一覺吧。」說完她就一溜煙閃進門，然後門就砰的一聲關上了。

我們站在那裡看艾迪拿著鑰匙想開門，折騰了半天，好不容易打開了，走進去。他關上門的時候，鑰匙還插在外面的門把上。

我們還是站在那邊看，等了一會兒，終於看到他開門出來，把門把上的鑰匙拔出來，然後又砰的一聲把門關上。

接著，大家漸漸散了，慢慢走回各自的房間去。有些男生想玩撲克牌，另外，聽說有幾個女生藏了一瓶葡萄酒。

「可憐的艾迪。」我說。

提姆用力吸了一下鼻子。「是啊，不過那又怎麼樣？」

日光燈閃爍著，整個房間籠罩在一片鬼魅般的蒼白光暈中。我打開電視——螢幕上出現一個模糊的黑白畫面，凱蒂小姐的影像飄忽扭曲，看起來很像大熱天加油的時候油箱口蒸散上來的油氣。

「噢，拜託，又在播西部片《槍火》（Gunsmoke）了嗎？」提姆說。「那眞是全世界最無聊的影集。沒別的能看嗎？」

「就這樣。只有一個頻道。不信的話，你可以自己換台試試看。」說著，我撲到自己床上，結果發現床墊沒半點彈性。「嗯，這床還眞不賴。」

「呃，呆尼爾，要是你想看這種爛片，那你就看吧。我要睡了。」他把腳上的鞋子踢掉，把被子拉上來，蓋住臉的下半邊，然後閉上眼睛。

「等一下等一下——你沒有忘記什麼吧？你這樣就要睡了？」

他睜開一隻眼睛。「沒錯。」

「難道你不需要去尿尿什麼的？」

「不用。」他舒舒服服的抱住被子。

「至少該刷刷牙吧？」

「你越來越像我媽了。」提姆說。

我在袋子裡翻了半天，找我的牙刷。「這是有生以來第一次，晚上不會有人催我們去睡覺——而你竟然要睡覺？」我滿嘴都是牙膏泡沫，說起話來嘰哩咕嚕的。

「呃，呆尼爾，要是你有帶威士忌、撲克牌和雪茄來，我們就可以學西部片那樣，好好玩一把！」

我張開嘴，露出滿是泡沫的牙齒。「見—鬼—啊。」

「你的嘴巴真可愛。」說著，提姆把電燈關掉，然後跳到他自己那張床上去。

「請原諒，我還想多活幾年。」我說。

他沒吭聲。

「提姆？」

「幹嘛，呆尼爾？」

「呃，算了，你睡吧。」

「跟誰睡？」他問。

「嗯哼，我想想看……卡蘿．奈森好了。不過，我可能玩不起。」

「噢，怎麼會玩不起？依照我的估計，她應該十塊就可以打發了。算了，不過，說真的，難道你眞的想跟她上床？這裡不是一堆女生嗎？」

「大概是吧。」我說。「是又怎麼樣？找她有什麼不對嗎？」

「好吧。卡蘿在十二號房。不過，你可能有得等了。說不定她門口已經有人在排隊了。」他假裝快睡著了。

後來，不管我怎麼連哄帶騙，他都完全不吭聲了。看來他不是裝的，眞的睡死了。

於是，我又繼續看電視，看那位凱蒂小姐。她妝化得好濃，那副模樣活像祖母級的卡蘿·奈森。我忽然很納悶，不知道眞正的妓女是否到了一定的年紀就得退休，要不然，哪個男人肯付錢跟老太婆上床？但我很快就揮開這些無聊的思緒，決定閉上眼睛睡覺，睡一分鐘就好。

後來，不知道幾點的時候提姆爬起來把電視關掉了。黑漆漆的房間裡忽然陷入一陣寂靜，我反而醒了一下。我聽到他在浴室裡窸窸窣窣的聲音。

於是，我又回頭繼續做我的夢——那是一個很冗長、很累人的夢，因爲我夢見自己每堂課都遲到，老是趕不上校車，電話一直響一直響，地板又太滑，連站都站不住，而且每個人都氣沖沖的看著你。後來，我終於驚醒過來，猛然從床上坐起來，嘆了一大口氣，然後又重重倒回床上。

我聽到外面有嘈雜的人聲。路燈的昏暗光線穿透塑膠蕾絲窗簾透照進房間裡。

這時候，我聽到一陣馬桶沖水的聲音，然後看到提姆拖著腳步走回床邊，往前一倒，整張臉埋進床裡。

三更半夜，那聲音聽起來很奇怪。我忽然很想聽聽看他們在講什麼。是有人在笑嗎，還是——在哭？爲什麼有人說話聲音壓那麼低，口氣那麼緊急？

我走到窗邊。「提姆，有點怪怪的，你聽聽看。」

他說：「嗯，什麼？」他還迷迷糊糊的。

我把門打開，想聽清楚一點。我立刻就認出那是帕斯華茲太太的聲音。有人在她後面哭。我走到門外，看到一群人聚集在停車場那邊。那裡有一輛白色的警車。那群人圍成一圈，中間有一個綠色的行李箱。我看到帕斯華茲太太在那裡，還有旅館經理，還有一位團員的爸爸，還有，一個警察。

正在哭泣的那個人不是女生。是艾迪。

他越哭越大聲，不過，聲音還不夠大，我聽不清楚他在說什麼。

我轉頭沿著牆邊看過去，看到那排房間前面有三、四個男生站在門口。他們也在看停車場上那些人。我看到泰德．赫林。再過去第五間房的門口，是米奇和班恩。然後再過去是麥特．史密斯。

那個旅館經理好像在跟帕斯華茲吵什麼。奇怪，艾迪在哭什麼？我絞盡腦汁想把事情搞清楚。會不會是艾迪的哪個親人突然過世了，比如他爸爸或是媽媽。這樣就可以解釋他爲什麼會三更半夜哭得唏哩嘩啦。

我又跑回房間裡。「提姆，起來起來，趕快來看看這個。」

他一動也不動。

艾迪忽然推開帕斯華茲，開始歇斯底里地大叫起來，那聲音聽起來好刺耳。這時候，警察立刻把他扭進警車後座。旅館經理把那個綠色行李箱放進警車的後行李廂，然後用力蓋上。警察坐上駕駛座，然後警車就開走了。車窗關著，不過我聽得到艾迪的尖叫聲逐漸遠去，然後就沒聲音了。

泰德．赫林轉身走進房間，關上門。

我走到米奇旁邊。「怎麼搞的，老兄？怎麼回事？」

「呃，實在太詭異了。那王八蛋把我吵醒了。」

「你說誰？」

「艾迪啊。他沒有打電話給你嗎？」

「什麼電話？」

「他媽的，我還以為所有的房間都接到他的電話。」

「他打電話給你？」

「我被他的電話吵醒了，然後，他竟然問我——」他好像說不出口。「問我要不要他過來幫我吹喇叭。」

「什麼，艾迪說那種話？怎麼可能！」

「真的，我還以為他打電話到他媽的每個房間去。」米奇說。「他是怎樣？以為我們認不出他的聲音嗎？太不可思議了。」他搖搖頭。「算了，明天再說吧，兄弟。」說完他就走進房間，把門關上。

我忽然感到頸後寒毛直豎。我立刻就想到：艾迪一定是同性戀。絕對是！一想到這個，就像有一盆冷水突然潑在我臉上。之前我怎麼沒有看出來呢？

其實我心裡有數。我一直都知道。提姆和我甚至還拿他開過玩笑。我只是一直不肯相信這種事真的會發生。

我想到那次在阿拉巴馬州的急診室門外，冷不防被那個中年人偷吻了一下。我一直認為同性戀都像那個人一樣——很匆忙，很寂寞，很頹喪。那種怪人都會不由自主的找上那種在路邊遊蕩的小孩，藉此尋求樂趣。

說不定艾迪私底下就是這樣的人。可是我從來沒想過，他竟然瘋狂到這種地步，真的幹出這種事。噢，可憐的艾迪。

不論這次演出對他打擊有多大，再怎麼樣，打電話給那些男生，直截了當的問他們那種問題，那實在太危險了，因爲那些男生都認識他。一定會有人認出他的聲音，然後報警抓人。說不定他從前也試過，而對方答應了。說不定光是打電話他就會很興奮。

我不願意去想這種東西。

可憐的艾迪。他怎麼會幹出這種蠢事呢？明天，一到明天，全世界都會知道。

可憐的艾迪。

我回去睡覺的時候，提姆還在睡。他衣服鞋子都沒脫，卻還是睡得不省人事。

我躺回床上，很快就睡著了。不過，我沒有再做夢了。

16

我告訴提姆的時候，他嚇了一大跳。「哇，可憐的艾迪。」

他還能說什麼呢？

我們把行李塞進巴士的置物艙。大部分的男生臉上的表情都怪怪的，看起來有點鬼鬼祟祟，眼神游移不定，兩手插在口袋裡。光是談男女之間的性愛就已經夠令人不自在了，至於同性戀，有人敢談嗎？簡直無法想像。我雖然爲艾迪感到難過，不過，他的所作所爲卻更令我感到噁心。打電話給男生，然後直截了當的問他們喜不喜歡有人幫他們吹喇叭？這種問題實在太令人震驚了。嘿，想吹個喇叭嗎？如果車上隨便抓個男生來問，喜不喜歡有人幫你吹喇叭。他一定會說，吹喇叭？當然好——不過問題是，要馬上吹嗎？在來富汽車旅館嗎？如果是艾迪．史莫克幫你吹喇叭呢？

回程的車上，大家都在睡。再也沒有人把冰塊放進誰的衣服裡了。帕斯華茲坐在前面，眼睛盯著司機。客運公司還算聰明，知道要派個白人過來。提姆坐在靠走道的座位上，拚命點頭打盹。車窗底下開了一道細縫，冷風直灌進來，我的手臂被吹得冷冷痲痲的，還滿舒服的。我臉頰貼在玻璃上，看著外頭的平疇綠野向後飛逝。

巴士在二十號州際公路上疾速奔馳，我看到米諾市的匝道口在窗外一閃而逝。下一個出口就是傑克森市了。提姆打了個哈欠。「我們到了嗎？」

「米諾市剛過。謝天謝地，有你這樣的伴，旅行一點都不會無聊。」

他伸了個懶腰。「我有錯過什麼嗎？」

「沒有很多。」

他斜斜瞄了我一眼。「你一路上都這樣看窗戶外面嗎？」

「是啊。」

「你怎麼了，呆尼爾？」

「我只是在想艾迪。你認爲他爲什麼會幹那種事？」

「他是同性戀。你會覺得很意外嗎？」

「不會，可是——他應該知道自己會被逮。他一定知道。我就是這點想不通。」

提姆出神地看著我，看了好一會兒。「我想，有些人就是憋不住吧。」他說。「就算明知道自己會被逮，還是憋不住。」

到了羅賓遜路口，巴士開下匝道。帕斯華茲叫司機把燈打開，然後自己站到走道頭。「各位同學，今天早上我打電話和范恩牧師討論過了。」她說。「另外幾場演出要暫時延後了。」

我們都哀嚎起來。

「延後？」艾莉西亞．迪坎普快要哭出來了。「那是什麼意思？」

「艾莉西亞，我們只是想先等一等，看看情況再作打算。我知道你們一定會很失望，因爲大家辛苦了這麼久。不過，艾迪發生這種事，已經不是第一次了。他從前也打過電話，在……呃，算了。我們要儘量多給他一點同情，有時候，人難免都會克制不了自己的感情。顯然艾迪有點問題。大家要幫他禱告，好嗎？好了，大家下車吧，一個一個來，排好隊。」

巴士嘎吱一聲，停到花團錦簇教堂的停車場上。我看到好幾個家長站在那裡，身體靠著車身。他們在等我們。一走下巴士，一股濕熱迎面襲來。我看到老媽那輛旅行車停在那裡，她的手伸在車窗外，手上挾著一根菸，菸頭裊裊升起一縷煙。

等一下等一下，不對，那不是老媽。那隻手毛茸茸的。

是老爸。他開老媽的車。可是老爸不是不抽菸嗎？「提姆，我得走了。」

「別忘了，禮拜六晚上要去看桑尼和雪兒。我六點會去載你。」

「我現在要去艾妮姐家。我會提醒她不要忘了。」

「好吧。」他說。「改天見，再聊。」

老爸怎麼可能會抽菸呢？可是，眞的是他。我把行李袋丟進後車廂，然後坐進右前座。奇怪的是，他一動也不動，並沒有要發動車子的樣子。

他全身衣服凌亂，看起來一副筋疲力盡的樣子。他穿的是一件灰藍色的針織衫，休閒褲上全是油漆的痕跡，腳上穿著人字拖鞋。這是我第一次看到他穿人字拖鞋。

「謝謝你來接我。」我說。「怎麼回事？」

「怎麼回事？你認爲呢，小子？」

「我不知道。」

「你從來沒有看過我抽菸，對吧？」

「沒有。」

「嗯？那你不想發表一點意見嗎？還是你寧願呆呆坐在那裡不吭聲？」

我聳聳肩。「你幹嘛要抽菸？」

「其實，每次到外地去，我都在抽菸。」他說。「這你就不知道了吧？搞不好我這個人跟你想像中不一樣。說不定我不是你想像中那個冷酷無情的老子。其實，似乎有不少人認爲我很風趣。」他這種行爲眞的很怪異，我開始懷疑他是不是又開始喝酒了。

接著，他發動了車子。我朝停車場另一頭瞥了一眼，發現帕斯華茲太太那輛雪佛蘭Nova已經開走了。提姆正要鑽進他那輛福特Pinto。

老爸把車子開出停車場，開上范文克路。

「我還以爲是老媽要來接我。」

「計畫有點小小的變動。我是奉派來當你的司機，希望你不要嫌棄。希望我達得到你的高標準。」

「報告老爸，我剛剛不是說謝謝你了嗎？」

「對了，小子，這次出門還順利嗎？你覺得三角洲那邊怎麼樣？」

我敢肯定的說，打從我出生以來，不管什麼事，老爸從來沒問過我的意見。現在，他突然變得話這麼多，而且服裝儀容邋裡邋遢，開著老媽的旅行車，手上還挾著根駱駝牌香菸，那種感覺眞的很怪。

伊塔班納發生的事，就算他有興趣聽，我又該從何開始解釋起呢？不過，他不可能會有興趣的。「還好。」我說。

「那就好。」他微微一笑。「我一直希望我們的丹尼爾能夠開開心心的好好玩一玩。我可不希望出了什麼事，壞了你的玩興。不不，那可不行。」

這個「新」老爸實在怪得可以，不過倒也很好玩。雖然他只是在扮演好爸爸的角色，不過，比起他平常陰森森悶不吭聲的樣子，這種感覺好多了。「嘿，老爸，能不能麻煩你載我到艾妮姐家去？我答應過她，要幫她做功課。」

「不行。你一定要先跟我回家。有件事需要你幫忙。希望不會太麻煩你。」

「什麼事？除草嗎？爸，我發誓，這整個週末我別的事都不做了，我只——」

「不是要叫你除草。還有比除草更重要的事。」這可眞是新聞了，因為在他眼裡，沒有任何事會比除草重要。

「爸，你的車呢？」

他眼角抽搐了一下。「其實那也不是我的車，是公司的車。那是公司的財產。」

「車子是送修了還是怎樣？」

「現在先別談車子。」他說。「你聽著，事情是這樣的……鐵力士公司被一家德國公司併購了。那家公司好像叫貝登還是什麼的。我對天發誓，當年那場戰爭，我們把德國人打垮了，可是現在他們卻跑來買他媽的我們的國家。我的業務線——我是說，我的工作……他們要裁撤掉我們部門。」

「那是什麼意思？」我心裡明白那是什麼意思，可是我要聽他親口說出來。

他眼睛楞楞地看著前面。「意思是，我必須休假一陣子了，等他們再指派新的工作給我。要是有開闢新的業務線，我會是頭號人選。對石化工業來說，現在的景氣並不能算好，除非你是阿拉伯人。大家都在裁員。我了解他們的立場。」

「所以說，你被炒魷魚了嗎？」我問。

他搖搖頭，乾笑了一下，彷彿在說，你相信嗎，這小子竟然沒禮貌到這種程度？他有點哀怨地瞄了我一眼。「不是炒魷魚，是資遣。工作表現不好才會被炒魷魚。我的工作表現沒問題。我連續三年都當選『年度地區業務經理』。我幫那些狗娘養的賣命，已經整整二十四年了。」

老爸不是罵三字經的料。我忽然替他感到難過。奇怪的是，我平常對他不會有這種感覺。

「小子，我們來談談你吧。你現在混得怎麼樣？你的人生有像你預期的那麼美好嗎？」這是一個很滑稽的問題，就好像在問：你要我停車嗎？我說：「有啊，我是說——到目前為止都還不錯。」

「那就好，那就好。」他忽然越說越大聲，開始像是在咆哮了。「非常好，我很高興聽到你這樣說。」

這時候，他把車子轉向米諾市的匝道口。車子在匝道出口停了一下，我對他說：「爸，你聽我說——你可以在這裡讓我下車，我自己走到艾妮姐家去。我會搭便車回家。」說著，我擺出要去開車門的姿勢。

他忽然伸出手來拉住我。「噢，不行不行。你一定要跟我走。今天我需要你幫忙。」

「幫什麼忙？」

「我們有工作要做。」這時候，輪胎發出吱的一聲，車子又開動了。

「媽在哪裡？」

「在醫院裡陪珍妮。今天早上你妹妹要開刀切除扁桃腺，你都忘了嗎？你只知道在外面忙你自己的事。我想，你大概太忙了，根本就忘了這件事。」

老媽確實告訴過我，老妹可能要切除扁桃腺，不過我左耳進右耳出，聽過就忘了。「抱歉，爸。她還好嗎？」

「她不會有事的。她只是喉嚨痛得很厲害。」說著，他轉了個彎，開上布埃納維斯塔街。家裡前面的庭院已經整整兩個禮拜沒有除草了。看到這樣的情景，從前那個從來不穿人字拖鞋的老爸一定會唸個沒完，說什麼大概只有低三下四的白人，才會容忍自家的庭院變成這樣。然而，這個新老爸就只是把車停上車道，然後關掉引擎。他並沒有把電門上的車鑰匙拔出來，而只是把家裡的鑰匙從鑰匙圈上拿下來。他叫我把行李袋留在車上，「然後把車子後面那些紙箱拿出來。」

我把那一疊攤平的紙箱拿進屋裡之後，他叫我到廚房去拿封箱膠帶。

一到廚房，我看到傑克正趴在他那張小桌上吃一碗早餐片，而霍格納太太在他旁邊伺候他。她是對街的鄰居。

「噢，太好了，你們回來了！」她從椅子上站起來。「我一定要告訴你們，照顧我們傑克．歐蒂斯一點都不麻煩，他今天跟平常一樣，心情好得不得了。」

「謝謝妳，霍格納太太。」老爸一邊說，一邊送她出門。「妳眞是個大好人，時間這麼倉促，妳還肯臨時過來幫忙。等我太太回來了，我會叫她到妳家去，專程向妳致謝。」

「噢，跟她說不用這麼麻煩了，莫斯葛羅夫先生。你們太客氣了。需要的話，隨時打電話過來沒關係！再見了！」

爸爸到每個房間去，把窗戶關起來，然後還上鎖。「好了，不要問我為什麼，照我交代的去做就對了。你把那些紙箱組合起來，然後你去把你們三個孩子的東西裝一裝，每人裝一箱。把你覺得最重要的東西放進去，那種非留下來不可的東西——比如說巴德的獎盃、珍妮的洋娃娃，諸如此類。動作快點，我打算半個鐘頭之後就要離開了。」

「我們要去哪裡？」

「小子，照我交代的去做就對了。不會有問題的。好了，趕快去吧。」他說話的時候，表情並沒有很嚴厲。這次，很難得他並不是在跟我發脾氣。我決定不要跟他唱反調，免得跟自己過不去。

我把箱子組裝起來，然後拿了一個到「怪胎違建」那個房間去，把衣服收一收，包括我最喜歡的那件手肘有補丁的夾克，還有瓊安阿姨送我的那件阿拉巴馬大學校隊無領長袖運動衫。

我們又要搬家了。他又要調職了。等一下，不對，他是被炒魷魚的。既然被炒了魷魚，哪還有什麼調職不調職的？一口箱子不夠我塞全部的東西！

說不定我們是要出發到新家去了。別的東西，搬家公司的貨車隨後就會送到。

我特別把那雙Converse長筒帆布鞋和牛仔靴先放進去，免得等一下忘了。另外，我還塞了幾件衣服，一些小小的生日禮物：一顆稜柱形的雕花玻璃，一組古董刮鬍泡沫碗和刷子。此外，我把一些倖免於難的紀念品也收進去。一九七二年那次搬家，搬家公司貨車裡的東西付之一炬，只有放在我們那輛Oldsmobile後行李廂裡的東西倖免於難。這些紀念品就是當時的倖存者：我那套《哈迪家的男孩》（Hardy Boys）故事書，那隻獨眼龍泰迪熊，還有愛德蒙．希拉瑞爵士的書。他是全世界第一個登上聖母峰的人。

接著，我開始把巴德的東西收進紙箱裡，包括他的獎盃獎牌、拍立得相機、相簿。另外，他收在放內褲的抽屜裡那些童子軍的玩意兒，我也全都塞進去了。還好，巴德的東西不多，所以我又把我的襯衫也塞進他的箱子裡。到了珍妮的房間，一開始我先收她的洋娃娃，可是沒多久，我想想不對，她年紀已經不小了，不適合再玩洋娃娃了，於是我開始收她的外套、洋裝、帽子、小馬玩偶，還有一些故事書。在她還小還很可愛的時候，我常常唸那些故事給她聽。最後，我把幾個洋娃娃擺在最上面。

我用膠帶把箱子封起來，然後用奇異筆寫上我們的名字。

爸爸正在鎖窗戶，關掉電熱器。看到我搬來的那幾個箱子，他點點頭。「把那些箱子搬到車子的後車廂。」

我乖乖搬了。葛里森太太的狗正在我們家的車道口閒晃。老爸跟在我後面走出來，手上抱著傑克那口軍用裝備箱。他把那口箱子甩到旅行車後車廂的輪弧蓋上，然後開始把我們的紙箱擺在四周。

「我們要去哪裡？」

「上車再告訴你。」

「爲什麼你不能現在就告訴我？」

「孩子，我們家會有很大的改變。」他說。「這一次，我需要你乖乖配合。」

我開始覺得毛毛的——改變？什麼樣的改變？爲什麼我們突然開始將日常生活的一切事物徹底拆散？老媽在醫院裡陪珍妮，而巴德已經離開家很久了，只剩下傑克、我還有老爸在家裡，而現在，我們正把生活中的一切都裝進箱子裡。我不是還要念高三嗎？我最要好的朋友會怎麼樣？我那個漂亮的親密女友會怎麼樣？我在米諾高中好不容易累積起來的點點滴滴，會怎麼樣？

我走到小客廳的電話旁邊，撥了個號碼。

我聽到艾拉．貝奇曼在電話裡說：「嗨，莫斯葛羅夫，你還好嗎？」眞沒想到——我本來以爲她會掛我電話。之前我打了十次，都被她掛斷了。

「我很好，貝奇曼太太。艾妮妲在嗎？」

「我不是告訴過你了嗎？我不想讓她跟你說話。」

「拜託妳，好不好？我只說一分鐘，這件事很重要。」

「莫斯葛羅夫，不要這樣。我們很忙，我們還有很多事要做。」

「貝奇曼太太，拜託妳，我不跟她說不行。」

砰！電話掛斷了。

接著，我打電話給提姆。響了第二聲，珮西．考辛斯就接了電話。她的聲音聽起來開朗愉快。「喂！」我立刻掛斷電話。

好了，我想，這下子沒轍了。我要走了，結果卻沒辦法告訴我的好朋友。

說不定這次我們會搬到一個好地方，生活會有很大的改變。說不定是加州，那裡很不錯。我在電視上看過，那裡風景很漂亮，陽光普照。說不定我可以勸艾妮妲跟我一起到加州去。說不定那邊的學校會給她獎學金。

可是，不要做白日夢了。老爸的作風不是這樣。他這個人很無趣，做事很實際：我們還是會住在米諾市，只不過，我們會搬到一間更便宜的房子，然後他會去找一份工作，賣保險，或是當汽車業務員。他老是說，一流的業務員什麼東西都能賣。

這時候，他推著坐在學步車的傑克從廚房走出來了。「傑克．歐蒂斯，我們開車去兜個風吧。」他說。「你想帶條毯子去蓋腿嗎？」

「不用了，沒關係。」傑克說。「反正現在是夏天。」他今天看起來有點虛弱。他瞇起那隻藍眼睛瞄了我一眼，那表情看起來好像獨眼的大力水手。「小子，你在看什麼？」

「看你呀，傑克。你還好嗎？」

「我覺得自己已經老得像聖經裡的人瑞瑪士薩拉一樣了。昨天晚上，魔鬼爬到我床上，爬到我身上。」

「要跟他鬥嘴，等下次吧。」爸爸說。「小子，你先把傑克推到車子那邊去。」

「好啊，爸。」我早就打定主意不要跟老爸唱反調，這招生效了。打從我們回到家之後，他就沒再吼過我半句。

我抓住傑克的肩膀，慢慢推著他跨過門檻。後來推到車庫地面的時候，學步車推起來順多了。

旅行車後車廂堆滿了箱子，不過最後面還剩一點空間，剛好可以讓傑克坐在那裡，從後車窗看看外面的風景。「謝啦，丹尼爾。」

「不客氣，老先生。」

「我們要去哪裡？」

「我也不知道。反正要去某個地方就對了。呃，小心你的手指頭！」說著，我砰的一聲關上掀背門。「爸爸不肯告訴我，嗯，你不是會通靈的嗎？那你來告訴我好了，我們要去哪裡？」

「我們會看到火，火光在我們眼裡閃爍。」他說。

「什麼意思？」

「整晚都在我們眼裡閃爍。」說著，他開始猛咳起來。

「太妙了。對了，我好像聽到老爸在叫我。」

我跑回屋子裡，聽到老爸在廚房裡大聲喊我，要我去拿睡袋。

我在巴德的衣櫃最裡面摸了半天，終於摸到了那幾個綠色的睡袋。就在那台電影放映機上面。我把睡袋拿去放在車上，然後又回屋子裡去找老爸。老爸爬到廚房的流理台上，把那台大火爐從牆邊推開，然後拿手電筒朝那道縫裡照進去。火爐後面好像有什麼東西。

「還有別的嗎？」我問。

「把冰箱裡那些柳橙拿出去，還有那卷紙巾，還有那袋胡桃和餅乾，還有那罐德國香腸。我們該準備一些點心，車上可以吃。」

我把那些東西通通裝進一個大型購物袋裡。

「鑰匙還插在車上。」他說。「你先去發動車子，開冷氣讓傑克吹。我馬上就出去了。」

怪了，老爸從來不讓我開車的。這整件事眞的很邪門。我坐上車，倒車退出車道，轉了個彎，然後又倒車，退回家門口，這樣一來，等一下老爸一出來就可以立刻開車上路了。老爸看到我技術這麼好，搞不好會讓我開車。

他雖然穿著人字拖鞋，但整個人卻顯得異乎尋常的冷靜，有條理，令人心裡發毛。他為鐵力士公司奉獻了一輩子，對他來說，公司等於是他內心最虔誠的信仰。他對公司的付出，遠超過對家裡或是任何人的付出，包括對老媽。如今，他們竟然炒他魷魚。他現在不是應該對公司深惡痛絕嗎？

他看起來好專注，彷彿他正在思考一個非常複雜的問題。

他出來了，身上穿著那件很舊的打獵用的外套，戴著一頂草帽。那頂草帽是很久以前有一年夏天外婆送給他的。他懷裡抱著一把霰彈槍、一根拖把，還有一把掃帚。「原來你已經把車子掉頭了，很好，等一下就可以立刻上路了。」

「沒錯，老爸。」

「幹得好。」他說。

幹得好。

這輩子老爸從來沒有跟我說過這句話。從來沒有。

他是怎麼回事？被異形附身了嗎？

我坐到他旁邊的座位上。他把那把雙管霰彈槍塞進我座位底下。

我不知道我們要到什麼地方去，不過，心裡感覺輕鬆多了。我感覺得到從前那個冷酷嚴峻的老爸忽然變溫和了，或者說，溫和了一點。難道是我的禱告應驗了嗎？是否這一直都是我內心深處的祈求，只是我自己不知道。

老爸把車子開出車道。我們家看起來很平靜，一如平常。葛里森太太的狗站在信箱旁邊，目送我們離開。

我心裡想，如果我們眞的就這樣離開這個家，那麼，那也可以算是一種解脫吧。布埃納維斯塔街一百四十四號，我想，這應該不是一個會讓我懷念的地址吧。當然，我更不可能會懷念庭院裡的草，不管是哪一根。我看到一些新的草苗已經冒出來了，忽然覺得很高興，因爲我永遠不必再去除草了。

密西西比？我們剛搬來的時候，我一直認爲我會很痛恨密西西比。在這裡生活的這段期間，我以爲我很討厭密西西比。但令我驚訝的是，如今，我們可能要離開了，我卻發覺我愛上了密西西比，那種愛遠超過我們從前住過的任何地方。看看那些泛濫成災的葛藤，幾乎把整棟房子都吞沒了，甚至連電線桿和樹林也不放過！在北方佬的地盤，你絕對看不到這種東西。大型的廣告招牌歷經多年的風吹雨打，殘破不堪，東倒西歪，但根本沒人理會。沒有人會想到要去把那些招牌的殘骸清乾淨。此外，密西西比的酷熱也是無與倫比的，而草叢裡成群嗡嗡作響的蚊蟲更是沒完沒了。那些松樹枝葉稀疏，似乎也擋不了什麼陽光。這個地方不適合個性溫和的人居住，但不知道爲什麼，我卻活得非常自在。

更何況，說什麼我都不能離開密西西比，因爲，這裡是艾妮妲的家。

「傑克，坐在後面還舒服嗎？」老爸大喊著問他。

「還好。」他說。「我想還可以。」

接著，老爸斜眼瞄瞄我。

我很驚訝的發現，我怎麼這麼快就放棄平常那種反抗老子的叛逆姿態，反而變得像小時候那樣，拚命想博得他的稱讚。沒想到，原來骨子裡我一直沒變，我還是跟小時候一樣，小心翼翼，生怕惹他生氣，拚命想取悅他，不管他是多麼的難以親近。

車子顛簸搖晃，後面那幾張休閒椅搖得嘎吱嘎吱響。「傑克，那聲音吵死了，你能不能挪一下椅子？」爸爸朝後面大喊。

他伸出手想去抓，可是搆不到。

「我來吧。」我爬到後座，把那幾張纏在一起的椅子分開。這一來，那種刺耳的聲音就不見了。

車子開到麥雷文路的十字路口，老爸忽然左轉，繞回二號郡道。奇怪，不是應該右轉了嗎？我知道沿著二號郡道會繞一圈又回到麥雷文路，然後再往西走一公里半就會到我們家。「爸，我們要去哪裡？」

「快到了。」他說。「我們快到了。等著看吧。」

「眞猜不透你葫蘆裡到底在賣什麼膏藥。」

「兒子，說個故事給你聽。」他說。「就在二次大戰剛結束的時候，我入伍當兵，在陸軍航空隊服役，這個你應該知道吧？我是一九四九年退伍的，當時我在黃頁電話簿上看到一則廣告：『化學是明日之星』，有一家成長很快的美國化學公司在惠特利飯店舉辦面試，招募新人。只要你有企圖心，期待未來鴻圖大展，那麼，我們歡迎你大駕光臨，和這個人見一面。」

從前老爸動不動就說「經濟大蕭條」如何如何，從來沒有提過別的事。我很好奇，很想聽聽看他要說什麼。

「我好好洗了個澡，鬍子刮得乾乾淨淨。」他說。「穿上那套八十塊錢買的西裝，搭巴士到德克斯特街。我下車的地方，旁邊有一座噴水池，接著，我走路到惠特利飯店。當時，那個人正在面試另一個人，於是，我在那邊等了一下。後來，我終於和那個人握了手。他叫查理。查理·法布利肯。他開口問我的第一句話就是：我願不願意下半輩子永遠成爲『鐵力士』的一分子。我說，是的，先生，我願意。」

「你怎麼那麼快就決定了？」

「那年頭就是這麼回事，只要你運氣夠好，碰上一家好公司，找到飯碗，替他們賣命，然後他們就會照顧你一輩子。」

「這麼說，你的第一份工作就是這個人給你的？而炒你魷魚的也是這個人囉？」

「他說，沒想到命運這麼捉弄人，過了這麼多年，竟然又是他來告訴我這個壞消息。他說，公司認爲讓他來開口，比較不會那麼傷感情。事實上，這次公司錯得離譜。」他臉上的笑容越來越冰冷。「二十四年了，外加兩個月。到明年五月，公司就必須履行退休金給付義務。查理說，所有的大公司現在都是採取同樣的做法，千方百計不付退休金。」

「等一下等一下。」我說。「你是說他們不肯付你退休金？」

「除非你服務年資屆滿，否則他們沒有義務給付。而且，你沒辦法強迫他們給付。噢，對了，你當然可以控告他們，或許最後他們會給你一點錢，可是那終究是杯水車薪，連付律師費都不夠。」

爸爸打開閃燈，往東轉到那條雙線道的泥土路，穿越一片樹林。我們沿著那條緞帶般的紅土路，開上一段很長的斜坡，經過幾棵被砍倒的樹。這是土地細分的初期景象，零零散散的矮樹叢，被鏟平的房屋建地，用帶子圈起來的空地。坡頂是一片狹長的高地，一大片綠草如茵，從那裡可以俯瞰整片原野。

這裡視野很棒。老爸把車子開到草地遠遠的另一頭，然後倒車到一片峭壁邊緣，從那裡放眼望去，整片山谷盡收眼底。接著，他走到車子後面，把車尾門拉下來放平。

「爸，你是打算在這邊蓋一棟房子嗎？」

「沒有。來，幫我把箱子搬出來。」我們在草地上鋪了一片塑膠防水布，然後把車上的箱子搬下來，放在防水布中央。接著，我們又在那些箱子上蓋上另一片防水布，從四邊把布拉緊，然後用石頭壓住。

老爸把折疊休閒椅拉開，擺在車尾兩邊，面對山下的風景。然後，他在車尾門上鋪了一張毯子給傑克坐。接著，他從布袋裡拿出兩罐可口可樂，打開其中一罐，然後把另一罐拿給我。「傑克·歐蒂斯，你想不想喝點可口可樂？丹尼爾可以分你喝。」

傑克搖搖頭。

於是，我們就這樣坐在休閒椅上喝可樂，眺望底下的山谷。我認出了十字路口那家小雜貨店，認出麥雷文路那個彎道。我的視線沿著麥雷文路往下看，看到一排樹，看到連接布埃納維斯塔路的丁字路口，這時候，我忽然明白，等一下就會看到我們家了。我們家的位置就在正下方，透過枝葉的隙縫可以看到我們家的屋頂。

我忽然想到，我們家那條路旁邊有一座山，所以，就是這座山。對了！好幾次我騎腳踏車的時候，曾經仔細看過這片山脊，因爲那裡有人非法盜林，而且山勢很陡峭，我做夢也想不到竟然有辦法開車爬到最上面來。「嘿，爸，我們家在那裡！」

「那不是我們家。」老爸說。「那是鐵力士的房子，不是我們的。這個你應該知道吧？」

「大概知道。」

「假如你永遠替他們賣命，這樣的買賣對他們還滿划算的。如果你被炒魷魚，房子還是他們的。」

「你是說，他們可以賣掉這棟房子？」

「雖然房屋稅是我繳的，房子的維修保養也是我包辦，可是，他們還是一定會賣掉這棟房子，換鈔票回來。他們叫那個可憐的查理．法布利肯來唱黑臉，告訴我爲什麼。」說著，他舉起可樂罐，比了一個敬酒的姿勢。「其實該打電話來的人根本就不是他，所以，我們要敬查理一杯，可憐他還得充當打手。」說完，他舉起可樂罐和我對撞了一下。

「爸，我搞不太懂。」

「孩子，他們奪走了我的一切。我的退休金沒了，車子沒了，我們住的房子也沒了。你知道我得到了什麼嗎？大半輩子幫他們賣命，二十四年又兩個月，結果，你知道我得到了什麼嗎？」

「什麼？」

「兩個禮拜的基本薪資，再加上很誠懇的跟你說了聲謝謝。」

「眞是爛B！」

「別給我講髒話！」說著，他的手已經打過來了。

我躲開了他的手，就在那一剎那，我感覺眼前閃了一下，立刻本能的轉頭朝那邊看過去。是我們家。屋子的窗戶裡忽然亮起來，一開始是橘紅色的光，但很快就變成藍色的光焰。接著，一團火球從房子中央向外爆開，牆壁和屋頂被炸得四散飛濺，殘骸破片瞬間化爲一團急速膨脹的火球，越升越高，變成一朵蕈狀雲，衝上天際。

大約四秒鐘之後，我感覺到一波熱浪襲到我臉上，一聲雷鳴般的巨響震動了空氣——轟隆一聲，我被震得整個人從椅子上彈起來，而傑克也往旁邊翻倒了。

老爸揚起拳頭在半空中一揮。「喝——嘿——！」

那團火球衝上天空，變成一條巨大的煙柱。爆炸聲過後，緊接著是玻璃碎裂的劈啪聲，金屬墜落的聲音，木材碎裂的聲音。樹木碎裂成無數破片，然後紛紛墜落。四面八方彷彿有好幾百隻狗同時吠起來。

我們家的斷壁殘垣陷入一片火海，從上面看下去，看起來很像地面上被炸開了一個洞，裡頭有一團巨大的火。我看到樹上有火花——原來是樹枝上的西班牙水草燒起來了。

我把傑克扶起來，讓他坐好。他看起來很痛苦，彷彿那聲巨響嚇壞他了。

老爸站起來，把拳頭舉得高高的，擺出一種勝利的姿態。

「爸，你把我們家炸掉了？」

「那不是我們家。」他嘶吼著。「那是他們的房子！」

我從來沒有看過他這麼快樂。

17

實在太瘋狂了，眞是空前的災難，但我還是依稀感受得到老爸炸掉房子的那種興奮。這種勾當，本來應該只是我和提姆這種小鬼的瘋狂想像——然而，老爸這樣的大人竟然想出辦法眞的動手了。沒有人阻止他。特別是我。

先前查理．法布利肯打電話給他，他氣得摔電話。顯然那之後沒多久，他就動了這個念頭。我們家一直都是「鐵力士家庭」，鐵力士叫我們搬家，我們就搬，鐵力士叫我們跳多高，我們就跳多高。我們把我們的生命扭曲成那個熟悉的形狀——三個英文字母D的商標，鐵力士的象徵。鐵力士——害蟲剋星，媽媽的好幫手！結果，查理．法布瑞肯一通電話，一切都完了。

原來，老爸到花團錦簇教會去載我的時候，早就已經算好了屋子裡的容積，而且也已經計算過，瓦斯從火爐後面的管口飄散出來，瀰漫到廚房、客廳，和每一個房間，需要多久的時間。他在《世界百科全書》上查到，天然氣比空氣輕（當時老媽說過，這些書早晚會派上用場），於是，他決定把老媽那座樹枝狀的銀燭台擺在臥室的地板上，因爲那裡距離廚房最遠，等瓦斯瀰漫到臥室碰觸火源的時候，整間屋子就已經是滿滿的瓦斯了。

他打算把房子徹底炸個粉碎，以免留下太大塊的殘骸。舉例來說，他不想讓保險公司的調查員發現臥室裡有一座燭台。

我楞楞地看著山下的景象。原先房子的位置只剩下一個碩大的黑洞，一柱濃煙從洞口裊裊上升。從小到大，我一直都很怕老爸，而此刻是我第一次感覺到，應該還有更多人怕他。

「老天，眞是壯觀！」他欣喜若狂地大喊。「眞他媽比我預期的還要精采！」

「爸，你怎麼把我們的房子炸掉了？那麼多東西？」

他揮揮手，根本不理睬我。「重要的東西我們都已經拿走了，剩下的都是些車庫拍賣買來的垃圾。」

我回想起剛搬來的時候，每逢星期六，他一個人窩在家裡看電視足球比賽，而我們卻挨家挨戶到處搜尋，看看有誰家在車庫拍賣舊家具。一想到這個，我忍不住用力一踢，把那張休閒椅踢飛了，遠遠飛過大半片草地。「這下子我們要住哪裡？」

「你去把椅子給我撿回來。」他說。

「連我的腳踏車也被燒掉了！」

「燒掉可以再買新的。」

這時候，在此起彼落的狗吠聲中，我還聽到米諾市那邊傳來陣陣的警笛聲。

「好了，我們要趕快下去了。」他說。「剛出門之前，我打過電話給密西西比瓦斯公司。我跟他們說，我聞到屋子裡有瓦斯味，味道很重。她叫我趕快出去，他們會馬上派人過來。你懂我的意思嗎？」

「你是說，你要把它佈置成意外事故？」我問。「像瓦斯漏氣之類的？」

「沒錯。廚房瓦斯漏氣，起火點可能是火爐。記不記得，那個火爐一直有毛病？」他眼睛盯著我，看我有沒有聽懂他的意思。接著，他忽然看向我身後。「傑克．歐蒂斯，你怎麼了？」

傑克仰頭看著我們，眼中露出一種古怪的憤怒神色。他下巴動了一下，可是卻說不出話來。他整張臉忽然變成灰色的，顏色就像壁爐裡的灰燼。

「他被爆炸震倒了。」我說。「他會不會是受傷了？」

「傑克。」爸爸把手指伸到他眼睛前面打拍子。「說句話好不好？」

「他好像不太對勁。」我發現了。

傑克沒反應。

「沒錯。噢，老天——我們最好趕快帶他去看醫生。快點，把椅子收上車，你坐到後面陪他。」

於是我連忙把休閒椅收到車子後面，坐到他旁邊。老爸猛踩油門，車子沿著起伏的草地一路狂奔，有時候整輛車被震得飛起來。

傑克已經差不多快沒呼吸了，呼吸很急促，但氣若游絲。

「怎麼了，傑克？」我拍拍他的手。「你要什麼？」

「水。」他聲音好嘶啞。

「我這邊沒有水。來，我的可樂給你喝。」

我在他嘴裡倒了一點可樂，但我看得出來，他呑得很痛苦。

「他有喝嗎？」老爸大喊著問。

「只喝了一點點。大部分都流出來了。」

這時候，傑克忽然眼睛一閉，整個人倒下去，倒在輪弧蓋上。「傑克？」

「他怎麼了？」老爸問。

「傑克？別這樣，快醒醒。」難道我餵他喝可樂，結果卻害他嗆死了？

「千萬別讓他睡著。」老爸說。「我聽說要是碰到有人中風，要儘量想辦法讓他們保持清醒。」

「他是不是中風了？」

「我怎麼知道？好了，別再跟我講話了，看好他！」

車子飛快衝下二十號州際公路的匝道。多年來，傑克都是靠手撐著地面在行動，所以，他的手粗得像皮革一樣，指關節腫脹突出。我在他那腫脹的指關節上按摩了幾下，沒多久，他眼睛就睜開了，不過，他頭還是抬不起來。他平躺著，眼睛盯著我。我發覺他眼中並沒有流露出恐懼的神色。

長久以來，我一直都覺得傑克是個討厭鬼。但此刻，眼看他奄奄一息，那種感覺就像要離開密西西比一樣——突然間，我發覺自己已經開始想念他了。

我們飛快衝下羅賓遜路的匝道，來到密西西比中央醫院西區分院。我們一到急診室門口，兩個穿白袍的人立刻跑出來。

他們把傑克抬到輪床上，然後立刻把他推進去。那一剎那，傑克眼睛瞪得好大。看到四周的人都穿著白衣服，他一定是以為自己已經上天堂了。他們把傑克推到急救房，把面罩套在他臉上，然後拉上布簾。

老爸到護士站去辦手續。我走到等候室，整個人攤在椅子上，拿起一本《當代醫學科技》雜誌隨手翻著。只要我一閉上眼睛，眼前就會浮現那刺眼的火光，看到樹上的西班牙水草起火燃燒。

這時候，有個年輕的醫生走出來告訴我們，傑克並不是中風，而是感染了病毒性肺炎。傑克已經上了年紀，身體又這麼虛弱，對他來說，這種病是非常嚴重的。他可能必須住院至少一個禮拜。

爸爸說：「我女兒目前也在這裡住院，三樓。」

「這樣的話，你們要不要先到樓上去看看她？等巴特斯先生移送到病房之後，我再上去找你們。」這時我才猛然想到，我竟然一直忘了傑克除了名字之外還有個姓。他全名叫做傑克·歐蒂斯·巴特斯。那當然：老媽娘家的姓就是巴特斯，而傑克是她的舅舅。

和老爸進了電梯之後，我說：「至少他死不了了。」

「是啊，肺炎就沒有中風那麼可怕了。」老爸說。「我本來以為我害死他了。」

「你要怎麼跟媽說？」

「說什麼？」

「房子的事啊。房子不見了，她早晚會發現的吧？你能不告訴她嗎？」

老爸眼中忽然閃過一絲怒火。「怎麼，你覺得自己很聰明是不是？沒錯，這件事確實很難開口告訴她，而且，要是她知道了，反應一定很激烈。不過，反正現在生米已經煮成熟飯了，她也沒辦法怎麼樣了，無可挽回了。」

我想了一下。「你是不是要我告訴她，這件事純屬意外？」

他凝視著我，那種眼神彷彿能夠一眼把我看穿。「你覺得她會相信你嗎？」

「應該吧。」

他看起來一臉狐疑。「你眞的願意幫我說謊，以免她跟我起衝突？」

我也搞不懂自己究竟在幹什麼。那種感覺就像小貓晃進籠子裡找老虎挑釁。或許一開始似乎沒什麼問題，但你心裡明白，自己不會有什麼好下場。

這時候，電梯門開了。我看到老媽站在三樓的等候室，一手按在窗戶上，楞楞地看著外面的州際公路。她一看到我們，立刻用另一隻手揮開香菸的煙霧，彷彿菸不是她抽的。「你們跑來這裡幹什麼？誰在家裡照顧傑克？」

於是老爸告訴她傑克出了什麼事。

「肺炎！老天！我還以爲他只是小感冒，沒想到這麼嚴重！」我感覺得到她忽然很內疚。

爸爸說：「妳應該知道，老人家一旦感染肺炎會有什麼後果。」

她皺起眉頭。「通常會致命。一旦感染了肺炎，他們就沒命了。」

「那位老先生骨頭硬得很，他一定會長命百歲的。」爸爸說。「珮姬，還有別的事我要告訴妳。家裡出了點意外。」

那一剎那，她立刻轉頭瞪著他。「什麼意外？」

「妳聽我說，先別緊張。家裡瓦斯漏氣——天然氣外洩。一定是廚房那邊漏出來的。」他跟她說話的時候，眼睛卻看著我，而且是死盯著我眼睛，彷彿他那樣盯著我，就會覺得像是我們兩個同時在說話，彷彿他在說謊我也有份。「天然氣公司的人叫我們趕快離開屋子。還好我們及時逃出來了。可是親愛的……房子完蛋了。」

她搖搖頭，彷彿聽不懂他在說什麼。「完蛋？」

他一臉凝重地點點頭。「驚天動地的大爆炸，東西全炸光了。」

老媽猛吸了一大口菸。「眞的？」

老爸說：「我知道聽起來很難以置信，不過，偏偏我們就是這麼倒楣，被火燒光兩次。現在，我們又得從頭開始了，這已經是第二次了。不過還好，這次比較沒那麼悲慘了。」

她瞇起眼睛盯著他。「你是說保險嗎？」

他點點頭。「一點都沒錯，太太。所有的東西，全額理賠，而且保單的扣除條款也只扣除了五百塊。」

這時候，眼淚開始在老媽的眼眶裡打轉。「噢，老天，李，這不可能是眞的吧？今天一定是愚人節，是不是……爲什麼我們老是會碰上這種事？」

「我也很遺憾，親愛的。碰上這種事，難免會有那種感覺，這我可以體會。」

「唉，我們的房子，實在太慘了。」她說。「噢，丹尼爾，你一定嚇壞了！」

我點點頭。「那爆炸聲好恐怖。」

聽我這麼說，她哭得更傷心了。老爸和我分別站在她兩邊。他伸手摟住她，讓她靠在他肩頭盡情的哭。

「我覺得我們不應該繼續住在密西西比了。」她哭嚎著說。「一定是上帝不希望我們住在這裡。」

我楞楞地站在那裡看著老媽哭，一句話也說不出來。這是我有生以來第一次串通老爸欺騙老媽。那種感覺很不舒服。

「我媽的照片呢？」她哭著說。「還有我媽留下來的那些東西呢？她那些古董麥東圖案的瓷盤呢？還有，噢，老天，她的茶杯組呢？」

「那些舊照片被我搶救下來了。」老爸說。「還有妳媽那本聖經，還有妳的珠寶盒。」

「謝天謝地。」她說。

「另外還有幾雙妳的鞋子。」他說。「鞋子是幸運符，我怎麼捨得讓鞋子全被燒光？還有，丹尼爾也收了好幾箱東西，每個人的東西都收了一箱，沒錯吧？」他一邊說，眼睛一直盯著我。

「等一下等一下。」老媽忽然擤了一下鼻子，拿面紙擦了一下眼睛。「你們怎麼來得及收拾東西？」

「時間確實很緊迫。」老爸說。「所以動作要很快。」

「你是說，當時整間屋子裡都是瓦斯，你還有心思到處收東西裝箱？」

老爸說：「我們只不過是一邊往外跑，一邊沿路抓東西。」

「那你們爲什麼不乾脆打開窗戶讓瓦斯散出去就好了？」

「親愛的，已經來不及了。」他說。「我是說，當時已經滿屋子都是瓦斯了，光是開一扇窗戶根本沒什麼用。我們還來得及逃出去，已經算是命大了。」

「丹尼爾，碰上這種事，看不出來你還有辦法這麼平靜。」老媽說。「出事的時候，你也在旁邊幫忙嗎？」

「是啊，媽，當時的情況就像爸說的那樣。」

老媽立刻皺起眉頭。「丹尼爾，你說謊的技術比你爸還蹩腳。李，你到底把我們家的房子怎麼樣了？」

「什麼意思？我剛剛不是告訴過妳了嗎？」他看起來就一副作賊心虛的模樣，就算穿上囚衣也不會比現在更像個賊。

她苦笑了一下。「你把我們家給毀了，對吧？因爲他們叫查理·法布利肯出面炒你魷魚，而我們家的房子是公司的，所以你認爲用這種方法就可以報復他們，對吧？」

他想了一下，然後說：「差不多吧。」

「李，我太了解你了。」她嗓門越來越大了。「你怎麼敢當我的面睜著眼睛說瞎話？當我的面？怎麼，你當我是白痴嗎？你以爲你那種三腳貓的功夫騙得過我嗎？」

「妳沒那麼厲害。」他伸出大拇指指著我。「騙不了妳的人是他，不是我。」

我氣得眞想一口咬掉他的大拇指，但還是忍住了。「我要去看看珍妮了。」說著，我趁他們還來不及攔我就一溜煙跑了。

一走進病房，我就看到珍妮那雙惺忪的睡眼，紅通通的臉，流著鼻水，下巴腫得像花栗鼠。平常聽到扁桃腺這三個字，總覺得那沒什麼大不了，但此刻看到珍妮那副模樣，彷彿喉嚨被割掉了。

她氣老媽氣得要命。「我根本就是被她綁架來的。」她聲音很微弱，很嘶啞。「當初她只是說要帶我來看醫生，結果一到了醫院，她才說要割掉我的扁桃腺！」

「是啊，她實在沒有必要這樣。」我說。「不過，我想她也只是怕妳太激動，所以才會瞞著妳。」

她眨了好幾下眼睛。「原來你早就知道了，是不是？謝了，你這個叛徒！」

「小白痴，我本來是打算要告訴妳的。眞的，只是剛好忘了。」

「你知道有多痛嗎——」

「那就別講話了啊。」我說。「天底下大概只有妳這個笨蛋才會這樣，明明已經很痛了，偏偏還要講話。」

我告訴她，傑克也住進這家醫院了，現在戴著氧氣面罩。我還告訴她，爸爸把我們家炸掉了，屋子裡的東西都炸光光。不過，這件事絕不能洩露，否則保險公司就不肯賠錢了。珍妮似乎不覺得驚訝。「老媽說他失業了。」她嘶啞著聲音說。「昨天晚上他眞的氣瘋了。」

「他氣還沒消呢。」我說。「不過，房子爆炸的時候，他好像滿開心的。」

珍妮用吸管喝了一口「七喜」汽水（7-Up）。老媽深信「七喜」是萬靈丹，可以治百病。

珍妮問我：「你會不會覺得老爸瘋了？」

「他不是一直都這麼瘋嗎？」我說。聽起來很幽默，其實很淒涼——就像兩個囚犯終生監禁在同一間牢房裡，只能講一些只有他們才聽得懂的笑話。「要是有一天有人給他穿上瘋子的緊身衣，眞不知道那會是什麼模樣。」

「你覺得會有這麼一天嗎？」她輕聲嘀咕著問。聽到我這樣說，她似乎有點害怕。

「要是眞有這麼一天，我也不會覺得意外。這次事情大了，他把我們家炸掉了。」

「這是不是代表我們家又要變窮了？」珍妮說。「他老是說都是我們害他變成窮光蛋的。」

我叫她不要再講話了。沒想到奇蹟出現了，她眞的閉嘴了。有生以來第一次。

我走到等候室，發現老媽和老爸在那邊看五點的電視新聞。那是第十二頻道的肯特．威廉斯。電視裡，我們家的房子不見了，地面上只剩一個大黑洞，冒出滾滾濃煙，而肯特．威廉斯就站在那個大黑洞前面。接著，畫面忽然切換到對街的霍格納太太家，而且攝影機拉近焦距，集中到她家震碎的窗戶的特寫鏡頭。

電視裡的霍格納太太一直發抖。「他們那一家眞是好人。」她顫抖著說。「今天早上我才到他們家去過。我竟然能夠逃過一劫，簡直是奇蹟！」

「她以爲我們死了。」老媽哭著說。「李，新聞報導認爲我們已經死了。」

「嗯，我們不是活得好好的嗎？」他說。「他們很快就會知道了。」

「可是我們總該打個電話吧？」

「打給誰？」

「我不知道。也許應該打給電視台，或是報警什麼的！天曉得！」說著，她又開始哭起來了。「噢，李，你究竟造了什麼孽？」

老媽拜託我去找傑克，因爲大家好像都把他給忘了。整座醫院簡直像迷宮一樣，我根據方位指示圖，搭了好幾座電梯，經過好多條走廊，好不容易才找到了服務台。那位小姐告訴我，傑克已經被送到五樓的病房去了，五樓的護士小姐會告訴我幾號病房。

五樓櫃檯那位護士是一個黑人，長得很胖，頭髮是橘紅色的。黑人女生只要一染髮，頭髮就會變成那種顏色。我問她：「請問傑克·歐蒂斯·巴特斯在幾號病房？」一聽到我問，她立刻氣得全身緊繃。「哦，你是他的什麼人？我們已經問了老半天了，一直找不到是誰把那老傢伙送來的。你給我聽著，要是你不馬上叫他閉上那張臭嘴，那我們就要請他滾蛋，五樓病房不收他。」

「對不起，小姐，到底怎麼回事？」

「嗯哼，他一來就找我麻煩。本來我到病房去，想把他安頓好，沒想到那個臭老頭竟然叫我黑鬼。哼，你給我聽清楚，不管這臭老頭是什麼來路，我絕對不受他這種鳥氣！說穿了，這臭老頭根本就是種族歧視的王八蛋。我幹的是護士，我的工作項目可沒包括受他這種鳥氣！當時我警告他，臭老頭，別在那邊亂放屁，結果另外一個護士進來了，他又開始了，他又開始叫她黑鬼。他說他才不讓黑鬼護士照顧他，還叫我們去找白人護士過來。」

「呃，很對不起，不過，這件事我可以解釋。」我說。

她皺起眉頭瞄了我一眼。「哦，你說說看，我洗耳恭聽。」

我嚥了一口唾液。「呃——傑克年紀已經很大了，他是從很偏僻的鄉下來的。他一天到晚把那兩個字掛在嘴上，不過他並沒有那個意思——妳應該明白我的意思，就好像，如果說那兩個字的人是我，那就不一樣了。」

這時候，她忽然仰起頭，下巴抬得老高。「要是你敢當我的面說那種話，我鐵定會踢爛你那個白白嫩嫩的屁股，一腳把你踹到樓下去。而且，要不是因爲他跛腳，我早就把他踹下去了。」

「其實他在鄉下老家有很多黑人朋友。」我說。「他都是這樣叫他們，而他們也都喜歡這樣。」

「呃，我不喜歡。這裡沒人喜歡。難不成你的意思是，我們應該喜歡？」

「不是不是。」我說。「我只是說，他沒有惡意。」

「小朋友，叫別人黑鬼，會有什麼好意嗎？」

這時候，另一個護士也走過來了。「這個就是503的家屬嗎？」

「是啊，而且他還跟我說，那個臭老頭的很多好朋友是黑人，而且，他叫他們黑鬼，他們也都無所謂，隨他高興。」

「我不是那個意思！」

「在我聽起來就是那個意思。」那個橘色頭髮的護士說。

我舉起雙手擺出一個投降的姿勢。「好吧好吧，我會叫他閉嘴。」

「很好，那你就去警告他吧。」她說。「五——〇——三。」

門是敞開的。傑克整個人側躺著，一動也不動，鼻子和嘴巴上蓋著一個黃色的氧氣面罩，管子從罩袍裡伸出來。

我繞到床的另一邊。「老先生，你還好嗎？」

他臉色蒼白，看起來很蒼老。他伸手把面罩拉開了幾公分。「嘿，丹尼爾。這裡的人都死光了嗎，怎麼全是黑鬼護士？」

「是啊，這我注意到了。」我說。「不過，他們不喜歡你叫他們黑鬼。要是你還敢繼續這樣叫，他們會一腳踢爛你的白屁股，把你踹到樓下去。他們就是這麼說的。」

「丹尼爾，帶我回家。」

「沒辦法了。家已經沒了。被老爸炸掉了。」

「我說的不是那裡。」他說。「我說的是我的老家。」

「抱歉，傑克，你生病了，醫生說你一定得待在醫院裡。」

「房子根本就不是你爸爸炸掉的。」傑克說。「是那個霍格納太太幹的。她是魔鬼派來的，她打算把我們全部殺光。」

「老先生，麻煩你閉嘴，專心吸你的氧氣，好嗎？那跟霍格納太太沒關係。」

他咯咯笑了一下，然後忽然猛咳起來。

後來，我朝電梯間走過去的時候，那兩個護士眼睛一直死盯著我。接著，電梯叮的一聲，門開了，我走進去。一直到電梯門關上了，她們都還死死的盯著我。

18

我坐在旅行車的後車廂裡。老爸開車，老媽沿路一直叫罵。他一直安撫她，但說來說去不是「冷靜一點」，就是「冷靜一點好不好？」我試著想開口說兩句，可是老媽立刻轉過頭來狠狠瞪我一眼，意思是叫我閉上我的鳥嘴。在她看來，我和老爸一樣罪大惡極，因爲我竟然沒有設法阻止他。

「沒錯，那次搬家公司的貨車在高速公路上翻車，我們的東西確實也是燒光了，但那跟這次完全不一樣。根本就是兩回事。」她咆哮著。「那次是因爲我們運氣不好！那是上帝的旨意，我們根本無能爲力。可是，李，這次你根本就是故意放火炸掉我們家，燒光了我們家的東西——老天，這下子我要穿什麼？我根本沒有帶衣服！」

「等保險金拿到，妳就可以去買新衣服了。妳可以去買一件貂皮大衣。」

「這裡是密西西比，我買貂皮大衣幹什麼？」老媽大吼。「還有，我才不要什麼新衣服——我要我原來的衣服！我要回家，我要睡我自己的床，我要把被子拉起來蓋住頭，不要看到你，這樣我才不會想到你幹的混蛋事。」

老爸聳聳肩。「我都已經說對不起了，妳還要怎麼樣？」

「噢，饒了我吧——你以爲說句對不起就可以打發，所有的罪孽就可以一筆勾銷了嗎？別做夢了！」這次她是眞的火大了。「還有，你知道眞正該說對不起的人是誰嗎？——是我！碰上你這種人，我眞該跟自己說對不起！沒想到我眞的這麼不長眼，竟敢嫁給你。從前瑪麗．尼爾早就警告過我，說你這人靠不住，但我根本不聽她的。相反的，我嫁給了你，而且還跟你熬了這麼多年，爲什麼呢？因爲我一直以爲你會變，但沒想到你一直都沒變。更可怕的是，你最惡劣的那一面反而變本加厲。」

老爸說，老媽是因爲命太好了才有這個福氣嫁給他，因爲在阿拉巴馬州，一堆女孩子排隊要嫁給他。

她大笑起來。「命太好？福氣？你有沒有說錯？我已經沒辦法再忍受你了。你克制不了自己的脾氣，結果現在呢？看你幹了什麼荒唐事！李，你怎麼這麼幼稚，怎麼這麼白痴——」

「妳說夠了沒？說話小心點。」他臉色一沉。

老媽嘆了長長的一口氣。「你竟然幹了這種蠢事。」她說。「現在呢，我們什麼都沒了。」

「我們有保險。」他說。「財物損失理賠五萬美金，領現金。」

「再多的保險也補償不了自己的人生！」

「我弄到了保險金，這總該是功勞一件吧。」他說。「上次我沒有買保險，妳把我罵得狗血噴頭。」

「功勞？」她咆哮起來。「你還有臉說這叫做功勞？」

「爸，媽，拜託你們別再講了好不好？」我已經想盡辦法說得很委婉了。

他們眞的不再互相叫罵了，不過，他們兩個卻同時轉過來朝我破口大罵。後來，車子開到布埃納維斯塔街的時候，忽然聞到一股味道，那一剎那，他們才安靜下來。那是一種電線走火的臭味。

「老天，怎麼那麼多車？」老媽說。「究竟怎麼回事？」

「都是些他媽的看熱鬧的。」老爸說。「他們把車子停在安娜貝拉・霍格納家的草坪上，她怎麼受得了？」

「噢老天！」老媽突然倒抽了一口涼氣，往後靠到椅背上。放眼望去，地面上到處覆蓋著一大片雪花般的碎屑。那都是我們家東西被炸爛的碎片。爆炸把那兩棵大橡樹都震倒了，我們家的庭院遍地都是一堆堆的綠色樹葉，彷彿一九六九年的卡蜜兒颶風席捲了我們那條街。

房子爆炸之後，到現在已經過了好幾個鐘頭了，看熱鬧的人還是把現場擠得水泄不通。他們圍在黃色封鎖帶四周，搶著拍照片，探頭探腦。此外，那個冒著煙的洞口旁邊停滿了密西西比瓦斯公司的卡車，兩輛米諾市的消防車，警車，警長專用的巡邏車，還有一部推土機。

我們繼續往山坡上開，開了好長一段路才找到地方停車。沒想到我們家的廢墟現在變成觀光景點了。**你們看地上那個冒煙的黑洞！你們看那家人正朝那個冒煙的黑洞走過去了！**

羅格家靠近我們這邊的窗戶都已經釘上了夾板，霍格納太太家正面的窗戶也一樣。整條布埃納維斯塔街，家家戶戶的庭院佈滿了殘骸碎片。看到爆炸連帶損害波及的範圍這麼大，老爸不由得皺起眉頭。我覺得當初他在設計爆炸的時候，根本沒有顧慮到附近鄰居的安全。

這時候，艾拉・貝奇曼忽然從人群中冒出來，張開雙臂朝我跑過來。「莫斯葛羅夫！我還以為你已經死了——老天保佑，沒想到你還活得好好的，太好了！」說著，她一把抱住我，抱得好緊。

「貝奇曼太太！妳怎麼會跑來這裡？」

她擤了擤鼻涕。「哼，本來我以為你死了，忽然就不生你的氣了。」她說。「可是現在，看你還活得好好的，我火氣又來了。」

艾妮妲不知什麼時候忽然從我後面冒出來，一把抱住我，在我臉上親了一下。「嗨。」她在我耳邊嘀咕著。「我就知道你不會有事的。」

她穿著那件白色的無袖小T恤，一條牛仔短褲，露出一雙古銅色的修長美腿，整個人看起來好清爽，眞是美呆了。我又開始失魂落魄了。她簡直是完美的化身。我忽然想到，我竟然吻過這個美得難以形容的女孩，甚至，就在這棟房子還沒變成眼前的廢墟之前，我竟然有機會躺在房間的床上，把她抱在懷裡，和她一起做了我朝思暮想的那件事。這樣的福氣，除了說是奇蹟，還能是什麼？我忽然想到，她竟然會擔心我，甚至還叫她媽媽帶她到這裡來，看看我是否平安！想到這個，我忽然感到內心一陣激盪。「沒想到妳會跑來這裡，我好開心！」我說。

「我們看到電視新聞，而且——噢，老天。」艾妮姐說。「聽電視上說，現場看不到任何有人倖存的跡象。可是，我就是知道你一定沒死。我就是有那種感覺。可是，我好擔心你會受傷還是怎麼樣。你眞的沒事嗎？你家人都還好嗎？」

「還好，只是有點嚇到，沒什麼。不過，傑克住院了。對了，我還以爲妳可能在生我的氣，因爲——呃，因爲那天早上妳走的時候沒有叫醒我……」

「艾妮妲是有點不高興。」她說。「不過，我是琳達，不是艾妮妲，我沒有不高興。而且，我感覺得出來，你媽不希望我留在你家。」

這時候，有好多我不太認識的人都跑過來擁抱我，恭喜我們平安無事。我一直以爲布埃納維斯塔街這邊的人都很冷漠，沒想到人群裡就有好幾十個鄰居，還有跟我一起搭校車的那些孩子的父母，還有珍妮的兩位老師，還有衛理公會教堂的牧師。老爸老媽只去過那個教堂一次。

我看到貝奇曼太太在跟老媽講話，而且，她竟然邊說話邊拍老媽的手臂。我很驚訝，老媽竟然肯讓她碰她的手臂。平常她是打死都不讓別人碰的。

老爸跨過封鎖帶，朝洞口走過去。老媽也立刻跟在他後面走過去。

我說：「我得跟他們一起過去看看了。」

「莫斯葛羅夫。」艾拉・貝奇曼說。「你幹了什麼好事？你把你們家的房子怎麼樣了？」

「我就知道妳一定會把所有的罪過都推到我頭上。妳們在這裡等一下，我馬上回來。」

艾妮姐捏了一下我的手。「趕快去吧，我等你。」

洞口邊緣擠了一堆消防隊員、警察，還有瓦斯公司的人。接著，人群裡忽然冒出一個人朝我們走過來。他年紀很大——差不多四十歲——五官輪廓很深，臉上滿是粉刺留下來的坑坑疤疤，體格很結實，可是很矮。他穿著卡其褲，白襯衫，袖口捲起來。

「莫斯葛羅夫先生，莫斯葛羅夫太太。」說著，他也朝我點了個頭。

「請問你是哪位？」老爸問。

他伸出手要跟老爸握手。「我們通過電話，我是傑夫・馬吉爾，辛德斯郡警探。」

「噢，對了，我想起來了。」老爸跟他握握手。「呃，現在你也親眼看到了，我們家被炸掉了。」

「有幾個問題想請教一下，我要寫報告，需要你提供一些資料。我想你應該知道警方的報告需要哪些資料，比如說，你從事的行業。我好像聽你提到過，你是從事化學工業的，沒錯吧？」

老爸點點頭。「鐵力士公司。」

「害蟲在哪裡，我們都知道。」馬吉爾說這句廣告詞的時候，面帶微笑，但臉上卻沒有半點笑意。

老爸皺起眉頭。「就是那家公司。」

我忽然想到，這個警察的名字好像在哪裡聽過。對了，艾妮姐出事的時候，負責偵辦的警察是不是也有這個傑夫・馬吉爾？我心想，說話要小心了，嘴巴最好閉緊一點。

「莫斯葛羅夫先生，你有沒有把化學藥品放在家裡？」

「車棚裡好像有一些樣品。多半是殺蟲劑之類的。」

這時候，老媽忽然插嘴了。「房子快爆炸的時候，我先生人不在家裡。」她說得很大聲。「他在醫院陪我女兒珍妮。只有丹尼爾和我在家。」

這下子，老媽眞的扯太遠了——這種謊話漏洞百出，連三歲小孩都騙不過。她似乎忘了，當時打電話到密西西比瓦斯公司說家裡瓦斯漏氣的，是老爸。還有，在醫院裡陪珍妮，半步都不肯離開的，是老媽。我實在猜不透，老媽扯這種漫天大謊，到底有什麼用意？

我一直盯著傑夫．馬吉爾腳上那雙快磨爛的平底鞋。

他似乎沒聽到老媽在跟他說話。「你確定那些化學藥品是不會爆炸的嗎？」

老爸說：「我屬於農化部門，我們的業務範圍不包括那類東西。」

「一般說來，瓦斯漏氣造成的氣爆，頂多只會炸破窗戶，不至於會把整棟房子夷爲平地。」

這時候，老媽又插嘴了。「這次漏氣的情況很嚴重，漏得很快，這輩子還沒聞到過那麼重的瓦斯味。」

他瞄了老媽一眼。「莫斯葛羅夫太太，我等一下再跟妳談。」

他的口氣不是很好，但老媽根本不理他。「我剛剛不是告訴過你了嗎，李根本就不在家。你要問應該問我才對。」

「噢，我等一下就會請教妳了。」他說得很客氣。「等我和莫斯葛羅夫先生談過之後，馬上就會跟妳談一談。」

我心臟怦怦狂跳。老媽怎麼會表現得這麼作賊心虛？我不知道炸毀自己的房子算不算犯罪，可是，要是她說話不小心，可能就有人得去坐牢了。或許她以爲這樣是在保護老爸，或是以爲這樣可以保住保險金，可是我非常確定，扯這種謊實在太愚蠢了。我比誰都清楚，一個看似無害的小謊話，最後會如何一發不可收拾，毀掉你的人生。

老爸似乎不知道該怎麼應付了。這下子要靠我了。

於是我說：「媽，當時妳並沒有在家裡啊。妳在醫院。當時在家的人是我，還有老爸，還有傑克。媽，妳今天是不是忘了吃藥？」

老媽瞪大眼睛看著我。那副模樣彷彿我在眾目睽睽之下拿出一張她只穿著內衣的照片。「什麼藥？你到底在說什麼？」

傑夫．馬吉爾眉毛挑了一下。「要不要我先到旁邊去，等你們故事編好我再過來？」

「好了啦，媽，當時的情況就是那樣啊，妳扯到哪裡去了？實話實說不就好了嗎？他是警察耶。」

「他是誰，用不著你來告訴我。」她說得齜牙咧嘴。「當時你爸爸明明就在醫院裡，是我在家裡，你怎麼會搞不清楚？」說著，她朝馬吉爾笑了一下，但笑得很不自然。「爆炸的時候，這孩子撞到頭了。醫生說他可能有點意識不清。」

「唉，珮姬，親愛的，事情並不是像妳說的那樣啊。」老爸口氣很平靜。他已經知道我的用意了，於是也開始配合我演戲。「她在醫院裡陪了我女兒一整晚。」他告訴馬吉爾。「她累壞了。這件事對她的打擊太大了。她真的應該躺下來好好休息。」

「你在胡說什麼？我哪有怎麼樣？」她發火了。

「莫斯葛羅夫太太，我知道妳現在心情一定很亂。我想像得到，家忽然沒了，那滋味一定很不好受。」馬吉爾說話。「不過，我要寫報告，還是需要你們提供一些資料。」

「我和這孩子一進門就聞到滿屋子都是瓦斯味。」老爸說。「所以我們就趕快把傑克．歐蒂斯抱出去——他是我太太的舅舅，他跛腳——然後，我就打電話給瓦斯公司。他們叫我們趕快離開屋子，所以我們就趕快出去了，然後就爆炸了。爆炸的聲音好大，那位老爺爺嚇到了，結果就中風了。後來，我們就一直在醫院陪他。我就是在醫院裡打電話給你的。」

馬吉爾轉過頭來看我。「你就是丹？」

「是的，警官，我叫丹尼爾。」

「事情的經過就是這樣嗎，丹尼爾？」

「是的，警官。」我說。「媽，很抱歉。」

「我還眞是沒事找事。」她嘴裡喃喃嘀咕著。

「莫斯葛洛夫先生，你覺得瓦斯是被什麼東西點燃的？」傑夫・馬吉爾一副漫不經心的樣子，那種口氣彷彿是在問他明天會不會下雨。

「我不知道。」老爸說。「不過，我猜可能是屋子裡哪裡冒出火花吧。」

「應該不是。你目前的經濟狀況有問題嗎？」

「沒有。我雖然不是很有錢，不過還過得去。」

「那麼你的工作，你的家人呢？有諸如此類的問題嗎？」

「一點問題都沒有。」事實上，只要打個電話就知道他已經被炒魷魚了，但老爸似乎決定硬著頭皮拗到底。「呃，當然我們——我是有點擔心——」

老爸說到一半，眼睛瞄向老媽，被老媽看到了。「我有什麼好擔心的？」

爸爸苦笑了一下。「我不是說妳，親愛的。」

「少給我擺出那副樣子，我好得很，沒什麼不對勁！」

「珮姬，妳當然沒什麼問題。」老爸說。「妳放心，冷靜一點，我們不會有事的。我們再買一棟房子就好了。」

「你應該會領到保險金吧？」馬吉爾問。

「其實，這棟房子根本就不是我的。」老爸說。「房子在公司名下，所有權並不是我的。這是公司給我們的一點小福利。我猜他們應該有保險吧。」

「難道房子不是在你名下？」

「不是。我們只在州立農業保險公司保了財物險，金額很少。」馬吉爾全神貫注地盯著老爸，但老爸依然面不改色。

這時候，有個瘦瘦高高一頭紅髮的傢伙走過來了。他說他叫伯特．辛克，米諾市消防隊的鑑識官。「各位，我必須先恭喜你們，這麼大的爆炸，竟然有辦法死裡逃生，眞是非比尋常的命大。」

「我百分之百同意。」老爸說。

傑夫．馬吉爾問：「伯特，起火原因呢？你有查出什麼線索了嗎？」

「很明顯是瓦斯管斷裂，不過爲什麼會斷裂，我無法確定。一定是有哪裡漏氣，我猜是廚房。密西西比瓦斯公司說，他們的管線壓力正常，另外，我找不到其他線索，找不到明確的起火點。我猜可能是自動調溫裝置或是哪個電器冒出火花。我的結論是意外事故，起火原因不明。」

「呃，所以說，結論就是意外囉？」馬吉爾說。「那我報告就這樣寫了。」

老爸還是一樣面無表情。他並沒有興奮得大喊「幹得好！」，也沒有露出絲毫鬆了口氣的樣子。

我低頭盯著地面上打量了老半天，想找找看有沒有哪個殘骸破片是我認得出來的，可以留下來當紀念品，結果看了半天，似乎滿地全是石膏板碎片，錫箔紙碎片，磚頭碎片——沒有半樣東西是你認得出來的，比如說鉛筆、叉子，或是那輛十段變速腳踏車的一根輪輻什麼的……

我跨過封鎖帶，走到外面，看到艾妮妲和霍格納太太站在一起，兩個人一直搖頭，彷彿在說我們能夠死裡逃生，簡直是奇蹟。我告訴艾妮妲，就算全世界都被炸掉了，禮拜六晚上我還是一樣要帶她去看桑尼和雪兒表演。貝奇曼太太本來以爲我死了，看在我死而復生的分上，於是就勉強答應讓她去了。

我看到老媽揮手叫我過去救她，因爲她被一群忽然變得很熱心的街坊鄰居團團圍住了。「我們六點三十分過去載妳。」我告訴艾妮妲。「記得要先準備好喔。」

她對我嫣然一笑，說她會等我去接她。

於是，我精神抖擻的擠進人群中。「嘿，媽，爸說我們該走了。」

「好的，親愛的，我馬上就來。」說著，她又輪番跟每個人擁抱了最後一次。「願上帝祝福大家，不好意思，我得先走了，我們還要回醫院去。現在我們家有兩個人在醫院裡，需要人照顧。」

我們走上山坡的時候，有個傢伙開著一輛敞篷吉普車跟在我們後面，想接收我們的停車位。老爸心中暗暗得意，故意慢慢摸，讓他等，一直等一直等，後來，老爸終於滿意了，才把車子開走。

我們開車往城裡去，半路上，老媽忽然說：「我想，這件事應該算是成功了。」

「是啊，這都要感謝坐在後面那位大嘴巴先生。他果然上鉤了。」說著，老爸伸出大拇指朝我揮了幾下。

「一點都沒錯。」老媽咧開嘴笑了起來。

我猛然坐直起來。「你們兩個在說什麼？」

「我們早就料到你一定不肯乖乖閉上嘴巴。」老媽說。「自從你學會講話之後，你就專跟我們唱反調。當年，你開口說的第一句話就是『不要』。」

那一剎那，我忽然感到背脊發涼，心裡很不是滋味，因爲我發現自己的爸媽並非我想像中那麼無知。「等一下等一下，這件事是你們兩個串通好的嗎？」

「把你耍得團團轉。」老爸說。「妳看吧，珮姬，這些小鬼老是自以爲只有他們才懂得要怎麼幹壞事才不會被逮到。其實，你們都還沒出娘胎的時候，我們就已經幹過了。」

老媽微微一笑。「我早就知道，要是我說謊說得太扯，你一定會按捺不住跳出來糾正我。這樣一來，那傢伙的注意力就會被引開，不會再死盯著你老爸。果然沒錯！謝天謝地，你果然不出我所料。」

我整個人愣住了，目瞪口呆。我根本就被他們玩弄於股掌之間，甚至不自覺地照他們編的劇本配合演出。我徹底上了他們的當。那種感覺很像是，你發現自己的爸媽背地裡就像《雌雄大盜》電影裡的邦妮和克萊德一樣，有空閒的時間就會去搶銀行。爸爸從襯衫口袋裡摸出一根菸，點了火。

「你在幹什麼？」老媽大叫了一聲。「你不是不抽菸的嗎？」

「妳不知道的事情可多了。怎麼樣，想不想來一根？」

「什麼牌子？駱駝牌嗎？好，我也來一根。」她用自己的Zippo打火機點上菸，然後把煙吐到車窗外。

「我也可以來一根嗎？」我鼓起勇氣問。

「不可以！」他們異口同聲說。

我被他們嗆得咳起來，就趕快把車窗搖下來。

老媽問：「你是什麼時候開始抽菸的？」

「到外地去的時候。」老爸說。

「是喔，看起來，我最好別去想你到外地去的時候還會幹些什麼別的事。平常你竟然還敢罵我，一直叫我戒菸。喂，你嘴上叼著菸，那樣子眞的很難看。算了吧，我看你連菸怎麼抽都不知道！」說著，她一把搶走老爸嘴上那根菸，丟到車窗外面去。

他咧開嘴一笑，迅如閃電的搶走她嘴上那根菸。「哈哈！」他猛吸了一口菸，把煙吐在她臉上，然後把那根菸也丟到窗外去。

好吧，也許這就是愛吧，某種很奇怪的、只有他們兩個才懂的「愛」。

我們沿著八十號公路開往米諾市，半路上，我們看到「牛奶大王」北邊有一家雷德汽車旅館。老爸幫我們訂到了兩間房。這家旅館光看外表就很不怎麼樣，裡面更糟糕：又悶又熱，陰森森的，還瀰漫著一股怪味道。老爸說，他已經跟旅館老闆拉希米．派特爾先生殺過價，租金便宜得不像話。我說，那還用說嗎，看也知道一分錢一分貨。老爸叫我閉嘴，他說這筆交易划算得很。「這裡有漂亮的印地安小姐來幫你鋪床，平常在家裡有這種享受嗎？更何況，從前你不是一天到晚抱怨，說我們住的地方是那種雞不生蛋鳥不拉屎的破鄉下？這下子你總算有機會可以享受一下都市生活了！」

老媽開始拚命刷洗浴缸，把那些陳年的「滅蟑」拿出去丟掉，而我和老爸則利用這段時間跑回老家旁邊山頂上那片草地，把那些箱子搬上車載回來。站在山頂上看著底下的山谷，可以看到那個大洞的封鎖帶四周還是擠滿了人群。那些人居然對一棟已經消失的房子這麼有興趣，眞是奇怪。

在「牛奶大王」吃過飯之後，我們開車到醫院去。站在醫院外面，可以看到一扇扇的窗戶透出明亮的燈火，而每一扇窗都代表一個躺在床上的病人。自從當年在和平溪醫院急診室有過那次不愉快的經驗之後，我就很討厭醫院。「媽，我一定要進去嗎？」

「你不想看看你妹妹和傑克嗎？」

「他們長什麼樣子，我又不是沒看過。」

老爸忽然轉頭看著我。「你想找我麻煩嗎？」

「沒有沒有。」我打開車門走下車。這一整天，不管他叫我做什麼，我都乖乖說好，不敢說半句廢話（幾乎）。本來有好幾次我很想耍嘴皮子，但都忍下來了。我滿腦子想的，就是希望趕快度過這一夜，然後想辦法到艾妮妲家去。我好想吻她，然後把她帶到河邊那個老地方。

「房子爆炸的事，先不要告訴你妹妹。」老媽的鞋跟踩在走廊上喀噠喀噠響。「以她目前的狀況，我擔心她會驚嚇過度。」

「不好意思。」我聳聳肩。「我已經告訴過她了。」

「你這個大嘴巴。」老爸說。「看吧，就跟妳說，這小子那張嘴就是憋不住。」

「嘿，你們看，那個人是誰？在那邊。」我伸手指向醫院旁邊那座水泥門廊。有個老人癱坐在輪椅上，成群的蚊子像一團烏雲似的環繞著他的頭。他拚命揮手趕蚊子。

老媽順著我手指的方向看過去。「那不是傑克嗎？」

「很像是他。」我說。

「他跑到那邊去幹什麼？」

「問得好。」老爸說。

我們匆匆忙忙從草坪上跑過去。傑克整個人躺在輪椅上，頭靠著扶手，騰出兩隻手拚命打蚊子。

「傑克，怎麼回事？」老媽大叫起來。「是誰把你推到這裡來的？」

「那個黑鬼護士。」

老媽火大了。這個老人都已經生病了，怎麼會有人把他的氧氣罩拿掉，還把他丟到外面？「走，我們到樓上去，把事情問清楚。」她大吼。

我按住按鍵，讓電梯門開著，讓老爸把傑克的輪椅推進電梯。老媽一路氣沖沖的。「我簡直不敢相信！要是我們沒有回來看他，會發生什麼事？難不成他們打算一整晚都把他丟在外面？」

到了五樓，電梯門一開，老媽立刻一個箭步衝到櫃檯前面。那個橘色頭髮的護士正好就坐在櫃檯後面寫病歷表。明明有人走到櫃檯前面了，她卻根本理都不理，眼睛就這麼一直盯著病歷表。過了不知道多久，她才抬起頭來看我們。

「打擾一下，這位小姐。」老媽說。「能不能麻煩妳解釋一下，爲什麼我舅舅傑克的氧氣面罩會被拿掉，而且還一個人被丟在樓下醫院外面？」

「妳說誰？」

「這個人。」老媽的手搭在輪椅上，五根手指頭像轉輪般敲著扶手。「傑克．歐蒂斯．巴特斯先生。他是妳的病人。我們剛剛發現他一個人坐在醫院外面，快被蚊子咬死了——他告訴我，是妳把他推到那邊去的！他居然還活著，眞是奇蹟！」

「他看起來很好啊。」護士兩手扶住辦公桌面，用力一撐站起來。「我來幫妳把他扶到床上去。」

「不用！」老媽大吼。「不必了，小姐！這個用不著妳！我要見妳的主管！」

那個護士淡淡一笑。「主管已經回家了。傑克先生，你怎麼沒有乖乖躺好呢？你怎麼會跑到外面去呢？你不知道你應該多吸點氧氣，好好躺著休息嗎？」

她眞厲害。她竟然有辦法表現出那副輕鬆愉快的樣子，眞令人驚奇。她在嘲弄我們，彷彿我們是一群白人笨蛋，沒事大驚小怪。

「我要去找我的律師，我已經等不及想聽聽看他對這件事有什麼看法。」老爸說。

「哦，原來你有請律師？」她說。「怎麼回事？你們惹上了什麼麻煩嗎？」

「少廢話。」老爸大吼了一聲。

「哎唷，你的脾氣可真嚇人。」她硬是把傑克的輪椅搶到自己手上，然後推著傑克沿著走廊走過去，動作飛快。我們跟在她後面。「我們告訴過傑克先生，不要自己一個人跑到外面去，更何況他還戴著氧氣面罩，跑到外面去怎麼得了！傑克先生，我是不是這樣告訴過你？」

「是……是的。」傑克忽然瞪大眼睛——眼神中似乎露出一種恐懼。

「而且，傑克先生已經會叫我的名字了。」她說。「對不對，傑克先生？你現在知道我叫什麼名字了嗎？」

「知……知道了。」他忽然低頭看地上。

「那麼，我叫什麼名字呢？」她問。這時候，輪椅已經推到病房門口了。「我叫什麼名字呢？要不要說給大家聽聽看？」

「奧登小姐。」他說。

「對了，我就是奧登小姐。很好，從現在開始，不管需要什麼東西，只要叫奧登小姐，我就來了！」她咯咯笑起來，笑得好開心——幽默感真是一流的。接著，她猛然伸手抱住他，把他從輪椅上抱起來，放回床上去。他本來應該可以安安穩穩躺在床上的。接著，她把被單拉上來，幫他蓋好。

他猛眨眼睛，一臉驚訝。「看妳塊頭這麼大，沒想到手腳這麼靈活。」

她伸出一隻手用力一推，輪椅咻的一聲瞬間滑到牆角。「沒想到吧，傑克先生？好了，我馬上就回來幫你打針，你可別再亂跑哦，聽到了嗎？」

「知道了。」

「很好！」說著，她把氧氣面罩套回他臉上，罩住他的鼻子嘴巴、然後轉頭瞪著我們。「好了，各位，這樣可以了嗎？你們滿意了嗎？」

老爸半晌說不出話來。後來，就在她快要走到門口的時候，他才冒出一句：「可是剛剛……」話都還沒說完，她已經走得老遠了。

「李。」老媽說。「算了吧。」

19

那輛星光藍的福特Pinto上坐著四個年輕人，他們準備去看桑尼和雪兒的表演。開車的是提姆，他是這夥年輕人當中的老大，也是班上的活寶。坐在右前座的是丹尼爾，提姆的死黨。後座有兩個女生，一個是豔光四射的舞會皇后，而坐在她旁邊的是瑞雪兒·波斯蒂。瑞雪兒從前堪稱是大象隊，後來瘦了一點，變成小象隊了。由於這次的約會是「四人約會」，兩男兩女，所以提姆特別挑選了瑞雪兒來和艾妮妲搭配，因爲她最合適。瑞雪兒好幾個月前動了個小手術，用鐵絲把下巴固定住，讓嘴巴張不開。她沒辦法吃東西，只能喝流質。這樣做是爲了強迫減肥。這幾個月來，她的體重已經減輕了將近三十公斤。她身上穿著一件五彩繽紛的夏威夷袍。那件衣服從前穿還很合身，現在穿起來已經太大了。嘴巴張不開的人，說起話來難免口齒不清，但她不知道怎麼練的，居然能夠把話說得很清楚。

艾妮姐打扮得像是個白人女生——高跟鞋，褲襪，迷你裙，羊毛套裝。這身打扮雖然有點土裡土氣，可是老天，眞是美呆了。我心裡暗暗渴望，眞想馬上帶她到河邊去，把她身上的衣服全部剝光，一件一件剝。

提姆穿著黑襯衫，打著一條鋼琴鍵圖案的白絲領帶，穿著緊身黑長褲。利物浦時代的披頭四最喜歡穿那種緊身黑長褲。我穿衣服一向不怎麼講究，所以還是穿著平常穿的格子襯衫，牛仔褲，黑色的高筒運動鞋。

艾妮姐說：「提姆，我很高興終於有機會可以跟你一起出來玩了。丹尼爾跟我說過很多你的事。」

提姆忽然咬緊牙根。「噢，不會吧，我看會讓他一天到晚掛在嘴巴上的人應該是妳吧——艾妮姐艾妮姐艾妮姐，聽得我耳朵都長繭了！不過，他卻把妳藏起來，好像是什麼天大的黑暗祕密。噢，對了，我說『黑暗』沒別的意思。我幾乎是苦苦哀求，要他無論如何今天晚上一定要把妳邀出來。」

「眞的？」她轉頭過來看我。「丹尼爾，是眞的嗎？」

「才不是！是我自己想邀妳出來的！」我說。眞該死，他到底想幹什麼？

「其實是那個賣門票的小姐建議的，呆尼爾，你忘了嗎？那個北方佬，是她勸你去把艾妮姐邀出來的。」

艾妮姐伸手搭住我的肩膀。「到底怎麼回事？」

我正要開口反駁，提姆就搶先插嘴了。「事情是這樣的，丹尼爾很緊張，因爲他不知道在這種地方，黑人白人大庭廣衆之下出雙入對會發生什麼狀況。」

「這種地方？什麼是這種地方？」瑞雪兒問。

「密西西比州。」

「噢，對了。」

他調整了一下後視鏡。「不過，那位小姐告訴他，根本不會有人在乎。所以，他就把妳邀出來了！」

「我們哪有什麼黑人白人約會的問題？」她拍拍我的肩膀。「這件事你怎麼沒有告訴我？」

「我是覺得那又不是什麼大不了的事。而且，那是因爲提姆說，在我們這個地方，這種問題還是會有點傷感情。」

「反正是各說各話。」提姆說。「就像甘迺迪遇刺事件一樣，說法有兩種。」

米諾市座落在一片沖積平原上，一到晚上，大體育館燈火通明，看起來就像一艘飛碟停泊在平原上，閃閃發亮，而停車場上已經是車水馬龍。遠遠看過去，眼前的景象實在很壯觀——我腦海中開始浮現出某些遐想，比如棕櫚樹，比如好萊塢連綿的紫色山嶺，還有無數探照燈的光束在夜空中游移。

「哇，我已經開始興奮了。」我說。「你們看，人好多！提姆，你記不記得當初我們還擔心到時候現場會不會只有我們兩個。」

到了海赫街的匝道，車子開下州際公路，匯入緩慢的車流。這條車河滿載著桑尼和雪兒的歌迷，緩緩流向露天廣場。提姆把車子開到停車場最裡面，然後橫著靠邊停車，佔了兩個車位。

「這樣停才不會被別人的車門撞到。」他邊說邊鑽出車子。

「這裡距離體育場應該不到六十公里吧。」我諷刺提姆。「聖誕節之前應該走得到。」

瑞雪兒笑起來。「你們兩個平常都是這樣鬥嘴嗎？」

我們擠在人群中緩緩移動，經過一張又一張的桌子，桌上堆滿了桑尼和雪兒的肖像T恤，海報，還有印得很漂亮的節目紀念手冊。一本十塊美金，比節目的入場券還貴——世界一直在改變，變得越來越不可思議。

負責收門票的是好幾個「共濟兄弟會」（Shriner）的成員，年紀都很大了，戴著小小的紅色土耳其氈帽，穿著紅色短背心。「謝謝，祝您觀賞愉快。」他們嘴裡嘀咕著。「謝謝，祝您觀賞愉快。」販賣部的櫃檯前面已經大排長龍，搞不好要排到下禮拜才買得到。我們擠在人潮裡，沿著一個入口通道走進全密西西比最大的地方。裡頭燈光昏暗。

「希望我們的位子夠好。」瑞雪兒說。

提姆說：「我買的是一般入場券。」

「噢，糟了——提姆，你怎麼不早說？早知道人這麼多，我們應該提早幾個鐘頭來的！這下子我們恐怕要坐到那邊去了！」說著，她伸手指向遠遠的那座露天看台。看起來，好像眞的只剩下那裡還有空位。

提姆看得目瞪口呆。「老天，這地方這麼大，我做夢都想不到人會這麼快就坐滿了。」

「你在做白日夢嗎？桑尼和雪兒可是全美國最紅的大明星啊，他們演唱會的票房是全國第一。更何況，現在的廣播熱門排行榜上有五首他們的歌。」

「我還以爲只有我和呆尼爾喜歡他們。」

「誰是呆尼爾？」

「算了，沒什麼。」他翻了一下白眼，不過只有我注意到。

我們爬上一層又一層的台階，一層又一層。我不敢往後看，以免太高看了頭會暈。後來，我們在靠近頂蓋的最上層找到了四個連在一起的位子，從這裡看過去，舞台在下面很遠很遠，只剩下白色小小的一塊。

瑞雪兒和艾妮妲嘰嘰喳喳聊個不停，彷彿兩個姊妹淘。有人沿著台階爬上來，坐到我們附近的座位上。我和提姆看看那些人，交頭接耳批評了兩句。提姆不時拉長了身子，繞過瑞雪兒面前湊向我這邊跟我講話。後來瑞雪兒終於開口了：「提姆，我擋到你了嗎？」說著，她站起來要和提姆換位子。

提姆說：「不用了，我要到附近去晃一晃，等一下要開始表演的時候我就回來。」他沿著台階往下跑，跑向入口通道。

他離開了好一會兒，而我則是模仿著名的運動播報員霍華．科塞爾和拳王阿里，逗那兩個女孩子笑。我一邊模仿的時候，眼睛一邊盯著底下的入口，看看提姆什麼時候才會回來。看那些舞台工作人員匆匆忙忙跑來跑去，我感覺得到節目快要開始了。「我去找他好了。」我從兩個女孩子的膝蓋前面擠過去。「再不回來，他會錯過開場表演的。」

「要我陪你一起去嗎？」艾妮妲問。

「妳在這裡陪瑞雪兒好了。我很快就會帶他回來。」

我彎腰湊近她，吻了她一下——在額頭上輕輕吻了一下，那是很純眞無邪的吻。我的嘴唇還貼在她臉上時，忽然瞄到後面隔了四排的座位上有個女人在瞪我。

「喂，你看你看。」她故意叫得很大聲。「他們怎麼這麼不懂規矩，大庭廣衆之下做這種事？」

「要是妳看不順眼，那就乾脆別看了。」她丈夫說。

「你都不會看不順眼嗎？」那個太太氣呼呼的反駁他。

我立刻放開艾妮妲，站直起來。

艾妮妲微微一笑。那個女人講的話，她聽得一清二楚。「再吻我一下。」她輕聲對我說。

「等一下吧。」

「怎麼了？我們又不犯法。」

我實在不是有意想擺出什麼捍衛人權的姿態，而只是因爲，每當我想吻她的時候，我就什麼都拋到九霄雲外了。那已經變成一種本能了。

「我馬上就回來。」說完我就一溜煙跑掉了，一副落荒而逃的樣子。

走到出口通道斜坡最底下的時候，正好碰到提姆。

「哇塞，呆尼爾，難不成你會心電感應啊！我正要去找你耶！」

「我們趕快回去坐好吧，節目快開始了。」

「別急別急，他們剛開始會先上一些搞笑的橋段。嘿，告訴你，我剛剛去勘察了一下，沒想到挖到寶了。我一定要帶你去看看。」

「什麼東西啊？」

「用講的講不清楚，相信我吧，保證你値回票價。」說完他就沿著走道一溜煙跑掉了。

後來，我跑下兩層樓，跑到販賣部前面才追上他。「喂，你不怕看不到他們的表演嗎？」

「拜託你，相信我這一次可以嗎？」他把我帶到一扇門前面，門上貼了一個牌子，上面寫著「閒人免進」。他推開門，然後拉著我跟他一起走進去。

沒有聽到警鈴，也沒有看到警衛朝我們衝過來。

「裡面是什麼地方？」

「你猜猜看。」他說。

「反正就是我們不應該來的地方。」

「哎呀，別這樣嘛——別那麼孬行不行？小子，年輕人要懂得冒險犯難，活得轟轟烈烈，別老是像烏龜一樣縮在殼裡！」

「可是提姆——」

「我的名字不叫屁屁提姆❷。」

我忍不住被他逗笑了。「不好意思——屁屁臉提姆，她們兩個女生在等我們耶，而且，我們座位後面有個女人——」

「那你乾脆回去陪女生好了，要不然就閉嘴，乖乖跟我來！」說完他又一溜煙跑掉了，我只好又跟上去。我們穿越好幾間廳房，跑下好幾層樓梯，然後沿著體育館外牆旁邊的一條通道一直跑。

後來，我們跑到一台推車旁邊，推車上有好幾卷延長線。提姆忽然停下來，拿起一卷延長線扛在肩上。「你也扛一卷，這樣看起來比較像。」

那卷延長線比我想像的更重。我跟提姆說，我這身打扮看起來還比較像工人，哪像他，一身黑色禮服，還打著鋼琴圖案領帶，怎麼看都不像。

「下次我一定會記得把自己打扮得像大老粗，比較不會穿幫。」他說。

接著，我們來到一扇很寬的雙扇門前面，門裡面人聲嘈雜。我說：「萬一我們被逮到了，會不會被他們宰了？」

「不至於啦。反正就跟打仗投降一樣，把你的姓名階級和兵籍號碼招出來就沒事了。」說著，他推開門，裡面是另外一間大廳，看起來像是後台在舉辦宴會，現場的人都是那種穿著機車皮夾克的大鬍子，旁邊的女朋友個個骨瘦如柴，另外還有幾個穿西裝打領帶一臉諂媚的傢伙，還有幾個濃妝豔抹土裡土氣的女人，她們身上的打扮倒是很像卡蘿．奈森扮演的抹大拉的瑪利亞。

這些人是貨眞價實的嬉皮，褲頭綁的是拉繩，滿臉野蠻人似的落腮鬍，戴著約翰．藍儂式的淡藍色眼鏡。

這些人是桑尼和雪兒的朋友耶！在密西西比州，平常哪有機會見到這些人！

提姆抖了一下肩上那卷延長線，朝大家點點頭，然後從滿屋子的人群中一路擠過去。大廳裡煙霧瀰漫，飄散著濃濃的古龍水香味。我不時拍拍身上那卷延長線，彷彿在說：「有人急著要用這些延長線。」我努力保持鎭定，避免自己露出那種很怕被人發現的樣子。

根本沒人留意我們。我跟在提姆後面穿過滿屋子的人群，然後從大廳另一頭走出去。他打開左邊第一扇門，讓我先進去，然後跟在我後面。

這時候，他臉上又露出那種得意狡猾的笑容。「看到了嗎？知道這是什麼地方嗎？」

我看到一面大鏡子，鏡框上全是燈泡。另外還有一座矮矮的梳妝檯，三盆大得嚇死人的花，還有三口掀開的大行李箱，裡頭裝著亮晶晶的飾片，羽毛，亮片，斗篷，帽子。

「這裡是她的更衣室。」他說。「這些都是她的戲服。」

「哇塞——提姆！你在搞什麼？我們趕快出去！萬一她——」

「噓，噓—噓—噓—噓……小聲點，呆尼爾。我想親眼看看她。」

「你瘋了嗎？萬一現在有人跑進來，他們會以爲我們想偷東西！」

「我們沒有偷東西啊。噢老天！你看這個！」他從衣帽架上拿起一頂鑲滿寶石的帽子。「你記不記得？她唱〈我的情人節是一場鬧劇〉（My Funny Valentine）那首歌的時候，戴的就是這頂帽子。那一集的來賓是足球明星喬．納瑪斯。記得嗎？」

---

❷ Butt和But同音，「屁屁提姆」發音和「可是提姆」一樣。

「我有點忘了。我記憶力沒你那麼好，每一集的內容都記得。」

更衣室的牆上掛滿了流蘇飾邊的漩渦圖案絲綢。另外，我看到一座埃及豔后的胸像，乳頭部位剝落了，旁邊有一條緞帶從天花板上垂掛下來，尾巴吊著一座金色的小天使雕像。鏡子四周的邊緣貼了好幾張雀絲蒂的大頭照，另外還有幾張裱了框的雪兒照片。那些照片把雪兒拍得很難看，顯然都是歌迷拍的。那些歌迷的攝影水準顯然遠不及他們對雪兒迷戀的程度。在巡迴演唱的路上還會記得把這種居家照片帶在身上，我倒是覺得這個人還滿有心的。

「你看這個。」他拿起一根絲綢襯墊衣架，上面掛著兩條細細的帶子，帶子上綴滿了閃閃發光的亮片。

「哇，好大的耳環。」

「這哪是耳環。這是戲服。」

「少扯了！」身上只掛著這兩條帶子，什麼都遮不住，那跟一絲不掛有什麼差別？「我還眞想看她穿上這玩意兒。」

「或是乾脆不要穿？」他抖抖衣架，讓那些亮片晃來晃去。這時候，雪兒突然走進門。那些亮片甚至還在晃。

她穿著一件純白的T恤，一件低腰緊身牛仔褲，臉上脂粉未施，看起來反而美豔絕倫。她看起來就像電視上一樣，只不過感覺比較高，比較年輕——事實上，她看起來更像個年輕女孩，比我們大不了幾歲。她臉很長，顴骨高聳。那種古銅色的皮膚可謂天下第一。

一看到提姆在抖她的戲服，她猛然停住腳步。「是誰說你們可以進來的？誰說你可以玩我的G帶？」

「呃，對不起，我們是自己跑進來的。」提姆結結巴巴地說。他趕快把那根衣架吊回鉤子上。「妳好嗎？」

「謝謝你，我很好——你他媽的到底是誰？」

「呃，我叫提姆。」

「你是新來的小鬼嗎？」

「剛剛才來的。」他咧開嘴露出一種怯生生的笑容。「而且，在這種情況下碰到妳，眞的很難爲情。很遺憾。」

「你確實會很遺憾。」她回答說。「要是你跑到桑尼的更衣室，亂翻他的東西被他看到，他會宰了你。你是做什麼的？舞者嗎？」

「不是。我們是工作人員。」提姆說。「吉姆叫我們把這些延長線拿過來，好像是音響要用的吧？」他隨機應變的反應眞是一流的，眞的很會扯。不過，老天保佑，希望這裡眞的有個叫吉姆的人。

「按照規定，你們不是在我還沒進來之前就應該準備好了嗎？」雪兒說。「這樣我才他媽的馬上就可以用，而不必站在這裡看你們這些傢伙搞電線，那會嚇死我。」沒想到雪兒開口閉口都是他媽的，眞是令我大開眼界。

「噢，我們並不負責架設延長線。」提姆說。「我們只負責把延長線拿過來。」

她一屁股跌坐在沙發上。「很好，謝了，你們可以出去了。」我們轉身走向門口，走到一半，她忽然又問：「等一下。你的口音很奇怪。你們是在地人嗎？」

提姆說：「是的。」

「這裡是哪裡？」

「呃……妳是問……？」

「哪個城市？哪一州？阿拉巴馬？」

「呃，不是，這裡是密西西比。」提姆說。「密西西比州，傑克森市。」

「噢，對了。老天保佑，這裡的情況有多嚴重？」

「什麼有多嚴重？」

「這裡的人不是痛恨黑人嗎？你應該知道，我的舞者群有一大半是黑人。我們從沒來到過這麼南部的城市。」

「有些人還是很討厭黑人。」提姆說。「不過，那些人——我想他們應該不會來看妳表演。」

「哦，那太好了。」雪兒說。「我們加州那邊的人很少有種族歧視。不過，我不知道這邊的人怎麼樣。我怕得要命，很怕這邊到處都是像『公牛』康納（Bull Connor）那種神經病警察局長，開車到黑人區去示威。我甚至不准我的工作人員帶大麻上車。」

這時候，提姆忽然眼睛一亮。「妳喜歡大麻？我這邊有。」

其實我知道，自從那次在花團錦簇教會的電梯裡吸過大麻之後，提姆後來就一直有在吸，可是我做夢都想不到，他竟敢把大麻挾帶進演唱會。

雪兒立刻咧開嘴笑起來。「眞的？」

「怎麼樣，想哈幾口嗎？」

「呃，好啊，太好了。」她說。

「太酷了！」他立刻從襯衫口袋裡摸出那根大麻。

那種畫面不是「酷」這個字能夠形容的。雪兒竟然和我們一起吸大麻。連做夢都沒這麼瘋狂！這下子，我當然非吸不可了。還有選擇的餘地嗎？雪兒那雙眼睛眞是迷人，棕色的眼珠子，眼神像貓一樣敏銳機伶。光是想到跟這樣的大人物面對面接觸，我已經興奮得耳朵嗡嗡作響，那種聲音彷彿某種迪士尼的進行曲，我的思緒隨著旋律迴旋飛舞，六神無主，失魂落魄。我感覺自己的靈魂彷彿飛出了軀殼，飄浮到半空中，看著底下的自己和雪兒站在一起。活生生的雪兒正在跟提姆講話，而且不時瞄我一眼。瞄我耶！我我！我們三個人竟然共處一室！

雪兒用她那修長的手指把玩著那根大麻。「這個可以給我嗎？我想留著等一下再吸。這樣會不會很不好意思？因爲要是我現在吸了，我可能會把歌詞全部忘光。你該不會只剩下這根吧？」

「噢，我還有！還有！」提姆說。「那個給妳！妳可以和桑尼一起抽。妳愛怎麼抽就怎麼抽！」

我忽然想到，這位超級巨星是多麼輕而易舉就從提姆手上騙到那根大麻。接著，她瞥了我一眼。「你的朋友好像不太愛說話哦？小老弟！」

提姆在跟她說話的時候，我還眞樂得自己像一根木頭一樣杵在那邊。可是現在雪兒找上我了，要我開口說話。「嗨。」我終於鼓起勇氣。「我好愛聽妳唱歌。」老天，眞是白痴，我那副模樣一定是阿諛諂媚到極點。我爲什麼沒辦法像提姆一樣那麼鎭定？爲什麼我老是一開口就會洩底，一聽就知道我是個白痴？這就是爲什麼我一直不太敢開口。

她對我微微一笑，眼神中充滿憐憫。「我還不知道你叫什麼名字呢。」

「丹尼爾。丹尼爾．莫斯葛羅夫。」白痴白痴白痴，我彷彿聽得到自己的聲音在整座體育館裡迴盪。

「你們兩個不是工作人員吧？你們是歌迷。你們怎麼有辦法進來這裡？」

提姆狠狠瞪了我一眼，一臉不屑。這個笨蛋丹尼爾，一開口就穿幫了。「我們經過好幾道門，就這樣一路走進來，根本沒人攔我們。」他老實招供了。

「看起來，桑尼和雪兒節目的安全防護還真靠得住。」她說。「我是不是該找警衛來把你們兩個丟出去呢？」

提姆抬起一隻手。「不用不用，我們自己走。眞不好意思打擾妳了。謝謝妳對我們這麼好。」

「噢，跟你們開玩笑的。你們兩個很可愛。」她說話的口吻，彷彿要她開口說我們兩個可愛是一件很痛苦的事。「你們倆是同志嗎？」

「呃——不是！」提姆好像嚇壞了，氣急敗壞的大叫。「我們絕對不是——那個——呃，我們還帶了女生一起來看妳表演！她們還在最上面的座位上等我們！」

「嘿，小朋友，不要激動，我並不在乎你們是不是同志。」她說。「我有好幾個最要好的朋友也是同志。其實應該說，我最要好的朋友全都是同志。不過，你們兩個是同志也好，不是同志也沒關係。」

這時候，門忽然嘩啦一聲被推開了，桑尼．波諾猛衝進來。「妳他媽的跑到哪裡去了！」

「你膽子眞大，敢進來跟我大吼大叫！」她立刻還以顏色。「這裡是我的更衣室！滾出去！」

桑尼．波諾已經化好了妝，身上穿著一件亮晶晶的尼赫魯式高領襯衫，彈性休閒褲，一雙白漆皮靴，鞋跟足足有五吋高。「剛剛我一直站在樂隊旁邊，以爲差不多該上場了，可是妳竟然還坐在這裡，身上還穿著T恤，還在跟這——這兩個傢伙是誰？湯姆歷險記裡那兩個小鬼嗎？」

「他們是我的歌迷。」她邊說邊朝我們使個眼色。我記得她好像就是這樣說的。可是後來提姆宣稱，她當時說是「我最喜歡的歌迷」，可是我認爲他是在加油添醋。

遇見雪兒這件事本身已經夠驚心動魄了，而此刻更是最驚心動魄的一刻——她朝我們使個眼色之後，立刻就跟桑尼吵起來。那可不是像他們節目開場時那種開玩笑式的吵，而是炮火全開，全面開幹。你大概很少有機會在三分鐘裡聽到那麼多「操」字。起初我還很得意，沒想到竟然有機會親眼目睹他們在我們面前公然開幹，後來我越想越覺得毛骨悚然，因爲他們兩個顯然已經很習慣在外人面前吵翻天。說不定他們還很喜歡這樣。我在猜，人一旦出名之後，不管幹什麼都喜歡有觀衆。

「我知道妳喜歡吃嫩草。」桑尼說。「不過能不能拜託妳一下，不要去搞這種還不到十五歲的小毛頭？搞不好妳會害我們吃上官司。」

「我？我？」她用她那種出了名的嘶啞嗓音反駁。「我差點忘了，當年在雅斯潘那個女孩子，她叫什麼名字來著？那個承辦人的女兒，她叫什麼？對了，辛蒂！她眞的只有十五歲！」

「我根本就沒有跟她搞。」他說。

「那是因爲及時被我攔住了。」

「沒錯。」他說。「要是她當時已經十八歲了，我保證我一定會在妳還沒有趕到之前先搞了她。」

「桑尼，只要有人願意，你跟誰都可以搞！事實就是如此，你一直都是這樣，以後也還是這樣。」

「操妳的。」他說。

「噢，我受不了了！」她呻吟起來。「操！」她大笑起來，笑到肚子痛。

桑尼一點都不覺得好笑。「喂，馬上給我換衣服，五點就給我上場，否則我會告妳違約。」說完，他忿忿走出去，用力摔上門。

顯然他們一天到晚都在吵架，而且眞的很會吵。可是我覺得桑尼．波諾憑什麼用這種方式對待雪兒這樣的巨星。不管她對他怎麼樣，他都不夠格用這種口氣跟她說話。他根本就不配和她結婚。

提姆說：「哇！眞是個大渾球。」

「你閉嘴！」雪兒忽然從沙發上跳起來。「他不是渾球！——就算他是渾球，也輪不到你來說。你以爲你是誰？」

「對不起。」提姆說。「我只是——他對妳態度那麼惡劣，而且我——」

「你知道什麼？」她大吼。「你知道個屁。滾出去。操他媽的給我滾出去！」

於是我們就出去了。我們走出門口，經過那群開派對的人，經過那道雙扇門。我們又笑又鬧，互相打來打去。大概不會有人有機會碰到比這更離奇的事了！這眞是千載難逢的奇遇！告訴別人，誰會相信？

這時候，提姆忽然不笑了。「噢，老天，你說對了，我們根本沒辦法證明，誰會相信我們？我們甚至沒有拿到她的親筆簽名或什麼的！」

「沒關係啦。好歹我們兩個都親眼目睹。我們知道就好。」

「不行，呆尼爾，我們一定要回去。我們需要證據。」

「回去？你瘋了嗎？她會叫警衛逮捕我們！」

「什麼——她拿走了我的大麻，難道她好意思不給我簽名嗎？我從她那裡得到了什麼？什麼都沒有！」

我搖搖頭說：「老天，他們兩個眞的很愛罵髒話，對不對？他們眞的互相痛恨。」

「是啊，眞令人有點失望。」提姆說。我們爬上樓梯朝出口通道走過去。

這是提姆對他們兩個的感覺。失望。他們兩個在互相咒罵的時候，似乎有點克制不了自己了，而且令人看了難過。倒不是說我有那麼天眞，以為桑尼和雪兒之間的感情會永遠堅定不移，不過，我們之所以喜歡他們的節目，是因爲雪兒是那麼的酷，而他是個二楞子，但兩個湊在一起卻是那麼有趣。可是現在，我們卻發現他們根本就互相瞧不起——這眞是太令人沮喪了！

接著，我們隱約聽到上面的樂隊開始演奏了。提姆說：「知道嗎，我們都會在腦海中爲某個人塑造出某種形象，而且我們會想，老天，我眞希望能夠和他們一樣，因爲他們是那麼的完美。可是，她的人生似乎很悲慘，而且，不管她怎麼說，我還是認定桑尼根本就是個渾球。」

「是啊。」我說。「可是，當你直截了當說他是個渾球的時候，她反而不太高興。」

「我犯了個大錯。否則的話，我相信她一定會帶我們上車，跟她一齊去巡迴演唱。對了，呆尼爾，你不覺得她好像有點喜歡我嗎？」說著，他伸手撥撥頭髮，擺出一副充滿男性魅力的樣子。

「噢，是啊。」我說。「她眞的喜歡你。」

「呃，我看桑尼一定是這樣想——『不要去搞這種還不到十五歲的小毛頭』。他說的還會是別人嗎？當然是我們！」說著，他用手指頭打了個拍子。「眞他媽的，我眞不敢相信我們竟然忘了跟她要簽名！」

不過，之前雪兒問我們兩個是不是同性戀，這件事我們兩個都不想提。我本來有點想拿這件事來開個玩笑，後來想想還是決定不要。她之所以會這樣問，也許是因爲提姆那身打扮吧。他全身穿得黑漆漆的，又打著那種鋼琴圖案的白色絲質領帶。顯然雪兒沒搞清楚，在密西西比這種地方，問別人這種問題是很危險的。顯然加州那邊和我們這邊很不一樣。在加州，她的朋友全是同性戀。

20

一開始艾妮妲和瑞雪兒不相信我們，於是我告訴她們，雪兒更衣室牆上掛滿了漩渦圖案的絲質布簾，行李箱裡裝滿了羽毛圍巾。聽了我的描述，她們都很興奮，而且哀求我們帶她們下去看看她。

太遲了！燈光忽然暗下來，全場觀衆立刻爆出一陣歡呼。

提姆似乎興奮過度了，連坐都坐不住，又跑去到處亂晃了。我不想再去找他了，免得錯過了開場表演。

一道探照燈光束照在舞台的一角，乍看之下彷彿一面光池，接著，桑尼和雪兒突然手牽手跨進那面光池裡。那一剎那，全場立刻爆出滿堂采。桑尼·波諾猛然舉起手，彷彿被現場嘈雜的人聲嚇到了。雪兒舉起一條瘦巴巴的手臂揮舞著，然後用另一隻手的兩根手指頭撥撥她那直得不能再直的秀髮。那是她的招牌動作。

他們頭頂上有一面超大螢幕，上面投射出桑尼和雪兒的巨大影像。就在我們離開更衣室走回座位這段時間，她已經把自己打扮成截然不同的模樣了。她原先穿的那件T恤已經不見了，此刻，她已經化身爲一個女神，全身幾乎一絲不掛，只掛滿了鑽石。成千上百的鑽石以一種很巧妙的方式串連在一起，遮住她身上的重點部位。而站在她旁邊的，就是那位「海象鬍子先生」。他身上那件閃閃發亮的紫色襯衫，從一百五十公尺的距離外還是看得一清二楚。「嗨，密西西比的朋友們！」他拉開嗓門朝麥克風大喊。「還是我應該說，密─西比的朋友們？大家好嗎？」

現場觀衆立刻齊聲說好。我有點納悶，他們都已經上台了，提姆怎麼會挑這個時候去探險呢？最興沖沖想看他們表演的人不就是他嗎？難不成剛剛見到雪兒對他刺激太大，所以他不得不到外面去讓自己冷靜一下？

從我們座位的高度，很明顯看得到桑尼和雪兒兩個人彷彿不是站在同一座舞台上，不碰觸對方，也不看對方一眼。他們在演唱〈你是我的唯一〉（All I Ever Need Is You）那首歌的時候，根本就是分別站在舞台的兩邊，各自唱給那一邊的觀眾聽，而且兩人從頭到尾至少保持三公尺的距離。

有人告訴我，有些男人喜歡追尋彩虹……

那首歌一唱完，現場燈光大亮，令人目眩，觀眾爆起熱烈掌聲，但雪兒卻立刻走出舞台。接著，聚光燈集中到桑尼身上，只見他從後台拖出一張木頭高凳，坐在上面開始唱那首〈孩子，坐下來吧〉（You Better Sit Down, Kids）。他唱歌鼻音好重，而且聲音平平板板的，毫無吸引力。看他那副樣子，我忽然明白：要是沒有雪兒，桑尼一個人根本混不下去。

「嘿，提姆跑哪兒去了？」瑞雪兒忽然問。她把一根吸管從嘴角塞進嘴裡，從兩排牙齒中間塞進去，用這種辦法喝汽水。

「我也在奇怪。」我說。「也許他是在想辦法找前面的位子。」

桑尼．波諾唱完那首歌之後，觀眾鼓掌有氣無力，反應很冷淡。就在他走向後台的時候，雪兒出來了，全場立刻揚起熱烈掌聲。她身上穿著一套黑色皮製的情趣吊帶，上面綴滿了金屬帶釦飾，亮片。她唱的是那首〈蕩婦小偷吉卜賽〉（Gypsies, Tramps, Thieves），唱完之後又是一陣驚天動地的喝采。

接著又輪到桑尼上場了。他還是拖著那條木頭高凳從舞台左邊走出來。他唱的那首歌叫做〈嘲笑我吧〉（Laugh At Me）。歌名很有意思，我忽然覺得那是很眞實的寫照，他眞是自找的。很明顯看得出來，桑尼的主要功能就是在舞台上串場跑龍套，讓雪兒有時間換下一套戲服。接著，她又上來了，身上穿著一件紅銀雙色的怪異緊身衣，背後有V字形的開叉，一路開到屁股溝。

艾妮姐說：「奇怪，他們從前有同台一起唱過歌嗎？他們怎麼從頭到尾都沒有同時在舞台上呢？」

「妳還看不出來嗎，他們根本就無法忍受對方。」我知道底細，心裡暗自得意。「他一衝進她的更衣室就對她大吼大叫。」

「那他們在電視上竟然還有辦法裝得那麼相親相愛？」她說。「我們絕對不能像他們那樣，知道嗎？要是你想跟我分手，那就直接告訴我，不必演那種笑死人的戲。」

黑暗中，我握住她的手。「好，我答應妳，不過，我根本不想離開妳。永遠不會想。」

她靠過來在我臉上親了一下。我用力握了一下她的手，對她笑一笑。

此刻，雪兒的歌聲聽起來好像法國號在吹奏低音，那麼柔美。

我看到一個男人，看到他和妻子翩然起舞……

我很陶醉地笑著，就在這時候，我被那杯可口可樂砸中了。那是一個七百CC的超大軟紙杯，裡頭裝了滿滿的可樂，還有一些冰沙。它丟過來的那種角度，先砸中了我的脖子，然後冷冰冰的可樂從杯子裡噴出來，灑了我滿身，噴到艾妮姐，還有坐在我們正前面的一個小男生。

我立刻轉頭，心裡想，一定是後座的人手上的杯子不小心滑掉了，此刻他一定是滿臉羞愧，無地自容。沒想到，坐我後面的人也轉過頭去，伸長了脖子想看看到底是誰丟的。

上面一片黝黑，但我心裡明白，一定是那個女人。她很受不了我親吻艾妮姐。

艾妮姐搶先我一步站起來。「走，我們出去！」

「我也是這麼想。」我也跟著站起來。

這時候，瑞雪兒忽然大叫了一聲：「噢，老天，你們兩個怎麼濕成這樣？怎麼搞的？」

「我們要走了。」我說。

「走？爲什麼？」

「走吧，瑞雪兒，到外面再跟妳解釋。」

男人帶種的話，這時候就應該衝到後面第四排的座位去，把那個女人和她老公從座位上拖出來，口頭教訓他們一頓，逼他們向艾妮妲道歉，向我道歉，向坐在我們前面那個小男孩道歉。他正瞪著我看著。

「聽我說，那不是我弄的。」我告訴他。「後面有人丟了一杯可口可樂過來。」

但他還是一直瞪著我，彷彿在說，男人要是帶種的話，這時候就應該衝上去教訓她一下。但我顯然不是那樣的人。我就跟他一樣，只是一個普通孩子。我的白人同胞令我蒙羞，那個愚蠢惡毒的女人令人不齒，而我自己的懦弱更令我感到慚愧。害艾妮妲陷入這樣的處境，我更是慚愧。

可是，我有膽量衝上去伸張正義嗎？沒有。從小老爸就一直告誡我，人生的第一條守則就是：一看到苗頭不對，馬上開溜，走爲上策。趕快離開這個是非之地，好死不如賴活。有一天，等自己力量壯大了，再回頭跟他們鬥，或許就有機會贏了。

我們穿越出口通道，來到外牆旁邊那條走廊。「我眞不敢相信。」瑞雪兒說。「她憑什麼認定你們兩個在一起？」

「因爲我吻了她。」我說。

「而且我也吻了他。」艾妮妲說。「吻他的臉。」

瑞雪兒皺起眉頭。「那又不犯法。」

「在密西西比這裡，很難說。」我長長嘆了一口氣。「老天，我眞痛恨這個地方！大家就只在乎誰是黑人，誰是白人，誰痛恨誰，搞得好像什麼天大的事！眞噁心，我眞想吐。」

「沒錯，丹尼爾。」艾妮妲說。「大家眼裡都只看得到這個。大家都只看表面。實在太荒謬了。」

其實她只是想表達她的認同，但不知道怎麼，我聽了反而很不高興。「哦，妳也有話要說嗎？妳是想要像上次那樣，說那些沒人聽得懂的話嗎？」

她猛然轉過頭來看我，彷彿被我打了一巴掌似的。「怎麼了？我不太懂你的意思？」

「我就搞不懂，妳為什麼逢人就說妳是白人？那對妳究竟有什麼好處？」我說。「妳不是白人，懂嗎？妳是黑人。面對現實吧。全世界都知道妳是黑人，我知道，妳自己也知道。」

「丹尼爾——」

「要不是因為妳是黑人，那個神經病女人幹嘛把可樂丟到我們身上？嗯？妳說啊！」

「你不需要這樣跟我大吼大叫。」她說。「這件事又不是我的錯。」

「對，那是我的錯，因為我一直在遷就妳。」我很驚訝自己的口氣這麼憤怒。「我一直以為我可以配合你裝傻，別人根本不會注意到我們，一切都不會有問題。」

「這種事是避免不了的，因為有人就是那麼愚蠢。」瑞雪兒說。

「沒錯，確實避免不了，但至少妳應該誠實面對自己。」我說。「而不是像現在這樣，編故事騙自己，自我安慰。」

艾妮妲忽然停住腳步。沒想到，她突然淚眼盈眶了。「那你所謂的現實是什麼，丹尼爾？你究竟要我面對什麼？」

「呃，妳應該知道我——妳應該知道我對妳的感情，對不對？」我抓住她的肩膀。「可是妳不要再自欺欺人，說自己是白人了。那樣對誰都沒有好處，特別是對妳自己。」

她突然臉色一沉，推開我的手。「老天！我真恨你！原來你只是在遷就我！我還以爲你真的相信我。」

「嘿，等一下，不要扭曲我的話。」

「你還真有耐性，忍了那麼久才說出你的真心話！」她哭起來了。

這時候瑞雪兒插嘴了。「嘿，你們兩個怎麼把氣出在對方身上呢？那並不是你們的錯啊！」

「瑞雪兒，那個屁屁臉來了。」

提姆正好在這個節骨眼跑過來了。「你們幾個要去哪裡？我正想去找你們！我找到四個很棒的位子，就在舞台旁邊！」

「我們要走了。」我說。「有個神經病女人把一杯可樂丟到我身上。」

「什麼！」他目瞪口呆的看著我們全身濕透的衣服。「怎麼搞的？」

「反正我們走就對了，可以嗎？別找我麻煩。」此刻我滿腦子只有一個念頭，別的什麼都不管了。我開始朝出口的方向走過去，走了半天才發覺他們都沒有跟上來。

於是我又走回頭，走了好久才回到原來的地方。瑞雪兒正在跟提姆說剛剛發生了什麼事。

「那杯可樂足足有七百CC，應該有。」我說。「一定有七百CC，而且整杯滿滿的。」

提姆忽然嗤嗤笑起來。「想像那種畫面，有點好笑。」

「不好笑，一點都不好笑。」

「現在你當然不覺得好笑。」他說。「不過，再過十分鐘，你就會覺得沒什麼了。」

「你知道嗎，提姆。」艾妮妲說。「這整件事一點都不好笑。」

他用一種很奇怪的眼神盯著她，彷彿她剛剛看到太陽卻說是月亮。「當然好笑。」他說。

「人生本來就很可笑。」

這句話正是提姆的「人生第一守則」。人生本來就很可笑。既然可笑，那就沒什麼好在乎的。只要你笑得出來，那就沒什麼好在乎的。噢，對了，天都快塌下來了，有個人還眞的笑得出來，是誰呢？是那個只知道好笑卻不知道害怕的白目嗎？

提姆說：「要走你們就走吧，我自己回去看節目。」

「我們走不了啊。」我說。「我們是坐你的車來的。」

他聳聳肩。「那就冷靜一點，跟我一起回去，好好欣賞一下表演。」

「提姆，我全身濕得像落湯雞。」艾妮妲說。「我想回家。」她那種冷冰冰的口氣是我從來沒聽過的。

提姆說：「那妳就走啊，又沒人攔妳。」

她轉頭對我說：「求求你帶我回家好不好？」

「可是我沒車！提姆，幫個忙好不好？我們全身濕透了，而且心情很不好，今晚大概泡湯了。更何況，你根本就沒在看表演，你一直到處亂跑。」

「我本來應該已經在裡面看表演了，可是現在我在幹什麼？我站在這裡跟你們講話。」他一副理所當然的口氣。

這時候，瑞雪兒開口了。「提姆，他們想回家嘛，就載他們回去吧。」

「哦，妳也想走嗎？好啊，請便，你們可以搭計程車，三個人分攤！老天，你們幾個眞是太大驚小怪了！事情已經過了，艾妮妲，沒人會把妳怎麼樣的。更何況，說不定那杯可樂只是她失手滑掉的。」

我瞄了艾妮妲一眼，發現她也在瞄我。我忽然明白，她跟我有同樣的念頭。

她突然把提姆推到牆邊按住，而我把手伸進他口袋裡，把鑰匙掏出來。「走啦，女生們，我來開車！」說著，我往後一跳，讓他碰不到我。

他朝我撲過來。我把鑰匙丟給瑞雪兒，她又丟給艾妮妲。我們就這樣在走廊裡跑來跑去，鑰匙丟來丟去。後來，提姆從瑞雪兒手上搶到了鑰匙，但我立刻又從他手上搶回來，然後三個人互相接應，開始朝出口的方向跑過去。後來，我像長傳足球一樣，把鑰匙丟得老遠，而艾妮妲也接得很漂亮。大家都笑起來，只有提姆笑不出來。

「鑰匙還我。」他說。「鑰匙還我！」

瑞雪兒大喊：「嘿，提姆，別鬼叫了。」她嘴巴張不開竟然還有辦法叫這麼大聲。

「操妳的！」他說。「妳敢叫我閉嘴？」

她臉上的笑容立刻僵住了，低頭看地上。

接著，提姆又轉身看著艾妮妲。「鑰匙給我！」

她說：「拿去。」說著就把鑰匙放進他手裡。

她忽然投降，提姆反而一下子洩了氣。我從來沒看過他這樣被人徹底制伏。他態度立刻軟化，開始用一種哀求的口氣說：「我們再進去聽一首歌好不好？拜託拜託拜託？求求你們！再聽一首就好，然後我們就走。」

我忽然很想跟他一起進去，因為這場演唱會我們已經盼望好久好久了。而此刻，我們真的來到現場了，而且還在雪兒的更衣室裡跟她面對面接觸——就為了看台上那個神經病女人，難道我們真要讓這歷史性的一夜突然劃下休止符嗎？

「一首歌，嗯，可以考慮。」我說。

一看到我態度突然改變，艾妮妲立刻狠狠瞪著我。「哦，現在連你也想留下來了，是不是？」

「再聽一首歌就好。這樣好像還滿公平的，妳覺得呢？」

「那你就留下來好了。」她說。「我自己想辦法回家。」

我趕快抓住她的手臂。「不不，我要跟妳一起走。我的意思是，我只是——不管妳要我做什麼，只要告訴我，我都會做。」

她不吭一聲，眼睛盯著我，看我有什麼打算。

「瑞雪兒，妳會留下來陪我看表演，對吧？」提姆問。

瑞雪兒聳聳肩。「車子是你開的。」自從他剛剛罵她「操妳的」之後，她就一直低頭盯著鞋子，再也沒有抬起來過。

今天一整晚，我一直在冷眼旁觀，觀察提姆對艾妮妲的態度。從他的言行舉止一眼就可以看穿，他表現出來的友善是很虛偽的。他偶爾會瞄她一眼，而且似乎不經意就會挖苦她兩句，那副模樣總會讓人覺得他就像是一支小小的利箭，隨時對準她。直到此刻，我才發覺今天晚上他最重要的目的是什麼。原來，他要我當著艾妮妲的面做選擇。他恨艾妮妲，他恨艾妮妲在我生命中佔據了某種地位。他最要好的朋友怎麼可以有別的朋友呢？特別是女生。

這時候，我忽然想到，那個女人朝我們丟可樂的時候，他根本不見人影。我忽然想到，說不定那杯可樂就是他丟的——我相信有可能。他對艾妮妲的恨已經到那種程度了。

剛剛他好不容易說服我留下來的時候，臉上露出一種滿意的笑容。我不喜歡他那種表情。我要讓他笑不出來。「那你就好好欣賞節目吧，提姆。呃，瑞雪兒，再見囉。艾妮妲，我們走。」說著，我握住艾妮妲的手，拉著她朝出口走過去。

沒想到她卻甩開我的手。「不必了，丹尼爾，我看你留下來好了，我會打電話給吉米，叫他開計程車過來接我。」

「呃，我們本來就一定要打電話給吉米啊，要不然我們怎麼回去呢？」

我還是忍不住回頭看了一眼。提姆和瑞雪兒也正在看我們。我看到提姆跟瑞雪兒說了幾句話，然後他們就朝我們走過來了。

「妳看，他改變主意了。」我說。「妳等著看，等一下他一定會說他要載我們回家，不過他也會說錯過了表演都是我們害的。」

「我無所謂。」她說。「只要能回得了家，坐誰的車都一樣。」

然後，提姆走過來了。他雙臂交叉在胸前。「好了，我們可以走了，反正也有點無聊，那個桑尼．波諾實在太遜了。」

後來，車子快到米諾市的時候，提姆才抱怨說我們錯過了千載難逢的表演，而且那都是我的錯。

我早就磨拳擦掌在等他了。「要是你沒有到處亂跑，就不會錯過節目的前半段了。那是你自找的。所以，閉上你的鳥嘴吧。」

「我並沒有錯過。我坐在前面，在擴音喇叭旁邊。要是剛剛沒走，我們現在就坐在那邊了。」

瑞雪兒默默坐在右前座，一聲不吭，而在後座，坐在我旁邊的艾妮妲也同樣悶不吭聲。只要我一摸她的手，她就會挪挪身子，往車門那邊靠過去。

現在是夏天，而且沒開冷氣，但車裡卻有一種冷冰冰的感覺。

「別這樣，艾妮妲，我只是實話實說。」我說。「難不成妳要我繼續欺騙妳嗎？」

「不用了，謝謝你。」她的口氣眞有禮貌。

我忽然想到，當你不知道該如何是好的時候，幽默是最好的解藥。「我怎麼有一種感覺，好像今天晚上是有史以來最悲慘的約會，會不會？」

「差遠了。」提姆接我的話。「你忘了舞會之夜嗎？」

老天，他怎麼有辦法這樣不落痕跡的就扯到那裡去！技巧實在太高超了！彷彿他去溜冰，偏偏選了一片冰層最薄最脆弱的地方，開始大溜特溜，甚至還玩起花式溜冰的特技，跳躍旋轉三圈。

「噢，拜託你，別扯那個了。」我說。

「有什麼不行？」從後視鏡裡，我可以看到他眼中閃爍著光芒。「那是艾妮妲最光輝燦爛的一夜！那天晚上安全帶那件事，你一定從來沒告訴過她吧？我看那個故事是永遠不見天日了。」

「提姆，你少給我扯那個！」我警告他。

不出所料，她的好奇心被他挑起來了。「那天晚上出了什麼事？提姆，說來聽聽看。」

「呃，一開始，我們開我老爸的車去參加舞會，半路上，妳男朋友忽然流鼻血，而且還被後座的安全帶卡住了，動彈不得。」從後照鏡裡，我可以看到提姆眼睛一下看前面的馬路，一下又瞄瞄後座的我們。「後來，我們只好把安全帶割斷，把他救出來。〔他竟然說『我們』！〕當時他血流如注，簡直就像是鬥牛場上的牛。而且，鼻子上還壓著一塊衛生棉。什麼叫好笑——那才眞叫天下第一大爆笑。」

「好了，夠了。」我說。

「不要這樣，丹尼爾，我想聽聽看。」艾妮妲說。「你一天到晚追問我，那天晚上我出了什麼事，可是你卻從來不告訴我你自己出了什麼事。」

這時候，瑞雪兒忽然開口了。「提姆，專心開車，別說那些有的沒的行不行？我們聊點別的吧！」

「不行。艾妮妲想聽，而且，無論她想要什麼，我們一定要滿足她。」他嘴角閃過一絲世故的微笑。「我們不是應該要這樣嗎？」

他怪我逼他離開，害他演唱會後半段沒聽到，所以現在他要利用艾妮妲來報復我。現在，他打算做一件事，一件他長久以來一直想做的事：把我們拆散，把艾妮妲趕走。

此刻，我根本想不到有任何辦法可以阻止他，唯一的辦法就是抓住方向盤，讓車子去撞電線桿，大家同歸於盡。我已經看穿他最終的目的了，而我卻無計可施。此刻我真的就是毫無招架之力，完全任他宰割。

接著，他關掉收音機。「艾妮妲最渴望的就是眞相。」他說。「百分之百的眞相，沒有任何隱瞞。而且說眞的，呆尼爾，這是她最起碼應有的待遇，不是嗎？」

此刻，我感覺自己全身的血液彷彿瞬間凍結了，整個人突然變得像玻璃一樣脆弱，只要輕輕一碰就會破裂成無數的碎片。我拚命克制自己，讓自己說話的口氣保持平靜。「你知道自己在幹什麼嗎？」

「喔，當然知道。」他咧嘴一笑。「就是你一直慫恿我去做的事。你老是說：『提姆，那樣做才是對的，我們唯一的選擇，就是誠實面對。』好啦，現在你是要自己說呢，還是要讓我來說？」

「提姆，不要這樣。」

「看樣子，你是要我來說囉？」他說。「好，艾妮妲，舞會那天晚上，我們也有經過巴尼特街。我們看到雷德·馬丁在跟妳說話。他騷擾妳，害妳從腳踏車上摔下來，然後他就開車跑掉了，把妳丟在那裡不管。丹尼爾和我立刻停車，問妳需不需要人幫忙。結果妳說不關我們的事，叫我們走開。我們發現妳好像有點醉了。本來我想開車跟在妳後面，確保妳安全到家為止。可是我們這位呆尼爾忽然抓住方向盤，然後……然後妳就撞上我們了。妳撞到我車子後面的保險桿，摔到地上。妳就是那個時候才撞到頭的。」

整件事聽起來是那麼簡單明瞭，他說得好快，一下就說完了。

艾妮妲忽然閉緊眼睛。「事情的經過不是這樣。」她說。

「後來，我們並沒有停車下來救妳。」提姆說。「我們開車去找公共電話亭，打電話叫救護車。接著，我們又回到現場，看看救護車有沒有來。不過，我們並沒有停車。」

「為什麼不停車？」她忽然睜開眼睛，不過，她並不看我。

「因為我們很怕。」提姆說。「我們怕別人誤會是我們闖的禍。後來他們在現場抓住了雷德，就沒有再找我們了。於是我們就回家了。」

其實我早就想坦白承認了，而且我也一直想說出來，可是提姆卻拚命阻止我。

瑞雪兒說：「喂，你們兩個別再說了行不行？」

艾妮妲忽然轉頭看著我。「丹尼爾，是這樣嗎？」

那一剎那，你絕對無法想像，此刻在二十號州際公路上，這輛星光藍福特Pinto車裡安靜到什麼程度。

我說話的時候，彷彿喉嚨卡住了，聲音很嘶啞。「我也很害怕。」

「當時妳看起來好像死掉了。」提姆說。「我們以為妳死了。」

她皺起眉頭。「這麼說來，我記得的那個部分——雷德——」

「那是妳第一次摔倒。不過，妳是第二次摔倒的時候才受傷的。」

她凝視著我的眼睛。「當時你也在場，而你竟然一直都不告訴我？」

那一剎那，我忽然有一股強烈衝動想馬上編出一套謊話，把提姆剛剛戳破的牛皮補回去。然而，那有什麼好處呢？到頭來，我終究必須面對艾妮妲，我終究得把所有的眞相告訴她。

「是的，我在場。」我說。

她雙手抱在胸前。「艾拉一直找不出元兇，飽受煎熬，一直到警方逮捕了雷德・馬丁，她才算出了一口氣。這都是你害的。」

我低頭把臉埋在手掌上。「我們才不在乎雷德怎麼樣。」我說。「他是王八蛋。我很高興他被警察抓走了。看看在學校他是怎麼對付我們的！這也算是伸張正義了。」

「錯了，那不叫伸張正義。」提姆說。「公平正義？還差十萬八千里呢。他還沒有眞正付出代價。」

她還是死盯著我眼睛。「所以，這就是爲什麼你會跑到我們家來，幫我們做那些雜事？」

這時候，我腦海中突然浮現出艾拉・貝奇曼的身影。我彷彿看到她伸出一根手指在我眼前搖晃。**莫斯葛羅夫！**

「其實妳媽知道眞相。」我說。「她早就看穿我了。所以她才會叫我做那些事，就像贖罪一樣。」

「所以，你對我特別好，花那麼多時間幫我溫習功課，還帶我去散步，還……就是因爲這樣嗎？」

「剛開始的時候是。」我鼓足勇氣說了實話，心裡想，或許這樣多少可以彌補之前說的漫天大謊。「可是後來就不是了。後來我開始了解妳，開始愛上妳了。你一定要相信我。」

「我不相信。」她突然哭起來。「你要我怎麼相信你呢？你一直在欺騙我。」

完了，跳到黃河都洗不清了！

我本來暗暗祈禱，希望她不要哭。後來，她還是哭出來了，一切都完了。她不再愛我了。唉，她怎麼還有辦法愛我呢？她一直很信任我，而我卻從第一天開始就背叛了她。那種感覺，就彷彿我們用無數錯綜複雜的螺絲螺帽，連結組合，共同打造了一座複雜精巧的城市模型，而現在，她開始哭了，彷彿那無數的小零件開始剝落解體，最後，我們那座美麗的城市終於坍塌了。

提姆在後視鏡裡偷瞄我，眼神中露出一種得意。

「停車！」艾妮妲忽然說。

「不要停。」我說。

「噢，別這樣好不好？」提姆說。「我們已經快到米諾市了。」

「我叫你停車！現在就讓我下車！」

「好吧，隨便妳。」他踩下煞車，把車子靠到路肩的碎石路面上，停下來。車子從我們旁邊呼嘯而過，猛按喇叭。

「提姆，別停在這裡。」我說。

艾妮妲說：「瑞雪兒，讓我過一下，我要下車。」

「拜託妳等一下。」我說。「就求妳再給我一個機會，讓我解釋一下。」

瑞雪兒下車，把前座的椅背往前拉。艾妮妲立刻一個箭步竄下車，我也連忙跟著擠出去。福特Pinto的大燈照在她身上，我們看到她的身影沿著高速公路的路邊往前走。她穿著高跟鞋，在碎石路面上走得搖搖晃晃。

「艾妮妲，等一下！」

「回去！回你自己車上去！」她大喊。「不要靠近我！」

車子從我們旁邊呼嘯而過，輪胎甩出的碎石子，車身高速移動刮起一陣陣的亂流。這時候，艾妮妲忽然轉身面對車流。老天，她伸出大拇指那種姿勢眞是美得無法形容。

「我們載妳回家好不好！」我大喊。「搭便車很危險！」

這時候，我看到一輛白色的林肯忽然亮起煞車燈，靠向路肩。那是林肯的經典車型Continental Mark IV Brougham，後行李廂蓋上裝了一個假備胎。艾妮妲立刻脫掉鞋子，輕盈地跑過碎石路面，跑到車子旁邊。

我暗暗記下牌照號碼：30L4340。

那個駕駛彎身打開右前座的車門，艾妮妲跟他說兩句話，然後就坐上前座。接著，那輛車立刻開上路。她根本沒有回頭再看我們一眼。

21

我叫提姆跟在那輛白色林肯後面，一路開到米諾市東區。我們看著艾妮妲跳下車，然後匆匆跑上門廊。林肯·貝奇曼一開門，她立刻從他旁邊擠過去，進了屋子。

車子裡靜悄悄的，大家都悶不吭聲。後來，車子開到瑞雪兒家門口，她下了車，然後提姆倒車開上路。這時候，他終於開口了：「好了，呆尼爾，我知道你要說什麼，所以，你乾脆就別說了。」

「你認爲我想說什麼？」

「說我這個人很惡劣，很魯莽，害我們陷入危險。」他故意裝出小女孩的聲音模仿我講話。

「要是她去報警，我們兩個就要坐牢了。」

「你根本搞不清楚狀況。」我說。「艾妮妲不會去報警的。她是一個眞正的好人，不像你——也不像我。她會告訴她媽媽，她實在無法確定整件事的實際經過，然後叫她媽媽撤銷對雷德的告訴。」

「這就是你打算跟我說的話？」

「不是。提姆，我是根本就不想再跟你說話了。」

「哎呀，好了啦，呆尼爾……」

「你不用載我回家了，你讓我在前面那個路口下車。」這時候，他忽然伸手過來，好像想摸摸我的頭。

我用力推開他的手。「別碰我。」

「知道嗎，呆尼爾，告訴你一個小祕密。你最好還是離她遠一點比較好。眞的。」

「一直到今天晚上我才發現，原來你恨她恨到那種程度。」

「我並沒有討厭她。」他說。「她長得很漂亮，而且我也知道你爲什麼會喜歡她。她對你一定是熱情如火。」

「夠了。」我說。「小心你的嘴。」

「哎呀，好了啦——她過兩天就沒事了。給她一點時間吧。等著瞧，她很快又會對你投懷送抱的，快到你難以想像。」

「少來了。你根本就是想除掉她，這下子，你眞的辦到了。高興了嗎？」

提姆忽然咬了一下他的小指。「我還有別的選擇嗎？小子，她愛上你了。隨便誰閉著眼睛都看得出來。所以我忽然明白了，你根本就不需要再跟她演戲了。我眞沒想到你竟然會找機會親近她，這招厲害。不過現在已經不需要了。她已經徹底迷上你，所以，就算她知道了事情的眞相，她也永遠不會出賣我們了。她愛上你了。」

「得了吧，你根本就不是爲了這個原因。」

「總得有人採取行動吧！要不然怎樣，讓你繼續跟她在一起，越陷越深？總有一天她會發現眞相的——到時候，你就慘了。還是說，你打算隱瞞她一輩子？」

「這不就是你答應過我的嗎？你說過我們要一輩子保守祕密。」

他咧嘴一笑。「噢，把憋在心裡的話說出來，感覺不是很爽嗎？」他學泰山一樣，用拳頭捶胸口。這倒是很能夠形容那種渾身舒暢的感覺。

到了「牛奶大王」門前的路口，我們停下來等紅燈。前面已經停了好幾部車。要是你想開門下車，還有比這更好的機會嗎？

「呆尼爾，你要去——嘿！趕快上車！」

我閃過一輛敞篷吉普車，跑到馬路對面。我根本就懶得管他有沒有跟上來。

我穿越那片停車場，過了好一會兒才忍不住回頭看了一眼，結果看到那輛福特Pinto的車尾燈已經沿著米洛大道逐漸隱沒。

□

砰！我房間和老爸房間中間那面薄牆忽然發出一聲巨響。我還以爲是老爸在拍牆壁，過了一會兒，我才發覺好像不是。房間裡一片漆黑，電視也沒開，珍妮整個人蜷曲成一團窩在另一張床上。原來是有人在敲門。我跌跌撞撞地跑去開門。

天才剛開始亮，但提姆整個人卻顯得很清醒，而且很緊張。他還是穿著昨天演唱會那套黑衣服。「喂，呆尼爾，我聽到一個很怪的消息。你有接到電話嗎？」

「什麼電話？」

「艾迪・史莫克自殺了。」他說。

「老天！不會吧？」

「前天晚上。」

「他是怎麼死的？」

「上吊自殺。」提姆說。「帕斯華茲說，他被人發現的時候，臉色都已經發青了。有人幫他做急救，可是還沒到醫院他就死在救護車上了。」

其實，不用問也知道艾迪爲什麼會自殺。

他一定是碰到天底下最悲慘的事，內心太過沮喪，滿腦子只想尋死。

對艾迪來說，天底下還有什麼事會比那件事更悲慘呢：同性戀的身分被人揭發，突然間，全世界都知道他發了瘋似的打電話給男生。艾迪一定是覺得，這種事都被人知道了，還不如死了算了。換成是我，我也一樣。在密西西比州，任何一個有自尊心的男生都會這樣做。

這時候，30號房的門突然開了。老爸穿著那套棉布睡衣，模樣看起來很嚇人。「你們在搞什麼！」

「噢，嗨，莫斯葛羅夫先生。不好意思吵到你了。」

「你是什麼人？」

「他是提姆。」我說。「我最要好的朋友。你應該認識吧？」

「眞不好意思把你吵醒了。」提姆說。「事情是這樣的——你還記得帶我們唱音樂劇那傢伙嗎？花團錦簇浸信會那個。他死掉了。」

「死掉？什麼意思？」

「他自殺了。」

「拜託你幫個忙。」老爸說。「現在是大清早五點半，你不能等幾個鐘頭再過來嗎？」

「對不起，眞的是沒辦法等。因爲今天就要舉行葬禮了，在三角洲那邊。他媽媽，也就是史莫克太太，她希望我們這幾個參加過表演的男生去幫他扶靈。我們大概再過一個鐘頭就要出發了，這樣才趕得到。」

「喔，那你可以等一個鐘頭之後再過來。」說著，老爸準備要關門了。

這時候，提姆忽然用腳把門頂住。「對不起，莫斯葛羅夫先生，事情是這樣的，我們必須先趕到花團錦簇浸信會去換戲服。艾迪的媽媽希望我們能夠穿那天演唱穿的戲服出場。」

老爸先看看提姆，然後再看看我，彷彿在評估哪個比較欠揍。接著，他狠狠瞪著我說：「去穿好衣服，然後就滾，別吵到你妹妹。」說完他就砰的一聲用力把門一摔。

「哇塞。」提姆說。「你這位性格老爸怎麼了？」

「噓──小心被他聽到。」

「抱歉。」他說。「可是，老天！」

我趕快轉移話題。「扶靈究竟是要幹什麼？」

「我們要抬棺材。應該是這樣。」

「她眞的要求我們這樣做？」我說。「我們跟艾迪並不熟啊。」

「她眞的叫我們去。而且她堅持我們一定要穿戲服。帕斯華茲說得很清楚。我那個要命的老媽竟然答應了，說我一定會去，這樣一來，我們根本就無法脫身了。」

戲服！現在我比較清醒了，忽然想到那意味著什麼。「噢，慘了，提姆。噢，老天，不會吧。」

「沒錯，呆尼爾。這下子不好玩了。可是我們又能怎麼辦？那是艾迪的媽媽，她兒子死了。」

他說的沒錯。要是艾迪．史莫克的母親請求我們去扶靈（抬棺材！），我想，這是最起碼我們做得到的。

可憐的艾迪。

我們抵達花團錦簇教會停車場的時候，太陽都還沒出來。艾莉西亞．迪坎普的母親也在那裡。她旅行車後車廂裡有八套戲服，用乾洗店塑膠袋包著。我們把那幾套戲服拿到提姆車子的後行李廂。迪坎普太太堅持要擁抱我們（被她抱住，感覺肥肥軟軟的，還有點痱子粉的香味），而且還給我們五塊美金，讓我們去買甜甜圈當早餐吃。我們一拿到錢，立刻就直奔甜甜圈連鎖店，在店裡一口氣先吃掉十幾個，然後又買了二十幾個外帶。我們狼吞虎嚥，把那些甜甜圈當成包了糖衣的薯條吃。另外，爲了配甜甜圈，我們還買了超大杯的可口可樂——差不多就像桑尼和雪兒的演唱會上砸到我脖子上那杯一樣大。

沒多久，我們已經離開傑克森市的範圍，開上一條崎嶇的兩線道公路，一路往北開。一開始我沒說什麼話。後來，提姆終於開口了。「呃，昨天晚上……」

「別跟我扯昨天晚上的事。」我轉頭看著他。「今天我會跟你出來，純粹是因爲艾迪死了，這件事我們非做不可。就這樣。要是你希望今天能夠好過一點，我勸你最好別再扯了。」

「哇，呆尼爾。」他裝出一副很驚訝的樣子說。「原來你還在生我的氣啊。」

「生氣？那不是生不生氣的問題。問題在你——提姆，你這人眞是不簡單，竟然幹得出那種事。我問你，有什麼事是你幹不出來的嗎？」

「我沒那麼厲害，不過，要是你想得到什麼，你就必須想盡辦法去得到它，該怎麼做就怎麼做。」

「這麼說來，你在州際公路的路肩把艾妮妲趕下車，那就是你想得到的嗎？那就是你的目的嗎？」

「那是她自己的選擇。」

「你希望她恨我，對吧？你希望——不要，不說了，算了。我不想再跟你談她。」

「也許不要談她比較好。」他說。

「不過，我可以問你一件事嗎？」

「問啊。」

「那天晚上在伊塔班納，艾迪打電話到每一個房間去，可是爲什麼沒打到我們房間來？」

「我怎麼知道？」他說。「我從來沒想過。說不定我們不是他中意的那一型。」

「他打電話給所有的男生，對吧？」

「我不知道。他有嗎？」

「那天晚上我沒有聽到電話響。你有嗎？」

「沒有。那天晚上我根本就睡死了，你忘了嗎？」

「可是……你是什麼時候穿上鞋子的？」我說。

「你說什麼？」

那是一個小細節。那天半夜，我注意到他穿著鞋子，但當時我並沒有仔細去想爲什麼。後來我就把這件事拋到腦後，懶得去想了。可是，這件事卻一直在我腦海中陰魂不散，就像一隻小蟲子跑進眼角。「那天晚上你從浴室走出來的時候，腳上穿著鞋子。可是，先前你上床睡覺的時候，鞋子不是已經脫掉嗎？」

「你沒注意到浴室的地板有多髒嗎？噁心死了。」他說話的時候，眼睛小心翼翼的盯著我。

「你問這幹嘛，丹福爾摩斯？」

「沒什麼，我只是偶然想到。」

「不行，要說就說清楚。你忘了我們約定過嗎？心裡有話一定要說出來。」

我乾笑了一下。「我只是很想搞清楚，你是不是眞的那麼潔癖，上廁所尿尿還會穿鞋子。」

他淡淡一笑。「噢，我懂了。你是認爲那天晚上我跑出去了，對吧？可是，我幹嘛要出去呢？」

「我怎麼知道？你告訴我啊。」

「你認爲艾迪打電話到我們房間來，然後我就過去了，是不是？你想問的就是這個嗎？」

「不是。」我說謊。

他咧嘴一笑。「呆尼爾，你眞是滿腦子疑神疑鬼。自從那天我們回來之後，你就一直想這些嗎？你腦袋瓜子裡一直在拼湊這套陰謀論嗎？那天晚上我做了什麼事，你想聽聽看嗎？告訴你吧，那天晚上我一早就上床睡覺了——聽你問了一堆有的沒的之後，我就睡著了。後來，我醒過來之後，你才告訴我，大家都在議論紛紛，說艾迪打電話到每個人房間去騷擾。就這麼回事，老兄——你編出來的這套陰謀論，跟我好像沒什麼關係。你不覺得想這種問題有點白痴嗎？」

他說謊眞是臉不紅氣不喘，越來越爐火純青。

「呃，要是你碰上什麼麻煩，有人很願意幫助你。」我說。「我只是想告訴你這個。」

他忽然皺起眉頭。「哦，很好，我腦子有問題。那你的意思是，我該去看看神經病醫生囉？」

「也許你眞的該去看看。」

「我去看過一次，懂了嗎？那個女醫生根本就是個白痴，根本就是魔鬼。同樣的問題，她一而再再而三問個沒完沒了，比如說，這個你有什麼感覺，那個你有什麼感覺。臭娘們，妳乾脆問我殺了妳有什麼感覺好了！他媽的！喂，夠了吧，我們最好還是不要再談這個了。」他嘆了口氣。「老兄，給你一個建議，得饒人處且饒人。」

他打開收音機，喇叭裡猛然傳出〈叢林搖滾〉這首歌，而且正好唱到那一句「親愛的，今夜我好憂鬱」。眞妙，廣播電台選歌選得好，只可惜現在不是聽這首歌的時候。於是提姆立刻又把收音機關掉，然後從置物箱裡掏出一根大麻。「當年你們家的東西是不是就在這附近燒光的？」

「不是這裡。是在六十一號公路，格林威爾南邊。」我眞的很不願意去想到那一天。

提姆猛吸了一口大麻，然後遞給我。我不要。要不是因爲那天有雪兒在場，我根本不想去沾毒品。

「呆尼爾，談到你家的人，我還眞不知道該怎麼形容。」他說。「還眞是詭異。先是所有的家當在半路上燒光光，然後又是房子炸得粉碎，然後又是那個怪老頭傑克，現在又是全家住在那家髒兮兮的汽車旅館……看在別人眼裡，這些事還眞的有點瘋狂，不是嗎？不過，我並沒有故意去扯那些，讓你很不是滋味，對吧？」

「你到底想說什麼？」

他不高興了。「你說我腦子有問題，這種話聽起來不太舒服，懂嗎？我不太喜歡聽。我正常得很。不管我有什麼問題，都不干你的事，懂嗎？我家的人也沒什麼問題——我們家和你們家不一樣。抱歉，我說錯了，你們現在住的是汽車旅館，那不叫家。我簡直不敢想像，要是叫我媽在那種地方住一晚，她會怎麼樣。她一定會拿著穩潔刷到天亮。」

「好吧，提姆，既然你說你腦子沒問題，那就沒問題。我只是——我只是很不喜歡你對我做那種事。」

「昨天晚上的事，我已經跟你說對不起了。」他說。

「你有說嗎？什麼時候？沒有啊，你根本就沒說！」

「我已經說了，可是你根本沒在聽。老天，呆尼爾，我什麼事都沒瞞過你，什麼事都跟你說。可是你呢，一天到晚東問西問，而且原則還特別多，跟我說一堆他媽的人生大道理，好像我是個天字第一號渾球。沒關係，我可以忍受，也許有某些事，聽你教訓是我活該。不過，操他媽的！你也該適可而止吧！好了，我們現在要去參加葬禮，對吧？開車的是我，付油錢的也是我！你還要怎麼樣？」

「你可以閉上你的鳥嘴，專心開車。」我說。

「該閉嘴的是你。」

「沒問題！我沒有想要跟你說話！」我雙臂交叉在胸前。

他又打開收音機，調整音量，放得很大聲，然後猛吸他的大麻。我把車窗搖下來，讓外面的氣流把煙吸出去。車子經過好幾個小鎮，我們一路都沒有再說話。到了帕奇曼鎮外圍，車子正好從密西西比州立監獄門口經過。監獄的建築零星散佈在一大片棉花田裡，田裡有幾個穿著白色連身工作服的黑人。遠遠看過去，他們看起來不太像真的人，而只是晾在大太陽底下的幾套白衣服，最上面有黑色的髒污。我心裡想，被關在那種地方，有人不後悔嗎？

我熱得汗流浹背，大腿的皮膚接觸到塑膠椅墊，感覺黏黏滑滑的。這輛福特Pinto的冷氣是一流的，可是提姆偏偏就是不開冷氣，因爲他爸爸說那會加重引擎的負擔。

「引擎本來就應該要供應冷氣的電源，要不然引擎是幹什麼的？」我說。「引擎加速運轉，輸出更多電力，車子裡就涼了。更何況，不吹冷氣，車子裡裝冷氣幹嘛？你沒看外面已經熱得像烤箱了，再不開冷氣，我們會熱死。」

他嘆了口氣。「好了，別再吵這些有的沒的好不好？搞得大家火氣都來了。冷氣還沒發明的時候，大家還不是活得好好的。死不了的。」

這時候，車子已經來到特威勒鎮，開進「老K漢堡」的停車場。帕斯華茲太太和演唱音樂劇那幾個男生已經在那裡等我們了——總共有六個男生坐在一輛福特休旅車裡，個個看起來表情都很悲哀，跟我差不多。他們分別是泰德，馬克，伊凡，山姆，還有史蒂芬雙胞胎兄弟。那對雙胞胎兄弟簡直就像同一個模子印出來的，根本分不清誰是誰。大家握握手，然後聊起從前參加喪禮的經驗。

我說，十七歲的小伙子大概寧願被人凌遲也不願意參加喪禮，每個都不例外。在十七歲這樣的年紀，死亡還是一個如此遙遠的字眼，所以喪禮似乎是一件蠢事，一種無意義的儀式，一種上了年紀的人才會在意的東西。世事無常，有時候是飛來橫禍，有時候是天年已盡，於是，死亡就降臨了。於是，大家圍在一起說一些愚蠢無聊的話，然後把他們埋進地底下，然後，大家繼續過日子。

帕斯華茲太太穿了一套剪裁勻稱的黑色套裝，戴著一頂小黑帽，臉上遮著一片賈桂琳．甘迺迪式的黑紗，整個人看起來很不一樣。她手上抓著一張面紙，眼裡已經閃爍著淚光——看得出來，今天她一定會哭得很慘。「嗨，小朋友，謝謝你們特別抽空過來。艾迪的媽媽一定會很感激你們。」

我們很客氣地嘀咕了幾句，譬如說，不客氣，哪裡，應該的。不過，我們心裡卻暗暗叫苦：

噢，主啊，你是在懲罰我嗎？主啊，求求你救我們離開這裡。主啊，先救我。我心裡有數，從此刻開始一定越來越難混了。事後證明果然如此。不過，好歹現在我們先拿到了老K漢堡和薯條。老天，那簡直可以說是人間第一美味。

帕斯華茲叫提姆把戲服發給大家。他和山姆聊得正起勁，於是就把鑰匙丟給我。我打開車子的後行李廂蓋，那幾個男生立刻圍過來，把掛在衣架的衣服拿出來。

我看到我們小樂團的禮服用塑膠袋包著，放在最底下。我把衣服拿起來的時候，底下那條棕色的毯子無意間被我的手掀起了一角——

那一剎那，我瞥見一截光滑的木頭。我把毯子掀開，整個人愣住了。我做夢也想不到會在提姆車上看到這種東西：一把雙管散彈槍、一把打獵用的步槍，還有八、九盒子彈。

我趁那幾個男生還沒注意到，趕快把毯子蓋回去。

米諾高中有很多男生都喜歡打獵。很久以前，有一次到奶奶家去玩，我和巴德拿了一把點二口徑的手槍去射松鼠和野鴨（當然，多半都射不中）。可是，我從沒聽提姆提到過槍。

這裡擠了一大群男生，大家七嘴八舌的抱怨說幹嘛要穿戲服。這時候我實在不方便問他是怎麼回事。我們輪流進老K漢堡的男廁所去換衣服，一次兩個人進去。提姆和我算是運氣不錯，因爲我們穿的是小樂團的禮服，跟另外那幾個男生比起來，看起來正常多了。

提姆忽然喊了我一聲：「喂，你看伊凡．李文斯頓。伊凡穿著一件黑手黨式的黑色毛衣，戴著墨鏡，背後插著一對翅膀。他似乎快熱昏了。另外那幾個男生好像沒他那麼熱，不過也沒有舒服到哪裡去。還好麥特．史密斯沒來——因爲，叫我再看一次耶穌穿著結婚禮服，我實在不確定自己有沒有辦法忍受。

於是，我們團團圍住帕斯華茲太太，哀求她不要強迫我們穿這種衣服，讓我們穿原來的衣服。「可是，這是艾迪的媽媽要求的。」她說。「今天是她兒子的葬禮，你們忍心讓她失望嗎？」

其實，我們眞的不在乎，可是沒人敢開口。

「我就知道你們一定不會令她失望。你們都很高尙。」說著，她伸手把帽子扶正。「我們不在教堂裡舉行儀式，直接到墓園去碰面。你們開車到一個叫做朗史崔的小鎭，然後向左轉，沿那條路再開十公里左右就到了。反正，跟在我車子後面就對了。」

提姆邀伊凡和山姆搭我們的車。沒想到，我們都還沒坐上車，帕斯華茲那輛小車已經一溜煙衝出去了。平常看她在教室裡操作那部投影機，慢條斯理的，你一定很難想像她開車的模樣。她車子風馳電掣的衝過朗史崔的十字路口，揚起漫天沙塵，而且那沙塵久久不散。後來，我們車子終於開到教堂門口了，她卻早就已經下了車，開始跟那個葬禮司儀交代事情了。

這座墓園非常小，四面八方看不到人煙。這座鄉下教堂年久失修，外表的油漆幾乎已經剝落殆盡，隱約看得出來從前是白色的。墓園外面圍著一道生鏽的鐵欄杆，裡頭的墓碑看起來搖搖欲墜。另外還有一座舉行葬禮用的綠色頂棚，四周有荷葉邊裝飾。墓園裡已經挖了一個坑，旁邊有一堆紅土，有個工人正在攤開一卷綠色的毛氈把土坑蓋起來。另外一個葬禮工作人員走過來跟我們打招呼。他身形魁梧，穿著一套黑西裝。「你們是來幫忙扶靈的，沒錯吧？」

我們說，是的，我們是來扶靈的。

「各位先生，謝謝你們特別抽空過來幫忙，也謝謝你們今天爲你們的朋友所做的一切。」

他說他叫傅立曼．吉利安，然後他簡單扼要地跟我們說明了一下扶靈的技巧。「抬的時候要用膝蓋的力量，不要用背的力量。要是你覺得撐不住了，就趕快說『我要放手了』，然後退到旁邊。不用覺得不好意思，沒有人會看不起你。等到你覺得力氣恢復了，就繼續幫忙抬。關鍵就在於保持平衡。千萬記住，膝蓋不要彎。我看過很多身材魁梧的鑣形大漢跪到地上去。」

「到底有多重？」泰德．赫林問。

「重到遠超乎你的想像。史莫克先生體重只有六十五公斤，可是這副靈柩是『聖靈型』——材質是實心青銅，重量是一百六十公斤。這就是爲什麼需要八個人抬——雖然你們都是體格壯碩的大人，應該六個人就可以抬得動，不過，大熱天嘛，多兩個人總是有備無患。」

吉利安先生是那種很難得一見的大人，他會告訴你該怎麼做，卻又不會讓你覺得自己很蠢很無知。我很喜歡他稱呼我們「大人」。

「有機會參加這種規格的葬禮，你們應該要感到很榮幸。」他說。「他的家人要求一定要用最好的，所以，我們眞的就給他們最好的——這可不是隨便的，四十八盎司的青銅，天然磨砂面處理，乳白色天鵝絨襯裡。這可是頂級品，價格高得嚇人。不過，青銅的價値就在於，這副靈柩永遠不會腐蝕。」

我們畢恭畢敬默默聽他描述這副靈柩。吉利恩先生再次向我們致謝，然後就過去看看墓穴兩邊的椅子有沒有排好。

「我想我快不行了。」提姆說。「搞不好我眞的會翹辮子，而地獄大概就像這樣子。」

「哎呀，他這個人還不錯啦。」我說。

天已經開始熱起來了，而且越來越熱。此刻正是下午最炎熱的時刻，陽光太強烈了，整個天空幾乎都變成白色的。火毒的陽光照在我們身上，史蒂夫兄弟活像兩個汗流浹背的牛仔，而可憐的伊凡穿著那套黑手黨西裝，整個人好像快融化了。後來，那輛黑色的靈車終於緩緩駛進墓園，後面跟著一隊閃閃發亮的黑色大禮車，那一剎那，我們都覺得鬆了一口氣。

這輩子我從來沒有一口氣見到這麼多輛大禮車。艾迪一定會喜歡的。他一定會喜歡我們身上的戲服，而且，會更喜歡我們被迫穿上這些戲服。

吉利安先生叫我們在靈車後面排好隊。我瞄了那副青銅靈柩一眼。磨砂棺面閃閃發亮，八個角圓圓的，看起來很像一個巨型打火機。

十幾個史莫克家的人從大禮車裡鑽出來。我一眼就認出艾迪的媽媽了。當初「耶穌基督！」音樂劇排演的時候，我看到過她好幾次。史莫克太太整張臉圓嘟嘟的，長著一只豬鼻子，兩頰紅紅的，氣色紅潤，如果說她看起來很像一頭豬，應該不會太離譜。今天她穿著一件黑色洋裝，但看得出來裡面穿的是一件巨大的緊身胸衣。她小腿上下兩頭綁著束帶，看起來活像一截巨大的香腸。

那個滿頭白髮臉色蒼白的男人一定是艾迪的爸爸。他攙著她的臂彎。他那副模樣看起來並不是蒼老，而是整個人崩潰了。

我眼角瞥見提姆。他正在看我，臉上那種表情顯然已經忍耐不住快要笑出來了。要是此刻我隨便朝他使個眼色，他一定會大笑出來。我皺起眉頭，撇開頭不看他。我猜不透他是覺得哪裡好笑——是因爲看到墓穴那一剎那，那些親戚的哭聲聽起來像殺豬？還是因爲艾迪的媽媽那有如希臘神話女海妖的哀號？還是因爲我們八個身上那種怪異的裝扮？也許都有吧。

我努力擺出一種莊嚴肅穆的表情，像那個葬禮司儀一樣。我拚命想像艾迪躺在那具閃閃發光的靈柩裡，想像他屍體上塗滿了防腐劑，撒滿了白粉。

可是，我忽然想到，假如你被人抬到墓園裡，而幫你抬棺材的人，都是那種奇形怪狀的牛仔，黑手黨天使，嬉皮樂手，還有一個古代麥加聖地的牧羊人，那會是什麼情景。有些前來弔唁的人，臉上露出一種想笑的表情，不過，大多數的女人瞄了我們一眼之後，忽然就哭起來了。

他們一定以爲我們是艾迪最要好的朋友，爲了表達我們內心最沉痛的哀悼，特別穿上這些戲服來向他致意。

我突然覺得整件事令人有點毛骨悚然。我暗暗祈禱，希望這一切趕快結束。

艾迪的靈柩架在靈車裡的滾筒上。我們把靈柩拉出來，那一剎那，老天爺！這玩意兒比我想像的還要重得多！比吉利安先生形容的還要重得多！我看到泰德．赫林脖子上青筋暴露，聽到提姆在我後面呻吟。

我聽到吉利安先生壓低聲音問我們：「你們還好吧？」

我們悶哼了一聲，鞋子猛然在地面磨搓了一下，找一個平衡點站穩。

吉利安先生低聲喊著一二一二，指揮我們開始向前行進。看看那些人！他們散開了，讓路給我們過去。只要你抬起靈柩，他們就會自動讓出一條路給你！

我站在右邊倒數第二個，馬克和泰德在我前面，提姆在我後面。然而，那種沉重的感覺卻彷彿是我自己一個人在抬。我們在崎嶇不平的地面上行進了三十公尺，繞過墓碑朝頂棚前進。除了我們自己的喘氣聲，我還聽到樹林裡傳來持續不斷的蟲鳴聲。

接著，我前面的泰德．赫林忽然叫了一聲：「我要放手了。」然後他就退到旁邊去了。那一剎那，靈柩的重量彷彿突然增加了一倍（吉利安先生錯了——那一剎那，我忽然有點瞧不起泰德）。靈柩猛然往下垂——我趕快用屁股頂著，用力抓緊滑溜溜的扶桿，用盡吃奶的力氣撐住。我眼前突然浮現出一幕景象，彷彿看到靈柩摔落到地上，棺蓋跳開了，艾迪的屍體翻出來，滾到泥地上。

「穩住穩住……」提姆用力撐住靈柩的右後角。

傅立曼．吉利安立刻靠過來幫忙抬，於是，靈柩又回復了水平。後來，我們終於抵達頂棚下方，繼續往前移動。我們已經走在墓穴旁邊了，如何走穩腳步以免滑下去，需要相當的技巧。

「好了，我們到了，抓好。」吉利安喊了一聲。接著，我們聽到一陣細微的嗡嗡聲，起降機慢慢升上來，抵住了靈柩的底部。「做得非常好，各位先生，謝謝你們。」

這時候，我們已經汗流浹背，全身的衣服都濕透了。接著，我們在棺木的另一邊排成一排，面對艾迪的家人。葬儀工作人員走過來，手上拿著一片玫瑰花編成的毯子，覆蓋在靈柩上。然後，那些弔唁的來賓圍過來，圍在頂棚四周。

噢，老天，史莫克太太和她那位搖搖晃晃的丈夫朝我們走過來了。他們打算要向我們這些扶靈的人逐一致謝。史莫克太太全身一襲黑衣，從我們面前慢慢走過，和每個年輕人握握手，說兩句話。此刻，史莫克太太看起來還真有點像伊莉莎白女王，而史莫克先生則是有點像菲利普親王。他整個人看起來蒼白黯淡，彷彿快要變成背景的一部分了。

這時候，她用力握住我的手。「孩子，你叫什麼名字？」

「丹尼爾．莫斯葛羅夫。」

「丹尼爾，眞謝謝你專程趕來。你一定是艾迪很好的朋友，他一定很愛你。」

「謝謝妳。」她的話並沒有什麼特別的意思，但我卻聽得毛骨悚然。我很好奇，她究竟知不知道眞正的艾迪是什麼樣的人。

史莫克先生握住我的手，嘴裡喃喃說著：「謝謝你，孩子，謝謝你的好意。」他的手握起來感覺軟弱無力。

這時候，站在我旁邊的提姆被史莫克太太握住了手。她問：「你叫什麼名字？」

「提姆．考辛斯。」

「呃，提姆，謝謝你，你的好意對艾迪意義重大。」史莫克太太說。「希望你能夠明白，艾迪有多麼的愛你。」

「謝謝妳。」提姆說。「很遺憾他走了。」

史莫克太太又繼續往前走。這時候，我鬆了一大口氣。葬儀人員把讚美詩的歌詞發給我們。紙面上還散發著油墨的香味。接著，有一位牧師走到靈柩頂端，抬起手。他的髮型是那種很搶眼的龐帕多髮型，袍子上佈滿了花邊和凸紋，肩上掛著一條肩帶，帶子上有密西西比大學紅白雙色的標誌。他竟然肯花這麼大的工夫打扮，我還眞服了他。我忽然覺得他有點眼熟——有一次，老媽把我拖到衛理公會教堂去聽佈道，當時佈道的牧師好像就是他。

接著，他開始吟頌聖詩，這時候，我忽然想到他是誰了。傑克最喜歡禮拜天早上的電視佈道節目，而負責佈道的就是眼前這位牧師。他就是亞佛列德．普爾牧師，「密西西比維克斯堡聖靈大會堂」那位聲音令人毛骨悚然的牧師。

我用手肘頂了一下提姆，想問他認不認得這個人。沒想到我一轉頭，看到的卻不是提姆，而是帕斯華茲太太的眼睛。那一剎那，我整個人僵住了。她一直盯著我，哭得一把鼻涕一把眼淚，彷佛死的是她兒子。

「我們摯愛的艾迪．巴斯金．史莫克，主最忠誠的僕人，已然蒙主寵召，返回天國的家園。」牧師高聲朗誦。「噢，主啊，你是否看到我們在哭泣？人世間諸多衰老病弱之人，爲何你要召喚如此年輕蓬勃的生命？摯愛的主啊，這似乎並不公平。你是否看到我們在哭泣？我們祈求你賜予我等基列的乳香，治癒我們沾滿罪惡的靈魂。」

史莫克太太靠在她丈夫肩上啜泣。

「來，大家圍過來。」牧師招呼大家。「爲了頌揚他的名，我們一起來唱聖詩第一百五十三首，『我看到有人垂吊在樹梢』。」

這下子，那些太太小姐哭得更傷心了。我很納悶，普爾牧師到底想什麼，為什麼會挑上這首詩？還是說，他根本就不知道艾迪是上吊自殺死的？

我看到那人吊掛在樹梢，滿身鮮血，痛苦至極，
我站在祂的十字架旁邊，祂凝視著我，眼中了無生氣。

我並不覺得這樣的詩歌能夠撫慰靈魂，不過話說回來，反正那個需要撫慰的人又不是我。謝天謝地，還好普爾牧師演說的時候背對著我們，我才沒有笑出來。

人生的一切本來就很可笑。我敢打賭，此刻提姆腦子裡想的一定是這句話。我彷彿很清楚聽到他的聲音在我腦海中迴盪。我轉頭去看他，發現他眼睛盯著遠遠的某個地方——嘴唇在顫抖，閉得好緊，顯然是拚命在憋住笑。

「慈悲的天父啊，您的作為是如此的難以捉摸。」牧師說。「我們聚在一起，全心祈禱，撫慰靈魂。摯愛的天父啊，艾迪．巴斯金．史莫克是你最鍾愛的孩子，為什麼要這麼快就把他召喚回天國呢？」

他大聲宣揚，人間的一切是如此的不公平。艾迪．巴斯金．史莫克，如此年輕的生命，滿懷純真，在宗教熱誠的引導下，「結合今天在場的這幾位年輕人，創作出一齣戲劇，描述耶穌基督年輕時代的事蹟。」他手一揚，指向我們這邊。他說艾迪奉獻了自己的一生，為那些不幸的人奮鬥不懈，希望他們能夠活得更好。不過，他並沒有舉例。他說，艾迪畢生追求榮耀，如今卻英年早逝。我們的天性，還有更多其他的事物，引誘我們走上一條充滿混亂的黑暗道路，然而，就在這樣的人生旅程中，上帝向我們彰顯了真理的道路。他說，艾迪是一位「天生的基督徒，而不是

重生的基督徒。他不需要重生——因爲上帝一開始就引導他走上正確的道路！」

我覺得他實在捧艾迪捧得有點過頭了。

「雖然艾迪就像現在的許多年輕人一樣，在成長的艱苦道路中，思想曾經陷入困境。」他說。「但他的靈魂是純潔無瑕的，有如清澈的甘泉。」

這時候，牧師拿手帕抹了一下臉，然後介紹帕斯華茲太太上場。他說：「艾琳．帕斯華茲太太是艾迪的好朋友，她要我給她一點時間，她想告訴大家，艾迪的人格是多麼的高貴。」

她面帶微笑走上前，邊走邊點頭，彷彿有人在鼓掌似的。我覺得我一定要讚美一下帕斯華茲，因爲她今天穿著那套黑衣服，看起來眞的很不一樣。她戴的那副義大利電影明星式的太陽眼鏡，幾乎比她的臉還要大。

她忽然抬起手，用指尖輕輕碰了一下嘴唇，那種動作很像在送飛吻，但其實不是。「我只是很好奇，今天在場的人，有誰眞的了解艾迪嗎？」她說。「就我個人來說，我完全不了解。有誰了解嗎？我從來沒有揣測過他是什麼樣的人。天哪，我們不都是他的親人，他的好朋友嗎？爲什麼都沒有人提早看出一些端倪？不要誤會，我不是在責怪任何人，我是在責怪自己。最近，我和艾迪相處時間很長，如今回想起來，我確實注意到他有些不對勁，可是卻不以爲意。我眞的很對不起他。我們都對不起他。所有的人。」

我轉頭瞥了史莫克太太一眼，發現她死盯著帕斯華茲，眼睛彷彿快要噴出火來。普爾牧師忽然笑得有點僵，似乎透露出某些不安。

「自從聽到這個消息之後，我一直都睡不著覺。」她又繼續說。「本來我一直在撕客廳那些舊壁紙，有好幾層。壁紙很厚，至少有二十層到三十層。後來接到電話之後，我只好先停下來。壁紙撕了還不到一半，客廳裡亂七八糟。我要說的是，我立刻就趕到醫院去了，心裡想，我應該可以想點什麼辦法救艾迪。但我眞的好傻，因爲已經太遲了，救不了艾迪了。我錯過了機會。我們這輩子一直在錯過機會。」

接著，她扯掉臉上的太陽眼鏡。「那天晚上離開醫院之後，我向上帝許諾，只要他肯讓艾迪活下去，我願意把牆上的舊壁紙全部撕光。可惜，艾迪沒有逃過這一劫。不過——我似乎也沒有必要因此不去撕掉那些壁紙。所以，從那時候開始，我還是一直在撕壁紙，幾乎是從早撕到晚。」

這時候，連我都開始感到越來越不安了，因爲我忽然想起她提到過的那些藍松鴉。牠們隨時有可能突然冒出來，侵襲帕斯華茲太太的心智。

「牆壁的某個角落，壁紙已經鬆脫，大概再撕兩三層就可以撕光了。」她說。「就在這個時候，它們又來了！那種光亮就像上次一樣，只不過，老天，那種東西是我沒見過的！它攻擊我！那種光亮就像上次一樣，比平常的光線要來得亮一點——奇怪的是，外面根本就還沒天黑。當時大約是下午三、四點。」

這時候，提姆用手肘頂了我一下。我往旁邊退開了一步，讓他頂不到我。

我有點納悶，不知道密西西比八月的太陽是否眞的熱到這種程度，足以把一個人熱到發瘋。空氣中那種熾熱與沉重似乎震懾了所有的人，全場鴉雀無聲。我忽然想到上代數課的某些時候，大家都嚇得不敢動，心裡暗暗祈求帕斯華茲別再說話了。然而，在這座墓園裡，甚至不會有下課鐘來解救我們。

那些弔唁的來賓似乎多半都還抱著希望，希望這個故事最後會以一種隱晦迂迴的方式回到艾迪身上，讓大家看到她眼中的不一樣的艾迪。

「我的記憶出現了片段的空白。那段時間裡究竟發生了什麼事，我印象非常模糊。」帕斯華茲說。「我記得當時我在廚房裡，眼睛看著時鐘。時間是一點五十分。接著，我忽然陷入一陣恍惚，然後，當我回過神來的時候，我人卻已經跑到前面的門廊上，鞋子已經脫掉了。當時天已經黑了，而且我聞到一股焦味，好像有人在烤土司。」

普爾牧師表情已經僵了，笑不出來了。他一下看看帕斯華茲，一下又看看史莫克太太。史莫克太太臉色越來越陰沉。

可是帕斯華茲卻渾然無覺。「他們不想驚動太多人。」她說。「不過我想，等一切公開的時候，一定會驚天動地，那種震撼很可能會像珍珠港事件再加上披頭四。這件事很快就會揭曉了。我只是很遺憾，艾迪不能陪我們久一點。無論如何，願上帝保佑他。我就說到這裡了，謝謝各位。」

她眨了眨眼，遲疑了一下，那副模樣彷佛想確定自己眞的已經說完了。接著，她又把太陽眼鏡戴回去，走回人群裡。

史莫克太太從鼻子呼出一大口氣，似乎是在咳嗽，但那聲音聽起來很像「哼！」。

普爾牧師本來有點恍神，這時候忽然猛搖搖頭，打起精神來。「各位親愛的兄弟姐妹，請大家高聲唱，頌揚他的聲名。聖詩第一百一十三首。」

接著，現場開始揚起稀稀落落的歌聲。

艾曼紐的鮮血汩汩流出
注入那座噴泉
罪人縱身跳入那血泊中
滌淨所有罪惡

我真的很好奇，這幾首聖詩到底是誰挑的。這首詩大概有六節。普爾牧師抬起手。「各位兄弟姐妹，當微風吹來都會覺得熱的時候，我們就明白日子難過了。現在，艾迪的弟弟勞倫斯要跟大家說幾句話。我們希望他能夠儘量簡短扼要，因爲我們這裡有一些年長的兄弟姐妹，他們可能會受不了外頭這種酷熱。好了，勞倫斯，請上來吧。」

家屬那排座位裡有個胖胖的小男生突然站起來，懷裡抱著一台很笨重的卡式錄音機。他看起來大概十二歲左右。「呃，我只是想放一首艾迪寫的歌給大家聽。」他一邊說，一邊瞄了靈柩一眼。「他寫了很多歌，那是他的最愛。」

接著，他用大拇指按下播放鍵。錄音機開始傳出一陣充滿艾爾頓．強風格的鋼琴裝飾奏，還有艾迪的歌聲。艾迪的歌聲很好聽，渾厚的男高音，聲音幾乎不會顫抖。

我立刻就認出那是哪一首歌了。雖然這次的唱法和先前不同，唱得比較慢，帶點民謠曲風，而且樂曲的調式改成了小調，但我還是立刻就認出來了。我不由自主地微笑起來。因緣際會，艾迪終於還是讓大家都聽到這首歌了！

我只是個凡人，我走在公義的道路上
可是有時候，我會跌跌撞撞，我會摔倒
他在我耳邊低語時，我沒有認出他是誰
他的呼喚潛藏著誘惑

讚美撒旦——
因爲他，我才知道什麼路不能走
讚美撒旦——
如果不是因爲他，我怎麼會明白
讚美撒旦——
就是因爲他的考驗
我才明白
我對耶穌的愛有增無減！

勞倫斯．史莫克把錄音機抱在懷裡，臉上露出欣慰甜蜜的微笑，彷彿懷裡抱的是一個嬰兒，而不是錄音機。此刻，錄音機裡，他哥哥正以他那高亢的歌聲在歌頌撒旦。普爾牧師本來像是在默默禱告，一副失神的模樣，聽到歌詞的內容，突然驚醒過來。他跟史莫克太太一樣，突然漲紅了臉。

我發現帕斯華茲太太已經沒有站在人群裡了。她自己站在一邊，頭上那頂帽子不知怎麼翻轉過來了，面紗罩在後面的頭髮上。我看到她嘴巴好像在動，彷彿剛剛上台講話意猶未盡，還有很多話要說。

後來，那首歌結束了。勞倫斯．史莫克按下停止鍵，然後就走回去站在媽媽後面。

這時候，提姆忽然湊到我耳朵旁邊說：「那女孩子長得眞奇怪！」

在開車回家的路上，提姆和我兩個人眞是笑翻了，後來他實在撐不住了，只好把車停到路邊去笑個過癮。天色漸漸暗了，我們坐在黑暗中狂笑不已。

遠處的天際，那輪夕陽彷彿一個紅色的洞，逐漸墜落到無邊的黑暗中。眼前的景象令我驚駭莫名。天底下，再也沒有任何東西比那個紅色的洞更令人絕望。我心裡好害怕，忽然很想歇斯底里的狂笑，因爲我不知道自己未來還有多少年好活。

過了一會兒，我們終於笑夠了，於是提姆又繼續開車上路。

「對了，後面那些槍是怎麼回事？」我問。

他眼睛連眨都沒眨一下。「那是我幫我叔叔巴伯保管的。他們家裡有小孩，我嬸嬸不喜歡家裡有槍，所以他要我幫他保管到獵鹿季。」

「那你用過那些槍嗎？」

「有幾次。」提姆說。「我們在他家的農場裡打過瓶子之類的。」

我從來沒聽他提到過他有個叫巴伯的叔叔，不過我並沒有吭聲。我跟他說，從前在奶奶家，我和巴德也曾經拿槍打過松鼠。此刻，四下一片漆黑，車子在黑暗中奔馳。接著，我們又聊起艾迪和帕斯華茲太太，還有，史莫克太太的豬鼻子實在很好笑。

「唉，我們很快又要開始忙了。」提姆說。「快開學了，又有很多事情要忙了。」

「比如說？」

「呆尼爾，幫幫忙好不好！我們還得對付我們那個好兄弟杜德利，你忘了嗎？」

「我幾乎沒有再去想過他了。想他幹什麼？我不想在那種人身上浪費我的時間精力。」更何況，自從那天他跑到河邊找艾妮妲之後，我就再也沒有看到過他了，而那已經是好幾個禮拜前的事了。

「前幾天晚上，他又開始搞那種垃圾袋的把戲了。」提姆說。「那天是禮拜天，我媽到門口去拿報紙，結果呢，滿院子都是空罐頭、咖啡渣，還有一堆雜七雜八的垃圾，而且不光是我們家，連我們家旁邊那一整排鄰居的院子裡都是。我老媽差點就崩潰了。」

「你確定那不是哪家的狗幹的嗎？在我看來有點像。」

「老天，怎麼會是狗呢？」

「而且，你並沒有親眼看到是雷德幹的，不是嗎？」

「我不需要親眼看到，呆尼爾。我知道是他。這是他陰謀的一部分。還有，你是怎麼搞的？現在他放過你了，開始衝著我來，所以你就認為這些都是我編出來的，因為我心理不平衡，是不是？」

「我告訴過你，你為什麼不乾脆不要理他就——」

「下下禮拜一就要開學了，你知道嗎？你等著瞧，開學第一天他就會開始整我們兩個了。你不怕高三一整年有人當面叫你『五點』或『臭蟲』嗎？你希望這樣嗎？」

「當然不希望，不過我們又能怎麼樣？」

「現在還不能怎麼樣，不過快了。」他說。「有些事，還是要事先計畫比較好。」

「你打算怎麼樣，開槍打死他嗎？」後行李廂裡有槍和子彈，所以這種可能性不是沒有。

「就算我眞的開槍打死他，有誰會不高興嗎？」他說。「好了，我的大哲學家，一切很快就會揭曉了。我想，我已經想到一個辦法，以後他不敢再惹我們了。你等著瞧吧。」

「那好，你不說也沒關係，反正我也不想知道。」提姆不時會冒出一些新點子，想到要怎麼報復雷德，但他似乎都只是說說，從來沒有眞的幹。我相信這次也一樣。

到了亞祖市南邊，我看到路邊有一塊牌子，上面寫著「休息站」。提姆打開右轉燈。

「怎麼，想尿尿嗎？」我問。

他用一種莫測高深的眼神瞄了我一眼。那是一種關懷的眼神，但卻又帶著某種令我不安的東西：一種控訴，一種昔日的傷痛，彷彿我們之間有某種不愉快的祕密。「我得在這裡停一下，可以嗎？」

「想停就停啊。」

休息區分成兩邊，一邊是給十八輪大卡車停的，一邊是給小車停的。兩個區域中間有一座A字形的建築，裡頭有廁所、地圖，還有一座飲水機。提姆緩緩開過小車去，然後忽然開回入口，繞到卡車區那邊，然後把車子停在最邊邊。那個位置旁邊有矮樹叢擋著。

「呆尼爾，我要進去一下，你坐在這裡等，要是有人過來，比如說，長得像警察的人過來，那你就輕輕敲兩下喇叭。」他特別強調要輕輕敲。「眼睛放亮一點，我馬上就回來。」接著，他伸手到椅背後面，從座位底下拿出一個小紙袋。

「你要幹什麼？」

「不要多問，呆尼爾。」

「提姆，你最好說清楚，你到底想幹什麼？」

「呃——相信我這一次，可以嗎？拜託。」他的聲音聽起來有點急迫。他下了車，然後飛也似地跑進去。

我打開音響開關，收音機正在播放「編織者合唱團」那首〈我是否墜入愛河〉（Could It Be I'm Falling in Love），而且正好唱到那句「寶貝小心哪！」。這時候，有一輛銀色的車子慢慢開過來了，車門上有密西西比州的地圖，車頂上有一排長長的藍燈。

我輕輕拍了兩下喇叭——叭叭！

那輛巡邏車正好從我旁邊經過，車上那個州警轉頭瞄了我一眼。他車子頓了一下，然後又繼續開往出口匝道。接著，他車頂的藍燈突然亮起來，車子飛也似的衝上州際公路。

和妳在一起，和妳在一起，收音機裡的編織者合唱團嘶吼著，和妳在一起，和妳——在一起。

過了差不多一分鐘之後，提姆匆匆忙忙跑出來了，邊跑邊把手上的什麼東西塞回小紙袋。他打開車門的時候，我告訴他：「剛剛有州警的巡邏車過來，不過現在已經走了。」

提姆飛快鑽進車裡。「我們趕快走吧。」

「等一下。」我跨出車子。「我得去尿尿。」

「什麼？」他好像有點不太高興。「現在？」

「抱歉，有些東西恐怕是沒辦法憋的。」

「呃，好吧，噢，不行——呆尼爾，你等一下——呃，算了，反正快一點，可以嗎？」

我走到最裡面那個小便槽。這時候，我忽然聞到一股剛噴的油漆味，看到牆上有一灘亮亮的白色痕跡，濕濕的油漆還在往下流。我撒了一泡尿，然後拉上拉鏈。

我沿著那一整排的小便槽看了一下，發現每一座小便槽前面的牆上都有一灘剛噴的油漆。

我洗洗手，然後就走回車子那邊。一坐上車，我就瞄了一眼提姆座位後面的置物槽，看到那個小紙袋裡有一罐噴漆。

「你還好吧？」提姆問。

我沉默了一下子，然後開口問他：「你在裡面噴了什麼東西？」

「我完全聽不懂你在說什麼。」他笑得好假。

「好了啦，提姆。是我耶，我又不會去告你的密。」

「不行，很抱歉。還是不要說比較好。」

「你知道嗎，油漆還沒乾，本來我可以把油漆抹掉，看就知道了，還用得著問你？不過我沒有這麼做，我決定回到車上，聽你親口告訴我。」

他嘆了口氣。「你一定會認為我是個白痴。」

「我早就知道你是個白痴了。」這是我有史以來第一次能夠在氣勢上壓得住提姆。那種感覺讓我有些飄飄然。

「我只是為了好玩。」他口氣很平靜。「沒想到結果並不好玩。」

「你到底在牆上寫了什麼？」

他嘆了長長的一口氣。

「你是寫了什麼三字經之類的嗎？」我追問。

「不是你想的那種。」

「你覺得我想的是什麼？」

「搞不好你以為我寫了什麼變態的東西。而且就算有，那也不是我寫的。告訴你吧，我寫的是艾迪的名字，懂了嗎？還有教會的電話號碼。我本來以為，要是有人打電話去，一定很好玩。」

「你寫的只有他的名字嗎？」

「哎呀，你還不懂嗎——『想找點樂子，就打電話找艾迪』，諸如此類的。我知道啦，幹這種事眞的很蠢。」

我沒說話。

「我不是告訴你了嗎，我只是覺得要是有人打電話過去，一定很好玩。」

「呃，結果並不好玩。」我說。「艾迪有哪裡對不起你嗎？」

「我只是開了個無聊的玩笑。」他說。

「提姆，那不只是無聊。那很病態。」

「夠了，你給我閉嘴！」他大吼起來。「一開始你非得要逼我講，現在我講了，你又要裝出那副道貌岸然的樣子，跟我滿嘴狗屁？哼，我想你最好還是找別人開車載你回去吧，因爲你一定不想被別人看到你跟瘋子在一起！」

「你還在別的哪些地方寫了艾迪的名字？」

「還有另外一個地方。」他說。「我們接下來就是要去那裡。」

「另外一個休息站嗎？」

「大概吧。」

他爲什麼不乾脆先載我回家，然後再回來做這件事？他內心彷彿分裂成好幾個他，那麼，究竟是哪一個他希望我能夠親眼目睹他做了這件可怕的事？

說不定他是在試探我。要是經歷過這件事之後，我們還能夠繼續做朋友，那麼他就能夠確定，無論發生什麼事，我們永遠都會是好朋友。

不過，也說不定他是希望我能夠阻止他，以免他做出更可怕的事。

眞正原因是什麼呢？我不知道。我只知道，提姆正逐漸走上一條黑暗的道路，而這一次，他不會帶我一起去。

這時候，收音機裡的播音員正聲嘶力竭的宣傳雪佛蘭有史以來的超低價。

「我跟你打賭，根本沒人打電話到他媽的教會去。」提姆說。「帕斯華茲說有人打電話，可是她眞的已經瘋了，誰聽得懂她到底在講什麼？不過，我覺得還是把證據湮滅掉比較好，以防萬一。」

「是啊。」我說。「是比較好。」

22

後來，我真的走進了傑夫．馬吉爾的辦公室，開始跟他說話。在那一刻之前，我一直都沒把握自己是否真的能夠完成這件事。不知道多少次，我曾經想像過自己坦白招供的情景。想像中，那是一間陰暗的偵訊室，天花板上是緩緩旋轉的風扇，刺眼的強光照著我的眼睛。但那終究只是想像。此刻，他的辦公室裡並沒有刺眼的強光，只有天花板上的日光燈嗡嗡作響，散發出淡淡的綠色光暈。傑夫．馬吉爾並沒有獨立的辦公室。他那間辦公室裡還有另外三名警探，而他的辦公桌窩在角落裡，桌上的文件堆積如山。他從另外一張辦公桌前面拖了一張椅子過來給我坐。那座窗型冷氣嘎嘎作響，彷彿為了過濾辦公室裡煙霧瀰漫的空氣，已經快要撐不住了。

警長辦公室座落在傑克森市市中心的帕斯卡古拉東街。我從米諾市的雷德汽車旅館出發，足足走了將近二十公里才抵達，汗流浹背。一路上，我一直豎起大拇指做出搭便車的手勢，可是試了好幾次都沒人理我。顯然我不是人家有興趣的那一型。

看到我出現在辦公室門口，傑夫．馬吉爾似乎並不意外。

我把整件事的來龍去脈一五一十全都告訴了他，從舞會之夜開始說起：那天晚上，我們不小心害艾妮妲撞到我們的車，事後就立刻逃離現場，甚至後來還讓雷德．馬丁替我們揹黑鍋。那實在太方便了，因為雷德當時喝得醉醺醺的，而且也真的撞到艾妮妲，害她從腳踏車上摔下來，然後丟下她不管，開車跑掉了。（雖然現在爲時已晚，但我心裡還是希望，說出這件事對我們會有某種好處。）接著我又告訴他，這幾個月來，我一直在幫貝奇曼家做一些雜事，希望藉此暗中彌補我的罪過。我也告訴他，我如何愛上了艾妮妲，不過那就跟害她從腳踏車上摔下來一樣，純屬意外。

我告訴他，這件事該負最大責任的人是我，不是提姆。雖然那天晚上開車的人是提姆，但伸手去扯方向盤的人卻是我。我本來可以強迫他掉頭開車回現場，可是我並沒有這樣做。雷德因爲那件事被逮捕起訴的時候，我沒有出面澄清。

我知道我錯了。我每天都到貝奇曼家去，我隨時都可以說出實情。

馬吉爾沒說什麼，只是在筆記本上記下一些東西。他很有耐性。我絞盡腦汁想跟他說清楚，雷德是如何的折磨我們，但一方面說的時候又很小心，儘量不要讓他覺得我很孬種。

「爲了那個女孩子的事，我本來已經要起訴他了。」馬吉爾說。「先前連續好幾個月，她媽媽一直糾纏不休，逼我們起訴他，沒想到眞要起訴的時候，她卻忽然退縮了。」

「什麼意思？」

「她不肯提出告訴。她告訴檢察官，她認爲還有其他人涉案，所以如果只起訴那個叫馬丁的男孩子，對他並不公平。」

「她說的那個人就是我了。」我說。「她一直都在懷疑我。她很厲害，可以看穿別人的心思。」原來，這些日子以來，貝奇曼太太隨時可以告發我，但她沒有。我很感激她。

「沒錯，這個女人不簡單。」馬吉爾說。接著，他瞄了手錶一眼。「好了，你還有別的事要告訴我嗎？」

我心裡想，我必須告訴他一件事，他才會知道事態的嚴重。「提姆車上有槍。」我說。

馬吉爾想了一下。「說不定他是要去打獵。」

「他從來不打獵的。」

「你想說什麼？你認爲他可能會傷人嗎？」

我不這麼認爲。眞的。可是，我不敢百分之百的確定。我就這麼告訴他。

「你是對他很不滿，還是怎麼？」他說。「爲了那個女孩子的事，你們是不是吵過架？我覺得你好像很想看到他被起訴。」

我確實對提姆很不滿，因爲他對我和艾妮妲做出那種事，但那不是我到這裡來的原因。不過，話說回來，有沒有可能眞的是這樣呢？「我只是想，也許你會想要找他談談。」我說。「而且，我希望你知道所有的眞相。自從那件事發生之後，我們一直在撒謊。而且，我不知道你撤銷了對雷德的起訴。這是最重要的。」

「我要告訴你，呆尼爾，我欣賞你今天所做的一切。我知道，決定到這裡來，需要相當大的勇氣。」這時候，他往後一仰，椅子發出嘎吱一聲。「對了，你家人最近還好嗎？找到新家了嗎？」

「我們現在還住在汽車旅館。」

「你們可能還要再等一陣子才拿得到保險金。不過，最後他們一定會給的。他們非給不可，因爲消防隊偵察官判定是意外。」

「是的。」

「你覺得是意外嗎，丹尼爾？」

「是的，警官，確實是意外。」爲了這句話，從米諾市走過來這一路上，我已經演練了不知道多少次了。我不斷的告訴自己，要是我說錯了半句話，露出什麼馬腳，老爸就得去坐牢了。不過，我心裡明白，他要是真的去坐牢，出來之後也不會變得更好。

「老實說，我心裡是有懷疑的。」馬吉爾說。「因爲他明明失業了，可是卻告訴我他的工作完全沒問題。他說謊。可是，怎麼可能會有人爲了區區一點產物保險金，故意炸掉自己的家？這我實在無法想像。我覺得他不像那種類型的人。」他說話的時候，眼睛死盯著我。「我想，你應該不可能會舉發他吧？」

「沒什麼好檢舉的。」我說。「你要逮捕我嗎？」

「我有理由逮捕你嗎？」

「呃——我只是覺得你有可能會逮捕我。」其實，我倒是希望他會把我和提姆兩個人同時抓起來。爲了讓警方留意提姆，我覺得自己應該付出一點代價，陪他一起去坐牢。

馬吉爾搔搔耳朵。「我們幹警察的，不管想做什麼，一定要有證據。否則的話，我們是無能爲力的。你辛辛苦苦大老遠跑到這裡來，該不會只是爲了編故事騙我吧？」

「當然不是。」

「那麼，如果你沒有說謊，那就代表你並不是有意去撞傷那個女孩子。雖然你事後跑掉了，不過你確實也打電話叫了救護車。本來你確實應該要回到現場，不過，這個部分我並不打算起訴你。至於說，你的朋友把別人的名字寫在公共廁所牆上——那是破壞公物。不過你也說，他又回去把那些名字清除掉了。另外，你說他有槍，這個部分，只要他已經年滿十六歲，又沒有犯罪前科，他愛買多少槍，都是他的自由。不過，如果他開槍傷人，或是持槍威脅某個人，在那種情況下，你就該打電話給我了。來，這是我的名片。」

我收下名片，然後謝謝他特別抽空跟我見面。

「不用客氣，丹尼爾——我也要謝謝你。」然後，我們握握手。他的手握起來好溫暖，而且完全沒有手汗。

我用大拇指輕撫著名片上的名字那凸起來的印刷字體，輕撫著那個密西西比州形狀的警徽。接著，我把名片放進口袋裡。

我相信，就在我走到大廳的這一會兒工夫，他已經把我這個人拋到腦後了。

已經快黃昏了，但那種酷熱還是令人昏昏沉沉。這時候，我忽然看到辛德斯郡法院和警長辦公室中間有一座停車架，上面停靠著好幾輛腳踏車。法院的白色大樓正前面有一座雕像——雕像手上拖著閃閃發亮的石碑，看起來很有點像是摩西。

一想到這種大熱天，一想到自己還要再走回米諾市，我就開始心裡發毛了。今天早上，在體力還很好的狀況下，那二十公里的路程我就已經走了將近三個鐘頭。而現在，我開始覺得，還是找看看有沒有巴士可以坐到傑克森市邊界好了。不過，就算找得到巴士，最後還是得從市邊界走到米諾市，那也得走上好幾公里。

我走到停車架前面。本來我只是想看看，要是我有錢的話，我會買哪一輛腳踏車，沒想到，看著看著，我忽然看到一輛萊禮十段變速腳踏車。看起來並沒有特別新，也不是什麼名貴廠牌，不過，它有個地方和架上其他腳踏車不一樣：沒有上鎖。

這時候，我彷彿突然聽到那輛腳踏車在對我說：你看，*漂不漂亮？我被丟在這裡沒人管，怎麼樣，想不想騎一下？*

想當小偷，夠聰明的一定會先看看大樓的每一扇窗戶，看看車主會不會正好在看外面。可是我並沒有這樣做。

我把那輛紅色的萊禮從停車架上拖出來，跨上座墊，然後就騎走了。

我順利得手了。沒有人追出來。光天化日之下，我光明正大在警察局門口從停車架上偷了這輛腳踏車，完全沒人發現。假如一九七三年八月某一個炎熱的下午，你有一輛萊禮十段變速腳踏車被人偷了，我必須向你說對不起。另外，我騎了很多年之後，這輛腳踏車也被人偷走了。

要是傑夫．馬吉爾連我們犯的重罪都不在乎了，他還會在乎這種小毛賊行徑嗎？偷東西一點都不難，而且好像還滿好玩的！偷來的腳踏車騎起來似乎特別帶勁。我沿著帕斯卡古拉東街風馳電掣，一路穿過標準人壽大樓的陰影，經過詹姆斯國王大飯店空蕩蕩的門口。

騎腳踏車穿越傑克森市，沿途的街景感覺上比坐在車子裡看要來得順眼。我沿著滿是落葉的街道向前奔馳，沿路兩旁都是些造型高雅的老房子。過了一會兒，路邊的房子還是一樣老舊，只是感覺上已經沒那麼高雅了。後來又騎了一段路之後，路邊的房子漸漸變成那種簡陋的小木屋，而柏油路面也逐漸變得龜裂殘破。黑人小孩在馬路上奔跑嬉戲。「喂，小黑鬼。」有個瘦瘦高高的小男生正好站在我腳踏車前方。他朝我大喊。「嘿嘿嘿，小黑鬼。」大概是因為距離太遠，我聽錯了，等我腳踏車騎到他旁邊的時候，我才聽清楚他喊的是「腳踏車小鬼」。他伸手想抓我的大腿，我連煞車都不拉，飛快的衝過去。

後來，車子經過傑克森市邊界之後，眼前忽然開闊起來，放眼望去盡是平疇綠野。我忽然想到剛剛馬吉爾說的話。當時他話中的意思好像在暗示我什麼，只可惜我腦筋轉得不夠快，一時沒有反應過來。他說，他們幹警察的，需要的是犯罪事證，除非提姆開槍傷人，或是持槍威脅某個人……

後來，我終於騎到米諾市邊界，看到那面指示牌。我發現指示牌上的字被人塗改成：

歡迎蒞臨米諾市，密西西比州 的**兩個**小鎮過了一會兒，我終於看到前面有燈光了。那是這條路上的第一個社區。騎到一個路口，我轉彎騎上布魯夫公園路，開始氣喘吁吁地騎上坡，滿身大汗。

布魯夫公園是全米諾市最高級的社區。門前的草坪都特別大，而且都修剪得很整齊。要是你看到哪一家門口的車道上停了三、四輛車，那也沒什麼好稀奇的。我看到一棟灰色的大平房，四周種滿了柏樹，門口停了一輛車。那正是我在找的那輛車：一部紅色的福特野馬斜背跑車。

櫻桃紅，GT車款，底盤架高，車身兩邊有火焰圖案。

它旁邊還停了兩部車，一部是亮晶晶的凱迪拉克，另一部是雪佛蘭敞篷吉普車。那輛雪佛蘭看起來好新，前後還掛著臨時牌照。我沿著那棟房子外圍繞了一大圈，然後又騎回到前門。院子前面有一座灰色的柏木信箱，上面寫著3574這個號碼，還有馬丁兩個字。

我在附近騎車慢慢繞，觀察這一帶的環境。附近的鄰居都隔得很遠，家家戶戶之間種滿了樹和杜鵑花叢。

然後，我騰雲駕霧般滑下長長的坡道，來到米諾大道。這時候，我並沒有特別想要去什麼地方，可是不知道怎麼的，這輛偷來的腳踏車似乎自己知道路，因爲我發現我已經不知不覺騎到了亞契河邊。

我看了一下橋墩後面那個凹槽，卻看不到半顆石頭。我冒險騎下河邊坡道，騎到那個我和艾妮姐相吻的地方。我們曾經在那裡一吻就是好幾個鐘頭。

這是最令人傷心的地方。她已經不愛我了。我們的愛彷彿已經瞬間煙消雲散——彷彿汽油瞬間燃燒掉一般。我再也沒有機會吻她了。謝了，提姆。

我把腳踏車放倒在草地上，然後坐在我們從前坐過的那截木頭上。我坐在老地方，呼吸著同樣的空氣，渴望找回一點從前的感覺。河水流得好慢，幾乎是停滯的，看起來就彷彿一面厚厚的綠色玻璃。

23

既然已經很清楚自己該做什麼，那我就不再浪費半點時間了。我打算採取的行動，絕對不容遲疑，不能猶豫太久，否則就永遠辦不到了。

我先到廉價商店去買了一些用具，然後騎車到胡德街的加油站。我跑進加油站臭氣熏天的廁所，把剛剛買的那罐漂白劑通通倒進馬桶裡。然後，我拿著空罐子到加油機那邊，加了滿滿一罐的87汽油——我告訴那個人，那是要給我的鏈鋸用的。加滿之後，他進辦公室拿零錢準備找給我。我利用這空檔把一團布條塞進罐子裡，蓋緊瓶蓋，然後把罐子和一盒火柴塞進廉價商店的塑膠袋裡。

接著，我把一枚硬幣投進公共電話裡，撥了一個號碼，然後閉上眼睛。電話響了三聲之後，我聽到提姆接了電話。「喂。」

我立刻把電話掛斷。

然後，我穿上那件黑色的套頭運動衫，把那個塑膠帶吊在腳踏車的把手上，開始騎向布魯夫公園。這段路程我還有時間可以好好思考一下。我即將採取的行動，不但非常魯莽，甚至是很危險的。這是我這輩子做過最瘋狂最誇張的事。可是我相信，這件事我非做不可。我已經想不出別的辦法可以阻止提姆了。我們兩個錯了，可是，光是我知道錯還不夠。我必須讓提姆也知道他錯了。

如果傑夫．馬吉爾需要犯罪事證，那我就給他一個。

到了樹林茂密的布魯夫公園社區，四下一片黝黑，蟋蟀蟲鳴聲音越來越大。每隔一段距離就有一盞路燈，成群的蚊蟲環繞著燈光飛舞。

我騎車經過馬丁家漆黑的車道，騎得很慢很慢。現場的環境很理想，二十公尺的範圍內都沒有路燈，車身反射出屋裡柔和的燈火，光線非常微弱。

我又繼續往前騎了幾公尺，離開他們家庭院的範圍，然後停在一棵低矮的槲樹底下。我把腳踏車停靠在陰影中，車頭朝外，等完事後可以騎了就跑。

我仔細盤算過所有可能的結果。我手上拿著那罐汽油和那盒火柴，越過那一大片草坪，走到車道上。

我把那罐汽油放在野馬跑車後保險桿下方，然後把裡面那卷浸滿了汽油的布條抽出來。蟲鳴聲似乎越來越大聲了。我把雷德車子的油箱蓋轉下來，塞進口袋裡，留著當紀念品。

接著，我把布條的一頭塞進油箱裡，然後把後面的部分沿著保險桿往下攤開，將一小截塞進汽油罐裡，然後，我從車子後面朝那棵槲樹的方向慢慢爬，穿越草坪，布條也越拉越長。我有點擔心，不知道布條上的汽油會不會揮發得太快，不知道汽油的量夠不夠從樹下延燒到車子。

我在草葉上搓搓手指頭，把手上的汽油搓乾。我拉開那盒火柴的時候，雙手在發抖。我拿出四根火柴，在火柴盒旁邊劃了一下，四根一起點燃。火光突然亮起來，我自己都嚇了一跳。我深呼吸了幾下，讓自己平靜下來，然後慢慢蹲下來，在布條上點火。

一團火焰迅速延燒，形成一條細長白亮的火蛇，穿越草坪，抵達汽油罐。那一剎那，汽油罐爆炸，發出砰的一聲悶響，火舌迅速竄上油箱口。於是，雷德的跑車爆炸了。那輛櫻桃紅的七六年福特野馬GT斜背跑車爆炸了。那爆炸的力道如此驚人，斜背車尾整個飛到半空中，然後彷彿慢動作一般落下來，重重摔落地面，起火燃燒，發出一陣金屬的嘎吱聲，撞向旁邊那輛敞篷吉普車。

於是，火焰不再只是車門邊的圖案。整輛車變成一團眞正的火球！連旁邊那輛敞篷吉普車也燒起來了。

看到眼前那種壯觀景象，我忽然很開心，比我預期中更開心。去死吧雷德！去死吧野馬！燃燒吧寶貝！燃燒吧！

接著，我跳上腳踏車，飛快逃離現場。我一陣風似地衝下布魯夫公園路，騎上橡山路。那是一條小路，繞比較遠，可以避開主幹道。

我聽到北邊遠遠傳來警笛聲——一輛紅色的雲梯車閃著警燈，十萬火急地沿著米諾大道衝過來，後面跟著一輛水箱車，一路狂按喇叭，警笛聲響徹雲霄。

我飛快的騎向公路，心裡想，這回你是眞的幹了，莫斯葛羅夫。你把樹上的馬蜂窩給捅下來了，現在呢，你得開始注意那些馬蜂有什麼反應了。

雷德很寶貝他的車。那輛跑車找不到半點刮痕，永遠閃閃發亮，紅色的車身永遠都是那麼鮮豔。

這就是整個計畫最令人痛快的地方。我報仇了，那種滋味眞美妙，而且像汽油爆炸一樣震撼。這是特別留給你的，雷德！這是「五點」特別向你致意。

我忽然有一股強烈的衝動想趕快找到提姆，把這件事告訴他。

不行。他自己很快就會發現的。傑夫·馬吉爾很快就會找他去談一談。不難想像，那種場面一定很激烈——提姆被人冤枉，鐵定會暴跳如雷，而馬吉爾一定會覺得很沒面子，氣自己當初爲什麼不把我的警告當一回事。

提姆早晚會猜到是我害他揹黑鍋。他會很恨我。我無所謂。爲了救他，爲了阻止他鑄下大錯，我已經有了心理準備，就當是這個朋友已經沒了。這件事我已經想了很久很久，最後終於下定決心。

提姆一定會想盡辦法跟馬吉爾解釋，雷德的跑車是被我炸掉的。可是馬吉爾不會相信他，因爲我事先已經去找過他，而且警告過他。

這麼一來，我們就不需要再去擔心提姆究竟打算用那些槍來幹什麼。

不過，我的計畫還有別的妙處。此刻，眼看著雷德的車被一團火焰吞噬，簡直就像玩具汽車一樣，一輛特大號的火柴盒汽車，那種感覺眞是過癮。

這次爆破搞得還眞是漂亮，老爸一定會引以爲榮，因爲這又再次證明了，莫斯葛羅夫家眞是天生搞破壞的料子。當初老爸炸掉我們家的時候，那種興奮刺激鐵定跟我現在一樣。我對雷德的憤怒，所有暴力的渴望，此刻都化成了那團熊熊燃燒的汽油火焰，化成了那輛炸到半空中的跑車，化成了那團扭曲變形的金屬。

不過，我內心深處依然潛藏著一絲不安。那種隱隱的焦慮一直在我腦海中陰魂不散，我無法完全置之不理。事情的發展會不會超乎我的預期？提姆和傑夫．馬吉爾的反應有沒有可能和我預期的不一樣？

萬一有人親眼目擊我的行動？萬一我愚蠢到留下什麼蛛絲馬跡……

我開始朝雷德汽車旅館的方向騎回去。我恐怕得洗手洗到脫一層皮才洗得掉那股汽油味了。

24

這裡是八十號公路旁的雷德汽車旅館。我慢慢跑到馬路對面的公共電話亭，投了一枚硬幣。電話響三聲之後，珮西．考辛斯接了電話。

「嗨，考辛斯太太，請問提姆在家嗎？」

「丹尼爾，老天！你在哪裡？你沒事吧？」

「呃——是啊，我沒事。怎麼回事？」

「呃，老天，警察跑到我們家來，把提姆帶走了。他被帶到傑克森市的警察局去了。」

我沒有出聲，心裡想，這是不是意味著他們也很快就會找上我了？

「他們說他們有幾個問題想問他。」她說。「可是他們不肯告訴我究竟怎麼回事，而且他們還不准我陪他一起去！你知道他出了什麼事嗎？」

「我不知道，考辛斯太太。」

「別這樣，丹尼爾。提姆什麼話都會跟你說。」

「難道他們沒有告訴妳為什麼要抓他嗎？」

「他們並沒有逮捕他。他們只是帶他去問話。」說著，她的口氣忽然緊張起來。「丹尼爾，你為什麼會這樣問？丹尼爾——要是你知道什麼，我要你馬上告訴我！」

「考辛斯太太，自從那天參加艾迪的葬禮之後，我已經很久沒有跟提姆說話了。」

「我問你，這件事是不是跟舞會那天晚上黑人女孩子受傷的事有關？」

「應該不是。」我說。「我真的不知道。」

「你媽媽在嗎？請她來聽電話。」

「我沒辦法。」

「呃，那就請你爸爸來聽電話。我現在有話要跟他談，麻煩你。」

「我現在打的是公共電話。而且，我們現在住的地方沒有電話。」

「丹尼爾，你仔細聽我說。警察找上門來，把我兒子帶走了。我們家從來沒有碰過這種事，你明白嗎？」

「我懂。」

「提姆是不是闖了什麼禍？」

「這我就不知道了。」

「這陣子他心情很不好，那樣子看起來有點可怕。我們已經束手無策。我們想找人幫助他，可是他說什麼都不肯。你應該知道的，那方面的幫助，如果你不肯乖乖配合，別人是幫不了你的。他常常一個人跑出去，可是沒人知道他去什麼地方，而他回到家裡的時候，心情非常惡劣，家裡氣氛非常不好。他那個可憐的爸爸已經受不了他了。現在又出了這種事。你是他的好朋友，我只能拜託你，求求你告訴我，他到底是怎麼回事？」

「呃，這件事一開始是因爲——學校裡有個傢伙——」我說。

她立刻接著說：「你說的是雷德．馬丁？」

「沒錯。」

「噢，我知道那個雷德．馬丁！那傢伙害得我們更頭痛——我眞忍不住想詛咒他的父母，希望他們日子比我們更難過。你有沒有聽提姆說過，他把我們家的院子搞得亂七八糟？」

「有啊。那傢伙很惡劣。」我說。「可是，我覺得提姆反應過度了。這樣一來，事情會變得更麻煩。」這時候，我看到馬路對面，老媽老爸和珍妮正要鑽進那輛旅行車。

「丹尼爾，我們該怎麼幫他呢？」

「很抱歉，考辛斯太太，我也不知道。麻煩妳告訴他，我們開學見了，好嗎？對不起，我現在有事要忙——」

我趕緊掛了電話，朝車子跑過去。

我以為我們是要去「牛奶大王」吃晚飯，沒想到車子卻開上那條舊的八十號公路，經過舊的雷蒙路叉路口，經過密西西比浸信會學院門口，經過亨葛利卡車保養廠，經過校車庫房，經過五金廢料場，然後開到州際公路陸橋下，開進「暮光露天電影院」。

老爸打開停車警示燈。

「我們是要在這裡迴轉嗎？」

「我們已經到了，丹尼爾。」珍妮說。「就是這裡。」

這家露天電影院已經歇業很多年了。那面露天大銀幕上的廣告標語還殘留了幾個字：

驚　動地　神祕

老爸從後視鏡盯著我，看我有什麼反應。老媽則是楞楞的望著馬路對面的加油站，彷彿那裡有什麼好玩的東西。

「你們到底在說什麼？」我問。

「這裡是我們的新家。」珍妮說。「我們要住在這裡。」

「住露天電影院？」

「很瘋狂吧？等著瞧。」

「不是啦，這裡不是我們的新家。」老媽說。「我和你爸爸只是在思考我們家的未來。這只是其中一種可能性。在做出任何決定之前，我們還有很多事情要討論。」

「沒什麼好討論的了。」老爸說。「告訴妳吧，我已經簽約了。」

「呃，不管什麼合約，就算簽了也還是可以毀約。」她說。

老爸的車子從那面紅藍雙色的弧形大銀幕下面開進去。這時候，他忽然轉過頭來，我注意到他嘴裡含著一根牙籤。「這是千載難逢的好機會。」他說。

車子經過那座廢棄的售票亭，經過那個飛盤狀的販賣部櫃檯，經過放映室，開進那個大廣場。廣場上豎立著一根根的喇叭柱，每根柱子前面都有一堆小沙丘，用來把車子的前半部撐高，這樣的角度看那個特大號的銀幕，視覺上比較舒服。那面銀幕已經髒兮兮，而且破破爛爛，乍看之下彷彿半邊的天空都被那片灰灰白白的東西遮住了，令人目眩。

「我們要在這裡搭帳篷嗎？」我問。

「這間電影院的設計眞的很有創意。」老爸說。「別的露天電影院竟然沒有想到要模仿它的設計，眞是不可思議。」他開車繞過銀幕底座上那個小遊樂場，裡頭有盪鞦韆和溜滑梯。接著，車子繼續繞到銀幕後面。

那面銀幕並非是一片薄薄的銀幕。銀幕背後有一棟房子。可以說，那面銀幕根本就是房子的一面，也可以說，銀幕後面連著一棟房子——這是一個雞生蛋蛋生雞的問題。爸爸告訴我們，銀幕和房子是同時蓋的，是一個名叫泰克斯·慕尼的人蓋的。房子的寬度大約是普通房間的寬度，有三層樓高，旁邊有長長的坡道和汽車旅館式的樓梯。爲什麼會蓋這棟房子呢？老爸解釋說，泰克斯的太太有糖尿病，必須坐輪椅，所以，他決定在銀幕後面蓋這棟房子，這樣一來，他就不必爲了照顧她，整天在電影院和家裡之間跑來跑去。

我注意到老媽的表情，看得出來她已經聽老爸說過這件事了，沒興趣再聽了。她抬頭看著那棟奇怪的房子。那棟房子很高，四面八方都是窗戶。「隨便住哪裡，都比那間爛旅館要好。不過，你們眞的想住在這個地方嗎？」

「有什麼不好？」老爸說。「只要有機會進去住住看，說不定妳會喜歡。等我把電影院重新開張，恢復營業，多賺點錢，我們就可以把房子整修得更舒服。這不就是你們長久以來的夢想嗎——住在都市裡，卻還能夠享有鄉間生活的情趣。」

老媽忽然臉色一沉。「丹尼爾，去把車子後面的東西搬出來。我要上樓去躺一下。頭痛死了。」說著，她抓起錢包，一個人先下車，自顧自走在前面。

「爸，你打算開電影院嗎？」

「當然是。當初大家都不來看電影，是因爲那個老泰克斯沒有好好照顧這個地方，沒有保養維護。那個老糊塗，他坐在一堆金山上，自己竟然不知道。只要稍微粉刷一下，稍微整修一下，販賣部擺一些零食，挑幾部好戲來放——我相信我們一定可以經營得很好。我們賣的爆米花絕對不放假奶油。」

「你是說，以後你的工作就是開電影院嗎？」就算老爸說他要去當太空人，我也不會覺得奇怪。

「合約明天就生效了。『新的經營者』。當戲院老闆不知道是什麼滋味。」

「好吧，不過，我要提醒你，大概從一九三〇年以後，大家都說看電影，沒有人再說看戲了。」

「你少跟我要嘴皮子。」

「還有，要是你希望有顧客上門，」我說。「你必須挑對電影。」

「妳看吧，珍妮，沒想到我們家裡居然還有個電影專家。」

「哇，丹尼爾，這實在太酷了！」珍妮上樓梯的時候踩得很用力。「我們的房間在最上面耶！你一間我一間。」

我自己的房間？我做夢都不敢想。

爸爸若有所思的看著我。「怎麼樣，丹尼爾，你喜歡嗎？」

「噢，爸，這是眞的嗎？老天，謝謝你。」不過，我心裡有點納悶，不知道這當中還暗藏什麼玄機？

「傑克不方便爬樓梯。」他說。「所以你偶爾還是得到樓下來，扶他上下床。」噢，就這樣嗎？那倒還好。

「沒問題，爸，有什麼事儘管吩咐——哇，我簡直不敢相信。」

「你房間有兩張床。」他說。「要是巴德放假回家來看我們，就睡你那一間。」

「那有什麼問題。」

「我們好像住在自己家開的汽車旅館！」珍妮很興奮的大喊。

「就算是自己家開的汽車旅館，我也不想住。」老媽在二樓的樓梯上說得很大聲。「還有，管他什麼露天電影院，什麼賣熱狗的販賣部，什麼風車屋。只要不是房子，我都沒興趣。」

「我會幫妳弄一座花園。」老爸說。「妳可以坐在旁邊休息，我來弄就好。後面這棟房子不也是房子嗎？住起來不是一樣很舒服嗎？」

「你給我聽著，李，這不叫房子！眞要命！你自己看看！」說著，她乒乒乓乓跑下樓梯。

「你怎麼會認爲露天電影院這種生意還能做？這年頭除了年輕人，還有人會上什麼露天電影院嗎?」

「那是因爲他們的戲不好——呃,電影不好看。」老爸說。「他們都沒有放那種老少咸宜的電影。」

「你知道那個老傢伙爲什麼拚命想把這間電影院脫手嗎?我看過報紙禮拜天增刊的報導,全美國的露天電影院都已經沒落了。」

「這裡例外。」他說。「這裡一定會有生意的,我們一定會賺很多錢。等著瞧吧。」

「等著瞧。」她重複他說的話。「等著瞧?噢,我已經等了大半輩子了,只可惜到現在什麼都還沒有瞧到。平常叫你去露天電影院,你都不想去,這下子,你不但來了,而且整間都租下來,而且還要我們搬進來住!」

「妳只說對了一半。」老爸說。

「你是什麼意思?」

「呃,妳有親耳聽到我說要租嗎?」

她立刻皺起眉頭瞪著他。「你是不是打算去找那個慕尼,說你不但要租,而且有考慮要買?你是這個意思嗎?」

「不完全是。」他說。

「什麼叫不完全是?」

「呃,我想跟他租,可是他說出租他沒興趣,他只想賣掉這個地方。他說他已經老了,已經沒興趣再經營——」

「這個我已經聽你說過幾萬次了。」老媽忽然打斷他的話。「你該不會已經買下來了吧?」

「妳說對了,我買了。眞的買了。」

她緊張得全身緊繃。「你拿什麼買的？」

「保險金。」

「你已經領到了？」

「禮拜五拿到的。」他說。「妳去傑克森市的時候。」

「你是不是趁我去找醫生做子宮頸抹片的時候，已經把這裡買下來了？你是不是已經拿支票去把現金領出來，然後全部砸在這個沒指望的不值錢的——鬼打架露天電影院——噢，老天！」她忽然哭出來，雙手摀住臉一直啜泣。

老爸一動也不動，我和珍妮也愣在一邊。我們就這樣站在那裡看著她哭。可憐的老媽。我忽然有一種罪惡感。

我跟在珍妮後面走到樓上，看看我們的房間。我們小心翼翼，儘量不弄出聲音。

「我的房間有點小，不過我很喜歡。」珍妮說。她已經把洋娃娃排好在梳妝檯上，而且已經把她那張Bo Donaldson & The Heywoods合唱團的寶貝海報掛到牆上了。（他們的名曲〈我不屬於你〉（You Don't Own Me）簡直就是她心目中的聖歌。）「你看，丹尼爾，這裡風景好棒，可以看透電影銀幕。」那張窄窄的床後面，有一扇高高的四四方方的窗戶。從那裡看出去，可以看得到整片廣場喇叭柱林立，籠罩在一片柔柔的乳白光暈中。

我的房間也有兩扇這種半透明的窗戶，兩張床，兩座梳妝檯，還有獨立浴室。我的行李箱和那個紙箱已經擺在牆邊了。我真不敢相信自己運氣這麼好。「喂，小白痴，這是我們住過最棒的房子了。」

「是啊，老爸真的很瘋。」她說。「不過，我喜歡這棟房子。」

我們慢慢走到陽台邊。他們兩個已經吵昏頭了，竟然連房門都不關，我們聽得清清楚楚。

「這筆買賣我們眞是賺到了。」老爸說。「那老頭眞是走投無路了，他根本不知道這種生意多值錢——光是這塊地就值回票價了。反正他就是急著想脫手。地點就在州際公路旁邊，這種價錢怎麼算都划算。」

「你連問都不問我一聲！你怎麼可以對我做出這種事？我是你老婆，難道你都不在乎我的感受嗎？」

「這可是千載難逢的好機會。」他說。「我逮到了機會，可是妳卻潑我冷水。難道妳只會對我嫌東嫌西？難道我在妳眼裡眞的一無是處？」

她越罵越大聲了。「我不管你多喜歡這個鬼地方，再怎麼樣，那不是你一個人的錢！那也是我的錢！」

「支票上可沒寫妳的名字。」

講這種話實在太惡劣了。就算是老爸也沒資格講這種話。珍妮和我聽得都有點毛毛的，心裡想，接下來不知道會怎麼樣。

「很好。你想經營露天電影院是嗎？那你就自己去玩吧。」我聽到走廊裡傳來她高跟鞋喀噠喀噠的聲音。「這鐵定是你這輩子幹過的最愚蠢的事了。我終於明白了。」

老爸說：「喂，妳在幹什麼？妳要去哪裡？」

「還好行李箱還沒打開。」她說。「反正我就是要走，去哪裡都無所謂。我可以去住瓊恩她家，或者我可以去住麥克和溫妲他們家。他們一定很高興我過去住。」

「那兩個孩子怎麼辦？」

「那是你的問題。」她破口大罵。「禮拜一學校就開學了，這個你知道嗎？你以爲我會笨到叫他們不要去上學，然後把他們帶到阿拉巴馬去，讓你一個人在這裡樂得逍遙？別做夢了。他們好像也滿喜歡這裡的。說不定你們從今以後會過著幸福快樂的日子。」

謝了，老媽！

「好了，珮姬，冷靜一下好不好？」老爸說。「行李箱給我。」

「車子我要開走。」她說。

「妳一定不是真的想走，親愛的，把行李箱放下來，我們好好談。」

「少跟我來親愛的這一套！」她邁開大步走下樓梯。

「難道妳眞的要這樣一走了之，把傑克·歐蒂斯一個人丟在醫院裡？」他說。「妳瘋了嗎？」

「我就算沒瘋也差不多了。」她說。「趁現在我還沒有完全瘋，我得趕快離開這裡，否則的話，我就太對不起自己了。我要去找我媽！」她已經走到院子裡了。

她眞的氣瘋了，難道她忘了外婆已經死了？

「原來你也知道傑克需要照顧？」她說。「爲什麼變成是我一個人的責任？爲什麼倒楣的是我？」

「好了珮姬，我知道妳不是眞的想走——」

「你還敢叫我珮姬！我們兩個和好相處的時候，你可以叫我珮姬！現在，我們的關係已經完了！你搞砸了！」她忽然哭起來。

我知道她有注意到我們在看，但她還是決定不抬頭看我們。她把行李箱丟進旅行車的後車廂。

從小到大，在我們家裡，老媽和我們這幾個孩子是同一國的，老爸是另一國。我簡直不敢相信，她竟然會丟下我們，把我們交到敵人手裡。

她發動車子，車子搖搖晃晃繞著那棵橡樹掉了頭，然後，她打開車燈，車子就開走了。

我跑回房間，站到窗口目送她離開。她的車子撞倒了一根喇叭柱，後輪輾過兩堆小土丘，然後就開上公路了。

老爸說，已經是晚上了，老媽不可能自己一個人大老遠開車到阿拉巴馬去。沿著二十號公路，她的車子一定會經過醫院，所以她一定會停下來看看傑克。到時候，她就會冷靜下來了，所以，不用到晚上十點，她就會回來了。

然而，晚上十點到了，老媽沒有回來。接著，我們又等了很久，她還是沒回來。

「女人有時候總是會莫名其妙發脾氣。」老爸說。「珍妮，妳長大以後千萬不要像她那樣。」

那天晚上我上床的時候，腦子裡一直在想雷德那輛野馬跑車爆炸的情景，那一團又一團的火球一直浮現在我眼前。

25

清晨的陽光從窗口照進來，在牆上映照出一片細細長長的四方形光暈。我打了個哈欠，伸了個懶腰，忽然想到：已經是八月的最後一個禮拜了，今天要開學了！接著，我又想到當年在印地安那州的時候，那種感覺是多麼的興奮。空氣中已經嗅得到秋天的氣息，走廊上，大家都很興奮，嘰嘰喳喳聊個不停。黑板乾乾淨淨，一片翠綠。只不過，接下來這一年有可能保持那麼乾淨嗎？

十二年的學生生活會令人無聊到死。等到你升上高三的時候，你會覺得，與其去上學，還不如窩在家裡睡覺——此刻，我眞的差一點就倒回床上去，不過我忽然想到，不知道提姆是不是已經被關進牢裡了？這時候，珍妮忽然出現在我床尾，手裡拿著鍋蓋敲那個平底鍋，嘴裡嚷嚷著：「起床起床，屁屁臉！」

沒錯，我是屁屁臉，不過我也是縱火犯，也是她哥哥——還有，我也是高三生了！如果不算大學的話，今天是我這輩子最後一個開學日了。照目前的情況看起來，我能不能活到念大學，還眞是個問號。我抬起腳想踢珍妮，可是她閃過我的腳，繼續敲鍋子。

「妳他媽的別敲了行不行！我起來了啦！」

「起床起床，丹尼爾，太陽都曬到屁股了！」她嘶啞著嗓子嚷著。「今天是開學第一天！」她在模仿老媽。從前每到開學日，媽媽都會扯開嗓門這樣嚷，嚷到聲音都快破了。

開學日開學日
最光輝燦爛的一日
讀書寫字算術
算算有幾棵胡桃樹

小時候，每次聽到那首歌，我們都會立刻從床上彈起來，飛也似地衝過去打開新書包，彷彿裡面裝的不是鉛筆，而是聖誕老公公送來的禮物。可是今天，我們拖著沉重的腳步慢吞吞的走到樓下的餐桌前面，坐下來吃早餐片。老爸根本不需要起床，因爲他整夜都在搞放映室那部電影機，熬夜熬到天亮。

我騎上那台偷來的紅色萊禮十段變速腳踏車，然後讓珍妮爬上來坐在把手上，扶她坐穩。我騙她說那是一個朋友借我的。「小鬼，搞這種坐在把手上的特技，妳已經有點嫌老了。也許妳該好好想一下，看看有哪個朋友可以借妳一輛腳踏車，先借一陣子。」

「我叫老爸載我。他早晚都得再去買一輛車的，不是嗎？」

「我勸妳最好還是去借腳踏車吧。」

「丹尼爾，你覺得老媽會回來嗎？」

「會啦，我跟妳打賭，她一定會回來的。」

「什麼時候？」

「也許一個禮拜，也許兩個禮拜，不過，我也不確定。」

「我可沒那麼有把握。」珍妮說。「說不定她寧願自己一個人，不喜歡我們去纏她。你看，要是她一直待在阿拉巴馬州，而且都不打電話給我們，那她一定是不愛我們了。」

「她當然愛我們。」我說。「她只是需要自己一個人清靜一下，躲開老爸。」

現在是一大早，這個時間路上沒什麼車，只有長長的貨櫃車——就在我們正準備要轉到巴尼特街的時候，正好有三輛巨無霸貨櫃車從我們面前呼嘯而過。我搖搖晃晃的騎過鐵路平交道，故意繞遠路，避免經過艾妮妲摔傷的現場。

快到學校大門口的時候，我隔著幾棟房子的距離停下來，讓珍妮先下車。我們不想同時出現在學校。偉大的高三生是不可以跟國三生鬼混的。「丹尼爾，祝你今天愉快囉，說不定等一下我們會在大禮堂碰面。」

「要是妳碰到我，記得千萬不要跟我說話。」我說。

「你也一樣。謝謝你載我一程囉。」

「好啦，回頭電影院見吧。」

她說：「放學你能不能載我回家？」

「當然好。放學後我們在這裡碰面。不過，不准遲到哦！」

她朝我吐了一下舌頭。我繼續往前騎。

今天艾妮妲要到學校來了。這是她出事之後第一次到學校來。萬一我們在同一間教室上課，那該怎麼辦？說不定她會恨我一輩子，可是，話說回來——

要是我想辦法把事情解釋清楚，說不定她還會給我一次機會。

不可能。她恨死我了。爲什麼呢？看看我對她的一生造成了什麼樣的傷害。

說不定連提姆都恨死我了。

如果今天不要進學校，會不會比較好？乾脆蹺課算了，騎著腳踏車掉頭，永遠不要再回學校了。我可以開始學當壞蛋，當街頭混混。我可以去燒車子，搶雜貨店，搶老太太的手提包，而且有那輛偷來的腳踏車，沒人逮得到我。

校門口貼了一張標語，上面寫著：米諾高中——歡迎海神歸來。

圖書館前面的廣場上已經擠了一大群學生。我腳踩在踏板上，整個人從腳踏車上站直起來，看著遠處的圖書館。這時我才猛然發現，圖書館看起來很像我們家電影院的販賣部，只是尺寸大得多——同樣的圓盤造型，屋頂上也有紅色磁磚鋪成的直升機降落場。爲什麼米諾市到處都是這種狀似飛碟的圓盤形建築？這個滿腦子太空概念的建築師到底是何方神聖？

後來，我還是決定進學校，展開我高三生活的第一天。要是有人問起我們家現在住哪裡，我會告訴他們，我們現在住在暮光露天電影院的大銀幕後面。而且，要是有人說住那種地方很鳥，那我會叫他們去死吧。現在我已經高三了，而且一些舊帳都已經算清楚了。今年，看看還有誰敢再叫我「五點」。

我緩緩走過廣場，從那幾個活力充沛的啦啦隊女生旁邊走過去。我看到當中有明蒂·梅普斯、麗莎·西蒙斯，還有茉莉·曼寧。上學期，我和茉莉在同一間教室上坎索納利的「美國政府」課。這時候，明蒂看到我了。她馬上舉起手上的彩球指向我。「噢，老天！可憐的丹尼爾，你們家的房子發生意外，我們都聽說了！你還好嗎？」

「噢，老天，丹尼爾。」麗莎和茉莉也大叫起來。她們把我團團圍住，嘴裡不斷嘀咕著可憐的丹尼爾，可憐的丹尼爾，七手八腳拉拉我的襯衫，拍拍我的肩膀，還說她們常常想到我，而且還幫我禱告，而且還說要是有一天早上醒來，發現房子不見了，那多嚇人啊！她們還問我，那幾個驚天動地的消息我聽說了沒有？

接著，我們從一群老師旁邊走過去。這些老師把漢姆校長團團圍住。過了一個夏天，校長似乎又變胖了，臉蛋紅通通的，滿頭大汗，彷彿早晨的陽光就已經要了他的命。

後來，我在圖書館排隊的時候，在餐廳排隊的時候，又聽到不少傳聞。今年暑假，泰莉·古柏本來在迪士尼樂園打工，擔任引水槽操作員，可是她偷吸大麻被人逮到，結果就被開除了。另外，足球隊的明星四分衛蓋瑞·布蘭特利也有麻煩。他暑期輔導的成績實在太爛，所以，開季賽跟麥基高中打的那一場，教練罰他坐冷板凳，不讓他上場。另外，有一個叫朗諾·辛普森的高一黑人學生意外喪生（好像沒什麼人認識他）。七月的時候，他在亞祖市附近開車撞上一棵樹。艾金斯教練已經不再教駕訓班了，因爲有人向教育局檢舉他，說他有偷喝酒的習慣。每次教學生開車的時候，他都會帶一盒六罐裝的美樂啤酒上車，然後在接下來的五十分鐘裡，他會叫學生反覆練習路邊停車，而他則是一口接一口喝個不停，兩三下就喝掉四、五罐。從現在開始，他只負責教「密西西比歷史」這門課，因為幫學生上歷史課就不用擔心會鬧出人命了。

七月四日國慶日那一天，有人在伯尼・霍克斯曼家門口用油漆噴了一個納粹黨徽。聽傑夫・勒宏說，霍克斯曼沒什麼反應，可是他太太卻氣炸了。

瑪莎・拉寇納被麥克・德佛伊搞大了肚子，以後不會再到學校來了。

嘿，你聽說了嗎？雷德・馬丁那輛紅色野馬被人炸掉了！

眞的假的？

我發誓。

什麼時候？

前天晚上。一把火燒光光！炸得稀爛！旁邊他爸爸那輛新買的敞篷吉普車也掛了！

誰幹的？

聽說是提姆・考辛斯。他已經被抓進監獄關了一晚上了，後來被人保出去了。

沒有人直接告訴我這個消息。那是我在體育館外面排隊的時候，聽到布魯斯・狄恩和強尼・亨利兩個人在聊這件事。

「那很好啊。」狄恩說。「反正雷德本來就是個渾球。」

查克・華特森說：「我跟你打賭，莫斯葛羅夫一定也有份。」

「喂，你們幾個。」瑪麗・維吉尼亞・華德說。「你們沒看到他現在就站在旁邊嗎？你們說的話，他聽得可清楚了！」

這下子，我們這一排的隊形忽然亂了。

我問：「提姆眞的被關進監獄了嗎？」

「難道你不知道？」強尼問。

「我不知道。拜託拜託，告訴我究竟怎麼回事。這我還是剛剛才聽說的。」我說。「我還正在奇怪，他怎麼沒有來學校。」

布魯斯說：「算了，別裝了，莫斯葛羅夫。這件事你一定有份。」

「眞的沒有。那是提姆和雷德兩人之間的私人恩怨。」我說。「我根本就懶得鳥那個雷德。」

我聽到隊伍中有幾個學生在竊竊私語，點頭稱是。不過我想，等一下我一走，他們一定會議論紛紛，說我是個膽小鬼。

這時候，隊伍又往前移動了一點點。「各位，我要說清楚，我不認爲是提姆幹的。」我表現得很像一個講義氣的朋友。

布魯斯·狄恩問：「眞的嗎？你眞的認爲不是他幹的？可是，他已經承認了，你知道嗎？」

我楞住了。「你說什麼？」

「看起來你是眞的什麼都不知道。」查克·華特森說。「他已經跟那些警察招供了，承認是他幹的。」

「你跟考辛斯兩個是不是已經不說話了？」布魯斯·狄恩說。「我一直以爲你們兩個是老夫老妻。」

「去你的，狄恩。我看你和華特森兩個才像老夫老妻！」我故意捶他肩膀一下，裝個樣子，以免被他們看出來我已經昏頭轉向了。提姆承認了！他到底是什麼意思？怎麼可能會這樣？一定是他們聽錯了。

那輛野馬是我放火燒掉的。這我很清楚，因爲我在現場。我搞不懂的是，傑夫·馬吉爾把提姆押到傑克森市去的路上，他問提姆，是不是他放火燒掉雷德的車，提姆竟然面帶微笑說，是的，當然是他幹的。後來傑夫又問他，是不是他自己一個人幹的，他又說，沒錯，是他自己一個人幹的，而且他一點都不後悔，下次再有機會，他會毫不猶豫立刻再幹一次。我眞的搞糊塗了。

明明不是他幹的，提姆爲什麼要承認？我簡直不敢相信。我的計畫並沒有預料到這種結果。而且，我覺得自己已經計畫得夠周詳，已經思考過各種不同的角度了，爲什麼還會這樣？

他應該矢口否認，然後說我才是眞兇，不是嗎？這就是爲什麼我得先打電話去他家，確定他人在家裡，然後我才放火燒車——這樣一來，他媽媽就可以作證，案發的時候他人在家裡，和她在一起。這下子，提姆就會知道害怕了，知道傑夫這個警察不好惹。然後，警察才會循線追查到我身上，而最後，我將會爲我所做的一切付出代價。

無論如何，這就是我的計畫。沒想到，他竟然認罪了，我的計畫全搞砸了。

我看到巴尼斯教練站在隊伍最前面。他伸出大拇指在箱子裡翻了一下，然後把我的高三課表拿給我：

早點名，狄佛絲老師（老面孔）
英文四級，歐尼爾老師（太棒了！）
代數二級，帕斯華茲老師（唉！）
地質學/物理學，羅比夏克斯老師（老天！）
西班牙語二級，亞倫老師（好好小姐）
美國史，雷尼教練（可以趴在桌上呼呼大睡了）
樂團，霍克斯曼老師（還會有誰）

我得趕快打電話給提姆，問清楚他究竟想幹什麼。我想到樂團演奏廳去一下，跟霍克斯曼打聲招呼，然後看看艾妮妲有沒有在那裡。不過，我必須先到大禮堂去領教科書。

大禮堂裡面一片昏暗，走路有回音。我走到舞台後面，把一張課表遞給韋利佛太太，然後她就到後面那幾個紙箱裡東翻西找，找出課表上的課本。接著，我把課本堆成一疊，抱到韋利佛太太的辦公桌上，填了一張領據。

這時候，我抬頭一看，看到艾妮妲走上韋利佛太太背後的講台。燈光突然亮起來，嘈雜的人聲突然安靜下來，所有的人都愣了一下。她的頭髮還是剪得像男生一樣短，不過，這次她沒有戴眼鏡——她是不是改戴隱形眼鏡了？她穿著一件貼身的白上衣，曲線畢露，隱隱看得到她那古銅色的肌膚。迷你裙底下露出一雙修長的腿。

她微微一笑，笑得好燦爛，可是她眼睛看的並不是我，而是數學老師芙蘿拉太太。她沒有看到我。

看她那副模樣，你絕對想像不到她曾經躺在醫院裡。她渾身洋溢著無限活力，感覺好健康，好聰明，機警伶俐。她比從前更漂亮了。

我暗自慶幸，還好我站的地方很陰暗，不會被人看到。我忽然覺得自己好醜陋，看起來就一副四肢發達的二楞子模樣。我忽然感到心好痛。我怎麼會妄想自己能夠擁有她呢？我忽然明白，自己是多麼沒分量。想到我們兩個人曾經在一起，感覺上彷彿只是春夢了無痕。對我來說，艾妮妲永遠是高不可攀的。我忽然覺得自己很像那個二楞子劇作家亞瑟．米勒。當年他向瑪莉蓮夢露求婚，而瑪麗蓮．夢露竟然答應了，那一剎那，他一定是覺得自己見鬼了。

「拿去吧，丹尼爾。」韋利佛太太拿了一張紙給我。「這是你這學年的置物櫃號碼。註冊單就放在每個人的置物櫃裡。註冊單填好之後，請爸媽或監護人在打勾的那幾頁上簽名，聽清楚了嗎？」

我轉頭一看，發現艾妮妲已經不見了。她是不是看到我之後趕快跑掉了？少自我安慰了。更有可能是她根本就不在乎我了。

我走到318號置物櫃前面，打開門，看到註冊單就放在最底下，上面用麥克筆寫著我的名字。有幾張單子脫落了，被擺在最上面。我把註冊單收一收，放進牛皮紙袋裡，把袋口封起來，然後朝大禮堂走過去。

26

我在大禮堂後方找一個靠走道的座位坐下。坐這個位置，逮到機會隨時都可以開溜。開學日大會，學校師長照例都要精神講話一番，鼓勵學生奮發向上，藉此發揚創校精神。只可惜，肩負這項重責大任的人是我們的漢姆校長。雖然東西是很容易發霉的，不過，一聽到他講話，恐怕連黴菌都長不出來了。一開始他先朗讀了一篇事先擬好的講稿，主題是龍捲風的安全問題。接著，他開始朗讀一大串新校規，其中絕大多數的內容都是在強調把口香糖黏在書桌底下會造成什麼危險。

「那種行爲就像在游泳池裡小便一樣。」漢姆校長說。底下的女生都驚呼了一聲「嗚——」。「沒有人承認做了這種事，可是偏偏游泳池裡的水卻越來越黃。我很清楚，有人把嘴裡的口香糖隨手黏到桌子底下，避免被老師逮到。這是多年的傳統了。我自己年輕的時候就是這樣。可是，當年我根本就沒有顧慮到，就像現在各位同學都沒有顧慮到，處理那些口香糖要耗費多大的工夫。今年暑假，我們學校的維護人員貝奇曼先生總共花了一百三十四個鐘頭，才把桌子底下和抽屜裡的口香糖刮乾淨。這個學期，我希望我們能夠有一個乾乾淨淨的開始。今年，我絕對不容許任何人在任何一張桌子底下黏口香糖。所以，下次當你把口香糖從嘴巴裡拿出來的時候，我希望你想想貝奇曼先生，是他花了無數個鐘頭，用雙手把那些口香糖一片一片地刮下來。所以，我需要大家幫忙，做好這個舉手之勞，用一張紙把口香糖包起來，丟到垃圾桶，可以嗎？」

接著他宣布，九月的第二個禮拜，霍克斯曼先生將帶領海神大軍樂隊前往傑克森市，在密西西比大體育館爲尼克森總統演奏。（這時候大概有十個學生在鼓掌，不過也差不多有另外十個學生發出噓聲表示不滿。）他接著又宣布，西洋棋隊即將出發前往哥倫布市和「浸信會少年之家」進行聯賽。還有，一旦查獲有人在化學實驗室裡製造毒品，將逕行開除，不再留校察看。還有，各位女同學，請將生理衛生用品丟棄在指定的容器裡，不要丟進馬桶裡。（全場男生一片譁然。）

漢姆校長宣布了七位新老師的姓名。這時候，我們看到一群滿臉羞怯的人從座位上站起來，朝大家揮揮手。全場掌聲雷動，只不過，那不是出於禮貌，而是因爲我們知道他們很容易就會被我們吃得死死的。

漢姆校長皺了一下眉頭，然後又繼續宣布新的規定，以後會進行置物櫃突擊檢查。「出發點是爲了保護各位同學的安全。」他說。「我們打算用盡所有可能的方法，將所有危險物品逐出我們的校園。」在座有幾隻毒蟲忽然學起豬叫，咕嚕咕嚕的聲音引起全場一陣哄笑。「好了，大家安靜。」漢姆校長說。

過了一個漫長詭異的夏天，此刻重回學校，和同年齡的年輕人一起歡笑鼓噪，那種感覺還滿好的。

「等一下我們就要開始提名班級幹部。」漢姆聲嘶力竭地大喊，拚命想壓過嘈雜的人聲。「不過現在我要先介紹一位特別來賓。我們很高興能夠歡迎一位最受歡迎的同學回到學校。好，請大家掌聲歡迎——」他瞄了手上那張字條一眼。「艾妮妲．貝奇曼。」

老天，她走上講台的時候，那種熱烈的掌聲喝采簡直快要把屋頂都掀掉了。她露出那種熱力四射的選美皇后式微笑，溶化了全場的學生。大家都知道，她還能夠活著簡直是奇蹟。而此刻，看她多漂亮啊！遠比從前更加更加漂亮！每所學校都會出個超級巨星，而此刻，艾妮妲就是我們永遠的超級巨星。

她再也不屬於我了。可是老天，我還是那麼愛她。我眞的愛她。儘管她恨我，但那根本改變不了我對她的愛，唯一改變的，是我一看到她反而會想哭。我忽然覺得好孤單。是我如此殘酷的毀掉了我們的愛。

她彎腰湊近麥克風。「嗨，大家好。」她向大家打招呼。所有的人也都向她說了聲嗨。「我不知道今天校長要我上台來跟大家說幾句話，所以我根本就沒有準備講稿。不過，大家寄給艾妮妲的花和卡片，我都收到了。而且，我還聽說有人爲我寫歌。我好希望大家知道，這一切我眞的好感激。不過，今天我要說的並不是這些。」

噢哦——。我忽然坐挺起來。接著，我聽到背後起了一陣騷動。我轉頭一看，看到雷德．馬丁走進來了，那幾個狐群狗黨跟在他旁邊。他就像今年春天被警察帶走的時候一樣，邁開大步趾高氣揚的走進禮堂，打斷了禮堂裡原本的活動。他那副神氣活現的模樣，很像職業拳擊手走進拳擊場，嘴裡嚼著口香糖，享受著接受衆人注目的快感。接著，他和那些狐群狗黨坐進前面第三排的位置。

從他一進場，艾妮妲眼睛就一直盯著他，直到他坐下。「我知道學校教育的目的並不是要教我們說眞話。」她說。「可是最近我忽然想通了，說眞話是天底下最重要的事。所以，現在我要向大家說幾句心裡的話。」

這時候，漢姆校長忽然走上舞台左邊，兩手交叉在肚子前面。

她微微一笑。「不用擔心，校長，我不是要討論學校的問題。」

漢姆校長比了個手勢，好像鬆了一口氣。

「我要說的是，大家都誤會我了。」她說。「我知道大家都以爲我是黑人。或許你看我第一眼的時候，會認爲我是黑人。也許在大家眼裡，我是黑人，可是我希望大家能夠明白，我眞的不是。」

噢，老天，不會吧！千萬不要挑今天。爲什麼呢，艾妮妲——爲什麼妳要挑開學的第一天呢？妳想讓自己日子更難過嗎？

我忽然有一股衝動想衝上去阻止她，只可惜她根本就不會理我。

「這是出了意外之後，我才忽然想通的。」她繼續說。「倒不是說我不希望自己是黑人。事實上，我很喜歡黑人。他們是天底下最善良最好的人。不過，我只是要強調，我自己不是黑人。我要說的是，我希望大家能夠好好想一想，誰會希望自己是黑人？誰會希望自己是大家都瞧不起的人？」

這時候，珊妮絲·詹姆斯忽然站起來。「妳在胡說八道什麼？」

「嗨，珊妮絲。我只是實話實說——至少是我自己的眞心話。是這樣的——我感覺到自己變了。從前我認爲自己是黑人，但那種認知原來只不過是我腦子裡的一種想像。我的腦子就是那個部分受了傷。那種認知跟你本身究竟是黑人白人沒有關係。那只是一種虛幻的想像。所以，珊妮絲，我想妳的情況也是一樣。妳認定自己是黑人，是與生俱來無法改變的。可是妳錯了，妳眞的可以選擇。從今以後，我就不再是黑人了。而且，以後我也永遠不會再是黑人了。」

「喂，妳坐下！」雷德的朋友卡爾大喊了一聲。「前面那個，妳給我坐下！」

珊妮絲狠狠地瞪了他一眼，然後就坐下了。

「除非你希望自己是黑人，你才會是黑人。」艾妮妲說。「自從我想通這個道理之後，我覺得自己快樂多了。」

漢姆校長喊了她一聲：「艾妮妲？」

她不理他。「不當黑人，好處太多了。如果你不是黑人，你就可以擁有更好的房子，擁有更多的錢，可以在院子裡種橡樹，而你的孩子也可以擁有更多玩具，做爸爸的可以舒舒服服地窩在躺椅上，蹺起二郎腿。」

「謝謝妳，艾妮妲。」漢姆校長說。

「我還有話要說。」她的口氣很平靜。「是你要我上來說幾句話的，那就請讓我把話說完。」

有人大聲叫好，贊成她的說法。不過，絕大多數的學生都站在漢姆校長那一邊。他聳聳肩，彷彿不敢制止她。黑人學生已經被她惹毛了，而白人學生也沒有好到哪裡去。她說的話沒人喜歡聽。

打從她上台開始講話之後，我緊張得幾乎連氣都不敢喘。

「我希望大家都能夠試試看。」她說。「我們可以做個實驗，用一個禮拜的時間，每個人都可以自由想像，想像自己變成另外一種人。如果你是黑人，你就想像自己是白人，如果你是白人，你就想像自己是黑人。體會一下那種感覺。大家有興趣嗎？」

「妳到底有什麼毛病?」布萊恩·法奇德站起來說話了。「妳爲什麼想變成白人?黑人也很好看啊!」

「要是黑人長得好看,爲什麼白人必須在政府的強迫之下才肯和你一起上學?要是黑人長得好看,爲什麼大家都討厭你?爲什麼你好端端的坐在看台上看表演,沒有礙到任何人,而別人卻莫名其妙把可樂砸在你身上?如果你認定黑人長得好看,那是你的自由,不過,我勸你該醒醒了。只有黑人才會認爲黑人長得好看。」

「那是整個社會的問題。」布萊恩說。「不是我的問題!」

「噢,你說得沒錯。」艾妮妲說。「是黑人的社會希望你是黑人!就這麼回事。黑人就是黑人,他們不容許你變成別種人!」

「我眞搞不懂,妳怎麼會睜著眼睛說瞎話,站在台上公然說妳不是黑人?」

「除非你自己屈服,否則他們沒辦法強迫你當黑人。」她說。「除非你認同自己是他們的一分子。你懂了嗎?天底下只有一種——」她的聲音忽然消失了。原來是漢姆校長拔掉了她麥克風的線。

「妳錯了,布萊恩說得對!」珊妮絲大吼。「妳自以爲是什麼東西?妳跟我一樣是黑人。」

「喂!」雷德忽然站起來。「她喜歡當白人。她愛當黑人愛當白人,那是她的自由!」

「噢,你這個沒腦子的白痴,給我閉嘴!」珊妮絲大聲斥罵。

「妳這個黑鬼,妳好大的膽子敢叫他閉嘴!」

慘了。那是雷德的死黨卡爾!那句話一出口,就像炸彈一樣爆炸了,像原子彈一樣炸開成一朵蕈狀雲,籠罩在大禮堂的每個人頭上。

整間大禮堂忽然瀰漫起一股強烈的敵意,漢姆校長嚇得整個人僵住了。我沒有注意到是誰先動手打人，不過，整個禮堂很快就打成了一團。彷彿現場有人發出一聲號令，剎那間，白人學生和黑人學生全都從椅子上跳起來，撲向對方拳打腳踢。

艾妮妲還對著沒有聲音的麥克風說話。現場一陣大吼大叫，我根本聽不見她在說什麼。

大約有十幾個學生打成一團，而其他六百多個學生爭先恐後擠向門口。我暗自慶幸，還好坐在後面的角落——只要邁開大步跨上四級台階，我就可以跑到門外去了。可是，我看到站在舞台邊緣的艾妮妲正逐漸往後退，想避開那群打成一團的學生。

我忽然想到珍妮。珍妮在哪裡？

我跑到大門旁邊，看著洪水般的人潮擠出大門。接著，我轉頭看看走道，所幸地上沒有看到被踩得稀爛的小女生。我鬆了一口氣。男老師一窩蜂衝上去抓住那群扭打成一團的學生，後來，等警察抵達的時候，那群學生已經差不多都被拉開了。第一波來了四個警察，接著又來了四個。

接著，我跑到舞台左邊的布幕後面，看到艾妮妲站在斷電開關箱前面。

她轉頭看著我，可是，從她的眼神中，我已經看不出她對我有什麼感覺了。她的眼神冷冰冰的。

「我知道妳恨我。」我說。

她沒有否認，什麼話也沒說。

「妳爲什麼要說那些話？」我問。

「那不重要。你聽著——不要靠近我，丹尼爾。你已經不是我的朋友了。」說著，她轉身走開，走過空蕩蕩的舞台。她的高跟鞋踩在地上，發出喀噠喀噠的聲響，每踩一聲，我的心彷彿就被刺穿一個洞。

後來，我看到了。我看到誰在門口等她了。是杜德利．馬丁。他咧開嘴笑著，而且還舉起手，食指在眉毛上輕輕碰了一下，向我敬了個禮。然後，他抱住艾妮妲，摟著她走出去了。

27

我來回踱步，心中暗暗吶喊，你怎麼會愚蠢到這種地步，竟然會被她迷昏了頭！她是什麼樣的人，你看到了嗎：無情無義，心神錯亂，興風作浪，自私自利，自以爲高高在上，可以無視於黑白種族的藩籬，自成另一個新人種？

沒想到她恨我恨到那種地步，竟然投入雷德．馬丁的懷抱。我怎麼那麼軟弱，讓她傷害我這麼深——我明知道她有多危險，但我卻還是情不自禁深深愛上了她。

從今以後，不要再關心任何人了。這就是幸福人生的奧祕：不要付出眞心，就永遠不會受傷害。

圖書館旁邊的小廣場上有一座公共電話，我跑過去打電話給提姆。我根本就懶得再想該不該打電話給他了。發生了太多事情，我實在憋不住，不找個人說個痛快不行。電話才響了兩聲他就接了。

「嗨。」我說。

「嗨，丹尼爾。」

「你爸媽在旁邊嗎？要不要我待會兒再打？」

「不用不用。沒人在旁邊。」

「那你怎麼會叫我丹尼爾?」

「你的名字是不就是丹尼爾嗎?」

「你怎麼不叫我呆尼爾——」

「好吧,呆尼爾,你到底打算什麼時候才要告訴我?」

「告訴你什麼?」

「你是怎麼搞掉雷德的跑車。」

噢,好戲上場了。「我還以爲是你幹的,提姆。」

「呃,不是我。百分之百是你幹的,呆尼爾。」

「不是我。」我撒謊。

「鐵定是。」他說得斬釘截鐵。「如果是我幹的,手法鐵定跟你一模一樣。那種手法,除了你,不可能會是別人。」

聽了他的讚美,我忽然覺得有點飄飄然。不過,他的口氣實在太平靜了,令人不安。我決定裝蒜裝到底。「我真的聽不懂你在說什麼。」

「哎呀,算了吧,呆尼爾——你以爲我會生你的氣嗎?不會啦。你根本不可能想得到他們會賴到我頭上,不是嗎?說正經的,別想太多了。我不會告訴任何人的。我已經告訴過他們,是我幹的。我已經認罪了。所以,幫個忙好不好,你忘了我們是最要好的朋友嗎?」

「當然是啊。」我說。

「那就對啦,好朋友是幹什麼的。」他說。「這件事我已經扛下來了。」

「提姆,你發什麼神經?」

「是你幹的,我知道是你幹的。」他大笑起來。「幹得太漂亮了,我還眞希望是我幹的。怎麼樣，現場有沒有我想像的那麼精采？呆尼爾，你一定要告訴我所有的細節。那爆炸是不是驚天動地？」

「提姆，你跟他們承認是你幹的，是爲了想掩護我嗎？」

「那當然，而且實際上也眞的是這樣。我們是好朋友，你忘了嗎？我太了解你了。我比你自己更了解你。」

「我實在搞不懂——」

「老天，呆尼爾！你眞的不是騙人的料，夠了啦！我原諒你，可以嗎？老天，我根本不認爲你是故意要陷害我！」

不，確實不是。「提姆——」

「因爲你根本不可能想得到我會承認。」他說。「你有點像是瞎打誤撞幹下了一件完美犯罪。喂，你現在人在哪裡？」

「在學校。」

「我三分鐘就到，你等我。」

我背叛了提姆，而我做夢都沒想到，提姆的第一個反應竟然這麼夠朋友。他願意全部扛下來，替我揹黑鍋。老天，他這個人眞的這麼天眞無邪嗎？難道他眞的沒想過，他是被我設計的，我背叛了他？我們這位偏執狂對朋友完全不設防，誤把猶大當成朋友。我値得他這麼信任嗎？此刻我唯一能做的，就是裝傻裝到底。就讓他扛下來吧，或許這件事所造成的影響，會讓他的人生比較風平浪靜。然後，如果沒有其他突發狀況的話，我們會永遠都是好朋友。

老天爺。我簡直不敢相信自己會有這種狗屎運。我心裡已經開始得意了。計畫的成果，好到遠超乎我的預期。

這時候，我看到那輛星光藍福特Pinto沿著奧瑞蒙路開過來了。提姆啪的一聲打開右前座車門，咧開嘴笑著。「呆尼爾！這輛腳踏車是哪裡弄來的？」

「車庫拍賣。還不錯吧？」我們勾了一下大拇指。

「來吧，我把掀背車門打開，你把腳踏車放進去。」

我把腳踏車塞進車子後面，然後坐進右前座，把註冊單的紙袋塞到座位底下。提姆拿了一卷加拿大民謠歌手瓊妮·蜜雪兒（Joni Mitchell）的錄音帶，放進錄音機卡匣，然後猛踩油門，輪胎摩擦地面發出吱的一聲，車子立刻飛也似地竄上馬路——老天，每次他放瓊妮·蜜雪兒的音樂，車子輪胎的壽命就會折損一半。這次比較沒那麼誇張了，不過那吱的一聲還是令人驚心動魄。

他身上穿著條紋內衣，外面套著一件皮夾克，顯露出他那瘦瘦長長的身材。他膚色很白，近乎蒼白。自從上次去參加葬禮之後，他幾乎就沒有再曬過太陽了。他頭髮好長，長到下巴，幾乎遮住了半邊臉，那一頭烏黑的頭髮看起來就像搖滾巨星大衛·鮑伊一樣。

我問他：「坐牢的滋味怎麼樣？」

「太——爽了。」他故意裝出濃濃的鼻音拉長聲音。

「你在我面前學艾迪幹嘛？」我罵他。

「老天，這樣很像艾迪嗎？不好意思。」

我嘆了口氣。「你少惡搞，要不然我就下車。」

「呆尼爾，這陣子你到底跑到哪裡去了？我開車從那家陽春旅館門口經過好幾次，少說有五萬次了，可是半次都沒看到你家的車。」

我告訴他，我們已經搬到一個沒那麼陽春的地方了，不過我並沒有說出是哪裡。我知道，要是讓提姆知道我們現在住在露天電影院，我一定會被他挖苦到體無完膚。我現在不想聽那些。

後來，車子轉了個彎，開上奧維克斯堡路，漫無目的地往西邊開。提姆告訴我，他跟馬吉爾警官認罪招供的時候，還絞盡腦汁瞎掰出一大堆犯罪的細節。「他們找到一些漂白劑空罐子的碎片，問我漂白劑是用來幹什麼的？我說用來洗掉指紋。」

「罐子裡的漂白劑都被我倒光了。」我說。「我只是要用那個空罐子來裝汽油。」

「啊哈。」他露出詭異的微笑。我終於還是坦白招供了。

「可惜你沒有在現場看到爆炸。」我說。「太精采了。」

「哎呀，拜託拜託，呆尼爾，再多說一點給我聽好不好？」

「提姆，這件事會害你惹上大麻煩，我們得去找警察說清楚。」

「我不是跟你說了嗎，不需要。換成是你，你一定也會爲我做同樣的事，不是嗎？」

沒錯，我說。這大概是這輩子我撒謊撒得最離譜的一次。

看提姆那副模樣，顯然不是裝的。他完全沒有生氣的樣子，反而很興奮。事實上，我已經好幾個月沒看過他這麼興奮了。我感覺他整個人好像突然放鬆了，說話的口氣輕鬆愉快。車子的擋風玻璃上本來貼著木匠兄妹的貼紙，現在突然換成穿著緊身皮衣的蘇西．奎特蘿（Suzi Quatro）。不過，此時此刻，他眞正想聽的還是這張有點哀怨的專輯《憂鬱》。

我把當天所有的細節一五一十全都說給他聽，從事先勘察，計畫，到執行。我告訴他，我還特別顧慮到他，幫他想好不在場證明。他聽得很專心，然後聳了聳肩。

在牢裡窩了一晚，他整個人好像放鬆多了，彷彿心頭纏繞已久的憂慮忽然消失了。

艾妮妲的事，我永遠不會原諒他。可是，他眞的做錯了什麼嗎？他也不過就是把眞相告訴她罷了——這不正就是我早就該做的事嗎？雖然他用一種很殘酷的方式把她從我身邊趕走，可是他做得對。他本來有給我機會，要讓我親口告訴她，只可惜我沒那個勇氣。提姆做得對，我不應該欺騙艾妮妲。

車子翻過好幾座圓圓的小山丘，四周深濃的綠意混雜著金黃色澤，散發出一股夏末的氣息。我告訴他，九月底我們樂團要為尼克森演奏那首〈向統帥致敬〉進行曲。他說那實在太可笑了。他說，尼克森本來應該要去坐牢的，後來沒去，結果反而是他自己去坐了一天牢。

我告訴他，艾妮妲在大禮堂發表了一篇演說，宣稱她是個白人，結果引發一場暴亂。

「她一直都很喜歡製造動亂。」他說。

還有，你知道那天誰在大禮堂門口等她嗎？

「噢，不會吧。噢，老天，呆尼爾，你眞可憐——老天，她怎麼那麼狠！聽我說，沒什麼好擔心的，我有把握，她一定會回心轉意的。」

「她會回心轉意？你別傻了，怎麼可能？她恨死我了。」

「對了，你剛剛說什麼來著？她說她是白人？」

「自從那次意外之後，她就一直這麼說。」

「她平常的言行舉止一直都很像白人。」提姆說。「這就是為什麼她會那麼受歡迎。我跟你打賭，她的朋友，白人鐵定比黑人多。」

「我說的不是這個。她已經完全變了一個人。她說她不是艾妮妲。她說她是另外一個人，叫做琳達。她有時候會說這種話。不過她現在已經好多了。」

「呆尼爾，拜託你一件事，你一定要躲開這個女孩子，躲得越遠越好，知道嗎？這件事你一定要相信我。她這個人瘋得可怕。」

「她沒有瘋。她只是腦子受傷了。當時我們就在現場，你忘了嗎？」

不久之前，每當我提起舞會那天晚上，提姆就會狠狠瞪著我，彷彿很想海扁我一頓。可是現在，他卻只是有點感傷地搖搖頭。「唉，你還是一樣執迷不悟，忘不了她。」

「大概吧。」

「你知道嗎，其實坐牢的感覺沒有想像中那麼可怕。」他說。「自己關在一間牢房裡，關在鐵欄杆後面，那有什麼不好嗎？他們會拿書來給你看，晚餐還有人送什錦濃湯和馬鈴薯沙拉來給你吃，那味道還眞不錯，比家裡老媽做的還好吃。」

他表現得一副漫不經心的樣子，彷彿完全沒有學到教訓。

這時候，車子開始越爬越高，四周的樹林越來越茂密。出了樹林之後，兩線道的公路忽然變成一條長長的下坡道，底下有好幾個加油站，還有幾家小小的汽車旅館。路邊有一根指示牌，上面寫著「維克斯堡軍事國家公園」。

提姆問，想進去看看嗎？

我說，好啊。我們到遊客中心去買了兩杯可口可樂，而且還看了一下西洋鏡透視畫。畫裡的場景是當年維克斯堡居民吃老鼠的慘狀。

我們開車穿越一扇列柱拱門，進入國家公園的範圍——平滑的柏油路面是新鋪的，兩旁的草地修剪得很整齊，一看就知道這裡是聯邦政府管轄的，因爲一窮二白的密西西比州根本養不起這麼高級的路。

那幾座小山丘從前曾經是戰場，如今零零落落豎立著幾根陣亡將士紀念碑。每到一個轉彎處，眼前就會出現一片遼闊的景觀，看到一座壯觀的方尖碑。北方佬是勝利的一方，所以北方那幾州的紀念碑比南方的高大，比南方的精巧美觀。伊利諾州的紀念碑是最驚心動魄的，他們用白色的大理石蓋了一座完整尺寸的萬神殿，四周的台階高達五百級。

車子沿著公園的小徑往前開，每隔一小段路就會出現一條叉路。小路通向一片空地，空地上有一排大砲，還有一面解說牌，說明這是哪一場戰役的地點。接著，車子開進國家墓園，沿路經過一排又一排的白色墓碑。那些是戰爭中陣亡的將士，還有更多是平民百姓。過了一會兒，我們感覺到空氣中開始飄散著河流的濃濁濕氣，那條小徑開始變得很陡峭，沿著一座高地邊緣盤旋而上。這裡就是全公園最高的「要塞山」。

我們把車子停在山腳下，然後走到山頂上。大砲閃閃發亮，砲口對著黃濁濁的河水，寬闊的河面波光粼粼。站在山頂上，底下的河彎一覽無遺，綿延好幾公里。河流一路向西延伸，直到天際。

山頂上有一面地圖，上面有一個紅色按鈕。我按了一下按鈕，地圖旁邊的播音系統立刻開始解說。「潘伯頓將軍率領維克斯堡部隊駐守在這裡。」擴音器傳來一陣低沉的聲音。「他用這些大砲控制了密西西比州的河運通路，於是，這座寧靜的河邊小村贏得了『南方聯盟堡壘』的稱號……」

提姆忽然爬上去，用屁股堵住喇叭口，聲音忽然變悶了。「嗯嗯。」他扭了一下屁股說。「繼續說！」

我的視線沿著砲口的方向往下看，看到黃濁濁的河面上有一艘平底駁船。「報告長官，請給我火藥，給我砲彈。」我放聲大喊。「我會把那些臭北佬轟到天上去！」

提姆笑起來。「我給你一顆蛋蛋好了。呆尼爾，我看你是被這些玩意兒附身了吧？你怎麼會知道這麼多？」

剛剛我試著跟他講解，葛蘭特將軍如何在下游運用側翼包夾戰術，還被他嘲笑了一番。我說：「你不知道有一種東西叫做書嗎？只要你翻開書，這些東西裡面都有，知道嗎？」

「可是，我看你是眞的很在乎這些玩意兒吧！看到南軍被打得屁滾尿流，你不是很爽嗎？」說著，他假裝舉起步槍，然後扣扳機開槍。「其實，我搞不清楚這些東西到底重不重要。比方說印地安人。我知道白人幾乎把他們都屠殺光了。我知道我應該在乎，可是我就是沒感覺。」

這時候，我開始講我曾祖父歐蒂斯．莫斯葛羅夫的故事給他聽。當年我曾祖父腿受了槍傷，但他竟然從從奇克莫加河一路走回家。沒想到提姆聽了之後，還是沒什麼反應。

「呆尼爾，我問你，爲了維護擁有奴隸的權利，要你戰死沙場，你願不願意？」

「鬼才願意。你忘了我是個北方佬嗎？」

「錯了，你不是。既然你曾祖父是南方叛軍，那你應該跟我們是同一國的。他媽的，你不是在阿拉巴馬州出生的嗎？既然如此，那你應該像個阿拉巴馬人。你願意爲阿拉巴馬戰死沙場嗎？」

「門都沒有。」我說。「阿拉巴馬州只是一個地方。我不願意爲一個地方送命。更何況，我要奴隸幹什麼？」

「呃，現在我們終於知道你是這種人了。」他揚了揚眉毛。

「去你的吧，鳥人。」我捶了他一拳。

他假裝手上拿著一挺機關槍朝山底下掃射，掃倒了那十幾個朝要塞山攻上來的北軍士兵。

「那我問你，呆尼爾，你願意爲什麼犧牲？」

我告訴他，我從來沒想過這個問題。

「嗯，你該好好想一想了。」他說。

「我才不要。我寧願想要怎麼活久一點。至少多活個幾年。」

「我是說正經的。在這個世界上，有沒有什麼東西是你願意爲它犧牲性命的？」

那一剎那，我腦海中閃過幾個可能性。

「爲國犧牲，也許吧。」我說。「我的意思是，假如國家遭到侵略的話。比如說珍珠港事變。如果大家都必須上戰場，那我就去。不過，如果是尼克森當總統，那我就不幹。另外，如果是越南的話，謝了，我也不幹。在那裡打仗好像不怎麼好玩。」我忽然想到巴德。還好他摔斷了腿，到目前爲止都還留在加州。上次他寄了一張明信片來，說他正在學衝浪。

「還有別的嗎？假如像《冷血》那本書裡寫的那樣，有人衝進你家，要殺你的家人，那你會怎麼樣？你願意誓死保護他們嗎？」

「那我要先問，他們是打算殺光我的家人，還是只殺幾個？還有，他們會不會逼我選擇殺哪幾個？」

他爬到大砲上，叉開雙腿坐在上面。「如果是我呢？假如有人想殺我，而且如果你想阻止他，自己可能也會被殺，那麼，你還願意救我嗎？」

「願意。」我說。

「你眞的願意？」

「那當然。換成是你，你一定也願意，對吧？」

「是啊。」他說。「好了，我想知道的就是這個。」

「爲什麼？」

「沒什麼理由。」他傻笑了一下，不知道爲什麼忽然高興起來。「我知道你一定會這樣說。」接著，他低頭看著兩腿之間那鐵鑄的砲管。「呆尼爾，你看，你需要的就是這個。女孩子想要的就是這個。看這裡。」他拍拍砲管，摸了幾下。

「不好笑。」我說。

提姆從大砲上跳下來，然後又按了一下那個紅色按鈕。「潘伯頓將軍率領維克斯堡部隊駐守在這裡。他用這些大砲控制了密西西比州的河運通路……」

維克斯堡的「牛奶大王」吃起來跟米諾市那邊的差不多。我們點了漢堡，洋蔥圈，咖啡。今天本來應該要幫老爸清理露天電影院，結果我溜掉了。老爸鐵定會宰了我。說眞的，我還寧願被他宰了。整個週末，我和珍妮都在幫他清理那個鬼打架的露天電影院。今天下午，我決定開溜。珍妮！噢，老天。我跟她說好了要載她回家的，結果我竟然完全忘了這回事。早上我還警告她不准讓我等太久，結果，不知道她在那邊等我等了多久。

嗯，算了，她是我老妹，她非得習慣不可。

我們坐上車。「要去哪裡？」我問。

「看你想去哪裡。」提姆轉頭看著我。「你有想要去哪裡嗎？」

「不知道。回家好了。明天還要上學。」

「我明天不去上學。」他說。「我大概禮拜五才會去。禮拜五之前，我一定不會到學校去的。」

我說：「要不要走州際公路回去？走那裡比較快。」

「好啊，可以啊。」他說。「走別的路也可以，隨便。你覺得呢？」

那眞是個白痴問題。我忽然渾身起了一陣雞皮疙瘩。我搞不懂他爲什麼會那樣問。

我忽然覺得車子裡變得很悶，於是就把車窗搖下來，然後在儀表板上摸索了半天，打開收音機的開關——結果是一陣刺耳的雜訊。我轉動調頻鈕，轉到某一家電台，聽到傑克·威爾森在唱那首〈告訴我，你願意〉。

我放大音量。車子在音樂聲中奔馳，我們兩個都沒有說話。走州際公路，如果時速一百二十公里，一下子就到米諾市了。

過了一會兒，我終於開口了。「自從你對我做了那件事之後，有很長一段時間我一直耿耿於懷。」我說。「她對我很重要。」

「我知道，呆尼爾。」他說。「我也要謝謝你再給我一次機會。要不要我載你回家？你家現在到底住哪裡啊？」

「你讓我在吉利特超市下車就好了，我要去買點東西帶回家給他們吃。我老媽回阿拉巴馬的娘家去了，已經走了好幾天了。」

「那我先載你去超市，然後再送你回家。沒問題的。」

「不要麻煩了，送我去超市就好了。」

「呆尼爾，你葫蘆裡到底在賣什麼膏藥，神祕兮兮的？爲什麼你不敢讓我知道你住哪裡？」

「因爲那實在太尷了。而且，我應該不會在那裡住太久。你剛剛說你明天不會去學校，是不是？」

「其實，我沒有把握以後還會不會再去學校。」提姆說。

我瞪大眼睛看著他。「你說什麼？」

「反正，我就是不知道。」忽然覺得他臉色變得更蒼白。

我又打開收音機。「你到底在說什麼啊？」

他笑了一下，笑得很勉強。「你應該看過你的單子了吧？」

「單子？」

「註冊單。」

「註冊單怎麼樣？在這裡啊。」

「你從置物櫃裡拿出來的，沒錯吧？開學第一天，學校都會把註冊單放在置物櫃裡。每年都一樣。」

「是啊。」

「不過，今年除了註冊單之外，還有別的東西，你沒有注意到嗎？就在置物櫃裡，放在註冊單最上面，你看到了嗎？多了好幾張紙，用釘書機釘在一起，有看到嗎？」

「我還以爲是註冊單散掉了，掉了幾張出來。我根本就沒有仔細看。那到底是什麼東西？」

「那是雷德送給大家的禮物。」他說。「這是他最近的陰謀。顯然他在影印店裡忙了很久很久，印了那一大堆東西。今天早上他鐵定是一大早就到學校去了。他不知道用什麼辦法，在每一個置物櫃裡都放了一份。」

「提姆——」我從紙袋裡抽出兩張紙。兩張用釘書機釘在一起。他幫我打開車內燈。

那是辛德斯郡警察局的訊問筆錄。

最上面的日期是：一九七二年十一月二十三日。

罪犯：提姆．考辛斯。

案號：000385-22F-1972

違法行爲：公然暴露妨害風化

違法行爲：異常性行爲

違法行爲：在公共場所公然猥褻

違法行爲：二級雞姦

「這是什麼東西？」我問。

「你自己看看就知道了。」提姆眼睛盯著前面的馬路。「或者說，雷德大概認爲大家自己看看就懂了。」

違法地點：五十五號州際公路南向車道，#183號休息站。

那一剎那，我忽然明白提姆是什麼意思了。全米諾高中的學生都會在置物櫃裡看到他們的註冊單、家長簽名回條、足球隊的賽程表。同時，他們也會看到這份筆錄放在註冊單最上面。

提姆告訴過我，有一年感恩節，他曾經被警察逮捕過一次。他說那是危險駕駛，在牢裡關了一個晚上。警察吊扣了他的駕照。

可是，這份筆錄壓根就沒有提到什麼駕駛。

承辦警官筆錄（違法行爲與拘捕經過的筆錄摘要）

9:20PM，承辦警官執行僞裝查緝賣淫任務時，發現罪犯在廁所附近遊蕩。罪犯接近承辦警官，公然提出性行爲之要求，承辦警官予以拒絕。9:45PM，承辦警官再度回到現場，發現罪犯與另一對象正在進行公然猥褻與公然暴露之犯行，其中承辦警官目擊之犯行爲手淫。此時，罪犯再度驅前，公然向承辦警官提出性行爲之要求。承辦警官立即拘捕該對象，並護送罪犯進入警車。承辦警官將罪犯上手銬，向罪犯宣讀權利，嗣後將罪犯移送辛德斯郡警察局。移送過程順利。10:52PM，承辦警官將罪犯移送辛德斯郡警察局人員部，執行拘留。拘留期間，罪犯思緒條理清楚，雖然無法溝通，但配合之情況良好。

辯方律師陳述（關於違法行爲，以及違法行爲發生時罪犯的行蹤，辯方律師有何陳述？）

罪犯向警方詢問拘捕原因，然後說：「噢，哇。眞是狗X，我簡直不敢相信。」除此之外，移送警察局的過程中，以及拘留期間，罪犯始終保持沉默。罪犯表示，在律師到場之前，拒絕回答任何問題。除此之外，罪犯在行爲上與警方配合狀況良好，沒有任何抗拒行爲。

「全校的人都看到這東西了嗎？」

「瑪喬莉．史瑞德的媽媽跑來找我媽。瑪喬莉攤開註冊單一看，哇，不得了了，於是，她媽媽馬上跑來拿給我們看。她人眞好，對吧？」

「老天爺，提姆。」

「沒錯，那是雷德幹的——他的簽名在最底下，看到了嗎？杜德利．朗諾．馬丁。一定是他的律師幫他弄到的。他拿去影印之前，本來可以先把他的名字塗掉，不過他不要。他要讓全世界都知道，這玩意兒是他發出來的。」

「報復。」我說。「因爲他的車子被炸掉了。」

「沒錯，就是這樣。」

「噢，老天，提姆。我眞的很遺憾。」我晃晃手上那份文件。「這些都是眞的嗎？」

「呃，不完全是。還有更多內情。」儀表板上的反光照在他臉上，他的皮膚看起來近乎透明。

「可是，他們眞的起訴你這些罪名嗎？」

「沒有，他們撤銷了告訴，因爲我未成年。所以，他們只是小小訓誡了我一番，然後就放我走了。連我爸媽都不知道。」

「他們怎麼可能會不知道？」

「我不是告訴過你了嗎——我用你當藉口。他們只允許我打一通電話，所以我就打電話給我爸媽，跟他們說我要在你家過夜。我運氣眞好，還好那天你沒有打電話找我。第二天早上他們就放我出來了。我好像告訴過你，我本來應該到西辛德斯大學去上先修課，還記得吧？後來我根本就沒去。我把學費拿去請律師，他幫我擺平了所有的事。所以，我爸媽一直都被蒙在鼓裡。一直到今天，瑪喬莉的媽媽跑來找我媽，她才明白了。我媽以爲文件只有那一份，不小心和瑪喬莉的註冊單混在一起。所以，她不知道雷德已經影印了一大堆。」

「她怎麼說？」

「她根本不相信。她說一定是同名同姓，搞錯人了。不過，我爸要把我趕出去。」

「噢，老天！」我說。「眞遺憾，提姆。實在太慘了。」

「是啊，是很慘。到頭來，眞的太慘了。」他忽然又微笑起來。「我想，人生大概就是這麼回事吧，不是愛，就是戰爭。我記得好像有人這麼說過吧？」

我撇開頭不敢看他。我不想再聽下去了。這一切究竟代表什麼？雞姦？妨害風化？猥褻？下流？變態？這些字眼聽起來簡直就像那部電影《毛髮》原聲帶裡那首歌。

這件事發生的時間，是在我們兩個認識幾個月之後。想像一下——提姆做了這麼多妨害風化猥褻變態的事，而且還被警察逮捕，而他竟然沒有對我洩露半個字。我是他最好的朋友，而他竟然把我蒙在鼓裡。想像一下，他竟然瞞了我這麼久。

後來所有的麻煩都是從這裡開始的。這份筆錄上描寫的那些事情實在太可怕了，他不想讓我或是任何人知道。

就在剛剛，他忽然給我一種感覺。是什麼？——他膽大妄爲，目空一切。噢，老天，我忽然想到，我會不會也是跟他一樣的人？我是他的好朋友，所以？我一直隱隱約約感覺得到——他好像對我——？

我不由自主的把手伸到腦袋後面，五根手指頭正巧按在後腦勺那五個長不出頭髮的小點上。

舞會那天晚上，提姆之所以不敢停下來救艾妮妲，之所以會丟下她不管開車跑掉，就是爲了這件事。長久以來，這件事一直在折磨他，啃噬他。現在，全世界都會知道這件事了。

那麼，提姆爲什麼還笑得出來呢？

他把車頂的燈關掉。「今天是一個最理想的日子，你不覺得嗎？在這樣的日子裡，開著車到處兜兜風，看看那些鳥石碑，怎麼樣，感覺還不錯吧？」

「還不錯。」我說。我知道他希望我們還能夠是好朋友，就像從前一樣。

「今天天氣眞是太好了。以後不可能再有這麼好的天氣了。」

我對雷德所做的事，眞的很糟糕。放火炸掉他的車，雖然有一種報仇的滿足感，可是眞的毫無必要。而雷德回過頭來對付提姆——報仇——呃，我必須說，那眞是我所看過最低級最下流的行爲。眞的毫無意義，因爲他根本就找錯人了。

雷德會再買一部新車，而我也會再交上新朋友。可是提姆呢？他的人生完了。他再也回不了米諾高中了。他必須想辦法到別地方去，換一所學校念，才畢得了業。想像一下，要是你知道全校的人都已經看過那份筆錄，知道自己幹過什麼事，那你還有臉出現在學校的走廊上嗎？下流，變態，公然猥褻，妨害風化，同志，相公，玻璃，兔子，怪胎，在公共廁所幫別人打手槍（二級雞姦！），天曉得還有多少字眼能夠形容。他完了。

「雷德爲了幹這件事眞是費了不少工夫。」我說。「那麼，願不願意聽我勸你一句，提姆？算了吧。放過他吧。要是他連這種齷齪勾當都幹得出來，跟他攪和眞的很沒意義。」

他撥開垂在他眼睛前面的頭髮。「我不可能就這樣被他打敗。我辦不到。」

「你已經被他打敗了，懂嗎？看看這上面寫什麼。一切都結束了。認輸吧。你打不贏他的。」

「那你呢？」他忽然揚起眉毛看著我。「你已經不肯再跟我並肩作戰了嗎？」

「要是你還想繼續跟他耗，那我就退出了。我不玩了。怎麼，你還玩不夠嗎？」我拿起那份筆錄，在他眼前晃了幾下。「你不覺得這樣已經夠了嗎？你還想怎麼樣，宰了雷德？你千萬不要幹那種事。我放火燒了他的車，搞不好要去坐牢，而你也再也回不了學校了。已經過頭了，提姆，停手吧。」

「禮拜五我就會回去了。」他說。「現在我就是在想這個。」

「可是全校的人都已經知道了耶！」我們下車走到後面去，把後車廂的腳踏車拿出來。

「重點就在這裡。這就是爲什麼明天我還不能回去。我需要一點時間沉澱一下。」我聞得到他嘴裡有一股肉桂口香糖的味道。「你會恨我嗎？」

「不會。」我說。「那你呢，你會恨我嗎？」

「永遠不會。呆尼爾，我永遠不會恨你。」說著，他輕輕推開我。「回去吧。我們禮拜五見了。」

我並沒有走進吉利特超市。我目送著那輛星光藍福特漸漸遠去，然後，我騎上腳踏車，慢慢騎上坡。

可憐的提姆。我曾經很喜歡他這個朋友。如今，我再也沒辦法跟他做朋友了，我感到有點遺憾。我並不恨他，也不在乎他是不是同性戀，可是，如今出了這種事，我已經沒辦法再跟他相處下去了。我能嗎？我想到外婆過世的那一天，在急診室裡發生的那件事。我永遠忘不了那件事。我必須百分之百確定，那種事不會影響到我，不會讓我也變成一個問題人物。我知道那是不會傳染的，至少沒那麼明顯，不過，不管怎麼說，凡事還是小心點比較好。我很確定我不會是那種人，因爲我和一個很漂亮的女孩子上過床。不過，有時候我也會有點好奇，或者，換個說法，我會有某種奇怪的想像。在我感覺上，那有點像是一條黑漆漆的巷子，一到夜裡，你根本不敢走進去。

28

黛比．芙琳格瞄了我旁邊那個空位一眼。「嗨，丹尼爾，我可以坐你旁邊嗎？」

「可以啊。妳還好嗎，黛比？」

她把手上的餐盤擺在我旁邊的桌上。「還好。提姆呢？」

「他今天沒來學校。」我說。「他已經一整個禮拜都沒來了。」今天是禮拜四。自從禮拜一晚上他讓我在吉利特超市下車之後，我就沒有再跟他見過面了。

「怎麼回事，他生病了嗎？」

「怎麼，妳沒有看到註冊單上面那幾張東西嗎？」

「註冊單上面……哦，你是說他被捕的那件事啊？有啊，看過啦。滿可怕的。可是，難道他是爲了那件事才不來學校的嗎？」

「應該是吧。對了，黛比，有件事我一定要告訴妳。妳一定要明白，我根本不知道——」

「雷德怎麼可以幹這種事呢？」她說。「實在太齷齪了！這下子他會變成全校公敵。欺負人是一回事，可是用這種齷齪下流的方式揭人家瘡疤，那不是太過分了嗎？太殘忍了！沒想到他竟然費那麼大的工夫幹這種事！眞噁心！」

聽了她的話，我嚇了一跳。我還以為大家會感謝雷德揭發了學校裡的同性戀。「妳眞的這麼認爲？」

「提姆實在不應該去亂搞他的車。」黛比說。「雷德很寶貝他的車。」

「是啊。那傢伙眞的很蠢。」我心裡想，她罵得好。

「不過，雷德活該，這種後果是他自己造成的，誰叫他要那樣欺負提姆。對了，他什麼時候會回來？」

「妳說誰，提姆嗎？我覺得他可能不會再回學校了。」我說。「至少不會回這所學校。」

「爲什麼？」

「呃——妳覺得呢？全世界都知道了，他還有臉到學校來嗎？」

「知道什麼？知道他是同性戀？拜託你好不好，丹尼爾，你別笑死人了。有誰不知道他是同性戀！」

我驚訝得下巴掉下來。「什麼，大家都知道？」

「那還用說嗎！多少年了。」

「可是我就不知道啊！」

「幫個忙好不好，你不知道？提姆耶！他不是你最好的朋友嗎——你竟然不知道？」

「眞的不知道。我發誓。」

黛比忽然往後一仰。過一會兒，她很小聲地問我：「也就是說，你不是囉？」

「我不是！當然不是！怎麼，難道你們——難道你們都以爲——」

「呃，黛安跟我說過好幾次，她發誓你絕對不是。她說，你接吻的功夫一流，怎麼可能會是……」說到這裡，她笑了起來。「不過話說回來，提姆接吻的功夫也是一流，所以說，那也證明不了什麼。」

「老天！」我羞得滿臉通紅。「你們怎會有這種念頭？」

「呃，丹尼爾，你要我們怎麼想？你和提姆整天黏在一起。」

「可是我對天發誓，我一直都不知道他的祕密。」

她噘起嘴。「我眞不敢相信你這麼天眞無邪。」

我騎腳踏車飛也似地衝到加油站，打電話給提姆。珮西·考辛斯又說他不在。已經連續三個晚上了。「我也搞不清楚，丹尼爾，他說他正在做一件例行公事。」

「什麼例行公事？」

「好像他又參加了什麼表演。這陣子，我發現還是不要逼他逼得太急比較好，不要問太多。他想讓我知道的，自己就會說。這種方法似乎還滿有效的。你應該知道，這陣子我們擔心死了。」

「好吧，謝謝妳。我想明天他大概就會到學校去了。」

「等一下，丹尼爾。這兩天他情緒好像比較不那麼低落了，你覺不覺得？我是說，他爸爸和我都覺得這一兩個禮拜來他好像變了很多。」

要小心應付了。她還不曉得提姆的事全世界都知道了。「是啊，好像是。」我說。「那天我們跑到維克斯堡去，他看起來好像開心一點了。」

「我們也這麼覺得。最近他比較不會整天窩在家裡了。我想，我們大概是有點杞人憂天了。謝謝你囉，丹尼爾，對提姆這麼好。你眞是個很好的朋友。」

我跟她說了再見，然後又跑回馬路對面。今天片商送第一批電影過來了，珍妮興奮得不得了。明天，也就是禮拜五晚上，莫斯葛羅夫家經營的暮光露天電影院就要隆重開幕了。我求老爸讓我和珍妮幫他挑片──在他眼裡，眞正的經典是像約翰．韋恩主演的《越南大戰》之類的電影──可是後來我跑去忙別的事，他就自己打電話給片商了。現在，片商已經送來一大堆東西了，包括一大箱紅色的塑膠廣告字，還有一大疊破爛不堪的綠色電影膠卷盒。那些廣告字好像是從哪裡撕下來的，上面還黏著底框的碎片。

看那些片名，我實在想不出那是哪一部電影，不過，光看片名就知道是典型的露天電影院電影：龍爭虎鬥，蜂女入侵，希特勒最後的日子，嗜血的布拉古拉，瘋女之屋，巴黎最後探戈，護士嬌娃。

我看著盒子邊緣的片名。「這些電影好看嗎？」

「你考倒我了。」老爸說。「我眞搞不懂，他們幹嘛不送一兩部大家都聽過的電影過來。那傢伙說，他會把今年秋季的露天電影院巡迴片送過來。《巴黎最後探戈》，這是什麼鬼玩意兒？一堆法國佬跳舞？這種電影有誰要看？」

我看了一下電影資料清單。「嘿，是馬龍．白蘭度主演的耶！說不定有搞頭。」

「《希特勒最後的日子》當開幕首映，你覺得怎麼樣？」老爸說。「有些人喜歡希特勒的玩意兒。」

我和珍妮都哀嚎起來。

老爸說：「好吧好吧，那就放探戈那一部好了。其實我無所謂。」

我說，想看《瘋女之屋》的觀衆應該會比較多。老爸說，他已經在《瘋女之屋》裡生活很多年了，他不想看這種電影。珍妮說她寧願看《蜂女入侵》。

「我自己比較喜歡看那部《修院的安琪兒》。」老爸說。前任老闆泰克斯．慕尼只留了一部電影給我們，擺在放映室裡，不過只有前面四卷膠卷。那是迪士尼的當家小玉女海莉．密兒絲主演的。每到深夜，等我們睡著之後，老爸都會自己一個人放那部電影來看，已經不知道看過多少次了。有時候半夜醒來，我會猛然看到海莉那大得嚇死人的眼睛投映在我房間的牆壁上。「我跟片商說，我願意多付一點錢，請他給我後面那兩卷膠卷。我很想知道結局。」

「海莉．密兒絲後來決定要出家當修女。」我說。「我們小時候看過了。」

老爸突然臉一沉。「你告訴我幹什麼？難道你沒想到說不定我寧願自己看結局？」不過，他的火氣來得快去得也快。「等一下，你剛剛說海莉．密兒絲眞的決定當修女？

「結局的情節有點曲折。」

「眞難以置信。」他說。「該死，眞希望你沒有告訴我。」

傑克說，他還滿想看看湯姆．米克斯主演的電影。老爸說，湯姆．米克斯是默片時代的明星，已經死了很久了。傑克說，最好看的電影都是湯姆．米克斯主演的。

後來，我去扶他上床睡覺。他已經出院回到家了，現在，他幾乎整天窩在他一樓的房間裡。明天就是星期五了。我不太相信提姆明天會到學校去。就算他去了又能怎麼樣？他會很慘，我簡直不敢想像。他需要給自己一個機會，重新開始——說不定他可以去找一所鄉下的學校，要不然就是「議會中學」。當你成爲衆人唾棄的人物時，你就別無選擇了。換個地方重新開始，熬過這一年，他就可以去上大學，然後他就可以重新找回自己的人生。

我已經開始想像沒有他的生活，而且，我已經開始習慣了。

後來，我眼皮越來越重，昏昏沉沉的快睡著了。這時候，牆壁上又出現那片四四方方的光，上面是電影開場字幕，接著是一陣騷亂，接著是安琪兒。爸爸又在放那部電影的第一卷了。

漫漫長夜，我凝視著你那晶瑩閃爍的眼睛，直到天明。

明天就是星期五了，可是我忽然想，明天早上不要去上學了。既然這一切的風波我也有份，也許我應該跟提姆一起轉學，到一所鄉下學校去，重新開始。不是嗎？

算了，別三心二意了，還是對自己忠實一點吧。人生就像一首獨奏曲。

我不可以再跟提姆稱兄道弟了。我不能再跟任何人稱兄道弟了。我已經開始明白，高三開學那一陣子，巴德爲什麼老是把自己關在房間裡，沒半個朋友，也不想交朋友。他已經打算要遠走高飛。現在看起來，或許對我來說那也是個好辦法。未來這一年，我就把自己關在房間裡，每天看著海莉．密兒絲的眼睛，然後開始盤算要怎麼遠走高飛，離開這個鬼地方。每天數饅頭算日子，直到離開的那一天。一個密西西比，兩個密西西比……

早上，我自己騎車走了，讓珍妮一個人去等校車。她不知怎麼說服了我們那位老朋友「胡特維爾司機」改變原來的路線，專程繞遠路來載她。我沒有走八十號公路，而是騎著我的萊禮十段變速（現在我已經認定它是我的了）奔上那條祕密鄉間小路。嚴格說來，那條路只是一條專門用來維修瓦斯管的小徑，根本算不上是馬路，不過，我還是喜歡把它想像成一條完全屬於我自己的小路。那是一條煤渣鋪成的小路，從露天電影院東邊開始筆直延伸，越過幾座小山丘，一路抵達米諾高中後面的操場。騎在這條路上，我會想起自己騎著從前那台Schwinn，從偏僻的鄉下一路騎到貝奇曼太太家，幫她做雜事，然後跟艾妮姐在一起。

美麗的早晨，涼風輕拂，草葉上閃爍著晶瑩的露珠，彷彿夏日的燠熱即將遠離。我愛極了沿著坡道向下俯衝那種騰雲駕霧的感覺，更喜歡站起來踩著踏板奮力騎上山坡。我一直在想，眞希望老媽能夠回來，看看我們把暮光露天電影院整修成什麼模樣。而且，老爸這陣子忽然變得很好相處，自從老媽走了以後，他幾乎沒跟我們大聲過。

老媽偶爾會打電話來，告訴我她很想念我們，不過從她的口氣聽起來，她似乎並沒有那麼傷心。老媽不在的這段日子，老爸、珍妮和我都表現出自己最好的一面，輪流照顧傑克，努力營造出一種春蘭秋桂常飄香的和樂安詳。我們都覺得，我們必須讓這種和諧的氣氛維持下去，等老媽回來。要是以後生活中永遠只有我們三個，而沒有……我簡直不敢想像。

我氣喘吁吁的騎上最後一個上坡道，到了坡頂，眼前立刻豁然開朗。底下的米諾高中操場一覽無遺，隱藏的灑水器噴出一道道的弧形水柱，遍灑整個操場。我看到校隊的二軍躲在水噴不到的地方做跳蛙操。接著，我聽到一陣鐘聲。那是三分鐘預告鐘，快要早點名了。我立刻騎車猛衝，繞過操場，沿著那條便道經過樂團演奏廳旁邊，衝到學校大門口。

我把腳踏車鎖好，然後用盡吃奶的力氣開始猛衝，一路衝過中庭廣場，衝過走廊，然後，就在上課鐘響起那一剎那，我閃電般竄進狄佛絲太太的早點名教室。

點完名之後，我決定到圖書館去晃一下。只要一離開教室，我最喜歡去的地方就是圖書館。負責管理圖書館的是席德尼太太。她外表看起來纖細嬌柔，感覺上就像瓷茶壺一樣脆弱，說起話來帶著三角洲地帶的口音，不過聽起來倒是很優雅，很容易讓人聯想到木蘭花和園藝。雖然還不到四十歲，但她的穿著打扮卻是十足老太婆的模樣——寬鬆的素淡洋裝，老處女型的眼鏡，頭髮紮著髮髻。

我問她，圖書館裡有沒有關於密西西比建築的書，她說恐怕沒有這種書。我又問她另一個問題，碰碰運氣，看她會不會剛好知道。我的問題是：米諾高中、暮光露天電影院，還有密西西比大體育館，這三個地方是誰設計的？有沒有辦法查到資料？另外，有沒有可能這三個地方都是同一個人設計的？

她把我帶到一座書架前面，書架上只有零零星星幾本建築的書。她說，她會幫我向其他圖書館查詢，找出我需要的資料。「你是要寫報告嗎？」

「不是，席德尼太太，我純粹只是好奇。」

「嗯。」她露出一種拘謹的笑容。「像你這麼有好奇心的學生，這學校裡還眞是少見。」

我坐上那條旋轉凳，開始翻閱那一疊建築書。那些書不厚，可是很大本。在接下來的四十分鐘裡，我看書看得渾然忘我，沉浸在建築大師的世界裡。比如，設計紐約古根漢美術館的法蘭克・洛伊・萊特，還有德裔現代主義建築大師路德維希・密斯・凡・德羅。我沉醉在那無數人類史上最奇妙的建築中。後來，上課鐘響了，我趕快闔上書本，然後一本本塞回書架上。

我忽然想到，要是我告訴提姆，我和黛比・芙琳格聊過了，說不定他就會想回學校了。黛比也看過那份影印的筆錄。如果他知道，就連黛比這種虔誠的基督徒都不討厭他，說不定他就肯回來了。然後，多給他一點時間，讓塵埃落定，說不定一切就恢復正常了。

接著，我忽然聽到一聲汽車排氣管的氣爆聲。那爆炸砰的一聲巨響嚇得我跳起來。

接著，我轉念一想，發覺那並不是汽車的氣爆聲。那聲音是從學校大樓裡某個地方傳來的。很像是鞭炮。有人在走廊裡放鞭炮！

可是，再仔細一想，感覺那聲音又不太像鞭炮——聽起來彷彿水波一樣迴盪，彷彿空氣被撕裂，彷彿瞬間連續兩道閃電。

席德尼太太探頭看看門外的走廊，結果，不知道她看到什麼，只看到她驚慌失措的縮回來。

「老天爺！」她驚叫了一聲。「有人在開槍！」

接著，我們又聽到第二聲爆炸，那震耳欲聾的巨響幾乎是前一次的兩倍響。我聽到一個女生尖叫起來，那淒厲的尖叫聲刺破了空氣，掩蓋了爆炸的回音。那不是萬聖節玩鬧式的驚叫。那驚叫聲透露出極度的恐懼。

我沒有笨到探頭出去看看外面怎麼回事。我站在原地沒動，但那一剎那，我感覺自己彷彿突然置身在另一個世界。

有人從門口跑過去，接著是另一個，接著是一大群人沒命狂奔。巴尼斯教練大喊：「他有兩把槍！大家快出去！快點！」

果然沒錯。聽教練那麼一喊，我就明白了。我的耳朵很靈，那眞的是槍聲，不過，等我聽到教練大喊說他有兩把槍，我才徹底恍然大悟。那一刹那，我什麼都明白了。還會有誰。

「噢，老天。」席德尼太太驚叫。「老天保佑，千萬不要有人受傷。」

我忽然變得很冷靜，冷靜得異乎尋常。我感覺心臟彷彿停止跳動，彷彿全身血液瞬間凝結，碎裂，綳裂了血管，彷佛全身的血液以驚人的衝力往後湧，彷彿快要從背後噴出來。我不由自主地往後靠，靠到牆壁上，以免鮮血飛濺出來。席德尼太太抓住我的手臂。「孩子，你還好嗎？」

我掙扎著想推開她。「我要出去。」

「什麼，你要去哪裡？」

「我知道那是誰。我要去找他。」

她忽然緊緊掐住我的手臂。「是誰？那是誰？」

「妳放手。我要去制止他。」

「噢，不行，太危險了！我不會讓你走的！」

這時候，走廊那邊又傳來一聲槍響，彷彿在附和她。不過，這次的槍聲聽起來不太一樣——比較尖銳，聽起來有點像在甩鞭子，而且是接連四聲——砰！砰！砰！砰！

槍聲一響，忽然尖叫聲四起，很多女生立刻尖叫起來，彷彿在遊樂場坐旋轉摩天輪。

透過圖書館的玻璃帷幕，我看到廣場旁邊那排教室的窗戶紛紛打開，學生爭先恐後的從窗口擠出來，四散逃命。接著，我又聽到走廊那邊傳來轟隆隆的嘈雜聲，一大群人驚叫著拚命狂奔。噢，別這樣，趕快停手吧，免得真的傷到人。情況已經夠糟了，千萬別再鬧得更大啊！我是想去告訴他，趕快停手。可是，我得先找到他，而且，老天保佑他不要亂開槍，我才有機會勸他。

「席德尼太太。」她的指甲掐進我的肉裡。我把她的手指頭扳開。「妳放手，我要出去。」

「孩子，我說什麼都不會讓你出去的！」

她眞是個好人——她連我叫什麼名字都不知道，居然拚命要保護我！還是說，她是希望我能夠保護她？「妳自己趕快走，趕快離開學校！從後門走！」我大喊了一聲，然後用力推開她。

從小到大，我一直都沒什麼膽量，而現在，我也沒打算突然神勇起來。看電影就知道，膽子最大的人通常都死得最快。然而，我卻是學校裡唯一一個眞正了解他的人。我很清楚，他一旦開始行動，不達目的絕不罷休。要是學校裡有哪個人能夠說服得了他，那一定就是我了。

我跑到走廊上，開始朝聲音的方向跑過去，彷彿在驚慌失措的人潮中逆流而上，往學校裡面走。

或許他已經徹底失控了，根本不會聽我的。說不定他會殺了我，然而，至少我還有一線希望。除了我，沒人辦得到。

剛剛聽到那第一聲槍響，我已經開始感到苗頭不對，等到第二次槍聲響起，我就明白那不是什麼突發狀況了。

那聲音似乎是從走廊的左邊傳過來的，很接近漢姆校長辦公室和大門那邊。

我聽到走廊盡頭右邊有人砰的一聲用力關上門，然後聽到有幾個男生在吼叫，把椅子拉過去頂住門。生物老師諾坎太太從我旁邊跑過去，邊跑邊大喊：「從窗戶出去！從窗戶出去！門被擋住了！」

砰！左邊又傳來一聲巨響。是校長辦公室。走廊裡有人滑倒了，彷彿搞笑電影裡的群衆一樣，跌倒的人越疊越高。現在，驚叫的聲音漸漸消失了，只剩下教室裡那幾個孩子還在喊叫，叫人放他們出去。

接著，我聽到一陣玻璃碎裂的聲音，有人砸破了窗戶。

有那麼一剎那，我安慰自己，說不定只是雷德．馬丁——

不對。我感覺得到那種怒氣。我知道那是誰的怒氣。

校園裡有些地方很快就變得空蕩蕩了。學生都想盡辦法找窗戶逃出去了。大門廳那邊看不到半個人影。

麗莎．西蒙斯打著赤腳沿著走廊跑過來，邊跑邊尖叫：「不要殺我！不要殺我！」

接著是一陣狂風驟雨般的密集槍聲——砰砰砰砰！看起來，他彈藥充裕，火力驚人。他本來可以輕而易舉地殺掉她，但他沒有。看起來，他可能只是在示威，開槍是爲了好玩，目的是要把全校的人嚇得屁滾尿流。他不會開槍傷人的。

我一定要去制止他。

噢，老天，這是我第一次眞正感覺到什麼叫做害怕。有生以來第一次。

我不認爲他會對我開槍，可是，他還是我認識的那個人嗎？要是他朝我開槍，把我打死，呃，既然他是我的朋友，我也只能認了。如果要挨子彈，希望不要被打得半死不活，全身癱瘓。所以，如果你要開槍打我，最好一槍就把我打死，因爲我不想變得跟傑克一樣。

但願他開槍之前來得及認出是我。我不想死得莫名其妙，老天保佑。

走廊東邊的教室裡有幾個老師用東西頂住門，叫學生躲到桌子底下，摀住眼睛，不要出聲音，好像在做什麼核子戰爭演習。東邊那排教室，外牆窗戶很高，而且很小，學生沒辦法從窗戶逃出去。想逃命，唯一的通路就是走廊，可是一出來又很可能會被子彈擊中。現在，我是全校唯一一個不會驚慌失措的人，因爲我知道是誰在開槍，知道他爲什麼要開槍。到目前爲止，他開槍射擊大約只有四分鐘，但感覺上我彷彿已經在圖書館裡待了一整個禮拜了。

放眼望去，中庭的另一頭，走廊左邊是一長排的置物櫃，再過去有一扇門。這時候，我看到那扇門慢慢在打開，很慢很慢。那是工友儲藏室，是林肯．貝奇曼放清潔用具的地方，比如掃帚，拖把，吸塵器。我看到貝奇曼穿著他那套海軍藍的工作衣褲，從門裡慢慢走出來。平常林肯．貝奇曼都躲在裡面，坐在他那張摺疊椅上，聽他那台手提收音機。他都把音量放得很大。他一打開門，儲藏室裡立刻傳出一陣歌聲。那是「歐傑斯合唱團」（The O'jays）演唱的「熱愛火車」（Love Train）。

告訴那些埃及來的人——也告訴那些以色列來的……

收音機實在開得太大聲了，貝奇曼先生聽不到外面的聲音，根本搞不清楚發生了什麼事。看得出來，他根本沒聽到外面走廊上的槍聲和尖叫聲，因爲我看到他朝我揮揮手，然後慢慢走過來，逐漸接近中庭。

我立刻抬起手比了個手勢，叫他別再靠過來，同時張嘴正要喊出「不要過來」的時候，他忽然被一顆子彈擊中側身，整個人翻了一圈，接著，第二顆子彈又來了，他整個人被打得往後一彈，撞到置物櫃上。接著，他仰面癱倒在地上。

「提姆？」我拚命大喊，但聲音聽起來卻是那麼空洞。我衝到中庭，朝走廊的方向看過去。我眨了眨眼睛。看不到半個人影。「提姆，是我，別開槍！」

沒有人回答。空蕩蕩的走廊看起來好長好長，彷彿延伸千萬里，看不到盡頭。辦公室前面的地面上滿目瘡痍，到處都是碎玻璃，斷掉的電線從天花板上垂掛下來。

我又回頭看著中庭的地上。原來，我並不是在做夢。眼前的一切都是眞的。噢，老天，眞希望我只是在做夢！老天，求求你，趕快讓我醒過來吧！

林肯．貝奇曼仰面朝天躺在地上，兩隻手攤開，黑黑的血從他身體旁邊流出來，在一塵不染的地板上凝成一灘血泊。

我依稀還聽得到遠處有人在尖叫奔跑。站在中庭，可以看到四個方向的走廊，而此刻，走廊上看不到半個人影。

我聽到遠處傳來警笛聲，越來越近。我跪下來，跪在貝奇曼右邊，因爲血是從他身體左邊流出來的，我不想沾到血。我忽然想到，從前在童子軍手冊上讀到過急救圖解。可是，圖解並沒有教人家怎麼幫倒在血泊中的人急救。接著，我忽然聞到一股味道，一股很奇怪的味道——老天，那是血腥味。

地板上已經血流成河了。我心裡明白，我救不了貝奇曼了。

噢，提姆，看看你幹了什麼！你殺了她爸爸。這下子事情大了，沒救了。你殺了人。

「嗨，呆——尼——爾……」我忽然聽到提姆的聲音在四面八方迴盪著。

這時候，我聽到前門的方向有關車門的聲音，還有警笛聲由遠而近，衝到學校大樓門口。

接著，我聽到喀嚓喀嚓的聲音。是他在試麥克風。「呆尼爾，呆尼爾，呆呆的呆尼爾！呆呆的呆尼爾！你在哪裡呀，呆尼爾？趕快來找爸爸！」

接著，他關掉麥克風，然後又繼續開槍了——好像是朝窗戶外面。老天，他到底有多少子彈？

顯然他是在漢姆校長的辦公室裡。從那裡可以看到大樓前面的廣場，圖書館，還有學校大門，一覽無遺。那裡正是狙擊手最理想的制高點。

他要我到那裡去。

你該好好思考一下了，用點腦筋。那是唯一的選擇嗎？

「來，仔細聽我說！」他的聲音迴盪著，口氣聽起來很興奮。「呆尼爾，眞的很好玩！這正是長久以來我一直想做的事！噢，外面那些無名小卒給我聽著——你們這些膽小鬼——我要向你們大家說聲嗨——謝謝大家，操你們大家！」說著，他大笑起來，故意裝出那種瘋子的笑聲，接著，他忽然開始學猴子叫，嗚哈—嗚哈—嗚哈哈——哈哈哈！

從那陣狂笑聲中，我彷彿感覺得到他內心的恐懼。

這已經不再只是玩笑了，因爲他殺了人。

我從前的人生已經結束了，然而，這種新人生並不是我想要的。我不想面對倒在血泊中的林肯．貝奇曼。

我鼓起勇氣跨出去，一步步往前走。我忽然想到，從前提姆告訴過我，他看過那本描寫德州校園殺手的書。他告訴過我那個殺手叫什麼名字，還有他如何爬上那座高塔開槍殺人。查爾斯．惠特曼。他爬上德州大學高塔，一看到人就開槍射殺。提姆說，查爾斯．惠特曼射殺第一個人之後，他就沒有任何顧忌了。所以，那就繼續殺吧，累積點分數不是很好嗎？

那種事總會給人一種異樣的感覺。我們聊過很多那種事。

我鞋子踩到碎玻璃上時，忽然想到這件事。我想，我一定是嚇呆了。不過，其實那種感覺並不太像驚嚇。相反的，那比較像是一種透徹的領悟，一種洞悉一切的清明，一種異乎尋常的平靜。感覺上有點像是在做夢。如今回想起來，我發現從前許多事彼此之間都有因果關係——今天我做了這個，所以他做了那個，於是我又做了這個，就這樣一路追溯回去，沒完沒了。從前有很多看似無關緊要的小事，如今回想起來才明白那非同小可。從前有一些小玩笑，現在看來才知道那根本不是玩笑。比如說，前幾天他告訴我，我大概禮拜五才會去。禮拜五之前，我一定不會到學校去的。

快走到校長室門口的時候，我忽然感覺自己彷彿懸浮在半空中，看著底下的自己。有人在大樓外面大喊大叫，然後又有好幾輛車停到門口。

空氣中飄散著一絲淡淡的青煙，一股濃濃的火藥味。門外的祕書辦公室，地板上，櫃檯上，兩台面對面的打字機上，到處都是亮晶晶的碎玻璃。那兩台打字機，一台是比特小姐用的，一台是另一位祕書用的。他把放紀念品的櫃子也打得稀爛，櫃子底下堆滿了獎牌獎盃的殘骸。

「提姆。」我大聲叫他。「我已經在辦公室門口了，別亂開槍。」

「你—是—誰？」他故意用假音問。

「丹尼爾。」

「你自己一——個——人——嗎？」

「對，只有我一個人。」

「嗨，呆尼爾！已經淨空了！你可以進來了！」

「你會開槍打我嗎？」

「操你的，呆尼爾！給我進來！他媽的，太遠了走不到啊？」

我走進去的時候，心裡忐忑不安，那種感覺彷彿眼前可能會出現一頭恐怖的怪物，血盆大口淌著唾沫，兇猛狂暴，張牙舞爪朝我撲過來。沒想到我看到的是提姆。牆邊有一扇被打爛的窗戶，他就站在窗前那片陰影中。眼前的提姆還是那個我的老朋友提姆，穿著一件黑色T恤，一件淡褐色的打獵用背心，黑色的牛仔褲，黑色的運動鞋。頭上套著一頂毛線帽，拉得很低，幾乎快把眼睛遮住了。嘴裡飛快地嚼著口香糖。他手上端著一把很大的步槍，整個人看起來很像一個瘦巴巴的突擊隊員。看起來很像獵槍，不過有點不一樣的是，槍底下插著一柄彈匣，上面還裝了一個亮晶晶的狙擊鏡。我上次在他車子後面看到的時候，狙擊鏡就已經裝上去了。

這時候，他把那柄空彈匣抽出來，然後插進一柄滿滿的新彈匣。「呆尼爾，你最好不要站那邊。我開槍的時候，彈殼正好就是噴到那邊去。」

於是，我走到離窗戶最遠的那個牆角。

那把雙管散彈槍靠在他左手旁邊的牆角。漢姆校長的辦公桌上有一個綠色帆布袋，袋口露出一盒盒的子彈，散彈槍子彈，彈匣。另外，桌上還擺著一排刀槍，一把是很新型的手槍，看起來很像德國情報員用的那種，另外一把是六發的左輪槍，另外還有一把有鋸齒的獵刀。

「提姆，把槍放下來，我想跟你談談。」

他微微一笑。「恐怕沒辦法，小子，不好意思。門口有警察重兵包圍，我必須上緊發條。」

「我相信你一定不想死吧？停手吧。我可以幫你。我們一起來想辦法。我們想辦法弄一面白旗，揮一揮就沒事了。這樣就可以了。」說話的時候，我心裡卻在想：*我死定了，我恐怕活不過今天了。*

「謝了，呆尼爾。可是我不想就這樣不玩了。告訴你吧，眞的很好玩！驢了大半輩子，這可是我第一次做我眞正想做的事。你不懂那種感覺有多棒。你實在應該試試看。」說著，他朝桌子點點頭。「來，自己挑一把。還是你要散彈槍？後座力有點強，不過我敢打賭，你應該還應付得了。」接著，他若有所思地看著我。「怎麼了，呆尼爾？哎喲，幫個忙好不好，你他媽的在哭嗎？老天！」

「你把貝奇曼先生打死了。」

「呃，是啊，那沒辦法。」他說。「其實，不光是他而已。」

那一剎那，我忽然感覺背脊發涼。

「好了，等一下再說。」他舉起步槍抵住肩膀，開始瞄準。那動作看起來好自然。接著，他開槍了。

我立刻掩住耳朵蹲下去。沒想到辦公室裡槍聲的回音這麼大。

他大笑起來，朝窗外大喊：「跳啊，跳舞啊，你們這些狗娘養的！有種就回來呀！看我怎麼對付你們！」說著，他瞥了我一眼。「這玩意兒打遠的東西還眞他媽的準。」

「你還打死了哪些人？」

「哎喲，拜託你呆尼爾，你猜不到嗎？你覺得全球王八蛋排行榜第一名的會是誰——呢——？」

我忽然感到胃裡一陣翻攪。我好想吐。「我懶得跟你玩他媽的問答遊戲。」

「哇，哇，呆尼爾生氣了。好吧，告訴你吧，我第一個打算幹掉的就是雷德。只要沒有人擋路，他就是排第一。呃，媽的，好歹我還是把雷德給幹掉了，對吧？我是說，據我所知，他本來就一直都是頭號的全民公敵，不是嗎？」

「你把他打死了？」

「是啊，還記得當初你說什麼嗎？你說我辦不到！現在呢？那小子很容易對付，麻煩的是他那個小女朋友。噢，對了，有件事要告訴你，呆尼爾。我發誓我根本不想，可是我要料理他的時候，她卻突然衝過來抓我。她想搶我的槍，而且眞的差一點就被她搶走了。她力氣好大，我被逼得沒辦法。眞的很抱歉。我知道你從前很迷她。我眞的沒想過要找她的。我發誓。」

什麼？

他在說什麼？

什麼小女朋友？

「你剛剛說的是——艾妮妲——」

「呆尼爾，我已經盡力了。不是說我要怪她，明白嗎，可是她撲上來抓我，逼得我沒辦法。告訴你，她比雷德他媽的帶種多了，他像娘們一樣跪地求饒，哭得唏哩嘩啦，哀求我不要殺他。你一定會愛死那個場面。我真的應該帶你一起去，可是我知道，我一定要先幹掉一兩個，你才會相信我是玩真的。」

「噢，沒有！你沒有——不會的。」我掩住眼睛。不要，不要哭，現在不要去想。先把這個撇到一邊，等一下再說。他騙人。他故意說這個，就是要讓你難過。不可以哭，小朋友，現在不可以哭，你要想辦法讓頭腦保持清醒，想辦法制止他。他故意跟你說這個，就是要把你逼瘋。他並沒有真的殺她。他只是想嚇你。

艾妮妲。

我開始認真想，要怎麼把他的步槍搶過來。不過，就算被我搶走了，他隨便都可以拿得到槍。桌上整排的槍擺得像手術刀一樣，隨便抓一把就有了。

這時候，外面廣場上好像有什麼動靜，引起他的注意。他湊近窗口。「圖書館裡面好像有人。在書架後面。」他又舉起步槍瞄準了。

「等一下，那是席德尼太太。她人很好，放過她吧。」

他把槍抓緊，繼續瞄準。「她從來沒有對我好過。」

「你是不是打算把對你不好的人全部幹掉？」

砰！

一陣玻璃碎裂的聲音。

他大笑起來。「媽的，她動作眞快！趕快跑啊，賤貨！」他放下步槍，拿起散彈槍，把槍托拗下來，露出槍膛，塞進兩顆子彈，然後喀嚓一聲上膛，舉起來對著校門口的方向。「他媽的，有個王八蛋想逞英雄。喂，小心你的眼睛，不要看。」我趁他還沒有轟出那兩槍之前，趕快抬起手摀住耳朵。

沒想到那槍聲並不大——剛剛領教過提姆步槍的威力之後，這玩意兒聽起來還眞有點像玩具槍。

「哈哈，你們這些王八蛋，想逮我，除非我死了！」他朝外面大吼。他的口氣還眞有點像黑道。這就是提姆最令我摸不透的地方。看他站在那裡，手上拿著一把散彈槍，打算殺警察，而他居然還在開玩笑，講起話來還是一樣油嘴滑舌，好像想哄我開心，逗我笑，看我會不會想要下海陪他玩，合夥一起幹。

艾妮妲。

「操他媽的，提姆！給我住手！提姆，我是呆尼爾，還認得嗎？提姆，聽我說，馬上住手。」

他又拗下槍托，塞進兩顆子彈。「嘿嘿，還記得那首歌嗎：覆水難收——回頭太難……算了吧，呆尼爾，我可沒打算要罷手。現在幾個了——四個嗎？算算看——」伸出手，豎起一根根的手指頭。「雷德、她、教練，還有那個工友——」

「你根本就是早有預謀，是不是？你已經計畫很久了。」

他把頭伸到窗邊朝外瞄了一眼，然後立刻又縮回來。「自從我發現每個人都很討厭的時候，就已經開始了。」

「可是你並不覺得每個人都很討厭。」我說。

「你不懂，小子。差不多所有的人都很討厭。」說著，他把槍口伸出窗外，連瞄準都沒有就隨便開了一槍。他只是要嚇嚇外面那些警察。我隱約聽到有人在喊叫，不過這次他們沒有開槍還擊。

「提姆，聽我說，大家都對雷德很反感。黛比・芙琳格告訴我，全校的人都認爲他是王八蛋，竟然把那種東西放在置物櫃裡。」

「我知道。」他眼中閃出一種詭異的光芒。「而且這整件事大家也會怪到他頭上。大家會認爲那就是我殺人的動機，因爲他對我做了那種事。所有的罪過都會怪到他頭上。」他眼睛閃閃發亮。「懂了嗎，呆尼爾。這才叫報仇。我早就告訴過你，我有個計畫，忘了嗎？我是不是告訴過你，跟我合作，我們就可以整倒他？不過，別誤會，我不是說我有多厲害。你放火炸掉他的車，這件事我還眞的沒想到，幹得很漂亮——我是說，你眞的把他惹毛了，對吧？後來他憋不住了，果然就搬出影印機這種下三濫的招數，不是嗎？這一來，我明白時候到了，別無選擇了。我一定要給他來個殺手鐧，讓他做鬼都不得安寧。」

「提姆，你瘋了嗎？你剛剛不是說，他已經被你殺了？仇已經報了，你還要怎麼樣？」

「當然沒這麼簡單就放過他。這下子，他爸媽就會知道他是什麼樣的人了。那種罪惡感會糾纏他們一輩子。」

「什麼意思？」

「我寫了一封信給他們，把他們兒子的所作所爲一五一十交代清楚。我要讓他們知道，他們的寶貝兒子杜德利是怎麼無惡不作，欺負我們兩個。那封信今天早上已經寄出去了。另外，我也寫了一封信給你。」

這時候，我瞥見窗外好像有什麼動靜，他也順著我的視線往外一看——於是，他又舉起散彈槍，砰的開了一槍！他開槍的時候沒站穩，後座力震得他差點摔倒。

接著，我看到一個小鐵罐拖著一條煙霧，從校門口那邊飛過來，不過方向偏了很多，沒有飛進我們窗口。結果，那個小鐵罐掉在廣場上，一路匡啷匡啷的滾到圖書館窗戶旁邊才停下來。那一剎那，鐵罐立刻冒出一團濃濃的白煙。

「他媽的，他們在發射催淚彈！」提姆一臉興奮。「呆尼爾，越來越好玩了！你應該知道這代表什麼吧？」

「我不知道。」

「你還記得肯特州那件事吧？他們要攻堅之前，一定會先發射催淚彈。我看你最好還是挑一把槍吧，然後盯住那邊的第二扇門，就是我們那個可愛的小女生站的地方，看到沒有？」

那團濃濃的催淚瓦斯沒有飄向我們這邊，而是從開著的窗口飄進圖書館和餐廳。過了一會兒——有個男生咳個不停，跌跌撞撞衝到廣場上，接著，兩個女生和三個男生也衝出來了。他們咳個不停，手摀著臉，一路跌跌撞撞摸索著衝出來。

提姆舉起左輪槍架在窗框上，左手扶住右手腕。

我不能再坐視他這樣濫殺無辜了。我湊近桌邊，拿起那把德國情報員型的手槍。冷冰冰的金屬握在手上，我不由得全身打了個寒顫，開始發抖。

「提姆，我不能再放任你這樣殺人了。」我努力讓自己的口氣保持鎮定，可是我的聲音在發抖，根本騙不了人。

他轉頭一看，看到我舉起手槍指著他，忽然咧開嘴傻笑了一下。「噢，老天，你是在學電視上那個搞笑的弱雞警長嗎？全西部抖得最厲害的一把槍。小心點哪，巴尼警長，千萬不要打到自己啊。」

「我不是在跟你開玩笑。把槍放下。」

「噢，拜託你。」提姆說。「別笑掉我的大牙。你連槍要怎麼扣扳機都不知道。」

「必要的時候我就會了。我不准你再殺人了。」

他還是一直笑，邊笑邊搖頭。

我用槍抵住他的胸口。「我對天發誓，提姆，把槍放下，到此爲止了。」

他把槍推開。「呆尼爾，你眞令我失望。那天在維克斯堡的時候，你還說你願意爲我而死。」

「我的意思不是說像現在這樣！」

「呃，可是我的意思就是這樣。小子，這件事我們兩個都脫不了干係了。手槍上全是你的指紋，而且你人也在裡面，跟我是一夥的。沒有人知道只有我在開槍。」

「提姆。反正我不會再讓你繼續殺人了。」我想引他講話，吸引他的注意，因爲我說話的時候，眼角瞥見窗外有人衝過前面的廣場。

沒想到，帕斯華茲太太衝出來抓住那個初三的女生，嘴裡大喊著：「妳在幹什麼？妳不知道有人在開槍嗎？趕快給我進來！」

提姆瞥了我一眼。「有意思。」他揚起嘴角露出一絲詭異的微笑。

這時候，帕斯華茲太太的位置正好在那個女生和我們中間——她抓著那個女生的手臂，要把她拖回大樓裡。

提姆從瞄準鏡裡看著她們兩個在那裡拉拉扯扯。

「提姆，求求你，不要。」

「這時候外面那些傢伙不是應該要想辦法來阻止我嗎？」他說。「那些條子眞是孬種。」

這時候，帕斯華茲忽然又走到廣場上。她走到廣場正中央，然後抬起手遮在額頭上，瞇起眼睛看向我們這邊。

起初我還以爲她看得見我們，可是不對，她面向大太陽，而我們所在的校長辦公室裡卻是一片陰暗。接著，她開始慢慢朝我們走過來。

我說：「她過來了，求求你不要開槍。」

提姆舉槍朝向窗外。「站住，不要再過來！」他大喊了一聲，然後朝她頭頂上方開槍。那槍聲震得我耳朵嗡嗡作響。

這時候，她停住腳步。「你是誰？是提姆嗎？」

「妳回去！否則的話，我發誓我會宰了妳！」

「呃，我在廣播裡聽到你的聲音。我簡直不敢相信。我可以上去跟你聊聊嗎？一分鐘就好，可以嗎？」

「不行！妳給我滾！我不是在跟妳開玩笑！我要開槍了！」接著，他轉頭瞪著我。「你趕快叫她滾！」

「提姆，你聽我說。」帕斯華茲說。「你應該知道，艾迪的死不能怪你。我沒有告訴任何人那天晚上你在他房間裡。做錯事的人是艾迪。你只是個孩子。」

他的臉抽搐了一下，然後突然露出一絲猙獰的笑容。「她發神經了。你聽聽看她在放什麼狗屁。」

帕斯華茲瞇著眼睛看向我們這扇窗戶。「你旁邊是誰？」

「丹尼爾。」提姆說。

那一剎那，我握緊手上的槍。「我要阻止他。」我大喊。「趕快走！要不然妳會有危險！」

「聽我說，孩子，聽我說——你們兩個——」

「你知道嗎，呆尼爾。」提姆放下左輪槍，然後拿起步槍。「我終於想到一個辦法可以讓她閉嘴，百分之百閉嘴。」

「不要——提姆——」

他舉起步槍，抵住肩頭，眼睛湊近瞄準鏡。他開槍打她，彷彿根本沒當她是個人。他扣下扳機。砰！帕斯華茲應聲倒地。

我一個箭步衝上前，槍口抵住他後腦勺。「提姆，我對天發誓，我會一槍打爛你的腦袋，我一定會。把槍放下。把槍放下。」十秒鐘之前，我百分之百確定自己絕對不敢對人開槍。現在，我會毫不遲疑的開槍。

提姆閉上眼睛，轉過頭來面對我。「好吧。」他嘴角泛起一抹微笑。「我要轉過來了，呆尼爾，不要太緊張。」說著，他把步槍丟到地上。

他轉過來的時候，槍口從他臉頰上劃過。接著，就在槍口頂住他鼻子的時候，他兩手忽然抓住我的手腕。

他的手力氣好大，我本來以爲他會把我的手折斷。接著，他忽然頭一偏，閃過槍口湊近我的臉，在我嘴唇上深深吻了一下。「我愛你。」他說。接著，他用力把我的手往後扳，我心裡想，他想掉轉槍口殺了我。沒想到，他忽然張開嘴含住槍口，然後伸出大拇指插進扳機和我的食指中間，用力一壓。

那一剎那，腦漿四散飛濺，灑滿了校長室的牆壁。

29

提姆身體往左邊一歪，砰的一聲倒在地上。

我把手槍放回桌上，放在左輪槍旁邊。我兩手和小臂上濺滿了血。我放聲大喊，告訴警察他已經死了，叫他們進來救我。

那一剎那，警察忽然從四面八方冒出來。有的從我身後的門口蜂擁進來，有的從我面前的窗戶破窗而入。其中一個破窗而入的警察整個人撲過來，重重壓到我身上。他一抓住我，立刻就把我右手臂反扭到背後。

我感覺到右手臂的骨頭啪的一聲斷成兩截，喀嚓。

我慘叫起來，*啊，我的手被你扭斷了！*可是那個壓在我身上的傢伙說，*叫什麼叫，我巴不得踹爛你他媽的腦袋！*

他一定以為我是那個殺手。這倒不能怪他。他並不知道提姆長什麼樣子。此刻，漢姆校長辦公室裡唯一還活著的人就是我，所以，他理所當然會把我當成是殺手。

後來，他終於站起來了，把我從地上拖起來。這時候，他注意到我右手臂左右擺盪，角度很奇怪，但他還是沒有半點不好意思的樣子。他把我壓在牆上，叫我雙手攤開兩腳打開，搜我全身，看看我身上有沒有槍。他的動作非常粗暴。我手臂已經痛徹心肺，痛得我幾乎快要吐到牆上了。

我費盡唇舌告訴他，我不是提姆。倒在地上那個人才是提姆，他是自殺的。提姆．考辛斯，開槍殺人的是他，不是我，老天，拜託你一定要相信我。我是來制止他的！可是那傢伙還是一直對我大喊大叫：閉嘴！給我閉嘴！

這時候，另一個警察想把我的手扭到後面，赫然發現我手臂已經斷了。「嘿，亞瑟，不要那麼用力。你看他的手已經被你扭斷了，老天，放開他吧。」

那傢伙一把抓住我的左手臂。「這狗娘養的在學校裡亂開槍，幹嘛，你要我對他多客氣？」

「我沒有殺人！是他！我是進來制止他的。他是我的朋友。你可以打電話給傑夫．馬吉爾，他是警察——傑克森市警察局。我警告過他，提姆可能會出事。我對天發誓，拜託你！你一定要相信我。」

他們押著我離開校長辦公室，走到擠滿了警察的學校大門口。一路上我結結巴巴地拚命解釋。後來，他們讓我坐進巡邏車，然後送我到醫院急診室。醫生在我手臂骨頭折斷的地方打了一針，那種劇痛眞是前所未有。後來，過了幾分鐘之後，那個醫生又回來了。他兩手抓住我的手臂，把斷骨接回去，那一剎那，我聽到一陣嘎吱嘎吱的聲音，痛得我魂飛魄散。

醫生在幫我接骨的時候，我兩邊各站了一位警察。後來，醫生幫我的手臂打上石膏之後，那種劇痛漸漸消退了，變成一種微微的悶痛。接著，他們押我回警車，送我到市區。

我感覺整個人麻麻的，沒什麼知覺。但那並不是因爲打了那一針。

提姆說他愛我。他殺了那麼多人。他想死，可是卻又沒有勇氣自我了斷。所以，他設法逼我殺了他。我不敢想這背後究竟有什麼含意。

車子開進停車場之後，他們押著我進電梯。電梯裡飄散著一股尿騷味和漂白水的味道。接著，他們把我帶進一個房間，裡頭有一張四四方方的桌子，面對面的兩邊各擺了一張椅子。另外，牆壁上有一面大鏡子。

這時候，我的手臂幾乎已經不會痛了，可是頭卻痛得要命。我把打著石膏的那隻手擱在膝蓋上，另一隻手墊著頭趴在桌上。

一切再也無法挽回了。

我忽然想到，不久前在圖書館的書架旁邊，我沉醉在書中那美麗曼妙的建築世界裡。現在我明白了，那幾十分鐘是我這輩子最後一次享受那種平靜快樂的時光。

這時候，我聽到門鎖喀嚓一聲，傑夫．馬吉爾走進來，手上挾著一根菸。那根菸還沒點燃。他的頭髮梳得很服貼。他那副模樣看起來彷彿剛剛才被人罵得狗血淋頭。「嗨，丹尼爾，你的手還好嗎？」

「還好。」

「還很痛嗎？」他的聲音聽起來很嘶啞。

「不會了。」

「不好意思，沒想到他們會把你的手弄斷。」他說。「眞的很沒必要。」

「他們以爲我是提姆。」

他點點頭。「他確實就是這麼認爲。」

我注意到他脖子上掛著一條項鍊，上面有一個小小的黃金十字架。奇怪，我怎麼不記得他有戴項鍊？也許上次他塞在襯衫裡面。

我問：「我能不能請教你一個問題？」

「今天要問問題的人是我。」他說。不過他還是答應了。「好吧，你問吧。」

「提姆說他殺了雷德，然後又殺了——艾妮妲，是眞的嗎？」

「沒錯。」

「他們兩個都死了嗎？」

他全神貫注地盯著我。「是的。」

那一剎那，我忽然喘不過氣來，頹然癱在椅子上。沒想到我竟然還在異想天開。我不自覺地暗暗咒罵了一聲「操」。「你有親眼看到她嗎？我是說——你眞的確定她已經死了嗎？」

「是的。」馬吉爾說。「她爸爸也被殺了。他爲什麼要殺他？」

我搖搖頭。

「丹尼爾，你一定知道什麼，老實告訴我吧。」

「我眞不知道爲什麼。他沒有告訴我爲什麼。反正他就開槍了，他說是爲了好玩。」

「好玩？」

「是的。」

「這就是你們平常所謂的好玩嗎？」

「不是。」

「丹尼爾，提姆開槍殺人的時候，你在他旁邊嗎？」

他問這個問題的時候，一副漫不經心的口吻，可是我感覺得到，到目前爲止這個問題最關鍵。

「只有在他射殺帕斯華茲太太的時候。」我說。「他殺其他人的時候，我還沒有找到他。她從餐廳跑出來，想把那個學生拉回去。結果，他就這麼舉起來福槍，然後——開槍打她。我很喜歡她。雖然她有時候瘋瘋癲癲的，不過——呃，人總是需要一些時間才會互相了解。我實在想不出任何理由，爲什麼他非殺她不可。她只是想跟他聊聊。後來我拿槍指著他的頭，叫他停手。就是在那個時候，他……」我忽然喘不過氣來。

馬吉爾點燃香菸。「怎麼樣？」

「他忽然抓住我手上的槍，然後就自殺了。」

「就這樣而已嗎？他就這樣——」說著，他把手指頭伸進嘴裡，做了一個扣扳機的動作。

這時候，我感覺得到自己滿臉通紅。我寧死也不想告訴他接下來發生了什麼事。可是我眞的沒辦法再說謊了。不管那種說謊的衝動有多強烈，一想到提姆，我謊話就說不出口了。就是因爲說謊，我才會搞到今天這種地步，淪落到這種地方：房間裡只有兩張椅子、一張桌子，還有傑夫．馬吉爾。

「他吻了我。」我說。「而且他還說，呃——」

「說什麼？」

「他說他愛我。」

馬吉爾目不轉睛地盯著我。「他從前吻過你嗎？」

「沒有。」

「你們兩個從前——」

「從來沒有！」

他還是目不轉睛地盯著我。「是眞的嗎？我不在乎你是什麼樣的人。很多男孩子都是這樣。我唯一在乎的是，你一定要告訴我實話。」

「可是我眞的不是——。我一直都不知道他是……一直到上禮拜才知道。」

馬吉爾說：「你覺得他會不是因爲嫉妒才殺了那個叫貝奇曼的女孩子？」

「他有什麼好嫉妒的？」

「因爲如果他喜歡你，他很可能會嫉妒她，希望她死掉。說不定這才是這整件事眞正的原因，而不是雷德．馬丁的問題。」

「也許吧。」我說。「不過他並不是這麼說的。」

時間已經過了一個鐘頭又一個鐘頭，傑夫．馬吉爾還在問。他一次又一次反覆問同樣的問題，然後偶爾會丟出一個新問題，讓我措手不及。整件事的經過，我已經跟他說了好幾次了。我絞盡腦汁回想每一個細節。

他從頭到尾都沒問我要不要找律師，或是要不要上廁所、喝杯水，或是問我介不介意他在我面前抽菸。他始終沒有告訴我，我有權利保持沉默。不過，我已經看過太多偵探影集，所以不用他說我也知道。

我感覺得到，那扇鏡面監視窗後面有人進進出出。隔音做得並不好，所以我隱隱約約聽得到有人在裡面嘀咕著。

馬吉爾偶爾會走到房間外面去，這時候我就會用左手墊著頭，趴在桌上休息。我忽然感覺好虛弱，要是這時候有人叫我站起來走出去，我可能根本就走不動。

後來，馬吉爾回來的時候，手上拿著一台笨重的卡式錄音機。那台錄音機外面包著咖啡色的皮革，跟艾迪．史莫克的弟弟在葬禮上放音樂用的那台一模一樣。「有一件事我實在搞不懂。」他說。「要是每個小孩子都跟提姆一樣，在學校被人欺負了就要殺人，那怎麼得了？這樣一搞，這世界豈不是被搞得天翻地覆？我的意思是，年輕人，我相信你剛剛說的都是眞的，可是那些事在我看來多半都只是雞毛蒜皮的狗屁事。也不過就是高中小鬼——霸凌，吃醋，泡妞，還有那些狗屁倒灶的恩怨情仇，爲一些雞毛蒜皮的小事吵個沒完。有誰還記得這些狗屁倒灶的事情是怎麼開始的嗎？就爲了有人欺負你，所以你就開槍打死五個人，然後自殺？犯得著嗎？如果你只是開槍打死那個欺負你的王八蛋，那倒還講得通。可是，殺掉五個人，犯得著嗎？」

「可是，要是這王八蛋毀了你的一生，你會有什麼感覺？」我說。「要是他把那種見不得人的筆錄放進全校學生的置物櫃裡，讓全世界都知道你幹了什麼好事，你會有什麼感覺？很可能結果就是這樣。當一個人覺得自己已經一無所有的時候，還有什麼事是他幹不出來的？」奇怪，我自己都搞不太清楚，怎麼有辦法說得這麼頭頭是道？「他媽媽覺得他的狀況好像比較好了。」我說。「我也覺得。」

「是啊，她現在人就在這裡。她也是這麼說。」

想到珮西．考辛斯此刻在警察局，我不免有點替她擔心。可憐的女人。不難想像她現在是什麼模樣。提姆告訴過我，他媽媽光是看到蟑螂就得在床上躺一整個禮拜。她怎麼受得了眼前的一切？

「還有誰來了？」

「你爸媽。還有全世界的新聞記者都來了。」

「我媽也來了？」

「是啊，還有你爸爸，還有你妹妹。」

哇，老媽，她怎麼這麼快就知道了。傑夫．馬吉爾才剛問完問題，她就已經從阿拉巴馬趕來了。

噢，老天，他們被我害慘了。

老爸會怎麼修理我？

一定會很慘。我心裡有數。不過，現在我已經不怎麼在乎他會有什麼反應了。他再也傷害不了我了。我永遠不會再受傷害了。也許他會打我，不過，現在我會還手。也許他會把我趕出家門，不過，我倒很樂於一走了之。

我已經精疲力盡了，腦袋一片空白，而且口渴得要命。可是，我根本不敢開口要傑夫．馬吉爾給我一杯水喝。我覺得很丟臉。我心裡有一種很強烈的罪惡感，因爲我竟然沒有及時阻止提姆。我等於是幫兇。我感到很慚愧，爲他和我自己感到慚愧。

我問他：「我爸一定氣炸了，對不對？」

「我倒不這麼認爲。」馬吉爾說。「好了，丹尼爾，現在我要你集中精神，把整個事件的經過從頭到尾再說一遍。你仔細想，想得到的每一件事都要告訴我。我必須知道所有的小細節。而且，我要把你說的話錄下來，所以，我要你盡可能把事情說得很完整，很詳細。明白嗎？」

「你還要我從頭再說一次啊？」

「絕對必要。從頭到尾再說一次，而且你剛剛說的每一件事都不能漏掉。」

於是，我又開始說了，徹頭徹尾鉅細靡遺。說實話的好處是，開口之前不需要想老半天，反正知道什麼就說什麼。

後來，他終於按下停止鍵，拿著錄音機走到外面去了。

後來，他回來的時候，老爸也跟在他後面進來了。

「小子。」

「嗨，爸。」

「小子，你還好吧？」當著外人的面，老爸當然會表現出一副和藹可親的樣子。等到四下無人，他就會修理我了。

「還好。」我說。

「那我們走吧。我們回家。」

我簡直不敢相信自己的耳朵。我轉頭看看馬吉爾。「我可以走了嗎？」

「我還有一些話要問你，不過，呃——今天晚上就到此爲止吧，你累了，我也累了。」

「你不用逮捕我嗎？」

「嘿，小子。」老爸說。「你還沒學到教訓嗎？你還不懂什麼叫做見好就收嗎？」

傑夫．馬吉爾差點笑出來。他說：「聽你爸爸的話就對了。」

這大半輩子，我就是想盡辦法不聽老爸的話。不過，只要能夠離開這個鬼地方，聽一次又何妨。於是我說：「好的，長官，我會的。」

老媽一看到我就哭出來了。珍妮很不高興的低頭盯著地板。看得出來，她很不喜歡老媽在外人面前哭。

傑夫．馬吉爾帶我們走過好幾條迷宮似的走廊，把我們帶到一座電梯裡面。電梯裡尿騷味很重。「不要從前面的大廳出去。你們到G-3去，問那邊的值班警員，珍珠街要從哪個門出去。」

「謝謝你，警官。」老爸跟他握握手。「謝謝你幫忙。」

「回家好好睡一覺吧。」馬吉爾說。「明天早上我會去找你們。不要亂跑，知道嗎？」

「了解了。」老爸說。

門關上了，電梯開始往下降。從六樓到一樓，電梯裡靜悄悄的沒有人說話。接著，我們走進停車場，值班的警察指著一道門，叫我們從那個門走出去，外面就是馬路。

外面好黑，沒想到已經這麼晚了。老爸攬著老媽的肩。她已經沒有在哭了。我故意走在他們後面幾步，而珍妮跟在我屁股後面。我心裡想，不知道從今以後，我下半輩子的人生是不是都會這麼悲傷。

我們走向珍珠街和州幹道的路口。老媽那輛綠色的旅行車就停在那裡。這時候，我們看到艾拉．貝奇曼坐在我們車子的引擎蓋上。她全身都是黑的，戴著一頂黑色的寬邊帽。

老媽說：「咦，妳不是艾妮妲的媽媽嗎？」

「對。」她說。「我看到你們的車。我在等你們。」

「噢，老天，妳要多保重，不要太難過。」說著，老媽張開雙臂走上前要抱她。

「麻煩妳不要碰我。」貝奇曼太太忽然抬起手。「我沒別的意思，只是——我不喜歡別人碰我。」

老媽往後退了一步。「喔，對不起。我了解。我也很難過。她是一個很可愛的女孩子。」

「是的，她確實很可愛。」艾拉說。「莫斯葛羅夫，你幹嘛躲在媽媽裙子後面？」

「我沒有躲。我不是在這裡嗎？」

「警察說，他們現在還在調查，所以暫時什麼都不能告訴我。」她說。「你一定要告訴我，我們家艾妮妲是怎麼死的。」

我深深吸了一口氣。「我沒有親眼看到，所以也不確定。我知道妳想問什麼。我只能說，那都是我的錯。」

老爸很不耐煩地嗤了一聲，彷彿我剛剛把自己的底牌都掀光了。「孩子。」他喊了我一聲，意思是在警告我。

「抱歉，爸。我說的是眞的。要不是因爲我，他怎麼會殺她呢？」我轉身看著貝奇曼太太。「當時艾妮妲和雷德在體育館。他開槍殺了雷德之後，她想制止他，衝上去搶他的槍。提姆說，槍差一點就被她搶走。她力氣好大，所以他只好殺了她。」

「你是說，她竟然想保護那個臭小子？」

「提姆是這麼說的。」

「你爲什麼沒有好好保護她呢，莫斯葛羅夫？你人在哪裡？你不是告訴我你很喜歡她嗎？」

「我是很喜歡她。」我說。「可是她已經不再喜歡我了。她恨我。她確實有理由恨我。車禍那件事，我一直在欺騙她。她之所以會撞到頭，是因爲她撞上了我們的車。是我們的車，不是雷德的車。那天晚上開車經過的是我們，後來開車跑掉的也是我們。不是雷德。開車的是提姆，可是伸手去抓方向盤害艾妮妲撞到的人卻是我。」

「這些我都知道。」貝奇曼太太說。「她並沒有因爲那件事恨你。」

我嚇了一跳。「眞的？」

「對，她沒有恨你。」她說。「不過我恨你。到現在我還是恨你。我很討厭你。」

「我明白。」我說。

「還有，我先生呢？他是怎麼死的？警察什麼都不肯告訴我。」

我立刻就知道該怎麼回答了。答案有兩個。第一個答案是我最近領悟到的，也就是實話實說。貝奇曼先生突然從儲藏室走出來，可是裡面的收音機開得太大聲，他不知道外面出事了。他之所以會被殺，是因爲他要走過來跟我打招呼。

結果，我還是決定說謊。就在幾個鐘頭之前，我本來已經對自己許下承諾，這輩子再也不說謊了。這是我第一次違背自己的承諾。我告訴她，林肯·貝奇曼聽到第一聲槍響之後，立刻就衝到體育館去。他是爲了救艾妮妲才被打死的。

「我就知道。」她說。「我只是想聽你親口說。」她伸出手想拍拍我肩膀，可是手才伸到一半忽然又縮回去。她兩手交疊在肚子前面。「莫斯葛羅夫。」

「我很遺憾，貝奇曼太太。都是我不好。」

「不能完全怪你。」她說。然後她就轉身走了。

米諾高中男學生在校內槍殺四人之後自裁身亡。

密西西比號角報

記者：湯瑪斯．諾耶爾

本週五，米諾高中一名十八歲的高三學生在校園裡開槍射殺五名同學和老師之後，隨即自裁身亡。

警方表示，四名被害人當場宣告死亡。而倖存的被害人是米諾高中足球總教練布萊恩．沃瑞爾，目前傷重住院，仍在觀察中。

殺手的身分是提姆．韋恩．考辛斯，住在「橡景社區」，在校內是模範生，家長是朗諾．考辛斯夫婦。行兇動機為何，警方表示目前還不能妄加揣測，不過，據該校數位學生表示，該校的學生多數為白人，而近日發生的種族衝突事件可能激怒了考辛斯。

死者包括一位足球明星選手，以及一位現年四十三歲的米諾高中數學老師艾琳．帕斯華茲。

在如今身受重傷的沃瑞爾教練領導下，米諾高中海神足球隊上個球季第四度奪得B組冠軍。院方表示，週五晚間為沃瑞爾教練身上的多數槍傷進行手術後，病人陷入危急狀態。

本次事件中首先遭到殺害的學生顯然是杜德利．朗諾．馬丁。現年十八歲綽號「雷德」的馬丁是沃瑞爾教練旗下的明星球員之一。

考辛斯於 9:32 a.m. 進入體育館，身上攜帶一只帆布袋，內有槍枝彈藥，包括一把12口徑散彈槍，一把 7.65mm 半自動步槍，一把手槍，以及一把左輪槍。據目擊者表示，考辛斯與馬丁短暫交談後，隨即抽出散彈槍將其射殺。

另一名死者是現年十七歲的艾妮妲．貝奇曼。去年，她成為該校有史以來第一位獲選為舞會皇后的黑人學生。據目擊的學生表示，艾妮妲爲馬丁求情，與考辛斯發生爭執，之後隨即遭到殺害。

遇害女學生的父親是林肯．貝奇曼，現年四十八歲，擔任該校工友。警方發言人表示，體育館槍殺事件發生後不久，他在走廊遭到槍擊身亡。

本週稍早，貝奇曼小姐曾在該校大禮堂就種族議題發表演說，引發白人學生與黑人學生的肢體衝突。米諾高中校長羅洛．漢姆表示，「她是一個絕頂聰明的學生，可惜在思想觀念有點混淆。先前她發生嚴重意外，目前還在復原中。自從意外事故發生後，她就開始出現適應不良的狀況。這是本校最令人沉痛的悲劇。」

貝奇曼小姐引發爭議的演說與槍擊案件是否有必然關係，至記者截稿爲止尚無法釐清。

槍殺前三名被害人之後，考辛斯開始在校內的走廊遊蕩，任意向學生及教職員開槍射擊，對象不分黑白。由於學校的部分出口被鐵鍊和掛鎖封閉，飽受驚嚇的學生無法逃脫。出口封閉的原因顯然是爲了遏止學生「逃課」。多數學生從一樓的窗口逃生，另有部分學生受困在教室裡，飽受驚嚇。

相關新聞請參閱五版及十七版

事件發生後，各單位的警方人員立刻趕到現場，包括米諾市警局、傑克森市警局，以及辛德斯郡警局。考辛斯佔領校長室作爲狙擊制高點，並向抵達現場的警方人員開槍射擊數十次。據一位教師表示，考辛斯用學校的廣播系統嘲笑躲藏在學校裡的學生。據說他曾經宣稱：「很好玩。這就是長久以來我一直想做的事。」

10:05 a.m. 警方進行攻堅，發現殺手已自裁身亡。

據辛德斯郡警官傑夫·馬吉爾表示，一名十七歲的學生在現場遭到警方拘捕，並接受詳細偵訊，不過，警方將不予起訴。該生是殺手的朋友。殺手向警方開槍射擊期間，該生赤手空拳進入校長室，企圖制止槍擊行動。該生於槍擊事件期間受到輕傷，已在密西西比西區醫院接受治療後逕行離開。由於該生尚未成年，身分須予以保密。

「提姆是一個聰明的孩子，很乖很安靜。」漢姆校長表示。「他和別的學生有點不一樣，有點孤獨。他的態度有點憤世嫉俗，不過人很聰明。他的美術老師很喜歡他。我們對他有很高的期望。他完全沒有暴力傾向。」

警方表示，考辛斯有前科紀錄。他因一九七六年十二月的事件遭到警方逮捕。由於犯罪當時他尚未成年，故警方拒絕透露案情。

考辛斯收集了大量軍火，而他的父母顯然毫不知情。對此警方表示高度驚訝。「他不是那種喜歡打獵的學生。」漢姆校長表示。「如果你問我，哪個學生可能會有暴力傾向，我最不可能想到的人就是考辛斯。」

週五晚間，記者與殺手的父親朗諾·考辛斯取得聯繫。他表示，他與妻子將會爲遇害者和他們的家人祈禱。他拒絕發表進一步評論。

30

老爸不准我去參加喪禮。他說我會害提姆的爸媽想到那些他們拚命想忘掉的事，只會害他們更難過。我心裡想，至少這一次他是對的。

這十一天來，我一直關在暮光露天電影院大銀幕後面那個房間裡。（開幕日期延後，等候進一步通知。）他們說我可以看書，但不准我看電視，也不准我看報紙。開槍打死五個人的是提姆，可是被罰禁足的人卻是我，這樣似乎有點怪。不過，這是老爸的決定，而我不想違抗。

老爸沒有打我，沒有對我大吼大叫，甚至沒有囉嗦半句。他沒有問我禮拜五那天學校裡究竟發生了什麼事。他根本連聽都不想聽。

老媽曾經問過我，可是聽到一半就哭出來了。沒多久我就不敢再告訴她了。

珍妮則是問個沒完。她想知道的，我通通都告訴她了。畢竟我們一起經歷過那件事，這樣似乎還滿公平的。

艾妮妲……

有好一陣子，她的臉總是不斷浮現在我的腦海中。後來，我漸漸忘記她長什麼樣子了，到最後，我記得的只剩下她的名字。我一次又一次呼喚她的名字。後來，我開始夢見她她溜進我的房間。那是我從前睡的那間「怪胎違建」。我本來已經睡著了，她爬到我床上，躺在我旁邊。我感覺得出來，她不知道自己出了什麼事。做那種夢，嚇得我不敢睡覺。從此以後，我貪睡的壞習慣就消失了。

那封信隔了一個禮拜之後才寄到——郵戳上的日期是一九七三年八月三十一日星期五，收件人是「呆尼爾．莫斯葛羅夫」，地址是「39904密西西比州，米諾市，美國八十號公路，暮光露天電影院」。我不知道他是怎麼查出我們住在哪裡的。說不定他是趁我不注意的時候偷偷跟蹤我到露天電影院。

那封信總共有兩張信紙，摺了三摺。第一張信紙是一張圖，上面畫了一座陰森森的城堡在雲間若隱若現，黝黑的夜空裡有一輪銀色的月亮。第二張信紙上，我看到提姆用他那工整的草寫字體寫著：

嗨，呆尼爾：

寫這封信的時候，我還活著，可是當你看到這封信的時候，我已經死了。神經病！你可以把這封信拿給警察看，或者燒掉也沒關係。隨便你，我不在乎，因爲我已經死了。

我敢打賭，你一定會說我這次的行動實在太激烈了，說我不應該做這種事。我不想跟你爭辯，不過不管怎麼樣，我覺得有些事應該要讓你知道。

一，杜德利之所以會找上你，都是我害的。他會找上你，純粹只是因爲你是我的朋友。

二，雷德把那份筆錄放在學校的置物櫃裡，當時我就應該向全校的人揭發他的眞面目。但他知道我永遠不會說的。

三，不必傷腦筋揣測我剛剛說的是眞的還是假的，小心把自己搞到瘋掉。

四，跟奧斯華[3]或惠特曼[4]比起來，我眞的算不上什麼。我希望全世界最後會注意到我。只可惜，現實是很殘酷的，如果不用這種方式，沒有人會注意到我。此外，我一天之內就可以把事情全部搞定，而且我相信，結果一定會很令人滿意。

五，在這個世界上，每個人都很寂寞。不是寂寞就是憤怒。可是，偏偏大家都很冷漠，互不關心。地球上有三十億人，可是，人爲什麼還是那麼孤單？我不要那三十億人，呆尼爾，我只要

❸ 槍殺甘迺迪兇手。
❹ 一九六〇年代在德州大學校園槍殺十六人。

你。

P.S.你該不會以爲你有辦法毫髮無傷的念完三年高中吧？

愛你的——

T

31

如果最近所經歷的一切就像一個驚嘆號，那麼，傑克的死就是驚嘆號底下那個點。如果命運就像無數的利刃，像帶刺的鐵絲網，足以把人刺得遍體鱗傷鮮血淋漓，那麼，我可以說我已經歷盡了各種慘痛的命運。然而，在十二月那個寒冷的早晨，我到樓下去扶傑克起床的時候，發現床上只剩下一具沒有氣息的瘦小軀體。那一剎那，我忽然明白，死亡是永遠不會停止的。絕對不會。死亡就像一列朝你高速衝撞過來的火車，永遠向前奔馳，永遠不會停止，那種巨大無比的衝力根本無法抵擋。你會看到前面的鐵軌上站了很多人，看到火車把那些人全部撞倒，最後，鐵軌上只剩下你自己一個人了，而那列火車還是一直朝你衝過來，一直衝過來，完全沒有減速。

傑克的臉被棉被蓋住了。我把棉被拉下來，發現他臉上一片慘白，毫無血色，那一剎那，我嚇得倒退了好幾步，一個沒站穩摔倒在地上。

我大喊媽！她立刻跑過來。三天後，我們來到阿拉巴馬州的和平溪，站在錫安山衛理公會教堂的墓園裡。眼前是一片赭紅色的土地，我們圍在一個土坑四周，旁邊就是外婆的墳墓。拜倫牧師正在朗誦聖詩第二十三首。

當他唸到「我們行經死亡的幽谷」那句的時候，我聽到背後有腳步聲。有人踩在碎石地面上，發出窸窸窣窣的聲音。我轉頭一看，看到一個身影逐漸朝我們靠近。那個人穿著海軍陸戰隊的制服，身材魁梧，邊走邊摘下帽子。他的頭髮又短又硬，彷彿頭皮上長了一根根紅色的細細的短刺。

那一剎那，我腦海中浮現出的第一個念頭是：巴德死了，這個人是來報訊的。

後來我仔細一看，這才發現那個人就是巴德。

我們已經將近一年沒有看到他了。自從他加入受訓之後，他寄了好幾張明信片給我們，上面的風景全都是加州的海灘。

他慢慢走到墳墓旁邊，伸手摟住老媽，緊緊抱住她。我心裡想，她搞不好會高興得當場哭出來。巴德是她最疼愛的孩子。眼看著他被海軍陸戰隊訓練成眼前這個魁梧強壯的軍人，她眼中煥發出讚嘆的光芒。老爸忽然抬頭挺胸起來。看到兒子氣色這麼好，他興奮得臉都紅了。

巴德的出現引起一陣騷動。後來，牧師只好又從頭朗誦了一遍那首聖詩。

葬禮結束後，我們圍在交誼廳吃東西。有火腿，紅柿椒乳酪，馬鈴薯泥，芥末蛋。巴德被一群婆婆媽媽圍住了，她們被他身上的軍服迷住了，對他又摟又抱又拉又扯，簡直把他當成是美國大兵玩偶。

我裝了滿滿一盤的食物，一個人躲到角落裡。有個老太太走到我這邊來，想跟我聊天，可是我一句話也不說。沒多久，她就走開了。

我看著看盤子裡的食物，越看越沒胃口。我把那滿滿一盤的食物丟進垃圾桶。這時候，另一個老太太對我說，浪費食物是一種罪惡。

噢，老太太。我心裡想，比浪費食物更可怕的罪惡可多了。

如果有人竊竊私語提到你的名字，卻又怕你聽到，這時候，你一定會忍不住豎起耳朵仔細聽。你會聽到自己的名字像蚊子一樣在你耳邊嗡嗡叫。此刻，我聽到的就是那種嗡嗡嗡的聲音：丹尼爾對了他不就是丹尼爾嗎那件事好可怕噢老天丹尼爾他好可憐大家都說他應付得很好要不是因爲丹尼爾不知道還要死多少人？兇手開槍殺了五個，結果死了幾個？我不知道，我不敢問。

「嘿，這不就是那個殺人兇手最要好的朋友嗎？」巴德伸手摟住我的肩膀，然後緊緊抱了我一下。「老弟，你到底想幹什麼？算了，不用說了，我已經聽說了。」

「你還眞會挑時間。」我說。「一看到你，大家好像突然忘了今天是來參加喪禮的。」

「不好意思，我遲到了。不過，你不要跟我廢話，懂嗎？爲了要來看你，我趕了上萬公里的路。說正經的，你還好嗎？」

「好得不得了。」我說。

「少跟我打屁了，丹尼爾。出事的時候，我實在沒辦法馬上趕回來。我已經盡力了。這次回來，我搞不好會因爲『擅離職守』被捉去關禁閉，你懂嗎？我很抱歉。」

「我並不是怪你沒有回來。」我說。

「我不知道你惹上這麼大的麻煩。根本沒人告訴我。否則的話，我一定會想辦法帶你離開這個鬼地方。最近你有到學校去嗎？」

「沒有，我沒去學校。」我想趕快換個話題了。「你還好嗎，巴德？混得怎麼樣？加州好玩嗎？」

「老實說，我們部隊現在已經在西貢[5]了。」他說。「等我一回去，我們就要開拔到奠邊府去了。對了，千萬別跟老媽說。她會嚇死。」

「你在開玩笑嗎？」

「不是。還有，嘴巴給我閉緊一點，懂嗎？我跟你說眞的。」他忽然掐住我的手臂。他很了解我，知道我是個大嘴巴。

我說：「你眞的非回去不可嗎？」

「喔，是啊。禮拜一就要走了。我們部隊長不知道費了多大的工夫才有辦法安排我回來。」

「老天，巴德，我不知道你已經——我還以為你的腳受傷了。」

「那是說給老媽聽的。」

「不要回去，巴德，千萬不要回去。」

「我也希望不要回去，老弟，只可惜我已經簽了志願書了。好了，不用替我操心了。對了，老爸最近怎麼樣？」他的口氣充滿關懷。這句話的意思只有我們自己懂，只是兄弟之間的默契。

「他最近有沒有作怪？」

我聳聳肩。「他要開電影院。你應該聽說了吧？」

「是啊。每個人或多或少都會發神經，風格不同而已。我敢打賭，你出事之後，他一定差點就宰了你，對不對？」

「他倒是沒有。沒想到吧？」我說。「從那時候開始，他幾乎沒跟我囉嗦過什麼。我覺得大家好像有點怕我。」

---

[5] 一九七六年更名為胡志明市。

「老媽說，自從出事以後，你都不跟他們講話。」

「你要我跟他們說什麼？你比較聰明，你可以說來聽聽看啊。說眞的，我不知道要說什麼。」

他伸手搭住我肩膀。「眞要命，丹尼爾。你出了這種事，我眞的很遺憾。你他媽的怎麼會搞上那種狗娘養的神經病？」

「他不是神經病。」我說。「大家都不了解他。巴德，他也是一個正常人。他很厲害，很風趣……要是你認識他，你一定會喜歡他。只不過他——他可能是太封閉了吧。心裡藏了太多祕密。」

「那他怎麼會瘋到這種地步？他怎麼會幹出這種事？」

「唉，說來話長，我想你恐怕是沒有時間聽了。」

「我告訴你，我就是爲這件事專程回來的。」

這時候，老爸走過來了。「好了，小子們，東西收一收，準備上車。我們眞的該走了。」

巴德立刻皺起眉頭。「爸，我才剛吃了兩盤。」

「嗯，那你就再把盤子拿去裝滿，然後用鋁箔紙包起來。我們要上路了。」老爸說。「馬上。」

我們已經夠大了，不會一聽到他大吼大叫就嚇得屁滾尿流，不過我們還是乖乖站起來了，因爲他手上有車鑰匙，因爲他是爸爸，所以還是別跟他過不去比較好。於是，我過去跟舅舅舅媽阿姨姨丈表兄表弟表姊表妹說再見。突然間，大家又哭起來了，不過這次不是因爲傑克的過世，而是因爲我出了那麼大的事，害他們沒面子。至少我自己是這種感覺。他們淚流滿面，緊緊抱住我，久久不肯放。他們似乎想安慰我，只可惜，這只會令我更想逃之夭夭，找個地方躲起來。

珍妮還在外面，一個人坐在墳墓旁邊哭。她是我們家裡最懷念傑克的人。她常常跑去坐在傑克旁邊，一坐就是好幾個鐘頭，變魔術逗他開心，聽他說從前坐在那輛「羊車」上浪跡天涯的故事。此刻，既然傑克已經入土爲安了，老爸開始心神不寧的把弄著口袋裡鑰匙，迫不及待想離開。

我已經目睹了太多死亡，眞的受夠了，眞希望下半輩子永遠不需要再去面對這一切。我跟在爸媽後面走下教堂的台階。老媽一直抱怨說，大家在我們最需要的時候，不遠千里從別州趕來擁抱我們，安慰我們，而我們才來了沒兩下就要走，實在很沒禮貌。「李，要是你眞的這麼火燒屁股急著想走，那你大可開車到外面去晃一晃，等我們要走的時候再回來接我們。」她說。「你忘了你在電話裡答應過我什麼嗎？」

老爸從容不迫的朝車子走過去。「那我先帶幾個孩子回家好了，妳可以留在這裡跟妳那些寶貝親戚慢慢耗，好不好？反正妳好像比較在乎他們，沒那麼在乎我們。」說著，他瞄了珍妮一眼。她頭靠在巴德的臂彎裡，讓巴德輕輕摸著她的頭。「嘿，珍妮，跟妳媽說，她不在的時候，我們日子過得有多好。」

「爸，你別傻了。」她忽然掙脫巴德的懷抱大聲說。「你眞的很可怕。」

「謝了，珍妮。」老媽說。「我很高興家裡總算有人懂得欣賞我。」

「嗨，媽，算我一份。」巴德說。

「我知道，巴德，我知道你一直都對我很好。」老媽說。「還有我們的丹尼爾也很乖。」

哦，是喔，謝謝妳還會想到我。

我打開掀背車門，坐到後面去。通常一家人出遊的時候，這個位置是留給狗狗的。另外，從前傑克也都是坐這裡，這樣他才看得到車尾窗外的風景。大家都坐到前面去。我躺下來攤開手腳，佔滿整個後車廂，想像自己和底下的塑膠墊融合為一體，想像自己和車子合而為一。也許你會認為，我已經這麼大了，怎麼還玩這種小孩子的遊戲呢？我只能說，又沒有人說不可以。

「爸，開收音機好不好？」珍妮嚷嚷著。「最近大家都在談飛碟呢！」

自從「帕斯卡古拉事件」[6]傳開之後，「幽浮」突然間變成密西西比各地廣播電台最炙手可熱的話題。事件的兩個主角，一個叫查理，一個叫凱文。他們表示，那天他們在河邊釣魚的時候，忽然看到一艘很奇怪的飛行體在他們面前降落。那東西看起來像一團藍藍的光。結果，他們被抓進去進行人體檢驗。那兩個人顯然受到極大的驚嚇，所以警方採信他們的說法，於是，過沒幾天，「幽浮」的熱潮迅速席捲了南部各州，查理和凱文接二連三出現在各大電視台的脫口秀節目上，包括「梅里．格瑞芬劇場」和「狄克．卡維特劇場」。

我躺在車子後面聽著收音機裡的新聞，忽然想到帕斯華茲太太，心裡很難過。要是她能夠多活幾個禮拜，說不定她現在已經變成大明星了。

老爸開上八十號公路西向車道，朝密西西比前進。巴德會和我們一起回米諾市，陪我們度週末，然後，我們會送他到畢洛西基地搭直升機。

老媽關掉收音機，然後把車窗搖下來。「我知道今天這樣的日子不應該快樂，不過我實在忍不住。我所有的孩子終於又和我坐在同一輛車上了，我好開心。有句話要告訴你，李，回家的感覺眞好。」

「嘿嘿，我有沒有聽錯？珮姬，妳不是發誓再也不踏進露天電影院一步嗎？現在呢，妳居然會說那裡是家？我必須警告妳，現在妳最好不要太在乎那個『家』。」

老媽愣了一下。「你這又是什麼意思？」

「噢，沒什麼。」老爸說。「幹嘛問？妳又在疑心我什麼了嗎？」

「你好像忽然又有點怪怪的。」她冷眼看著他。「李，你又幹了什麼？老天，你趕快說，你又幹了什麼？」

這時候巴德忽然開口了。「嘿，你們兩個，我是回來度假的，所以能不能拜託一下，不要現在吵行不行？」

老爸不理他。「剛剛才離開那麼悲傷的場合，今天告訴妳好像不太好。」

「你給我說。」老媽說。

「我要給我們家的人一個小小的驚喜。」

噢，老天，求求你別又來了。上回老爸說這句話的時候，他把我們家給炸掉了。

「爸，你說的是露天電影院嗎？」巴德問。「你一定要教我怎麼操作放映機。」

「我們以後不會再放什麼勞什子電影了。」老爸說。「計畫有變。」

「什麼意思？」珍妮瞄了我一眼，眼中露出一絲恐懼——爲了幫老爸整理那個地方，我們花了多少力氣啊！

「那傢伙不是送了很多部電影過來嗎，我挑了一部放來看。」老爸說。「就是馬龍．白蘭度主演的那一部，什麼探戈的。告訴你，要是現在的電影都像那樣，打死我都不幹這一行。你們給我聽著，我不會讓你們一邊啃爆米花一邊看那種電影。休想。所以囉，我貼了廣告，打算把那個地方賣掉，沒想到很快就有買主上門了。就這樣。」他舉起手用手指頭啪的一聲打了個拍子。

珍妮和巴德好失望，兩個人哀嚎起來。

「還有，你們這個笨蛋老子不但賣掉了那個地方，而且還倒賺了五千塊。怎麼樣？」

「哇，今天是什麼日子啊！太過癮了！」老媽說。「謝天謝地，你竟然沒有賠錢。」

「電影院離州際公路交流道很近，那傢伙好像想在那裡開什麼購物中心。」他說。「看起來，你們這個頭腦簡單的老子好像還是個房地產天才。怎麼樣，怎麼沒有人想到要給我一個愛的鼓勵，跟我說一句『老爸，幹得好。』呢？」

「老爸，幹得好。」巴德說。接著珍妮也說：「耶！老爸。」不過我沒吭聲。

老爸說：「珮姬，妳老公不但是個房地產天才，而且他還打電話給查理．法布利肯。我跟他說，我正在考慮要回鍋幹化學這一行。你們想像得到嗎，他幾乎是用哀求的要我回去。我們聊了很久，氣氛很不錯。後來我終於勉強答應他了。」

老媽整個人轉過去看著他。「眞的假的？」

「當然是眞的！我們現在又回到『鐵力士家族』溫暖的懷抱了！」

「喔，老天。」老媽大喊。「噢，李，你不是在跟我開玩笑吧？你退休金都拿回來了嗎？」

「一毛都沒少。」他說。「就像我從來沒有辭職不幹。」

當然，他並不是辭職不幹。他是被炒魷魚的。而且，我心裡明白，假如公司眞的又雇用他，那麼，開口哀求的人絕不是查理．法布利肯。假如現在還是幾個禮拜前，說不定我又會耍嘴皮子，酸他兩句。但現在，既然我也已經變成後車廂的塑膠墊了，我決定閉嘴。

「你不是恨死了查理嗎？」老媽說。「你不是發誓這輩子再也不會替他賣命了嗎？」

「關鍵就在這裡。」老爸說。「我要到新的業務區去開發，一個和他完全沒有關連的地區。這樣一來，那個狗娘養的就管不到我了。」

「什麼地區？」

他露出一種滿懷希望的笑容。「猶他州普羅佛！」

「猶他州？」她的聲音簡直會震破玻璃。

「那邊的農化產品市場發展很快。」他說。「他們那邊種的是櫻桃，杏仁，梨子，大麥。氣候應該很不錯，學校也很棒。」

「可是那裡簡直是荒郊野外，前不著村後不著店。」老媽說。「更何況，住在那裡的好像全是摩門教的吧？我們信的不是摩門教。」

「呃，反正我們就是要去那裡。」他說。「更何況，這個新任的經理人好像還滿正派的，至少我跟他通電話的時候，他給我的印象還不錯。他應該不是那種會在背後捅你一刀的人。」

「爸，你們千萬不要搬到猶他州去。」巴德說。「我搭飛機的時候有經過猶他州上空。那裡雞不生蛋鳥不拉屎，除了石頭別的什麼都沒有。」

「他們那邊已經開始在種紫花苜蓿。」老爸說。「而且他們那邊有水貂農場。水貂農場的紅螞蟻多得嚇死人，你知不知道，殺紅螞蟻要用多少馬拉松？」

「還有，根本沒有半條州際公路經過猶他州。」巴德說。「那裡連半根草都長不出來，我懷疑他們眞的種得出櫻桃。」

老媽說：「但願他們那邊的離婚法比這邊好。」

珍妮說：「我從來沒去過比維克斯堡更西邊的地方。我倒很想去猶他州住住看。」

「相信我吧，妳一定會受不了的。」巴德說。

珍妮說：「丹尼爾？你覺得呢？」

她問我幹什麼？她怎麼會認爲我會回答？要是她眞的了解我，她根本就不應該開口跟我說話。

這時候，我忽然明白了。老爸爲什麼會拜託公司讓他回去上班？眞正的理由是什麼？如果我們眞的搬到猶他州去，絕對不是爲了什麼水貂農場，也不是爲了什麼櫻桃。他是爲了我。爲我著想。唯有如此，我才能夠離開密西西比這個鬼地方。

有生以來第一次，老爸把我擺在第一位。他知道，自從那次事件以後，我已經沒辦法繼續在密西西比州生活下去了。爸爸不是那種信鬼神的人，不過，他倒還明白，葬禮結束之後，黑夜降臨之後，還是不要靠近墳墓比較好。

也許哪一天，等我決定開始跟他們說話的時候，我會跟他說聲謝謝。

「別去煩他。」老媽說。「等他準備好了，他就會跟我們說話了。他知道我們都愛他。大家都知道，那件不幸的事不能怪他。」

這時候，我聽到老爸嘴裡嘀咕著：「好了，臭小子，你在後面閃什麼大燈？等老子心情好了，準備好了，我就會讓路給你過。」說著，他猛然切換到右線道。那動作實在太猛，害我頭去撞到輪弧蓋。我坐起來摸摸頭，這時候，我忽然看到一輛星光藍福特Pinto從我們這輛綠色旅行車旁邊呼嘯而過。奇怪，難道這世界上還有另一輛星光藍福特Pinto也有那種獨一無二的細條紋嗎？眼前就有一輛。就在前面的左線車道上，車身閃閃發亮，越開越遠，越來越小，漸漸離我遠去。

GroWing 8

我們只有1 One Mississippi

我們只有1 / 馬克.柴德里斯(Mark Childress)著；
陳宗琛譯. – 二版. -- 臺北市：春天出版國際, 2019.06
面； 公分. -- (GroWing ; 8)
譯自：One Mississippi
ISBN 978-957-741-212-6 (平裝)

874.57 102004065

ISBN 978-957-741-212-6
Printed in Taiwan

作　者　馬克・柴德里斯
譯　者　陳宗琛
總編輯　莊宜勳
主　編　鍾靈

出版者　春天出版國際文化有限公司
地　址　台北市信義路四段458號3樓
電　話　02-7718-0898
傳　眞　02-7718-2388
E－mail　frank.spring@msa.hinet.net
網　址　http://www.bookspring.com.tw
部落格　http://blog.pixnet.net/bookspring
郵政帳號　19705538
戶　名　春天出版國際文化有限公司
法律顧問　蕭顯忠律師事務所
出版日期　二〇一九年六月二版
定　價　450元

總經銷　楨德圖書事業有限公司
地　址　新北市新店區寶興路45巷6弄6號5樓
電　話　02-8919-3186
傳　眞　02-8914-5524
香港總代理　一代匯集
地　址　九龍旺角塘尾道64號 龍駒企業大廈10 B&D室
電　話　852-2783-8102
傳　眞　852-2396-0050